KB065175

고시원古詩源

【二】

고시원[二] 古詩源 二

1판 1쇄 인쇄 2022년 11월 11일
1판 1쇄 발행 2022년 11월 21일

—

편저자 | 심덕잠
역주자 | 조동영
발행인 | 이방원

—

발행처 | 세창출판사
신고번호 · 제1990-000013호 | 주소 · 서울 서대문구 경기대로 58 경기빌딩 602호
전화 · 02-723-8660 | 팩스 · 02-720-4579
http: / /www.sechangpub.co.kr | e-mail: edit@sechangpub.co.kr

—

ISBN 979-11-6684-116-3 94820
979-11-6684-049-4 (세트)

—

· 이 책은 한국연구재단의 지원으로 세창출판사가 출판, 유통합니다.
· 잘못된 책은 구입하신 서점에서 바꾸어 드립니다.

—

이 번역서는 2011년 대한민국 교육부와 한국연구재단의 지원을 받아 수행된 연구임 (NRF: 421-2011-1-A00053).

고시원古詩源

권7~권11(晉詩~宋詩)

The Translation and Annotation of

“The Source of Old Poems”

【二】

심덕잠沈德潛 편저

조동영 역주

세창출판사

이 책 《고시원》을 번역하면서 심덕잠과의 만남은 어느 연인과의 만남처럼 늘 〈상주〉를 먼저 이해하려고 노력하였으며, 번역 또한 그 이론에 충실코자 하였다. 〈상주〉와 중복되지 않는 선에서 최대한 객관적인 사실만을 위주로 인명, 지명, 책명, 명사에 각주를 달아 독자의 이해를 돕고자 하였으며, 철저하게 개인적인 사견은 배제하였다. 매 순간 시작품을 접할 때마다 늘 그의 해박한 지식에 감탄하면서 경외감을 떨칠 수 없었던 것은, 시의 이해를 넘어서 다양한 견해로 시를 분석하고 품평할 때마다 상상을 초월하는 이론을 줄곧 제시해 주었기 때문이다.

그는 작품마다에 담겨 있는 희로애락과 겹겹이 점철되어 있는 무수한 사연들을 실마리 풀 듯이 풀어 주고자 하였고, 애끓는 이별의 눈물과, 알뜰한 상사(相思)의 연정(戀情)을 외면하지 않았다. 가슴에 사무치는 원한(怨恨)과 떠도는 나그네의 향사(鄕思)도 간과하지 않았다. 천고에 맺혀 있는 인생 고뇌(苦惱)와 인생무상과 시공(時空)을 달리한 고금인(古今人)의 화운(和韻)들을 낱낱이 소개함으로써 자신의 견해를 덧붙여 후세에 전하고자 하였다. 이 번역과정은 마치 그러한 그의 안내를 받아 한동안 여행을 떠난 기분이었다.

그러나 번역이란 마치 옷을 갈아입는 과정과도 같은 것이어서 옷의 제도와 형식은 물론 옷감의 재질과 색상과 그 매무새며 품격 등이 천차만별로 달라지는 것을 경험할 수 있었다. 이는 곧 언어의 시적 운용에 따라서 의미가 달라지기 때문에 시어의 적절한 선택과 조사의 간결한 배려는 하나의 기본이기도 하지만 조사 하나와 어미 하나를 어찌 바꾸느냐에 따라

의미 맥락이 확연히 달라진다는 경이로운 사실에 조심성이 더해질 수밖에 없었던 것이 이 지난한 번역과정이었다.

아무쪼록 어렵게 나온 이 책이 국내외의 시를 공부하는 분들에게 조금이나마 도움이 있기를 바라는 마음이 있지만, 그보다 먼저 혹여 오류나 잘못 전달한 내용은 없는지 걱정이 앞선다. 넓은 아량으로 살펴봐 주시기를 바라는 마음이 간절하다. 그리고 마음 한편에는 심덕잠의 후대인들을 위한 시교(詩教)의 정신을 이어받아 이 책을 읽는 독자들에게 그의 정신이 오롯이 전해졌으면 하는 바람이 있다.

아울러 고전번역 사업의 일환으로 한국연구재단의 '명저번역' 지원사업 덕분에 이 책이 세상에 나올 수 있게 된 것을 감사하게 여기며, 익명의 심사자들께서 자상하고 꼼꼼하게 지적해 준 덕분에 많은 오류를 최소화하고 향상된 면모를 갖추게 된 것을 보람으로 여긴다.

그리고 강산이 한 번 변했을 세월을 지내오는 동안 백수(白壽)에 가까운 고령의 노모(老母)께서 불현듯 별세하는 슬픔을 겪어야 했고, 오랜 세월 동안 몸담아 오던 직장에서도 은퇴를 하게 되었다. 게다가 지금은 또 언제 끝날지도 모르는 코로나 시대를 직면하고 있다. 그런 와중에 감사할 일은 별 탈 없이 지내오면서 묵묵히 지켜봐 준 아내가 고맙고, 착실히 제 앞길을 밟아 가고 있는 3남매 자녀가 고맙다.

끝으로 이 책이 나오기까지 일일이 다 거명할 수는 없지만 격려와 도움을 주신 여러 동학들과 세창출판사 이방원 사장님 이하 관계자 여러분께 감사드린다. 특히 책을 출판하는 과정에서 수시로 소통하면서 나의 의견을 끝까지 들어주시고 기다려 주시고 조언해 주신 손경화 차장님과 그 주변 분들의 노고에 깊이 감사하는 마음을 전한다.

2022년 10월
정헌서재에서 조동영

고시원 2권

고시원(古詩源) 권7

— 진시(晉詩) —

고시원(古詩源) 권8

— 진시(晉詩) —

도잠(陶潛)

고시원(古詩源) 권9

— 진시(晉詩) —

도잠(陶潛)

고시원(古詩源) 권10

— 송시(宋詩) —

사영운(謝靈運)

고시원(古詩源) 권11

— 송시(宋詩) —

고시원 1권

고시원(古詩源) 권1

– 고일(古逸) –

고시원(古詩源) 권2

— 한시(漢詩) —

고시원(古詩源) 권3

– 한시(漢詩) –

고시원(古詩源) 권6

— 위시(魏詩) —

고시원 3권

고시원(古詩源) 권12

— 제시(齊詩) —

유회(劉繪)

502. 그리운 이가 있다[有所思]

공치규(孔稚圭)

503. 태평산을 유람하다[遊太平山]

육궐(陸厥)

504. 임강왕의 절사가[臨江王節士歌]

강효사(江孝嗣)

505. 북쪽 낭야성에서 수자리 살며 지은 시[北戍琅琊城詩]

506. 동혼후 당시에 백성이 부른 노래[東昏時百姓歌]

— 양시(梁詩) —

무제(武帝)

507. 일민(逸民)

508. 서주곡(西洲曲)

509. 〈청청하반초〉를 본따서 짓다[擬青青河畔草]

510. 하중지수가(河中之水歌)

511. 동으로 나는 때까치 노래[東飛伯勞歌]

512. 천안사의 소포당에서[天安寺疏圃堂]

513. 적전(藉田)

간문제(簡文帝)

514. 절양류(折楊柳)

515. 임고대(臨高臺)

516. 납량(納涼)

원제(元帝)

517. 양운루 처마머리의 버들을 읊다[詠陽雲樓簷柳]

518. 절양류(折楊柳)

심약(沈約)

519. 임고대(臨高臺)

520. 야야곡(夜夜曲)

521. 신안강 물이 매우 맑아 얕거나 깊거나 바닥이 훤히 들여다보이는 것에 대하여 시를 지어 경읍의 친구들에게 주다[新安江至清淺深見底貽京邑遊好]

522. 학성에서 숙직하며 시름겨운 심경을 누워서 읊다[直學省愁臥]

523. 동원에서 숙박하다[宿東園]

524. 범안성과 작별하다[別范安成]

525. 사조의 죽음을 애도하다[傷謝朓]

526. 석당뢰에서 원숭이 울음소리를 듣다[石塘瀨聽猿]

527. 심도사의 도관을 유람하다[遊沈道士館]

528. 아침에 정산에서 출발하다[早發定山]

529. 동지절 이후에 승상의 집에 갔다가 세자에게 나아가는 수레 안에서 짓다[冬節後至丞相第詣世子車中作]

530. 경릉왕의 〈유헌의 묘지를 지나며〉에 받들어 화답하다[奉和竟陵王經劉瓛墓]

고시원(古詩源) 권13

— 양시(梁詩) —

강엄(江淹)

531. 관군인 건평왕을 따라 여산 향로봉에 오르다[從冠軍建平王登廬山香爐峯]

532. 형산을 바라보다[望荊山]

533. 옛이별[古離別]

534. 반첩여가 부채를 노래하다[班婕妤詠扇]

535. 태위 유곤이 난세에 상심하다[劉太尉琨傷亂]

536. 징군 도잠이 전원에 살다[陶徵君潛田居]

537. 휴상인이 이별을 원망하다[休上人怨別]

538. 완공을 본받은 시[效阮公詩] 5수(首)

범운(范雲)

539. 그리운 이가 있다[有所思]

540. 서주자사 장속에게 주다[贈張徐州謖]

541. 밤에 작별하는 심기실을 전송하다[送沈記室夜別]

542. 영릉군으로 가다가 신정에 머물다[之零陵郡次新亭]

543. 별시(別詩)

임방(任昉)

544. 곽동려에게 주다. 시내 입구로 나와 기다리다가 내가 오지 않자, 곽생은 마을로 갔다. 배를 매어 두고 한참 지나서 곽생이 다시 왔다[贈郭桐廬, 出溪口見候, 余旣未至, 郭仍進村, 維舟久之, 郭生乃至]

545. 서징군에게 주다[贈徐徵君]

546. 자의 소연과 작별하다[別蕭諮議]

547. 군을 나와 전사에서 범복야를 위하여 곡하다[出郡傳舍 哭范僕射]

구지(丘遲)

548. 낙유원 연회에 참석하였다가 서주자사 장속을 전송하며, 칙령에 따라 짓다[侍宴樂遊苑送張徐州應詔]

549. 아침에 어포담에서 출발하다[旦發漁浦潭]

유운(柳惲)

550. 강남곡(江南曲)

551. 오균에게 주다[贈吳均]

552. 다듬이질을 노래한 시[擣衣詩] 4수(首)

유견오(庾肩吾)

553. 〈춘야(春夜)〉라는 시를 봉화(奉和)하여 왕명에 응하다[奉和春夜應令]

554. 난리 후에 행차하여 오어정(吳御亭)을 지나다[亂後行經吳御亭]

555. 장신궁 안의 풀을 읊다[詠長信宮中草]

556. 진사왕의 무덤을 지나다[經陳思王墓]

오균(吳均)

557. 유운에게 답하다[答柳惲]

558. 강주부와 둔기에게 답시(答詩)를 주어 작별하다[酬別江主簿屯騎]

559. 주인집 못 앞 학을 노래하다[主人池前鶴]

560. 주참군의 시에 답하다[酬周參軍]

561. 춘영(春詠)

562. 산중잡시(山中雜詩)

하손(何遜)

563. 저물녘에 강과 산을 바라보다 시를 지어 어사마에게 주다[日夕望江山贈魚司馬]

564. 도중에 시를 지어 사마 환계규에게 주다[道中贈桓司馬季珪]

565. 서새산으로 들어가며 시를 지어 남부의 동료에게 보여 주다[入西塞示南府同僚]

566. 여러 옛 친구들에게 주다[贈諸游舊]

567. 작별하고 가는 위사마를 전송하다[送韋司馬別]

568. 심조교와 작별하다[別沈助教]

569. 소구덕과 작별하다[與蘇九德別]

570. 남주 포구에서 유숙하다[宿南洲浦]

571. 자의 소잠리의 〈규원시〉에 화답하다[和蕭諮議岑離閨怨]

572. 떠나기 앞서 옛 친구와 밤에 작별하다[臨行與故遊夜別]

573. 홍안 현령 호모와 밤에 작별하다[與胡興安夜別]

574. 자노기(慈姥磯)

575. 상송(相送)

왕적(王籍)

576. 약야계로 들어가다[入若耶溪]

유준(劉峻)

577. 강주에서 돌아와 석두성으로 들어가며 읊은 시[自江州還入石頭詩]

유효작(劉孝綽)

578. 고의(古意)

도홍경(陶弘景)

579. 산중에 무엇이 있느냐는 조문에 시를 지어 답하다[詔問山中何所有賦詩以答]

580. 한야원(寒夜怨)

조경종(曹景宗)

581. 광화전 시연에서 경(競)과 병(病)을 운자로 짓다[光華殿侍宴賦競病韻]

서비(徐悱)

582. 고의로 시를 지어 장사 도개의 〈낭야성에 올라서〉에 화답하다[古意酬到長史漑登琅琊城]

우희(虞羲)

583. 곽장군의 북벌을 노래하다[詠霍將軍北伐]

위경유 처 왕씨(衛敬瑜妻王氏)

584. 고연시(孤燕詩)

악부가사(樂府歌辭)

585. 기유가(企喩歌) 3수(首)

586. 유주마객음가사(幽州馬客吟歌辭)

587. 낭야왕가사(瑯琊王歌辭) 3수(首)

588. 거록공주가사(鉅鹿公主歌辭)

589. 농두가사(隴頭歌辭) 2수(首)

590. 절양유가사(折楊柳歌辭) 3수(首)

591. 목란시(木蘭詩)

592. 착닉가(捉搦歌) 2수(首)

고시원(古詩源) 권14

– 진시(陳詩) –

음갱(陰鏗)

593. 청초호를 건너가다[渡青草湖]

594. 광릉 언덕에서 북쪽 사신을 전송하다[廣陵岸送北使]

595. 강나루에서 유광록을 전송하려 했으나 때에 미치지 못하다[江津送劉光祿不及]

596. 부랑의 〈세밑에 상주로 돌아가다〉에 화답하다[和傅郎歲暮還湘州]

597. 개선사에서[開善寺]

서능(徐陵)

598. 계(薊)의 북문을 나서다[出自薊北門行]

599. 모영가와 작별하다[別毛永嘉]

600. 관산월(關山月)

주홍양(周弘讓)

601. 산중 은사에게 남겨 주다[留贈山中隱士]

주홍정(周弘正)

602. 초당으로 돌아와 처사인 아우를 찾다[還草堂尋處士弟]

강총(江總)

603. 장안으로 가는 사신을 만나 배상서에게 부치다[遇長安使寄裴尙書]

604. 섭산 서하사로 들어가다[入攝山棲霞寺]

605. 강남으로 돌아와 초시의 집터를 찾다[南還尋草市宅]

606. 병주의 양장판에서[并州羊腸坂]

607. 장안에서 양주로 돌아가다가 9월9일에 미산정에 행차하여 운에 따라 짓다[於長安歸還揚州九月九日行薇山亭賦韻]

608. 노광달을 조곡(弔哭)하다[哭魯廣達]

609. 규원편(閨怨篇)

장정견(張正見)

610. 가을날에 유정원과 작별하다[秋日別庾正員]

611. 관산월(關山月)

하서(何胥)

612. 사신이 되어 관문을 나서다[被使出關]

위정(韋鼎)

613. 장안에서 백설조 소리를 듣다[長安聽百舌]

진소(陳昭)

614. 소군자(昭君詞)

— 북위시(北魏詩) 부(附) —

— 북제시(北齊詩) 부(附) —

— 북주시(北周詩) 부(附) —

648. 매화(梅花)

649. 서능에게 부치다[寄徐陵]

650. 간법사의 시에 화답하다[和侃法師]

651. 주상서와 거듭 작별하며[重別周尙書]

왕포(王褒)

652. 관산편(關山篇)

653. 도하북(渡河北)

– 수시(隋詩) –

양제(煬帝)

654. 〈음마장성굴행〉을 지어 출정에 수행하는 신하들에게 보이다[飮馬長城窟行示從征羣臣]

655. 백마편(白馬篇)

양소(楊素)

656. 〈산재에 홀로 앉아〉라는 시를 설내사에게 주다[山齋獨坐贈薛內史] 2수(首)

657. 설파주에게 주다[贈薛播州] 9수(首)

노사도(盧思道)

658. 양성을 유람하다[遊梁城]

설도형(薛道衡)

659. 석석염(昔昔鹽)

660. 삼가 양복야의 〈산재에 홀로 앉아〉에 화답하다[敬酬楊僕射山齋獨坐]

661. 인일에 돌아갈 것을 생각하다[人日思歸]

우세기(虞世基)

662. 변방을 나서다[出塞]

663. 옥문관을 들어오다[入關]

손만수(孫萬壽)

664. 주기실의 〈옛 서울을 유람하다〉에 화답하다[和周記室遊舊京]

665. 양주에서 일찍 출발하여 가다가 향읍을 되돌아보다[早發揚州還望鄕邑]

666. 동쪽 고향으로 돌아가는 길에 언뜻 지어 읊다[東歸在路率爾成咏]

왕주(王冑)

667. 주기실과 작별하다[別周記室]

윤식(尹式)

668. 송상시와 작별하다[別宋常侍]

공덕소(孔德紹)

668. 촉(蜀)땅으로 들어가는 채군지를 전송하다[送蔡君知入蜀]

670. 밤에 황폐한 마을에서 유숙하다[夜宿荒村]

공소안(孔紹安)

671. 낙엽(落葉)

672. 서영원 수재와 작별하다[別徐永元秀才]

진자량(陳子良)

673. 송별(送別)

674. 칠석날 신부가 골목 건너에 수레를 멈춘 것을 보다[七夕看新婦隔巷停車]

왕신례(王申禮)

675. 〈암혈에는 거처할 집을 지을 수 없다〉로 시를 짓다[賦得巖穴無結搆]

여양(呂讓)

676. 〈경사에 들어가다〉에 화답하다[和入京]

명여경(明餘慶)

677. 종군행(從軍行)

대의공주(大義公主)

678. 병풍에 쓴 시[書屛風詩]

무명씨(無名氏)

679. 송별시(送別詩)

680. 계명가(雞鳴歌)

일러두기

이 책은 다음과 같은 요령으로 번역하였다.

1. 이 책의 번역 대본은 中華書局에서 2006년에 간행한 中國古典文學基本叢書인 《古詩源》으로 하였다.
2. 번역서는 총 3책으로 나누어 완역하고, 열람의 편의를 위하여 '인명', '지명', '책명', '명사' 등의 찾아보기를 별책 1책으로 하였다.
3. 대본에 수록된 原文과 詳註를 모두 번역 대상으로 하였으며, 번역문 말미에 해당 원문을 幷記하였고, 詳註는 그 위치와 성격을 고려하여 번역문에서도 똑같이 그 체제를 따라 편집하였다.
4. 매 작품마다 제목 앞에 고유번호를 일괄 부가하여 독자의 편의를 제공하였다.
5. 원문을 병기한 번역문은 음영 바탕에 두고, 각각의 작품마다 별면으로 하되, 말미에 남는 여백에는 적당한 삽화를 두어 시각적인 효과를 주었다.
6. 각주의 경우 원문의 창작 연대를 기준으로 앞선 시대의 典據를 인용코자 하였으나 부득이한 경우에는 후대의 것을 인용하였으며, 객관적인 사실에 근거하고 역자 개인적인 사견은 배제하였다.
7. 각주의 전거에 인용된 책명은 완칭을 위주로 하되, 널리 통용되는 약칭일 경우 그대로 썼다.
8. 맞춤법과 띄어쓰기는 한글 맞춤법과 표준어 규정을 따르는 것을 원칙으로 하였다.
9. 이 책에 사용되는 부호는 다음과 같다.
   ( ): 번역문과 음이 같은 한자를 묶는다.
   [ ]: 번역문과 뜻은 같으나 음이 다른 한자를 묶는다.
   " ": 대화 등의 인용문을 묶는다.
   ' ': " " 안의 재인용, 또는 강조 부분을 묶는다.
   「 」: ' ' 안의 재인용을 묶는다.
   《 》: 책명 및 각주의 典據를 묶는다.
   〈 〉: 시제 또는 중요 사항을 묶는다.

고시(古詩)의 원류(源流)와 시교(詩教)를 위한 선시(選詩)의 결정(結晶)

1. 머리말

이 책은, 청대(淸代)의 심덕잠(沈德潛)이 선진(先秦)시기 이전인 고대(古代)로부터 위진 남북조(魏晉南北朝)시대를 거쳐 수대(隋代)에 이르기까지 유명한 시(詩)작품을 뽑아 엮은 책을 대본으로 삼아 번역하였다.

14권으로 분권(分卷)한 이 책에는 960여 수의 시작품이 수록되어 있으며, 《고시원(古詩源)》이라는 책 이름과 책을 편찬하게 된 동기가 책머리에 실려 있는 심덕잠의 〈서문(序文)〉에 자세히 기록되어 있다. 그리고 19항목에 달하는 〈예언(例言)〉에는 그가 이 책을 편찬하면서 특별히 주목했거나 의도했던 사항들이 낱낱이 기재되어 있다. 따라서 이 책의 편찬 의도를 정확히 이해하기 위해서는 미리 이 〈예언〉을 읽어 둘 필요가 있다.

또한 이 대본의 전반에 걸쳐 필요하다 싶은 부분에다 달아 놓은 〈상주(詳註)〉에는, 때로는 작가에 관한 것, 때로는 시대에 관한 것, 때로는 작품이 지니고 있는 함의(含意)와 성조(聲調)와 음률(音律) 등등에 대한 심덕잠의 예리한 비평이 담겨 있다. 그러므로 이 부분을 주의 깊게 살핀다면 작품을 잘못 이해하는 데서 오는 혼란을 막고 시작품을 좀 더 정확하게 이해하는 지침이 될 수 있을 것이다.

이 번역서에서는 〈상주〉의 내용을 먼저 이해하려고 노력하였으며, 번역과정에서 〈상주〉를 통한 심덕잠의 견해가 십분 반영되도록 하였다. 따라서 이 〈상주〉를 번역서 원문의 범주에다 두어 대본의 편집 형태를 그대로 유지하고 활자의 크기를 달리하여 시각적인 효과를 주었으며, 해석한 용어에 설명이 필요한 경우에 각주(脚註)를 달아 보충하였다.

이어서 심덕잠의 생애와 그가 살았던 시대 전반을 살펴보고, 《고시원》이란 책 이름이 지닌 의미와 이 책의 체재와 이 책에 담긴 시작품 내용을 시기별로 간략히 정리해 보기로 할 것이다. 이는 그렇게 함으로써 시교(詩教)를 위한 심덕잠의 편찬 의도를 좀 더 정확하게 이해하려는 노력의 일환이라 하겠다.

2. 심덕잠의 생애와 시대 배경

심덕잠(沈德潛, 1673~1769)의 자는 확사(確士)이고, 호는 귀우(歸愚)이며, 강소성(江蘇省) 오현(吳縣) 사람이다. 일찍부터 총명하여 시명(詩名)이 높았으나 67세의 나이에 처음 진사(進士)에 등제(登第)하였고, 그 뒤에 건륭제(乾隆帝)로부터 시재(詩才)를 인정받아 진군(陳群)과 함께 '동남의 이로(二老)'로 불리었으며, 관직은 내각학사(內閣學士)와 예부시랑(禮部侍郎)을 역임하였다. 시호(諡號)는 문의(文懿)이다.

그의 인품은 담박하고 교만하지 않았으며, 사람을 편하게 대함으로써 계급에 따라 차별을 두지 않았다. 그가 벼슬길에 그다지 연연하지 않았다는 사실은, 팔대가(八大家)의 문장을 편찬하면서 한퇴지(韓退之)가 자신을 추천한 글은 한 편도 수록하지 않은 사실과 무관해 보이지 않는다. 그리고 그는 당시의 시종(詩宗)으로서 널리 세상 사람들의 존경을 받아 왔으며, 그의 문하(門下)에서 이른바 '오중칠자(吳中七子)'라 하여 왕명성(王鳴盛)·전대흔(錢大昕)과 같은 걸출한 인물이 배출되기도 하였다.

그의 저서는, 《귀우시문초(歸愚詩文鈔)》·《죽소헌시초(竹嘯軒詩鈔)》·《시여(詩餘)》 등이 있으며, 편찬한 책에는, 이 책의 대본인 《고시원(古詩源)》과 《당송팔대가독본(唐宋八大家讀本)》·《당시별재집(唐詩別裁集)》·《명시별재집(明詩別裁集)》 등과 시론집(詩論集)인 《설시수어(說詩晬語)》가 있다. 그리고 그는, 왕사정(王士禎)의 '신운설(神韻說)'에 대하여 도덕적인 문학관에 기반을 두고 바른 골격 위에 음률의 조화를 중시하는 '격조설(格調說)'을 주창하였다. 그의 이 '시론(詩論)'은 한(漢)·위(魏), 성당(盛唐)의 시를 모범으로 하여 격식과 격률을 중시하고 송대(宋代) 이후의 시풍(詩風)에 반대하는 것으로, 동시대의 시인이었던 원매(袁枚)의 '성령설(性靈說)'과 첨예하게 대립하는 학설이다. 이는 명대(明代) 전후칠자(前後七子)의 주장인 '양당억송(揚唐抑宋)'의 정신을 계승하였다고 보는 것이 학계의 일반적인 시각이다.

심덕잠이 살았던 17세기 '명말청초(明末淸初)' 시대의 시문단(詩文壇)은, 명(明)나라 중엽(中葉)의 이몽양(李夢陽)과 하경명(何景明) 등 전칠자(前七子)가 "문(文)은 진(秦)·한(漢)을 따르고, 시(詩)는 성당(盛唐)을 추구한다."를 표방했던 정신이, 후칠자(後七子)인 이반룡(李攀龍)과 왕세정(王世貞) 등의 그룹으로 이어지면서 이 주장은 당대(當代)를 풍미하기에 이르렀다. 이것이 '고문사파(古文辭派)'[1]이다. 이때 모곤(茅坤)과 귀유광(歸有光) 등의 이른바 '고문파(古文派)'[2]가 적극 대항하여 송대(宋代)의 문과 초당(初唐)의 시를 주장했지만 그 대세에는 필적할 수가 없었다.

만력(萬曆) 연간 이후에 또다시 원종도(袁宗道)·원굉도(袁宏道)·원중도(袁中道) 3형제의 '공안파(公安派)'가 문(文)은 소동파(蘇東坡), 시(詩)는 백낙천(白樂天)을 종(宗)으로 하여 이에 반발하였으나, 결국 이속(俚俗)의 폐단으로부터 자

---

1 고문사파(古文辭派): 명나라 중기에 문학의 복고 운동을 일으킨 일파로, 문학을 창작함에 있어 고문사(古文辭)를 전형(典型)으로 삼아 모방할 것을 주장했던 학파이다.

2 고문파(古文派): 명나라 때 문장의 복고에 치중하여 진한(秦漢) 이전의 유가 경전에서 볼 수 있는 순정한 문체를 재확립하고자 시도했던 학파이다.

유롭지 못하였다. 그 뒤 '경능파(竟陵派)'의 종성(鐘惺)과 담원춘(譚元春) 등이 시(詩)의 유심(幽深)을 표방하여 일어났는데, 역시 식견이 미치지 못한 탓에 명대(明代)의 시는 쇠퇴의 길로 접어들었다. 명말(明末)의 전겸익(錢謙益)이 문(文)은 당송팔가(唐宋八家), 시(詩)는 당시(唐詩)에다 새로이 송(宋)·원(元)의 시를 창도하여 이반룡·왕세정의 폐해를 바로잡기 위하여 안간힘을 썼다. 이와 같이 당시의 시문단은 파벌의 논쟁으로 얼룩져 있었다. 따라서 이러한 풍조 속에서 위대한 창작을 기대하기란 어려운 일이었다.

그 뒤 청대(淸代)로 접어들면서 왕사정과 전씨(錢氏)가 이끌던 송(宋)·원(元)시기의 시작품에 대한 부흥의 기운을 이어받아 '신운설(神韻說)'을 주창하며 시의 풍미와 홍취를 중요시한 결과 한(漢)·위(魏)에서 송(宋)·원(元)에 이르기까지 모두 이를 취하였다. 특히 '고담한원(枯淡閒遠)'[3]한 정취를 추구해 온 왕유(王維)의 일파는 어느 정도 존중을 받았다고 하겠으나 이(李)·두(杜)의 시는 그리 환대를 받지 못하였다. 그리하여 성당(盛唐)을 존숭하던 풍조는 깨어지고 당(唐)의 중기(中期)·만기(晩期) 혹은 송(宋)·원(元)을 주창하기에 이르렀다.

이때 전 시대의 이몽양(李夢陽)과 하경명(何景明) 이하 일파에서 시작된 '격조설(格調說)'을 지지하는 한편, 고체(古體)는 위(魏)를 종(宗)으로 하고, 근체(近體)는 반드시 성당(盛唐)을 받들어야 한다고 주장한 사람이 있었다. 그는 또 중당(中唐) 원화(元和) 이후의 시는 별파(別派)로 간주하고, 송시(宋詩)를 적극 배척하였다. 그가 바로 심덕잠이다. 위에서도 언급하였거니와 이와 비슷한 시기에 살았던 원매(袁枚)는 공안파(公安派)의 '성령설(性靈說)'을 가지고 이 학설에 대하여 첨예한 대립을 시도하였다. 그는 고인의 격률을 배척하고 성령의 발로를 제일의(第一義)로 삼았다. 이 학설은 일찍이 주창된 바 있는 '개성존중설'의 일환이기도 하다. 그리하여 '격조설'과 '성령설'은 급기

3 고담한원(枯淡閒遠): 소박하면서 담박하고, 여유롭고 원대한 시풍을 일컫는다.

야 두 파의 대립양상으로 발전하여 '건륭시단(乾隆詩壇)'의 한 특징을 형성함으로써 결국은 명대(明代)의 시문논쟁(詩文論爭)의 풍조가 청대(淸代)에 와서도 여전히 수그러들지 않고 지속되었다.

심덕잠은 이러한 풍토 속에서 한평생을 살아왔으니, 시인의 한 사람으로서 시대를 바라보는 시각이 남달랐을 법하다. 그러한 시각이 그의 고민을 불러일으켰던 것이며, 그 결과가 바로 후대인을 위한 시작품의 선별 작업과 시교(詩敎)를 위한 주석작업을 통하여 자신의 시에 대한 이해와 식견을 대대적으로 표방하기에 이르렀다. 《당송팔대가독본》·《당시별재집》·《명시별재집》 등과 같은 그의 편찬서는 이러한 배경을 지니고 있다. 물론 이 《고시원》의 편찬도 그러한 시대적인 배경과 깊은 관련이 있었음은 의심할 여지가 없다. 이러한 측면에서 보면 그는 당대의 한 시인으로서의 역할보다 후대에 지대한 영향을 끼친 위대한 시비평가(詩批評家)로 일정한 자리매김을 하였다고 볼 수 있겠다.

3. 심덕잠과 《고시원》

심덕잠은 그의 나이 47세 되던 1719년(강희 58)에 이 《고시원(古詩源)》을 편찬하였다. 지금으로부터 300여 년 전의 일이다. 중국에서 일반적으로 한시(漢詩) 작품을 '고시(古詩)'라고 부를 경우, 이를 시대에 따른 고대(古代)의 시라는 뜻과 체재에 따른 고체(古體)의 시라는 뜻으로 구분하여 보아야 한다. '고시'라는 명칭은 원래 당대(唐代)에 성립된 근체시(近體詩)와 구별하기 위하여 붙여진 것이지만, 당대 이후의 작품일지라도 고체에 의한 작품인 경우에 고시라고 불렀다. 이 경우는 체제에 따른 것이다. 이와는 달리 당나라 이전의 작품만을 총칭하는 경우도 있다. 이 경우는 시대를 가지고 말하는 것이며, 이 《고시원》이 여기에 속한다. 물론 이 개념을 세분화하면 협의(狹義)와 광의(廣義)로도 나누어 볼 수 있겠으나, 여기에서는 우선 이 책이 당대(唐代) 이전의 작품까지만 수록하고 있다는 점을 주목하여 심덕잠의 견해를 직접 살펴보기로 한다. 그는 본서의 〈서문〉에서 다음과 같이 서술하였다.

"시(詩)는 당대(唐代)에 이르러 극도로 성행하였다. 그러나 시의 성행이 곧 시의 원류[源]는 아니다.[詩至有唐爲極盛, 然詩之盛非詩之源也.]"

"명(明)나라 초기에는 송(宋)·원(元)의 유습을 계승하였다. 그 후 이헌길(李獻吉)이 당시를 가지고 진작시키면서부터 천하가 바람에 쏠리듯 그를 추종하였고, 전후칠자(前後七子)가 서로 우익이 되어, 이를 매우 성대한 일로 칭송하였다. 그러나 그들의 폐단은 주수(株守)하기를 너무 지나치게 하는 데에 있다 보니, 의관을 갖춘 허수아비 같다 하여 시를 배우는 사람들이 이를 문제로 삼았다. 당(唐)만을 따라 지킬 뿐 그 원류를 연구하지 않았기 때문에 문파를 따로 세운 자들이 이를 추종하며 구실로 삼았던 것이다. 이로 볼 때 당시(唐詩)는 송·원의 상류인 것이며, 고시(古詩)는 또 당인의 발원지인 셈이다.[有明之初, 承宋元遺習, 自李獻吉以唐詩振, 天下靡然從風. 前後七子, 互相羽翼, 彬彬稱盛. 然其敝也, 株守太過, 冠裳土偶, 學者咎之. 由守乎唐而不能上窮其源, 故分門立戶者, 得從而爲之辭, 則唐詩者, 宋元之上流, 而古詩又唐人之發源也.]"

"나는 예전에 진수자(陳樹滋)와 함께 당시(唐詩)를 수집하여 책으로 만들면서 그 성대함을 엿볼 수 있었다. 이제 다시 수(隋)·진(陳) 이상으로 거슬러 올라가서 황제헌원씨(黃帝軒轅氏)까지 망라하였다. 《시경(詩經)》 삼백 편과 《초사(楚辭)》·《이소경(離騷經)》을 제외한 〈교묘악장(郊廟樂章)〉에서부터 〈동요(童謠)〉·〈이언(里諺)〉까지 다채로움을 갖추어 책을 완성하고 보니 14권이 되었다. 감히 고시(古詩)를 총망라했다고는 말할 수는 없겠지만 고시 중에 전아한 작품은 대략 여기에 수집되어 있으니, 무릇 시(詩)를 배우는 자들을 원류

(原流)로 이끌 수 있을 듯하다.[予前與樹滋陳子輯唐詩成帙, 窺其盛矣. 茲復溯隋陳而上, 極乎黃軒. 凡三百篇·楚騷而外, 自郊廟樂章·訖童謠·里諺 無不備采, 書成, 得一十四卷. 不敢謂已盡古詩, 而古詩之雅者. 略盡於此. 凡爲學詩者導之源也.]"

위의 인용문에서 확인할 수 있는 바와 같이 심덕잠은 자신이 이 글을 편찬하게 된 동기와 그 목적한 바와 책 이름을 정하게 된 이유를 정확히 밝혀 놓았다. 다시 말하면 그는 시대의 어려움을 극복하고 자신의 투철한 정신과 안목을 바탕으로 하여 그가 의도했던 바를 성공적으로 이룩한 결과의 산물을 제시한 것이다. 이는 곧 그가 이 작업을 통하여 시교(詩敎)에 의한 후생을 위한 노력의 일환이었음을 명확하게 밝혀 준 셈이다. 이어서 이 책의 체재(體裁) 및 구성(構成)에는 어떤 특징을 지니고 있는지 살펴보기로 한다. 이 역시 심덕잠의 시각과 의도한 바를 엿볼 수 있는 또 다른 한 단면이기도 하다.

4. 《고시원》의 체재와 구성

이 책의 체재는 대본을 기준으로 하여 먼저 각 시대를 구분하고, 해당 시기의 인물을 배치하였으며, 그 인물에 해당하는 작품을 순서에 따라 14권으로 나누어 배열하였다. 시대는 대략 고대로부터 한(漢)·위(魏)·진(晉)·송(宋)·제(齊)·양(梁)·진(陳)·북위(北魏)·북제(北齊)·북주(北周)·수대(隋代)까지 12시대이다. 여기에 수록된 인물은 대략 171명이며, 작가의 이름을 정확히 알 수 없어 무명씨(無名氏)로 표기한 경우가 또한 267명이나 된다. 그리하여 전체 선정한 작품 수가 무려 680제(題) 965수(首)에 달한다. 14권에 수록된 시작품의 편수와 작가의 인원수를 표로 정리하면 〈표 1〉과 같다. 그리고 분책의 형태를 임의로 1권(1~6), 2권(7~11), 3권(12~14), 4권(인물사전, 색인)으로 나눈 것은 시대의 구분과 분량 때문이며, 출간 책자를 전제

표 1. 작가 및 작품 현황

책수	권별	시대 구분	작가 수	작품 편수	무명 편수	소계	합계
一卷	권1	고일(古逸)	0	0	130	130	130
	권2	한(漢)	25	57	0	57	164
	권3	한(漢)	10	14	35	49	
	권4	한(漢)	1	0	58	58	
	권5	위(魏)	6	51	0	51	102
	권6	위(魏)	11	49	2	51	
二卷	권7	진(晉)	17	68	0	68	197
	권8	진(晉)	7	66	0	66	
	권9	진(晉)	9(-1)	45	18	63	
	권10	송(宋)	5	56	0	56	122
	권11	송(宋)	13	62	4	66	
三卷	권12	제(齊)	7	44	0	44	44
		양(梁)	4	24	0	24	101
	권13	양(梁)	17	61	16	77	
	권14	진(陳)	9	22	0	22	22
		북위(北魏)	6	9	2	11	11
		북제(北齊)	7	11	0	11	11
		북주(北周)	2	25	0	25	25
		수(隋)	16	34	2	36	36
四卷	인물사전 및 색인						
합 계			171	698	267	965	965

로 한 것이다.

〈표1〉에서 고일(古逸)에 수록한 130수의 시작품을 모두 무명 작가로 표기한 것은, 이 시기의 작품들에 대하여 간혹 작가를 주기(註記)해 놓은 것이 있기는 하지만, 대부분 후대(後代)에 가탁(假託)해 놓은 것들이어서 작자를 정확히 밝힐 수 없기 때문이다. 이는 상대(上代)의 시작품은 대개 주(周)나라 시기에 지어진《시경(詩經)》을 제외하고는 그 작자와 시대를 정확히 알 수 없는 데에서 기인한 것이다. 또한 시기에 따라 직접 무명씨로 밝혀 놓은 것은 물론이고, 〈악부가사(樂府歌辭)〉나 〈잡가요사(雜歌謠辭)〉의 항목에 들

어 있는 작품들도 모두 무명작가의 항목에 포함시켜 표로 작성하였다.

그리고 수록한 편수의 많고 적음에 따라 편찬자의 관심도를 온전히 판단할 수 있는 것은 아니지만, 진대(晉代)의 32명(도잠의 경우 8권, 9권에 걸쳐 있음) 197수의 시작품 중에 도잠(陶潛)의 시를 무려 81수나 선정해 놓은 것은 특이한 점이다. 이는 심덕잠의 취향 내지는 관심도를 측정할 수 있는 한 사례이기도 하다. 이어서 포조(鮑照) 39수, 조식(曹植) 34수, 사조(謝朓) 33수, 사영운(謝靈運) 25수, 유신(庾信) 23수를 수록한 데에서도 심덕잠의 의중을 어렵지 않게 읽어 낼 수 있겠다. 이들 작품에 직접 달아 놓은 〈상주〉를 통해 그러한 정황을 어느 정도 파악할 수 있다. 아래 인용문은 도잠과 포조의 작품세계를 심덕잠이 직접 해당 항목 아래에다 붙여 놓은 사례이다. (1), (2)는 도잠에 관한 것이며 (3), (4)는 포조에 관한 것이다.

> (1) 연명(淵明)은 명신(名臣)의 후예(後裔)로 시대가 바뀔 즈음에 살았기 때문에 말하고 싶어도 말하기 어려운 점이 있었다. 때때로 기탁(寄託)한 글이 있으니 유독 〈형가를 읊다[詠荊軻]〉라는 1장(章)만이 그런 것이 아니다. 육조(六朝)시대의 제일가는 인물이니 그의 시 중에 천고(千古)에 독보적이 아닌 것이 있겠는가? 종영(鍾嶸)이 이르기를 "그 시체(詩體)의 원류(源流)는 응거(應璩)로부터 나왔다."라고 하였는데, 이 말에 대하여 어떤 의론(議論)이 성립할 수 있겠는가?[淵明以名臣之後, 際易代之時, 欲言難言. 時時寄託, 不獨詠荊軻一章也. 六朝第一流人物, 其詩有不獨步千古者耶? 鍾嶸謂其原出於應璩, 成何議論?]

> (2) 청아하고 원대하며[淸遠] 한가롭고 자유분방함[閒放]이 그 시작품의 본래 모습이다. 그 가운데 내재한 매우 깊고[淵深], 소박하고 정이 도타운[朴茂] 부분은 거의 미칠 수 없는 경지이다. 당인(唐人)으로 왕유(王維), 저광희(儲光羲), 위응물(韋應物), 유종원(柳宗元) 등이 그를 배워서 그 본성의 가까운 곳까지 터득하였다.[淸遠閒放, 是其本色, 而其中自有一段淵深朴茂 不可幾及處. 唐人王·儲·韋·柳諸公, 學焉而

得其性之所近.]

(3) 거침없는 소리[抗音]로 회포를 토로[吐懷]할 때마다 매번 고상한 절조(節操)를 이룬다. 그 높은 경지는 멀리 육기(陸機)와 육운(陸雲)에 이르고, 위로는 조조(曹操)와 조식(曹植)의 경지를 추급하였다.[抗音吐懷, 每成亮節. 其高處遠軼機雲, 上追操植.]

(4) 송인(宋人)의 시(詩)가 날로 유약(柔弱)한 데로 흘러 고시(古詩)가 끝나고 율시(律詩)가 시작되었다. 포조(鮑照)와 사영운(謝靈運) 두 사람이 없었다면 아마도 풍아(風雅)가 빛을 발하지 못하였을 것이다.[宋人詩, 日流於弱, 古之終而律之始也, 無鮑謝二公, 恐風雅無色.]

이상에서 본 바와 같이 심덕잠은 도잠을 육조(六朝)시대의 제일가는 인물이며, 그의 시는 천고(千古)에 독보적이라고 평가하였다. 이와 같이 작가에 대한 평가는 물론, 그들의 특징적인 면을 잘 드러내어 소개했을 뿐만 아니라 역사적인 안목을 겸비하여 예리하게 지적함으로써 독자로 하여금 시교(詩敎)에 의한 학습의 효과를 극대화시키고자 한 면을 엿볼 수 있겠다.

뿐만 아니라 그는 이 시선집을 편찬하면서 교정에 참여했던 사람들까지 명단과 출신지를 일일이 작성하여 〈예언〉 뒤에다 수록해 두는 꼼꼼함을 보여 주었다. 물론 그가 겸손한 말로 "나는 학식이 얕고 보잘것없으니 시(詩)를 판단하고 송(頌)을 편집하는 데에 있어서 조금도 터득한 바가 없다. 이 글은 전적(典籍)의 사실(事實)을 근거로 하여 깊은 뜻을 통달하기까지는 삼익(三益)의 공으로 얻은 것이 대부분이다. 교정에 참여한 사람들을 자세히 열거하여 책에다 기록해 둔다.[德潛學識淺尠, 於删詩輯頌, 略無所得. 此書援據典實, 通達奧義, 得三益之功居多. 參訂姓氏, 詳列於簡.]"라고 〈예언〉에서 밝히고 있다.

그러나 이 자료를 단순히 교정에 참여한 사람들의 명단을 나열해 놓은 것으로만 간주할 일은 아닌 듯하다. 여기에 참여한 사람이 무려 50여 명이나 동원이 되었다는 것은, 이 시선집의 편찬과정이 상상외로 방대한 작업이었다는 것을 단적으로 보여 주는 또 하나의 사례인 것이다. 그들의 명단을 순서대로 표로 옮겨 보면 다음과 같다.

표 2. 참여한 사람들[參訂姓氏]

No.	1	2	3	4	5	6	7	8	9	10
성명	尤珍	施何牧	王材任	楊賓	計默	沈用濟	顧嗣立	杜詔	李崧	魏荔彤
자	謹庸	贊虞	子重	可師	希深	方舟	俠君	紫綸	靜山	念庭
지역	長洲	崇明	黃岡	山陰	吳江	錢唐	長洲	無錫	無錫	柏鄉
No.	11	12	13	14	15	16	17	18	19	20
성명	王汝驤	方還	侯銓	陳祖范	陳培脈	顧紹敏	許廷鑅	孫謨	朱奕恂	劉震
자	雲衢	蓂朔	秉衡	亦韓	樹滋	嗣宗	子遜	丕文	恭季	東郊
지역	金壇	番禺	嘉定	常熟	長洲	長洲	長洲	江寧	長洲	吳縣
No.	21	22	23	24	25	26	27	28	29	30
성명	謝方連	張畹	張鈦	方朝	周永銓	李果	汪琇	尤怡	周遠	毛樹杞
자	皆人	遜九	少弋	東華	昇逸	客山	西京	在京	少逸	遇汲
지역	宜興	吳縣	吳縣	番禺	長洲	長洲	常熟	吳縣	吳縣	吳縣
No.	31	32	33	34	35	36	37	38	39	40
성명	周準	鄭思用	王之醇	翁玉行	汪銓	彭啓豐	朱玉蛟	顧詒祿	江向爝	陸世楙
자	欽萊	元穉	鶴書	靜子	上衡	翰文	雲友	祿百	青麓	向直
지역	長洲	吳縣	崑山	江陰	新安	長洲	長洲	長洲	長洲	太倉
No.	41	42	**門人**	43	44	45	46	47	48	
성명	沈振	朱受新		洪鈞	尤秉元	滑士麟	蔣敦	陳魁	盧駿聲	
자	超亭	念祖		鳴佩	昭嗣	苑祥	仁安	經邦	景程	
지역	長洲	吳縣		寧國	長洲	太倉	長洲	長洲	吳縣	
No.	**方外**	49	50	51						
성명		震濟湘林	岑霽樾亭	德亮雪牀						
자										
지역										

5. 《고시원》 작품의 시대별 특징

서두에서 이미 언급하였거니와 심덕잠은 이 책을 편찬하면서 책머리에 〈예언(例言)〉을 두어 시대별, 작가별로 각각의 비평을 가하고 시작품을 채택한 기준까지를 명시해 놓았다. 이 점을 주목하여 시기에 따라 작품이 지니는 특징을 정리해 보기로 한다.

1) 고일(古逸)

상대(上代)인 요(堯)임금 시대로부터 아래로 진대(秦代)에 이르기까지 채록할 만한 운어(韻語)가 있으면 때로는 정사(正史)에서 혹은 제자(諸子)에서 취하여 왔다. 그리하여 이 시대의 작품을 '고일'이라는 항목 아래에 둔 것은, 고시(古詩)의 발원지가 어디에서부터 시작되었는지를 밝혀 주기 위한 때문이라고 〈예언〉에 명시하였다.

2) 한시(漢詩)

이 시기의 특징은 오언시(五言詩)를 표준으로 삼되, 그 가운데 두 시체(詩體)가 있다고 심덕잠은 보았다. 그중 하나는 소무(蘇武)와 이능(李陵)의 〈증답시(贈答詩)〉와 〈고시(古詩)〉 19수에 해당하는 고체(古體)이고, 또 다른 하나는 〈고시체로 지은 초중경의 아내를 위한 시[古詩爲焦仲卿妻作]〉와 〈맥상상(陌上桑)〉과 같은 악부체(樂府體)라는 것이다. 그는 또 소명(昭明)의 《문선(文選)》은 아정(雅正)한 음(音)만을 숭상하고 악부시(樂府詩)를 소략하게 수록하였다고 지적하고, 조사(措詞)나 서사(敍事)를 전제로 할 경우에 악부시만한 것이 없다고 강조하였다. 이 책에서는 특히 《문선》에 빠진 부분을 보충하여 후세 사람들이 구별할 줄 알게 하였다고 〈예언〉에서 밝혔다.

그리고 악부시에도 《시경(詩經)》의 풍(風)·아(雅)·송(頌)과 같은 세 가지 문체가 있어서, 〈안세방중가(安世房中歌)〉는 '아'에 가깝고, 무제(武帝)의 〈교사가(郊祀歌)〉와 같은 유는 '송'에 해당하며, 〈우림랑(羽林郞)〉·〈맥상상(陌上桑)〉 등의 편은 '국풍(國風)'에 해당한다고 주장하였다. 다만 한대(漢代)의 악부에는 섞여 있는 와언(訛言)을 구분해 낼 수 없다는 조자건(曹子建)의 말을 인용하여, 구두(句讀)를 붙이기 어렵고, 압운(押韻)이 없어 낭송하기 곤란한 것은 모두 취하지 않았다고 그는 말하였다.

3) 위시(魏詩)

이 시기의 인물로는 소무(蘇武)와 이능(李陵)의 뒤를 이은 조식(曹植)을 단연 제일인자로 꼽았다. 아버지 조조(曹操)와 형 조비(曹丕)도 재능이 많다고 평가하였지만 조식을 독보적인 시인으로 보는 데는 단호하였다. 또 이 시기 완적(阮籍)의 작품 세계에 대해서는 사물을 접하여 감정을 발산하고 슬픔과 즐거움을 마음껏 노래한 특징이 있다는 이유를 들어 그를 '별조(別調)'를 완성시킨 유일한 인물로 보았다.

4) 진시(晉詩)

이 시기의 작가들에 대한 고하(高下)와 우열(優劣)에 대하여 심덕잠은 세심한 평가를 하였다. 장화(張華)와 부현(傅玄)은 고하를 따지기 어렵고, 육기(陸機), 육운(陸雲), 반악(潘岳), 장한(張翰)도 우열을 정하기 어렵지만, 이들 중에 좌사(左思)만은 시의 풍격(風格)이 월등하여 당시의 여러 작가들을 모두 압도하였다고 보았다. 그래서 심덕잠은 종영(鍾嶸)의 《시품(詩品)》에 좌사가 반악과 육기의 중간쯤에 위치한다고 평가한 것은 적합한 평가가 아니라고 지적하였다. 다시 그 뒤를 이은 사람은 유곤(劉琨)과 곽경순(郭景純)이었음을 언급하였다.

이어서 동진(東晉) 시기를 지나면서 도잠(陶潛)의 탄생에 대하여 극찬을 아끼지 않았다. 그는 의도한 바가 없이 자연스럽게 시를 지어 지극한 경지에 도달하였으니, 그야말로 진대(晉代)의 최상일 뿐만이 아니라 다른 시대로 옮겨 놓는다 해도 충분히 과시할 만한 작가라고 평가하였다. 실제로 도잠의 작품 〈귀조(歸鳥)〉의 제4장(章)을 품평하면서, "다른 사람의 시는 '삼백편(三百篇)'을 배우고도 어리석고 무거워서[痴而重] '풍(風)'과 '아(雅)'와 더불어 날로 멀어지는데, 이 시는 삼백편을 배우지 않았음에도 맑고 유연하여서[淸而腴] '풍'과 '아'와 더불어 날로 가까워졌다.[他人學三百篇, 痴而重, 與風雅日遠, 此不學三百篇, 淸而腴, 與風雅日近.]"라고 한 것은 극찬이 아닐 수 없다.

5) 송시(宋詩)

송대(宋代)에 이르자 시의 체제가 점점 변하고 성색(聲色)이 크게 열렸다고 심덕잠은 보았다. 그리하여 이 시기의 작가로 사영운(謝靈運)과 포조(鮑照)를 이묘(二妙)라 하여 최고로 꼽았다. 그러나 안연지(顔延之)는 성가(聲價)가 높다고는 하나 인위적으로 다듬고 조각한 것이 심하여 위 두 사람과 어깨를 나란히 할 정도는 아니라고 보았다. 심덕잠이 그렇게 보는 이유는, 사영운은 산수시인(山水詩人)의 대표격이라 하여 전원시인(田園詩人)의 대표격인 도잠(陶潛)과 더불어 도(陶)·사(謝)로 병칭하는 한편, 포조는 악부문학(樂府文學)에 있어 고금을 통틀어 독보(獨步)의 경지를 개척한 일인자로 여기는 데에 있다.

안연지의 시구(詩句)가 비록 수식이 지나쳐서 포(鮑)·사(謝)의 경지에는 미치지는 못하지만 더러는 사영운과 함께 안(顔)·사(謝)로 병칭하기도 하였으니, 그 역시 송대의 수많은 시인들 중에 걸출한 인물로 보는 데는 무리가 없을 듯하다. 이 책에 그의 작품이 7제(題) 27수(首)가 수록되어 있다.

6) 제시(齊詩)

이 시기의 작가로 선정된 인물은 7인이며, 그중에 사조(謝朓)의 시가 무려 33편이나 된다. 전체 44편 중에 33편은 적은 비중이 아닌 만큼, 그를 당대(當代)를 대표하는 시인으로 인식하였다는 것을 의미한다. 〈예언〉에 "사조 혼자서 한 시대를 풍미하였다."라는 평가는 그러한 근거가 되기에 충분하다. 그리고 심덕잠은 왕융(王融) 이하는 딱히 내세울 만한 사람이 없다고 보았다.

7) 양시(梁詩)

심덕잠은 이 시기의 작품 경향에 대하여, 풍격(風格)이 날로 떨어져 가는 중에도 심약(沈約)의 단장(短章)만큼은 여전히 고체(古體)를 보존하였다고 보았고, 강엄(江淹)과 하손(何遜)의 작품 경향이 무리에서 뛰어날 정도의 풍격은 아니지만 그래도 한 시대를 풍미한 그런 작가임에는 틀림이 없다고 보았다. 그리고 간문제(簡文帝)의 시작품을 논하면서, "이 시기의 작품 경향은 임금과 신하, 위와 아래가 오로지 염정(豔情)으로 오락을 삼았기 때문에 '온유돈후(温柔敦厚)'한 정취를 잃게 되어 한(漢)·위(魏)시대의 유풍이 완전히 사라져 버렸다. 그래서 선정한 작품이 비교적 소략하다."라고 하였다.

그는 또 〈예언〉에서 "양대의 〈횡취곡〉은 무인의 가사(歌詞)가 대부분이다. 북방의 음악은 우렁차서 징과 자바라를 번갈아 연주하는 듯하다. 〈기유가〉와 〈절양유가사〉와 〈목란시〉 등의 편(篇)은 외려 한(漢)·위(魏)시대 사람들의 유향이 있고, 북제의 〈칙륵가〉도 역시 서로 유사하다.[梁時橫吹曲, 武人之詞居多, 北音鏗鏘, 鉦鐃兢奏, 企喻歌·折楊柳歌詞·木蘭詩等篇, 猶漢魏人遺響也. 北齊敕勒歌, 亦複相似.]"라고 말하였다. 그리하여 이 시기의 악부시에 칠언시(七言詩)가 많이 사용되고, 또 오언사구(五言四句)의 단시(短詩)와 팔구(八句)의 대우시(對偶詩) 등이 성행한 결과, 당(唐)의 칠언시와 오언절구, 율시(律詩) 등의 신체시(新體詩)가 형성되기까지의 선구(先驅)가 되었다고 보는 것이 그의 견해이다.

8) 진시(陳詩)

이 시기의 작가로 선정된 인물이 9명인데, 그중 첫번째 등장하는 인물이 음갱(陰鏗)이다. 그가 지은 〈개선사에서[開善寺]〉라는 시의 아래에다 심덕잠은 다음과 같이 〈상주〉를 달아 이 시기의 작품 경향에 대하여 지적하고, 또 구체적인 사례를 들어 음갱의 작품이 지니고 있는 문제점을 지적하였다. 아래 인용문은 그 실제 사례이다.

"시가 진(陳)나라에 이르러서 자구(字句)를 조탁(彫琢)하는 데 오로지 공을 들였기 때문에 고시(古詩)의 일맥(一脈)이 끊어졌다. 두소능(杜少陵)의 절구(絶句)에 '음갱(陰鏗)과 하손(何遜)이 고심하여 글짓기를 배워 보았네.[頗學陰何苦用心]'라고 하였고, 또 이태백(李太白)에게 지어 준 시에 '이후(李侯)가 좋은 시구(詩句) 지어낼 때면, 이따금씩 음갱(陰鏗)과 흡사하다.[李侯有佳句 往往似陰鏗]'라고 하였는데, 이는 다만 그 구절만 감상한 것이요, 그 풍격을 취한 것은 아니다.[詩至於陳, 專工琢句, 古詩一綫絶矣. 少陵絶句云, 頗學陰何苦用心, 又贈太白云, 李侯有佳句, 往往似陰鏗. 此特賞其句, 非取其格也.]"

이와 같이 음갱의 작품세계가 겉으로 드러나 있는 외형만 미려할 뿐이고, 그 내면에 담겨 있는 풍격은 취할 것이 없다고 지적하면서 고시(古詩)가 지니고 있는 내면의 아름다움이 단절되었다고 말하였다. 이와 반대로 주홍양(周弘讓)의 작품 세계에 대하여 품평하기를, "맑고도 진실하여[淸眞] 마치 도연명(陶淵明) 시의 한 갈래와 같으니, 진(陳)·수(隋) 시기에는 이런 시를 얻기가 대단히 어렵다.[淸眞似陶詩一派, 陳隋時得之大難.]"라고 극찬을 아끼지 않았다. 서로 상반된 이와 같은 평가는 작가와 작품이 지닌 경향에 기인한 것이므로 이 시기의 전반적인 작품 경향이 혼재되어 있음을 단적으로 말해 준 것이라 하겠다.

9) 북조시(北朝詩)

북조의 경우, 북위(北魏)의 온자승(溫子昇)과 북제(北齊)의 안지추(顔之推)의 시작품이 우수하다. 또 〈칙륵가(勅勒歌)〉는 북제의 무명씨(無名氏)의 작품이지만, 몽골의 원야(原野)를 조망한 작품으로 애수(哀愁)와 웅경(雄勁)한 기개를 엿볼 수 있는 좋은 작품이다. 심덕잠은 이 작품에 대하여 "망망(莽莽)하게 와서 자연스럽고 고고(高古)하니, 한(漢)나라 사람이 남긴 음향이라 하겠다.[莽莽而來, 自然高古, 漢人遺響也.]"라고 품평하였다. 그리고 북주(北周)에서는 유신(庾信)의 작품이 가장 뛰어나다고 하였다. 심덕잠은 그에 대하여 "뛰어난 재능이 풍부하여 비감이 서려 있는 시편에서 항상 풍골(風骨)을 보여 주었으니, 그의 장점은 오로지 글귀를 구사하는 데에만 있는 것이 아니다."라고 평가하였다.

그러나 유신은 서위(西魏)에 사신으로 가서 억류되었다가, 양(梁)이 멸망한 뒤에 결국 서위(西魏)와 북주(北周)에 출사하여 자신의 신절(臣節)을 끝까지 지키지 못한 인물이다. 그가 이를 자책하고 고향으로 돌아가고픈 심정을 담아 읊은 〈애강남부(哀江南賦)〉와 〈영회시를 본따서 짓다[擬詠懷]〉 등의 작품에서 심덕잠이 언급한 그의 고뇌에 찬 풍골(風骨)의 실제를 엿볼 수 있다. 이 책에는 〈영회시를 본따서 짓다〉라는 연작시 8수의 전문이 수록되어 있다.

10) 수시(隋詩)

특히 이 시기의 작품 중에 수 양제(隋煬帝)의 시는 북방적인 웅대호방(雄大豪放)한 기상이 가득한 〈음마장성굴행(飮馬長城窟行)〉과 같은 시와, 남조풍(南朝風)의 염려(艶麗)한 정시(情詩)로 〈채련화(采蓮花)〉와 〈춘강화월야(春江花月夜)〉 등과 같은 작품이 있어 겨우 20여 편에 불과하지만 모두 우수한 작품들이다. 그래서 심덕잠은 이들에 대하여 평가하기를, "양제의 시는 단아하고 바른말을 만드는 데 능하여, 진 후주(陳後主)에 비하여 이 점이 월등하다."고 하고, 그의 시에 대해서는 "육조시(六朝詩)의 풍기(風氣)가 바야흐로 변화하려는 징조가 보인다."고 하였다. 또한 양소(楊素)에 대하여 "무인(武人)이면서 간웅(奸雄)인 그가, 시의 풍격만은 청아하고 심원하여 마치 세상을 벗어난 고인(高人)의 글과 같으니, 참으로 납득할 수 없는 일이다."고 하였다. 2제(題) 11편의 시작품이 이 책에 수록되어 있다.

11) 가요(歌謠)

심덕잠은 〈예언〉에서 〈악부시〉와 〈잡요가사〉를 본서에 수록한 동기를 다음과 같이 서술하였다.

> "한 무제(漢武帝)는 악부(樂府)를 설립하여 가요(歌謠)를 채록하였고, 곽무천(郭茂倩)은 《악부시집(樂府詩集)》을 편찬하면서 잡요가사(雜謠歌詞)도 갖추어 수록하였으니, 이것을 보면 치란(治亂)을 알고 성쇠(盛衰)를 징험할 수 있다. 내가 각 시대마다의 시인들 뒤에다 가요(歌謠)를 붙여 놓은 것도 역시 앞서간 사람들의 뜻과 같다.[漢武立樂府采歌謠, 郭茂倩編樂府詩集, 雜謠歌詞, 亦具收錄, 謂觀此可以知治忽驗盛衰也. 愚於各代詩人後嗣以歌謠, 猶前人志云.]"

이 말은 심덕잠이 시를 채록한 기준점이기도 하다. 다음에 인용한 글도 같은 맥락에서 이해할 수 있겠다.

> "한(漢)나라 이전의 가사(歌詞) 중에는 후인들의 의작(擬作)이 꽤 많다. 예를 들면 하우(夏禹)의 〈옥첩사(玉牒詞)〉와 한 무제(漢武帝)의 〈낙엽애선곡(落葉哀蟬曲)〉과 같은 부류들이 바로 그것이다. 그 사지(詞旨)가 취할 만하므로 함께 올려도 무방하며, 진위(眞僞) 여부는 스스로 있기 마련이니, 더는 논하지 않기로 한다. 그러나 〈항아가(姮娥歌)〉와 〈백제가(白帝歌)〉는 일이 무(誣)에 가깝고, 〈우희답가(虞姬答歌)〉와 〈소무처답시(蘇武妻答詩)〉는 사어(詞語)가 시류(時流)에 가까워서 이런 종류의 작품들은 감히 시속(時俗)에 따라 채택하여 넣지 않았다.[漢以前歌詞, 後人擬作甚夥. 如夏禹玉牒詞, 漢武帝落葉哀蟬曲類是也. 詞旨可取, 不妨並登, 眞僞自可存而不論. 然如皇娥·白帝歌, 事近於誣. 虞姬答歌·蘇武妻答詩, 詞近於時, 類此者不敢從俗采入.]

지금까지는 각 시기에 따라 작품이 지닌 특징을 〈예언(例言)〉을 중심으로 살펴보았다. 다음에서는 〈상주〉를 토대로 하여 심덕잠의 시각을 정리해보기로 한다.

6. 〈상주(詳註)〉에 담긴 심덕잠의 시각

〈상주〉라는 명칭은, 상해신민서국(上海新民書局)에서 간행한 책 표지에 쓴 용어를 편의상 활용한 것으로, 작품의 이해를 돕기 위하여 심덕잠이 책을 편찬하면서 붙여 놓은 주석을 말한다. 지금까지 인용해 온 〈예언(例言)〉은 책 전체에 대한 개괄적인 제언인 데 반하여 이 〈상주〉는 작품 각각에 대한 평가와 이해가 잘 드러나 있다. 따라서 이 책의 전체 작품에 대한 심덕잠의 시각을 알아보기 위해서는 필연적으로 이 〈상주〉의 내용을 정리해 둘 필요가 있다. 이 장에서 전체를 다 아우르지는 못하지만 대략이나마 정리해 보고자 한다.

일련번호 113. 〈백량시(柏梁詩)〉에 대하여 심덕잠은 "한 무제(漢武帝) 원봉 3년(元封三年)에 백량대를 짓고 이천석(二千石)에 해당하는 신하들에게 조서를 내려, 칠언시(七言詩)를 제대로 짓는 신하는 상좌(上坐)에 앉게 하였다." 라고 소개하면서 26명의 명단을 작품 아래에 표기하였다. 그리고 이 작품을 칠언고시(七言古詩)의 시초라고 명명하였으며, 후세 사람들이 연구시(聯句詩)를 짓게 된 것이 이후부터라고 그는 말하였다. 말미에는 "한 무제의 시에는 제왕(帝王)의 기상이 엿보이나 그 이하는 수준이 못 미친다. 그러나 26명의 작품을 그대로 수록하여 하나의 시체(詩體)를 갖추어 놓았다."라고 하였으니, 심덕잠의 말대로라면 고문헌에 자주 등장하는 연구시(聯句詩)의 발원지가 이 〈백량시〉라는 말이 된다.

또 소무(蘇武)와 이능(李陵)의 시작품에 대하여 "한번 읊고 세 번 감탄하게 하는 감성과 이성이 공존하는 그런 작품이다."라고 말하고, 소무의 시작품은 4수의 한 묶음인 시작품을 싣고 각각 말미에 시평을 붙여 놓았다. 이능의 시는 122. 〈소무에게 준 시[與蘇武詩]〉라는 3수의 시와 흉노 땅에서 소무와 작별하면서 지은 123. 〈별가(別歌)〉 1수를 수록하였다.

이능에 대한 일부 부정적인 시각들과는 달리 심덕잠은 이 시 작품을 통해 그의 안타까운 처지에 대하여 애틋한 연민의 정을 가지고 시작품을 바라보았다. 그는 〈소무에게 준 시〉라는 작품에 대하여 "조물주의 베틀에서 짜낸 한 조각 비단과 같아서 인간의 능력과는 무관하다"라고 극찬하였고, 이 작품을 오언시(五言詩)의 원조(元祖)라고 말하였다. 심지어 "음(音)은 극히 온화하고, 조(調)는 극히 어울리며, 자(字)는 극히 온당하다. 이것이 한(漢)나라 사람의 고시체(古詩體)이며 후세 사람들이 흉내 낼 수 없는 경지이다." 라고 말함으로써, 직접적으로 우열을 가려 말하지는 않았지만 소무의 작품보다 이능의 시작품이 더 핍진한 감정을 함의하고 있다고 보았다. 소무와 이능의 서로 다른 처지를 놓고 보면 충분히 이해할 수 있는 부분이기도 하다.

심덕잠은 한 소제(漢昭帝)의 127. 〈임지가(淋池歌)〉에 대하여 "육조(六朝)시대의 풍기(風氣)를 열어 준 작품이다."라고 소개하였고, "양홍(梁鴻)의 132. 〈오희가(五噫歌)〉와 장형(張衡)의 135. 〈사수시(四愁詩)〉는 어찌 그 경지를 모방할 수 있겠는가. 후인(後人)이 모방한 것은 그저 서시(西施)의 겉모습만을 그린 것과 같을 뿐이다."라고 평가하여 두 작품의 우수성을 나타내 주었다. 유일하게 두소능(杜少陵)의 〈칠가(七歌)〉는 이 〈사수시〉를 모방한 것이지만 가장 환골탈태(換骨奪胎)를 잘하였다는 말로 상호 연관성이 있음을 시사했다. 이러한 그의 시각이 궁극적으로는 후대의 시를 공부하는 사람의 지침이 된다는 점에서 유의미한 평가라 할 수 있겠다.

채염(蔡琰)이 지은 147. 〈비분시(悲憤詩)〉는 108구 540자나 되는 오언장편(五言長篇)의 서사시(敍事詩)이다. 기구한 운명을 지닌 한 여인의 자서전에 가까운 사실적 묘사가 뛰어난 이 작품에 대하여 심덕잠은 "단락이 분명하면서도 이어 간 흔적을 말끔히 제거하여 끊어질 듯 이어지며 잗달지도 않고 난잡하지도 않다."라고 평하였고, "두소능의 〈봉선영회(奉先詠懷)〉와 〈북정(北征)〉 등의 시와 이따금씩 유사한 면이 있다."라고 하였다. 그리고 이어서 "마음이 격앙되고 쓰라려서 읽다 보면 마치 흩날리는 쑥[驚蓬]이 자리를 어지럽히고 모래와 자갈[沙礫]이 저절로 날리는 듯한 분위기를 느낄 수 있다. 동한(東漢)시대의 사람으로 최대의 역량을 지녔다."라고 극찬하였다.

사실 채염은 후한 말기의 여류시인이면서 채옹(蔡邕)의 딸인데 처음에는 위도개(衛道玠)에게 시집갔다가 얼마 후 남편과 사별하고 친정으로 돌아왔다. 그 뒤 동탁(董卓)의 난 때 흉노족에게 납치되어 남흉노 좌현왕(左賢王)에게 시집가서 두 아들을 낳았다. 조조가 채옹의 후손이 끊기는 것을 애석하게 여겨 좌현왕에게 천금을 주고 채염을 데려와서 동관 근처 남전 땅에 장원을 세우고 그곳에서 살게 하였다. 그 뒤에 그는 다시 동사(童祀)에게 재가(再嫁)한 인물이다.

이러한 인물의 과거를 의식한 탓인지 심덕잠은 말미에 "사람들로 하여금 그의 실절(失節)을 잊고 단지 가련함만 깨닫게 하니, 이는 그의 정이 진실한[情眞] 때문이며 또한 그 정이 깊은[情深] 때문이다."라고 평가한 것을 보면, 이는 곧 작품 속에 담긴 채염의 생애와 관련한 진정성을 심덕잠은 더 높게 평가하였다는 사실을 알 수 있다.

그리고 심덕잠은 악부시에 대하여 다음과 같이 평하였다. 165. 〈맥상상(陌上桑)〉에 대하여 "진술하는 기법이 매우 농염하여 신연년(辛延年)의 〈우림랑(羽林郎)〉과 한 솜씨의 글처럼 보인다."라고 하였고, 또 이어서 "이 악부체(樂府體)가 고시(古詩)와 구별되는 점이 여기에 있다."라고 하여 악부시와 고시를 구분하였으며, 171. 〈동문행(東門行)〉에 대하여는 "위 문제(魏文帝)의 〈염가하상행(豔歌何嘗行)〉에 "위로는 푸른 하늘에 부끄럽고, 아래로 나이 어린아이들을 돌아본다"는 이 글을 본뜬 것인데, 이 글이 더 이해하기 쉽다." 라고 하였다. 172. 〈고아행(孤兒行)〉에 대하여는 "매우 잗달[瑣碎]기도 하고 매우 고상[古奧]하기도 하다. 단절과 연속이 끝이 없고 단락의 흔적이 없으며 눈물자국과 피맺힌 한으로 점철되어 한편을 이루고 있다. 이는 악부시 중에 한 종류의 작품이라 하겠다."라고 하였다. 173. 〈염가행(豔歌行)〉에 대해서는 "〈맥상상(陌上桑)〉, 〈우림랑(羽林郎)〉과 함께 성정(性情)의 올바름을 보여 주고 있으니 국풍(國風)의 영향이라 하겠다."라고 하였다. 176. 〈상가행(傷歌行)〉에 대해서는 "애써 조탁(彫琢)하지도 않았고, 대우(對偶)를 맞추지도 않았다. 그러나 화평한 가운데 웅건(雄健)한 풍격(風格)이 느껴진다."라고 하였다. 이렇듯이 심덕잠은 〈예언〉에서도 이미 언급한 것처럼 악부시에 대하여 깊은 이해와 남다른 관심을 피력하였다.

다음은 고시(古詩)에 대하여 심덕잠은 어떤 시각으로 바라보았는지 살펴보기로 한다. 먼저 184. 〈고시(古詩)〉는 모두 19수(首)로 되어 있다. 그는 이 19수의 작품을 한 사람이 한 시기에 지은 것이 아니라고 보았다. 《옥대신영(玉臺新詠)》의 경우 중간에 몇 장을 매승(枚乘)이 지었다는 것과, 《문심조룡(文心雕龍)》의 경우 〈고죽(孤竹)〉 1편을 부의(傅毅)의 사(詞)라고 주장한 것을 일례로 들고, 소명(昭明)의 "성씨를 모르기 때문에 통칭해서, 고시(古詩)라고 한다"라는 말을 인용하여, "소명의 설(說)을 따르는 것이 타당하다."라고 그의 견해를 밝혔다. 심덕잠은 이 작품을 "독자로 하여금 슬픈 감정이 끊임없이 일게 하면서 자연스럽게 선한 마음을 갖게 하니, 이는 국풍(國風)의 영향을 받은 작품이다."라고 하여, 극찬을 아끼지 않았다. 또한 "청화(淸和)하고 평원(平遠)함이 있어서 굳이 기발한 생각이나 놀랍게 하는 문구를 쓰지 않았으나 한경(漢京)의 여러 고시(古詩)는 모두 그 수준이 이 시의 아래에 놓일 수밖에 없다. 따라서 이 시는 오언시(五言詩) 중에서 그 기준이 되는 극치이다."라고 한 것을 보면, 심덕잠이 이 19수의 〈고시〉에 대하여 높이 평가하고 있음을 알 수 있다.

그리고 심덕잠은 211. 〈성 위의 까마귀 동요[城上烏童謠]〉에 대하여 "가요(歌謠)는 그 대의(大意)만을 보도록 하고, 글자마다 따져 볼 필요는 없다. 따라서 천착하여 오류를 범하는 것보다는 차라리 의문점을 남겨 두는 편이 낫다."라고 하여 작품을 바라볼 때 합리적인 방안을 강구하고 너무 천착하여 억지가 되지 말게 하였으며, 214. 〈소탐가(蘇耽歌)〉에 대해서는 "213. 〈정령위가(丁令威歌)〉와 같이 응당 후세 사람들의 의작(擬作)으로 봐야 할 것이지만, 가사(歌詞)가 취할 만한 점이 있다."라고 하여 그가 시를 선정한 기준이 후대의 시교(詩敎)로서 가치가 있는 것이면 채록하였다는 것을 보여 주었다.

위 무제(魏武帝)에 대한 심덕잠의 시각도 예사롭지 않다. "맹덕(孟德)의 시는 오히려 한나라 가락에 가깝고, 위 문제(魏文帝) 자환(子桓) 이하는 순전히 위나라 가락이다."라고 하였으며, 또 "의미가 심장하고 웅건하며 맑고 청아한 시풍이 있으며 가끔씩 패자(覇者)의 기상이 드러나기도 한다."라고 하였다. 그리고 "조공(曹公)의 사언시(四言詩)는 《시경》삼백편(三百篇)의 시 외에 자연스럽게 기발한 음향을 개척하였다."라고 하여, 조조의 시작품 경향에 대하여 한 분야를 개척한 것으로 보았다. 또한 진림(陳琳)의 257. 〈음마장성굴행(飮馬長城窟行)〉에 대하여 "묻고 답한 흔적이 없지만 신리(神理)가 정연하니, 한(漢)나라의 악부시로 더불어 상큼함을 견줄 만하다."라고 평하였다.

육기(陸機)에 대한 평은 다음과 같다. "뜻은 해박한 지식을 드러내고자 하였으나 가슴속의 지혜가 부족하고, 필력도 거론하기에는 충분치 않아서 마침내 배우(排偶)만 따지는 일파(一派)를 열어 놓았다. 그리하여 서경(西京) 이래의 참신하고 웅건한 기상은 더 이상 존속시키지 못하였다."라고 하고, 그의 작품 경향에 대하여 "사형(士衡)은 명장(名將)의 후예로 나라가 망하고 가문이 망한 터라 정서에 맞게 말하려다 보니, 필시 애원(哀怨)이 많았을 것이다. 그러나 작품의 취지가 얕고 다만 외형만 수식하는 데에 공을 들였을 뿐이니, 다시 무엇을 귀하다 하겠는가."라고 하여 혹평을 가하였다. 또 "소무(蘇武)·이능(李陵)의 시와 〈고시〉 19수는 매양 시격이 국풍(風)에 근접하지만, 사형의 무리는 부(賦)를 짓는 것으로 행세하였다. 그런 연유로 사람을 감동시키지 못하였다."라고 하고, 끝부분에서 다시 《문부(文賦)》에 "시는 감정에 따라 짓되 아름답게 묘사한다."라는 글을 인용하면서 "이는 자못 시인(詩人)의 본지(本旨)가 아니다."라는 말로 반박하였는데, 이는 그의 '격조설'에 근거한 것으로, 시는 먼저 품격을 갖추어야 하는 것이지만 결국은 감동을 줄 수 있는지의 여부가 관건이라는 것이다.

심덕잠은 반악(潘岳)에 대해서도 그다지 긍정적이지 않았다. "안인(安仁)을 《시품(詩品)》에서는 그 순서를 사형(士衡)의 아래에다 두었다. 여기에서는 특히 〈도망시(悼亡詩)〉 2수를 취하였는데, 격조는 비록 높지 않으나 그 정만큼은 자연히 깊기 때문이다."라고 하였고, "안인이 가후(賈后)의 당여(黨與)가 되어 태자(太子)인 휼(遹)과 유력(有力)한 사람들을 모의하여 죽였다. 인품이 이러한데, 시(詩)가 어찌 아름다울 수가 있겠는가?"라고 하였으며, "반악과 육기의 시는 마치 비단을 잘라 꽃을 만들어 놓은 듯하니 살아 있는 운치[生韻]가 극히 적다. 그래서 작품을 적게 수록하였다."라고 하여 그의 시 선별에 대한 분명한 시각을 제시해 주었다.

그러나 좌사(左思)에 대해서는 다음과 같이 평하였다. "종영(鍾嶸)이 좌사의 시(詩)에 대하여 품평하기를, '육기(陸機)보다는 거칠지만 반악(潘岳)보다는 깊이가 있다.'라고 하였는데, 이는 좌태충(左太沖)을 모르는 자이다. 태충은 가슴속이 툭 트였고 필력 또한 호탕하며 한(漢)·위(魏)시대를 연마하여 스스로 우수한 작품을 지었다. 그러므로 이는 한 시대를 풍미한 솜씨라고 할 수 있다. 어찌 반악과 육기 정도로 비교할 수 있겠는가."라고 하였고, 306. 〈영사(咏史)〉 8수(首)에 대하여 "태충의 〈영사시〉는 오로지 한 사람만을 읊은 것도 아니며 또한 오로지 한 가지 일만을 읊은 것도 아니다. 고인(古人)을 읊었음에도 자신의 성정(性情)이 모두 드러나 있으니, 이는 천추(千秋)에 절창(絕唱)이라고 하겠다. 뒤에는 오직 포명원(鮑明遠)과 이태백(李太白)만이 그것이 가능했다."라고 하여 극찬을 아끼지 않았다.

이어서 왕희지(王羲之)의 324. 〈《난정집》의 시[蘭亭集詩]〉에 대한 평을 보기로 한다. "서문(序文)만 유독 아름다운 것이 아니라 시(詩)도 청초(淸超)하고 탈속(脫俗)하였다."라고 하고, 그 작품의 일부를 들어 "도를 배워서 터득한 자가 아니면 이런 말을 하지 못한다."라고 하면서 서문은 사람마다 외워서 기억하고 있기 때문에 여기에는 싣지 않고 시작품만 실었다고 자신의 견해를 밝혔다. 왕희지의 문장뿐만이 아니라 시작품의 경지에 대해서도 '도를 배워서 터득한 자'라고 평가할 정도이다. 그러나 《창려선생문집(昌黎先生文集)》에 보면 그의 시작품만 해도 줄잡아 360여 수나 되는데 여기에 수록한 것은 1수에 불과하다. 81수나 되는 도연명의 시작품을 수록한 데에 비교하면 상당한 차이가 있다. 이는 문장가와 시인에 대한 구분을 엄격히 한 것으로 보여진다.

그렇다면 도연명의 시작품을 바라보는 심덕잠의 시각은 또 어떠했는지 다시 살펴보기로 한다. 우선 〈음주시〉 10수 중의 끝부분에 남긴 평을 보기로 하자, "진인(晉人)의 시(詩) 중에 광달(曠達)한 자는 노자(老子)와 장자(莊子)를 주로 인용하고, 번루(繁縟)한 자는 반고(班固)와 양웅(揚雄)을 주로 인용하는데, 도공(陶公)은 전적으로 《논어(論語)》를 인용하였다. 한인(漢人) 이하로부터 송유(宋儒) 이전까지 성문(聖門)의 제자(弟子)로 추대할 수 있는 자는 연명(淵明)뿐이다. 강락(康樂)도 경전(經傳)의 말을 잘 인용하기는 하였으나 흔적을 없게 하는 데에서는 연명에게 자리를 양보해야 한다."라고 하였으니, 심덕잠의 견해는 역시 유학의 경전을 존숭하는 데에 비중을 두고 있었음을 짐작할 수 있겠다.

그리고 안연지(顔延之)에 대한 평을 보면 "육사형(陸士衡)은 늘어놓으며 서술하는 데[敷陳] 장점을 지녔고, 안연지(顔延之)는 새기고 다듬는 데[鏤刻] 장점을 지녔다. 그러나 이런 것 때문에 흠이 된다. 《시경(詩經)》에 '조화롭기가 맑은 바람과 같다.[穆如淸風]'라고 하였는데, 이러한 시가 '아음(雅音)'인 것이다."라고 하여, 심덕잠의 시를 바라보는 기준점은 '아음'이 되느냐 못되느냐를 가지고 판단했다는 것을 알 수 있다.

그런가 하면 사혜련(謝惠連)은 남조(南朝) 송(宋)나라 사람으로, 그의 종형(從兄)인 사영운(謝靈運)과 사조(謝朓)와 함께 삼사(三謝)로 불릴 만큼 명성을 떨쳤다. 그런데 그에 대한 심덕잠의 평가는 냉혹할 정도이다. "사선원(謝宣遠)의 시는 한결같이 고치고 다듬어서 자연스런 운치를 잃었다. 〈장자방을 읊다[詠張子房]〉라는 작품은 더욱더 생경한 것이어서 비록 당시에는 존중받았을지라도 여기에서는 산삭하였다."라고 하여 그의 선시(選詩)의 기준을 명확히 하였다.

원제(元帝)는 양(梁)나라 무제(武帝)의 일곱째 아들이다. 그가 지은 518. 〈절양류(折楊柳)〉의 아래에다 주석을 달면서 "이와 같은 종류의 음절(音節)은 결국 오언근체(五言近體)로 보아야 한다. 고시(古詩)는 제(齊)나라와 양(梁)나라 사이에서 없어졌다가 당(唐)나라의 진사홍(陳射洪)이 나타나 넓히고 맑게 하였다. 문(文)에서는 한창려(韓昌黎)를 얻었고 시(詩)에서는 진사홍을 얻었으니, 만회(挽回)한 공로가 적지 않다."라고 하여, 당나라 근체시의 시발점이 양 원제의 〈절양류〉에서 기인한다고 보았다.

이어서 불교에 능하였고, 음운에도 밝아 사성(四聲)을 정확히 구별해 놓았으며 시의 팔병설(八病說)을 제창한 바 있는 심약(沈約)에 대해서는 "가령(家令)의 시(詩)는 포조(鮑照)나 사조(謝朓)의 시에 비하면 성정(性情)과 성색(聲色) 면에서 모두 1격(一格)을 양보해야만 할 것이다. 그러나 소량(蕭梁)의 시대에는 역시 대가로 추대되었으니, 변폭(邊幅)은 외려 매끄럽고 사기(詞氣)가 외려 중후하여서 능히 고시(古詩)의 한 맥을 보존하였다. 그 시기에 강둔기(江屯騎)와 하수조(何水曹)가 각각 일가를 이루었으니, 서로 정족(鼎足)의 형세를 취할 만하다."라고 하여 이 시기의 삼인방을 제시해 주었다. 그의 작품 524. 〈범안성과 작별하다[別范安成]〉에 대해서는 "한 가닥의 진정한 기운이 흘러나와 구절마다 구르고 글자마다 두터워지니, 〈고시〉 19수의 경지와 거리가 멀지 않다."라고 하여 극찬하기도 하였다.

남조(南朝)시대 양(梁)나라의 문학가였던 유견오(庾肩吾)의 작품 556. 〈진사왕의 무덤을 지나다[經陳思王墓]〉에 대해서는 "유견오와 장정견은 그 시에 성색과 취미를 모두 갖추었다. 시의 아름다움은 성색과 취미를 모두 갖춘 데 있으니, 유견오와 장정견과 같은 사람이 여기에 해당하고, 시의 고상한 경우는 성색과 취미가 전혀 없는 데에 있으니, 도연명과 같은 이가 여기에 해당한다."라고 하였다.

남조시대 진(陳)나라의 시인이었던 강총(江總)의 작품 608. 〈규원편(閨怨篇)〉에 대해서는 "당률과 비슷하다. 조금 내려가면 전사(塡詞)가 되니, 배우는 자들은 그 조짐을 막아야 한다."라고 하여 경계하는 말을 남겼으며, 청하(淸河) 동무성(東武城) 사람인 장정견(張正見)의 작품 609. 〈가을날에 유정원과 작별하다[秋日別庾正員]〉라는 시에 대해서는 "좋은 시구(詩句)를 만났을 때 그 격조가 아주 낮거나 약하지만 않으면 또한 곧 거둬들여야 한다. 시를 선정하는 자가 여기에 이르면 안목을 어느 정도 낮출 수밖에 없다."라고 하여, 조금은 부족하여도 격조가 아주 형편없지만 않으면 선정하였다는 심덕잠의 아량을 보여 주는 부분도 있다.

그리고 상경(常景)의 618. 〈양웅을 노래하다[揚雄]〉에 대하여 "이 작품은 기상과 체제가 크고 방정하여서 수록하였다."라고 하여 또 다른 시작품 선별기준을 제시하였고, 북주(北周)의 유신(庾信)이 지은 642. 〈'영회'를 본따서 짓다[擬詠懷]〉라는 8수에 대하여 "끝없는 외로움과 울분을 다 토해 냄으로써 교졸(巧拙)함을 모두 잊었으니, 전적으로 완적(阮籍)을 본떴다고 할 수 없다."라는 그의 견해를 과감하게 피력한 부분도 있다.

그리고 특히 눈에 띄는 시평은 유신의 작품 647. 〈매화(梅花)〉라는 오언 8구 율시 형태의 시에 대하여 "옛사람은 매화를 읊을 적에 맑고 고상하여 세속을 초탈하였는데, 후세 사람은 더욱 각획(刻畫)을 하고 끈끈하게 막히는[粘滯] 경향이 있다는 것을 느끼게 한다. 이것을 보면 옛사람은 정신을 취하였는데 후세 사람은 외형만을 취하는 경향이 있다는 것을 알 수 있다."라고 하였다. 수많은 매화를 읊은 시가 있는데 그 시작품들에 대하여 옛사람과 요즘 사람의 성향을 예리한 안목으로 지적하고 있는 점이 돋보인다.

또한 수 양제(隋煬帝)에 대해서는 "양제의 시는 단아하고 바른말을 구사할 줄 알아서 진 후주(陳后主)보다 훌륭하다."라고 평하였지만, 그의 작품 653. 〈'음마장성굴행'을 지어 출정에 수행하는 신하들에게 보이다[飮馬長城窟行示從征羣臣]〉와 654. 〈백마편(白馬篇)〉에 대하여 "두 작품은 기상과 체격이 자연 활달하다. 그러나 골격은 진작시키기에 충분하지 않다."라고 평하였다.

수나라 정치가인 양소(楊素)에 대한 평도 예외가 아니다. "무인이면서 간웅인데, 시의 풍격만은 맑고 심원하여 마치 세상을 벗어난 고인(高人)의 글과 같으니, 참으로 이해할 수 없다."라고 하였고, 그의 작품 656. 〈설파주에게 주다[贈薛播州]〉라는 9수의 오언 고풍체의 시작품 말미에는 다음과 같은 평이 있다. "천하가 혼란한 시기에 살며 처음 정정(定鼎)을 말하였고, 다음은 구재(求材)를 말하고, 다음은 입조(立朝)를 말하고, 그다음은 설도형이 출수(出守)하여 그 정무(政務)를 완성한 것을 칭송하고, 그다음은 자신이 한가롭게 돌아온 걸 말하였고, 맨 끝에는 서로 그리워하는 뜻을 묘사하였다. 한 제목 아래에서는 몇 개의 장이 되더라도 모두 이런 장법(章法)을 구사해야 한다."라고 하여 시작품의 한 형식에 대하여 언급하였다.

7. 맺음말

심덕잠은 이 《고시원(古詩源)》을 편찬하면서 여러 의미를 부여하였다. 그 중에 하나를 꼽는다면 단연 시교(詩教)를 전제로 한 결과의 산물로 보아야 할 것이다. 그가 〈예언〉을 통하여 또는 〈상주(詳註)〉를 통하여 전달하고자 했던 다양한 비평들이 결국은 후대의 시를 공부하는 사람들을 위한 교육의 지침이 되기를 간절히 바랐다고 할 수 있다. 다음 〈예언〉의 말미에 적어 놓은 내용을 통하여 다시 그 의미를 상기해 보고자 한다.

"시(詩)는 이치를 말하는 것이 아니다. 그러나 어찌 사리(事理)에 어긋난 시가 있겠는가? 중장통(仲長統)의 《술지(述志)》에 이르기를, '오경을 어기거나 어지럽히고[畔散五經], 풍(風)과 아(雅)를 뭉개거나 폐기한다[滅棄風雅]'라고 하였는데, 이 말은 방자함을 따져 물을 것도 없으니, 이런 유의 글들은 대개 다 채택하지 않았다.[詩非談理, 亦烏可悖理也? 仲長統述志云, 畔散五經, 滅滅風雅, 放恣不可問矣, 類此者概所屏卻.]"

이상에서 살펴본 바와 같이 심덕잠은 이 책을 편찬하면서 여러 측면에서 자신의 견해와 목적한 바를 자세히 밝혀 놓았다. 후세의 시를 공부하는 사람들에게 지침이 되기 위한 목적에서 이루어진 결과의 산물로 보고자 하는 이유가 바로 여기에 있다.

심덕잠은 청나라 시인 왕사정(王士禎)이 예전에 편찬한 《고시선(古詩選)》에 대하여 문제점을 보완하는 계기로 삼아 이 《고시원(古詩源)》을 편찬하였다고 밝혔다. 그는 《고시선》이 오언(五言)과 칠언(七言)으로 이루어진 작품만을 수록한 문제점을 《고시원》에서는 삼언(三言)과 사언(四言) 및 장단(長短)에 의한 잡구(雜句)까지 모두 수록하면서 특별히 각체(各體)에 해당하는 것을 채록하여 미비점을 보충하였다.

또 왕상서가 선정한 오언(五言)의 경우 당인(唐人)의 시까지만 취하였고, 칠언(七言)의 경우는 아래로 원대(元代)까지의 시를 취한 데 반하여 《고시원》은 도당씨(陶唐氏)로부터 시작하여 남북조(南北朝)까지로 범위를 잡았다. 그리고 그는, "이는 발원지를 탐색하기 위한 것이며 아래로 지류(支流)는 살펴볼 겨를이 없었기 때문이다.[探其源, 不暇沿其流也.]"라고 밝히고 있다. 이것이야말로 심덕잠이 후세의 사람들에게 시교(詩敎)를 통한 하나의 지침이 되기를 간절히 희망했던 시도였다고 보여진다.

시(詩)는 당대(唐代)에 이르러 극도로 성행하였다. 그러나 시의 성행이 곧 시의 근원[源]은 아니다. 오늘날 강물을 관찰하는 자는 바다만 보고 그것을 전부라고 여긴다. 그러나 바다를 통해서 거슬러 올라가면 바다와 가까운 데가 구하(九河)[1]이고, 그 상류는 강수(洚水)[2]이며 맹진(孟津)[3]이다. 또 그 위로 가면 적석(積石)[4]을 통해서 곤륜(崑崙)[5]의 발원지에 이르게 된다.[詩至有唐爲極盛, 然詩之盛非詩之源也. 今夫觀水者, 至觀海止矣. 然由海而溯之, 近於海爲九河, 其上爲洚水, 爲孟津, 又其上由積石, 以至崑崙之源.]

《예기(禮記)》에 "대천(大川)에 제사를 지내는 자가 하수(河水)에 먼저 하고 바다에 뒤에 한다."[6] 하였는데, 이는 그 발원지를 중요시하기 때문이다.

---

1 구하(九河): 함곡관(函谷關) 주변에 위치한 감숙성(甘肅省) 중부 지역을 흐르는 강을 이르는 말로, 영정하(永定河)라고도 한다.

2 강수(洚水): 춘추전국시대 장하(漳河)의 한 지류. 후대에는 분리되어 고강하(枯洚河)를 강수(洚水)라고 하였다. 하북성(河北省) 광종현(廣宗縣)에서 발원하여 남궁현(南宮縣)·기현(冀縣)·형수현(衡水縣)을 지나 장하와 합류하였으나 지금은 없어졌다. 강수(絳水) 또는 강수(降水)로도 쓴다.

3 맹진(孟津): 동한(東漢)시대 때 낙양(洛陽) 동북쪽 황하(黃河) 주변의 한 나루터였는데, 예로부터 군사상의 요충지로 활용되었던 곳이다. 현재 하남성(河南省) 맹현(孟縣) 남쪽이 그 지점이다.

4 적석(積石): 《한서(漢書)》 〈지리지(地理志)〉에 "금성군(金城郡) 하관현(河關縣) 서남쪽 강중(羌中)에 있다." 하였는데, 하관현은 지금 감숙성(甘肅省) 임하(臨河) 부근으로, 황하(黃河)가 이 산에서 발원한다고 한다.

5 곤륜(崑崙): 중국 전설에 나오는 신성한 산. 중국 서쪽에 있으며 황하강(黃河江)의 발원지로 알려져 있다. 하늘에 이르는 높은 산, 또는 아름다운 옥이 나는 산으로 서왕모(西王母)가 살았으며 불사(不死)의 물이 흐르는 곳이라고 전해 온다.

6 《예기(禮記)》 〈학기(學記)〉에 "삼대의 왕들이 대천에 제사를 지낼 때면 모두 하수에 먼저 하

당나라 이전의 시(詩)는 곤륜산 아래에서 내려오는 물에 해당한다. 한경(漢京)[7]과 위씨(魏氏)[8]의 경우는 《시경(詩經)》의 풍(風)·아(雅)와 거리가 멀지 않기 때문에 달리 말할 것이 없다. 다만 제(齊)·양(梁)의 화려함과 진(陳)·수(隋)의 경쾌하고 요염한 시의 경우는 풍표(風標)와 품격(品格)이 당나라에 견주어 손색이 없다고 단정할 수 없다. 그렇다 하여 당시(唐詩)가 거기로부터 영향을 받지 않았다고 말한다면, 이는 사해(四海)의 물이 맹진 이하에서 흘러온 물이 아니라고 하는 것이 될 것이니, 이런 이치가 있겠는가.[記曰; "祭川者先河後海." 重其源也. 唐以前之詩, 崑崙以降之水也. 漢京魏氏, 去風雅未遠, 無異辭矣. 即齊梁之綺縟, 陳隋之輕豔, 風標品格, 未必不遜於唐. 然緣此遂謂非唐詩所由出, 將四海之水非孟津以下所由注, 有是理哉.]

명(明)나라 초기에는 송(宋)·원(元)의 유습을 계승하였다. 그 후 이헌길(李獻吉)[9]이 당시를 가지고 진작시키면서부터 천하가 바람에 쏠리듯 그를 추종하였고, 전후칠자(前後七子)[10]가 서로 우익이 되어, 이를 매우 성대한 일로

고 바다에 뒤에 하였다. 이는 혹은 근원이 되고 혹은 말류가 되기 때문이다. 이것을 일러 근본에 힘쓴다고 하였다.[三王之祭川也, 皆先河而後海. 或源也, 或委也, 此之謂務本.]" 하였다.

7 한경(漢京): 한(漢)나라의 도성이었던 장안(長安) 혹은 낙양(洛陽)을 지칭한다. 또는 기타 고대(古代) 한족(漢族)의 정권적 도성(都城)을 지칭하기도 한다. 한(漢)나라 반고(班固)의 《서도부(西都賦)》에 "우리의 황도를 넓히고[博我以皇道.] 우리의 한경을 넓힌다.[弘我以漢京.]" 하였다.

8 위씨(魏氏): 조위(曹魏)를 일컫는 말로, 곧 조조(曹操)를 시조로 한다는 의미에서 중국 삼국시대의 위(魏)나라를 통칭하는 말로 쓰인다.

9 이헌길(李獻吉, 1475~1529): 헌길(獻吉)은 이몽양(李夢陽)의 자(字)이고, 호는 공동자(空同子)이다. 효종(孝宗)과 무종(武宗)을 섬겨 강직한 신하로 평가받았다. 7재자(七才子)의 한 사람으로 시문의 복고(復古)를 주창하여 '문필진한(文必秦漢), 시필성당(詩必盛唐)'을 주장, 진한(秦漢)의 고문과 이두(李杜: 이백·두보)의 시를 이상으로 하고 시의 격조를 중시하였기 때문에, '격조설(格調說)'이라고 하여 문단을 주도하기도 하였다. 저서에는 《이공동전집(李空同全集)》 66권과 부록 2권이 있다.

10 전후칠자(前後七子): 전칠자(前七子)는 주로 1488년에서 1521년 사이에 활동했던 이몽양(李夢陽, 1472~1529), 하경명(何景明, 1483~1521), 왕구사(王九思, 1468~1551), 왕정상(王廷相, 1474~1544), 강해(康海, 1475~1541), 변공(邊貢, 1476~1532), 서정경(徐禎卿, 1479~1511) 등을 말하며, 후칠자(後七子)는 1520년대 후반부터 1560년대 전반기에 활동했던 이반룡(李攀龍, 1475~1570), 왕세정(王

칭송하였다. 그러나 그들의 폐단은 주수(株守)[11]하기를 너무 지나치게 하는 데에 있다 보니, 의관을 갖춘 허수아비 같다 하여 시를 배우는 사람들이 이를 문제로 여겼다. 당(唐)만을 따라 지킬 뿐 그 원류를 궁구하지 않았기 때문에 문파(門派)를 따로 세운 자들이 이를 추종하며 구실로 삼게 되었다. 이로 볼 때 당시(唐詩)는 송·원의 상류인 것이며, 고시(古詩)는 또 당인의 발원지인 셈이다.[有明之初, 承宋元遺習, 自李獻吉以唐詩振, 天下靡然從風. 前後七子, 互相羽翼, 彬彬稱盛. 然其敝也, 株守太過, 冠裳土偶, 學者咎之. 由守乎唐而不能上窮其源, 故分門立戶者, 得從而爲之辭, 則唐詩者, 宋元之上流, 而古詩又唐人之發源也.]

나는 예전에 진수자(陳樹滋)[12]와 함께 당시(唐詩)를 수집하여 책으로 만들면서 그 성대함을 엿볼 수 있었다. 이제 또다시 수(隋)·진(陳)을 거슬러 올라가서 황제헌원씨(黃帝軒轅氏)[13]까지 망라하였다. 《시경(詩經)》 3백 편과 《초사(楚辭)》·《이소경(離騷經)》을 제외하고, 〈교묘악장(郊廟樂章)〉에서부터 〈동요(童謠)〉·〈이언(里諺)〉까지 다채로움을 갖추어 책을 완성하고 보니 14권이 되었다. 감히 고시(古詩)를 총망라했다고는 말할 수는 없겠지만 고시 중에 전아한 작품은 대략 여기에 수집하였으니, 무릇 시(詩)를 배우는 자를 원류(原

世貞, 1526~1590), 종신(宗臣, 1525~1560), 사진(謝榛), 서중행(徐中行), 양유예(梁有譽), 오국륜(吳國倫) 등을 말한다.

11 주수(株守): 요행만 믿고 그루터기를 지킨다는 뜻으로, 주변이 없이 한 가지 일에만 얽매여 있는 어리석음을 비유적으로 이르는 말이다.

12 진수자(陳樹滋): 이름은 배맥(培脈)이며, 수자(樹滋)는 그의 자(字)이다. 청대(清代) 강남(江南) 장주(長州) 사람으로, 심덕잠과 함께 《당시별재집(唐詩別裁集)》20권을 공동 편찬하였다.

13 황제헌원씨(黃帝軒轅氏): 서진(西晉)의 황보밀(皇甫謐)이 지은 《제왕세기(帝王世紀)》에 "황제헌원씨는 수구(壽丘)에서 태어나 희수(姬水)에서 자란 까닭에 '희(姬)'가 성이 되었고, 헌원이란 언덕에서 살았기 때문에 헌원이 이름이 되었다."라고 하였다. 전설상의 인물인 그는 태어난 직후에 곧 말을 할 수 있었고 자라면서 더욱 성실하고 영민하였으며, 어른이 되어서는 널리 보고 들으면서 사물에 대한 분별력이 분명해졌다. 이후에 그는 탁월한 지도력을 인정받아 부족의 수령으로 추대되었고 원래 서북쪽에 있던 부족의 근거지를 지금의 하북성 동남쪽인 탁록으로 옮겼다고 전한다.

流)로 이끌 수 있을 듯하다.[予前與樹滋陳子輯唐詩成帙, 竊其盛矣. 茲複溯隋陳而上, 極乎黃軒. 凡三百篇·楚騷而外, 自郊廟樂章·訖童謠·裏諺 無不備采, 書成, 得一十四卷. 不敢謂已盡古詩, 而古詩之雅者, 略盡於此. 凡爲學詩者導之源也.]

예전에 하분(河汾)의 왕씨(王氏)[14]가 한(漢)·위(魏) 이하의 시를 산삭하여 공자(孔子)가 산삭한《시경》3백 편의 뒤를 이었다 하여《속경(續經)》이라고 하였더니, 천하 후세의 사람들이 들고 일어나 참람하다고 공박하였다. 대체로 왕씨가 참람하다는 것은 성인(聖人)의 경전(經傳)을 흉내 낸 것을 지적한 것이지, 그가 후대의 시를 산삭한 것을 지적한 것은 아니었다. 가령 그가 용어를 잘못 적용하였다 하여 한·위 이하의 시를 학자들이 수집하지 말아야 한다고 한다면, 이는 뜨거운 국에 혼이 나서 냉채(冷菜)도 불어서 먹는 것과 같고, 남이 음식을 먹다 목이 메는 것을 보고서 다시는 먹지 않으려는 것과 같으니, 이는 구구한 견해일 뿐이다.[昔河汾王氏, 刪漢·魏以下詩, 繼孔子三百篇後, 謂之續經, 天下後世羣起攻之曰僭. 夫王氏之僭, 以其擬聖人之經, 非謂其錄刪後詩也. 使誤用其說, 謂漢·魏以下學者不當蒐輯, 是懲熱羹而吹虀, 見人噎而廢食, 其亦翦翦拘拘之見爾矣.]

내가 이 책을 완성하면서 '고일(古逸)'은 그 개괄적인 데에 역점을 두었고, '한경(漢京)'에는 비교적 상세하게 하였으며, '위(魏)·진(晉)'은 그 화려함을 펼쳤다. 그리고 '송(宋)·제(齊)' 이후의 작품까지도 폐기하지 않았다. 이는 시를 편찬한 것이기도 하지만 또한 이로써 세상을 논한 것이기도 하다. 그리하여 보는 사람으로 하여금 그 근본을 연구하여 그 변화를 알게 함으로써 풍아(風雅)의 유의(遺意)를 점차 엿볼 수 있게 하였다. 이는 마치 바다를 관찰하는 자가 하수를 거슬러 올라감으로써 곤륜산의 원류까지 거슬러 오를 수 있게 하는 것과 같다 하겠다. 따라서 시교(詩教)에 반드시 적게나마 보탬이 없지는 않을 것이다.[予之成是編也, 於古逸存其概, 於漢京得其詳, 於魏·晉獵

---

14 하분(河汾)의 왕씨(王氏): 수(隋)나라 하분의 대유학자 왕통(王通, 584~617)을 이른다. 자는 중엄(仲淹)이다. 자신의 책략이 쓰이지 않자, 하분으로 은퇴하여 후생의 교육에 몰두하였다.

其華, 而亦不廢夫宋齊後之作者. 旣以編詩, 亦以論世. 使覽者窮本知變, 以漸窺風雅之遺意. 猶觀海者由逆河上之以溯崑崙之源, 於詩教未必無少助也夫.]

강희(康熙) 기해년(1719) 여름 5월에 장주(長洲) 심덕잠(沈德潛)이
남서(南徐)[15]의 견산루(見山樓)에서 쓰다.

[康熙己亥夏五, 長洲沈德潛, 書於南徐之見山樓.]

---

15 남서(南徐): 강소성(江蘇省)에 있는 진강(鎭江)을 이른다.

○ 〈강구(康衢)〉와 〈격양(擊壤)〉으로 비로소 성시(聲詩)를 열었다. 위로 도당(陶唐)으로부터 아래로 진대(秦代)에 이르기까지 운어(韻語)로 채택할 만한 것이면, 혹은 정사(正史)에서 취하기도 하고 혹은 제자서(諸子書)에서 발췌해 오기도 하여 고일편(古逸篇)에 섞어 수록하였다. 그리하여 이것을 한경(漢京)[1] 작품의 위에다 둔 것은 시의 근원을 찾기 위함이다. 《시기(詩紀)》[2]에 상세히 갖추어져 있거니와 여기에서는 그중에 더욱 고아(古雅)한 것만 가려 뽑았다.[康衢擊壤, 肇開聲詩. 上自陶唐, 下暨秦代, 韻語可采者, 或取正史, 或裁諸子, 雜錄古逸. 冠於漢京, 窮詩之源也. 詩紀備詳, 茲擇其尤雅者.]

○ 국풍(國風)[3]과 이소(離騷)[4]가 이미 단절되고 한인(漢人)이 대신 흥기(興起)하자, 오언시(五言詩)가 표준이 되었다. 오언시 중에는 2개의 시체(詩體)가 뚜렷하게 나타나는데, 소무(蘇武)[5]와 이능(李陵)[6]의 증답시(贈答詩)와 무명

---

1 한경(漢京): 한(漢)나라의 도성이었던 장안(長安) 혹은 낙양(洛陽)을 지칭한다. 서문(序文) 주7) 참조.

2 《시기(詩紀)》: 명대(明代)의 풍유눌(馮惟訥)이 편찬한 156권에 달하는 한시(漢詩) 모음집. 《고시기(古詩紀)》라고도 한다.

3 국풍(國風): 《시경(詩經)》의 내용을 풍(風), 아(雅), 송(頌)으로 분류하는데, 풍(風)에 해당하는 15개 제후국에서 채집한 민간가요(民間歌謠) 성격의 시작품 160수를 통틀어 일컫는 말이다.

4 이소(離騷): 《초사(楚辭)》의 편명(篇名). 전국(戰國)시대 초 회왕(楚懷王) 당시에 굴원(屈原)이 근상의 참소로 쫓겨난 뒤 연군(戀君)의 정을 읊은 글. 이소경(離騷經)으로도 일컫는다.

5 소무(蘇武): 전한 때의 명신. 자는 자경(子卿)이다. 무제(武帝)의 명으로 흉노지역에 사신으로 갔다가 선우에게 붙잡혀 북해(北海: 바이칼호) 부근에서 19년 동안 유폐되었다가 귀국한 뒤에 선제(宣帝)의 옹립에 가담하여 그 공으로 관내후(關內侯)가 되었다.

씨(無名氏)의 19수(首)는 고시체(古詩體)이고, 〈고시체로 지은 초중경의 아내를 위한 시〉와 〈우림랑(羽林郞)〉과 〈맥상상(陌上桑)〉 유(類)의 시는 악부체(樂府體)이다. 소명(昭明)[7]은 유독 아음(雅音)을 숭상하여 악부(樂府)에는 소략하였다. 그러나 조사(措詞)나 서사(敍事)는 악부에 장점이 있다. 여기에서는 특히 소명의 선정에서 빠진 것을 보충하여 후세에 저술하는 자들이 구별할 바를 알게 하였다.[風騷即息, 漢人代興, 五言爲標准矣. 就五言中, 較然兩體, 蘇李贈答·無名氏十九首, 古詩體也. 廬江小吏妻·羽林郞·陌上桑之類, 樂府體也. 昭明獨尙雅音, 略於樂府, 然措詞敘事, 樂府爲長. 玆特補昭明選未及, 後之作者, 知所區別焉.]

○ 〈안세방중가(安世房中歌)〉는 《시경》의 아(雅)에 해당하고, 한 무제(漢武帝)의 〈교사가(郊祀歌)〉 등의 노래는 《시경》의 송(頌)에 해당하며, 〈고시체로 지은 초중경의 아내를 위한 시〉와 〈우림랑(羽林郞)〉과 〈맥상상(陌上桑)〉 등의 편(篇)은 《시경》의 국풍(國風)에 해당한다. 악부시 중에도 역시 이 세 가지 시체(詩體)를 갖추고 있으니, 마땅히 구분해서 보아야 한다.[安世房中歌, 詩中之雅也. 漢武郊祀等歌, 詩中之頌也. 廬江小吏妻·羽林郞·陌上桑等篇, 詩中之國風也. 樂府中亦具三體, 當分別觀之.]

○ 조자건(曹子建)[8]이 이르기를, "한대(漢代) 가곡(歌曲) 중에 와전된 것은 판별할 수 없다." 하였다. 위인(魏人)도 이렇게 말하였는데, 더구나 오늘날 와

6 이능(李陵, ?~기원전 74): 자는 소경(少卿)이며 농서(隴西) 출신이다. 한나라 때의 명장 이광(李廣)의 손자로, 흉노와의 싸움에서 많은 공을 세웠으나, 흉노에게 포위되어 8일 동안 싸우다가, 무기와 화살이 떨어지고 구원병이 오지 않자 남은 병사들의 목숨을 살리기 위하여 결국은 항복하여 고국으로 돌아오지 못하고 병사하였다.

7 소명(昭明): 중국 남조(南朝) 양(梁)나라 때 《문선(文選)》을 편찬한 소명태자(昭明太子) 소통(蕭統)을 이른다.

8 조자건(曹子建, 192~232): 삼국시대 위 무제(魏武帝)의 셋째 아들 조식(曹植)을 이른다. 자건은 그의 자(字)이고, 시호는 사(思)이다. 그의 재주와 인품을 싫어한 문제(文帝)는 거의 해마다 새 봉지(封地)에 옮겨 살도록 강요하였고, 그는 엄격한 감시 아래 신변의 위협을 느끼며 불우한 나날을 보내다가, 마지막 봉지인 진(陳)에서 죽었다. 80여 수의 시가 현전하며, 사부(辭賦)나 산문(散文)도 40여 편이 남아 있다.

서는 어떻겠는가. 대체로 구두(句讀)가 불가능하거나 운(韻)이 없어서 성송(成誦)할 수 없는 것들은 아울러 채록하지 않았다.[曹子建云, 漢曲訛不可辨, 魏人且然, 況今日耶. 凡不能句讀及無韻不成誦者均不錄.]

○ 소무(蘇武)와 이능(李陵) 이후에 진사(陳思)[9]가 이어서 일어났다. 그의 부형(父兄)이 모두 재능이 많았지만 그가 더욱 독보적이다. 그러므로 응당 한 대종(大宗)[10]이 되어야 한다. 업하(鄴下)[11]의 제자들이 각각 스스로 일가(一家)를 이루었으나 수준이 같지는 않았다. 사종(嗣宗)[12]의 일에 부딪혀 일어나는 회포와 까닭 없는 슬픔과 즐거움을 노래한 작품들은 당시 사회에서 또 하나의 별조(別調)를 완성시켰다고 할 수 있다.[蘇李以後, 陳思繼起, 父兄多才, 渠尤獨步, 故應爲一大宗. 鄴下諸子, 各自成家, 未能方埒也. 嗣宗觸緒興懷, 無端哀樂, 當塗之世, 又成別調矣.]

○ 장무(壯武)[13]의 시대를 풍미했던 무선(茂先)[14]과 휴혁(休奕)[15]은 서로 우열을 가릴 수 없으며, 두 육씨(陸氏)[16]와 반씨(潘氏)[17]와 장씨(張氏)[18]도 노위(魯衛)[19]

---

9 진사(陳思): 진사왕(陳思王)으로 일컫는 조식(曹植)을 이른다.

10 대종(大宗): 종법사회(宗法社會)에서 적계(嫡系)의 장방(長房)을 일컫는 말로 쓰인다.

11 업하(鄴下): 조조(曹操)가 권력을 잡은 업(鄴: 하남성) 일대를 이른다. 후한 말기 헌제(獻帝)의 건안(建安) 연간에 조조의 부자(父子)를 중심으로 문학 동호인들이 이곳에 모여 활동하였다. 이들을 건안칠자(建安七子)로 통칭한다.

12 사종(嗣宗): 삼국시대 위(魏)나라 사상가, 문학가, 시인인 완적(阮籍)의 자(字)이다.

13 장무(壯武): 진(晉)나라 무제(武帝) 사마염(司馬炎)을 일컫는다.

14 무선(茂先): 서진(西晉)의 문학가이자, 정치가인 장화(張華)의 자(字)이다. 북경 부근 범양(范陽) 방성(方城) 출신으로, 완적(阮籍)에게 재능을 인정받아 위(魏)나라 때 중서랑(中書郞)에 올랐고, 진 무제(晉武帝) 때 오(吳)나라 토벌에 공을 세워 무후(武侯)에 봉해졌다. 화려한 시문(詩文)으로 알려져 장재(張載)·장협(張協)과 함께 삼장(三張)으로 불리었다.

15 휴혁(休奕): 서진(西晉)의 문신이자 학자인 부현(傅玄)의 자(字)이다. 북지(北地) 이양(泥陽) 출신으로, 어려서 고아가 되어 가난했으나 학문을 좋아하였고, 조위(曹魏) 때 고을의 수재(秀才)로 낭중(郎中)에 임명되어 《위서(魏書)》 편찬에 참가했다. 사마씨(司馬氏)가 위나라를 이은 뒤에도 부마도위(駙馬都尉) 등 여러 관직을 지냈다. 시호는 강(剛)이다. 그는 일생동안 저술에 힘써 《부자(傅子)》를 편찬하였다.

16 두 육씨(陸氏): 육기(陸機)와 육운(陸雲)을 이른다.

로 칭할 만하다. 그러나 태충(太冲)[20]은 중류(衆流)의 가운데에서 특출하여 시의 풍격(風格)이 월등함으로써 제가(諸家)를 모두 능가하였다. 그러기에 종기실(鍾記室)[21]이 반악과 육기의 사이에다 그를 두어 계맹(季孟)[22]을 가리게 한 것은 적절한 논의가 아니다. 그 뒤로 월석(越石)[23]과 경순(景純)[24]이 재갈을 연결하고 수레를 맞대듯이 나란히 하였다. 동진(東晉)을 지나자 도공(陶公)[25]이 특출하여 의도한 바가 없이 시를 지어 이로써 지극한 경지에 도달하였으니, 단지 전오(典午)[26]에서만 첫째로 손꼽을 정도가 아니었다고 하겠다.[壯武之世, 茂先休奕, 莫能軒輊, 二陸潘張, 亦稱魯衛, 太沖拔出於衆流之中, 豐骨峻上, 盡掩諸家. 鍾記室季孟於潘陸之間, 非篤論也. 後此越石景純, 聯鑣接軫. 過江末季, 挺生陶公, 無

17 반씨(潘氏, 247~300): 서진(西晉) 때 문인이었던 반악(潘岳)을 이른다. 자는 안인(安仁)이고, 하남성 형양(滎陽) 출신이다. 어릴 때부터 신동이라 불리었다. 가충(賈充)의 서기관이 되었다가, 그 후 여러 관직을 역임했지만, 조왕(趙王) 사마륜(司馬倫)이 정권을 장악했을 때 아버지의 옛 부하 손수(孫秀)에게 모함당하여 일족과 함께 주살되었다. 문학적 재능이 뛰어나 당시의 권세가 가밀(賈謐)의 문객들 24우(友) 가운데의 1인자였으며, 육기(陸機)와 함께 서진문학(西晉文學)의 대표작가로 전해온다.

18 장씨(張氏): 범양(范陽) 방성(方城) 사람 장화(張華)를 이른다.

19 노위(魯衛): 《논어집주(論語集註)》 〈자로(子路)〉에 "공자가 이르기를, '노나라와 위나라의 정사는 형제와 같다.[子曰魯衛之政兄弟也.]'"라고 하였다.

20 태충(太沖): 산동성(山東省) 치박(緇博) 사람 좌사(左思)의 호이다.

21 종기실(鍾記室): 남북조시대의 문학가 종영(鍾嶸)을 이른다. 자는 중위(仲偉)이고, 영천(潁川) 장사(長社) 사람이다. 제(齊)나라와 양(梁)나라에서 낮은 벼슬을 하였는데, 양나라에서 진안왕(晉安王)의 기실(記室) 벼슬을 하여 종기실(鍾記室)이라고도 부른다.

22 계맹(季孟): 노(魯)나라의 권신(權臣)인 대부(大夫) 계손씨(季孫氏)와 맹손씨(孟孫氏)를 지칭하는 말이나, 여기서는 시의 품격에 대하여 서열을 가리는 말로 쓰였다.

23 월석(越石): 진(晉)나라의 시인 유곤(劉琨)의 자(字)이다.

24 경순(景純): 동진(東晉) 때 경학자인 곽박(郭璞)의 자이다. 산서성(山西省) 문희(聞喜) 사람으로, 벼슬이 상서랑(尙書郞)에 이르렀다. 박학하여 천문, 고문기자(古文奇字), 복서술(卜筮術)에 밝았고, 특히 시부(詩賦)에 뛰어났다.

25 도공(陶公): 도연명(陶淵明)을 이른다.

26 전오(典午): 전은 사(司), 오는 마(馬)를 달리 표기한 것으로, 사마씨(司馬氏)의 진(晉)을 지칭하는 말이다.

意爲詩, 斯臻至詣, 不第於典午中屈一指云.]

○ 시가 송대(宋代)에 이르자, 체제가 점점 변화하고 성률과 수식이 크게 전개되었다. 강락(康樂)[27]은 신의 경지에 이르는 솜씨를 잠자코 운영하였고, 명원(明遠)[28]은 바르고 준수함이 전례가 없었으니, 진실로 두 사람의 묘수로 일컬을 만하다. 연년(延年)[29]의 경우는 당시의 평판이 비록 높기는 하나 아로새기듯이 꾸미는 것이 너무 심하여 정족(鼎足)[30]으로 보기에는 적합하지 않다. 제(齊)나라 시인은 그 수효가 적은데다 현휘(玄暉)[31]만이 한 시대를 풍미하였고, 원장(元長)[32] 이하로는 제대로 내세울 만한 사람이 없다.[詩至於宋, 體制漸變, 聲色大開, 康樂神工默運, 明遠廉儁無前, 允稱二妙. 延年聲價雖高, 雕鏤太甚, 未宜鼎足矣. 齊人寥寥, 玄暉獨有一代, 元長以下, 無能爲役.]

○ 소량(蕭梁)[33]의 시대는 풍격(風格)이 날로 낮아졌으나 은후(隱侯)[34]의 단장(短章)은 외려 고체(古體)를 보존하였고, 문통(文通)[35]과 중언(仲言)[36]은 사조(辭

---

27 강락(康樂): 사영운(謝靈運)을 이른다. 남북조시대(南北朝時代)의 산수시인으로, 본래는 진군(陳郡) 양하(陽夏)에서 태어났는데 후에 회계(會稽)로 이주하여 살았다. 동진(東晉) 때 강락공(康樂公)의 봉작을 계승하여 사강락(謝康樂)으로도 불렸다. 어려서부터 학문을 좋아하여 문장의 아름다움은 안연지(顔延之)와 더불어 제일이었다.

28 명원(明遠): 포조(鮑照)의 자(字)이다. 육조(六朝)시대 송(宋)나라의 시인으로, 동해(東海) 출신이다. 참군직을 역임하여 포참군(鮑參軍)으로도 불리운다.

29 연년(延年): 안연지(顔延之)의 자(字)이다. 육조시대 송(宋)나라의 문인으로, 시호는 헌자(憲子)이며, 산동성(山東省) 임기현(臨沂縣) 출신이다.

30 정족(鼎足): 솥발이 세 개인 데에서 유래하여 삼각구도를 뜻하는 말로 쓰인다.

31 현휘(玄暉): 사조(謝朓)의 자(字)이다. 육조(六朝)시대 제(齊)나라의 시인으로, 하남성(河南省) 진군 양하 사람이다. 선성태수(宣城太守)를 역임하여 사선성(謝宣城)으로도 불리운다. 송나라의 사영운(謝靈運)을 대사(大謝), 그를 소사(小謝)라 하고, 사영운과 그의 동생 사혜련(謝惠連)과 함께 삼사(三謝)로 일컫는다.

32 원장(元長): 산동성(山東省) 임기현(臨沂縣) 사람 왕융(王融)의 자(字)이다.

33 소량(蕭梁): 소명태자(昭明太子) 소통(蕭統)이 생존했던 남조(南朝) 양(梁)을 일컫는다.

34 은후(隱侯): 심약(沈約)을 이른다. 남조(南朝)시대의 문인으로, 자는 휴문(休文)이고, 시호는 은(隱)이며, 절강성 무강(武康) 출신이다. 어려서부터 빈곤 속에서도 학문에 힘써 시문으로 당대에 이름을 떨쳤다.

藻)가 화려하다. 비록 무리에서 뛰어난 그런 영웅은 아니지만, 역시 한 시대의 작자로 일컬을 만하다. 진대(陳代)는 양대(梁代)에 비추어 보면 더욱 수준이 떨어진다. 자견(子堅)[37]과 효목(孝穆)[38]은 총지(總持)[39]와 병칭되기는 하여도 그 체제를 소홀히 하고 전적으로 명구(名句)만을 추구하였으니, 이른바 겨우 사람의 마음에 드는 자들이 아니겠는가?[蕭梁之代, 風格日卑, 隱侯短章, 猶存古體. 文通仲言, 辭藻斐然, 雖非出群之雄, 亦稱一時作者. 陳之視梁, 抑又降焉. 子堅孝穆, 並以總持, 略其體裁, 專求名句, 所云差强人意者耶?]

○ 양대(梁代)의 〈횡취곡(橫吹曲)〉은 무인(武人)의 가사(歌詞)가 대부분이다. 북방의 음악은 우렁차서 징과 자바라를 번갈아 연주하는 듯하다. 〈기유가(企喩歌)〉와 〈절양유가사(折楊柳歌詞)〉와 〈목란시(木蘭詩)〉 등의 편(篇)은 외려 한(漢)·위(魏)시대 사람들의 유향(遺響)이 있고, 북제(北齊)의 〈칙륵가(勅勒歌)〉도 역시 서로 유사하다.[梁時橫吹曲, 武人之詞居多, 北音鏗鏘, 鉦鐃競奏, 企喩歌·

---

35 문통(文通): 남조(南朝)시대의 문인 강엄(江淹)의 자(字)이다. 하남성(河南省) 고성(考城) 출신으로, 송과 남제(南齊), 양(梁) 세 왕조를 섬기는 동안 양나라에서는 금자광록대부(金紫光祿大夫)가 되어 예릉후(醴陵侯)에 책봉되었다. 문학을 즐기고 유불도(儒佛道)에 통달했지만, 문학 활동은 송제(宋齊)시대에 주로 했고 만년에는 부진했다. 대표작에는 한(漢)나라에서 송나라에 이르는 시인 30명의 작품을 모방한 잡체시(雜體詩) 30수가 전한다.

36 중언(仲言): 남조(南朝) 양(梁)나라의 시인 하손(何遜)의 자(字)이다. 송나라의 문인 하승천(何承天)의 증손이며, 동해(東海) 출신이다. 8세 때 시부(詩賦)를 지었다는 조숙한 천재였다. 20세 무렵 범운(范雲)에게 인정받아, 나이 차에도 불구하고 망년지교(忘年之交)가 있었다고 한다. 청신한 시풍의 작품을 남겼다.

37 자견(子堅): 남북조시대 양(梁)·진(陳)에서 주로 활동하였던 시인이자 문학가인 음갱(陰鏗)의 자(字)이다.

38 효목(孝穆): 육조시대(六朝時代) 양(梁)·진(陳)의 문학가이자 정치가인 서능(徐陵)의 자(字)이다. 시호는 장(章)이며, 동해(東海) 출신이다. 문집으로 《서효목집(徐孝穆集)》이 전하고, 《옥대신영(玉臺新詠)》을 편찬하였다. 문장이 화려하고 아름다워 유신(庾信)과 함께 서유시(徐庾詩)로 칭송받는다.

39 총지(總持): 남조시대 진(陳)나라의 시인. 강총(江總)의 자(字)이다. 고성(考城) 출신으로, 양(梁)나라에서 태자사인(太子舍人) 겸 태상경(太上卿)을 지내다가 진나라로 들어가 상서령에 임명되었다. 그래서 강령(江令)으로도 불리운다.

折楊柳歌詞·木蘭詩等篇, 猶漢魏人遺響也. 北齊敕勒歌, 亦復相似.]

○ 북조(北朝)의 사인(詞人)들에게는 때로 맑은 음량이 흐른다. 유자산(庾子山)[40]은 뛰어난 재능이 풍부하여, 비감(悲感)이 서려 있는 시편에서 항상 풍골(風骨)을 볼 수가 있으니, 그의 장점은 전적으로 글귀를 구사하는 데에만 있지 않았다. 서능(徐陵)과 유신(庾信)은 명성이 동등하였다. 그러나 효목(孝穆)[41]의 화사한 시어[詞]로도 유신의 뒤에서 눈이 휘둥그레졌을 듯하다.[北朝詞人, 時流清響. 庾子山才華富有, 悲感之篇, 常見風骨, 所長不專在造句也. 徐庾並名, 恐孝穆華詞, 瞠乎其後.]

○ 수 양제(隋煬帝)의 염정(艶情)을 읊은 편십(篇什)은 후주(后主)[42]의 시와 잘 부합한다. 그러나 변새(邊塞)를 읊은 여러 작품들은 굳세고 힘이 있어 유난히 특색을 지님으로써 풍기(風氣)가 장차 전환될 징후(徵候)를 보여 주었다. 양처도(楊處道)[43]의 맑은 생각과 건장한 필치는 사기(詞氣)가 저절로 드러나 보인다. 이보다 뒤인 사홍(射洪)[44]과 곡강(曲江)[45]은 쇠퇴한 시풍(詩風)

---

40 유자산(庾子山): 자산은 남북조시대의 시인 유신(庾信)의 자이다. 남양(南陽) 신야(新野) 출신으로 총명하고 다재다능하여 여러 가지 서적을 열독(閱讀)했는데, 특히 《춘추좌씨전(春秋左氏傳)》에 통달했다. 양(梁)나라의 간문제(簡文帝)가 태자로 있을 때 그의 아버지 유견오(庾肩吾)와 함께 두터운 신임을 받았으며, 그의 문풍(文風)은 서유체(徐庾體)로 일컬어져 후진들이 다투어 학습하였다고 한다. 48세 때 원제(元帝)의 명으로 서위(西魏)에 사신으로 파견되었다가 억류당했는데, 두터운 예우를 받았지만 양나라에 대한 연모의 정을 잊지 못해 그 비통한 심정을 청신한 형식의 시문으로 표현했다. 문집에 《유자산문집(庾子山文集)》 20권이 전한다.

41 효목(孝穆): 서능의 자(字)이다.

42 후주(后主): 진 후주(陳后主) 숙보(叔寶)를 이른다.

43 양처도(楊處道, ?~606): 처도는 수(隋)나라 사람 양소(楊素)의 자(字)이다. 섬서성(陝西省) 위남(渭南) 출신으로, 기상이 장대하고 문장에도 남달리 뛰어났다. 북주(北周)에 출사하였다가 양견(楊堅)과 결탁하여 수나라를 세우는 데 크게 공헌했다. 진왕(晉王) 광(廣)과 함께 진(陳)을 토벌하는 데 활약하였고, 납언(納言)과 내사령(內史令), 상서우복야(尙書右僕射) 등 대관을 역임하였다. 정권을 장악한 뒤 태자 용(勇)을 폐하고 동생 광(廣)을 태자로 봉하게 하였다.

44 사홍(射洪): 사천성(四川省)에 속한 현(縣) 이름으로, 진자앙(陳子昻)이 살던 곳이다.

45 곡강(曲江): 산동성(山東省)에 속한 현(縣) 이름으로, 장구령(張九齡)이 살던 곳이다.

을 일으켜 중립시킨 공로가 있으니, 이는 진승(陳勝)[46]과 오광(吳廣)[47]의 거사(擧事)로 삼을 만하다.[隋煬帝豔情篇什, 同符後主. 而邊塞諸作, 矯然獨異, 風氣將轉之候也. 楊處道清思健筆, 詞氣蒼然, 後此射洪曲江, 起衰中立, 此爲之勝廣矣.]

○ 한 무제(漢武帝)는 악부(樂府)를 설치하여 가요(歌謠)를 채록하였고, 곽무천(郭茂倩)[48]은 《악부시집(樂府詩集)》을 편찬하면서 잡요가사(雜謠歌詞)도 갖추어 수록하였으니, 이것을 보면 치란(治亂)을 알고 성쇠(盛衰)를 징험할 수 있다. 내가 각 시대마다의 시인들 뒤에다 가요(歌謠)를 붙여 놓은 것도 역시 앞서간 사람들의 뜻과 같다고 하겠다.[漢武立樂府采歌謠, 郭茂倩編樂府詩集, 雜謠歌詞, 亦具收錄, 謂觀此可以知治忽驗盛衰也. 愚於各代詩人後嗣以歌謠, 猶前人志云.]

○ 한(漢)나라 이전의 가사(歌詞) 중에는 후인들의 의작(擬作)이 꽤 많다. 예를 들면 하우(夏禹)의 〈옥첩사(玉牒詞)〉와 한 무제(漢武帝)의 〈낙엽애선곡(落葉哀蟬曲)〉과 같은 유가 바로 그것이다. 다만 사지(詞旨)가 취할 만한 것이면 함께 올리기를 꺼려 하지 않았으며, 진위(眞僞)여부는 스스로 있기 마련이어서 더는 논하지 않았다. 그러나 〈황아(皇娥)〉와 〈백제가(白帝歌)〉는 일이 무(誣)에 가깝고, 〈우희답가(虞姬答歌)〉와 〈소무처답시(蘇武妻答詩)〉는 사어(詞語)가 시류(時流)에 가까워서 이런 종류의 작품들은 감히 시속(時俗)에 따라 채택하여 넣지 않았다.[漢以前歌詞, 後人擬作甚夥. 如夏禹玉牒詞, 漢武帝落葉

---

46 진승(陳勝, ?~208): 진(秦)나라 말기에 최초의 농민봉기(農民蜂起)를 주도한 자. 하남성 등봉현(登封縣) 출신이다. 원래 신분이 비천하여 남에게 고용되어 경작에 종사하였다. 진시황이 죽은 뒤 3세 황제가 사람을 징발 북방의 방비를 위해 파견했을 때, 둔장(屯長)으로 끼게 되었다. 지금의 강소성 풍현(豊縣)까지 갔을 때 폭우를 만나 정해진 기한까지 도착할 수 없을 것이 분명해지자, 동료 둔장 오광(吳廣)과 함께 지휘자를 살해하고 반란을 일으켰다.

47 오광(吳廣, ?~208): 진(秦)나라 말기의 양하(陽夏) 사람. 자는 숙(叔)이다. 진승(陳勝)과 함께 농민의 난을 주도하여 진승은 왕이 되고, 자신은 가왕(假王)이 되었다.

48 곽무천(郭茂倩): 송(宋)나라의 문인(文人). 《악부시집(樂府詩集)》의 저자이다. 생몰년을 알 수 없고, 생애나 사적도 전해지지 않는다. 《악부시집》은 악부가사(樂府歌辭)를 수록한 책 가운데 가장 정리가 잘 된 총집인데, 해설이 정확해서 악부의 총집(總集)으로서 평가받는다.

哀蟬曲類是也. 詞旨可取, 不妨並登, 眞僞自可存而不論. 然如皇娥·白帝歌, 事近於誣. 虞姬答歌·蘇武妻答詩, 詞近於時, 類此者不敢從俗采入.]

○ 시(詩)는 사리(事理)를 말하는 것이 아니다. 그러나 어찌 사리(事理)에 어긋난 시가 있겠는가? 중장통(仲長統)[49]의 《술지(述志)》에 이르기를, "오경을 어기거나 어지럽히고[畔散五經], 풍(風)과 아(雅)를 뭉개거나 폐기한다.[滅棄風雅.]"라고 하였는데, 이 말은 방자함을 따져 물을 것도 없으니, 이런 유의 글들은 대개 다 수록하지 않았다.[詩非談理, 亦烏可悖理也? 仲長統述志云, 畔散五經, 滅棄風雅, 放恣不可問矣, 類此者概所屏卻.]

○ 진(秦)나라 사람의 〈자야가(子夜歌)〉와 제(齊)나라와 양(梁)나라 사람의 〈독곡가(讀曲歌)〉 등은, 통속적인 언어가 모두 정감이 있고, 졸박한 언어라 할지라도 공교함이 있으니, 이는 당연히 시(詩) 중의 별조(別調)로 보아야 한다. 그러나 아음(雅音)과 이미 거리가 멀어지면 정(鄭)과 위(衛)의 음란한 음악이 뒤섞여 일어나기 때문에 군자는 이를 추구하지 않는다. 내가 당시(唐詩)의 선본(選本) 중에서 서곤(西崑)[50]이나 향렴(香奩)[51]과 같은 여러 시체(詩體)를 수록하지 않은 것도 이와 같은 의도가 담겨 있다.[晉人子夜歌, 齊梁人讀曲等歌, 俚語俱趣, 拙語俱巧, 自是詩中別調, 然雅音既遠, 鄭衛雜興, 君子弗尚也. 愚於唐詩選本中, 不收西昆香奩諸體, 亦是此意.]

---

49 중장통(仲長統, 179~220): 후한시대의 학자. 자는 공리(公理)이며, 고평(高平) 출생이다. 어려서부터 학문을 좋아하고 문사(文辭)에 능하였으며, 직언을 즐겨하여 당시 사람들이 광생(狂生)이라 부를 정도로 비판정신이 투철하였다. 그의 저서로 《창언(昌言)》 34편을 남겼다고 하나 현전하지 않고, 《후한서(後漢書)》에 〈이란(理亂)〉, 〈손익(損益)〉, 〈법계(法誡)〉 등 3편만이 전한다.

50 서곤(西崑): 북송 초기에 화려하고 아름다운 사조(辭藻)와 공교롭고 정연한 대구법이 실현된 형식을 추구한 시풍의 하나. 양억(楊億)이 편찬한 《서곤수창집(西崑酬唱集)》에서 명칭이 유래하였다.

51 향렴(香奩): 여성들의 신변잡사(身邊雜事)를 소재로 읊은 시체의 하나. 당(唐)나라의 시인 한악(韓偓)의 시집 《향렴집(香奩集)》에서 명칭이 유래했다.

○ 신성(新城) 왕상서(王尙書)[52]가 예전에 편찬한 《고시선(古詩選)》[53]이 있는데 문체별로 충실한 내용을 실었고, 취사선택(取捨選擇)하는 데에 많은 공력을 쏟았다. 그리하여 오언(五言)과 칠언(七言)으로만 한계를 설정해 놓았기 때문에 삼언(三言)과 사언(四言) 및 장단(長短)에 의한 잡구(雜句)는 모두 수록하지 않았다. 여기에서는 특별히 각체(各體)에 해당하는 것을 채록하여 그의 미비한 것을 보충하였다. 또 왕상서가 선정한 오언(五言)에는 겸하여 당인(唐人)의 시를 취하였고 칠언(七言)에는 아래로 원대(元代)까지의 시를 취하였는데, 여기에서는 도당씨(陶唐氏)[54]로부터 시작하여 남북조(南北朝)[55]에 와서 그쳤다. 이는 그 근원을 탐색하려다 보니 그 아래로 지류(支流)는 살펴볼 겨를이 없었기 때문이다.[新城王尙書向有古詩選本, 抒文載實,

52 왕상서(王尙書, 1634~1711): 청나라 시인 왕사정(王士禎)을 이른다. 자는 이상(貽上)이고, 호는 완정(阮亭) 또는 어양산인(漁洋山人)이다. 시호는 문간(文簡)이고, 본명은 사진(士禛)으로, 산동성 제남부(濟南府) 신성(新城) 출신이다. 이름이 옹정제의 이름과 같아 사정(士正)이라 고쳤는데, 건륭제가 사정(士禎)이라는 이름을 하사하였다. 청나라 시풍의 확립한 대표적인 시인으로, '신운설(神韻說)'을 주창하였다.

53 《고시선(古詩選)》: 왕사정(王士禎)이 엮은 시선집. 한(漢)·위(魏)·육조(六朝)의 시(詩)를 주로 하여 당(唐)·송(宋)·금(金)·원(元)의 것까지 다루고 있다. 5언시(五言詩) 17권, 7언시가행초 15권으로 되어 있다. 5언시에서는 한·위·육조를 주로 하고, 당나라의 진자앙(陳子昻), 장구령(張九齡), 이백(李白), 위응물(韋應物), 유종원(柳宗元) 등 5명의 시를 다루었다. 7언시에서는 고일(古逸) 1권, 한·위·육조 1권 이하, 당나라의 이교(李嶠), 송지문(宋之問), 장설(張說), 왕한(王翰), 왕유(王維), 이기, 고적(高適), 잠참(岑參), 이백, 두보(杜甫), 한유(韓愈), 송나라의 구양수(歐陽脩), 왕안석(王安石), 소식(蘇軾), 황정견(黃庭堅), 육유(陸游), 금나라의 원호문(元好問), 원나라의 우집(虞集), 오래(吳萊) 등의 시가 수록되어 있으며, 32권이다.

54 도당씨(陶唐氏): 요(堯)임금을 일컫는 말로, 처음에 도(陶)라는 땅에 살다가 당(唐)으로 옮겨 살았기 때문에 붙여진 이름이다.

55 남북조(南北朝): 420년부터 589년까지 170년간 지속되면서 남북의 대치 국면을 형성했던 시기를 일컫는 말이다. 남조(南朝)는 420년 유유(劉裕)가 진(晉)을 이어 송을 건국한 이후 제(齊), 양(梁), 후량(後梁)을 거쳐 589년 진(陳)이 멸망하기까지이며, 북조(北朝)는 439년 북위(北魏)가 북방을 통일한 이후 동위(東魏)와 서위(西魏) 간 대치 국면을 지나 북제(北齊)가 동위를 대신하고 북주(北周)가 서위를 대신하며, 다시 북주가 북제를 멸하고 581년 수가 북주를 멸하기까지를 말한다.

極工裁擇, 因五言七言分立界限, 故三四言及長短雜句均在屏卻. 茲特采錄各體, 補所未備, 又王選五言兼取唐人, 七言下及元代, 茲從陶唐氏起, 南北朝止. 探其源不暇沿其流也.]

○ 시(詩)의 활용은 매우 광범위하다. 범선자(范宣子)[56]는 토이(討貳)[57] 때문에 〈표매(摽梅)〉[58]를 읊었고, 종국(宗國)[59]은 무구(無鳩)[60]함으로 인해 〈기보(圻父)〉[61]를 노래하였으니, 단장취의(斷章取義)[62]에는 원래 달고(達詁)[63]가 없는

---

56 범선자(范宣子): 중국 진(晉)나라 때 활동한 사람으로, 법령을 맡아서 《형서(刑書)》를 지었다.

57 토이(討貳): 두 마음을 품은 반역자를 성토한다는 뜻이다. 초(楚)나라 자낭(子囊)이 영윤(令尹)이 되자, 진(晉)나라 범선자(范宣子)가 이르기를, "우리는 진(陳)나라를 잃게 될 것이다. 초인(楚人)이 진나라가 배반한 까닭을 따져 묻고 자양을 영윤으로 세웠으니, 필시 지난날의 잘못을 고치고 급히 진나라를 칠 것이다." 하였다.《春秋左傳 魯襄公五年》

58 표매(摽梅): 《시경(詩經)》 〈국풍(國風)〉의 편명(篇名)인 표유매(摽有梅)의 줄임말이다. 원래는 시집가야 할 여인이 제때에 미치지 못하여 강폭(强暴)한 자에게 능욕(陵辱)을 당할까 두려워하면서 매실(梅實)이 떨어져 나무에 달려 있는 것이 적음을 말하여, 시기가 너무 늦었음을 나타낸 것인데, 범선자가 노(魯)나라 양공(襄公)이 베푼 연향(宴享)자리에서 노나라가 제때에 맞춰 출병하여 진(晉)나라와 함께 정(鄭)나라를 토벌해 주기를 바란다는 뜻으로 이 시를 읊었다.《春秋左傳 魯襄公八年》

59 종국(宗國): 종주국(宗主國) 또는 자신의 조국(祖國)이란 말로 쓰였다.

60 무구(無鳩): 구(鳩)는 안집(安集)을 뜻하는 말로, 국가가 위란(危亂)에 놓여 안정할 수 없음을 말한다.

61 기보(圻父): 《시경(詩經)》 〈소아(小雅)〉의 편명(篇名)이다. 주(周)나라 사마(司馬)는 왕기(王畿)의 갑병(甲兵)을 관장하기 때문에 그를 기보라 부른다. 원래는 기보가 왕의 조아(爪牙)이면서 그 직무를 수행하지 않아 백성으로 하여금 곤란과 노고의 우환을 당하여 머물러 살 곳이 없게 한 것을 시인(詩人)이 꾸짖는 내용이다. 노(魯)나라 목숙(穆叔)은 중항헌자(中行獻子)를 만나 국가의 위란(危亂)을 구제해 달라는 뜻으로 이 시를 읊었다고 한다.《春秋左傳 魯襄公十六年》

62 단장취의(斷章取義): 자신의 의견을 증명하거나 의향을 대변하기 위해 남의 글에서 한두 구절을 따와 전체 글의 의미와는 관계없이 풀이하는 방식을 말한다. 춘추시대(春秋時代) 경대부(卿大夫)들은 회의나 연회석상 같은 교제 장소에서 자신의 의사를 표시하거나 태도를 암시하기 위해서《시경(詩經)》 중의 시구(詩句)를 따다가 읊곤 하였다. 그때 인용되는 시 구절은 완전한 한 편의 작품이 아니고 시 가운데 일부이기 때문에 단장(斷章)이라 하고, 그들이 인용한 구절은 모두 자신의 심경을 나타내기 위한 것이기 때문에 이를 가리켜 취의(取義)라고 하였다.

63 달고(達詁): 긍정적이면서 확고한 해석을 일컫는다.

것이고, 전석(箋釋)[64]이나 평점(評點)[65]도 모두 쓰지 않아도 된다. 그러나 배우는 자들을 위하여 길을 열어 준다는 측면에서 보면 저속함을 면할 수가 없다.[詩之爲用甚廣, 範宣討貳, 爰賦摽梅, 宗國無鳩, 乃歌圻父, 斷章取義, 原無達詁也. 箋釋評點, 俱可無庸, 爲學人啟途徑, 未能免俗耳.]

○ 글 내용 중에 인용문은 마땅히 전문(全文)을 수록하여야 하나, 대의(大義)가 소통되는 정도를 기록하고자 하였으므로 일반적인 전주(箋註)와 같이 하지 않았다. 대체로 경(經)·사(史)·자(子)·집(集)의 내용을 때에 따라 산삭하고 절취함으로써 '비루한 것으로 인하여 간략한 데로 나아간다[因陋就簡]'에 가깝게 되었으니, 식자들의 양해를 바란다.[書中徵引, 宜錄全文. 錄疏通大義, 匪同箋注. 凡經史子集, 時從刪節, 近於因陋就簡, 識者諒諸.]

○ 덕잠(德潛)인 나는 학식이 얕고 보잘것없어 시(詩)를 판단하고 송(頌)을 편집하는 데에 있어서 조금도 터득한 바가 없다. 이 책에서 전적(典籍)의 사실(事實)을 끌어오고 심오한 뜻을 통달하기까지는 삼익(三益)[66]의 공으로 얻어진 것이 대부분이다. 교정에 참여한 사람들의 성씨(姓氏)를 책머리에다 자세히 열거해 놓았다.[德潛學識淺尠, 於删詩輯頌, 略無所得. 此書援據典實, 通達奧義, 得三益之功居多. 參訂姓氏, 詳列於簡.]

귀우(歸愚) 심덕잠(沈德潛)은 기록하다.[歸愚沈德潛識]

---

64 전석(箋釋): 전주(箋注)와 같은 말로, 어떤 글의 이해를 돕기 위해 추가로 붙여 둔 해석 따위를 말한다.

65 평점(評點): 어떤 글에 대하여 평론 또는 비평을 나타내기 위하여 표시하는 권점(圈點) 등을 말한다.

66 삼익(三益): 삼익우(三益友)를 일컫는 말로, 《논어집주(論語集註)》 〈계씨(季氏)〉에 "사귀어서 도움이 되는 세 벗이 있으니, 곧 정직한 사람, 성실한 사람, 견문이 넓은 사람을 말한다.[益者有三友, 友直, 友諒, 友多聞, 益矣.]" 하였다.

고시원 古詩源

권7

진시 晉詩

讌飮詩

感舊詩

明月篇

答何劭

歌行

七哀詩

赴洛道中作

啄木詩

補亡詩

사마의(司馬懿)[1]

278

연음시(讌飮詩)

《진서(晉書)》에, "고조(高祖)가 공손연(公孫淵)[2]을 정벌하기 전에 온현(溫縣)에 들러 부로(父老)와 옛 친구들을 만나 여러 날 연음(讌飮)하면서 이 노래를 지었다." 하였다.[晉書, "高祖伐公孫淵, 過溫, 見父老故舊, 讌飮累日, 作歌."]

하늘과 땅이 활짝 열리고　　　天地開闢

1　사마의(司馬懿, 179~251): 삼국시대 위(魏)나라 권신이자, 서진(西晉) 왕조의 시조이다. 자는 중달(仲達)이고, 하내군(河內郡) 온현(溫縣) 출생이다. 사마선왕(司馬宣王) 또는 진나라의 고조(高祖) 선제(宣帝)라고도 한다. 처음에는 조조(曹操)의 부하가 되었으며, 문제(文帝)가 위나라를 세운 뒤 명제(明帝)와 제왕(齊王) 등 3대 황제를 섬겼다. 손자인 사마염(司馬炎)이 진(晉)나라를 일으킬 수 있는 기반을 마련해 주었다.

2　공손연(公孫淵, ?~238): 삼국시대 연(燕)나라의 왕. 228년에 숙부 공손공(公孫恭)을 몰아내고 정권을 장악하였다. 위(魏)나라를 협공하자는 오(吳)나라의 제의를 거절하고 위나라 편을 들어 요동태수가 되었다가, 다시 위나라의 명을 거역하고 연나라 왕을 자칭하였다. 238년에 위나라가 요동으로 출정시킨 사마의(司馬懿)의 정토군(征討軍)에 의해 공손연 부자(父子)가 피살당함으로써 공손씨의 정권이 멸망하였다.

해와 달이 다시 빛나도다	日月重光
임금과 신하가 제회[3]하여	遭逢際會
먼 곳으로 출정하게 되었으니	奉辭遐方
장차 도적들을 쓸어버린 뒤에	將掃逋穢
돌아와 고향을 둘러보리라	還過故鄉
수만 리 먼 곳까지 평정하고	肅清萬里
팔황[4]을 다 정돈하고 나면	總齊八荒
성공을 임금께 아뢰고[5] 은퇴하여	告成歸老
무양[6]에서 대죄[7]하리라	待罪武陽

3 제회(際會): 풍운제회(風雲際會)의 준말로, 명군(明君)과 현신(賢臣)이 서로 만난 것을 일컫는다. 《주역(周易)》 〈건괘(乾卦) 문언(文言)〉에 "구름은 용을 따르고 바람은 범을 따른다.[雲從龍, 風從虎.]"에서 파생된 말이다.

4 팔황(八荒): 팔방(八方)의 멀고 넓은 범위. 곧 온 세상을 뜻하는 말로, 일명 팔굉(八紘) 또는 팔방(八方), 팔극(八極)이라고도 한다.

5 성공을 … 아뢰고: 원문의 고성(告成)은 맡은 바 직무를 완성한 뒤에 보고한다는 뜻으로, 《시경(詩經)》 〈대아(大雅) 강한(江漢)〉에 "사방을 경영하여 그 성공을 왕에게 고한다[經營四方, 告成于王]"라고 하였다.

6 무양(武陽): 사마의의 출생지인 온현(溫縣) 부근에 있는 현 이름으로, 오늘날 하남성(河南省)에 위치하며, 《진서(晉書)》 〈본기(本紀)〉에는 무양(舞陽)으로 표기되어 있다. 당시에 사마의가 무양후(舞陽侯)에 봉하여졌다.

7 대죄(待罪): 논공행상(論功行賞)을 기다린다는 겸사의 표현이다.

장화(張華)[8]

무선(茂先)의 시를 종영의 《시품(詩品)》에서 "아녀자의 정감만 많고 풍운(風雲)의 기상이 적다."고 하였는데, 이 말 역시 다 그런 것은 아니다. 총체적으로 보면 필력(筆力)이 높지 않아서 공중으로 솟구치거나[凌空] 강건하고 민첩한[矯捷] 그런 운치가 적다.[茂先詩, 詩品謂其兒女情多, 風雲氣少, 此亦不盡然. 總之筆力不高, 少凌空矯捷之致.]

279

여지시(勵志詩) 9수(首)

【1수】

태의[9]가 운행함에 따라 　　太儀斡運

8 장화(張華, 232~300): 서진(西晉)의 문학자, 정치가. 자는 무선(茂先)이고, 북경 부근 범양(范陽) 방성(方城) 출생이다. 완적(阮籍)에게 재능을 인정받아 위(魏)나라 때 중서랑(中書郎)에 올랐고, 진 무제(晉武帝) 때 오(吳)나라 토벌에 공을 세워 무후(武侯)에 봉해졌다. 시문이 화려하다는 평을 받았으며 장재(張載)와 장협(張協)과 함께 삼장(三張)으로 불리었다. 백과사전인 《박물지(博物志)》와 시문집 《장사공집(張司空集)》이 있다.

하늘과 땅은 돌고 도니	天迴地游
사시의 기운이 순차적으로 이어져	四氣鱗次
추위와 더위가 끊임없이 순환하네	寒暑環周
성화[10]가 서쪽으로 기울면	星火旣夕
문득 가을[11]이 돌아와서	忽焉素秋
서늘한 바람에 낙엽은 지고	涼風振落
반딧불이는 한밤에 떠다니네[12]	熠燿宵流

【2수】

선비가 가을을 슬퍼하는 건	吉士思秋
실로 사물의 변화를 느껴서인데	實感物化
해가 가고 달이 가서	日與月與
계절을 갈음하네[13]	荏苒代謝

---

9 태의(太儀): 태극(太極). 즉 천지 만물을 형성하는 혼돈한 기운을 뜻한다.

10 성화(星火): 화성(火星)을 일컫는 말로, 나타나고 사라지는 모습이 일정하지 않아 사람을 현혹시킨다 하여 형혹성(熒惑星)이라고도 부른다.

11 가을: 원문의 소추(素秋)는 가을을 달리 이르는 말로, 오행(五行)에서 가을은 금에 속하고 색은 희다 하여 이와 같이 부르기도 한다.

12 반딧불이는 … 떠다니네: 《시경(詩經)》 〈빈풍(豳風) 동산(東山)〉에 "반짝거리는 반딧불이라.[燿燿宵行]"라고 한 데서 인용하였다. 원문의 습요(熠燿)는 반딧불이의 별칭이다.

13 계절을 갈음하네: 원문의 임염(荏苒)은 세월이 차츰차츰 흐르는 것을 이르고, 대사(代謝)는 새것이 와서 묵은 것을 대신하는 것으로 해와 달이 번갈아 운행하여 시간이 점점 사라지는 것을 일컫는다.

흘러가는 세월이 이와 같아[14]　逝者如斯
일찍이 밤낮을 쉼이 없거늘　曾無日夜
아, 그대들은　嗟爾庶士
어찌 자신을 놔버리는가　胡甯自舍

【 3수 】

인과 도는 먼 곳에 있지 않고　仁道不遐
덕이란 가볍기가 깃털 같아서[15]　德輶如羽
구하기만 하면 이를 터인데　求焉斯至
사람들은 시도하는 자가 드무네　衆鮮克擧
큰 도는 현묘하고 심원하므로　大猷玄漠
장차 그 실마리를 추론하려 했더니　將抽厥緒
옛사람이 찾아놓은 것이 있어서[16]　先民有作
나에게 고상한 법도를 주셨도다　遺我高矩

---

14 흘러가는 … 같아: 천상지탄(川上之嘆)이라고도 한다. 공자(孔子)가 시냇가에서 시간이 흐르고 계절이 바뀌는 것이 쉬지 않고 흐르는 물과 같다고 한 일. 《논어집주(論語集註)》 〈자한(子罕)〉에 공자가 시냇가에 서서 "흘러가는 것이 이와 같구나. 밤낮을 그치지 않으니![子在川上曰, 逝者如斯夫, 不舍晝夜.]"라고 하여 도체(道體)의 운행이 무궁한 것을 탄식한 데서 인용한 것이다.

15 덕이란 … 같아서: 《시경(詩經)》 〈대아(大雅) 증민(烝民)〉에 "덕의 가볍기가 깃털과 같으나, 덕을 행할 사람이 드물다 하네.[德輶如毛, 民鮮克擧之.]"에서 인용하였다.

16 옛사람이 … 있어서: 《시경(詩經)》 〈상송(商頌) 나(那)〉에 "예로부터 선대의 백성들은 행함이 있어서 아침저녁으로 온화하고 공손하여 일을 집행함에 공경스럽게 하였다.[自古在昔, 先民有

【4수】

비록 정숙한 자태가 있더라도 雖有淑姿
방심하고 안일하여서 放心縱逸
사냥 놀이로 일을 삼으면[17] 田般于遊
수많은 날들을 허송하게 되나니 居多暇日
저 가래나무 재목에다 如彼梓材
신중하게 붉은 칠을 바르지 않으면 弗勤丹漆
비록 재목을 잘 재단했더라도 雖勞朴斲
결국 본바탕을 저버리고 말리라[18] 終負素質

【5수】

양유기[19]가 화살을 바로잡으면 養由矯矢

作, 溫恭朝夕, 執事有恪.]"에서 인용하였다.

17 사냥 … 삼으면: 《서경(書經)》〈주서(周書) 무일(無逸)〉에 "문왕은 감히 유람이나 사냥을 편하게 여기지 않으셨다.[文王, 不敢盤于遊田畋.]"에서 인용하였다.

18 저 가래나무 … 말리라: 《서경(書經)》〈주서(周書) 재재(梓材)〉에 주 무왕(周武王)이 강숙(康叔)에게 자신의 뜻을 이어받아 마무리를 잘하도록 타이르며 "비유하건대 집을 지을 적에 부지런히 담을 쌓았으면, 이제 벽에다 흙을 바르고 띠풀로 지붕을 덮어야 하는 것과 같으며, 노나무 재목을 다룰 적에 부지런히 다듬고 깎았으면, 이제는 단청을 칠해야 하는 것과 같다.[若作室家, 旣勤垣墉, 惟其塗墍茨, 若作梓材, 旣勤樸斲, 惟其塗丹雘.]"에서 인용하였다.

19 양유기(養由基): 춘추시대의 활을 매우 잘 쏘았다는 사람으로, 백 보 밖에서 화살을 쏘아 버들잎을 꿰뚫었다고 한다. 진(晉)·초(楚) 시기에 언릉(鄢陵) 전투에서 진나라 장수 위기(魏錡)가 활로 초 공왕(楚共王)의 눈을 쏴서 실명시키자, 단 한 발의 화살로 위기를 맞혀 죽였다 한다.

짐승들이 숲속에서 울부짖고	獸號于林
포로[20]가 주살을 당기려 하면	蒱盧縈繳
정신이 날던 새도 감응케 하나니	神感飛禽
하찮은 재주라도 오묘해지면	末技之妙
사물이 감동하고 마음이 반응하나니	動物應心
정신을 연마하여 도를 탐닉하면	研精耽道
어둡고 깊은 데가 어디 있으랴	安有幽深

【6수】

자유로움에 마음을 두고	安心恬蕩
뜬구름에 뜻을 두어서	棲志浮雲
이를 바탕으로 삼아 체득하고	體之以質
이를 문양으로 삼아 꾸민다면	彪之以文
마치 저 남쪽 밭에 나아가	如彼南畝
애써 밭갈고 근면한 격이니	力耒既勤
김매고 북돋아서 노력한 만큼	藨蓘致功
반드시 풍성함이 있으리라	必有豐殷

20 포로(蒱盧): 옛날 활을 잘 쏘던 사람이라 한다.

【7수】

물이 모여서 못을 이루어야 水積成淵
흐리기도 하고 맑기도 하며 載瀾載清
흙이 쌓여서 산을 이루어야[21] 土積成山
구름도 피어오르고 초목도 울창하지 歊蒸鬱冥
산이 티끌을 사양하지 않듯이 山不讓塵
냇물이 차오르기를 사양하지 않듯이 川不辭盈
함홍[22]을 이루도록 힘쓴다면 勉致含弘
덕과 명성이 높아지리라 以隆德聲

【8수】

높은 것은 낮은 것으로 기초를 삼고 高以下基
큰 것은 작은 것으로 말미암아 일어나며 洪由纖起
너른 냇물도 원천으로부터 온 것이며 川廣自源
인격의 형성은 맨 처음에 달려 있다네 成人在始
작은 것이 쌓이면 드러나는 것은 累微以著

21 물이 … 이루어야: 한나라 유향(劉向)의 《설원(說苑)》 〈건본(建本)〉에 "많은 물이 모여 내를 이루면 교룡이 살고, 많은 흙이 쌓여 산을 이루면 좋은 예장나무가 자란다.[水積成川, 則蛟龍生焉, 土積成山, 則豫樟生焉.]"에서 인용하였다.

22 함홍(含弘): 포용하고 너그러움을 뜻하는 말.

사물의 정해진 이치인 것이니 乃物之理
말고삐가 너무 길면 緩牽之長
실로 천리마에게는 흠이 된다네[23] 實累千里

【9수】

하루아침만이라도 극기복례를 하면 復禮終朝
온 천하가 인에 귀의한다 했으니[24] 天下歸仁
무쇠가 숫돌에 갈려 날카로워지듯이 若金受礪
진흙이 틀에 놓여 그릇이 되듯이 若泥在鈞
덕을 증진시키고 학업을 연마하면[25] 進德修業
그 빛이 날로 새로워지련마는 輝光日新
습붕[26]이나 우러러 사모한다면 隰朋仰慕
나는 또 어떠한 사람이 되겠는가 予亦何人

23 말고삐가 … 된다네: 《전국책(戰國策)》 〈한책(韓策)〉에 왕량의 제자가 "참마(驂馬)도 천리마이며, 복마(服馬)도 천리마인데 하루에 1천 리를 가지 못한다고 하니 무슨 뜻인가?"하자, 조보의 제자가 "그대의 고삐가 너무 길어서 그렇다.[王良弟子曰, 馬, 千里之馬也. 服, 千里之服也. 而不能取千里, 何也. 曰, 子纆牽長.]"라고 한 데서 인용하였다.

24 하루아침 … 했으니: 《논어집주(論語集註)》 〈안연(顔淵)〉에 안연이 인에 대하여 묻자, 공자가 이르기를 "자기를 극복하여 예로 돌아가는 것이 인이니, 하루만이라도 자기를 극복하여 예로 돌아간다면 천하가 인으로 돌아오게 되는 것이다.[克己復禮爲仁, 一日克己復禮, 天下歸仁焉.]"라고 하였다.

25 덕을 … 연마하면: 《주역(周易)》 〈건괘(乾卦) 문언(文言)〉에 "군자는 덕을 증진시키고 학업을 연마한다.[君子, 進德修業.]"에서 인용하였다.

○ 양유기(養由基)가 활을 매만지며 눈동자를 굴리면 원숭이가 나무를 껴안고 울부짖는다고 하였다. 어째서 그런가? 정성이 마음에 담겨져 있으면 그 정신이 사물에 전달되기 때문이다.《회남자(淮南子)》에 보인다.[養由基撫弓而眄, 猨乃抱木而號. 何者? 誠在於心, 而精通於物. 見淮南子.]

○ 포로(蒱盧)는 곧 포저(蒱且)이다. 포저자가 날아가는 두 마리 새를 보았는데, 주살을 맞지 않은 놈도 따라서 떨어졌다고 했다.《급총서(汲冢書)》에 보인다.[蒱盧, 即蒱且也. 蒱且子見雙鳥過之, 其不被弋者亦下. 見汲冢書.]

○ 묵견(纆牽)은 동아줄이다. 천 리를 가는 말을 긴 동아줄로 매어 두면 말에게는 방해가 된다.《전국책(戰國策)》에 보인다.[纆牽, 索也. 千里之馬, 繫以長索, 則爲累矣. 見國策.]

26 습붕(隰朋): 춘추(春秋)시대 제(齊)나라 대부로, 행동이 매우 빠르고 민첩하였으며, 말을 썩 잘하여 막힘이 없었다 한다.

280

하소에게 답하다[答何劭]

관리가 하는 일이 어찌 이리 팍팍한가	吏道何其迫
옹색하게 자신을 구속하기도 하고	窘然坐自拘
갓 끈은 얽어매는 줄이기도 하니	纓緌爲徽纆
법령을 어찌 넘을 수 있으랴	文憲焉可踰
편안하고 느긋함은 몹시 부족하고	恬曠苦不足
번거롭고 촉급함만 매번 남아도네	煩促每有餘
좋은 친구가 새론 시를 보내와서	良朋貽新詩
나에게 즐기라고 보여 주니	示我以遊娛
상큼하기는 맑은 바람을 쐰 듯	穆如灑清風
온화하기는 봄기운이 퍼진 듯	奐若春華敷
예전엔 동료[27]로 함께하였으니	自昔同寮寀
이제는 정원과 집을 나란히 하자 하네	於今比園廬
노년에 욕을 먹기 십상이니	衰夕近辱殆
다 같이 관직을 사양[28]하고서	庶幾並懸輿

27 동료: 원문의 요채(寮寀)는 동료(同僚)라는 뜻으로, 관사(官舍) 또는 관리의 뜻으로도 쓰인다.

28 관직을 사양: 원문의 현여(懸輿)는 늙어서 벼슬을 사직하고 집에 거처하는 것을 이른다. 한나라 설광덕(薛廣德)이 관직을 그만두고 은거할 때, 임금이 내려 준 안거(安車)를 매달아 놓고 자손에게 전한 고사에서 유래하였다.

관을 벗어 산발한 채로 자유롭게	散髮重陰下
지팡이 짚고 맑은 시내를 걸어도 보고	抱杖臨清渠
귀 기울여 꾀꼬리 소리 듣기도 하며	屬耳聽鶯鳴
물속에 노는 물고기를 눈여겨보리니	流目玩儵魚
조용히 남은 날을 수양하면서	從容養餘日
만년[29]의 즐거움을 가져 보기로 하세	取樂於桑榆

29 만년: 원문의 상유(桑楡)는 서쪽의 해가 지는 곳을 뜻하는 말로, 늘그막 또는 만년(晩年)을 뜻하는 말로 쓰인다.

281

정시(情詩) 2수(首)

【1수】

맑은 바람 불어와 휘장과 발을 흔들고 清風動帷簾
새벽달은 깊숙한 규방을 비춰 주는데 晨月照幽房
고운 임 먼 곳에 계시니 佳人處遐遠
난실에서는 모습[30]을 볼 수가 없네 蘭室無容光
가슴에는 텅 빈 그림자만 품었고 襟懷擁虛景
가벼운 이불은 빈 침상을 덮었네 輕衾覆空牀
임과 함께 있을 때는 밤이 짧아 애달프더니 居歡惜夜促
시름 속에 있고 보니 긴긴밤이 야속하다 在戚怨宵長
베개에 묻혀 홀로 탄식하니 拊枕獨嘯歎
북받쳐서 가슴속은 멍이 다 들었네 感慨心內傷

【2수】

이리저리 사방을 둘러보다가 游目四野外

30 모습: 원문의 용광(容光)은 모습, 용모, 풍채 등을 일컫는 말로, 조식(曹植)의 〈이별시(離別詩)〉에 "사람은 멀고 정혼은 가까워서 오매불망 모습을 꿈꾸네.[人遠精魂近, 寤寐夢容光.]"라고 하였다.

서성이며 우두커니 서 있네 逍遙獨延佇
난초는 맑은 시냇가에 돋아 있고 蘭蕙緣淸渠
활짝 핀 꽃 푸른 시내를 덮었건만 繁華蔭綠渚
고운 임이 여기에 계시지 않으니 佳人不在茲
이 꽃을 꺾어 누구에게 준단 말인가 取此欲誰與
둥지에 깃든 새는 바람 세찬 줄을 알고 巢居知風寒
굴속에 사는 짐승 비 올 줄을 알건마는 穴處識陰雨
일찍이 멀리 떠나 이별해 보지 않았으니 不曾遠別離
반려자의 사모하는 정을 어찌 알리요 安知慕儔侶

○ 아름답고 고운 작품으로 유연(油然)히 사람을 감동시킨다. 무선(茂先) 시의 으뜸이며, 《시경》의 '칡덩굴이 자라나서 가시나무 뒤덮고[葛生蒙楚]'라는 시와 뜻이 같다.[穠麗之作, 油然入人. 茂先詩之上者, 與葛生蒙楚詩同意.]

282

잡시(雜詩)

해 그림자 하늘의 운행을 따르니 晷度隨天運
사계절이 서로 이어 주네 四時互相承
동벽[31]이 바로 혼중[32]일 때 東壁正昏中
음기가 어려 차가운 계절을 만들고 涸陰寒節升
무서리가 해 저물녘에 내리는가 하면 繁霜降當夕
슬픈 바람은 한밤중에 일기도 하며 悲風中夜興
붉게 타는 등불은 푸르지만 빛이 없고 朱火青無光
난초기름도 절로 엉기니 蘭膏坐自凝
두꺼운 이불도 따스한 기운이 없고 重衾無暖氣
솜을 끼고 있어도 얼음을 품은 듯 挾纊如懷冰
베개에 엎드려 긴긴밤을 지새고서 伏枕終遙夕
깨어나 말을[33] 하재도 응해 줄 이가 없네 寤言莫予應
인간 세상 홍망성쇠를 길게 생각하다 永思慮崇替
서글피 홀로 가슴을 움켜쥐네 慨然獨拊膺

31 동벽(東壁): 문장을 맡은 별 이름. 《예기(禮記)》 〈월령(月令)〉에 "중동(仲冬)의 계절 초저녁에 정남(正南)의 방향에 나타난다." 하였다.

32 혼중(昏中): 초저녁 박명(薄明) 때를 이르는 말이다.

33 깨어나 말을: 원문의 오언(寤言)은 《시경(詩經)》 〈위풍(衛風) 고반(考槃)〉에 "은거하는 곳이 시냇가에 있으니, 큰 사람의 마음이 너그럽다. 홀로 자고 홀로 깨어 말하나, 영원히 잊지 않으리라 맹세하노라.[考槃在澗, 碩人之寬, 獨寐寤言, 永矢不諼.]"라고 하였다.

부현(傅玄)[34]

휴혁(休奕)의 시는 총영(聰穎)한 곳에 이따금씩 군더더기 시구를 띠고 있다. 대체로 악부시에는 뛰어나나 고시에는 부족하다.[休奕詩, 聰穎處時帶累句. 大約長于樂府, 而短于古詩.]

283

단가행(短歌行)

장안은 성도 높아서	長安高城
층층 누각이 우뚝 솟아 있으니	層樓亭亭
구름이[35] 사방에서 피어올라	干雲四起

34 부현(傅玄, 217~278): 서진(西晉) 때의 문신·학자. 자는 휴혁(休奕)이고, 북지니양(北地泥陽) 출신이다. 어려서 고아가 되어 가난했지만 학문을 좋아하였다. 조위(曹魏) 때 고을의 수재(秀才)가 되어 낭중(郎中)에 임명되어 《위서(魏書)》 편찬에 참가하였다. 사마씨(司馬氏)가 위나라를 이은 뒤에도 부마도위(駙馬都尉) 등 여러 관직을 지냈고, 함령 4년에 관직에서 물러나 죽었다. 시호는 강(剛)이다. 그는 일생동안 저술에 힘써 《부자(傅子)》를 편찬하였다.

35 구름이: 원문의 간운(干雲)은 하늘을 찌를 듯한 구름을 일컫는 말로, 간(干)은 범(犯)이나 충(沖)을 뜻한다.

위로 하늘 정원 뚫겠다만 上貫天庭
하루살이는 어찌 저리 단정한가 蜉蝣何整
가는 모습 군사행진 같네 行如軍征
귀뚜라미는 무엇을 느껴서 蟋蟀何感
한밤중에 그리 슬피 우는가 中夜哀鳴
왕개미의 즐거움이여 蚍蜉愉樂
그 날개가 곱기도 하구나 粲粲其榮
자나깨나 염려하건마는 寤寐念之
나의 심정을 누가 알아줄까 誰知我情
예전에 당신이 나 대하기를 昔君視我
마치 손바닥의 구슬같이 여기시더니 如掌中珠
어찌 생각이나 했겠어요 하루아침에 何意一朝
나를 개울가에 버리실 줄을 棄我溝渠
예전에 당신이 나와 함께 있을 때엔 昔君與我
그림자처럼 한 몸처럼 여기셨으니 如影如形
어찌 생각이나 했겠어요 떠나간 뒤에 何意一去
마음이 흐르는 별 같으실 줄을 心如流星
예전에 당신이 나와 함께 있을 때엔 昔君與我
두 마음을 서로 맺으셨으니 兩心相結
어찌 생각이나 했겠어요 이제 와서는 何意今日
홀연히 두 마음 서로 끊으실 줄을 忽然兩絕

○ 뒤의 3단은 필력이 매우 자유롭다.[後三段筆力甚橫.]

284

명월편(明月篇)

교교한 건 밝은 달이 비추기 때문이요	皎皎明月光
찬란한 건 아침 해가 빛나기 때문이네	灼灼朝日暉
예전에는 봄누에 쳐서 실을 뽑았고	昔爲春蠶絲
지금은 가을 여인 되어 옷을 짓누나	今爲秋女衣
붉은 입술엔 하얀 이가 가지런하고	丹唇列素齒
푸른빛이 아미 같은 눈썹에 드러나네	翠彩發蛾眉
어여쁜 여인은 말도 좋게 할 줄 알아서	嬌子多好言
마음에 쏙쏙 드는 짓을 잘도 하지만	歡合易爲姿
고운 얼굴 한창 때가 있는 것이요	玉顔盛有時
잘난 모습도 세월 따라 시들기 마련이네	秀色隨年衰
늘 두려운 건 새사람이 옛사람 이간질함이니	常恐新間舊
변고는 늘 작은 일에서 생기더라	變故興細微
부평초는 본래 뿌리가 없거늘	浮萍本無根
물이 아니면 장차 어디에 의지하나	非水將何依
걱정과 기쁨은 서로 밀접한 것이어서	憂喜更相接
즐거움이 극에 달하면 되려 슬픔이 되도다	樂極還自悲

285

잡시(雜詩)

뜻있는 선비는 날이 짧아 애석해 하고	志士惜日短
시름 많은 사람은 밤이 긴 걸 아나니	愁人知夜長
옷깃을 잡고 뜰 앞을 거닐다가	攝衣步前庭
남쪽으로 날아가는 기러기를 쳐다보네	仰觀南鴈翔
검은 그림자[36]는 형체를 따라 이동하고	玄景隨形運
흘러오는 소리만 빈 방으로 전해오네	流響歸空房
맑은 바람은 어찌 그리도 불어 대는가	清風何飄颻
초승달만 서쪽 하늘에 떠 있네	微月出西方
반짝이는 별들은 푸른 하늘에 수를 놓고	繁星依青天
별자리들도 스스로 대오를 이루건만	列宿自成行
매미는 높은 나무 사이에서 울고	蟬鳴高樹間
들새도 동쪽 행랑에서 노래하네	野鳥號東廂
엷은 구름이 때로는 방불케 하고	纖雲時髣髴
이슬은 함초롬히 나의 옷을 적시네	渥露霑我裳
좋은 때일 수록 시간은 멈추질 않아	良時無停景

36 검은 그림자[玄景]: 《문선(文選)》의 주(注)에 "경(景)은 그림자를 뜻하는 말로, 기러기 그림자가 달빛에 비쳐 검게 보이는 것을 이른다.[景, 影也. 謂鴈影映於月光而色玄也.]"라고 하였다.

북두성이 문득 기울고 있네　北斗忽低昂
언제나 두려운 건 추운 계절이 닥쳐와　常恐寒節至
찬 기운이 응결되어 서리가 되는 건데　凝氣結爲霜
낙엽은 바람 따라 흩어져 버리고　落葉隨風摧
모든 것이 흐르는 빛과 같이 사라지리라　一絕如流光

○ 맑고 빼어남[淸俊]이 바로 《문선(文選)》의 문체답다. 그러므로 소명(昭明)은 유독 이 편만을 《문선》에 수록하였다.[淸俊是選體, 故昭明獨收此篇.]

286

잡언(雜言)

우레소리 은은[37]하여 신첩 마음 설렜는데　雷隱隱感妾心
귀 기울여 들어 보니 수레 소리 아니로다　傾耳淸聽非車音

○ 〈장문부(長門賦)〉[38] 안에 있는 말을 점화(點化)한 것인데, 더욱 민첩하고 절묘함[敏妙]을 깨닫게 한다.[點化長門賦中語, 更覺敏妙.]

---

37 은은(隱隱): 수레소리를 형용하는 말로, 《후한서(後漢書)》〈천문지 상(天文志上)〉에 "언뜻 들려오는 은은한 소리 우레소리인 줄 알았네.[須臾有聲, 隱隱如雷.]"라고 하고, 〈장문부(長門賦)〉에는 "우레소리 은은하게 들려오길래 임금님 타고 오시는 수레소리인 줄 알았네.[雷隱隱而響起兮, 聲像君之車音.]"라고 하였다.

38 장문부(長門賦): 사마상여(司馬相如)가 한 무제(漢武帝)의 비(妃)인 진황후(陳皇后)에게 황금 100근을 받고 장문궁(長門宮)에 유폐되어 있던 그에게 지어 주었는데, 한 무제가 그 글을 읽고 진황후를 다시 총애하였다 한다. 이 글은 또 다른 그의 작품 〈대인부(大人賦)〉와 반고(班固)의 〈유통부(幽通賦)〉, 장형(張衡)의 〈사현부(思玄賦)〉 등과 함께 〈이소(離騷)〉의 체재와 유사하다 하여 후대에 오면서 소체부(騷體賦)로 불리었다. 소체는 굴원(屈原)이 초나라의 민가 형식을 근거로 창조한 일종의 서정적 운문(韻文)을 말한다.

287

오초가(吳楚歌)

연나라 사람 아름답고 조나라 여인 예쁘건만[39]	燕人美兮趙女佳
그의 집은 가까워도[40] 층계가 겹겹일세	其室則邇兮限層崖
구름으로 수레 삼고 바람으로 말 삼은들	雲爲車兮風爲馬
옥은 산에 있고 난초는 들에 있을 뿐이네	玉在山兮蘭在野
구름은 기약 없고 바람은 멈추나니	雲無期兮風有止
그리움만 갈래갈래 누가 능히 달래 주나	思多端兮誰能理

39 연나라 … 예쁘건만: 《고시원》 1권 184.고시(古詩) 19수(首) 제12수 참조.

40 그의 … 가까워도: 《시경(詩經)》 〈정풍(鄭風) 동문지선(東門之墠)〉에 "동문의 제단 언덕에 꼭두서니가 있도다. 그의 집은 가까우나, 그 사람이 매우 멀도다.[東門之墠, 茹藘在阪, 其室則邇, 其人甚遠.]"에서 인용하였다.

288

거요요편(車遙遙篇)

수레는 흔들흔들 말은 의기양양	車遙遙兮馬洋洋
당신이 그리워서 잊을 수가 없네요	追思君兮不可忘
당신은 어디에 노니시나 서쪽 진나라로 가셨으니	君安遊兮西入秦
그림자 되어 당신을 따르고 싶네요	願爲影兮隨君身
당신이 그늘에 있으면 그림자 보이지 않으니	君在陰兮影不見
당신 빛에 기대고픈 것이 나의 소원이랍니다	君依光兮妾所願

○ 악부(樂府) 중에 매우 총명(聰明)한 말이며, 장적(張籍)과 왕건(王建)의 일파(一派)를 열었다. 그러나 장적과 왕건의 솜씨에서 나온 시어(詩語)들은 극도로 차분하고 친숙하다.[樂府中極聰明語, 開張·王一派. 然出張·王手, 語極恬熟.]

속석(束晳)[41]

289

보망시(補亡詩) 6장(章)

서(序)에 이르기를, "속석이 함께 공부하던 친구와 향음례를 익혔다. 그러나 음영하는 시(詩)가 간혹 뜻만 있고 가사가 없어서 음악을 연주하려 해도 갖출 수가 없었다. 그리하여 지나간 일을 멀리 상상해 보고 그 당시를 추측해서 그 가사를 보충하여 지어서 옛 체제를 이었다." 하였다.[序曰, 晳與同業疇人, 肄修鄉飮之禮. 然所詠之詩, 或有義無詞, 音樂取節, 闕而不備. 於是遙想旣往, 存思在昔, 補著其文, 以綴舊制.]

남해(南陔)

〈남해〉는 효자가 부모 봉양하는 문제로 서로 경계하는 내용이다.[南陔, 孝子

41 속석(束晳, 261 추정~300 추정): 전진(前晉) 때의 경학자. 자는 광미(廣微)이고, 양평(陽平) 원성(元城) 사람이다. 저작좌랑(著作佐郎)과 상서랑(尙書郞), 박사(博士) 등을 지냈다. 《시경(詩經)》〈소아(小雅)〉에 〈남해(南陔)〉, 〈백화(白華)〉, 〈화서(華黍)〉, 〈유경(由庚)〉 등 생시(笙詩) 6편이 있는데, 소리만 있고 가사가 없어 이를 보작(補作)하고 보망시(補亡詩)라 했다. 저술로 《오경통론(五經通論)》, 《발몽기(發蒙記)》 등이 있다.

相戒以養也.]

저 남쪽 언덕을 따라가서	循彼南陔
그곳 난초를 캐노라	言采其蘭
부모님을 연모하여 보살피느라	眷戀庭闈
마음 편안할 겨를이 없도다	心不遑安
저곳에 사는 사람이여	彼居之子
행여 놀이에 빠지지 마오	罔或游盤
그대의 저녁 요리는 향기로워야 하고	馨爾夕膳
그대의 새벽 음식은 정갈해야 하네	潔爾晨餐
저 남쪽 언덕을 따라가 보니	循彼南陔
풀이 자라 유연하도다	厥草油油
거기 사는 사람이여	彼居之子
안색을 유순하게 할지어다	色思其柔
부모님을 연모하여 돌아봄이여	眷戀庭闈
마음에 여유를 가질 겨를이 없도다	心不遑留
그대의 저녁 요리는 향기로워야 하고	馨爾夕膳
그대의 새벽 음식은 정갈해야 하네	潔爾晨羞
수달이란 놈이 나와	有獺有獺
하수의 모래톱에 있네	在河之涘
물결을 헤치고 물속으로 들어가	凌波赴汩
방어와 잉어를 물어 올리네	噬魴捕鯉

숲속에 앉아 우는 까마귀는	嗷嗷林烏
자식에게서 먹이를 받아먹네	受哺于子
봉양만 융숭하고 공경이 박하다면	養隆敬薄
그저 짐승과 같을 뿐이네	惟禽之似
그대의 경건한 마음을 더하여서	勗增爾虔
큰 복을 받도록 도울지어다	以介丕祉

○ '저기 사는 사람이여[彼居之子]'에서 '거(居)' 자는 벼슬하지 않은 사람을 이르는 말이다.[彼居之子, 居謂未仕者.]

○ '안색을 유순하게 할지어다[色思其柔]'는 곧 '색난(色難)'에 대한 주각(註脚)이며, '봉양만 융숭하고 공경이 박하다면[養隆敬薄]'은 곧 '불경(不敬)과 무엇이 다르겠는가.[不敬何以別]'의 주각이다.[色思其柔, 即色難註脚, 養隆敬薄, 即不敬何以別註脚.]

○ 처음은 봉양[養]을 말하고 다음은 얼굴빛[色]을 말하고 끝에는 공경[敬]을 말하였다.[首言養, 次言色, 末言敬.]

백화(白華)

〈백화〉는 효자의 결백을 노래하였다.[白華, 孝子之潔白也.]

하얀 꽃이 붉은 꽃술에 실려	白華朱萼
깊은 산골에 피었도다	被于幽薄
밝고 환한 문자여	粲粲門子

갈아낸 듯 깎아낸 듯	如磨如錯
하루에 세 번 반성을 하니[42]	終晨三省
게으르지 않고 성실하도다	匪惰其恪
하얀 꽃 붉은 뿌리가	白華絳趺
언덕 한 끝에 돋았도다	在陵之陬
선명하신[43] 군자는	蒨蒨士子
물 들여도 더럽혀지지 않네	涅而不渝
정성을 다하고 공경을 다하여서	竭誠盡敬
그 수고로움을 잊으랴	亹亹忘劬
하얀 꽃 검은 뿌리가	白華玄足
언덕 한 어구에 있도다	在丘之曲
폼새 당당한 처자여	堂堂處子
경영하는 일도 없고 욕심도 없도다	無營無欲
새벽에 피는 꽃이라 짝할 이도 드물거니와	鮮侔晨葩
한 점 더럽힘도 없도다	莫之點辱

○ 주례(周禮)에 "정실(正室)을 문자(門子)라 한다." 하였는데, 정현(鄭玄)이 이르기를, "정실의 적자(適者)는 장차 아비를 대신해서 가문을 맡을 자이다." 하였다. 처자(處子)는 곧 처사(處士)이다.[周禮曰, 正室謂之門子. 鄭玄曰, 正室適子, 將代父當門者. 處子, 即處士也.]

---

42 하루에 … 하니: 《논어집주(論語集註)》〈학이(學而)〉에 증자(曾子)가 말하기를 "나는 하루에 세 가지 일로 자신을 반성한다. 남을 위해 일을 도모하는 데 충실하지 않았는지, 벗과 함께 사귀는 데 신의를 잃지 않았는지, 스승에게 배운 것을 제대로 익히지 않았는지 하는 것이다.[吾日三省吾身, 爲人謀而不忠乎, 與朋友交而不信乎, 傳不習乎.]"라고 하였다.

43 선명하신: 원문의 천천(蒨蒨)은 《문선(文選)》 이선(李善)의 주(注)에 "천천은 선명한 모양이다.[蒨蒨, 鮮明之貌.]"라고 하였다.

화서(華黍)

〈화서(華黍)〉는 시절이 순화하고 해가 풍년이 들어 서직(黍稷)과 같은 곡식이 적합함을 노래하였다.[華黍, 時和歲豐, 宜黍稷也.]

겹겹인 구름 무겁게 드리우고 黮黮重雲
온화한 바람 솔솔 불어오니 輯輯和風
언덕 위엔 서직이 꽃을 피우고 黍華陵巓
언덕 아래엔 보리 이삭이 돋아나서 麥秀丘中
파종하지 않은 밭이 없으니 靡田不播
온갖 곡식이 풍성하도다 九穀斯豐
넓게 드리운 검은 구름이 奕奕玄霄
비를 내려 흠뻑 적셔 주니 濛濛甘霤
기장은 꽃을 피우고 黍發稠華
또한 이삭도 돋아나서 亦挺其秀
가꾸지 않은 밭이 없으니 靡田不殖
온갖 곡식이 무성하도다 九穀斯茂
높아서 파종하지 않은 곳이 없고 無高不播
낮다고 가꾸지 않은 곳이 없어서 無下不殖
드넓은 들녘 농작물 가득 차고 芒芒其稼
쑥쑥 자란 곡식들 풍성하도다 參參其稷
우리 임금의 재정을 비축하고 稿我王委

우리 백성의 식량을 충당하니	充我民食
사계절 기후가 조화를 이루어	玉燭陽明
왕도가 더욱 밝아지도다	顯猷翼翼

○ 현소(玄霄)는 검은 구름이다.[玄霄 玄雲也.]

○ '축(稸)'은 축(畜)과 같다. 《채택전(蔡澤傳)》에, "애써 밭갈이하여 축적하였다.[力田稸積.]" 하였다.[稸, 畜同. 蔡澤傳, 力田稸積.]

○ 《이아(爾雅)》에 이르기를, "사계절 기후[四氣]가 조화를 이루는 것을 옥촉(玉燭)이라 한다." 하였다.[爾雅曰, 四氣和謂之玉燭.]

유경(由庚)

〈유경(由庚)〉은 만물이 그 도리를 말미암은 것을 노래하였다.[由庚, 萬物得由其道也.]

광대무변한 왕도라서	蕩蕩夷庚
온갖 만물이 이를 말미암도다	物則由之
꿈틀거리며 무지한[44] 온갖 사물들까지	蠢蠢庶類
왕께서 역시 순화시키도다	王亦柔之

44 꿈틀거리며 무지한: 원문의 준준(蠢蠢)은 벌레처럼 꿈틀거리는 모양으로, 《서경(書經)》 〈주서(周書) 대고(大誥)〉의 주석에 "준은 벌레가 꿈틀거리며 무지한 모양이다.[蠢, 動而無知之貌.]"라고 하였다.

왕도를 이미 말미암고	道之既由
화육하여 이미 순화시키니	化之既柔
나뭇잎은 가을 되어 떨어지고	木以秋零
풀은 봄이 오면 피어나며	草以春抽
짐승은 풀밭에서 놀고	獸在于草
물고기는 흐르는 물을 따르도다	魚躍順流
사계절은 번갈아 펼치고	四時遞謝
팔방의 바람도 대신해서 불어 주며	八風代扇
섬아[45]는 해 그림자를 조정하고	纖阿按晷
별들은 그 자리를 변화시키도다	星變其躔
오위[46]는 건전하고	五緯不愆
육기[47]가 뒤바뀌는 일이 없으니	六氣無易
편안하신 우리 임금은	愔愔我王
문왕의 발자취를 이으셨도다	紹文之跡

○ '경(庚)'은 도(道)로 풀이하니, '이경(夷庚)'은 곧 왕도(王道)가 탕탕(蕩蕩)하다는 뜻이다.[庚, 訓道也, 夷庚, 即王道蕩蕩意.]

45 섬아(纖阿): 고대 신화(神話) 속에 달을 직접 몰고 다닌다는 여신이다.

46 오위(五緯): 우(雨)·양(暘)·욱(燠)·풍(風)·시(時)를 이른다.

47 육기(六氣): 음(陰)·양(陽)·풍(風)·우(雨)·회(晦)·명(明)을 이른다.

숭구(崇丘)

〈숭구(崇丘)〉는 만물이 그 고대(高大)함을 다한 것을 노래하였다.[崇丘, 萬物得極其高大也.]

저 높은 언덕을 바라다보니	瞻彼崇丘
숲이 무성하게 우거졌도다	其林藹藹
식물이 이렇게 높이 자라고	植物斯高
동물이 이렇게 크게 자란 건	動類斯大
주변의 바람이 이미 흡족한데다	周風旣洽
국왕의 덕화[48]가 진실로 컸기 때문이네	王猷允泰
까마득한 이 대지[49] 위에	漫漫方輿
드넓은 하늘이 휘휘 둘러 덮어 주고 있으니	回回洪覆(1)
어느 부류인들 번다하지 않으며	何類不繁
어느 생명인들 무성하지 않을까	何生不茂
사물은 그 본성을 다하고	物極其性
사람은 그 수명을 늘려 가리니	人永其壽
드넓은 이 우주 속이며	恢恢大圜
까마득한 세상이거늘	茫茫九壤

48 국왕의 덕화: 원문의 왕유(王猷)는 왕유(王猶)라고도 하며, 왕도(王道)와 같은 말이다.

49 대지: 원문의 방여(方輿)는 대지로 《문선(文選)》 이주한(李周翰)의 주(注)에 "방여는 대지이다.[方輿, 地也.]"라고 하였다.

자생하여 교화를 우러르니 資生仰化
어디서인들 양성되지 않으랴 于何不養
사람에게 요절하는 도는 없나니 人無道夭
사물이 극에 달하면 장성하도다 物極則長

(1) '부(覆)'의 음은 거성(去聲)이다.[去聲]

○ 《장자(莊子)》에 이르기를, "타고난 수명대로 살고 중도에 요절하지 않은 자는 지혜가 많아서 그렇다." 하였다.[莊子曰, 終天年而不中道夭者, 是智之盛也.]

유의(由儀)

〈유의(由儀)〉는 만물의 생장이 각각 그 마땅함을 얻은 것을 노래하였다.[由儀, 萬物之生各得其儀也.]

엄숙한[50] 군자시여 肅肅君子
마땅함을 말미암고 본성을 따르시며 由儀率性
밝으신 임금이시여 明明后辟
인자함으로 정사를 펴시니 仁以爲政

50 엄숙한: 원문의 숙숙(肅肅)은 엄숙한 모양으로, 《시경(詩經)》〈대아(大雅) 사제(思齊)〉에 "온화하게 궁중에 계시며, 엄숙하게 사당에 계시네.[雝雝在宮, 肅肅在廟.]"라고 하였다.

물고기는 맑은 못에서 노닐고	魚遊清沼
새들은 평화로운 숲속에 깃들며	鳥萃平林
깨끗한 비늘 힘찬 날갯짓	濯鱗鼓翼
그 소리가 활기차도다	振振其音
신하들은 그들의 정성을 다하고	賓寫爾誠
군주는 그 마음을 다하여서	主竭其心
시절이 화평하니	時之和矣
무엇을 생각하고 무엇을 다스리랴	何思何修
문화는 안으로 응집되고	文化內輯
무공은 먼 데까지 미치도다	武功外悠

○ 시절이 이미 화평해졌으니, 무엇을 걱정하며 무엇을 다스리겠는가. 오직 문화(文化)로 내정의 화합을 도모하고 무공(武功)을 먼 외지까지 부가할 뿐이다. 유의(由儀)를 쓴 뜻이 지극히 정대(正大)하다.[時既和矣, 何所思慮, 何所修治, 惟以文化輯和于內, 武功加于外遠也. 寫由儀意極正大.]

○ 이 6장(六章)은 주아(周雅)[51]와는 유가 다르다. 그러나 청화(淸和)하고 윤택(潤澤)하여 자연히 덕이 있는 말이 되었다.[六章不類周雅. 然清和潤澤, 自是有德之言.]

51 주아(周雅): 주나라 아악이라는 뜻으로, 《시경(詩經)》의 〈소아(小雅)〉와 〈대아(大雅)〉를 통틀어 일컫는 말이다.

사마표(司馬彪)[52]

290

잡시(雜詩)

온갖 풀들 계절 따라 자라나서　百草應節生
천지 기운 받아 깊고 얕음이 있건마는　含氣有深淺
가을 쑥대는 유독 무슨 죄가 있어서　秋蓬獨何辜
흩날리다가 바람 따라 구르는가　飄颻隨風轉
거센 바람에 떠밀려 날아올라서　長飆一飛薄
나를 불어 사방으로 가게 하누나　吹我之四遠
머리 긁적이며 떠나온 고향 그려 보지만　搔首望故株
멀어진 고향 다시는 돌아가질 못하네　邈然無由返

52 사마표(司馬彪, ?~306 추정): 서진(西晉)의 사학자. 자는 소통(紹統)이고, 온현(溫縣) 출신이다. 진 왕조의 종실로, 산기시랑(散騎侍郎)과 비서승(秘書丞) 등을 지냈다. 후한의 역사를 담은《속한서(續漢書)》를 편찬했다. 이 밖에 후한 말 군벌들의 혼전 양상을 기술한《구주춘추(九州春秋)》가 있다.

육기(陸機)[53]

사형(士衡)의 시도 역시 대가(大家)로 추대한다. 그러나 마음은 해박한 지식을 드러내고자 하였지만 가슴속의 지혜가 부족하고, 필력도 거론하기에는 충분치 않아서 마침내 배우(排偶)만 따지는 일파(一派)를 열었다. 그리하여 서경(西京) 이래의 참신하고 웅건한 기상은 더 이상 존속시키지 못하였다. 양(梁)·진(陳) 이래로 대장(隊仗)만을 전공하고 변폭(邊幅)에는 더욱 협소해져 읽는 이로 하여금 대낮에도 누울 생각만 하게 만들었으니, 이는 사형에게서 비롯되었다고 하지 않을 수 없다. 여기에서는 특별히 운동성이 있는 작품 열두 편을 취하여 사형의 시작품 중에 역시 전적으로 고사나 열거해 두지 않은 것들도 있다는 것을 보여 주고자 하였다.[士衡詩亦推大家. 然意欲逞博, 而胸少慧珠, 筆又不足以擧之, 遂開出排偶一家. 西京以來, 空靈矯健之氣, 不復存矣. 降自梁陳, 專工隊仗, 邊幅復狹, 令閱者白日欲臥, 未必非士衡爲之濫觴也. 玆特取能運動者十二章. 見士衡詩中, 亦有不專堆垛者.]

사강락(謝康樂)의 시도 대부분 배구(排句)를 많이 썼다. 그러나 의경을 만드

53 육기(陸機, 260~303): 서진(西晉)의 문인. 자는 사형(士衡)이고 오군(吳郡) 화정(華亭) 출신이다. 명문 출신으로 조부 손(遜)은 삼국시대 오(吳)나라의 재상, 아버지 항(抗)은 군사령관, 동생 운(雲)도 문재(文才)가 있어 그와 함께 이륙(二陸)이라 불렸다. 20세 때 오나라가 멸망했기 때문에 고향에 퇴거하여 10년간 학문에만 전념하였다. 그 후 동생과 함께 낙양으로 나가 장화(張華)의 인정을 받았고, 가밀(賈謐)과 함께 문인과 교유했다. 혜제(惠帝) 때 정국이 혼란하여 팔왕(八王)의 난이 일어나자 이에 휘말려 동생과 함께 죽임을 당했다. 〈문부(文賦)〉는 그의 문학비평의 방법을 논한 내용으로 유명하고, 《육사형집(陸士衡集)》 10권이 전한다.

는 데 능하여 반악(潘岳)과 육기(陸機)와는 매우 다르다.[謝康樂詩, 亦多用排. 然能造意, 便與潘·陸輩迥別.]

사형(士衡)은 명장(名將)의 후예로 나라가 망하고 가문이 망한 터라 정서에 맞게 말을 하다 보니 필시 애원(哀怨)이 많았을 것이다. 그러나 작품의 취지가 얕고 다만 외형만 수식하는 데에 공을 들였을 뿐이니, 다시 무엇을 귀하다 하겠는가.[士衡以名將之後, 破國亡家, 稱情而言, 必多哀怨. 乃詞旨敷淺, 但工塗澤, 復何貴乎.]

소무(蘇武)·이능(李陵)의 시와 고시 19수(十九首)는 매양 《시경》 국풍에 근접하지만, 사형의 무리는 부(賦)를 짓는 체계로 시를 지었으니 그런 연유로 사람을 감동시키지 못한다.[蘇·李十九首, 每近於風, 士衡輩以作賦之體行之. 所以未能感人.]

《문부(文賦)》에 이르기를, "시는 감정에 따라 짓되 아름답게 묘사하는 것이다.[詩緣情而綺靡]" 하였으니, 이는 시인(詩人)의 본지(本旨)가 전혀 아니다.[文賦云, 詩緣情而綺靡, 殊非詩人之旨.]

291

단가행(短歌行)

높은 당 위에다 술자리를 마련하고서　置酒高堂
슬픈 노래 부르며 술잔에 임하였네　悲歌臨觴
인간의 수명은 얼마나 될까　人壽幾何

아침 이슬 같이 사라지리라 逝如朝霜
시간은 거듭 이를 수 없고 時無重至
꽃은 두 번 다시 피지 않으며 華不再陽
마름은 봄이 와야 윤기를 띠고 蘋以春暉
난초는 가을이 되어야 향기로운데 蘭以秋芳
다가올 날은 짧아서 괴로웁고 來日苦短
지나간 날만 길어서 괴로웁다 去日苦長
지금 우리가 즐기지 않으면 今我不樂
귀뚜라미만 방을 차지하리라[54] 蟋蟀在房
즐거움이란 함께 모임으로써 생기고 樂以會興
슬픔이란 헤어질 때 드러나는 법이니 悲以別章
어찌 슬픈 감정이 없다 하리오 豈曰無感
시름은 그대를 위하여 잊었네 憂爲子忘
내가 마련한 술 맛이 좋거니와 我酒旣旨
내가 마련한 안주도 그럴 듯하니 我肴旣臧
단가를 지어 읊조릴 수 있어서 短歌有詠
긴긴 이 밤이 황량하지 않구려 長夜無荒

○ 말[詞] 또한 청화(淸和)하지만 웅혼한 기상[雄氣]과 자유분방한 울림[逸響]은 묘연하여 찾아볼 수가 없다.[詞亦淸和, 而雄氣逸響, 杳不可尋.]

---

54 귀뚜라미만 … 차지하리라: 《시경(詩經)》 〈당풍(唐風) 실솔(蟋蟀)〉에 "귀뚜라미가 당에 있으니 해가 드디어 저물겠네, 지금 우리가 즐기지 않으면 해와 달은 지나가리라.[蟋蟀在堂, 歲聿云暮, 今我不樂, 日月其逝.]"라고 한 데서 인용하였다.

292

농서행(隴西行)

내 마음의 고요는 거울과 같은데	我靜如鏡
사람들의 동요가 연기와 같구나	民動如煙
일은 외형에서 조짐이 보이고	事以形兆
반응은 현상에서 드러나는 법	應以象懸
어찌 인재가 없다 하리오	豈曰無才
세상에 현인을 흥기시킬 이가 드물 뿐이네	世鮮興賢

293

맹호행(猛虎行)

목이 말라도 도천[55]의 물은 마시지 않으며	渴不飮盜泉水
날이 더워도 악목[56]의 그늘엔 쉬지 않네	熱不息惡木陰
악목인들 어찌 가지가 없을까만	惡木豈無枝
뜻있는 선비는 고민이 많다네	志士多苦心
수레를 정돈하여 왕명을 기다려서	整駕肅時命
말고삐 움켜쥐고 원행을 준비하네	杖策將遠尋
배고프다 하여 맹호의 굴에서 먹겠으며	飢食猛虎窟
날이 차다 하여 새들 숲에서 자겠는가[57]	寒棲野雀林
돌아갈 날 되어도 공을 세우지 못한 채	日歸功未建
세월만 흘러 해가 저물어 가네	時往歲載陰
높이 솟은 구름은 언덕을 스쳐 치닫고	崇雲臨岸駛

55 도천(盜泉): 물 이름. 산동성(山東省) 사수현(泗水縣) 동북쪽에 있다. 공자(孔子)가 이곳을 지나다 목이 말라 고통스러웠으나 물 이름이 천하다 하여 이곳 물을 마시지 않았다고 한다.

56 악목(惡木): 악목도천(惡木盜泉)의 준말로, 아무리 더워도 나쁜 나무 그늘에서는 쉬지 않으며 목이 말라도 도(盜)라는 나쁜 이름이 붙은 샘물은 마시지 않는다는 뜻. 처지가 곤란해도 부끄러운 일은 하지 않는 것을 일컫는 말로 쓰인다.

57 배고프다 … 자겠는가: 《고시원》 1권 181. 맹호행(猛虎行)에 "굶주려도 맹호를 따라 먹지 않을 것이요, 저물어도 야작을 따라 자지 않을 것이네. 들새들이야 어딘들 둥지가 없으랴만, 나그네는 누구를 위하여 교만하랴.[饑不從猛虎食, 暮不從野雀棲, 野雀安無巢, 遊子爲誰驕.]" 참조.

우는 가지는 바람을 따라 읊어 댄다　鳴條隨風吟
깊은 골짜기에선 조용히 말해도 들리고　靜言幽谷底
높은 산 위에선 긴 휘파람을 불어도 들리며　長嘯高山岑
팽팽한 줄에는 느슨한 소리가 나지 않고　急弦無懦響
청량한 절주엔 음정을 맞추기 어렵듯이　亮節難爲音
인생살이가 정녕 쉽지가 않으니　人生誠未易
어찌 이 흉금을 다 털어놓을 수 있겠는가　曷云開此衿
나만의 굳은 마음 돌아다보며　眷我耿介懷
고금의 인물에 비춰 보니 부끄러울 뿐이네[58]　俯仰愧古今

○ 《시자(尸子)》에 이르기를, "공자(孔子)는 승모(勝母)라는 고장에 이르러서 날이 저물었는데도 묵지 않고 떠났으며, 도천(盜泉)이라는 샘을 지나면서는 목이 말랐으나 그 샘의 물을 마시지 않았으니, 이는 그 이름을 싫어해서였다." 하였다.[尸子曰, 孔子至於勝母, 莫矣而不宿, 過於盜泉, 渴矣而不飮, 惡其名也.]

○ 강수(江邃)의 《문석(文釋)》에 《관자(管子)》를 인용하여 이르기를, "선비는 경개(耿介)한 마음을 품고 있어서는 악목의 가지에 의지하지 않는다 하였다."라고 하였다.[江邃文釋引管子曰, 士懷耿介之心, 不蔭惡木之枝.]

○ 첫머리에 여섯 글자 구(句)를 사용하여, 기이하고 가파른 것이 잘 드러나 보인다. 이는 사형이 시도한 변체(變體)이다.[起用六字句, 最見奇峭, 此士衡變體.]

---

58 고금의 … 뿐이네: 원문의 부앙(俯仰)은 《맹자집주(孟子集註)》 〈진심 상(盡心上)〉에 "하늘을 우러러 부끄러움이 없고, 땅을 굽어보아도 부끄러움이 없는 것이 군자의 두 번째 즐거움이다.[仰不愧於天, 俯不怍於人, 二樂也.]"에서 인용한 말이다.

294

당상행(塘上行)

강리풀[59]이 외진 모래톱서 자라나	江籬生幽渚
미미한 그 향기 드날리지 못하다가	微芳不足宣
비바람 맞으며 좋은 때를 만나자	被蒙風雲會
꽃향기 가득한 연못가로 옮겨 왔네	移居華池邊
옥대[60] 아래에서 잘도 피어나	發藻玉臺下
넘실대는 샘물에 그림자 드리우고	垂影滄浪泉
우로를 맞아 이미 흠뻑 젖었으며	霑潤既已渥
맺힌 뿌리는 깊고도 튼실하지만	結根奧且堅
사계절이 흘러 머물지 않으니	四節逝不處
번화함을 오래 유지하긴 어렵게 됐네	繁華難久鮮
맑은 공기는 시절 따라 사라지고	淑氣與時殞
남은 향기도 바람 따라 사라지니	餘芳隨風捐
천도에도 변천이란 있는 법이요	天道有遷易
사람 사는 이치도 항상 완전함은 없는 법	人理無常全

59 강리풀: 홍조류(紅藻類) 꼬시래깃과에 속한 해초(海草). 흑자색 또는 암갈색으로, 수많은 가지가 있어 흐트러진 머리카락 같은 모양이다. 우무를 만들 때 우뭇가사리와 섞어서 쓴다. 우리나라, 일본, 사할린, 타이완 등 따뜻한 지방의 얕은 바다에 난다.《어학사전》

60 옥대(玉臺): 옥으로 만든 집이라는 뜻으로, 임금이 사는 곳을 높여 이르는 말.

남자는 지혜로 바보를 경시하길 좋아하고	男懽智傾愚
여자는 노쇠하면 예쁜이 피하길 좋아한다오	女愛衰避姸
미천한 이 몸 물러나는 건 애석하지 않으나	不惜微軀退
다만 파리 같은 간신들 진출이 두렵구려	但懼蒼蠅前
원하노니 임의 남은 광채 넓혀서	願君廣末光
늘그막의 이 여인을 비춰 주소서	照妾薄暮年

○ 이 역시 평운(平韻)이다 보니 말의 뜻[音旨]이 자연히 완곡하다.[亦是平韻, 而音旨自婉.]

295
〈밝은 달 어찌 그리 교교한가〉를 본따서 짓다[擬明月何皎皎]

북당에 누워 편히 잠들려 했더니 安寢北堂上
밝은 달이 창문으로 들어왔네 明月入我牖
온 방안을 비추고도 남는 빛이련만 照之有餘輝
잡아 보면 손에 잡히질 않네 攬之不盈手
서늘한 바람은 외진 방을 감돌아 불어오고 涼風繞曲房
늦가을 매미소린 높은 버드나무에서 들려오네 寒蟬鳴高柳
머뭇거리는 사이에[61] 계절이 바뀌었으니 踟躕感物節
서방님은 멀리 떠난 지 이미 오래되었네 我行永已久
벼슬살이 아직도 이루지 못하셨나요 游宦會無成
이별의 그리움을 항상 지키긴 어렵겠어요 離思難常守

61 머뭇거리는 사이에: 원문의 지주(踟躕)는 일을 딱 잘라서 하지 못하고 주저주저 망설이는 것을 뜻하는 말로, 《시경(詩經)》〈패풍(邶風) 정녀(靜女)〉에 "사랑해도 만나지 못하여, 머리를 긁적이며 망설이네.[愛而不見, 搔首踟躕.]"라고 하였다.

296

〈밝은 달이 한밤에 빛나다〉를 본따서 짓다[擬明月皎夜光]

세밑이라 서늘한 바람 불어오니	歲暮涼風發
넓은 하늘엔 달이 밝구나	昊天肅明月
초요성[62]은 서북을 가리키고	招搖西北指
은하수는 동남쪽으로 기우니	天漢東南傾
밝은 달 호젓한 방을 비추고	朗月照閑房
귀뚜라미 마당에서 울어 대네	蟋蟀吟戶庭
훨훨 날아가는 기러기 운집해 있고	翩翩歸雁集
나지막이 우는 늦가을 매미소리 들리는데	嘒嘒寒蟬鳴
지난날[63]에 함께 잔치했던 친구들	疇昔同宴友
높이 날아 멀리 가 버렸네	翰飛戾高冥
의복이 좋아지자 듣던 소릴 바꾸고	服美改聲聽
부유해지자 옛 정을 버리는가	居愉遺舊情

62 초요성(招搖星): 별자리의 이름. 28수의 저수(氐宿)에 속하는 것으로 현재의 목동자리에 있는 별을 일컫는다. 저수(氐宿)는 동방청룡 세 번째 별로 청룡의 가슴에 해당하며, 만물의 생육, 번성을 점치는 별자리이다.

63 지난날: 원문의 주석(疇昔)은 지난날을 일컫는 말로, 《예기(禮記)》〈단궁 상(檀弓上)〉에 공자가 "내가 지난날 밤 꿈에 두 기둥 사이 마루에 앉아서 궤전(饋奠)을 받았다.[予疇昔之夜夢, 坐奠於兩楹之間.]"라고 하였다.

직녀라고 하나 베틀과 북이 없듯이	織女無機杼
대량이라 하나 기둥에 걸칠 수 없듯이	大梁不架楹

○ 《이아(爾雅)》에 이르기를, "대량(大梁)은 묘성(昴星)이다." 하였다. 끝에 2구(二句)는 유명무실(有名無實)함을 총결하여 말하였으니, 한인(漢人)의 원사(原詞)와 뜻이 같다.[爾雅曰, 大梁, 昴星也. 末二句, 總言有名無實, 與漢人原詞意同.]

297

초은시(招隱詩)

새벽이 밝아 오도록 마음이 편치 않아	明發心不夷
겉옷을 떨쳐입고 머뭇거리네[64]	振衣聊躑躅
머뭇거리다 어디로 가려 하는가	躑躅欲安之
은자는 깊은 골짜기에 계신다네	幽人在浚谷
아침엔 남쪽 개울에서 물풀을 따고[65]	朝采南澗藻
저녁엔 서산 자락에서 쉬나니	夕息西山足
가벼운 나뭇가지는 구름 집을 닮았고	輕條象雲搆
무성한 나뭇잎은 푸른 휘장을 이루었네	密葉成翠幄
격초[66]인가 하여 난초 숲에 서 있고	激楚佇蘭林
회방[67]인 듯하여 수려한 나무들을 접해 보네	回芳薄秀木

64 겉옷을 … 머뭇거리네: 원문의 진의(振衣)는 옷의 먼지를 턴다는 뜻으로, 굴원(屈原)의 〈어보사(漁父辭)〉에 새로 머리를 감은 자는 반드시 관을 털고, 새로 목욕한 자는 반드시 옷의 먼지를 턴다.[新沐者, 必彈冠. 新浴者, 必振衣.]"라 하였으며, 원문의 척촉(躑躅)은 걸음걸이가 머뭇거리거나 제자리걸음을 한다는 뜻으로, 이백(李白)의 〈천마가(天馬歌)〉에 "만리길 가는 발걸음 머뭇거리며, 저 멀리 하늘 문만 쳐다보네.[萬里足躑躅, 遙瞻閶闔門.]"라고 하였다.

65 남쪽 … 따고: 《시경(詩經)》 〈소남(召南) 채빈(采蘋)〉에 "이에 마름을 캐기를 남간(南澗)의 물가에서 하도다. 이에 마름을 뜯기를 저 흐르는 물에서 하도다.[于以采蘋, 南澗之濱, 于以采藻, 于彼行潦.]"라고 한 데서 인용하였다.

66 격초(激楚): 악곡(樂曲) 이름이다.

67 회방(回芳): 악곡 이름이라 한다.

산골 물소리는 어찌 이리도 청량한가	山溜何泠泠
폭포수 씻어 내리는 소리 옥을 울리듯 하네	飛泉漱鳴玉
슬픈 음정이 신령한 물결에 섞여 흐르고	哀音附靈波
괴로운 메아리도 깊은 산굽이로 사라지네	頹響赴曾曲
지극한 즐거움은 가식에 있지 않으니	至樂非有假
어찌 순박한 본성을 흐리게 하겠는가	安事澆淳樸
부귀란 진실로 도모하기 어려운 줄 알겠기에	富貴苟難圖
굴레를 벗고 내 하고 싶은 대로 하리라	稅駕從所欲

○ 부귀(富貴)를 도모하기 어렵다는 것을 기필하고서야 비로소 굴레를 벗겠다고 하였으니, 시기적으로 이미 늦었다는 것을 보여 준 것이다. 그래서 사형(士衡)의 진퇴(進退)에 대하여 논란거리가 없지 않다.[必富貴難圖而始稅駕, 見已晩矣. 士衡進退, 所以不無可議.]

298

풍문비[68]에게 주다[贈馮文羆]

예전에 두세 사람 친구와 함께 昔與二三子
승화궁[69] 남쪽에서 노닐 때에는 游息承華南
날개를 치며 한가지 위에 있는 새였더니 拊翼同枝條
훌쩍 날아 각자 다른 길 찾아 떠나 갔네 翻飛各異尋
바람을 타고 오를 날개가 없는 터라 苟無淩風翮
배회하며 옛 숲을 지킬 뿐이네 徘徊守故林
강개한 마음 누굴 위하여 펼쳐 볼까 慷慨誰爲感
원하는 건 존경하는 사람 생각하는 거라네 願言懷所欽
낙예[70]의 물굽이로 수레를 달려가 보고 發軫清洛汭
황하의 남쪽으로 말을 몰아도 보며 驅馬大河陰
북쪽 길을 우두커니 바라보니 佇立望朔塗
까마득히 길은 멀고 아득하여라 悠悠迴且深
작별이란 예로부터 슬픈 일이니 分索古所悲
뜻있는 선비의 마음이 괴로울밖에 志士多苦心

---

68 풍문비(馮文羆): 지은이의 친구이며 태자세마(太子洗馬)가 되었다가 척구령(斥丘令)으로 옮겼다. 척구는 현(縣)의 이름이며 지금의 하북성 성안현 동남쪽에 있다.

69 승화궁(承華宮): 진 무제(晉武帝)의 태자인 민회태자(愍懷太子)가 거처하던 궁이다. 육기가 풍문비와 함께 이곳에서 태자를 모셨기 때문에 이른 말이다.

70 낙예(洛汭): 낙수(洛水)가 황하로 흘러들어가는 곳. 하남성(河南省)에 있다.

슬픈 감정이 물가에 설 때 맺히니	悲情臨川結
괴로운 말을 바람결에 되뇌어 보네	苦言隨風吟
선물할 패옥[71]이 없어 부끄러우니	愧無雜佩贈
이 시를 귀한 금[72]이라 여기시게	良訊代兼金
그대여 훌륭한 덕에 힘쓰면서	夫子茂遠猷
정성을 담아 답장 편지 보내 주오	款誠寄惠音

71 선물할 패옥: 원문의 잡패(雜佩)는 《시경(詩經)》 〈정풍(鄭風) 여왈계명(女曰鷄鳴)〉에 "당신이 오게 하신 분임을 안다면 잡패(雜佩)를 풀어 선물하리다.[知子之來之, 雜佩以贈之.]"라고 한 데서 인용하였다.

72 귀한 금[兼金]: 보통의 금보다 값이 갑절이나 되는 좋은 황금을 일컫는 말이다.

299

고언선[73]을 위하여 그의 부인에게 주다[爲顧彦先贈婦] 2수(首)

【1수】

집 떠나서 멀리 떠돌다 보니 辭家遠行遊
아득한 길이 삼천리라오 悠悠三千里
수도 낙양에는 풍진도 많아 京洛多風塵
흰옷이 변하여 새까매지네 素衣化爲緇
자신을 다잡자니 고달파서 싫고 修身悼憂苦
늘 생각나는 그대가 그립기만 하오 感念同懷子
떠오르는 생각에 마음이 어지럽고 隆思亂心曲
기쁨은 가라앉아 일으킬 수 없네 沉歡滯不起
가라앉은 기쁨을 흥기하기도 어렵거니와 歡沉難尅興
어지러운 이 마음을 어느 누가 다잡아 줄까 心亂誰爲理
돌아가는 큰 기러기 날개를 빌려서 願假歸鴻翼
절강 주위를 훨훨 날아나 보았으면 翻飛浙江汜

73 고언선(顧彦先, ?~312): 이름은 영(榮), 언선은 그의 자이며, 육기(陸機)와 같이 오(吳)나라 사람으로 낙양(洛陽)에 와서 벼슬살이를 하였다.

【2수】

동남쪽에 임 그리는 아낙이 있어	東南有思婦
긴 탄식소리로 방안을 채운다오	長歎充幽闥
묻노니 탄식은 왜 하는건가	借問歎何爲
임께서 저 하늘 끝에 계셔서라오	佳人眇天末
벼슬살이로 오랫동안 돌아오지 못하는 건	遊宦久不歸
산천이 가로놓여 길고도 먼 탓이겠지요	山川修且闊
몸과 그림자 삼상[74]처럼 만나지 못하고	形影參商乖
소식조차 멀어서 전하지 못하는구려	音息曠不達
이별과 만남에 상도가 있는 건 아니라서	離合非有常
저 활시위와 오늬 같구려	譬彼絃與筈
원컨대 금석 같은 몸을 보중하셨다가	願保金石軀
그리움에 주리고 목마른 신첩 위로해 주오	慰妾長饑渴

○ 상장(上章)은 부인에게 준 시(詩)이고, 하장(下章)은 부인이 답(答)한 시이다. 고시에 이런 시체(詩體)가 있다.[上章贈婦, 下章婦答. 古有此體.]

---

74 삼상(參商): 삼성(參星)은 남서쪽 신(申)의 자리에 있고 상성(商星)은 동쪽 묘(卯)의 자리에 있어서 하나는 유월에 보이고 하나는 12월에 보인다. 그러므로 둘이 동시에 하늘에 나타나는 일이 없다 하여 남녀가 멀리 떨어져 있어서 서로 만나지 못하는 경우를 비유하는 말로 쓰인다.

300

낙양으로 가는 길에 짓다[赴洛道中作] 2수(首)

【1수】

말고삐를 잡고 먼 길에 오르느라	總轡登長路
오열하는 가족들과 작별하였네	嗚咽辭密親
묻노니 그대는 어디로 가려는가	借問子何之
세상 그물이 내 몸을 얽어매네	世網嬰我身
긴 탄식은 북쪽 길을 따라서 오고	永歎遵北渚
남겨 둔 그리움은 남쪽 나루에 맺혀 있네	遺思結南津
가고 또 가서 고향은 이미 멀어졌건만	行行遂已遠
들길은 하도 넓어 사람이 없네	野途曠無人
산천은 수도 없이 이리저리 굽었고[75]	山澤紛紆餘
수목이 우거져 무성하여라[76]	林薄杳阡眠
호랑이는 깊은 골짝 아래에서 울부짖고	虎嘯深谷底
닭은 높은 나무 꼭대기에서 홰를 치네	雞鳴高樹巔

75 이리저리 굽었고: 원문의 우여(紆餘)는 구불구불하게 굽은 모양을 이른다.

76 수목이 … 무성하여라: 원문의 임부(林薄)는 초목이 무성한 것을 일컫는 말로, 굴원(屈原)의 《초사(楚辭)》 〈구장(九章) 섭강(涉江)〉에 "신초와 백목련 같은 향초가 숲에서 죽어가네.[露申辛夷, 死林薄兮.]" 라고 하였는데 왕일(王逸)의 주(注)에 "나무가 우거진 것을 숲[林]이라 하고, 풀과 나무가 뒤섞여 함께 자라난 것을 부(薄)라 한다.[叢林曰林, 草木交錯曰薄.]"라고 하였다. 원문의 천면(阡眠)은 초목이 우거진 모습으로, 《문선(文選)》 여연제(呂延濟)의 주(注)에 "천면은 들판의 색깔이다.[阡眠, 原野之色.]"라고 하였다.

슬픈 바람이 한밤 내내 불어오더니	哀風中夜流
고단한 짐승은 또다시 앞을 가로막네	孤獸更我前
슬픈 감정은 사물을 접할 때 느껴 오고	悲情觸物感
그리운 심정은 우울할 때 온몸을 감싸네	沉思鬱纏綿
우두커니 서서 고향을 바라보다가	佇立望故鄉
쓸쓸한 그림자 돌아보니 절로 가련해지네	顧影悽自憐

【2수】

먼 유람길에 올라 산 넘고 물을 건너니	遠遊越山川
산천은 길고도 넓기만 하네	山川修且廣
말을 몰아 높은 언덕을 오르기도 하고	振策陟崇丘
말고삐를 늦추어 평원 따라 걷기도 하며	案轡遵平莽
저녁이면 달그림자를 안고 자고	夕息抱影寐
아침이면 고향생각을 머금고 길을 나서네	朝徂銜思往
높은 산에 올라 말고삐를 매어 두고	頓轡倚嵩巖
귀 기울여 바람소리를 듣노라면	側聽悲風響
맑은 이슬이 영롱한 빛을 떨구는데	清露墜素輝
명월은 어찌 그리도 밝은가	明月一何朗
베개를 어루만지며 잠들지 못한 탓에	撫枕不能寐
옷을 입고 앉아 긴 생각에 잠겨 보네	振衣獨長想

○ 2장(二章)에서는 조금 처절함이 보인다. [二章稍見淒切.]

육운(陸雲)[77]

사룡(士龍)의 시(詩)는 형인 사형(士衡)과 백중(伯仲) 간에 있다.[詩與士衡, 亦復伯仲.]

301

곡풍(谷風)

한가롭게 살며 사물을 외면한 채	閒居外物
안정된 마음으로 그윽한 정취를 즐기노라	靜言樂幽
끈으로 단단히 묶어 사립을 보수하고	繩樞增結
부서진 창문도 미리미리 수리하네	甕牖綢繆
온화한 정신은 봄에 해당하고	和神當春

77 육운(陸雲, 262~303): 서진(西晉)의 문학가. 자는 사룡(士龍)이고, 육기(陸機)의 동생이다. 관직을 지내다가 8왕의 난 때 성도왕(成都王) 사마영(司馬穎)에게 피살되었다. 시문으로 형과 어깨를 겨루어 이육(二陸) 또는 기운(機雲)으로 불리었다. 대표작은 〈곡풍(谷風)〉이고, 저서에 《육사룡집(陸士龍集)》이 있다.

맑은 계절은 가을이 되듯이	淸節爲秋
천지가 곧 그러하니	天地則爾
내 집에서 이미 유유자적 하노라	戶庭已悠

○ 화신(和神) 이하 두 말은 곧 《장자(莊子)》에, "따뜻한 건 봄 같고, 싸늘한 건 가을 같다."의 뜻이다.[和神二語, 即莊子煖然似春, 淒然似秋意.]

302

고언선을 위하여 그의 부인에게 주다[爲顧彦先贈婦] 2수(首)

【1수】

나는 삼천[78]의 남쪽에 있고 我在三川陽
그대는 오호[79]의 북쪽에 있으니 子居五湖陰
산과 바다는 어찌 그리 넓은가 山海一何曠
흡사 공중을 나는 새와 물속의 고기와 같네 譬彼飛與沉
눈으로는 해맑은 자태를 연상하고 目想清慧姿
귀에는 아리따운 목소리가 남아 있네 耳存淑媚音
홀로 잠들면 멀리 임 생각하다가 獨寐多遠念
잠에서 깨면 비어 있는 옷깃만 어루만지네 寤言撫空衿
나와 같은 생각을 하는 저 어여쁜 이여 彼美同懷子
그대가 아니면 누구를 위하여 마음 쓰겠소 非爾誰爲心

78 삼천(三川): 서주에서는 경(涇), 위(渭), 낙(洛)을 이르며, 동주에서는 하(河), 낙(洛), 이(伊)를 이른다.

79 오호(五湖): 주로 태호(太湖)와 그 부근의 4개 호수(湖水)를 일컫는다.

【2수】

머나먼 길을 당신이 떠나가신 뒤로	悠悠君行邁
외로운 신첩만 홀로 남았네요	煢煢[80]妾獨止
산하를 어찌 넘어갈 수 있겠어요	山河安可踰
긴 여정이 만리를 가로막고 있으니	永路隔萬里
서울에는 어여쁜 여인도 많고	京室多妖冶
헌칠한 도시 사람의 자식들이라서	粲粲都人子
폼 나는 걸음걸이 가는 허리를 뽐내며	雅步擢纖腰
애교 섞인 말씨에 하얀 이를 드러내면	巧言發皓齒
어여쁜 모습 참으로 맘에 들 텐데	佳麗良可美
시들고 천한 나를 어찌 기억이나 하겠소	衰賤焉足紀
권고하는 말이나마 들을 수 있겠나요	遠蒙眷顧言
은혜롭기를 애초부터 바라던 바는 아니지만	銜恩非望始

○ 역시 상장(上章)은 부인에게 준 시이고, 하장(下章)은 부인이 답한 시이다.[亦上章贈婦, 下章婦答.]

80 煢煢(경경): 외롭고 걱정스러운 모습으로, 《초사(楚辭)》 〈구가(九歌) 사미인(思美人)〉에 "홀로 외로이 남쪽으로 가며 팽함의 옛일 그리워하네.[獨煢煢而南行兮, 思彭咸之故也.]"라고 하였다.

반악(潘岳)[81]

안인(安仁)을 《시품(詩品)》에서는 또 순서를 사형(士衡)의 아래에다 두었다. 여기에서는 특히 〈도망시(悼亡詩)〉 2수를 취하였다. 격조는 비록 높지 않으나 그 정만큼은 자연히 깊기 때문이다.[安仁詩品, 又在士衡之下. 玆特取悼亡二詩. 格雖不高, 其情自深也.]

안인이 가후(賈后)의 당여(黨與)가 되어 태자(太子)인 휼(遹)과 유력(有力)한 사람들을 모의하여 죽였다. 인품이 이러한데, 시(詩)가 어찌 아름다울 수가 있겠는가?[安仁黨於賈后, 謀殺太子遹與有力焉. 人品如此, 詩安得佳?]

반악과 육기의 시는 마치 비단을 잘라 꽃을 만들어 놓은 듯하니 살아 있는 운치[生韻]가 극히 적다. 그래서 작품을 적게 수록하였다.[潘陸詩如翦綵爲花, 絶少生韻. 故所收從略.]

---

81 반악(潘岳, 247~300): 서진(西晉) 때의 문인. 자는 안인(安仁)이고, 하남성 형양(滎陽) 출신이다. 예언(例言) 주 17) 참조. 아내의 죽음을 겪고 지은 〈도망시(悼亡詩)〉 3수는 진정성이 넘쳐흐르며 당시 수사주의적 문학에 하나의 전기를 마련해 주었다.

303

도망시(悼亡詩) 2수(首)

【1수】

어느새 겨울 지나고 봄도 가니　荏苒冬春謝
춥던 날이 문득 바뀌어 더워졌구려　寒暑忽流易
이 사람 황천으로 돌아간 뒤로　之子歸窮泉
겹겹인 지층으로 영영 막혀버렸네　重壤永幽隔
사사로운 생각을 누가 따라주며　私懷誰克從
오래 머문다고 무슨 도움이 되리오　淹留亦何益
부지런히 힘써서[82] 조정의 명을 받들어야 하겠기에　僶俛恭朝命
마음을 돌려 이전의 임지로 돌아갈까 보오　迴心反初役
집을 바라보니 그 사람 그리워지고　望廬思其人
방에 들어서자 지난날이 생각나오　入室想所歷
휘장에 어린 그대 그림자 사라졌으나　幃屛無髣髴
붓과 벼루에는 그대 자취 아직 남았구려　翰墨有餘跡
꽃다운 향기 아직도 가시지 않았고　流芳未及歇

82 부지런히 힘써서: 원문의 민면(僶俛)은 부지런히 힘쓴다는 말로, 《시경(詩經)》〈패풍(邶風) 곡풍(谷風)〉에 "습습(習習)한 곡풍(谷風)에 날씨가 흐려지며 비가 내리나니, 부지런히 힘써서 마음을 함께할지언정 노여워함을 두어서는 안 되느니라.[習習谷風, 以陰以雨, 黽勉同心, 不宜有怒.]"라고 하였다.

벽에 걸렸던 물건들도 그대로 있으니	遺挂猶在壁
문득 그대가 아직도 곁에 있는 것 같아	悵怳如或存
정신없이 당황스러워 놀랍고 애닯구려	周遑忡驚惕
저 숲속에 둥지를 튼 새와 같이	如彼翰林鳥
쌍쌍이 노닐다가 한순간 외톨이가 된 듯	雙棲一朝隻
저 냇물에 헤엄치던 물고기와 같이	如彼遊川魚
눈 나란히 하다가 중도에 헤어진 것처럼	比目中路析
봄바람은 문틈으로 스며들고	春風緣隙來
처마에 낙숫물 방울방울 떨어지는 새벽인데	晨霤承簷滴
자나 깨나 그 언제나 당신을 잊을까	寢息何時忘
깊은 시름은 날마다 쌓여만 가고	沉憂日盈積
어쩌다 이 슬픔 시들해질 때가 있다면	庶幾有時衰
장자처럼 질장구 치며 노래라도 부르련만[83]	莊缶猶可擊

○ '정신없이 당황스러워 놀랍고 애닯다[周遑忡驚惕]'의 다섯 글자는 아무래도 구법(句法)이 엉성해 보인다.[周遑忡驚惕五字, 頗不成句法.]

○ '저 숲속에 둥지를 튼 새처럼[如彼翰林鳥]' 이하 4구[四語]는 되려 의미가 얕다.[如彼翰林鳥四語反淺.]

83 장자처럼 … 부르련만: 장자는 몽읍(蒙邑) 칠원(漆園)의 관리를 지낸 바 있는 장주를 이르며, 그는 아내가 죽었을 때, 질장구를 두드리며 노래를 불렀다 한다.

【2수】

창에 비친 밝은 달이 하도 밝아서　皎皎窗中月
나의 침실 남쪽 끝을 비추어 주네　照我室南端
청상곡[84] 같은 스산한 바람 가을에야 불고　清商應秋至
찌는 듯하던 무더위 계절 따라 수그러지나니　溽暑隨節闌
매서운 찬바람이 불어오길래　凜凜涼風升
비로소 여름 이불 홑겹인 줄 알았네　始覺夏衾單
어찌 두터운 솜이불이 없겠는가마는　豈曰無重纊
누구와 함께 추운 겨울 지낼까　誰與同歲寒
추운 겨울을 함께 지낼 이도 없는데　歲寒無與同
밝던 달빛 어찌 저리도 흐릿한가　明月何朧朧
뒤척이다[85] 베개와 자리를 쳐다보니　展轉眄枕席
긴 대자리 침상은 끝내 비어 있네　長簟竟牀空
텅 빈 침상엔 많은 먼지 쌓여 있고　牀空委清塵
방은 공허한데 슬픈 바람만 불어오네　室虛來悲風
나만 유독 이씨의 혼령[86]이 없단 말인가　獨無李氏靈

84 청상곡(清商曲): 악부가곡(樂府歌曲)의 이름. 성조(聲調)가 비교적 맑고 애절한 것이 많아서 청상원(清商怨)이라고도 한다.

85 뒤척이다: 원문의 전전(展轉)은 반복을 뜻하는 말로, 《전국책(戰國策)》〈조책 일(趙策一)〉에 "한나라는 진나라와 국경이 맞닿아 있는데 땅이 1천 리가 못 된다는 이유로 반복하여 강화를 맺지 못하겠다고 하였다.[韓與秦接境壤界, 其地不能千里, 展轉不可約.]"라고 하고, 포효(鮑彪)의 주(注)에 "전전은 반복한다는 말과 같다.[展轉, 猶反覆也.]" 하였다.

86 이씨의 혼령: 한 무제(漢武帝)의 이부인(李夫人)의 혼령을 가리킨다. 《고시원》 1권 112.이부인가(李夫人歌) 참조.

비슷하게라도 그대 모습 보았으면	髣髴覩爾容
옷깃 어루만지며 길게 탄식하니	撫衿長歎息
나도 모르게 눈물이 가슴을 적시네	不覺淚霑胸
가슴 적시는 눈물 어찌 그칠 수 있으랴	霑胸安能已
슬픈 생각이 가슴속에서 일어나는데	悲懷從中起
자나 깨나 눈에는 그대 모습뿐이며	寢興目存形
남아 있는 목소리는 외려 귓전을 맴도네	遺音猶在耳
위로는 동문오[87]에게 부끄럽고	上慙東門吳
아래로는 몽땅 사람 장자[88]에게 부끄럽네	下愧蒙莊子
시를 지어 마음을 말하고자 하나	賦詩欲言志
이 뜻을 다 적기가 어렵구려	此志難具紀
운명인 것을 어찌할 수 있으랴	命也可奈何
길이 슬퍼하는 건 나를 비루하게 할 뿐이네	長戚自令鄙

○ 《열자(列子)》에 이르기를, "위(魏)나라에 동문오(東門吳)라는 자가 있는데, 아들이 죽었으나 걱정하지 않았다." 하였다.[列子曰, 魏有東門吳者, 子死而不憂.]

87 동문오(東門吳): 춘추시대 양(梁) 땅 사람으로, 자식이 죽었을 때 슬퍼하지 않았다는 인물이다. 《열자(列子)》 〈역명(力命)〉에는 "위(魏)나라 사람 동문오가 아들이 죽었는데도 슬퍼하지 않자, 집사가 '공의 아들 사랑이 천하에 둘도 없었는데, 이제 아들이 죽었거늘 슬퍼하지 않는 것은 어째서인가?' 하니, 대답하기를 '나는 일찍이 자식이 없었으니, 자식이 없다고 슬퍼하지 않았다. 지금 자식이 죽은 것은 자식이 없었던 것과 같은데 내가 무엇 때문에 슬퍼하겠는가.'라고 하였다." 하였다.

88 장자(莊子): 303. 도망시(悼亡詩) 2수(首) 주 83) 참조.

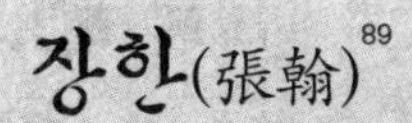

장한(張翰)[89]

304

잡시(雜詩)

늦봄에 온화한 기운이 생겨나고　暮春和氣應
밝은 해가 동산 숲을 비춰 주니　白日照園林
푸른 가지는 마치 비취를 엮어 놓은 듯　青條若總翠
노란 유채꽃은 마치 황금을 흩어 놓은 듯　黃花如散金
아름다운 꽃이라서 진실로 볼 만은 한데　嘉卉亮有觀
아마도 오래 탐닉하기는 어렵겠네　顧此難久耽
목을 빼고 둘러봐도 좋은 길이 없어서　延頸無良塗
발길을 돌려 깊고 외진 곳에다 의탁했네　頓足託幽深
영예는 청춘과 함께 사라져 가고　榮與壯俱去
빈천은 노쇠함과 함께 서로 찾아오네　賤與老相尋

89 장한(張翰, ?~359 추정): 진(晉)나라 오군(吳郡) 사람으로 자는 계응(季鷹)인데, 문장에 매우 뛰어났다.

즐거움이 얼굴에 드러나지 않으니	歡樂不照顏
처참한 심정으로 노래 부르네	慘愴發謳吟
노래를 불러 본들 어찌 미치리오만[90]	謳吟何嗟及
옛사람이 내 마음을 위로해 주네	古人可慰心

○ 당인(唐人)이 '노란 유채꽃은 마치 황금을 흩어 놓은 듯하네[黃花如散金]'로 시제(詩題)를 명하여 선비들을 시험하였는데, 선비들이 대부분 '황화(黃花)'를 '국화(菊花)'로 여기는 바람에 시험에 합격한 자가 그 정원수를 채우지 못하였다.[唐人以黃花如散金命題試士, 士多以黃花爲菊, 合式者不滿其數.]

90 어찌 미치리오만: 원문의 하차급(何嗟及)은 《시경(詩經)》 〈왕풍(王風) 중곡유퇴(中谷有蓷)〉에 "펑펑 울면서 슬퍼한들 어찌 미치리오.[啜其泣矣, 何嗟及矣.]"라고 한 데서 인용하였다.

좌사(左思)

종영(鍾嶸)이 좌사(左思)의 시(詩)에 대하여 품평하기를, “육기(陸機)보다는 거칠지만 반악(潘岳)보다는 깊이가 있다.” 하였는데, 이는 좌태충(左太沖)을 모르는 자의 말이다. 태충은 가슴속이 툭 트였고 필력 또한 호탕하며 한위(漢魏)시대를 연마하여 스스로 위대한 작품을 지었다. 그러므로 이는 한 시대를 풍미한 솜씨라고 할 수 있다. 어찌 반악과 육기 정도로 비교할 수 있겠는가.[鍾嶸評左詩, 謂野於陸機, 而深於潘岳. 此不知太沖者也. 太沖胸次高曠, 而筆力又復雄邁, 陶冶漢魏, 自製偉詞. 故是一代作手. 豈潘陸輩所能比埒.]

305

잡시(雜詩)

가을바람이 어찌 이리 차가운가	秋風何冽冽
흰 이슬은 아침서리가 되었네	白露爲朝霜
부드럽던 가지는 아침저녁으로 질겨지고	柔條旦夕勁

푸르던 잎 밤낮으로 단풍이 드네	綠葉日夜黃
밝은 달이 구름 덮인 언덕을 벗어나니	明月出雲崖
교교한 달빛 흰빛으로 흐르고	皦皦流素光
창문을 열고[91] 앞뜰로 내려가니	披軒臨前庭
끼룩끼룩 새벽 기러기 날아가네	嗷嗷晨雁翔
뜻은 높아 사해로 국한하였건만	高志局四海
외롭게 빈집만 지키고 있네	塊然守空堂
젊은 나이를 항상 누리지 못하리니	壯齒不恒居
한 해가 저물 때면 늘 서글퍼지네	歲暮常慨慷

91 창문을 열고: 원문의 피헌(披軒)은 창문을 열어젖힌다는 말이다.

306

영사(咏史) 8수(首)

【1수】

약관의 나이에 문필을 주도하고 弱冠弄柔翰
특출하여 수많은 책을 읽었으니 卓犖觀羣書
저술은 과진론[92]을 기준으로 삼고 著論准過秦
부를 지을 때는 자허부[93]를 의거했네 作賦擬子虛
변방 성채에는 명적[94]소리 고달픈데 邊城苦鳴鏑
전란의 급보[95]가 도성으로 날아드니 羽檄飛京都
비록 갑옷 입은 군사는 아니지만 雖非甲胄士
지난날[96]에 이미 사마양저[97]의 병서를 읽었기에 疇昔覽穰苴
휘파람 길게 불어 청풍과 격돌하고 長嘯激清風
동오 정도는 안중에도 없어라 志若無東吳

92 과진론(過秦論): 전한(前漢) 문제(文帝) 때의 문인 가의(賈誼)가 진(秦)나라가 망한 까닭을 기술한 글로 인구에 회자되는 작품이다.

93 자허부(子虛賦): 한나라 사마상여가 지은 작품이다.

94 명적(鳴鏑): 소리를 내며 날아가는 화살로, 흉노족 묵특이 만들었는데, 옛날 전쟁을 시작할 때에 먼저 이 화살을 쏘았다 한다.

95 전란의 급보: 원문의 우격(羽檄)은 전란이 일어났을 때 급히 군사를 모으는 격문(檄文)이다.

96 지난날: 296.〈밝은 달이 한밤에 빛나다〉를 본따서 짓다[擬明月皎夜光] 주 63) 참조.

97 사마양저(司馬穰苴): 중국 전국시대 제(齊)나라의 병법가. 제나라 경공(景公) 때 진(晉)나라와 연(燕)나라가 쳐들어 왔는데, 그가 장군이 되어 나가서 모두 물리쳤다. 그 후 다른 대부(大夫)들의 참소로 경공이 그를 물리치자, 병으로 죽었다.

무딘 칼[98]일지라도 한 번 쓰는 것이 중요하니	鉛刀貴一割
좋은 계획 펼쳐보길 꿈에도 상상하였네	夢想騁良圖
왼쪽을 굽어보며 장강 상수를 맑게 하고	左眄澄江湘
오른쪽을 굽어보고 강호[99]를 평정하기를	右眄定羌胡
공을 이루고나면 관직을 받지 않고서	功成不受爵
길게 읍하고 고향집으로 돌아가리라	長揖歸田廬

○ 동오(東吳)는 손권(孫權)의 오(吳)나라이다. 이 장(章)은 자신을 말하였다.[東吳, 孫吳也. 此章自言.]

【2수】

시냇가 소나무는 울창하고	鬱鬱澗底松
산 위의 묘목은 축 늘어졌네[100]	離離山上苗
저 한 치 남짓 되는 줄기로도	以彼徑寸莖
이 백 자 되는 송백의 가지를 덮었네	蔭此百尺條
귀족의 자손들은 높은 지위를 차지하고	世胄躡高位
훌륭한 인재는 낮은 지위에 있게 된 것은	英俊沈下僚

98 무딘 칼[鉛刀]: 쓸모없는 사람이나 물건을 비유하는 말이다.

99 강호(羌胡): 중국 5호16국(五胡十六國)시대 5호(五胡)의 하나. 서장(西藏) 티베트(Tibet) 계통의 유목 민족을 이른다.

100 축 늘어졌네: 원문의 이리(離離)는 축 늘어진 모습을 일컫는 말로, 《시경(詩經)》 〈왕풍(王風) 서리(黍離)〉에 "저 기장은 축 늘어졌는데, 저 피는 싹이 돋았네. 힘없이 가는 길 더디기도 하여라, 이 마음을 둘 곳이 없도다.[彼黍離離, 彼稷之苗, 行邁靡靡, 中心搖搖.]"라고 한 데서 온 말이다.

땅의 형세가 그렇게 만든 것이니	地勢使之然
그 유래는 하루아침이 아니라오	由來非一朝
김씨 장씨[101]는 구업을 기반으로	金張藉舊業
칠대에 걸쳐 한나라의 높은 벼슬[102]을 했거니와	七葉珥漢貂
풍공[103]은 어찌 위대하지 않아서	馮公豈不偉
백발이 되도록 부름을 받지 못했겠는가	白首不見招

○ 순열(荀悅)의 《한기(漢紀)》에 이르기를, "풍당(馮唐)은 백발이 되어서야 낭서(郎署) 벼슬을 하였다." 하였다.[荀悅漢紀曰, "馮唐白首, 屈於郎署."]

【3수】

내가 단간목[104]을 희망하는 것은	吾希段干木
편히 쉬어도 위군에게 울타리가 되어서요	偃息藩魏君
내가 노중련[105]을 사모하는 건	吾慕魯仲連

101 김씨 장씨: 김일제(金日磾)와 장탕(張湯)을 이른다. 김씨는 한(漢) 무제(武帝) 때부터 평제(平帝) 때까지 7대에 걸쳐 내시를 지냈고, 장씨는 선제(宣帝) 이후부터 10여 명이 시중(侍中)과 중상시(中常侍)가 되었다.

102 한나라의 높은 벼슬: 원문의 한초(漢貂)는 초미(貂尾)로 장식한 한대(漢代)의 관(冠)이라는 뜻으로, 높은 품계의 관원을 지칭한다. 한대에 시중(侍中)과 중상시(中常侍)가 이 관을 썼다 한다.

103 풍공(馮公): 한(漢)나라 때 풍당(馮唐)을 이른다. 기발한 재주가 있었으나 끝내 신임 받지 못하고 겨우 낭중이라는 낮은 벼슬에 머물렀다.

104 단간목(段干木): 전국시대 위(魏)나라 사람. 위 문후(魏文侯)가 그의 집을 찾았을 때 담을 넘어 피했다고 전한다.

105 노중련(魯仲連): 전국시대 제(齊)나라 사람으로, 높은 절개를 지닌 선비로 알려져 있다. 진(秦)

담소만으로 진나라 군사를 퇴각시켜서인데 談笑卻秦軍
세상을 상대로 얽매이지 않는 것을 귀히 여기나 當世貴不羈
국난을 당해서는 얽힌 문제를 풀어 주었네 遭難能解紛
공을 이루고도 상 받는 걸 수치로 여기니 功成恥受賞
높은 절개 우뚝하여 짝할 이가 없도다 高節卓不群
관직에 임해서도 기꺼이 받지 않았는데 臨組不肯緤
규(珪)를 대하여 어찌 따졌겠는가 對珪寧肯分
연이어 내려진 봉작 뜰에 빛나건만 連璽曜前庭
흘러가는 뜬구름에 비견하였네 比之猶浮雲

○ 진(秦)나라가 위(魏)나라를 치고자 하니, 사마강(司馬康)이 간언하기를, "단간목(段干木)은 훌륭한 사람인데 위나라가 예우하고 있으니, 치는 것이 불가하지 않겠습니까?" 하자, 진나라 임금이 옳게 여겨 그만두었다. 《여씨춘추(呂氏春秋)》에 보인다.[秦欲攻魏, 司馬康諫曰, "段干木賢者, 而魏禮之, 毋乃不可乎?" 秦君以爲然, 乃止. 見呂氏春秋.]

○ 반고(班固)의 〈유통부(幽通賦)〉에 이르기를, "단간목은 편히 쉼으로써 위나라의 울타리가 되었다." 하였다.[幽通賦曰, "干木偃息以藩魏."]

【4수】

위의가 아름다운 경성 안에는 濟濟京城內
유명한 왕후들이 거주한다네 赫赫王侯居

나라를 황제라고 부르게 된다면 차라리 동해 바다에 빠져 죽겠다(連有踏東海而死耳)고 하면서 조(趙)나라의 평원군(平原君)을 설득한 일이 있다.

벼슬아치들이 네 거리에 가득하고	冠蓋蔭四術
귀족들 수레[106]가 길에 늘어서 있네	朱輪竟長衢
아침에는 김씨와 장씨의 별관에서 모이고	朝集金張館
저녁에는 허씨와 사씨[107] 집에서 숙박하네	暮宿許史廬
남쪽 이웃에서는 종과 경쇠를 치고	南鄰擊鍾磬
북쪽 마을에서는 생황과 피리를 부네	北里吹笙竽
적막하여라 양웅[108]의 집에는	寂寂揚子宅
문 앞에 정승들의 수레 하나 없네	門無卿相輿
조용하기는 빈집 같아도	寥寥空宇中
강론하는 것은 현묘[109]함에 있었네	所講在玄虛
언론은 공자[110]를 기준으로 삼고	言論準宣尼
사부는 사마상여를 모범으로 삼았으니	辭賦擬相如
유구한 백 년 세월이 지난 뒤에도	悠悠百世後
꽃다운 이름이 천하에 전해 오리라	英名擅八區

106 귀족들 수레: 원문의 주륜(朱輪)은 바퀴에 붉은 칠을 한 수레로, 옛날에 왕후(王侯)나 고관(高官)이 타던 수레이다.

107 허씨와 사씨: 허(許)씨는 한 선제(漢宣帝)의 후비(后妃)인 허 황후(許皇后)의 집안이고, 사(史)씨는 한 선제의 조모(祖母)인 사양제(史良娣)의 집안을 말한다.

108 양웅(揚雄, 기원전 53~18): 전한(前漢)의 학자이자 문인으로, 자는 자운(子雲)이다. 성제(成帝) 때에 궁정 문인이 되어 지은 〈감천부(甘泉賦)〉, 〈하동부(河東賦)〉 등 화려하면서도 성제의 사치를 풍자하는 문장을 남겼고, 후에 왕망(王莽)의 정권을 찬미하는 글을 써서 후대에 비난을 받기도 하였다. 저서에 《법언(法言)》, 《태현경(太玄經)》 등이 있다.

109 현묘: 원문의 현허(玄虛)는 양웅(揚雄)이 지은 《태허경(太虛經)》과 《법언(法言)》 그리고 《자허부(子虛賦)》에서 글자를 취하여 그의 강의 내용을 말한 것이다.

110 공자: 원문의 선니(宣尼)는 공자의 별칭으로, 한 평제(漢平帝) 때 공자를 추시(追諡)하여 포성선

【5수】

해맑은 하늘에 태양이 떠올라 皓天舒白日
신령스런 빛으로 구주를 밝혀 주니 靈景耀神州
자미궁[111] 속의 즐비한 저택들 列宅紫宮裏
구름 위로 치솟아 날아갈 듯 飛宇若雲浮
드높은 소슬대문 안에는 峨峨高門內
수많은 사람들 모두가 왕후라네 藹藹皆王侯
스스로 권력에 빌붙는 자가 아닐 바엔 自非攀龍客
어찌 은밀하게 그들과 놀음을 하랴 何爲欻來游
거친 베옷 입고 성문을 나서서 被褐出閶闔
고고한 발걸음으로 허유[112]를 추급할 제 高步追許由
천 길 높은 산에 올라 옷을 털고 振衣千仞岡
만 리 흐르는 물에 발을 씻으리라 濯足萬里流

○ 천고를 굽어보는 뜻이 있다.[俯視千古.]

니공(褒成宣尼公)이라고 하였다.

111 자미궁(紫微宮): 큰곰자리를 중심으로 170개의 별로 이루어진 별자리. 자미원(紫薇垣)이라고도 하는데, 천제(天帝)가 있는 곳이라 하여 황궁을 지칭하기도 한다.

112 허유(許由): 중국 요임금 때의 고사(高士)로, 《장자(莊子)》〈소요유(逍遙遊)〉에 요임금이 천하를 양보하려 하자, 거절하고 기산(箕山)에 숨었으며 또 그를 불러 구주(九州)의 장(長)으로 삼으려 하자, 영수(潁水)에 가서 귀를 씻었다는 고사가 전한다.

【6수】

형가[113]는 연나라 저자에서 술을 마시다　荊軻飮燕市
거나해지면 기운이 더욱 뻗쳐서　酒酣氣益震(1)
슬픈 노래로 고점리[114]의 비파에 화답하니　哀歌和漸離
방약무인하다 이를 만하였네　謂若傍無人
비록 장사의 절의는 없었으나　雖無壯士節
그는 역시 세상에 보기 드문 사람이었네　與世亦殊倫
고고하게 사해를 얕보았으니　高眄邈四海
호족들이야 어찌 말할 것이 있으랴　豪右何足陳
귀족들은 자신이 귀하다 여기겠지만　貴者雖自貴
형가는 그들을 티끌같이 여겼으며　視之若埃塵
천민은 스스로 천하다 여길지 몰라도　賤者雖自賤
형가는 그들을 천균[115]같이 중히 여겼네　重之若千鈞

(1) '진(震)'은 평성이다.[平聲.]

---

113 형가(荊軻, ?~기원전 126): 전국시대 위(衛)나라 사람으로, 독서와 칼쓰기를 좋아하였다. 진시황이 통일제국을 건설하기 이전에 연(燕)나라의 태자 단(丹)의 식객이 되었고, 형경(荊卿) 또는 경경(慶卿)으로 불렸다. 연나라의 태자 단의 비밀 청탁을 받고 진(秦)나라 왕을 암살하려다 실패하고 피살되었다. 사마천(司馬遷)의 《사기(史記)》〈자객열전(刺客列傳)〉에는 그에 대한 이야기가 비교적 상세하게 기술되어 있다.

114 고점리(高漸離, ?~기원전 227): 연(燕)나라에서 축(筑: 거문고와 비슷한 악기)의 명수였으며 형가와 의기투합(意氣投合)하여 서로 잘 어울렸던 사람이다. 형가가 연나라 태자 단의 청탁을 받고 진왕을 암살하기 위하여 떠나기 전에는 저잣거리에서 술을 마시고 취기가 돌면 고점리는 축을 연주하고 형가는 노래를 불렀다 한다.

115 천균(千鈞): 고대의 무게를 나타내는 한 단위로 1균은 30근(斤)에 해당한다.

【7수】

주보언[116]은 벼슬길에 나아가 현달하지 못하자	主父宦不達
형제들이 되려 구박하였고	骨肉還相薄
주매신[117]은 가난하여 직접 땔나무를 하자	買臣困樵採
아내가 집을 떠나고 말았으며	伉儷不安宅
진평[118]은 자산이 없어	陳平無產業
돌아와 성을 등지고 살았으며	歸來翳負郭
사마장경[119]은 성도로 돌아왔을 때	長卿還成都
사방은 벽뿐이고 어찌 그리 텅 비었던가	壁立何寥廓
이 네 분이 어찌 위대하지 않아서	四賢豈不偉

116 주보언(主父偃): 한(漢)나라 무제(武帝) 때의 신하. 남의 비밀을 폭로하기 좋아하므로 대신들이 두려워하여 뇌물을 바쳤으며, 뒤에 제왕(帝王)이 그의 누님과 간음하는 것을 말하다 멸족되었다. 광대한 봉지(封地)를 분할하여 제후의 강성을 막자고 주청하기도 하였다.

117 주매신(朱買臣, 기원전 174~기원전 115 추정): 한 무제(漢武帝) 때의 정치가. 자는 옹자(翁子)이고, 오(吳)나라 강소성 소주(蘇州) 출생이다. 학문을 좋아하면서도 집안이 가난하여 나무를 팔아 생계를 유지해야 했기 때문에 아내와 헤어졌다. 상계리(上計吏)에 속하여 지내던 중 엄조(嚴助)의 추천으로 무제에게 《춘추》를 강설하게 되어 관직에 올랐다. 그 뒤 회계 태수(會稽太守)가 되어 고향에 돌아가 헤어진 아내와 그의 남편을 불러 도와주었는데, 그 아내는 부끄러워 자살했다고 한다. 중앙에 돌아와 구경(九卿)의 반열에 올랐고, 승상장사(丞相長史)가 된 뒤 어사대부 장탕(張湯)의 죄상을 파헤쳐 그를 자살하게 하였는데, 그 일로 무제의 분노를 사 죽임을 당하였다.

118 진평(陳平, ?~178): 한나라 양무(陽武) 호유(戶牖) 사람인데, 호유(戶牖)가 진류현(陳留顯)에 속해 있기 때문에 진유자(陳留子)라 했다. 젊을 때에는 가난했으나 형이 농사를 지으며 진평에게 공부를 시켰는데 그는 글공부를 게을리하지 않아, 뒤에 한 고조의 신하로서 육출기계(六出奇計)의 공을 세워 곡역후(曲逆侯)에 봉해졌다.

119 사마장경(司馬長卿): 한(漢)나라의 대표적인 부(賦)의 작가 사마상여(司馬相如)를 이른다. 장경은 그의 자(字)이다.

남기신 업적이 서책에만 빛났겠는가	遺烈光篇籍
그들이 아직 때를 만나지 못했을 적엔	當其未遇時
산골에 나뒹굴까 걱정이었네	憂在塡溝壑
영웅들도 어려운 시기는 있는 법이라	英雄有迍邅
그 유래가 예전부터였으니	由來自古昔
어느 시대인들 기발한 인재가 없겠는가	何世無奇才
버려져 초야에 묻혀 있을 뿐이네	遺之在草澤

【8수】

푸드득푸드득 새장 안의 새가	習習籠中鳥
날개를 들면 사방에 부딪치듯이	擧翮觸四隅
뜻을 잃은 궁벽한 시골 선비는	落落窮巷士
그림자만 안고 빈집을 지키네	抱影守空廬
문을 나서 봐도 갈 길이 없고	出門無通路
가시나무에 중도가 가로막혔네	枳棘塞中塗
계책은 버려져 수용하지 않으니	計策棄不收
덩그러니 마른 연못 속의 물고기 같아라	塊若枯池魚
집 밖에는 한 치 되는 녹지가 없고	外望無寸祿
집 안에는 한 말 되는 양식도 없으니	內顧無斗儲
친척까지도 서로 멸시하고	親戚還相蔑

벗들은 날이 갈수록 소원해지네　朋友日夜疎
소진은 북쪽으로 가서 유세를 하고　蘇秦北游說
이사는 서쪽으로 가서 상서를 하여　李斯西上書
부앙지간에 영화를 누리는가 싶더니　俛仰生榮華
끌끌 탄식에 다시 메말라 버렸네　咄嗟復彫枯
하수의 물을 마셔도 배를 채우면 그뿐　飮河期滿腹
만족을 귀히 여겨 나머지는 원치 않네　貴足不願餘
숲속의 새둥지도 가지 하나에 깃드나니[120]　巢林棲一枝
달사의 본보기로 삼아야겠네　可爲達士模

○ 소진(蘇秦)과 이사(李斯)는 처음에는 불우(不遇)하였으나 이어서 좋은 시기를 만났다. 그러나 마침내 제대로 죽을 곳을 얻지 못하였다. 그래서 부앙과 끌끌 탄식을 하게 된 것이다.[言蘇秦李斯, 始不遇而繼遇, 終不得死所也. 故有俯仰咄嗟之歎云.]

○ 태충(太沖)의 〈영사시(詠史詩)〉는 오로지 한 사람만을 읊은 것도 아니며 또한 오로지 한가지 일만을 읊은 것도 아니다. 고인(古人)을 읊었음에도 자신의 성정(性情)이 모두 드러나 있으니, 이는 천추(千秋)에 절창(絶唱)이라 하겠다. 뒤에는 오직 포명원(鮑明遠)과 이태백(李太白)만이 그것이 가능하였다.[太沖詠史, 不必專咏一人, 專咏一事. 咏古人而己之性情俱見, 此千秋絶唱也. 後惟明遠太白能之.]

---

120 숲속의 … 깃드나니: 《장자(莊子)》 〈소요유(逍遙遊)〉에 "뱁새가 깊은 숲속에 둥지를 틀 때에도 나뭇가지 하나면 족하고, 두더지가 강물을 마실 때에도 배를 채우기만 하면 그만이다.[鷦鷯巢於深林, 不過一枝, 偃鼠飮河, 不過滿腹.]"라는 말에서 인용해 온 것이다.

307

초은(招隱) 2수(首)

【1수】

지팡이를 짚고 은사를 데리러 가는데　杖策招隱士
황량한 길이 고금에 가로놓였네　荒塗橫古今
암혈이라 집을 따로 지을 일 없고　巖穴無結構
언덕에 거문고 소리 들리어 오네　丘中有鳴琴
흰 구름은 산비탈에 머물러 있고　白雲停陰岡
붉은 꽃은 양지바른 숲에 핀데다　丹葩曜陽林
돌샘 물이 옥돌 헹궈 흘러내리니　石泉漱瓊瑤
여린 물고기가 이따금씩 오르내리네　纖鱗或浮沉
굳이 현악기 관악기 아니어도　非必絲與竹
산수가 맑은 소리 들려주는데　山水有清音
어찌 휘파람 불며 노래하길 기다리랴　何事待嘯歌
관목 숲이 저절로 슬피 우는구나　灌木自悲吟
가을 국화로 양식을 겸하고 보니　秋菊兼餱糧
그윽한 난초 향기 겹옷에 스미네　幽蘭間重襟
주저주저 거닐다가 힘겨워지니　躊躇足力煩
우선은 내 비녀 뽑아[121] 던지고 싶네　聊欲投吾簪

121 비녀 뽑아: 비녀는 머리에 관을 쓸 때 고정시키는 역할을 하는 것으로 관리의 예장품의 하나이다. 이를 던진다는 것은 관직에서 물러남을 뜻하는 말이다.

【2수】

낙양성 동쪽에다 집을 지었더니　經始東山廬
열매가 떨어져 절로 작은 숲을 이루었네　果下自成榛
앞에는 차가운 샘물이 있어서　前有寒泉井
심신을 단련하기에 충분하고　聊可瑩心神
푸르고 무성한 사이에는　峭蒨青蔥間
대나무와 잣나무 제 모습을 찾았네　竹柏得其眞
연약한 잎은 눈서리에 깃들고　弱葉棲霜雪
흩날리는 꽃은 여진으로 흐르네　飛榮流餘津
작위와 관복은 항상 완상할 수가 없고　爵服無常玩
시세의 호오에는 굴신이 있기 마련이네　好惡有屈伸
관직을 받고 나면 구속이 생길 터인데　結綬生纏牽
무엇하러 관을 털어 티끌을 제거하랴　彈冠去埃塵
유하혜[122]와 소련[123]은 나의 굽힐 대상 아니요　惠連非吾屈
수양산 백이숙제는 나의 인이 아니니　首陽非吾仁
서로 더불어 추구하는 바를 관찰하면서　相與觀所尙
소요하며 좋은 때를 만들어 보리라　逍遙撰良辰

○ 혜련(惠連)은 유하혜(柳下惠)와 소련(少連)이다.[惠連, 柳下惠少連也.]

---

122 유하혜(柳下惠): 춘추시대 노(魯)나라의 대부. 본명은 전금(展禽)이고, 자는 계(季)이다. 어질고 덕이 있어서 공자(孔子)로부터 칭송을 받았다. 동생이 유명한 도적 도척(盜跖)이다. 유하(柳下)는 식읍(食邑)의 이름이고, 혜(惠)는 시호이다.

123 소련(少連): 동이(東夷) 사람의 자식이라 한다. 《소학(小學)》 〈계고편(稽古篇)〉에 "소련과 대련은 거상을 잘하여 사흘을 태만하지 않고 석 달을 해이하지 않으며, 일년을 슬퍼하고 3년을 근심했으니 동이의 자식이다.[少連大連, 善居喪, 三日不怠, 三月不解, 期悲, 三年憂, 東夷之子也.]"라고 하였다.

좌귀빈(左貴嬪)[124]

308

딱따구리를 읊은 시[啄木詩]

남산에 새가 있으니 南山有鳥
이름을 딱따구리라 하네 自名啄木
배고프면 나무를 쪼고 飢則啄樹
날 저물면 둥지에서 자는데 暮則巢宿
남에게 구속받지 않고서 無干於人
그저 마음 내키는 대로 하네 惟志所欲
성품이 청아한 자는 영예롭고 性清者榮
성품이 혼탁한 자는 욕되리라 性濁者辱

○ 학문(學問)에 관한 말로, 진부한 기운을 받은 것이 없다.[學問語, 無蒙腐氣.]

124 좌귀빈(左貴嬪): 이름은 분(芬)이며, 좌사(左思)의 누이로, 미모가 출중하고 재덕(才德)을 겸비하여 무제(武帝)의 귀빈(貴嬪)이 되었다.

장재(張載)[125]

309

칠애시(七哀詩)

북망산은 어찌 저리 올망졸망한가	北芒何纍纍
중간에 높다란 능 네다섯이 있도다	高陵有四五
뉘 집 무덤인가 물었더니	借問誰家墳
모두가 한나라 때 임금이라 하네	皆云漢世主
공릉과 문릉은 멀리서 서로 바라보며	恭文遙相望
원릉은 초목이 울창하도다	原陵鬱膴膴
말세에 난리가 일어나서	季世喪亂起
도적들이 사나운 짐승 같았네	賊盜如豺虎
훼손한 흙덩이는 한 줌에 지나지 않고	毀壤過一抔

125 장재(張載): 자(字)는 맹양(孟陽)이며 안평(安平) 사람이다. 무제(武帝)의 부름을 받고 나가 저작랑(著作郎)을 역임하고 이어서 중서시랑(中書侍郎)이 되었다. 그 뒤 세상이 혼란해지자 관직생활을 단념하고 고향으로 돌아가 여생을 마쳤다.

무덤의 편방은 묘혈을 열었네 便房啟幽戶
구슬 상자는 옥체에서 떠나고 珠柙離玉體
진귀한 보물은 도굴을 당했네 珍寶見剽虜
원침은 퇴락하여 빈터로 변하고 園寢化爲墟
주위에는 남아 있는 담이 없는데다 周墉無遺堵
가시나무만 무성하게 자라고 보니 蒙蘢荊棘生
지름길 따라 땔나무 하는 아이들이 오르네 蹊逕登童豎
여우 토끼와 같은 짐승들이 그곳에 굴을 파고 狐兔窟其中
잡초로 뒤덮여도 소제하는 이가 없네 蕪穢不復掃(1)
무너진 언덕일랑 개간을 하여 頹隴並墾發
농포에 새싹 심어 경작을 하네 萌隸營農圃
예전엔 만승의 임금이었던 분인데 昔爲萬乘君
지금은 언덕 속의 흙이 되었구나 今爲丘中土
저 옹문 사람의 말[126]에 감격하여 感彼雍門言
서글픈 마음으로 지난날을 애달파 하노라 悽愴哀往古

(1) '소(掃)'는 협운이다.[掃叶.]

○ 《후한서(後漢書)》에 이르기를, "효안황제(孝安皇帝)는 공릉(恭陵)에 장사하고, 문제(文帝)는 문

126 옹문(雍門) 사람의 말: 전국시대 때 제(齊)나라 옹문 사람인 주(周)를 이르며 거문고를 잘 연주했다고 한다. 환자(桓子)의 《신론(新論)》에 "옹문 사람 주가 거문고를 타며 맹상군에게 이르기를, '천추만세 후에 무덤에 가시나무가 돋아나고 여우와 토끼가 굴을 파고 땔나무하는 아이들이 뛰놀며 그 위에서 노래를 부르면 지나가는 행인이 바라보고 탄식을 하기를 맹상군의 존귀함이 어쩌다가 이 모양이 되었는가' 하자, 맹상군이 이 말을 듣고 길게 탄식하며 눈물을 흘렸다."라고 하였다.

릉(文陵)에 장사하고, 광무황제(光武皇帝)는 원릉(原陵)에 장사하였다." 하였다.[後漢書曰, "葬孝安皇帝於恭陵, 葬文帝於文陵, 葬光武皇帝於原陵."]

○ 〈동탁전(董卓傳)〉에 이르기를, "여포(呂布)를 시켜 여러 황제의 능(陵) 및 공경(公卿) 이하의 무덤을 파헤쳐 그 보옥(寶玉)을 거두게 하였다." 하였다.[董卓傳, "使呂布發諸帝陵, 及公卿以下冢墓, 收其寶玉."]

장협(張協)[127]

310
잡시(雜詩) 6수(首)

【1수】

가을밤에 선들바람이 불어와　　秋夜涼風起
맑은 기운이 탁한 공기를 씻어 주니　　清氣蕩暄濁
귀뚜라미는 섬돌 밑에서 노래하고　　蜻蛚吟階下
나방들이 밝은 촛불을 스치네　　飛蛾拂明燭
남편은 멀리 군역에 떠나가고　　君子從遠役
아내만 홀로 빈 방을 지키고 있네[128]　　佳人守煢獨
헤어진 지가 그 얼마나 되었던가　　離居幾何時

127 장협(張協, 255 추정~310 추정): 서진(西晉)의 문인으로, 장재(張載)·장항(張亢)과 함께 이들 삼형제를 삼장(三張)으로 부른다.

128 아내만 … 있네: 원문의 경독(煢獨)은 아무런 연고도, 도와줄 사람도 없는 사람을 말한다. 《서경(書經)》〈주서(周書) 홍범(洪範)〉에 "경독을 학대하지 말고 지위가 높은 사람을 두려워하지 말라.[無虐煢獨, 而畏高明.]"라고 하였다.

계절이 홀연 바뀌고 말았네 鑽燧忽改木
방안에는 발자취 보이지 않고 房櫳無行跡
뜰에는 푸른 풀만 무성하여라 庭草萋以綠
푸른 이끼는 빈 담장을 의지해 있고 青苔依空牆
집안 사방에는 거미줄 뿐이네 蜘蛛網四屋
사물에 대한 느낌으로 생각이 많아져서 感物多所懷
시름으로 변하더니 마음속 깊이 맺혀 있네 沉憂結心曲

【2수】

아침 노을이 밝은 해를 맞으니 朝霞迎白日
붉은 기운이 양곡[129]까지 뻗치네 丹氣臨暘谷
뭉게뭉게 구름이 몰려들더니 翳翳結繁雲
후드득후드득 비를 뿌리네 森森散雨足
가벼운 바람에도 질긴 풀이 꺾이고 輕風摧勁草
서리 엉기자 높은 나무 앙상해졌네 凝霜竦高木
빽빽하던 잎이 하루하루 성기어지니 密葉日夜疏
울창하던 숲은 묶어 놓은 듯 가지런하네 叢林森如束

129 양곡(暘谷): 전설 속의 해 뜨는 곳을 말한다. 《서경》 〈우서(虞書) 요전(堯典)〉에 "희중에게 따로 명하여 동쪽 바닷가에 살게 하니, 그곳이 바로 해 뜨는 양곡인데, 해가 떠오를 때 공손히 맞이하여 봄 농사를 고르게 다스리도록 하였다.[分命羲仲, 宅嵎夷, 日暘谷, 寅賓出日, 平秩東作.]"에서 인용해 온 말이다.

지난날[130]에는 시간이 더디다고 탄식했건만	疇昔歎時遲
만년에는 세월이 촉급하여 서글프구나	晚節悲年促
한 해가 저물어 온갖 시름 생겨나니	歲暮懷百憂
계주[131]를 따라가서 점이라도 쳐 볼까	將從季主卜

【3수】

예전에 나는 장보관[132]을 밑천삼아서	昔我資章甫
그럭저럭 월나라로 갔었네	聊以適諸越
가고 가서 그 먼곳 오지까지 갔더니만	行行入幽荒
구락[133]은 축발[134]하는 풍습을 따랐네	甌駱從祝髮
한해가 다 가도록 소용이 없으니	窮年非所用
이것을 장차 어디에 쓸 것인가	此貨將安設
영적[135]으로 여번[136]에 과시하고	瓴甋夸璵璠
어목[137]이 명월주[138]를 비웃는 듯	魚目笑明月

130 지난날: 296.〈밝은 달이 한밤에 빛나다〉를 본따서 짓다[擬明月皎夜光] 주 63) 참조.

131 계주(季主): 한(漢)나라 때에 점을 치던 사람. 곧 사마계주(司馬季主)를 일컫는다.

132 장보관(章甫冠): 선비들이 쓰던 관. 중국 은(殷)나라 때부터 써 왔던 관의 하나로, 공자가 이 관을 썼기 때문에 후세의 유생들이 주로 이 관을 썼다. 치포관(緇布冠)이라고도 한다.

133 구락(甌駱): 옛 민족의 이름이다.

134 축발(祝髮): 머리를 바싹 깎는 것을 이른다.

135 영적(瓴甋): 벽돌, 도기용기를 이른다.

136 여번(璵璠): 아름다운 옥(玉)을 이른다.

영중의 노래[139]를 보지 못하였는가	不見郢中歌
실력 여부가 확연히 구분되도다	能否居然別
양춘의 노래[140]엔 화답하는 자 없고	陽春無和者
파인의 가곡[141]엔 모두 박자를 맞추었네	巴人皆下節
유행하는 풍습에 어두운 자가 많으니	流俗多昏迷
이런 이치를 누가 능히살피랴	此理誰能察

○ 《장자(莊子)》에 이르기를, "초인(楚人)이 장보관[章甫]을 밑천삼아 월(越)나라에 갔더니, 월인(越人)은 머리를 자르고 몸에 문신을 새기고 있어서[敎髮文身] 그것이 쓸모가 없었다." 하였는데, 그 주(註)에 "'돈(敦)'은 '자르다[斷]'이다." 하였다.[莊子曰, "楚人資章甫而適諸越, 越人敦髮文身 無所用之." 註云, "敦, 斷也."]

○ 한(漢)나라가 추요(騶搖)를 세워 동해왕(東海王)으로 삼고, 동구(東甌)에 도읍을 정하도록 하

---

137 어목(魚目): 물고기 눈알이 옥(玉)과 비슷하여 속기 쉽다는 뜻으로, 가짜가 진짜를 어지럽히거나 우인(愚人)을 현인(賢人)으로 착각하는 것을 비유하는 말로 쓰인다.[參同契, 魚目豈僞珠, 蓬蒿不成標.]

138 명월주(明月珠): 구슬의 이름. 보옥(寶玉) 중의 하나로, 밤에 광채(光彩)를 발하는 진귀한 구슬이라 한다.

139 영중의 노래: 초나라 수도 영(郢)에서 부르던 노래를 이르는데, 《문선(文選)》 이주한(李周翰)의 주(注)에 "영중의 노래에 〈양춘(陽春)〉과 〈파인(巴人)〉 두 곡이 있는데, 〈양춘(陽春)〉은 고곡(高曲)이라 화답하는 자가 드물고, 〈파인(巴人)〉은 하곡(下曲)이라 화답하는 자가 수천 명이다. 그러므로 이와 구별할 수 있는지는 장보와 단발의 차이이며, 현자는 소인과 같지 않다.[郢中之歌 有陽春巴人二曲, 陽春高曲, 和者甚少, 巴人下曲, 和者數千人, 故知能否斯別, 亦猶章甫與斷髮之異, 而賢者與小人不同.]"라고 하였다.

140 양춘(陽春): 옛 노래의 이름. 고아(高雅)하여 배우기가 어려웠기 때문에 고아한 곡조에 대한 범칭(汎稱)으로 쓰인다. 양춘백설(陽春白雪)이라고도 한다. 이고(李固)의 글에 "양춘의 곡은 화답하는 자가 반드시 적었다.[陽春之曲 和者必寡.]" 하였다.

141 파인(巴人)의 가곡: 파인이 노래하는 속된 곡조. 원래는 기원전 3세기경에 유행한 초(楚)나라의 가곡 이름인데, 당시 사람들에게 비교적 저급한 음악으로 인식되었다.

였다. '추(騶)'는 낙(駱)으로도 쓴다. '축발(祝髮)'의 축(祝)도 역시 자르다[斷]이다.[漢立騶搖爲東海王, 都東甌. 騶一作駱. 祝髮, 祝亦斷也.]

【4수】

삼성별[142]은 남쪽으로 흐르고 大火流坤維
태양은 서산으로 치닫는데 白日馳西陸
햇살은 짙푸른 숲을 비추고 浮陽映翠林
회오리바람은 푸른 대나무를 흔드네 迴飇扇綠竹
빗방울 날려 아침 난초에 흩뿌리고 飛雨灑朝蘭
가벼운 이슬 국화떨기에 앉았네 輕露棲叢菊
용이 칩거하니 따스한 기운이 엉기고 龍蟄暄氣凝
하늘이 높아지니 만물이 숙연하다 天高萬物肅
연약한 가지엔 열매가 거듭 맺히지 않는데 弱條不重結
향기로운 꽃이라 하여 어찌 다시 피어날까 芳蕤豈再馥
사람이 이 세상에 살아가는 것은 人生瀛海內
눈앞을 스쳐 지나가는 새와 같으니 忽如鳥過目
흐르는 시냇물을 보고 탄식[143]함으로써 川上之歎逝
선현은 이것으로 힘쓰셨네 前修以自勗

142 삼성별: 원문의 대화(大火)는 곧 삼성별이며, 28수(宿)의 하나인 심성(心星)을 가리키는데, 음력 6월 초저녁에는 남방에 있다가 7월 초저녁에는 서쪽으로 내려간다. 《시경(詩經)》〈빈풍(豳風) 칠월(七月)〉에 "7월에 대화심성이 서쪽으로 내려가거든, 9월에는 옷을 지어 주느니라.[七月流火 九月授衣]"라고 하였다. 원문의 곤유(坤維)는 서남쪽을 지칭하는 말로, 《회남자(淮南子)》에 "곤유는 서남쪽에 있다.[坤維, 在西南.]"라고 하였다.

【5수】

직분을 다하려고 변방으로 가서	述職投邊城
병사들 사이에 얽매여 있네	羈束戎旅間
수레에서 내린 지가 어제 같은데	下車如昨日
달을 쳐다보니 사오 개월이 지났네	望舒四五圓
묻노니 지금이 어느 계절인가	借問此何時
나비가 남쪽 꽃밭에서 날고 있겠네	蝴蝶飛南園
흐르는 물을 보면 예전 포구가 그립고	流波戀舊浦
흘러가는 구름을 보면 고향산천이 그립다	行雲思故山
민월 사람들은 뱀무늬 옷을 입고[144]	閩越衣文虵
호마[145]가 연나라로 돌아가기를 소원하는 건	胡馬願度燕
풍토란 익숙해진 데에 편하게 여겨서이니	土風安所習
그 유래를 따져 보면 당연한 일이네	由來有固然

143 시냇물을 … 탄식: 《논어집주(論語集註)》 〈자한(子罕)〉에 "공자(孔子)가 시냇가에 계시면서 이르기를 가는 것이 이와 같으니, 밤낮으로 멈추지 않는구나.[子在川上曰, 逝者如斯夫, 不舍晝夜.]"라고 한 말을 인용하였다.

144 민월 … 입고: 민월(閩越)은 진한(秦漢)시대 지금의 복건성(福建省) 지방에 있던 만족(蠻族)의 나라이며, 몸에 용과 뱀 무늬로 문신을 하는 풍속이 있다.

145 호마: 호마(胡馬)는 만주나 중국 북방에서 나던 말로, 《고시원》 1권 184.고시(古詩) 19수(首) 중 1수에 "호마는 북풍에 기대어 서고, 월나라 새는 남쪽 가지에 둥지를 틀지요.[胡馬依北風, 越鳥巢南枝]" 참조.

【6수】

궁벽한 산골 어귀에다 오막집을 짓고	結宇窮岡曲
깊숙한 늪지대에서 경작을 하니	耦耕幽藪陰
황량한 정원은 조용해서 한가롭고	荒庭寂以閒
그윽한 산마루는 높고도 유심하다	幽岫峭且深
서늘한 바람이 동쪽 골짜기에서 일면	淒風起東谷
구름은 남쪽 봉우리에서 피어오르네	有渰興南岑
비록 기성과 필성[146]의 기약은 없어도	雖無箕畢期
조각 구름이 절로 장마를 이룬다네	膚寸自成霖
못가의 꿩은 언덕에 올라 홰를 치고	澤雉登壟雊
외론 원숭이는 가지를 안고 짝을 부르네	寒猿擁條吟
골짜기에 사람의 흔적이 없어서인지	溪壑無人跡
무성한 초목들만 여기저기 빽빽하네	荒楚鬱蕭森
쟁기를 놔두고 언덕을 따라 걷노라면	投耒循岸垂
때로는 나무하는 초동의 노래소리도 들리네	時聞樵採音
높은 산[147]으로 자신의 뜻을 견줄 만하고	重基可擬志

146 기성과 필성: 《예기보주(禮記補註)》〈월령(月令)〉의 집설(集說)에 "인방(寅方) 가운데 기수(箕宿)가 바람을 좋아하니, 동방인 봄의 정령을 행하면 구름과 비를 흩을 수 있다. 그러므로 가뭄을 불러오는 것이다.[寅中箕星好風, 能散雲雨, 故致旱.]"라고 하였고, "홍수와 장마에 대비하는 것은 월건(月建)이 유방(酉方)에 있으니, 유방 가운데 필수(畢宿)가 있어서 비를 좋아하기 때문이다.[所以爲水潦之備者, 以月建在酉, 酉中有畢星好雨也.]"라고 하였다.

147 높은 산: 원문의 중기(重基)는 《문선(文選)》 혜강(嵇康)의 〈금부(琴賦)〉에 "난포를 건너 중기에 오르다.[涉蘭圃, 登重基.]"라고 하고, 이주한(李周翰)의 주(注)에 "중기는 높은 산이다.[重基, 高山也.]"라고 하였다.

깊은 연못은 자신의 마음을 비길 만하네	迴淵可比心
천진함을 기르려면 무위[148]를 숭상하고	養眞尙無爲
도가 성행하려면 육침[149]을 귀히 여겨야 하니	道勝貴陸沉
생각은 죽소의 동산[150]에 노닐게 하고	游思竹素園
문사는 필묵의 숲[151]에 부쳐보네	寄辭翰墨林

○ '육침(陸沈)'은 비유하면 물이 없는데 잠긴다는 것과 같다. 《장자(莊子)》에 보인다. [陸沈, 譬如無水而沈也. 見莊子.]

○ 동관(東觀)의 글에 죽소(竹素)가 보인다.[東觀書見竹素.]

---

148 무위(無爲): 조금도 간섭하지 않음. 덕화로써 백성을 다스려 형벌을 일삼지 않아도 나라가 잘 다스려진다는 말로, 《중용장구(中庸章句)》 제26장에 "동작하지 않아도 변하며, 무슨 일을 하려들지 않아도 이루어진다.[不動而變, 無爲而成.]"라고 하였다.

149 육침(陸沈): 물에 가라앉음. 곧 범인 속에 묻혀 있는 은사(隱士)를 지칭하는 말로, 속인과 함께 생활하기 때문에 겉보기에는 속인과 전혀 구분되지 않기 때문에 비유적으로 일컫는 말이다.

150 죽소의 동산: 원문의 죽소(竹素)는 책(冊)을 일컫는 말로, 고대에 종이가 없었기 때문에 죽편(竹片)에다 기록을 하게 되었는데, 이로 인해 서적 특히 사서(史書)를 뜻하는 말로 쓰이게 되었다. 죽백(竹帛)이라고도 한다.

151 필묵의 숲: 원문의 한묵(翰墨)은 문학에 관한 일인 문한(文翰)과 필묵(筆墨)을 통칭하는 말로, 곧 문필(文筆)을 지칭하는 말로 쓰인다.

손초(孫楚)[152]

311

정서의 관속이 척양후[153]에서 나를 전송하기에 지은 시
[征西官屬送於陟陽候作詩]

정서는 부풍왕(扶風王) 사마준(司馬駿)이다.[征西扶風王駿.]

새벽바람이 갈림길에 솔솔 불더니 晨風飄歧路
내리는 비가 가을 풀을 적시네 零雨被秋草
성 아래 사람들이 먼 데까지 추송하여 傾城遠追送
천 리 먼 길 가는 나를 전송하네 餞我千里道
삼명이 모두 지극함이 있다 하나 三命皆有極

---

152 손초(孫楚, ?~293): 진(晉)나라의 문인. 태원(太原) 사람으로, 자는 자형(子荊)이다. 혜제(惠帝) 초기에 풍익태수(馮翊太守)를 역임하였다.

153 척양후(陟陽候): 척양은 숙역(宿驛)이 있는 정자(亭子) 이름이다.

아 안타깝게도 어찌 그걸 보존하리	咄嗟安可保
요절한 자보다 더 큰 것이 없다면	莫大於殤子
팽조와 노담[154]은 외려 요절한 거요	彭聃猶爲夭
길흉은 서로 얽히고설킨 듯하고[155]	吉凶如糾纏
걱정과 기쁨도 서로 뒤엉켜 있네	憂喜相紛繞
천지는 나를 위하여 만물을 도야하건만	天地爲我罏
만물은 한결같이 어찌 그리 작은가	萬物一何小
달인이 대관[156]을 드리우셨거늘	達人垂大觀
이 경계가 이르지 않아 고달프네	誡此苦不早
사람들과 작별하고 긴 여정에 오르니	乖離即長衢
슬픈 감정이 가슴 속에 벅차 오네	惆悵盈懷抱
누가 능히 그 마음을 살펴 줄까	孰能察其心
푸른 하늘에 감정을 받아 볼까	鑒之以蒼昊
생사를 함께 하잔 약속 오늘 아침에 있었으니	齊契在今朝
그 약속 지켜 함께 백년해로 하자구요	守之與偕老

154 팽조(彭祖)와 노담(老聃): 팽조(彭祖)는 중국 상고(上古)시대의 장수(長壽)한 선인(仙人)으로, 전욱(顓頊)의 현손이며 요(堯)임금의 신하이다. 7백여 년을 넘게 살아 은(殷)나라 말까지도 쇠약하지 않았다고 하며, 후세에 사람의 장수(長壽)를 뜻하는 말로 쓰인다. 노담은 고대의 철학자이며 도가(道家)의 창시자로, 성명은 이이(李耳)이고, 자는 담(聃)인데, 노담(老聃)이라고도 한다. 초(楚)나라 고현(苦縣) 출신이다.

155 길흉은 … 듯하고: 《갈관자(鶡冠子)》 〈세병(世兵)〉에 "화란 복이 의지해 있는 곳이고, 복은 화가 잠복해 있는 곳이어서 화와 복은 마치 서로 얽혀 있는 것처럼 보인다.[禍乎福之所倚, 福乎禍之所伏, 禍與福如糾纏.]"라고 한 데서 인용하였다.

156 대관(大觀): 도리에 통달한 사람이 사물을 정확하게 이해하고 판단하는 직관력 같은 것을 이른다.

○ 《황제경(黃帝經)》에 이르기를, "상수(上壽)는 120세, 중수(中壽)는 100세, 하수(下壽)는 80세인데, 이것을 삼명(三命)이라 한다." 하였다.[黃帝曰, "上壽百二十, 中壽百年, 下壽八十, 是謂三命."]

○ 은후(隱侯)가 자형(子荊)의 '영우지장(零雨之章)'이라고 말한 것은 이 시를 지칭한다.[隱侯謂子荊零雨之章, 指此.]

○ 송별시(送別詩)에서 사물과 함께한다는 것으로 주제를 삼았으니, 이는 고인(古人)이 의사(意思)를 활용하는 데 있어서 전적으로 한곳에만 얽매이지 않은 것이다. 이것 역시 하나의 시체(詩體)이다.[送別詩以齊物作主, 古人用意, 不專粘著, 此亦一體.]

조터(曹攄)[157]

312
감구시(感舊詩)

부귀하면 타인도 찾아오고 富貴他人合
빈천하면 친척들도 떠나더라 貧賤親戚離
염파와 인상여[158]는 문전에서 궤적을 바꿨고 廉藺門易軌
전분과 두영[159]은 서로 세력을 따라 옮겼으며 田竇相奪移
신풍[160]은 무성한 숲으로 모여들고 晨風集茂林

157 조터(趙攄, ?~308): 자(字)는 안원(顔遠)이며, 안휘성(安徽省) 사람이다. 효행심이 두텁고 인정(仁政)을 베풀었으며 혜제(惠帝)의 말년에 양성태수(襄城太守)를 역임하였다.

158 염파(廉頗)와 인상여(藺相如): 염파는 중국 전국시대(戰國時代) 조(趙)나라 명장(名將)이며, 인상여는 조나라 명신(名臣)인데, 그들의 교유(交遊)관계에서 그 유명한 '문경지교(刎頸之交)'라는 고사를 탄생시켰다.

159 전분(田蚡)과 두영(竇嬰): 전분은 서한(西漢)시대의 외척 신분으로 무제(武帝)의 총애를 받아 태위(太尉)를 지냈으며, 두영은 황실 인척으로, 재물을 귀하게 여기지 않고 베풀기를 좋아하여 왕에게 하사 받은 금은보화를 복도에 늘어놓고 사람들이 마음대로 가져가도록 하였다 한다.

160 신풍(晨風): 한위(漢魏)시대에 자주 등장하는 새이며, 《시경(詩經)》의 작품 이름이다. 춘추시대 진(秦)나라의 강공(康公)이 목공(穆公)의 옛날 업적을 잊고 어진 신하들을 추방한 것을 풍자한

살던 새도 마른 나뭇가지에서 떠나도다 棲鳥去枯枝
지금 나는 오로지 곤궁하고 어리석음 때문에 今我唯困蒙
사람들의 배척한 바 되었거니와 羣士所背馳
고향 사람들은 우의가 돈독하여서 鄕人敦懿義
성대한 의식으로 감싸 주네 濟濟蔭光儀
손님을 마주 대하여 유객[161]으로 송축하고 對賓頌有客
술잔을 들어 노사[162]를 읊조리네 擧觴咏露斯
잔치에 임하여 무엇을 탄식하는가 臨樂何所歎
흰 실과 지름길[163] 때문이어라 素絲與路岐

○ 은호(殷浩)[164]가 연루되어 폐서인이 되자, 조카인 한강백(韓康伯)[165]이 첫머리 2구(二句)를 읊고 인하여 눈물을 흘렸다.[殷浩坐廢, 韓康伯詠首二句, 因而泣下.]

내용을 담고 있다. 《시경(詩經)》〈진풍(秦風), 신풍(晨風)〉에 "훨훨 나는 저 새매여 울창한 북쪽 숲에 앉았도다. 군자(君子)를 만나 보지 못하여서 마음에 근심이 가득하도다. 어찌하여 어찌하여 나를 잊기를 실로 많이 하는가.[鴥彼晨風, 鬱彼北林, 未見君子, 憂心欽欽, 如何如何, 忘我實多.]" 하였다.

161 유객(有客): 《시경(詩經)》 주송(周頌)의 편명(篇名)이다. 주(周)나라가 상(商)나라를 멸하고, 미자(微子)를 송(宋)나라에 봉하여 그 선왕을 제사하게 함으로써 객례(客禮)로 대우하고 신하로 삼지 않는다는 내용으로 되어 있다.

162 노사(露斯): 《시경(詩經)》〈소아(小雅)〉에 들어 있는 작품으로 편명(篇名)은 담로(湛露)이며, 천자(天子)가 제후(諸侯)에게 잔치를 베풀어 주는 내용으로 되어 있다.

163 흰 실과 지름길: 묵자(墨子)는 흰 실을 보고 울었다고 하는데, 그 이유는 노란 물을 들이면 노랗게 변하고 검은 물을 들이면 검게 변하기 때문이다. 양자(楊子)는 길을 가다가 두 갈래 길이 나오자 어디로 가야 할지 몰라서 울었다고 한다.

164 은호(殷浩): 《진서(晉書)》〈은호전(殷浩傳)〉에 "은호가 억울하게 출방(黜放)을 당했지만 그 누구도 원망하지 않고 편안한 마음으로 하루종일 '돌돌괴사(咄咄怪事)'라는 네 글자만 허공에 손가락으로 쓰면서 읊조렸다." 하여, '서공(書空)'이라는 고사를 탄생시킨 사람이다.

165 한강백(韓康伯, 332~380): 동진(東晉) 때의 경학자. 이름은 백(伯)이고 강백(康伯)은 그의 자이며, 영천(潁川) 장사(長社) 사람이다. 예장태수(豫章太守), 이부상서(吏部尙書) 등을 역임하였다.

왕찬(王讚)[166]

313

잡시(雜詩)

삭풍에 가을 풀만 나부껴도 朔風動秋草
호마는 돌아가고픈 마음이거늘 邊馬有歸心
어찌하여 오랫동안 떠나 있어서 胡寧久分析
그럭저럭 지금에 이르렀는가 靡靡忽至今
왕사가 나의 의지와 어긋나서 王事離我志
격리가 상성과 삼성[167]을 능가하네 殊隔過商參
예전에 갈 때엔 꾀꼬리가 울더니만 昔往鶬鶊鳴
이제 오니 귀뚜라미가 노래하네 今來蟋蟀吟

166 왕찬(王讚): 자(字)는 정장(正長)이다. 하남성(河南省) 의양(義陽) 사람으로, 박학(博學)하고 재능이 뛰어났으며, 관직은 산기시랑(散騎侍郎)을 역임하였다.

167 상성(商星)과 삼성(參星): 299.고언선을 위하여 그의 부인에게 주다[爲顧彥先贈婦] 2수(首) 주 74) 참조.

사람들은 고향을 늘 생각하고　　人情懷舊鄉
떠도는 새는 옛 숲을 그리워한다네　　客鳥思故林
사연[168]이 떠나고 오랫동안 연주하지 않으니　　師涓久不奏
누가 능히 내 마음을 풀어 줄까　　誰能宣我心

○ 시작부터 웅장하고 빼어나다. 은후(隱侯)가 말한 '정장(正長)의 삭풍구'는 이 작품을 지칭한 것이다.[起得雄傑, 隱侯謂正長朔風之句, 指此.]

168 사연(師涓): 은(殷)나라 말기의 음악가. 주왕(紂王)의 명으로 미미지악(靡靡之樂)과 북리지무(北里之舞)라는 음란한 가무(歌舞)를 지어 달기(妲己)에게 바쳤다 한다. 일설에는 춘추시대 위(衛)나라의 악사라고도 한다.

곽태기(郭泰機)[169]

314

부함[170]에게 답하다[答傅咸]

깨끗하고 하얀 실이라면　皦皦白素絲
베를 짜서 가난한 여인 옷을 지을 수 있네　織爲寒女衣
가난한 여인은 비록 솜씨가 좋아도　寒女雖妙巧
베틀에 앉을 기회를 얻지 못하네　不得秉杼機
날씨만 차가워도 운행이 빠른 줄 아는데　天寒知運速
더구나 기러기는 남쪽으로 날아가누나　况復雁南飛
의공이 칼과 자를 잡고서　衣工秉刀尺
날 버리기를 홀연히 잊어버린 듯이 하네　棄我忽若遺
사람들 비근한 예를 자신한테 취하지 않으니　人不取諸身

169 곽태기(郭泰機): 하남(河南) 사람으로 자(字)는 알지 못한다.

170 부함(傅咸): 자는 장우(長虞)이며 섬서성(陝西省) 사람이다. 효렴(孝廉)으로 사예교위(司隷校尉)를 역임하였다.

세상일에 그 무엇을 바라리오	世事焉所希
게다가 아침 식사까지 이미 마쳤다면	况復已朝餐
무엇으로 하여 나의 굶주림을 알리오	曷由知我饑

○ 전체가 비유한 말로, 부함이 자신을 천거하지 않은 것을 풍자하였다.[通體喻言, 諷傅之不能薦己也.]

○ 두보(杜甫)의 〈백사행(白絲行)〉은 이것을 본뜬 것이다.[老杜白絲行本此.]

고시원(古詩源) 권7 끝

고시원
古詩源

권 8

진시 晉詩

大道曲

贈溫嶠

遊仙詩

酬丁柴桑

風歌

九日閑居

遊斜川

和劉柴桑

贈羊長史

유곤(劉琨)[1]

월석(越石)은 영웅(英雄)다운 길을 잃었으니, 만 가지 정서가 슬프고 처량하다. 그러므로 그의 시는 붓 가는 대로 토해 내어 슬픈 음조[哀音]가 두서가 없다. 독자(讀者)가 어찌 어구(語句) 사이에서 그러한 정서를 찾아낼 수 있겠는가.[越石英雄失路, 萬緖悲涼. 故其詩隨筆傾吐, 哀音無次, 讀者烏得於語句間求之.]

315

노심에게 답하다[答盧諶] 병서(並序) 8수(首)

곤(琨)은 삼가 머리 숙여 보내 주신 편지와 시를 잘 읽어 보았습니다. 신맛, 매운맛을 담은 고달픈 말이 잘 갖추어져 있고 길이 변치 않고 소통할 수 있는 원대한 뜻을 밝혀 주셨기에 반복하여 받들어 읽느라 손에서 내려놓

1 유곤(劉琨, 271~318): 자(字)는 월석(越石)이며, 중산(中山) 위창(魏昌) 사람이다. 진(晉)나라 회제(懷帝), 민제(愍帝) 때 시중(侍中)·태위(太尉) 등의 벼슬을 역임하였다. 병주자사(幷州刺史)가 되었을 당시에 북방에서 기승을 부리던 이민족들에 대항하여 잃어버린 땅을 되찾기 위하여 노력하였으며, 문학적인 소양이 풍부하여 육기(陸機)·반악(潘岳) 등과 함께 활약하였다.《晉書 卷62 劉琨傳》

지 못하였으니, 울컥 슬픔이 밀려왔다가 금새 기뻐지기도 합니다. 예전에 젊었을 적에는 일찍이 검속할 줄을 몰라서 멀리는 노장(老莊)[2]의 제물(齊物)[3]을 사모하고 가까이는 완생(阮生)[4]의 방광(放曠)을 좋게 여겼었고, 후함과 박함은 어디에서 생겨나며 슬픔과 즐거움은 어디에서 오는가를 놓고 괴이하게 여겼던 적도 있습니다.

지난번에 마음을 아프게 했던 역란(逆亂)으로 곤욕을 당하였고 나라는 멸망하고 가정은 파멸되었으며 친구들은 죽었으니, 지팡이를 짊어지고 읊조리다 보면 온갖 시름이 밀려오고, 멍하니 홀로 앉아 있다 보면 슬픔과 분함이 함께 모여듭니다. 이따금씩 서로 만나 술잔 들고 마주 앉아 눈물을 씻고 웃으면서 평생토록 쌓인 슬픔을 떨쳐 보려고 짧은 시간 잠시의 기쁨을 찾곤 합니다. 이를 비유해 보면 오랜 세월 동안 앓아 오던 질병을 약 한 알로 해소하고자 한 것과 같은데 될 수 있겠습니까?

대저 인재(人才)가 세상에 태어나기는 하나 세상은 사실 인재를 기다리나니, 화씨(和氏)[5]의 구슬이 어찌 홀로 영악(郢握)[6]에서 빛날 수 있겠으며, 야광(夜光)이란 구슬이 어찌 전적으로 수장(隋掌)[7]의 노리개만 될 수 있겠습니까?

---

2 노장(老莊): 노자(老子)와 장자(莊子)를 함께 이르는 말.

3 제물(齊物): 《장자(莊子)》의 〈제물론(齊物論)〉을 이름. 모든 사물의 참과 거짓, 옳고 그름을 상대적인 것으로 보고, 그런 것들에 관한 논의를 다스려 절대적이고 근원적인 하나의 경지로 돌아가게 하는 장자의 사상을 담고 있는 글이다.

4 완생(阮生): 진(晉)나라의 완적(阮籍)을 이름. 죽림칠현(竹林七賢)의 대표적인 인물로, 청담(淸談)과 세속을 초탈한 삶을 추구하였다.

5 화씨(和氏): 춘추시대 변화(卞和)를 이름. 그는 초(楚)나라 여왕(厲王)과 무왕(武王)에게 계속 옥돌을 바쳤으나 임금을 기만한다는 이유로 두 발을 잘렸다가, 문왕(文王) 대에 이르러서 옥돌을 품에 안고 사흘 낮밤을 통곡한 끝에 비로소 보옥(寶玉)으로 인정을 받았으며, 화씨벽(和氏璧)의 고사를 탄생시킨 인물이다. 《韓非子 卷4 和氏》

6 영악(郢握): 영(郢)은 초(楚)나라의 서울이며, 악(握)은 문왕(文王)의 수중이란 뜻이다.

7 수장(隋掌): 《문선(文選)》에는 수(隋)를 수(隨)로 표기하였다. 수후(隨侯)는 희성(嬉姓) 제후의 하

천하의 보물은 당연히 천하로 더불어 공유해야 하는 것입니다. 다만 갈라 쪼개는 날에 슬픈 마음이 들지 않을 수가 없을 뿐입니다. 그런 연후에 담주(聃周)[8]가 허탄(虛誕)하다는 것과 사종(嗣宗)[9]이 망작(妄作)이란 걸 알았습니다. 옛날 녹(騄)과 기(驥)[10]가 오판(吳阪)[11]에서는 소금 실은 수레를 끌었으나 왕량(王良)과 백락(伯樂)[12]을 만나 길게 울었던 것은 명마를 알아보고 못 알아본 때문이고, 백리해(百里奚)[13]가 우(虞)에서는 어리석고 진(秦)에서는 지혜로운 것은 때를 만나고 못 만난 때문입니다.

지금 그대는 때를 만났으니 힘써야 할 것이외다. 다시는 문(文)에다 뜻을 부쳐 20여 년을 보내지 말기 바라오. 오래 제쳐놓았던 터라 문장에 순서가 없지만, 반드시 한 차례 회신을 보내 주었으면 하는 생각이 들어서 그 취지에 맞추어[稱] ―거성(去聲)이다― 한 편을 지어 보냅니다. 마침 보내 준 시를 더욱 아름답게 빛낼 수 있었으면 합니다. 곤은 머리 숙여 올립니다.[琨頓首, 損書及詩. 備酸辛之苦言, 暢經通之遠旨. 執玩反覆, 不能釋手, 慨然以悲 歡然以喜. 昔在少壯, 未嘗檢括, 遠慕老莊之齊物, 近嘉阮生之放曠, 怪厚薄何從而生, 哀樂何由而至.

自頃輈張, 困於逆亂, 國破家亡, 親友彫殘, 負杖行吟, 則百憂俱至, 塊然獨坐, 則哀憤兩集. 時復相與, 擧觴對膝, 破涕爲笑, 排終身之積慘, 求數刻之暫歡. 譬由疾疢彌年, 而欲一丸銷之, 其可得乎?

夫才生於世, 世實須才, 和氏之璧, 焉得獨曜於郢握, 夜光之珠, 何得專玩於隋掌? 天下之寶, 當與天下共

나. 장(掌)은 역시 수중이란 뜻이다. 《회남자(淮南子)》에 "수후가 상처 입은 뱀을 보고 치료해 주었더니, 그 뒤에 뱀이 야광주(夜光珠)로 보답하였다." 하였다.

8 담주(聃周): 노자(老子)의 이름은 담(聃), 장자(莊子)의 이름은 주(周)이다.

9 사종(嗣宗): 완적(阮籍)을 이른다.

10 녹(騄)과 기(驥): 모두 준마의 이름이다.

11 오판(吳阪): 오(吳)나라 성(城) 북쪽의 판도(阪道)를 이른다.

12 왕량(王良)과 백락伯樂): 모두 춘추시대의 말을 잘 알아보고 잘 길렀던 사람이다.

13 백리해(百里奚): 춘추시대 진(秦)나라 사람. 자(字)는 정백(井伯), 우(虞)의 우공(虞公)을 섬기다가, 뒤에 진(秦)의 목공(繆公)을 섬겨 재상(宰相)이 되었다.

之. 但分析之日, 不能不悵恨耳. 然後知聃周之爲虛誕 嗣宗之爲妄作也. 昔騄驥倚輈於吳阪, 長鳴於良樂, 知與不知也, 百里奚愚於虞而智於秦, 遇與不遇也.

今君遇之矣, 勗之而已. 不復屬意於文, 二十餘年矣. 久廢則無次, 想必欲其一反, 故稱-去聲-旨送一篇. 適足以彰來詩之益美耳. 琨頓首頓首.]

액운이 처음으로 걸려들어서 厄運初遘
양효[14]가 육위에 있게 되니 陽爻在六
건상[15]은 기둥이 기울어진 듯 乾象棟傾
곤의[16]는 배가 뒤집힌 듯 坤儀舟覆
방자하고 사납기가 이를 데 없고 橫厲糾紛
온갖 요괴가 각축을 벌이듯 하여 羣妖競逐
신주[17]는 불에 타고 火燎神州
화역[18]에는 홍수가 났으니 洪流華域
저 기장들만 이들이들하고[19] 彼黍離離

---

14 양효(陽爻): 《주역(周易)》의 괘(卦)를 구성하고 있는 6개의 획(劃) 중에 양(陽)을 상징적으로 나타내는 기호[—]를 이르는 말이다.

15 건상(乾象): 건(乾)은 순양(純陽)으로 이루어진 괘(卦)의 이름인데, 하늘을 상징하며, 상(象)은 현상을 뜻한다.

16 곤의(坤儀): 곤(坤)은 순음(純陰)으로 이루어진 괘(卦)의 이름인데, 땅을 상징하며, 의(儀)는 대지(大地)를 지칭한다.

17 신주(神州): 신성(神聖)한 중국이라는 뜻이다.

18 화역(華域): 문화의 꽃을 피웠다는 뜻으로, 중국(中國) 본토를 일컫는 말이다.

19 저 … 이들이들하고: 《시경(詩經)》〈왕풍(王風) 서리(黍離)〉에 "저 기장이 축 늘어졌거늘, 저 피는 싹이 났네. 가는 걸음 더디기도 해라, 마음만 울렁이네.[彼黍離離, 彼稷之苗, 行邁靡靡, 中心搖搖.]"라고 한 데서 온 말이다.

저 피들만 쑥쑥 자라났네	彼稷育育
애처로운 우리 황진[20]이여	哀我皇晉
애통한 마음이 눈 안에 있네	痛心在目

○ 기일(其一)

하늘과 땅은 사심이 없고	天地無心
만물도 길이 같다더니만	萬物同塗
음란하면 재앙을 내린다는 말 부질없고	禍淫莫驗
선하면 복을 준다는 것도 빈말인 듯[21]	福善則虛
반역한 자는 성읍이 온전하고	逆有全邑
의인은 국도가 완전치 못하니	義無完都
아름다운 꽃이 여름에 떨어져버리고	英蕊夏落
독초가 겨울에 돋아난 격이라	毒卉冬敷
저렇듯이 고귀한 귀옥이련만	如彼龜玉
상자에 담긴 채로 훼손당하였으니	韞櫝毀諸
추구[22]와 같다는 말이	芻狗之談

20 황진(皇晉): 황(皇)은 크다는 뜻. 대진국(大晉國)이라는 미칭(美稱)으로 쓴 말이다.

21 음란에 … 빈말인 듯: 원문의 화음(禍淫)과 복선(福善)은 《서경(書經)》 〈탕고(湯誥)〉에 "하늘의 도는 선한 사람에게 복을 내리고 음란한 사람에게 화를 내리는 것이다.[天道, 福善禍淫.]"라고 한 데서 인용해 온 말이다.

가장 들어맞는다 하리로다 其最得乎

○ 기이(其二)

아, 나의 성격이 연약한 탓에 咨余軟弱
주어진 책임을 완수하지 못하였네 弗克負荷(1)
허물이 그대로 드러났건만 愆釁仍彰
명예와 총애가 누차 더해지고 榮寵屢加
위엄을 제대로 세우지 못해서 威之不建
화가 미치고 악이 퍼졌네 禍延凶播(2)
충성이 나라에 손해가 되고 忠隕于國
효도가 가정에 허물이 되었으니 孝愆于家
누적된 이 죄는 斯罪之積
저 산하와 같고 如彼山河
깊어진 이 허물은 斯釁之深
끝내 갈아서 없앨 수가 없네 終莫能磨

○ 기삼(其三)

(1) '하(荷)'는 평성(平聲)이며 협운(協韻)이다.[協平韻.]

---

22 추구(芻狗): 짚으로 만든 개를 이름. 이는 제사가 끝나면 쓸모가 없기 때문에 버리게 되므로, 소용이 있을 때에는 사용되다가 소용이 없어지면 버려지는 물건, 또는 천한 물건을 비유하는 말로 쓰인다.

(2) '파(播)'는 평성(平聲)이며 협운(協韻)이다.[協平韻.]

아름다운[23] 옛 인척으로	郁穆舊姻
신혼 관계를 다시 맺고서	嬿婉新婚
양식을 싸서[24] 어린아이 손을 잡고	裹糧攜弱
서둘러 먼 길을 갔네[25]	匍匐星奔
그대의 수레를 아직 거두기 전인데	未輟爾駕
벌써 우리 가문은 결딴나고 말았네	已隳我門
양쪽 집 가족은 모두 전복되었으나	二族偕覆
세 사람 아들이 함께 뿌릴 내렸네	三孽並根
오랜 고아 신세 길이 부끄러운데	長慙舊孤
원혼마저 영원히 등지고 말았네	永負冤魂

○ 기사(其四)

쭉쭉 뻗은 줄기 하나가	亭亭孤幹

23 아름다운[郁穆]: 《문선(文選)》 여연제(呂延濟)의 주(注)에 "욱목은 어여쁘고 아름다운 모습이다.[郁穆, 嬿婉和美貌.]"라고 하였다.

24 양식을 싸서: 원문의 과량(裹糧)은 먼 길을 떠날 때 양식(糧食)을 싸가지고 가는 것을 이른다.

25 서둘러 … 갔네: 원문의 포복(匍匐)은 매우 급한 것을 말하는데, 《시경(詩經)》 〈패풍(邶風) 곡풍(谷風)〉에 "무릇 사람이 상사가 있을 때에는 급히 달려가 도왔었지.[凡民有喪, 匍匐救之.]"라고 하였다.

홀로 자라 짝할 이가 없네 獨生無伴
푸른 잎은 무성한데다 綠葉繁縟
부드러운 가지 길고 마디가 적네 柔條修罕
아침에는 너의 열매를 따고 朝採爾實
저녁에는 너의 간지를 취하니 夕捋爾竿[1]
푸른 간지는 팔 척이 충분하고 竿翠豐尋
구슬 같은 열매는 사발에 가득 逸珠盈椀
실상은 나의 근심 해소하려 함인데 實消我憂
걱정이 심할 때 느슨함을 주네 憂急用緩
그대가 장차 떠나고 나면 逝將去乎
뜰은 비고 정만 가득하리라 庭虛情滿

○ 기오(其五)

(1) '간(竿)'은 협운(協韻)이며 공(公)과 단(旦)의 반절(反切)이다.[協公旦切.]

빈 곳을 채우자면 어찌 해야 하나 虛滿伊何
난초와 계수나무를 옮겨와 심었네 蘭桂移植
저쪽은 봄날이라 숲이 무성할 테지만 茂彼春林
이쪽은 가을되어 형극만 초라하네 瘁此秋棘
새가 있어 푸드득 날아오르니 有鳥翻飛
휴식할 겨를이 다시 없어라 不遑休息

오동이 아니면 깃들지 아니하고 匪桐不棲
죽실이 아니면 먹지도 않으면서[26] 匪竹不食
먼 동쪽 유주[27]에서 날개를 쉬고 永戢東羽
높이 날아올라 서쪽 병주[28]로 갔네 翰撫西翼
나는 이를 경외하기에 我之敬之
기쁨도 접어 두고 하던 일도 멈추려 하네 廢歡輟職

○ 기육(其六)

음악이란 듣는 이 때문에 연주하고 音以賞奏
맛은 특별한 이 때문에 진중해지며 味以殊珍
글이란 말을 밝히는 것이요 文以明言
말이란 정신을 소통하는 것인데 言以暢神
그대가 이제 떠나가 버린다 하니 之子之往
네 가지 아름다움 이르지 않으리 四美不臻
맑은 술도 마실 일이 없게 되었고 澄醪覆觴

26 오동이 … 먹지도 않으면서: 《장자(莊子)》〈추수(秋水)〉에 "원추라는 봉황새가 남해를 출발하여 북해로 날아갈 때에 오동나무가 아니면 내려앉지 않고 대나무 열매가 아니면 먹지 않으며 약수가 아니면 마시지 않는다.[夫鵷鶵, 發於南海而飛於北海, 非梧桐不止, 非練實不食, 非醴泉不飮.]"라는 말이 나온다.

27 동쪽 유주(幽州): 단필제(段匹磾)의 영지(領地)인 하북(河北) 지역을 이른다.

28 서쪽 병주(幷州): 유곤(劉琨)의 영지인 산서(山西) 지역을 이른다.

악기에도 먼지만 쌓이게 되었으며 絲竹生塵
서책은 싸서 두고 펴지 않을 테고 素卷莫啓
휘장 아랜 이야기 할 손도 없을 테니 幄無談賓
이미 나의 덕은 외로워지고 既孤我德
또 나의 이웃마저도 없게 되리라 又闕我鄰

○ 기칠(其七)

덕업이 빛나는 단필제[29]시여 光光段生
골짜기에서 나와 교목으로 옮겨 가듯[30] 出幽遷喬
충심에 힘입어 신뢰를 밟아가니 資忠履信
무공은 빛이 나고 문덕(文德)도 밝아라 武烈文昭
펄럭이는 깃발과 붉은 활이 돋보이고 旆弓騂騂
수레와 말은 훤칠하게 뻗었네 輿馬翹翹
기다란 채찍으로 휘두르며 乃奮長縻
고삐를 채우고 재갈을 물렸네 是轡是鑣
무슨 말을 그대에게 해 줄까 何以贈子

---

29 단필제(段匹磾): 서진(西晉) 선비족(鮮卑族)으로 요서(遼西)에 세거(世居)하였으며, 건무 원년(建武元年)에 유곤(劉琨)과 결맹(結盟)하여 석륵(石勒)을 토벌하고, 뒤에 유주자사(幽州刺史)를 역임하였으며 발해공(渤海公)에 봉해졌다.

30 골짜기에서 … 가듯: 《시경(詩經)》 〈소아(小雅) 벌목(伐木)〉에 "깊은 골짜기에서 나와 높은 나무로 옮겨가네.[出自幽谷, 遷于喬木.]"라는 말에서 인용한 것이다.

공조에다 마음을 다해 주오	竭心公朝
무엇으로 회포를 풀어 볼까	何以敍懷
목 빼고 길게 노래 부르리	引領長謠

○ 기팔(其八)

○ 전조(前趙)의 기록에, "유총(劉聰)이 참람하게 평양(平陽)에서 즉위하였다. 종제(從弟)인 요(曜)를 파견하여 진(晉)을 공략하여 낙양(洛陽)을 격파하고, 아들 찬(粲)을 파견해서 장안(長安)을 쳐서 함락시켰다." 하였다. 수장(首章)은 나라가 파망한 것을 지적하였다.[前趙錄, "劉聰僭即位於平陽. 遣從弟曜攻晉, 破洛陽, 遣子粲攻長安, 陷之." 首章指國破.]

○ 《노자(老子)》에 이르기를, "천지가 인자하지 않아 만물을 풀강아지로 여긴다." 하였다. 2장(章)은 하늘이 진(晉)나라에게 복을 주지 않은 것을 말하였다.[老子云, 天地不仁, 以萬物爲芻狗, 二章謂天不祚晉.]

○ 《한서(漢書)》에, "왕준(王尊)의 아들 백(伯)을 경조윤(京兆尹)으로 삼았으나 연약하여 직임을 수행하지 못하였다." 하였다.[漢書, 王尊之子伯爲京兆尹, 軟弱不勝.]

○ "위엄을 세우지 못해서[威之不建]" 이하 2구(句)는 유총(劉聰)에게 패배하고 나서 부모가 살해되고 자신은 화를 입고 파천(播遷)된 것을 지적한 말이다. 3장(章)은 가문이 멸망한 것을 지적하였다.[威之不建二句, 指爲聰所敗, 而父母遇害, 己遭禍而播遷也. 三章指家亡.]

○ 《진서(晉書)》에, "유곤(劉琨)의 아내는 곧 노심(盧諶)의 종모(從母)이다." 하였다. 신혼(新婚)은 미상(未詳)이다."[晉書, 琨妻即諶之從母也, 新婚未詳.]

○ 유곤의 부모는 영호니(令狐泥)에게 살해되었고, 노심의 부모는 유찬(劉粲)에게 살해되었다. 그러므로 "양쪽 집 가족 모두 전복되었네.[二族偕覆.]"라고 하였다. '삼얼(三孽)'은 유곤의 형의 세 아들을 이른다. 혹은 유총(劉聰), 유요(劉曜), 유찬(劉粲)을 이르기도 하나, 아래 2구(句)를 음미해 보면 아마도 말이 맞지 않는 듯하다. 4장(章)은 도중에 달아난 것을 칭한 것이며 상장(上章)의 뜻을 확장시켰다.[琨父母爲令狐泥所害, 諶父母爲劉粲所害. 故云"二族偕覆." 三孽謂琨兄三子, 或謂劉聰·劉曜·劉粲. 玩下二句, 恐說不去. 四章指途中奔竄, 申上章意.]

○ 5장(章)은 가탁(假託)한 말로, 자신이 노심의 도움을 받고 있는데 노심은 또 단필제에게 가야 함을 비유하여 말하였다. '구슬 같은 열매[逸珠]'는 덕(德)을 비유한 것이고, '사발에 가

득하다[盈椀]'는 많다는 것을 이른 말이다.[五章, 託喩己有資於諶, 而諶又將之段匹磾所也. 逸珠, 喩德, 盈椀, 多也.]

○ 6장(章)은 노심이 단필제에게 가는 것은 봉황새가 오동나무에 서식하고 대나무 열매를 먹는 것과 같고, 자기는 마치 가을철 형극처럼 시들고 말 것이라는 것을 비유한 말로서, 더욱 상심하고 있는 것을 볼 수 있다.[六章, 喩諶之段所, 猶鳳之棲梧桐, 食竹實, 而己如秋棘之瘁, 彌見可傷.]

○ 사미(四美)는 각 구 첫머리의 음(音)·미(味)·문(文)·언(言)을 이른다. 7장(章)은 자신의 외톨이 신세[孤特]를 말한 것으로, 역시 앞 장의 뜻을 확장시켰다.[四美頂上音味文言. 七章言己之孤特, 亦申前意.]

○ 8장(章)은 단필제의 충신(忠信)함을 표시하고, 노심이 몸을 의탁할 곳을 얻었음을 보였으며, 왕실(王室)에 힘을 쏟고 위태로움을 전환시켜 안정되게 해 주기를 소망함으로써 전편[通篇]을 갈무리하였으니 감격스럽고 호탕한 느낌을 준다.[八章, 表段之忠信, 見諶之託身得所. 望其戮力王室, 轉危爲安, 收束通篇, 感激豪宕.]

316

노심에게 다시 주다[重贈盧諶]

내 손안에 담긴 검은 구슬은	握中有玄璧
본래는 형산[31]의 옥돌이었다오	本自荊山璆
아, 저 태공망[32]이라는 이도	惟彼太公望
옛날 위수[33] 물가의 노인이었지	昔在渭濱叟(1)
등생[34]이여 얼마나 감격하였으면	鄧生何感激
천 리 밖에서 광무제를 찾아왔을까	千里來相求
백등산에선 곡역후[35]가 있어 다행이요	白登幸曲逆
홍문연에서는 유후[36]의 도움을 받았네	鴻門賴留侯
중이[37]는 다섯 현인[38]에게 위임했고	重耳任五賢

31 형산(荊山): 초(楚)나라 형주(荊州)에 있는 산. 화씨벽(和氏璧)이 이곳에서 나왔다.

32 태공망(太公望): 주(周)나라 문왕(文王) 때 벼슬을 한 여상(呂尙)의 호(號)이다.

33 위수(渭水): 섬서성(陝西省)에 있는 물 이름. 태공망이 이곳에서 낚시하고 있다가 문왕에게 발탁되어 그의 군사(軍師)가 된 뒤에 은(殷)나라를 멸망시키는 데에 공헌하였다.

34 등생(鄧生, 2~58): 후한(後漢) 광무제(光武帝) 때 벼슬을 한 등우(鄧禹)를 이른다.

35 곡역후(曲逆侯): 곡역은 하북성(河北省) 완현(完縣)의 동쪽에 위치한 지명이며, 후는 진평(陳平)을 이른다. 진평이 고제(高帝)를 수행하여 한신(韓信)을 치러 가다가 산서성(山西省) 대동현(大同縣)에 위치한 평성(平城)에 이르러 흉노(匈奴)에게 7일 동안 포위되었을 때, 진평이 기계(奇計)를 써서 흉노(匈奴) 묵특(冒頓)의 포위를 풀게 한 바 있다. 백등(白登)은 이곳에 있는 산 이름이다.

36 유후(留侯): 장량(張良)을 이른다. 항우(項羽)가 홍문(鴻門)에서 연회를 열고 유방(劉邦)을 살해하려 할 때에 장량이 번쾌(樊噲)를 불러들여 위기를 모면하고 무사히 되돌아오게 하였다.

37 중이(重耳): 춘추시대 진 문공(晉文公)의 이름이다.

소백[39]은 자신 쏜 자를 재상으로 삼았으니 小白相射鉤
진실로 이패를 홍하게 할 수 있다면 苟能隆二伯
어찌 내편 네편을 따지겠는가 安問黨與讐
한밤중에 베개만 어루만지며 탄식하고 中夜撫枕歎
상상 속에 여러 사람들과 노닐건만 想與數子遊
나의 노쇠함이 오래된 탓일까 吾衰久矣夫
어찌 꿈속에 주공은 보이지 않는가[40] 何其不夢周
그 누가 말했던가 성인은 절의에 통달하고 誰云聖達節
천명을 알기에 근심하지 않는다고 知命故不憂
공자는 기린이 잡힌 걸 슬퍼하였고 宣尼悲獲麟
서쪽 교외의 수렵은 공자를 울렸네[41] 西狩涕孔丘
공업을 아직 세우지도 못하였는데 功業未及建
저녁 해가 홀연 서쪽으로 지고 마네 夕陽忽西流
시간도 나와 함께하지를 않고 時哉不我與
뜬구름처럼 흘러가 버리니 去乎若雲浮

---

38 다섯 현인: 고언(孤偃), 조최(趙衰), 전힐(顚頡), 위무자(魏武子), 사공계자(司空季子)를 이름. 이들이 문공을 도와 패업(霸業)을 이루었다.

39 소백(小白): 제 환공(齊桓公)의 이름. 춘추시대 오패(五霸)의 제1인자이다.

40 나의 … 않는가: 《논어집주(論語集註)》 〈술이(述而)〉에 "내가 꿈에 주공을 다시 보지 못한 지 오래되었으니, 내가 너무도 노쇠해졌나 보다.[甚矣 吾衰也 久矣 吾不復夢見周公.]"라고 탄식한 공자의 말이 있다.

41 공자는 … 울렸네: 《춘추공양전(春秋公羊傳)》 노 애공(魯哀公) 14년 조(條)의 "서쪽으로 사냥을 나가 기린을 잡았다.[西狩獲麟.]"라는 대목에서 공자가 절필(絶筆)하고서 울었다는 기록이 보인다.

붉은 열매가 모진 바람에 떨어지고	朱實隕勁風
활짝 핀 꽃이 찬 가을에 져 버리듯	繁英落素秋
좁은 길에서 수레가 서로 부딪히면	狹路傾華蓋
말들이 놀라 수레 끌채가 부러지는 법	駭駟摧雙輈
짐작이나 했으랴 백 번을 단련한 강철이	何意百鍊剛
손에 휘감기도록[42] 유약하게 변해 버릴 줄을	化爲繞指柔

(1) '수(叟)'는 평성이다.[平聲]

○ '등생(鄧生)'은 등우(鄧禹)이다. 이패(二伯)는 제 환공(齊桓公)과 진 문공(晉文公)이다. 여러 사람들[數子]은 태공(太公) 이하를 말한다.[鄧生, 鄧禹也. 二伯, 桓文也. 數子, 謂太公以下也.]

○ '공자[宣尼]' 2구(句)는 거듭 말한 것으로, 완적(阮籍)의 시에 "많은 말을 하여 어디에다 하소연하며, 수많은 말로 장차 누구에게 호소할까?[多言焉所告, 繁辭將訴誰?]"와 같이 동일 반복하여 거듭 말한다는 뜻을 담고 있다.[宣尼二句, 重複言之, 與阮籍, 多言焉所告, 繁辭將訴誰, 同一反覆申言之意.]

○ 조리가 없이 이것저것 모아 놓은 듯하나 절로 절조를 이루었다[拉雜繁會, 自成絶調.]

42 손에 휘감기도록: 원문의 요지(繞指)는 손가락에 감을 만하다는 뜻으로 의지가 아주 유약함을 말한다.

317

부풍가(扶風歌)

아침에 광막문[43]에서 출발하여	朝發廣莫門
저녁에는 단수산[44]에서 묵으며	暮宿丹水山
왼손으로 번약[45] 활을 당기고	左手彎繁弱
오른손으로 용연[46]검을 휘두르네	右手揮龍淵
고개 들어 낙양 궁궐 바라보다	顧瞻望宮闕
순식간에 나는 듯이 수레를 몰고	俯仰御飛軒
말안장에 기대어 길게 탄식하니	據鞍長歎息
눈물이 샘물같이 흐르네	淚下如流泉
말을 장송 아래 매어 두고	繫馬長松下
안장은 산 정상에 내려놓으니	發鞍高岳頭
휘이잉 슬픈 바람 일어나고	烈烈悲風起
졸졸졸 시냇물만 흘러가네	泠泠澗水流
손 흔들며 길이 서로 작별하자니	揮手長相謝
목이 메어[47] 말을 잇지 못하겠네	哽咽不能言

43 광막문(廣莫門): 낙양성(洛陽城) 북쪽에 두 개의 문이 있다. 동쪽은 곡문(穀門)이라 하고 서쪽은 하문(夏門)이라 하였는데, 위진(魏晉)시대 이후에 곡문을 광막문으로 고쳐 불렀다 한다.

44 단수산(丹水山): 단주령(丹朱嶺)을 일컫는 말로 산서성(山西省) 고평현(高平縣) 북쪽에 있다.

45 번약(繁弱): 고대의 대궁(大弓) 이름이다.

46 용연(龍淵): 고대의 보검(寶劍) 이름이다.

떠가는 구름 날 위해 머무는 듯	浮雲爲我結
돌아가는 새도 날 위해 맴도는 듯	歸鳥爲我旋
집 떠나온 지 이미 오래되었으니	去家日已遠
식구들 살았는지 죽었는지 어찌 알랴	安知存與亡
깊은 숲에서 감정이 북받쳐	慷慨窮林中
무릎 껴안고서 홀로 슬퍼하네	抱膝獨摧藏
순록은 내 앞에서 노닐고	麋鹿游我前
원숭이는 내 곁에서 장난하건만	猿猴戲我側
여비와 식량을 이미 다 써 버렸으니	資糧既乏盡
고사리[薇蕨][48]인들 어디서 먹을까	薇蕨安可食
말고삐 잡으라고 무리들을 명하고서	攬轡命徒侶
절벽 위에서 읊조려 보네	吟嘯絕巖中
군자의 도가 희미한 탓에	君子道微矣
공자도 곤궁한 적이 있었노라	夫子故有窮
옛날 이능[49]은 개선 기한을 어긴 탓에	惟昔李騫期

47 목이 메어[哽咽]: 악부(樂府) 잡곡가사(雜曲歌詞)의 〈고시위초중경처작(古詩爲焦仲卿妻作)〉에 "신부에게 말을 하는데 목이 메어 말을 잇지 못하네.[擧言謂新婦, 哽咽不能語.]"라고 한 데서 인용하였다.

48 고사리[薇蕨]: 백이(伯夷)와 숙제(叔齊)가 수양산(首陽山)에서 은거하며 고사리만을 캐어 먹었다는 고사를 인용하였다.

49 이능(李陵): 한(漢)나라 장군(將軍)으로, 자는 소경(少卿)이며 농서(隴西) 성기(成紀) 사람이다. 어려서부터 말타기와 활쏘기를 잘했으며, 무제(武帝) 때 기도위(騎都尉)가 되었다. 기원전 99년(天漢 2) 직접 부하 5,000명을 거느리고 흉노(匈奴)와 싸웠다. 그는 적은 수의 병사로 흉노를 무찌른 뒤, 돌아오는 길에 강력한 적의 대군을 만나 힘써 싸우다가 결국 항복하고 말았다.

흉노의 조정에 의탁한 건데	寄在匈奴庭
충신이 되려 죄를 받았으니	忠信反獲罪
한 무제가 밝게 살피지 못한 탓이로다	漢武不見明
나는 이 노래를 마치고자 하니	我欲竟此曲
이 노래가 슬프고도 길도다	此曲悲且長
그만두고 더는 말하지 말자	棄置勿重陳
더 말하면 마음만 상할 터이니	重陳令心傷

○ 슬프고 처량하며 쓰리고 괴로운 느낌을 갖게 하는데, 정작 무엇을 말하고자 하는 것인지 모르겠다.[悲涼酸楚, 亦復不知所云.]

흉노 왕은 투항한 이능을 사위로 삼고 우교왕(右校王)으로 봉했다. 이능은 그후 돌아오지 못하고 20여 년 뒤 병으로 죽었다.

노심(盧諶)[50]

318

위자제에게 답하다[答魏子悌]

높은 누대는 나뭇가지 하나로 만들지 않으며 崇臺非一幹
값진 갖옷은 여우 한 마리 털이 아니듯이[51] 珍裘非一腋
사람이 많아야 대업을 이루고 多士成大業
어진 이가 많아야 큰 업적을 쌓는 법인데 羣賢濟弘績
우연히 나는 절호의 기회를 만나서 遇蒙時來會
훌륭한 그대[52]의 발자취와 나란히 할 수 있었지만 聊齊朝彥蹟

---

50 노심(盧諶, 284~350): 자(字)는 자양(子諒)이며 범양(范陽) 사람이다. 진(晉)나라 무제(武帝)의 딸 형양공주(滎陽公主)와 혼인하였고, 유곤(劉琨)이 사공(司空)으로 있을 당시 그의 휘하에서 주부(主簿)와 종사중랑(從事中郎)을 역임하였다. 유곤과 함께 북벌에 가담하여 많은 고초를 겪었으며, 훗날 후조(後趙)의 석계룡(石季龍)에게 등용되어 중서감(中書監)에 이르렀으나 고국으로 돌아가지 못하는 것을 늘 부끄럽게 여겼다.

51 값진 … 아니듯이: 《사기(史記)》 〈유경 숙손통열전(劉敬叔孫通列傳)〉에 태사공이 이르기를 "옛말에 '천금의 갖옷은 여우 한 마리의 겨드랑이털로 만들어진 것이 아니다.'라고 하였다." 한 데서 인용한 것이다.

배와 등에 난 깃털과 같은 나로서는 顧此腹背羽
저 창공을 자유롭게 나는 그대에게 부끄럽네[53] 愧彼排虛翮
내 몸은 사악[54]의 그늘에 의탁하고 寄身蔭四岳
우정을 삼익[55]에게 부탁하고 보니 託好憑三益
서로의 만남은[56] 비록 아침나절에 불과해도 傾蓋雖終朝
다져진 우정만큼은 옛사람보다 나으리라 大分邁疇昔
위기에 처해도 매양 역경을 같이하고 在危每同險
안락에 처해도 마음 바꾸어 달리 하지 않아서 處安不異易(1)
함께 진창군의 어려움을 겪었고 俱涉晉昌艱
같이 비호에서 곤액을 치렀네 共更飛狐厄
은혜는 서로의 노고로 인해 생기는 법이며 恩由契闊生
의리는 고락을 함께함에 따라 쌓이는 법이니 義隨周旋積

52 훌륭한 그대: 원문의 조언(朝彦)은 조정의 인재를 이르는 말이다.

53 저 창공을 … 부끄럽네: 원문의 배허(排虛)는 하늘 높이 솟아오르는 것을 가리키는 말로 《회남자(淮南子)》 〈원도훈(原道訓)〉에 "새는 허공을 밀치며 날고 짐승은 땅을 밟고 달린다.[鳥排虛而飛, 獸蹠實而走.]"라고 하였다.

54 사악(四岳): 고대(古代)의 사방(四方) 제후들의 장(長)을 일컫는다.

55 삼익(三益): 자신에게 유익한 세 가지 벗이란 뜻으로, 《논어집주(論語集註)》 〈계씨(季氏)〉에, "공자가 이르기를, '이로운 벗 셋이 있고, 손해되는 벗 셋이 있으니, 벗이 곧으며 벗이 미더우며 벗이 들은 것이 많으면 이롭고, 벗이 편벽되며 벗이 비위를 잘 맞추며 벗이 말만 잘하면 손해된다.[益者三友, 損者三友, 友直 友諒 友多聞 益矣, 友便 友善柔 友便 損矣.]'"라고 하였다

56 서로의 만남은: 원문의 경개(傾蓋)는 길가에서 서로 만나 수레 덮개를 기울이고 잠깐 이야기하는 사이에 오랜 벗처럼 여기게 된다는 말로, 잠깐 동안 이야기해 보고서도 마음이 통하게 된 것을 가리킨다. 《사기(史記)》 〈추양열전(鄒陽列傳)〉에 "흰머리가 되도록 오래 사귀었어도 처음 본 사람처럼 느껴질 때가 있고, 수레 덮개를 기울이고 잠깐 이야기해도 오랜 벗처럼 느껴지는 경우가 있다.[白頭如新, 傾蓋如故.]"라는 말에서 유래하였다.

어찌 향리의 칭찬으로 인하여　豈謂鄉曲譽
본주의 역사에 잘못 충원될 줄 알았겠는가　謬充本州役
이별이 나를 힘겹게 하더니　乖離令我感
슬픔과 기쁨 또한 마음을 아프게 하네　悲欣使情惕
우리의 우정은 정신으로 통하는 것이어서　理以精神通
육체의 격리로는 문제될 게 없겠지만　匪曰形骸隔
절묘한 그대의 시는 돈독한 우정을 폈고　妙詩申篤好
맑은 뜻은 심오한 진리를 담고 있네　清義貫幽賾
한스러운 건 수후의 구슬[57] 같은 걸작으로　恨無隨侯珠
초문왕 구슬[58] 같은 그대의 시에 답할 수 없음이네　以酬荊文璧

(1) '역(易)'은 역(亦)과 협운이다.[叶亦.]

○ 《한시외전(韓詩外傳)》에 "진 평공(晉平公)이 하수(河水)에 나가 놀며 탄식하기를, '어찌하면 훌륭한 선비를 얻어 이런 즐거움을 함께 누릴 수 있을까?' 하자, 뱃사공 맹서(孟胥)가 대답하기를, '주군께서는 선비들을 좋아하지 않을 뿐입니다. 어찌 선비가 없는 것을 걱정하십니까?' 하였다. 진 평공이 말하기를, '나의 식객이 문 왼쪽에 있는 자가 1천 명이요, 오른쪽에 있는 자가 1천 명이나 되는데 어찌 선비를 좋아하지 않는다고 말할 수 있겠는가?' 하니, 대답하기를, '홍곡(鴻鵠)은 한 번에 천 리를 날아가지만 육핵(六翮)이 있는 것을 믿을 뿐이니, 등 위에 난 깃털과 배 밑에 난 솜털은, 한 줌을 더 보탠다 하여 더 높이 나는 것도 아니며, 한줌을 덜어낸다 하여 더 낮게 나는 것도 아닙니다. 지금 주군의 식객 중에 육

---

57 수후(隨侯)의 구슬: 수후가 큰 뱀이 두 동강이 난 것을 보고 약을 발라 고쳐 준 일이 있는데, 일년 뒤에 그 뱀이 물어다 주었다는 명주(明珠)로, 흔히 수주(隨珠)라고도 불린다. 《회남자(淮南子)》〈열선훈(說仙訓)〉에 보인다.

58 초문왕(楚文王) 구슬: 315.노심에게 답하다[答盧諶] 병서(並序) 8수(首) 주 5) 참조. 위자제의 시가 훌륭하다는 것을 비유하였다.

핵에 해당하는 자가 그 가운데 있을 것입니다. 장차 그들 모두를 어찌 등 위에 난 깃털이나 배 밑에 난 솜털과 같은 자들이라고 하겠습니까?'"라고 하였다.[韓詩外傳 "晉平公游於河而歎曰, '安得賢士, 與之樂此也?' 船人孟胥對曰, '主君亦不好士耳. 何患無士? ' 公曰, '吾食客門左千人, 右千人, 何謂不好士乎?' 對曰, '鴻鵠一擧千里, 恃有六翮耳, 背上之毛, 腹下之毳, 益一把飛不加高, 損一把飛不加下. 今君之食客, 亦有六翮在其中矣. 將皆背上之毛, 腹下之毳耶?'"]

○ '진창(晉昌)'은 고을 이름이다. 당시에 단필제(段匹磾)가 이곳을 맡고 있었고 노심은 단필제의 휘하에 있었기 때문에 직접 배척하는 말을 할 수가 없었다. 그러므로 '진창'이라고 한 것이다. 석륵(石勒)이 낙평(樂平)을 공략하자, 유곤(劉琨)이 스스로 비호구(飛狐口) 대신 안차(安次)로 달아났다.[晉昌, 郡名. 時段匹磾爲此職, 諶在磾所, 難斥言之. 故曰晉昌也. 石勒攻樂平, 劉琨自代飛狐口奔安次.]

319

시흥(時興)

끊임없이[59] 둥근 하늘이 운행하고	亹亹圓象運
길고 긴 모난 땅이 너르거늘	悠悠方儀廓
한 해가 거침없이 저물어 가는데	忽忽歲云暮
들녘을 노닐며 소곽[60]을 캐네	游原采蕭藿
북쪽으론 망산[61]과 하수를 넘고	北踰芒與河
남쪽으론 이수와 낙수[62]에 다다르니	南臨伊與洛
맺힌 서리가 무성한 풀을 적시고	凝霜霑蔓草
슬픈 바람은 숲과 늪으로 불어와	悲風振林薄
우수수[63] 아름다운 잎들이 지고	摵摵芳葉零
늘어져 화사한 꽃들마저 떨어지네	蘂蘂芬華落
하천에선 맑은 샘물이 솟아나고	下泉激洌清
광야에는 삭막함이 더해지네	曠野增遼索

59 끊임없이: 원문의 미미(亹亹)는 끊임없이 힘쓰고 부지런한 모습으로 《시경(詩經)》 〈대아(大雅) 문왕(文王)〉에, "부지런히 힘쓰고 힘쓰시는 문왕이여, 아름다운 명성이 끊이지 않네.[亹亹文王, 令聞不已.]"라 하였다.

60 소곽(蕭藿): 쑥과 콩잎을 이른다.

61 망산(芒山): '망(芒)'은 망(邙)과 같으며, 망산은 낙양(洛陽)에 위치한 북망산(北邙山)을 이른다.

62 이수와 낙수: 하남성(河南省)에 위치한 강물을 이른다.

63 우수수: 원문의 색색(摵摵)은 낙엽이 떨어지는 소리이다.

높은 데에 올라가 먼 곳을 바라보니	登高眺遐荒
눈길이 다하도록 한계가 없네	極望無崖崿
사람의 몸은 시절 따라 변화하고	形變隨時化
정신은 만물로 인하여 감동하나니	神感因物作
담담한 지인[64]의 마음이여	澹乎至人心
고요함 가운데 심오함을 간직하였도다	恬然存玄漠

○ 예예(蘂蘂)는 드리운다는 뜻이다.[蘂蘂, 垂也.]

64 지인(至人): 도가(道家)에서 탈속한 이를 말함. 도덕 수양이 최고의 경지에 이른 사람을 지칭하기도 한다.

사상(謝尙)[65]

320
대도곡(大道曲)

《악부광제(樂府廣題)》에 이르기를, "사상(謝尙)이 진서장군(鎭西將軍)이 되어 일찍이 자색 비단옷을 입고 호상(胡牀)에 앉아 있곤 하였다. 시중에 있는 불국문(佛國門)의 누대 위에서 비파를 연주하며 대도곡(大道曲)을 지었는데, 시장 사람들은 그가 삼공(三公)의 지위에 있는 사람인 줄을 몰랐다." 하였다.[樂府廣題曰, "尙爲鎭西將軍, 嘗著紫羅襦, 據胡牀, 在市中佛國門樓上, 彈琵琶, 作大道曲, 市人不知爲三公也."]

푸른빛과 양기[66]가 성한 이삼월에 　青陽二三月

---

65 사상(謝尙, 308~357): 자(字)는 인조(仁祖)이며 진군(陳郡) 사람이다. 관직은 상서복야(尙書僕射)와 진서장군(鎭西將軍)을 역임하였다.

66 푸른빛과 양기: 원문의 청양(青陽)은 봄을 뜻하는 말로 《이아(爾雅)》〈석천(釋天)〉에 "봄은 청양이다.[春爲青陽.]"라고 하였는데 곽박(郭璞)이 주하기를 "기운이 푸르고 따뜻해지는 것이다.[氣青而温陽.]"라고 하였다.

버들은 푸르고 복사꽃 다시 붉은데	柳青桃復紅
거마는 서로를 알아보지 못하고	車馬不相識
말소리만 누런 먼지 속에 떨어지누나	音落黃埃中

○ 소란스럽고 복잡한 정황을 묘사한 것이 마치 눈으로 보는 듯하다.[寫喧雜之況如見.]

곽박(郭璞)[67]

321

온교[68]에게 주다[贈溫嶠]

사람들이 늘 말하기를	人亦有言

67 곽박(郭璞, 276~324): 자(字)는 경순(景純)이며 산서성(山西省) 하동(河東) 사람이다. 서진(西晉)의 혜제(惠帝)와 회제(懷帝) 때 선성태수(宣城太守)와 은호참군(殷祜參軍)을 역임하고, 동진의 원제(元帝) 때 저작좌랑(著作佐郎)과 상서랑(尙書郎)을 역임하였다. 뒤에 정남대장군(征南大將軍) 왕돈(王敦)의 기실참군(記室參軍)이 되었는데, 322년 왕돈이 무창(武昌)에서 반란을 일으켰을 때 점괘가 흉(凶)하다는 이유로 반란에 반대했다가 살해당하였다. 문학에 있어서는 유곤(劉琨)과 더불어 서진(西晉) 말기부터 동진(東晉)에 걸친 시풍(詩風)을 대표하는 시인으로 동진 최고의 대가로 평가 받는다. 그는 뛰어난 재능을 지녔으나 가문이 미천하여 홀대를 받는 데 대한 억울한 심정을 시에 담아내곤 하였다. 문체가 화려하여 오색 붓이라고 불리었으며, 그의 노장(老莊) 철학에 대한 경향을 반영하여 선계(仙界)에의 동경을 노래한 〈유선시(遊仙詩)〉 14수는 특히 유명하여 새로운 시풍(詩風)을 창시했다는 평을 듣는다. 《이아(爾雅)》, 《방언(方言)》, 《초사(楚辭)》, 《자허부(子虛賦)》 《상림부(上林賦)》 등의 문학 작품에도 주를 달아서 해석하였고, 《산해경(山海經)》, 《목천자전(穆天子傳)》 등에 주석을 달아 지대한 업적을 남겼다.

68 온교(溫嶠, 288~329): 진(晉)나라 사람으로 자(字)는 태진(太眞)이고, 수재로 천거되어 유곤(劉琨)의 참군(參軍)이 되었다. 동진(東晉) 원제(元帝) 때 벼슬이 산기시랑(散騎侍郎)을 거쳐 표기장군(驃騎將軍), 시안군공(始安郡公)에 이르렀다.

소나무 대나무도 숲을 이룬다 했는데	松竹有林
나도 그대와의 취미에 미쳐서는	及爾臭味
서로 다른 이끼가 같은 봉우리에 나듯	異苔同岑
말은 서로를 잊음으로써 얻는 법이요	言以忘得
사귐은 담박해야 이룰 수 있게 되니	交以澹成
뇌동(雷同)[69]이 아닌 화합인 것은	匪同伊和
오직 나와 그대였기 때문이니	惟我與生
그대의 정신은 내 마음과 일치하고	爾神余契
나의 생각은 곧 그대의 정서이리라	我懷子情
손을 맞잡고 가슴을 활짝 열고 보면	攜手一豁
속세의 어둠 따위를 어찌 알겠는가	安知塵冥

○ "서로 다른 이끼가 같은 봉우리에 난 듯[異苔同岑]"이라는 구절은 조어(造語)가 참신하고 준수하다. 사형(士衡)이 《풍유웅(馮維熊)에게 주다》라는 시에도 이런 뜻을 담은 글이 있는데, 말이 그저 평범하다.[異苔同岑句, 造語新俊. 士衡贈馮維熊詩中, 亦有此意而語特庸常.]

---

69 뇌동(雷同): 부화뇌동(附和雷同)의 준말. 붙좇아 어울리고 우레처럼 따른다는 뜻으로, 일정한 주견이 없이 남의 주장에 덩달아 좇아 행동하는 것을 일컫는 말이다. 부화공명(附和共鳴)이라고도 한다.

322
유선시(遊仙詩) 7수(首)

〈유선시(遊仙詩)〉는 본래 가탁한 것이 있어서 지은 것으로, 뜻을 얻지 못하여 답답한 그 심정을 읊은 것이 이 시의 본지(本旨)이다. 그러니 종영(鍾嶸)이 열선(列仙)에 대한 정취가 적다고 폄하한 것은 잘못이다.[遊仙詩本有託而言, 坎壈詠懷, 其本旨也. 鍾嶸貶其少列仙之趣, 謬矣.]

【1수】

화려한 도성이 협객들의 소굴이라면	京華遊俠窟
깊은 산림은 은자들의 거처라네	山林隱遯棲
붉은 대문[70]을 어찌 영광이라 하랴	朱門何足榮
봉래산[71]에 의탁함만 못하리라	未若託蓬萊
샘에 가서 맑은 물을 떠 마시고	臨源挹清波
언덕에 올라 붉은 영지를 따며	陵岡掇丹荑
신령한 계곡 은거하며 노닐 만한데	靈谿可潛盤
어찌 구름사다리 오르길 일삼으랴	安事登雲梯
칠원[72]에 자부심 강한 관리 있었고	漆園有傲吏

70 붉은 대문[朱門]: 권세가(權勢家)나 부호(富豪)의 집들이 대문을 붉게 칠하는 데서, 세력가를 지칭하는 말로 쓰인다.

71 봉래산(蓬萊山): 동해(東海) 바다에 떠 있으며 신선이 산다는 명산(名山)이다.

노래자에게 은자 기질 아내[73] 있었으며　萊氏有逸妻
나아가면 현룡을 보존한다 해도　進則保龍見
물러나면 울타리에 뿔 걸리는 양[74]이 되니　退爲觸藩羝
이 풍진세상 밖을 고고하게 떠돌며[75]　高蹈風塵外
백이숙제와 작별하고 떠나가련다　長揖謝夷齊

○ '진(進)'은 벼슬길에 나아가는 것을 이른다. 이는 "벼슬길에 나아가는 자는 자신의 명예를 보전할 계책을 세우지만, 물러나면 뿔이 울타리에 걸리고 마니, 이 풍진세상을 벗어나서 유선을 따라 노는 것만 하겠는가."라고 말한 것이다.[進謂仕進. 言仕進者爲保全身名之計, 退則類觸藩之羝, 孰若高蹈風塵, 從事於遊仙乎.]

【2수】

청계산[76] 그 높이가 천여 길인데　青溪千餘仞
그 안에 한 도사가 있도다　中有一道士

72 칠원(漆園): 초(楚)나라 몽현(蒙縣)에 위치해 있으며, 장자(莊子)가 이곳에서 칠원리(漆園吏)를 지낼 적에 초나라 위왕(威王)이 재상으로 부르자, 거절한 고사에 근거하였다.

73 노래자(老萊子)에게 … 아내: 노래자가 몽산(蒙山)에 은거할 때 초나라 임금이 사신을 보내 출사(出仕)할 것을 권하자, 그의 아내가 남편에게 벼슬하여 남의 부림을 당하지 말고 자유롭게 살도록 말해 노래자로 하여금 강남(江南)으로 이주하게 하였다. 주로 현부(賢婦)를 일컫는 말로 쓰이며, 내부(萊婦)로 인용되기도 한다.

74 울타리에 … 양: 진퇴양난(進退兩難)의 곤경에 빠지는 것을 말한다. 《주역(周易)》〈대장괘(大壯卦) 상육(上六)〉에 "숫양의 뿔이 울타리에 걸려 물러가지도 못하고 나아가지도 못한다.[羝羊觸藩, 不能退, 不能遂.]"라고 한 데서 유래하였다.

75 고고하게 떠돌며: 원문의 고도(高蹈)는 세속을 떠나 몸을 깨끗이 보전하는 것을 뜻한다.

구름은 대들보 사이에서 피어나고　雲生梁棟間
바람은 창문 안에서 일어나네　風出窗戶裏
이 사람 누군가 하여 물어보니　借問此何誰
귀곡자[77]라고 대답하는도다　云是鬼谷子
허유[78]가 은거했던 영수 북쪽 옮겨 가　翹迹企潁陽
황하에 가서 귀를 씻으려 했더니　臨河思洗耳
가을바람 서남쪽에서 불어와　閶闔西南來
잔잔한 강물에 물결이 이네　潛波渙鱗起
영비[79]가 나를 보고 웃으니　靈妃顧我笑
옥같이 하얀 이가 반짝이는데　粲然啓玉齒
건수[80]가 지금은 생존하지 않으니　蹇修時不存
누구를 보내 그를 맞이해 오나　要之將誰使

○ '창합(閶闔)'은 바람을 지칭한 말인데, 바람이 불어오면 파문이 생기는 것을 말하였다.[閶闔指風言, 言風至而波紋生.]

---

76 청계산(靑溪山): 초나라 형주(荊州) 임저현(臨沮縣)에 위치한 산 이름. 곽박이 일찍이 이곳에서 재임(在任)한 적이 있다.

77 귀곡자(鬼谷子, 기원전 400~기원전 320): 주(周)나라 때의 은사(隱士) 이름.

78 허유(許由): 고대 중국의 전설상의 인물. 자는 무중(武仲)이다. 요(堯)임금이 왕위를 물려주려 하였으나 받지 아니하고 기산(箕山)에 들어가 은거하였으며, 또 자신을 구주(九州)의 장(長)으로 삼으려 하자, 그 말을 듣고 자기의 귀가 더러워졌다 하여 영수(潁水)에 가서 귀를 씻었다고 한다.

79 영비(靈妃): 복희씨(伏羲氏)의 딸로 낙수(洛水)를 지키는 신녀(神女)라 한다.

80 건수(蹇修): 상고시대의 여자 이름. 복희씨(伏羲氏)의 신하인 현자(賢者). 중매를 잘하였다고 하여 중매인(中媒人)을 지칭하는 말로 쓰인다.

【3수】

비취새가 난초꽃 사이에서 노닐자 翡翠戲蘭苕
그 자태와 빛깔은 더욱 선명하고 容色更相鮮
푸른 여라가 높은 나무를 감고 오르더니 綠蘿結高林
온 산천을 무성하게 뒤덮었네 蒙蘢蓋一山
그 가운데 숨어사는 선비가 있어 中有冥寂士
조용히 휘파람 불며 맑은 현을 타네 靜嘯撫清絃
생각을 펼쳐 하늘 밖에서 노닐고 放情凌霄外
꽃잎을 씹으며 날리는 샘물을 뜨네 嚼蘂挹飛泉
적송자[81]가 그 위로 임해 올 때 赤松臨上遊
기러기 멍에하여 자줏빛 안개를 타고서 駕鴻乘紫煙
왼손으로 부구공[82]의 옷소매를 잡고 左把浮丘袖
오른손으론 홍애[83]의 어깨를 치네 右拍洪崖肩
하루살이 무리에게 물어본다 한들 借問蜉蝣輩
어찌 거북과 학 같은 삶을 알리오 寗知龜鶴年

---

81 적송자(赤松子): 신선의 이름으로, 적송자(赤誦子)라고도 부른다. 《열선전(列仙傳)》에, "적송자는 신농씨(神農氏)시대의 우사(雨師)였으며, 수정(水晶)을 복용하는 법에 대하여 신농씨에게 가르쳐 주었고, 불속에 들어가서 스스로를 태울 수도 있었다고 한다. 때로 곤륜산 위에 내려와 서왕모(西王母)의 석실 안에 머물렀는데, 바람과 비를 따라 오르내릴 수도 있으며, 염제(炎帝)의 어린 딸이 그것을 보고 그를 따라 신선이 되어 갔다."고 하였고, 한영(韓嬰)이 지은 《한시외전(韓詩外傳)》에는 "오제(五帝) 중 하나인 제곡(帝嚳)의 스승이다."라고 하였다. 《고시원》 1권 248.백마왕 표에게 주다[贈白馬王彪] 주 115) 참조.

82 부구공(浮丘公): 황제(黃帝) 때의 선인(仙人)으로 홍애(洪崖)와 더불어 전설상의 신선으로 알려져 있다. 주(周)나라 영왕(靈王) 때의 신선 이름이라고도 한다.

83 홍애(洪崖): 《열선전(列仙傳)》에, "성(姓)은 장씨(張氏)이며, 요(堯)임금 당시에 이미 3천 세를 살

【4수】

태양 실은 육룡[84]을 어찌 멈추랴 六龍安可頓
세월은 흘러 만물이 교체되나니 運流有代謝
시절 변화가 사람 마음을 움직여 時變感人思
벌써 가을인데 여름 오길 바라네 已秋復願夏
회수와 바다[85]는 작은 새도 변화시키는데 淮海變微禽
우리네 삶은 유독 변화가 없네 吾生獨不化
비록 단계[86]로 올라가고 싶지만 雖欲騰丹谿
구름 속 이무기는 나의 탈것이 아니며 雲螭非我駕
부끄럽게도 노 양공[87]이 지녔던 덕으로 愧無魯陽德
해를 되돌려 삼사[88]쯤 가게 할 수가 없네 迴日向三舍
냇물에 임하여 가는 세월 애달파하며 臨川哀年邁
가슴을 쓸어내리며 홀로 슬픔에 젖네 撫心獨悲吒

았다." 하였다.

84 육룡(六龍): 태양이 타는 수레를 여섯 마리 용이 이끈다 한다.

85 회수와 바다: 《국어(國語)》〈진어(晉語)〉에, "조간자(趙簡子)가 탄식하기를, '참새는 바다로 들어가 작은 조개가 되고, 꿩은 회수로 들어가서 큰 조개가 되며 … 변화하지 않는 것이 없는데, 오직 사람만이 그렇게 하지 못하니 슬프다.'라고 하였다." 하였다.

86 단계(丹溪): 전설상의 불사국(不死國). 단약(丹藥)을 만드는 선인(仙人)들이 사는 곳이라 한다.

87 노 양공(魯陽公): 전국시대 초(楚)나라 사람. 한(韓)나라 군대와 한창 전투 중에 해가 서쪽으로 기울자, 창을 휘둘러서 태양을 90리나 뒤로 물러나게 했다는 전설이 있다.《淮南子 覽冥訓》

88 삼사(三舍): 세 개의 별이 떨어진 거리. 하늘을 28수(宿)로 나누었을 때 1수(宿)의 거리를 1사(舍)라 한다.

【5수】

잘 나는 새는 높이 날기를 생각하고 逸翮思拂霄
발 빠른 짐승은 멀리 가는 걸 선망하니 迅足羨遠游
맑은 물도 수량이 증가하지 않으면 清源無增瀾
배를 삼킬 만한 큰 물고기를 어찌 얻을까 安得運呑舟
규장[89]이 비록 특별한 성질을 가졌다 하나 珪璋雖特達
명월주[90] 마냥 어두운데 투척하긴 어렵네 明月難闇投
골짝에 잠긴 이삭은 봄날 햇볕을 원망하고 潛穎怨青陽
능소화는 가을이 오는 것을 슬퍼하나니 陵苕哀素秋
슬픔이 밀려와 마음을 아프게 하므로 悲來惻丹心
떨어지는 눈물이 갓끈을 타고 흐르네 零淚緣纓流

○ 맑은 물[清源]에는 배를 삼킬 만한 큰 물고기를 수용할 수 없다는 말은, 진속(塵俗)은 선인을 수용하기에 충분하지 않다는 것을 비유적으로 이른 말이다.[清源不能運呑舟之魚, 喩塵俗不足容乎仙也.]

○ 세속(世俗)에서는 선인을 찾으려 하지는 않고 하늘의 시혜(施惠)를 편협다고 원망하고, 부생(浮生)의 촉급함을 한탄하는 것이, 마치 깊숙한 골짜기에 난 이삭이 봄날 햇볕이 늦게 이르는 것을 원망하고, 능소화가 가을이 빨리 이르러 오는 것을 슬퍼하는 것과 같다는 것을 말하였다. 원문의 '잠영(潛穎)'은 깊숙한 골짜기에 있으면서 이삭을 맺는 것을 이르는 말이다.[言世俗不欲求仙, 而怨天施之偏, 歎浮生之促, 類潛穎怨青陽之晩臻, 陵苕哀素秋之早至也. 潛穎在幽潛而結穎者.]

---

89 규장(珪璋): 옥으로 만든 예기(禮器). 고대 제사 때 쓰던 그릇이다.

90 명월주(明月珠): 구슬의 이름. 밤에 광채(光彩)를 발하는 구슬을 이른다.

【6수】

잡원[91]이란 새가 노나라 성문에 머무니	雜縣[(1)]寓魯門
바람이 따스하여 장차 재앙이 되리로다	風暖將爲災
큰 물고기가 바다 밑에서 솟구쳐 올라	呑舟涌海底
높은 파도 타고 봉래산에 이르니	高浪駕蓬萊
신선[92]이 구름을 밀치고 나오는데	神仙排雲出
금과 은으로 장식한 누각만 보일 뿐	但見金銀臺
선인 능양자명은 선약을 길러내고	陵陽挹丹溜
용성[93]은 옥술잔을 높이 들어 마시네	容成揮玉杯
월선녀 항아[94]가 묘한 음악을 연주하자	姮娥揚妙音
선인 홍애[95]는 턱을 늘어뜨리고 듣네	洪崖頷其頤
오르내릴 땐 긴 구름사다리를 이용하고	升降隨長煙
훨훨 날아다니며 구해[96]를 희롱하는데	飄颻戲九垓
긴 세월을 살아온 오룡자[97]는	奇齡邁五龍

91 잡원(雜縣): 바닷새를 이르는데, 원거(爰居)라고도 한다. 《장자(莊子)》〈지락(至樂)〉에 "해조(海鳥)가 노(魯)나라 교외에 내려앉자, 노후(魯侯)가 그 새를 사당에 모셔놓고 구소(九韶)의 음악을 연주하고 태뢰(太牢)의 음식으로 대접하였는데, 그 새는 눈이 부시고 근심과 슬픔에 잠겨 삼 일 만에 죽었다."라고 하였다.

92 신선(神仙): 능양자명(陵陽子明)을 이른다.

93 용성(容成): 황제(黃帝) 때의 사관(史官)으로, 역법(曆法)을 발명하였다고 한다.

94 항아(姮娥): 달 속에 있다는 선녀로, 하나라 때의 제후인 유궁후(有窮侯) 예(羿)의 아내였는데, 예(羿)가 서왕모에게 얻어다가 보관해 두고 있던 불사약(不死藥)을 훔쳐 월궁으로 달아나서 달의 요정이 되었다고 한다.

95 홍애(洪崖): 322.유선시(遊仙詩) 7수(首) 주 83) 참조.

96 구해(九垓): 구천(九天)을 이른다.

천년을 유년기로 살았다지　　千歲方嬰孩
연소왕은 신령한 기운이 없었고　　燕昭無靈氣
한 무제도 선인의 재목은 아니었네　　漢武非仙才

(1) '현(縣)'의 음은 원(爰)이다.[音爰.]

○ 잡원(雜縣)은 곧 원거(爰居)라는 새이다.[雜縣, 即爰居也.]

○ 능양자명(陵陽子明)은 바로 신선이 되어 간 자이다.[陵陽子明 乃仙去者.]

○ 오룡(五龍)은 황후(皇后)의 군(君)들이다. 형제 다섯 사람이 모두 사람 얼굴에 용의 몸을 하고 있으며, 다섯 지방을 나누어 다스렸다 한다.[五龍, 皇后君也. 昆弟五人, 皆人面龍身, 分治五方.]

○ 연소왕(燕昭王)은 사람을 바다로 들여보내 봉래(蓬萊)·방장(方丈)·영주(瀛洲)를 찾게 하였다.[燕昭使人入海, 求蓬萊·方丈·瀛洲.]

○ 초연(超然)히 와서는 절연(截然)히 멈추니, 자못 문장을 다루는 기법을 완미해 볼 만하다.[超然而來, 截然而止, 須玩章法.]

【7수】

그믐과 초하루가 순환하듯이　　晦朔如循環
달이 차고 나면 벌써 흑점이 보이나니　　月盈已見魄
욕수[98]는 서쪽 성좌가 맑고　　蓐收清西陸

---

97 오룡자(五龍子): 전설상에 1부(父) 4자(子)인 5인(人)이 사람의 얼굴에 용의 몸을 지닌 신선이었다 한다.

98 욕수(蓐收): 신의 이름. 가을을 맡은 신. 하늘에 있어서 인간의 형벌을 맡아 본다고 한다. 《예기(禮記)》〈월령(月令)〉에, "맹추(孟秋)의 달에 제(帝)는 소호이고 신은 욕수이다.[孟秋之月 其帝

주희[99]는 장차 백도[100]를 통과한다네	朱羲將由白
찬 이슬이 능소화에 내리고 나면	寒露拂陵苕
여라는 송백과 작별을 하게 되고	女蘿辭松栢
무궁화꽃은 아침 동안도 피질 못하는데	蕣榮不終朝
하루살이가 어찌 저녁을 보겠는가	蜉蝣豈見夕
원구[101]에는 기이한 풀이 있다 하고	圓丘有奇草
종산[102]에는 영험한 물이 난다고 하지만	鍾山出靈液
왕손은 팔진미를 차려 놓고 식사하고	王孫列八珍
안기생[103]은 오석을 제련했다는데	安期鍊五石
요로에 놓인 사람들과 긴 인사를 하고	長揖當途人
떠나가서 산림의 객이 되려 하노라	去來山林客

少昊 其神蓐收.]"라고 하였다.

99 주희(朱羲): 붉은 태양을 이름. 중국 고대신화에 태양의 신(神)인 희화(羲和)가 붉은 태양을 마차에 싣고 말을 몰아서 동쪽 하늘에서 서쪽 하늘로 달리는 동안은 낮이고 서쪽으로 가 버리면 밤이 된다고 하였다.

100 백도(白道): 달이 천구상(天球上)에 그리는 궤도(軌道). 황도(黃道)와는 평균 5도(度) 9분(分)의 경사를 이루며, 약 18년 7개월의 주기(週期)로 황도와는 반대쪽으로 회전한다. 달은 입추(立秋)와 추분(秋分) 시기에 서쪽 백도를 통과하고, 태양은 가을이 되면 백도를 통과한다.

101 원구(圓丘): 산 이름. 《외국도(外國圖)》에, "원구에 불사수(不死樹)가 있는데 이것을 먹으면 장수한다."라고 하였다.

102 종산(鍾山): 신화(神話) 전설 속의 명산이라 한다.

103 안기생(安期生): 신선술을 익혀 신선이 되었다는 진(秦)나라 사람. 해변에서 약을 팔며 하상장인(河上丈人)에게 배웠는데, 장수하여 천세옹(千歲翁)이라 불리기도 한다. 진시황이 동유(東遊)했을 때 삼주야(三晝夜)를 이야기하고 금과 옥을 하사해도 받지 않았다. 그가 수십 년 후 봉래산에서 자기를 찾으라고 하고 떠났는데, 진시황이 그를 찾지 못하자, 부향정(阜鄉亭) 주변의 십여 곳에다 사당(祠堂)을 세웠다 한다.

○ 《십주기(十洲記)》에 이르기를, "북해(北海) 밖에 종산(鍾山)이 있는데, 이곳에는 천세지(千歲芝)와 신초영액(神草靈液)이 자생한다."라고 하였다.[十洲記曰, 北海外有鍾山, 自生千歲芝及神草靈液.]

○ 왕손(王孫)은 팔진미(八珍味)를 벌여 놓고도 생명을 손상시켰고, 안기생(安期生)은 오석(五石)을 단련하여 수명을 연장하였다고 하였으니 이는 우열(優劣)이 서로 다르다는 것을 말하였다. 《포박자(抱朴子)》에 이르기를, "오석(五石)이란, 단사(丹砂)·웅황(雄黃)·백반석(白礬石)·증청(曾靑)·자석(磁石)이다." 하였다.[王孫列八珍以傷生, 安期鍊五石以延壽, 謂優劣殊也. 抱朴子曰, "五石者 丹砂·雄黃·白礬石·曾靑·磁石也."]

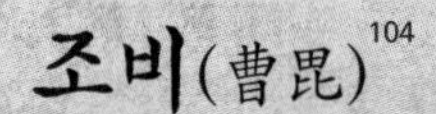

조비(曹毘)[104]

323

밤에 다듬이소리를 듣다[夜聽擣衣]

찬 기운이 돌자 하얀 비단을 손질하여	寒興御紈素
가인이 옷과 이불을 만들려 하네	佳人理衣衾
겨울밤은 맑고도 긴데	冬夜清且永
하얀 달이 집 그늘을 비추네	皓月照堂陰
가는 손으로 가벼운 비단 겹겹이 접어	纖手疊輕素
방망이로 토닥토닥 다듬잇돌 두드리네	朗杵叩鳴砧
맑은 바람 번다한 절조 따라 흐르고	清風流繁節
허공을 감도는 바람 가녀린 신음 뿌리네	回飆灑微吟
슬프다 이렇게 가는 세월 빠르기만 한데	嗟此往運速

104 조비(曹毘): 생졸년은 미상이다. 자는 보좌(輔佐)이며, 초(楚)나라 사람으로 광록훈(光祿勳)을 받았다.

애처롭게 저기 깊은 시름에 찬 여심이여	悼彼幽滯心
이 두 사물이 내 마음을 감상에 젖게 하니	二物感余懷
어찌 다만 다듬이소리와 탄식소리뿐이랴	豈但聲與音

○ '두 사물[二物]'은 위의 두 말[二語]을 이은 것이다.[二物承上二語.]

왕희지(王羲之)[105]

324
《난정집》의 시[蘭亭集詩]

서문(序文)만 유독 아름다운 것이 아니라 시(詩)도 청초(清超)하고 탈속(脫俗)하였다. "눈길 따라 도리가 자연 펼쳐져 운행되니[寓目理自陳]"와 "내게 알맞아 새롭지 않은 것이 없네.[適我無非新.]"는 도를 배워서 터득한 자가 아니면 이런 말을 하지 못한다. 서문은 사람마다 외워서 기술하고 있으므로 수록하지 않았다.[不獨序佳, 詩亦淸超越俗. 寓目理自陳, 適我無非新 非學道有得者, 不能言也. 序爲人人誦述, 故不錄.]

펼쳐진 푸른 하늘 우러러보고 仰視碧天際
잇닿은 푸른 강물 굽어보니 俯瞰淥水濱

---

105 왕희지(王羲之, 307~365): 동진시대의 서예가로 서성(書聖)으로 칭송된다. 자는 일소(逸少)이며, 우군장군(右軍將軍)을 역임하여 왕우군으로 통칭하기도 한다.

만물은 그림자도 소리도 없이 조용한데　寥闃無涯觀
눈길 따라 도리가 자연 펼쳐져 운행되니　寓目理自陳
크도다 조화옹의 공력이시여　大矣造化工
수없이 달라도 고르지 않은 게 없도다　萬殊莫不均
숱한 자연의 소리 다양한 모습일지라도　羣籟雖參差
내게 알맞아 새롭지 않은 것이 없네　適我無非新

○ "선두를 다투는 건 나의 일이 아니오, 고요히 관조함은 추구함을 잊는 데 있다.[爭先非吾事 靜照在忘求.]"라는 일구(逸句)가 있어서 여기에 덧붙여 기록해 둔다.[有逸句云, 爭先非吾事 靜照在忘求, 附錄於此.]

도잠(陶潛)[106]

연명(淵明)은 명신(名臣)의 후예(後裔)로 시대가 바뀔 즈음에 살았기 때문에 말하고 싶어도 말하기 어려운 점이 있었다. 때때로 기탁(寄託)한 글이 있으니, 유독 〈형가를 읊다[詠荊軻]〉라는 1장(章)만이 그런 것이 아니다. 육조(六朝)시대의 제일가는 인물이니, 그의 시 중에 천고(千古)에 독보적이 아닌 것이 있겠는가? 종영(鍾嶸)은 이르기를 "그 시체(詩體)의 원류(源流)[107]는 응거(應璩)의 시로부터 나왔다."라고 하였으니, 무슨 의론(議論)이 성립하겠는가?[淵明以名臣之後, 際易代之時, 欲言難言. 時時寄託, 不獨詠荊軻一章也. 六朝第一流人物, 其詩有不獨步千古者耶? 鍾嶸謂其原出於應璩, 成何議論?]

청아하고 원대하며[淸遠] 한가롭고 자유분방함[閒放]이 그 시작품의 본래모습이다. 그 가운데 내재한 매우 깊고[淵深], 소박하고 정이 도타운[朴茂] 부분은 거의 미칠 수 없는 경지이다. 당인(唐人)으로 왕유(王維)·저광희(儲光羲)·

---

106 도잠(陶潛, 365~427) : 동진(東晋)과 송대(宋代)의 시인으로, 자는 연명(淵明) 또는 원량(元亮)이다. 문 앞에 버드나무 5그루를 심어놓고 오류선생(五柳先生)이라 자칭하였으며, 강서성 구강현(九江縣)의 남서 시상(柴桑) 출생이다. 생활을 위해 진군참군(鎭軍參軍)과 건위참군(建衛參軍) 등의 관직을 지냈다. 항상 전원생활에 대한 사모의 정을 달래지 못하다가 41세 때에 누이의 죽음을 구실 삼아 팽택현(彭澤縣) 현령(縣令)을 사임한 뒤 다시는 관직 생활을 하지 않았다. 이 시기에 쓴 글이 〈귀거래사(歸去來辭)〉이다. 그의 시풍은 후대의 많은 시인들에게 영향을 끼쳐, 문학사상 큰 업적을 남겼다. 시 외에 〈오류선생전(五柳先生傳)〉과 〈도화원기(桃花源記)〉 등 산문에도 뛰어났고, 지괴소설집(志怪小說集) 《수신후기(搜神後記)》의 작자로도 알려져 있다.

107 원류(源流): 원문의 '원(原)' 자를 종영(鍾嶸)의 《시품(詩品)》에 의거하여 '원(源)' 자로 바로잡아 번역하였다.

위응물(韋應物)·유종원(柳宗元) 등 몇 사람만이 그를 배워 그의 본성 가까운 바를 얻었다.[淸遠閒放, 是其本色, 而其中自有一段淵深朴茂 不可幾及處. 唐人王·儲·韋·柳諸公, 學焉而得其性之所近.]

325

정운(停雲) 4수(首)

〈정운(停雲)〉은 친구를 그리워한 시이다. 새로 담근 술이 술통에 담겨져 있고 갓 피어난 꽃이 정원에 늘어서 있는데 친구가 생각나도 만나지 못하여 탄식만 가슴에 가득하다.[停雲, 思親友也. 罇湛新醪, 園列初榮, 願言不從, 歎息彌襟.]

【1수】

뭉게뭉게 피어올라 자욱한 먹구름	靄靄停雲
보슬보슬 때맞추어 내리는 봄비에	濛濛時雨
사방[108]은 동시에 어둑해지고	八表同昏
평탄한 길마저 막혀 버렸네	平路伊阻
동쪽 마루에 조용히 기대어	靜寄東軒

108 사방: 원문의 팔표(八表)는 팔방(八方)의 한없는 끝으로, 온 세상을 가리킨다.

술잔 들고 혼자서 만지작거리네 春醪獨撫
친한 벗이 먼 곳에 있는 터라 良朋悠邈
우두커니 서서 머리만 긁적이네 搔首延佇

【2수】

피어올라 잔뜩 낀 먹구름 뭉게뭉게 停雲靄靄
때맞추어 내리는 봄비가 보슬보슬 時雨濛濛
사방이 동시에 어둑해지고 八表同昏
평탄한 육지가 강이 되었네 平陸成江
술이 있고 술이 있어 有酒有酒
동쪽 창가에서 한가롭게 마셔 보네 閑飮東窗
그리운 친구에게 말하고 싶어도 願言懷人
배와 수레로는 갈 수가 없네 舟車靡從

【3수】

동쪽 정원에 잘 자란 나무가 東園之樹
가지마다 거듭 꽃이 피더니 枝條再榮
새롭고 호젓함을 다투어 가며 競用新好

내 마음을 이렇게 이끌어 내네 以招余情
사람들도 역시 하는 말들이 人亦有言
세월이 끊임없이 흘러간다네 日月于征
어찌하면 벗들과 모여 앉아서 安得促席
지내 온 평소 일을 이야기해 보나 說彼平生

【4수】

어디선가 훨훨 날아온 새가 있어 翩翩飛鳥
내 집 정원 나뭇가지에서 쉬었네 息我庭柯
날개를 접고 한가롭게 앉아서 斂翮閑止
고운 소리로 서로 화답을 하네 好聲相和
어찌 다른 사람이 없으랴마는 豈無他人
그대 생각이 실로 많이 나도다 念子實多
말하고 싶어도 만날 수가 없으니 願言不獲
한스러운 맘 간직할 뿐 어찌하리오 抱恨如何

326
시운(時運) 4수(首)

〈시운(時運)〉은 늦봄에 노닌 시이다. 봄옷을 이미 마련해 놓았고 풍경도 평화로운데 그림자와 짝하여 홀로 노닐다 보니, 기쁨과 슬픔이 마음에 교차한다.[時運, 遊暮春也. 春服旣成, 景物斯和, 偶影獨遊, 欣慨交心.]

【1수】

세월은 쉬지 않고 흘러흘러	邁邁時運
좋은 날 아침을 맞이했네	穆穆良朝
나의 봄옷을 입고서	襲我春服
동쪽 교외로 나가니	薄言東郊
산에는 남은 안개 씻기우고	山滌餘靄
하늘엔 엷은 구름 희미한데	宇曖微霄
바람이 남쪽에서 불어와	有風自南
저 새싹들을 부추겨 주네	翼彼新苗

○ '익(翼)' 자는 성정(性情)을 잘 묘사하였다.[翼字寫出性情.]

【 2수 】

드넓은 나루터에 나가서　洋洋平津
입을 가시고 발을 씻다가　乃漱乃濯
까마득히 먼 풍경을　邈邈遐景
기뻐하며 바라보네　載欣載矚
마음에 맞게 하는 말은　稱心而言
사람들도 만족하기 쉽나니　人亦易足
이 한잔 술을 마시고 나자　揮茲一觴
얼큰하여 스스로 즐거워지네　陶然自樂

【 3수 】

물 가운데 눈길 주어 바라보니　延目中流
맑은 기수[109]의 물이 쉬엄쉬엄　悠悠清沂
아이와 어른이 함께 공부 마치고　童冠齊業
한가롭게 읊조리며 돌아오는 듯　閑詠以歸
나는 그 정숙함을 좋아하여　我愛其靜

---

109 기수(沂水): 산동성(山東省) 곡부현(曲阜縣) 남쪽으로 흘러가는 물. 《논어집주(論語集註)》〈선진(〈先進)〉편에 공자와 그의 제자 증점(曾點)과의 문답 내용에서 확인할 수 있다. 공자(孔子)가 제자들의 포부를 묻는 말에, 증점(曾點)이 "늦봄에 봄옷을 새로 지어 입고 어른 5,6명과 어린이 6,7명을 데리고 기수(沂水)에서 목욕한 다음 무우(舞雩)에서 바람을 쐬고 시를 읊으며 돌아오겠습니다.[暮春者, 春服旣成, 冠者五六人, 童子六七人, 浴乎沂, 風乎舞雩, 詠而歸.]"라고 하였다.

자나 깨나 그리워하건마는 寤寐交揮
단지 한스러운 건 세상이 달라서 但恨殊世
아득히 멀어 좇아갈 수가 없음이네 邈不可追

【 4수 】

새벽에도 저녁에도 斯晨斯夕
그 집에서 휴식하니 言息其廬
꽃과 약초 늘어서 있고 花藥分列
대숲도 한껏 우거져 있네 林竹翳如
해맑은 금(琴)은 침상에 가로놓였고 清琴橫牀
마시던 탁주가 반 병쯤 남았다만 濁酒半壺
황제와 요임금 시대 미칠 수 없으니 黃唐莫逮
슬픔과 고독이 나에게 있네 慨獨在予

○ 진인(晉人)은 자유롭고 활달하다. 도공(陶公)의 시에는 우근(憂勤)을 중시한 말도 있고, 안분(安分)을 중시한 말도 있고, 자임(自任)을 중시한 말도 있다.[晉人放達. 陶公有憂勤語, 有安分語, 有自任語.]

○ 황제(黃帝)와 신농(神農)에 대한 감개한 마음을 서산(西山)에다 부친 것이다. 이러한 뜻이 가끔씩 무의식중에 유출되어 나오기도 한다.[黃農之感, 寄意西山, 此旨時或流露.]

327

권농(勸農) 6수(首)

【1수】

까마득한 상고시대에　悠悠上古
그 초기의 사람들은[110]　厥初生人
꿋꿋하여 스스로 만족하며　傲然自足
질박[111]하고 천진하였으나　抱朴含眞
지혜와 기교가 이미 싹트고 나자　智巧既萌
도움을 받을 수가 없게 되었네　資待靡因
누가 그들을 풍족하게 해 주었나　誰其贍之
실로 철인의 도움을 받았네　實賴哲人

【2수】

철인은 그 누구였던가　哲人伊何
그가 바로 후직[112]이었네　時惟后稷
풍족하게 하길 어찌하였던가　贍之伊何
실은 씨 뿌리고 파종하였네　實曰播殖
순임금은 몸소 밭을 갈고　舜既躬耕

우임금도 곡식 심고 거두었네[113] 禹亦稼穡

옛날 주나라 전적[114]에도 遠若周典

팔정[115] 중에 음식을 첫째로 하였네 八政始食

【3수】

아름다운 덕 널리 행하여지고[116] 熙熙令音

---

110 그 … 사람들은: 《시경(詩經)》 〈대아(大雅) 생민(生民)〉에 "그 처음 사람을 낳은 분이 바로 강원이시니, 사람을 낳기를 어떻게 하였는가. 정결히 제사 지내고 교매(郊媒)에 제사하여 아들 없음을 제거하시고 상제의 엄지발가락을 밟아서 크게 여기고 멈춘 바에 감동하여 아이 배고 조심하시어 낳아서 기르시니 이 후직이시니라.[厥初生民, 時維姜嫄, 生民如何, 克禋克祀, 以弗無子, 履帝武敏, 歆攸介攸止, 載震載夙, 載生載育, 時維后稷.]"라고 하였다.

111 질박: 원문의 抱朴(포박)은 《노자(老子)》에 "소박함을 지니고 사욕을 줄인다.[見素抱朴, 少私寡欲.]"라고 한 데서 유래하였다.

112 후직(后稷): 주(周)나라의 전설적인 시조. 농경신(農耕神)으로 오곡의 신이기도 하다. 성은 희(姬)씨고, 이름은 기(棄)다. 요(堯)임금의 농관(農官)이 되고 태(邰)에 책봉되어 후직이 되었다 한다.

113 순임금은 … 거두었네: 《사기(史記)》 〈오제본기(五帝本紀)〉에 "순임금이 역산(歷山)에서 밭을 가니 역산 사람들이 모두 밭두둑을 양보하였다.[舜耕歷山, 歷山之人皆讓.]"라 하였고, 《논어집주(論語集註)》 〈헌문(憲問)〉에 "우왕과 직은 몸소 농사를 지었는데도 천하를 소유하였다.[禹稷, 躬稼而有天下.]"고 하였다.

114 주나라 전적: 《서경(書經)》 〈주서(周書)〉를 이른다.

115 팔정(八政): 《서경(書經)》 〈홍범(洪範)〉에, "나라를 다스리는 팔대강(八大綱)으로, 곧 식(食), 화(貨), 사(祀), 사공(司空: 개간), 사도(司徒: 교육), 사구(司寇: 치안), 빈(賓: 외교), 사(師: 국방)를 이른다." 하였다.

116 아름다운 … 행하여지고: 원문의 희희(熙熙)는 《노자(老子)》의 "뭇사람들은 화락하여, 푸짐

들판은 아름답고 풍성하였네[117]	猗猗原陸
화초와 나무 무성하게 자라고	卉木繁榮
온화한 바람 맑고 따뜻하네[118]	和風淸穆
수많은 남자와 여자들이	紛紛士女
농사철을 맞아 바쁘게 일하네	趣時競逐
뽕 따는 아낙은 밤중에 일 나가고	桑婦宵征
농부는 들녘에서 잠을 자네	農夫野宿

【4수】

절기가 쉽게 지나가 버리고	氣節易過
온화한 바람 고마운 비도 오래 있지 않아	和澤難久
기결[119]은 아내와 함께 김을 매고	冀缺攜儷

한 잔칫상을 받은 듯, 봄날 누대에 올라 사방을 전망하듯 즐거워한다.[衆人熙熙, 如享太牢, 如春登臺.]"라고 한 데서 온 말이다.

117 들판은 … 풍성하였네: 원문의 의의(猗猗)는 아름답고 무성하게 우거진 모습을 표현하는 말이다. 《시경(詩經)》 〈위풍(衛風) 기욱(淇奧)〉에 "저 기수 물굽이를 바라다보니, 푸른 대나무 무성하게 우거졌네.[瞻彼淇奧, 綠竹猗猗.]"라고 한 데서 온 말이다.

118 맑고 따뜻하네: 원문의 청목(淸穆)은 《시경(詩經)》 〈대아(大雅) 증민(蒸民)〉에 "길보가 송을 지으니 화목하기가 맑은 바람 같네.[吉甫作頌, 穆如淸風.]"라고 한 데서 온 말이다.

119 기결(冀缺): 극결(郤缺)이라고도 한다. 춘추시대 진(晉)나라의 대부(大夫). 문공(文公)의 신하 구계(臼季)가 기(冀) 지방을 지나다가 그가 밭을 갈고 그의 아내가 들밥을 내가는데, 서로 손님을 대하듯이 공경하는 것을 보고, 문공에게 천거하여 하군대부(下軍大夫)로 삼아 기를 채읍

장저와 걸닉[120]은 나란히 밭을 갈았네	沮溺結耦
저 현달한 이들을 살펴보니	相彼賢達
외려 논밭에서 부지런히 일하였네	猶勤壟畝
하물며 우리 같은 사람들이야	矧伊衆庶
옷자락 끌며 팔짱만 끼고 있겠는가	曳裾拱手

【5수】

백성들의 삶은 근면함에 있으니	民生在勤
부지런하면 궁핍하지 않을 테지만	勤則不匱
느긋하게 안락함만 추구하다 보면	宴安自逸
세밑에 무엇을 바랄 수 있겠는가	歲暮奚冀
한두 섬 곡식마저도 쌓아 두지 않으면	儋石不儲
굶주림과 추위가 번갈아 닥치리니	飢寒交至
그대 동료들을 돌아보면	顧爾儔列
부끄럽지 않을 수 있겠는가	能不懷愧

(采邑)으로 주고 기결(冀缺)이라 불렀다 한다.

120 장저(長沮)와 걸닉(桀溺): 《논어집주(論語集註)》 〈미자(微子)〉에, "장저와 걸닉이 나란히 밭을 가는데 공자가 이곳을 지나가다가 제자인 자로(子路)를 시켜 이들에게 나루를 물었다.[長沮桀溺, 耦而耕, 孔子過之, 使子路問津焉.]"라고 하였다.

【6수】

공자는 도덕을 탐닉하여서 孔耽道德
번수[121]를 비루하게 여겼으며 樊須是鄙
동중서[122]는 금(琴)과 책을 즐겨하여 董樂琴書
전원을 밟지 않았거늘 田園不履
만약 그들처럼 초연하여 若能超然
옛 사람의 고상한 길 걸을 수 있다면 投迹高軌
삼가 옷깃 여미고서 敢不斂袵
아름다운 덕 공경히 찬미하지 않겠는가 敬讚德美

○ 공자(孔子)와 동상(董相)[123]처럼만 할 수 있다면 거의 농무(隴畝)를 힘쓰지 않아도 될 것이라고 말한 것인데, 사람을 힘쓰게 하는 뜻이 말 밖에서 취하도록 하는 데에 있다.[言能如孔子董相, 庶可不務隴畝耳, 勉人意在言外領取.]

121 번수(樊須): 공자의 제자인 번지(樊遲)를 이름. 농사짓는 법이나 채소 가꾸는 법 따위를 공자에게 물어 소인이라는 비난을 들은 바 있다. 송나라 진종 때 익도후(益都侯)에 추봉되었다.

122 동중서(董仲舒, 기원전 170~기원전 120): 전한(前漢) 때의 유학자. 하북성(河北省) 광천현(廣川縣) 출신이다. 일찍부터 공양전(公羊傳)을 익혔으며 경제(景帝) 때는 박사가 되었다. 장막을 치고 제자를 가르쳤기 때문에 그의 얼굴을 모르는 제자도 있었다. 무제(武帝)가 즉위하여 인재를 구하자 〈현량대책(賢良對策)〉을 올려 인정을 받고, 전한의 새로운 문교정책에 참여하였다. 그러나 뒤에 자신의 학설로 말미암아 투옥되는 등 파란 많은 생애를 살았다. 저서에 《동자문집(董子文集)》과 《춘추번로(春秋繁露)》 등이 있다.

123 동상(董相): 위의 동중서(董仲舒)를 일컫는다.

328

명자(命子) 나수(首)

【1수】

아아, 나는 덕도 재주도 없어 嗟余寡陋
선조를 우러러보아도 미칠 수 없구나 瞻望弗及
부끄럽게도 귀밑털만 하얘지니 顧慙華鬢
그림자 등지고 홀로 서 있을 뿐이다 負影隻立
삼천 가지 죄 가운데 三千之罪
후손 없는 것이 다급한 일이라서[124] 無後爲急
나는 진실로 염원했던 터라 我誠念哉
우렁찬 너의 울음소리 듣게 되었다 呱聞爾泣

【2수】

점을 치니 좋은 날이라 하고 卜云嘉日
점괘 역시 좋은 때라 하여 占亦良時

124 삼천 … 일이라서: 《효경(孝經)》 〈기효행(紀孝行)〉에 "오형의 종류가 3천 가지인데, 불효보다 큰 죄는 없다.[五刑之屬三千, 而罪莫大於不孝.]"라고 하였고, 《맹자집주(孟子集註)》 〈이루 상(離婁上)〉에 "불효에 세 가지가 있으니, 후손이 없는 것이 가장 크다.[不孝有三, 無後爲大.]"라고 하였다.

너의 이름 엄(儼)이라 짓고	名汝曰儼
너의 자를 구사(求思)라 하였다	字汝求思
아침저녁으로 온순하고 공경하여서	溫恭朝夕
이것을 유념할지어다[125]	念茲在茲
공급[126]을 항상 생각하여서	尙想孔伋
그와 같이 되기를 바랄지어다	庶其企而

【3수】

문둥이도 밤에 자식을 낳으면	厲夜生子
급히 등불 밝혀 살펴보나니[127]	遽而求火
누구나 이런 마음 가질 터인데	凡百有心
어찌 나만 유독 그러하랴	奚特於我
이 아이 태어난 걸 보고 나니	旣見其生

125 이것을 유념할지어다: 《서경(書經)》 〈대우모(大禹謨)〉에 "이를 생각하여도 이에 있으며, 이를 놓아도 이에 있다.[念茲在茲, 釋茲在茲.]"라고 한 데서 유래 하였다.

126 공급(孔伋): 자는 자사(子思)이며, 춘추 말 노(魯)나라 사람이다. 공자(孔子)의 손자이고, 공리(孔鯉)의 아들이다. 증자(曾子)에게 수업했으며, 노(魯)나라 목공(繆公)의 스승을 지냈다. 청나라 때 위원(魏源)은 《예기(禮記)》 중 〈중용〉, 〈방기(坊記)〉, 〈표기(表記)〉, 〈치의(緇衣)〉를 자사의 저술이라 하여 《자사장구(子思章句)》를 만들었다. 후세에 술성(述聖)으로 추존되었다.

127 문둥이도 … 살펴보나니: 《장자(莊子)》 〈천지(天地)〉에 "문둥이가 한밤중에 자식을 낳고 급히 등불을 들고 자식을 들여다보면서 불안한 마음으로 오직 그 아이가 자기를 닮았을까봐 두려워하였다고 한다.[厲之人, 夜半生其子, 遽取火而視之, 汲汲然唯恐其似己也.]" 하였다.

실로 훌륭한 사람 되었음 싶다	實欲其可
사람들도 이렇게 말들 하는데	人亦有言
이 심정에는 거짓이 없으리라	斯情無假

○ '가(假)'는 고(古)와 협운이다.[叶古.]

【4수】

해가 가고 달이 가니[128]	日居月諸
어린 티를 점점 벗으리라	漸免於孩
복은 까닭 없이 이르지 않아도[129]	福不虛至
화는 역시 쉽게 오는 법이란다	禍亦易來
일찍 일어나고 늦게 잠들어서	夙興夜寐
네가 인재가 되기를 바라노라	願爾斯才
네가 설령 인재가 못 된다 해도	爾之不才
그 또한 어쩔 수 없는 일이로다[130]	亦已焉哉

128 해가 … 지면: 《시경(詩經)》 〈패풍(邶風) 일월(日月)〉에 "해가 가고 달이 가며 온 누리를 비쳐주네.[日居月諸, 照臨下土.]"라고 하였다.

129 복은 … 않아도: 《회남자(淮南子)》 〈무칭훈(繆稱訓)〉에 "정황과 행위가 부합해야 명성이 부응하는 것이니, 화복은 공연히 찾아오는 것이 아니다.[情行合而名副之, 禍福不虛至矣.]"라고 하였다.

130 그 … 일이로다: 《시경(詩經)》 〈패풍(邶風) 북문(北門)〉에 "내 밖으로부터 들어오니, 집안사람들은 돌아가며 나를 꾸짖는구나. 어쩔 수 없다. 하늘이 실로 이렇게 만드셨으니, 말한들 무엇하리오.[我入自外, 室人交徧讁我, 已焉哉. 天實爲之, 謂之何哉.]"라고 하였다.

329

정시상[131]의 시에 화답하다[酬丁柴桑] 2장(章)

【1장】

손님이시여 손님이시여[132] 有客有客
이곳에 와서 머물게 되셨구려 爰來爰止
공정하게 일처리 하고 민정 살펴서 秉直司聽
백 리 되는 지역에 은혜를 베푸시니 于惠百里
좋은 경치 즐기는 건[133] 집으로 가듯 하고 餐勝如歸
훌륭한 의견 듣기는 처음과 같으시네 聆善若始

○ 잠규(箴規)로도 삼을 만하다.[可作箴規.]

---

131 정시상(丁柴桑): 도연명의 고향인 시상(柴桑)의 현령 유정지(劉程之)의 후임으로 온 정(丁) 아무개 현령인데, 그의 생애와 이력은 자세하지 않다.

132 손님이시여 손님이시여: 《시경(詩經)》 〈주송(周頌) 신공지십(臣工之什) 유객(有客)〉에 "손님이시여 손님이시여 타고 온 그 말도 역시 하얗도다.[有客有客, 亦白其馬.]"라고 한 데서 인용하였다.

133 좋은 … 즐기는 건: 원문의 찬승(餐勝)은 아름다운 경치를 감상하는 것을 이른다.

【 2장 】

즐겁게 대화할 뿐만 아니라 匪惟諧也
여러 번 즐겁게 놀기도 했지요 屢有良由
담소도 하고 경치를 바라보며 載言載眺
나의 근심 걱정을 풀었답니다 以寫我憂
만나면 마음껏 즐거워하고 放歡一遇
취하고 나면 돌아와 쉬었지요 旣醉還休
마음 통하는 것[134]이 실로 기뻐서 實欣心期
나를 따라서 노는 것이겠지요 方從我遊

134 마음 통하는 것: 원문의 심기(心期)는 마음속으로 서로 허여함을 이른다.

330

귀조(歸鳥) 4장(章)

【1장】

훨훨 날아서 돌아왔던 새가 翼翼歸鳥
새벽이면 숲에서 떠나가네 晨去於林
멀게는 사방 끝까지 가고 遠之八表
가깝게는 구름 덮인 산봉우리서 쉬네 近憩雲岑
온화한 바람 흡족하지 않아선지 和風不洽
날개 돌려 마음먹은 바를 이루고자 하네 翻翮求心
짝을 돌아보고 서로 지저귀다 顧儔相鳴
서늘한 그늘로 그림자 숨기네 景庇淸陰

【2장】

훨훨 날아서 돌아왔던 새가 翼翼歸鳥
빙빙 돌다가 날아가네 載翔載飛
비록 놀고 싶은 생각은 없어도 雖不懷遊
숲을 보면 마음이 끌리고 마네 見林情依
구름을 만나면 오르내리며[135] 遇雲頡頏

서로 지저귀며 돌아오네 相鳴而歸
멀고 먼 길 참으로 아득하나 遐路誠悠
천성이 좋아해서 버릴 수 없네 性愛無遺

【3장】

훨훨 날아서 돌아왔던 새가 翼翼歸鳥
숲을 보고 배회하네 馴林徘徊
어찌 하늘 길을 생각해서 그러랴 豈思天路
옛집에 돌아와 기뻐서 그런거지 欣反舊棲
비록 옛 친구는 없지마는 雖無昔侶
여러 새소리 매번 조화롭네 衆聲每諧
저물녘에 공기가 맑아선지 日夕氣淸
그 마음 한가롭기만 하네 悠然其懷

○ 또한 여러 새소리와 조화를 이룬다는 것은, 자연히 광활한 뜻을 품고 있는 것이다. 이것을 어떤 종류의 품격이라 해야 하겠는가?[亦諧衆聲, 自有曠懷. 此是何等品格?]

135 오르내리며: 원문의 힐항(頡頏)은 오르내리는 모습으로 《시경(詩經)》 〈패풍(邶風) 연연(燕燕)〉에 "제비들 날아다니며 오르락내리락하네.[燕燕于飛, 頡之頏之.]"라고 한 데서 온 말이다.

【4장】

훨훨 날아서 돌아온 새가 翼翼歸鳥
찬 가지에서 날개를 접네 戢羽寒條
노닐 때도 숲을 비우지 않고 遊不曠林
잠잘 땐 높은 나뭇가지[136]를 택하네 宿則森標
새벽바람 맑게 불어오면 晨風清興
아름다운 소리 때때로 화답하네 好音時交
주살[137] 따위를 어디에 쓸 것인가 矰繳奚施
이미 접어 뒀는데 어찌 수고하랴 已卷安勞

○ 다른 사람의 시는 삼백 편(三百篇)을 배우고도 어리석고 무거워서[痴而重] 풍(風)과 아(雅)와 더불어 날로 멀어지는데, 이 시는 삼백 편을 배우지 않았으나 맑고 유연하여서[淸而腴] 풍과 아와 더불어 날로 가까워진다고 하겠다.[他人學三百篇, 痴而重, 與風雅日遠, 此不學三百篇, 淸而腴, 與風雅日近.]

136 높은 나뭇가지: 원문의 삼표(森標)는 우뚝 솟은 나뭇가지를 뜻한다.

137 주살: 원문의 증격(矰繳)은 화살의 일종으로, 오늬에 줄을 매어서 쏘는 화살이다. 《한서(漢書)》〈장량전(張良傳)〉에 한 고조(漢高祖)가 상산사호(商山四皓)가 태자의 자리를 안정시키고 떠나가자, 태자를 폐위하려던 당초의 생각을 바꾸고서 노래를 부르기를 "큰 고니가 높이 낢이여, 단번에 천 리를 나네. 날개가 이미 자람이여, 사해를 가로지르네. 사해를 가로지르니, 또한 어찌하리요. 비록 주살이 있다한들 외려 어디에 쓰겠는가.[鴻鵠高飛, 一擧千里, 羽翼以就, 橫絶四海, 橫絶四海, 又可奈何, 雖有矰繳, 尙安所施.]" 하였다.

331
사천을 유람하다[遊斜川]

신축년[138] 정월 5일에 날씨는 맑고 화창하며 풍경은 조용하고 아름다웠다. 이웃 사람 두세 명과 함께 사천(斜川)[139]을 유람하였다. 길게 흘러가는 물가에서 층성산(層城山)[140]을 바라보니, 방어와 잉어는 저물어 가는 강에서 뛰어오르는데 비늘이 반짝이고, 갈매기는 따뜻한 바람을 타고 몸을 번득이며 날았다. 저 남쪽 산은 경치가 오래전부터 명성이 있어서 더 이상 감탄할 것이 없으나 층성산은 옆에 이어진 산이 없이 높이 솟아 홀로 언덕 위에 빼어났다. 멀리 영산(靈山)[141]을 생각나게 하여 좋은 이름을 더욱 사랑하는 마음이 생겼다. 기쁜 마음으로 바라보는 것만으로는 부족하여 내키는 대로 시를 지었는데, 세월이 흘러감을 슬퍼하고 내 나이가 머물지 않음을 안타까워하였다. 각자의 나이와 마을을 적고 날짜를 기록하였다.[辛丑歲正月五日, 天氣澄和, 風物閑美. 與二三鄰曲, 同遊斜川. 臨長流 望層城, 魴鯉躍鱗於將夕, 水鷗乘和以翻飛. 彼南阜者, 名實舊矣, 不復乃爲嗟歎, 若夫層城, 傍無依接, 獨秀中皐. 遙想靈山, 有愛嘉名, 欣對不足, 率爾賦詩, 悲日月之遂往, 悼吾年之不留. 各疏年紀鄉里, 以記其時日.]

---

138 신축년(辛丑年): 진안제(晉安帝) 융안 5년(隆安五年, 401). 연명(淵明)의 나이 37세 되던 해이다.

139 사천(斜川): 강서성(江西省) 남강부(南康府)에 있는 강 이름이다.

140 층성산(層城山): 성자현(星子縣)에 있는 산 이름. 곤륜산(崑崙山)의 가장 높은 곳을 증성산(曾城山)이라 하는데, 산 이름이 비슷한 데에서 작자가 서로 연상하여 읊은 것이다.

141 영산(靈山): 곤륜산(崑崙山)을 이른다.

새해가 시작된 지도 벌써 닷새 開歲倏五日
나의 삶도 머지않아 돌아가 쉬리라 吾生行歸休
이를 생각하면 마음이 뭉클해져 念之動中懷
좋은 때에 이렇게 놀아 보는 것이다[142] 及辰爲茲遊
날씨는 화창하고 하늘 맑은데 氣和天惟澄
멀리 흘러가는 물가에 둘러앉았네 班坐依遠流
잔잔한 여울에는 방어가 치닫고 弱湍馳文魴
한가로운 골짜기에 비둘기가 높이 나네 閑谷矯鳴鷗
아득히 호수를 여기저기 둘러보다가 迥澤散遊目
실눈 뜨고[143] 층구[144]를 바라보네 緬然睇曾邱
비록 곤륜산의 아홉 겹 수려함은 없으나 雖微九重秀
둘러봐도 견줄 만한 짝이 다시없네 顧瞻無匹儔
술병 들고 함께 온 벗들 마주하여 提壺接賓侶
술잔 가득 술을 따라 주거니 받거니 引滿更獻酬
모르겠네 이 순간 지나고 나면 未知從今去

142 이렇게 … 것이다: 원문의 자유(茲遊)는 소식(蘇軾)의 〈6월 20일 밤에 바다를 건너며[六月二十日夜渡海]〉의 시에 "남만에 와서 죽을 뻔했어도 나는 원망하지 않으니, 기이한 이 유람 평생에 최고였네.[九死南荒吾不恨, 茲遊奇絶冠平生.]"라고 하였다.

143 실눈 뜨고: 원문의 면연(緬然)은 아득한 모습을 뜻하는데 《국어(國語)》 〈초어 상(楚語上)〉에 "추거(湫擧)에게 말하기를, '네가 실제로 빼내어서 보낸 것이다.'라고 하니, 초거가 두려워서 정(鄭)나라로 달아나 버렸다. 그러나 멀리 목을 길게 빼고서 남쪽 하늘을 바라보며, '아마도 나의 죄를 사면하여 줄 것이다.'라고 말하고 있다.[謂湫擧日, 女實遣之, 彼懼而奔鄭, 緬然引領南望日, 庶幾赦吾辠.]" 하였다.

144 층구(層邱): 층성산(層城山)을 이른다.

또다시 이같이 즐길 수 있으려나	當復如此不
얼큰히 취하여 아득한 정 풀어놓고서	中觴縱遙情
저 천년의 시름[145]을 잠시 잊어 보네	忘彼千載憂
오늘 아침의 즐거움을 다할 뿐이니	且極今朝樂
내일 일은 따질 바가 아니로다	明日非所求

---

145 천년의 시름: 한나라 《악부고사(樂府古辭)》 〈서문행(西門行)〉에 "인생이 백 년을 채우지 못하는데 늘 천 년의 근심을 품는다.[人生不滿百, 常懷千載憂.]"라고 한 데서 온 말이다.

332

방참군[146]에게 답하다[答龐參軍]

지기란 어찌 꼭 오래되어야만 하나	相知何必舊
길에서 만나도[147] 친해진다는 옛말이 있네	傾蓋定前言
객이 있어 나의 취향을 고상히 여겨	有客賞我趣
매번 숲속의 정원을 찾아 주었네	每每顧林園
이야기할 때에는 속된 말이 없고	談諧無俗調
좋아하는 것은 성인의 글이로다	所說聖人篇
어쩌다 두어 말 술이 생기면	或有數斗酒
한가로이 마시며 스스로 기뻐하네	閑飲自歡然
나는 실로 조용히 은거하는 사람이니	我實幽居士
더 이상 동서로 찾을 인연이 없네	無復東西緣
물건은 새것 찾지만 사람은 옛사람이 좋으니[148]	物新人唯舊
붓 들어 편지나 많이 쓰도록 하게	弱毫多所宣
마음이야 만 리 밖까지 통할 수 있다지만	情通萬里外
이 몸뚱이는 강과 산이 가로막고 있네	形迹滯江山

146 방참군(龐參軍): 형주자사(荊州刺史)인 진서장군(鎭西將軍) 유의륭(劉義隆)의 참군을 이른다.

147 길에서 만나도: 원문의 경개(傾蓋)는 길에서 서로 만나 이야기할 때 양쪽 일산이 서로 기울어지기 때문에 이른 말이다.[傾蓋者, 道行相遇, 軿車對語, 兩蓋相切, 小欹之, 故曰傾.]

148 물건은 … 좋으니: 《서경(書經)》 〈상서(商書) 반경(盤庚)〉에 "사람은 옛사람을 구하며, 그릇은 옛것을 구하지 아니하고 새것으로 하라.[人惟求舊, 器非求舊惟新.]"라고 한 데서 인용하였다.

그대여 귀하신 몸 잘 보존하시게	君其愛體素
와서 만날 기회는 언제일지 몰라도	來會在何年

333

오월 초하루에 시를 지어 대주부[149]에게 화답하다[五月旦作和戴主簿]

빈 배[150]에 노를 마구 저어 가듯이　虛舟縱逸棹
자연의 순환은 끝이 없네　回復遂無窮
새해가 시작되고 눈 깜짝할 사이에　發歲始俯仰
어느덧 한 해의 중간에 이르렀네[151]　星紀奄將中
남쪽 창에는 초췌한 사물 드물고　南窗罕悴物
북쪽 숲에도 꽃이 피어 풍성하네　北林榮且豐
깊은 연못에 때맞춰 비 쏟아지더니　神淵瀉時雨
새벽녘에 따뜻한 바람[152] 불어오네　晨色奏景風
이 세상에 왔다가 누군들 가지 않으랴　旣來孰不去
인생이란 진정 끝이 있기 마련이네　人理固有終

149 대주부(戴主簿): 연명(淵明)의 친구로 전하는데, 자세한 행적은 알 수 없다.

150 빈 배: 원문의 '허주(虛舟)'는 《장자(莊子)》 〈외편(外篇) 산목(山木)〉에 "배를 타고 강을 건널 때, 빈 배가 떠내려 와 부딪히면 비록 너그럽지 못한 뱃사공일지라도 화내지 않는다.[方舟而濟於河, 有虛舟來觸舟, 雖有惼心之人不怒.]"라고 한 데서 온 말이다.

151 어느덧 … 이르렀네: 원문의 성기(星紀)는 북두성(北斗星)과 견우성(牽牛星)의 별자리를 이른다.

152 따뜻한 바람: 원문의 경풍(景風)은 상서롭고 온화한 바람으로, 개풍(凱風)이라고도 하는데 《회남자(淮南子)》 〈지형훈(墬形訓)〉에 "동북방의 염풍(炎風), 동방의 조풍(條風), 동남방의 경풍(景風), 남방의 거풍(巨風), 서남방의 양풍(涼風), 서방의 요풍(飂風), 서북방의 여풍(麗風), 북방의 한풍(寒風)"이라고 하였다.

평범한 삶으로 생을 마감할 뿐이니	居常待其盡
팔을 괴고서[153] 어찌 마음 상해 할까	曲肱豈傷忡
세상 변천은 혹 평탄하거나 험난해도	遷化或夷險
내키는 대로 살면 빈부귀천 따로 없네	肆志無窊隆
일에 임하여 만일 달관했다면	即事如已高
어찌 꼭 화산과 숭산[154]엘 올라야 하나	何必升華嵩

153 팔을 괴고서: 원문의 곡굉(曲肱)은 안빈낙도(安貧樂道)의 생활을 말한다. 《논어집주(論語集註)》 〈술이(述而)〉에 "나물밥에 물을 마시고 팔을 베고 눕더라도 즐거움이 또한 그 속에 있다.[飯疏食飮水, 曲肱而枕之, 樂亦在其中矣.]"라고 한 데서 인용하였다.

154 화산(華山)과 숭산(崇山): 신선이 되기 위하여 수도(修道)하는 곳으로 전해 오는 산들이다.

334

구일에 한가로이 지내다[九日閑居]

나는 한가로이 지내며 중구(重九)라는 명칭을 좋아한다. 가을 국화가 정원에 가득 피었으나 술을 마시려 해도 없으니, 부질없이 국화만 먹으며 시를 지어 생각을 부쳤다.[余閑居愛重九之名. 秋菊盈園, 而持醪靡由, 空服九華, 寄懷於言.]

인생은 짧아도 생각은 늘 많아서	世短意常多
사람들은 오래 살기를 좋아하네	斯人樂久生
해와 달이 계절 따라 이르는데	日月依辰至
사람들은 그 명칭만을 좋아하네	擧俗愛其名
이슬은 차고 따뜻한 바람 멈추니	露凄暄風息
공기는 맑고 하늘은 청명하네	氣澈天象明
떠나간 제비는 그림자도 없는데	往燕無遺影
돌아온 기러기만 여운을 남기네	來雁有餘聲
술은 온갖 시름을 없애 주고	酒能祛百慮
국화는 늙어 가는 나이를 억제하건만	菊爲制頹齡
어찌하여 초가집에 사는 선비는	如何蓬廬士
흘러가는 시간만 바라보고 있는가	空視時運傾
먼지 낀 술잔 빈 술독이 부끄럽기만 한데	塵爵恥虛罍
가을 국화는 공연히 저 혼자 피어 있네	寒華徒自榮

옷깃 여미고 한가로이 홀로 노래 부르니	斂襟獨閑謠
아득히 깊은 정이 일어나네	緬焉起深情
은거[155]하는 데 진실로 즐거움이 많으니	棲遲固多娛
오래 머물러 어찌 이룬 것이 없겠는가	淹留豈無成

○ "인생은 짧아도 뜻은 늘 많아서[世短意常多]"는 이른바 "살아온 세월 백 년도 채우지 못하면서 항상 천년 동안의 시름을 품고 사네.[生年不滿百, 常懷千歲憂.]"와 같은 말로, 단련하여 더욱 간결하고 핍진하다. 후인(後人)은 고인(古人)의 편언(片言)을 얻게 되면 문득 두어 말을 덧붙이곤 한다.[世短意常多, 即所云生年不滿百, 常懷千歲憂也. 鍊得更簡更遒. 後人得古人片言, 便衍作數語.]

155 은거: 원문의 서지(棲遲)는 노닐고 휴식한다[遊息]는 뜻으로, 은둔하는 것을 말한다. 《시경(詩經)》〈진풍(陳風) 형문(衡門)〉에 "형문의 아래에서 은거하며 지낼 만하다.[衡門之下, 可以棲遲.]"라고 한 데서 유래 하였다.

335

유시상[156]의 시에 화답하다[和劉柴桑]

산택의 부름을 받은 지 오랜데 山澤久見招
무슨 일로 주저하고 있었던가 胡事乃躊躇
다만 친척과 친구들 때문에 直爲親舊故
차마 떨어져 지낸다[157]고 말하지 못했네 未忍言索居
좋은 날에 뜻밖에 생각이 나서 良辰入奇懷
지팡이 짚고 서쪽 집으로 오는데 挈杖還西廬
황폐한 길에는 돌아가는 사람 없고 荒塗無歸人
때때로 폐허만 보일 뿐이네 時時見廢墟
초가지붕[158] 이미 수리했으니 茅茨已就治
묵은 밭에 이어 새론 밭[159]을 일구었네 新疇復應畬

156 유시상(劉柴桑): 시상(柴桑) 현령을 지낸 유정지(劉程之)를 이름. 지금의 강소성(江蘇城) 서주(徐州) 사람. 뒤에 여산(廬山)에 은거하며 이름을 유민(遺民)으로 바꾸었다.

157 떨어져 지낸다[索居]: 친구와 사귀지 않고 떨어져 지냄을 이른다. 쓸쓸하게 홀로 있음을 이르는 말. 《논형(論衡)》에, "나는 무리에서 떠나 쓸쓸하게 홀로 지낸 지가 또한 오래되었다.[吾離羣而索居, 亦已久矣.]"라고 하였다.

158 초가지붕: 원문의 모자(茅茨)는 지붕을 인 띠풀을 이르는데, 《사기(史記)》〈태사공자서(太史公自序)〉에서 요순(堯舜)의 검소한 덕행을 일컬어 "흙으로 쌓은 섬돌은 세 계단이었으며, 지붕을 인 띠풀은 가지런히 자르지 않았다.[土階三等, 茅茨不翦.]"고 한 데서 온 말이다.

159 새론 밭: 원문의 신주(新疇)는 새로 개간한 논밭으로 《이아(爾雅)》〈석지(釋地)〉에 "밭은 개간한 지 1년 된 밭을 '치(菑)'라 하고, 개간한 지 2년 된 밭을 '신(新)'이라 하고, 3년 된 밭을 '여(畬)'라고 한다.[田, 一歲曰菑, 二歲曰新田, 三歲曰畬.]" 하였다.

봄바람[160]이 되려 차가워지니 谷風轉淒薄
봄술로 배고픔과 피로를 푸네 春醪解飢劬
어린 딸이 비록 사내는 아니어도[161] 弱女雖非男
마음 달래 주니 없는 것보다 낫네 慰情良勝無
분주한 세상의 일들이 棲棲世中事
세월과 같이 흘러만 가니 歲月共相疎
밭 갈고 베 짜기를 쓰임에 맞게 할 뿐 耕織稱其用
이것 말고는 무엇을 기대할까 過此奚所須
시간이 흐르고 흘러 백 년 뒤에는 去去百年外
몸도 이름도 모두 사라질 판인데 身名同翳如

○ "어린 딸이 사내는 아니다.[弱女非男.]"는 술의 도수가 약하다는 것을 비유한 말이다.[弱女非男, 喻酒之薄也.]

---

160 봄바람: 원문의 곡풍(谷風)은 곡풍(穀風)으로, 동풍을 이르는데 《이아(爾雅)》 〈석천(釋天)〉에 "동풍은 곡풍을 이른다.[東風, 謂之穀風.]"라고 하였다.

161 어린 딸이 … 아니어도: 원래는 유시상이 딸만 있고 아들이 없는 것을 위로하는 말이었으나, 후대에 이것을 전고로 삼아 없는 것보다 있는 것이 낫다는 말로, 스스로 위안을 삼는 말의 전고가 되었다.

336

유시상의 시에 화답하다[酬劉柴桑]

궁벽한 곳에 살며 사람들 왕래 적어 窮居寡人用
때때로 사계절 순환조차 잊고 지내네 時忘四運周
뜨락[162]에 떨어진 낙엽이 많아지면 櫚庭多落葉
어느덧 가을이 왔음을 알고 탄식하네 慨然知已秋
새로 핀 해바라기 북쪽 창가에 무성하고 新葵鬱北牖
소담스런 이삭 남쪽 밭에 자랐으니 嘉穟養南疇
오늘 내가 즐기지 않으면 今我不爲樂
내년이 있을지 어찌 알리요 知有來歲不
아내에게 아이들 데려오게 하여 命室攜童弱
좋은 날에 멀리 나들이나 하려네 良日登遠遊

162 뜨락: 원문의 여정(櫚庭)은 문정(門庭)이라고도 하는데 대문이나 중문 안에 있는 뜰을 이른다.

337

곽주부[163]의 시에 화답하다[和郭主簿] 2수(首)

【1수】

집 앞에 우거진 숲이 있어서	藹藹堂前林
한여름에 시원한 그늘 드리웠는데	中夏貯清陰
남쪽 바람[164] 때맞춰 불어오더니	凱風因時來
회오리바람 되어 내 옷자락을 헤집네	回飇開我襟
교제 끊고 한가로이 수업하고	息交游閑業
자고 일어나면 책과 금을 즐기네	臥起弄書琴
채소밭 채소는 충분히 자랐고	園蔬有餘滋
묵은 곡식은 지금도 쌓여 있네	舊穀猶儲今
자기 경영에는 진실로 한계가 있고	營己良有極
만족에 넘치는 건 내 바라는 바 아니니	過足非所欽
차조 찧어 맛 좋은 술을 빚어 놓고	舂秫作美酒
술 익거든 손수 부어 마신다네	酒熟吾自斟
어린아이들이 곁에서 노닐며	弱子戲我側

163 곽주부(郭主簿): 이름과 행적을 정확히 알 수 없다.

164 남쪽 바람: 원문의 개풍(凱風)은 남풍(南風)으로 《이아(爾雅)》 〈석천(釋天)〉에 "남풍을 개풍이라고 한다.[南風, 謂之凱風.]"라고 하였다.

말 배우느라 옹알이하네	學語未成音
이런 일이 참으로 즐겁나니	此事眞復樂
잠시 벼슬살이[165] 잊을 만하건만	聊用忘華簪
멀리 흰 구름 바라보자니	遙遙望白雲
옛 생각이 어찌 이리 깊어지는가	懷古一何深

○ '만족에 넘치는 건 내 바라는 바 아니니[過足非所欽]'는 '이것 말고는 무엇을 기대할까[過此奚所須]'[166]와 함께 만족할 줄 알다[知足]의 요언(要言)이라 할 수 있겠는데, 일결(一結)이 유연(悠然)하여 여운이 다하지 않는다.[過足非所欽, 與過此奚所須, 知足要言, 一結悠然不盡.]

【2수】

온화하고 윤택함이 삼춘[167]이더니	和澤周三春
맑고 서늘함은 가을이어라	淸涼素秋節
이슬 맺히고 떠도는 구름 없으며	露凝無游氛
하늘이 높고 경치는 맑아	天高風景澈
높은 산 빼어난 봉우리 솟아 있고	陵岑聳逸峰
멀리 바라보니 모두 절경이어라	遙瞻皆奇絕

165 벼슬살이: 원문의 화잠(華簪)은 화려한 모자 장식을 뜻하는 말로, 높은 벼슬을 지칭하는 말로 쓰인다.

166 이것 … 기대할까: 335.유시상의 시에 화답하다[和劉柴桑]의 제18구 원문 내용 참조.

167 삼춘(三春): 봄의 석 달로, 맹춘(孟春)·중춘(仲春)·계춘(季春)을 이른다.

향기로운 국화 숲에 피어 반짝이고 芳菊開林耀
푸른 소나무는 바위에 늘어서 있네 青松冠巖列
이러한 곧고 빼어난 자태 품어 懷此貞秀姿
우뚝 서릿발 아래 선 호걸일세 卓爲霜下傑
술잔 들고 숨어 사는 이 생각하며 銜觴念幽人
천년 세월 너의 지조 매만지며 千載撫爾訣
평소의 뜻 거둔 채 펴지 못하고 檢素不獲展
하릴없이 이 좋은 계절[168]을 그냥 보내네 厭厭竟良月

168 좋은 계절[良月]: 음력 10월을 일컫는 말이다.

338

양장사에게 시를 주다[贈羊長史]

좌군(左軍)[169]의 장사(長史)[170] 양송령(羊松齡)[171]이 사명을 받고 진천(秦川)[172]으로 가게 되어 이 시를 지어 주다.[左軍羊長史銜使秦川, 作此與之.]

어리석은 내가 삼대[173]의 뒤에 태어나서	愚生三季後
서글피 황제와 순임금을 염원하네	慨然念黃虞
천년 밖의 일을 알 수 있는 것은	得知千載外
바로 옛사람의 책에 힘입어서인데	正賴古人書
성인과 현인이 남긴 자취가	賢聖留餘跡
일마다 중원의 도읍지에 있네	事事在中都
어찌 둘러보고 싶은 마음 잊었으랴만	豈忘游心目
관하[174]를 넘어갈 수가 없네	關河不可踰
구역[175]이 이제 겨우 통일되어가니	九域甫已一

169 좌군(左軍): 좌장군(左將軍)의 줄임말로, 강주좌사 단소(檀韶)를 이른다.

170 장사(長史): 장군의 보좌관을 이른다.

171 양송령(羊松齡): 생애와 이력이 분명하지 않다.

172 진천(秦川): 섬서성(陝西省)에 있는 옛 지명이다.

173 삼대(三代): 하(夏)·상(商)·주(周) 시대를 통틀어 이르는 말이다.

174 관하(關河): 실제로는 동관(潼關)과 황하(黃河)를 지칭하나, 국가 간의 경계라는 의미를 담고 있다.

175 구역(九域): 아홉으로 구분되는 중국의 전토를 이름. 이 당시 광대한 서북지역을 점유했던

떠나기 앞서 수레와 배를 손봐 둬야겠네	逝將理舟輿
그대가 먼저 간다는 소식을 들었으나	聞君當先邁
병이 들어 동행하지 못하네	負疴不獲俱
가는 길에 만약 상산[176]을 지나거든	路若經商山
나를 위하여 조금은 주저하면서	爲我少躊躇
기리계와 녹리선생[177]께 인사나 전해 주게	多謝綺與甪
정신이 요즘 어떠신지	精爽今何如
자줏빛 영지[178]를 누가 다시 캐는지	紫芝誰復採
깊은 골짜기 황폐해진 지 오래리라	深谷久應蕪
부귀한 이는 근심을 면할 수 없거니와	駟馬無貰患
빈천한 사람은 주고받는 즐거움이 있다네	貧賤有交娛
맑은 노래가 마음속 깊이 자리하건마는	清謠結心曲
사람은 만날 길 없고 시대도 멀기만 하네	人乖運見疏
여러 세대 뒤에 감회 품고 있자니	擁懷累代下
말은 다할 수 있어도 뜻은 다 펼 수가 없네	言盡意不舒

후진(後晉)이 멸망하였다 하여 이와 같이 표현한 것인데, 실상은 여전히 위(魏), 북연(北燕), 서진(西秦), 하(夏), 북량(北涼), 서량(西涼) 등의 나라가 존재하였다.

176 상산(商山): 섬서성(陝西省) 상현(商縣) 동남쪽에 위치한 산 이름이다.

177 기리계와 녹리선생: 동원공(東園公), 하황공(夏黃公)과 함께 진(秦)나라 말기에 혼란을 피하여 상산에 은거했던 인물로, 이들을 '상산사호(商山四皓)'라고 일컫는다.

178 자줏빛 영지: 원문의 자지(紫芝)는 선약(仙藥)의 이름으로, 《고사전(高士傳)》 〈사호(四皓)〉에 진나라 말기에 난리를 피해 상산에서 은거했던 네 사람의 은자, 즉 동원공(東園公), 하황공(夏黃公), 기리계(綺里季), 녹리선생(甪里先生)이 자지를 캐 먹으면서 〈자지가(紫芝歌)〉를 지어 불렀다는 고사가 전한다.

339

계묘년 12월 중에 시를 지어 종제인 경원에게 주다

[癸卯歲十二月中作與從弟敬遠]

형문[179] 아래에 자취를 감추고서 寢跡衡門下
아득히 세상과는 떨어져 지내나니 邈與世相絶
둘러봐도 그 누구 아는 이가 없어 顧盼莫誰知
사립문을 낮에도 늘 닫아 두네 荊扉晝長閉(1)
한 해의 끝자락에 이는 바람 쌀쌀하고 淒淒歲暮風
온종일 내리는 눈으로 어둑어둑하네 翳翳經日雪
귀 기울여 봐도 들리는 소리 없고[180] 傾耳無希聲
눈에 보이는 것만 희고 깨끗할 뿐 在目皓已潔
찬 기운은 옷깃 소매로 파고들고 勁氣侵襟袖
변변찮은 식사[181]조차 자주 거르니 簞瓢謝屢設

179 형문(衡門): 두 개의 기둥에 한 개의 막대기를 가로질러 만든 초라한 문. 은자(隱者)가 사는 곳을 일컫는 말이다.

180 들리는 … 없고: 원문의 희성(希聲)은 소리가 없다는 뜻으로, 《노자(老子)》 41장에 "큰소리는 소리가 들리지 않고, 큰 형상은 모양이 없다.[大音希聲, 大象無形.]"라고 하였다.

181 변변찮은 식사: 원문의 단표(簞瓢)는 단사표음(簞食瓢飮)의 준말로 《논어집주(論語集註)》 〈옹야(雍也)〉에 "어질구나, 안회여 한 소쿠리의 밥과 한 표주박의 물로 누추한 거리에서 지내는 것을, 남들은 그 근심을 감당하지 못하는데, 안회는 그 즐거움을 바꾸지 않으니 어질구나, 안회여.[賢哉, 回也. 一簞食一瓢飮, 在陋巷, 人不堪其憂, 回也, 不改其樂, 賢哉, 回也.]"라고 한 데서 온 말이다.

쓸쓸한 빈집인지라 蕭索空宇中
기뻐할 일이 하나도 없네 了無一可悅
천년을 내려오는 책 두루 펼쳐 보니 歷覽千載書
때때로 옛 어진 이들을 만나게 되네 時時見遺烈
높은 지조는 따를 수가 없지만 高操非所攀
곤궁 속 굳은 절개[182]는 깊이 깨닫겠네 深得固窮節
평탄한 길을 굳이 걷지 않을 바엔 平津苟不由
은거함[183]을 어찌 못났다고 하겠는가 棲遲詎爲拙
한마디 말 밖에 뜻을 부친다만 寄意一言外
이내 마음 누가 알아주랴 茲契誰能別

(1) '폐(閉)'는 필과 결의 반절이다.[必結切]

○ 연명(淵明)이 눈을 읊은[詠雪] 것은 각획(刻劃)이 아닌 것이 없다. 그러나 후세 사람(後人)들의 작품이 점체(粘滯)한 것과는 차원이 다르다.[淵明詠雪, 未嘗不刻劃. 却不似後人粘滯.]

○ 내가 한인(漢人)의 시 중에 두 구절을 얻은 것은 '전날 풍설이 내리는 가운데 친구가 여기서 떠나갔네[前日風雪中, 故人從此去.]'이며, 진인(晉人)의 시 중에 두 구절을 얻은 것은 '귀 기울여 봐도 들리는 소리 없더니, 눈에 보이는 것은 희고 깨끗할 뿐이네[傾耳無希聲, 在目皓已潔]'이며, 송인(宋人)의 시 중에 한 구절을 얻은 것은 '밝은 달이 쌓인 눈 위를 비추네[明月照積雪]'인데, 이들은 천고(千古)에 〈눈을 읊다[詠雪]〉의 법식으로 삼을 만하다.[愚於漢人得兩語曰, 前日風雪中, 故人從此去, 於晉人得兩語曰, 傾耳無希聲, 在目皓已潔, 於宋人得一語曰, 明月照積雪, 爲千古詠雪之式.]

182 곤궁 … 절개: 《논어집주(論語集註)》 〈위령공(衛靈公)〉에 "군자는 진실로 곤궁한 것이니, 소인은 궁하면 본분을 잃는다.[君子固窮, 小人窮斯濫矣.]"라고 하였다.
183 은거함: 334.구일에 한가로이 지내다[九日閑居] 주) 155 참조.

340

처음으로 진군장군의 참군이 되어 곡아[184]를 지나며 짓다[始作鎭軍參軍經曲阿作]

젊은 나이에 세상일 밖에 뜻을 두어	弱齡寄事外
금(琴)과 책에 마음을 맡겼던 터라	委懷在琴書
베옷 입고[185]도 스스로 만족할 수 있었고	被褐欣自得
쌀독 자주 비어도[186] 항상 맘 편하였는데	屢空常晏如
기회가 참으로 우연히 찾아와서	時來苟冥會
고삐 잡고 벼슬길[187]에 나아가게 되었네	宛轡憩通衢
지팡이 던져 두고 새벽길 떠날 채비 시키니	投策命晨裝
잠시 전원과 멀어지게 되었네	暫與園田疏

184 곡아(曲阿): 강소성(江蘇省) 단양현(丹陽縣)에 있다.

185 베옷 입고: 《노자(老子)》 70장에 "성인은 굵은 베옷을 입고 안에는 보옥을 품는다.[聖人被褐懷玉]"라고 하였다.

186 쌀독 자주 비어도: 원문의 누공(屢空)은 쌀독이 자주 비어 끼니를 굶는다는 말로, 안빈낙도(安貧樂道)를 뜻하는 말이다. 《논어집주(論語集註)》 〈선진(先進)〉에 공자가 이르기를, "안회는 거의 도에 가까웠지만 자주 쌀독이 비었다.[子曰回也, 其庶乎, 屢空.]"라 하였는데, 원문의 누공(屢空)에 대하여 주자(朱子)는 '쌀독이 자주 비었다'로 풀었고, 하안(何晏)은 '누(屢)는 늘, 언제나로, 공(空)은 속을 비우는 것'이라고 보았다. 정약용(丁若鏞)은 '누(屢)는 자주라는 뜻이고, 공(空)은 곤궁함, 자주 굶었다'는 뜻으로 풀었다. 양백준(楊伯峻)은 공(空)은 재화가 부족하다는 의미의 빈(貧)과 삶이 기댈 곳이 없고 앞날에 활로가 없다는 궁(窮) 두 가지 의미로 보아 '어찌할 수 없을 만큼 곤궁했다'로 풀었다. 여기서는 편의상 주자의 견해를 따랐다.

187 벼슬길: 원문의 통구(通衢)는 사방으로 통하여 왕래가 잦은 큰길을 말하는데 여기서는 벼슬길을 지칭하는 말로 쓰였다.

아득히 멀리 외로운 배 떠나가니 眇眇孤舟逝
끊임없이 돌아오고픈 마음 휘감기네 綿綿歸思紆
내가 가는 길을 어찌 멀다 하지 않으랴 我行豈不遙
산 넘고 물 건너 천여 리 길인데 登降千里餘
눈은 색다른 물길 보기에 지치고 目倦川途異
마음은 산수 속 내 집만을 생각하네 心念山澤居
구름 바라보니 높이 나는 새에 부끄럽고 望雲慙高鳥
물가에 임하니 노니는 물고기에 부끄럽다 臨水愧遊魚
참 생각이야 애초부터 가슴속에 지녀왔지만 眞想初在襟
육신에 구애받게 될 줄 누가 알았으랴 誰謂形迹拘
잠시 자연의 변화에 따를 뿐이니 聊且憑化遷
결국은 반고가 말한 시골 집으로 돌아가리라 終返班生廬

○ 반고(班固)의 〈유통부(幽通賦)〉에 이르기를, "늘그막에는 자신을 보호함으로써 바른 규칙을 남겨 주고, 마을이 인후한 곳에서 머물러 살리라.[班固幽通賦曰, 終保己而貽則, 止里仁之所廬.]"라고 하였다.

341

신축년 7월에 휴가를 갔다가 강릉으로 돌아오는 길에 밤에 도구[188]를 지나다

[辛丑歲七月赴假還江陵夜行塗口]

삼십 년을 한가롭게 살아왔으니	閑居三十載
이제는 세상일에 캄캄하구나	遂與塵事冥
시서는 예전보다 더욱 좋아하게 됐고	詩書敦宿好
전원에는 속된 마음 없어졌거늘	林園無俗情
어찌하여 이곳을 버리고 떠나가서	如何捨此去
멀고 먼 남쪽 형주[189]에 이르렀던가	遙遙至南荊
초가을 달밤에 노를 저으며	叩枻新秋月
물가에서 친구[190]와 작별을 하였네	臨流別友生
서늘한 바람 저녁 무렵 이는데	涼風起將夕
밤 풍경 달빛이 밝기도 하네	夜景湛虛明

188 도구(塗口): 지금의 호북성(湖北省) 경내에 있다. 원문은 도중작(塗中作)으로 되어 있던 것을 문집에 의거하여 바로잡았다.

189 형주(荊州): 호북성(湖北省) 형주부(荊州府). 치소(治所)가 강릉(江陵)에 있다.

190 친구: 원문의 우생(友生)은 벗을 이르는 말로 《시경(詩經)》 〈소아(小雅) 벌목(伐木)〉에 "앵앵거리며 욺이여, 그 벗을 찾는 소리로다. 저 새를 보건대, 오히려 벗을 찾는 소리거늘, 하물며 사람이 벗을 찾지 않을손가.[嚶其鳴矣, 求其友聲, 相彼鳥矣, 猶求友聲, 矧伊人矣, 不求友生.]"라고 한 데서 인용해 온 말이다.

밝고도 밝은 하늘은 광활하고	昭昭天宇闊
반짝이는 강 물결 잔잔하네	皛皛川上平
일 생각에 잠잘 겨를이 없어서	懷役不遑寐
한밤중에 홀로 길 떠나가네	中宵尚孤征
상가[191]를 부르는 건 내 할 일 아니거니와	商歌非吾事
여전히 미련이 남는 건 밭 가는 일[192]이니	依依在耦耕
관모를 내던지고 옛집으로 돌아가서	投冠旋舊墟
좋은 벼슬에 얽매이지 않으리라	不爲好爵縈
초가집 아래에서 참된 본성 기르면	養眞衡茅下
아마도 착하다는 이름 절로 얻게 되리라	庶以善自名

191 상가(商歌): 슬픈 가락의 노래. 자신을 추천하여 관직을 구하는 것을 일컫는 말. 전국시대 제(齊)나라의 영척(寗戚)이 쇠뿔을 두드려 장단을 맞추면서 상가(商歌)를 불렀는데 마침내 제 환공(齊桓公)의 인정을 받아 발탁되었다 한다. 《고시원》 1권 032.반우가(飯牛歌) 3수(首) 참조.

192 밭 가는 일: 원문의 우경(耦耕)은 《논어집주(論語集註)》 〈미자(微子)〉의 "장저와 걸닉이 나란히 밭을 갈았다.[長沮桀溺, 耦而耕.]"라고 한 데서 인용해 온 말이다. 327.권농(勸農) 6수(首) 주 120) 참조.

342

도화원시(桃花源詩) 병기(並記)

진(晉)나라 태원(太元) 연간에 무릉(武陵) 사람으로 고기잡이를 생업으로 하는 이가 있었다. 하루는 시내를 따라가다 길을 얼마나 멀리 왔는지 잊었는데, 홀연히 복숭아꽃이 피어 있는 숲을 만났다. 시내의 양쪽 언덕을 끼고 수백 보 안에 다른 나무는 없고 향기로운 풀들이 깨끗하고 아름다웠으며 떨어지는 꽃잎이 어지러이 흩날리고 있었다. 어부는 이를 매우 특이하게 여기고 다시 앞으로 나아가 그 숲의 끝까지 가 보고자 하였는데, 숲은 시냇물이 발원한 곳에서 끝나고 문득 산이 하나 보였다. 산에는 작은 입구가 하나 있고 그곳에서 마치 빛이 새어 나오는 듯하였다. 이에 배를 놓아두고 입구로 들어가 보았다. 처음에는 매우 좁아서 겨우 한 사람이 지나갈 정도였으나 다시 수십 보를 걸어가니 밝게 확 트였다. 땅은 평탄하고 넓었으며 집들은 반듯하였고, 좋은 밭과 아름다운 연못과 뽕나무, 대나무 등이 있었으며, 밭 사이의 길은 사방으로 통하고 닭과 개소리가 서로 들려왔다. 그 가운데를 오가며 씨 뿌리고 밭을 가는 남녀들의 의복은 모두 바깥세상 사람들과 같았으며, 노인과 어린 아이들이 모두 즐거운 표정을 짓고 있었다. 그들은 어부를 보고 이내 크게 놀라며 들어온 길을 물었다. 어부가 자세히 대답하자, 곧 그를 초대하여 집으로 데리고 가서 술상을 차리고 닭을 잡고 밥을 지어 대접하였다. 마을 사람들이 이 사람이 왔다는 소문을 듣고 다들 와서 이것저것을 묻고, 스스로 말하기를, "선세(先世)에 진(秦)나라 때의 난리를 피하여 처자식과 마을 사람들을 데리고 이 외딴 곳에 와서 다시는 나가지 않아 마침내 외부 사람과 단절되었다."고 하며, "지금은 어느 세상이오?" 하고 물었다. 그들은 한(漢)나라가 있었다는 사실을 몰랐으며 위(魏)와 진(晉)에 대해서도 물론 아는 바가 없었다. 이 어부가 들은 대로 하나하나 자세히 말해 주자, 모두가 탄식하며 놀라워하였다. 나머지 사람들도 각각 다시 그들의 집으로 데려가서 모두 술과 음식을 내놓고 대접하였다. 며칠 머물다가 인사하고 떠나려 하자, 이곳 사람이 말하기를, "바깥 사람들에게는 말하지 말아 주오." 하였다. 어부가 이곳을 나와 배를 타고 지난번에 왔던 길을 따라 나오며 곳곳에 표시를 해 두었다. 무릉군에 이르러 태수를 알현하고 이 사실을 말해 주었다. 태수는 즉시 사람을 시켜 그를 따라가 지난번 표시한 곳을 찾도록 하였으나 결국 길을 잃고 더 이상 가는 길을 찾지 못하였다.

남양(南陽)의 유자기(劉子驥)는 고상한 선비이다. 이 말을 듣고 기뻐하여 그곳을 찾아 나서려는 계획을 세웠으나 이루지 못하고 얼마 후에 병들어 죽었다. 그 후로는 마침내 그곳을 묻는 자가 없었다.[晉太元中 武陵人捕魚爲業. 緣溪行, 忘路之遠近, 忽逢桃花林. 夾岸數百步, 中無雜樹 芳草鮮美, 落英繽紛. 漁人甚異之, 復前行 欲窮其林, 林盡水源, 便得一山. 山有小口, 髣髴若有光. 便捨船從口入. 初極狹, 纔通人, 復行數十步, 豁然開朗. 土地平曠, 屋舍儼然, 有良田美池桑竹之屬, 阡陌交通, 雞犬相聞. 其中往來種作, 男女衣著, 悉如外人, 黃髮垂髫, 並怡然自樂. 見漁人, 乃大驚, 問所從來. 具答之, 便要還家, 設酒殺雞作食. 村中聞有此人, 咸來問訊. 自云先世避秦時亂, 率妻子邑人, 來此絕境, 不復出焉, 遂與外人間隔. 問今是何世. 乃不知有漢, 無論魏晉. 此人一一爲具言所聞, 皆歎惋. 餘人各復延至其家, 皆出酒食. 停數日, 辭去, 此中人語云, 不足爲外人道也. 旣出, 得其船, 便扶向路, 處處誌之. 及郡下, 詣太守說如此, 太守即遣人隨其往, 尋向所誌, 遂迷不復得路. 南陽劉子驥, 高尚士也. 聞之, 欣然規往, 未果, 尋病終. 後遂無問津者.]

영씨[193]가 천하의 기강을 어지럽히자	嬴氏亂天紀
현자들은 세상에서 숨어 버렸네	賢者避其世
하황공 기리계는 상산[194]으로 가고	黃綺之商山
이 사람들 또한 떠나갔네	伊人亦云逝
떠나간 자취 점점 사라지고	往迹浸復湮
돌아올 길 드디어 황폐해졌네	來徑遂蕪廢
서로 격려하며 농사에 힘쓰고	相命肆農耕
해가 지면 휴식을 취하였네[195]	日入從所憩
뽕나무, 대나무 짙은 그늘 드리우고	桑竹垂餘蔭
콩과 기장을 때맞춰 파종하였네	菽稷隨時藝
봄누에 길러 긴 실을 뽑고	春蠶收長絲
가을 수확해도 세금 낼 일 없었네	秋熟靡王稅
거친 길이 왕래를 막으니	荒路曖交通
닭과 개만 서로 울고 짖는데	雞犬互鳴吠
제사[196]는 여전히 옛 법도대로 하고	俎豆有古法
의복은 새로운 양식이 없었네	衣裳無新製
아이[197]들은 마음대로 노래하고	童孺縱行歌

193 영씨(嬴氏): 진시황(秦始皇). 곧 영정(嬴政)을 이름.

194 상산(商山): 338. 양장사에게 시를 주다[贈羊長史] 주 176)와 주 177) 참조.

195 해가 … 취하였네: 《고시원》 1권 001. 격양가(擊壤歌) 참조. 《논형(論衡)》 〈예증(藝增)〉에도 보인다.

196 제사: 원문의 조두(俎豆)는 제사(祭祀) 때 신 앞에 놓는 나무로 만든 그릇을 이른다.

197 아이: 원문의 동유(童孺)는 아동으로 《안씨가훈(顔氏家訓)》 〈잡예(雜藝)〉에 "무열태자는 유독 인물 초상에 능하여, 좌중의 빈객들을 되는 대로 쓱쓱 그리면 바로 몇 사람의 그림이 이루

늙은이[198]들 즐겁게 놀러 다니니　斑白歡遊詣
풀 자라면 봄인 줄 알고　草榮識節和
나뭇잎 지면 바람이 매서움을 아네　木衰知風厲
비록 세월 적은 달력은 없어도　雖無紀曆誌
사계절이 자연히 한 해를 이루네　四時自成歲
기쁘고도 즐거움이 있으니　怡然有餘樂
어찌 정신을 수고롭게 하겠는가　於何勞智慧
기이한 자취 오백 년을 숨었다가　奇蹤隱五百
하루아침에 신령한 세계 드러냈으나　一朝敞神界
순후함, 부박함 근원이 이미 달라서　淳薄旣異原
이내 신기한 경계 다시 감춰 버렸네　旋復還幽蔽
세속의 사람들에게 물어본들　借問遊方士
어찌 방외[199]의 일을 알 턱이 있겠는가　焉測塵囂外
원컨대 가벼운 바람을 타고서　願言躡輕風
높이 날아올라 나와 뜻 맞는 이를 찾으리　高擧尋吾契

○ 이는 곧 희황(羲皇)에 대한 상상이다. 굳이 유무관계를 판단하려 들면 자못 쓸데없는 일이 되고 만다.[此即羲皇之想也, 必辨其有無, 殊爲多事.]

어졌는데, 그걸 가지고 아이들에게 물어보면 모두 그 이름을 알아맞혔다.[武烈太子偏, 能寫眞, 坐上賓客, 隨宜點染, 卽成數人, 以問童孺, 皆知姓名矣.]"라고 하였다.

198 늙은이: 원문의 반백(斑白)은 머리털이 희끗희끗해진 것을 이르는 말로, 《예기보주(禮記補註)》 〈왕제(王制)〉에 "젊은이는 가벼운 짐은 혼자서 짊어지고 무거운 짐은 나누어 짊어져서 반백(斑白)이 된 자가 물건을 들고 가지 않도록 한다.[輕任幷, 重任分, 斑白者, 不提挈.]"라고 하였다.

199 방외: 원문의 진효(塵囂)는 세속의 소란(騷亂)하고 번거로움을 이른다.

343

전원의 집으로 돌아오다[歸田園居] 5수(首)

【1수】

어려서부터 속된 취향에 영합함이 없었고 少無適俗韻
천성이 본래 언덕과 산을 좋아하였건만 性本愛丘山
어쩌다 먼지 쌓인 세상 그물 속에 떨어져 誤落塵網中
훌쩍 삼십 년을 보냈네 一去三十年
새장에 갇힌 새가 옛 숲을 그리워하듯 羈鳥戀舊林
못 속의 물고기가 옛 호수를 그리워하듯 池魚思故淵
남쪽 들판가의 황무지 개간하여 開荒南野際
우둔한 천성 지키려[200] 전원으로 돌아왔네 守拙歸園田
네모난 택지 십여 무에[201] 方宅十餘畝
초가집 팔구 칸을 짓고 보니 草屋八九間
느릅과 버들은 뒷 처마에 그늘지고 楡柳蔭後簷
복숭아, 오얏나무 집 앞에 늘어섰네 桃李羅堂前
어슴푸레[202] 먼 촌락이 눈에 보이고 曖曖遠人村

---

200 천성 지키려: 원문의 수졸(守拙)은 어리석음을 지킨다는 뜻으로 자신의 소박한 본성을 지키면서 전원(田園)에 돌아가 사는 것을 말한다.

201 네모난 … 무에: 이덕홍(李德弘)의 《간재집(艮齋集)》 속집에 "방(方)은 사방 백 리의 방과 같으니, 집 주위를 빙 둘러 가로와 세로가 10여 무(畝)라는 말이다." 하였다.

202 어슴푸레: 원문의 애애(曖曖)는 가리어져 흐릿하고 어둑한 모양을 말한다.

모락모락 마을[203]에선 연기 피어나네	依依墟里煙
개는 깊은 골목 안에서 짖고	狗吠深巷中
닭은 뽕나무 꼭대기에서 우네	雞鳴桑樹顚
뜰에는 복잡한 일[204]이 없고	戶庭無塵雜
빈방엔 한가로움이 넉넉하네	虛室有餘閑
오랫동안 벼슬살이에 갇혀 있다가[205]	久在樊籠裏
다시 자연으로 돌아오게 되었네	復得返自然

【2수】

들에는 사람들과 교제하는 일 드물고	野外罕人事
궁벽한 골목[206]엔 오가는 수레가 적건만	窮巷寡輪鞅
대낮에도 사립문 닫아 두니	白日掩荊扉
빈방에는 세속 생각이 끊어지네	虛室絕塵想
때때로 외진 마을을 찾아나서면	時復墟曲中

---

203 마을: 원문의 허리(墟里)는 촌락을 이르는 말이다.

204 복잡한 일: 원문의 진잡(塵雜)은 세상의 번잡하고 자질구레한 일을 이른다.

205 벼슬살이에 … 있다가: 원문의 번(樊)은 짐승을 가두어 기르는 우리이고, 롱(籠)은 새를 넣어 기르는 장으로, 여기서는 벼슬살이를 가리킨다.

206 궁벽한 골목: 원문의 궁항(窮巷)은 외지고 가난한 마을로, 《사기(史記)》〈진승상세가(陳丞相世家)〉에 "진평의 집은 도성 밖 궁벽한 시골구석에 있고 낡은 거적으로 문을 해 달았지만, 문 밖에는 장자의 수레바퀴 자국이 많았다.[陳平家乃負郭窮巷, 以弊席爲門, 然門外多有長者車轍.]"라고 하였다.

풀을 헤치며 사람들이 오가는데	披草共來往
서로 만나도 잡다한 말이 없고	相見無雜言
뽕과 삼이 자란 것만 얘기하네	但道桑麻長
뽕과 삼은 나날이 자라나고	桑麻日已長
나의 농토도 나날이 넓어지네	我土日已廣
늘 염려하는 건 서리나 싸라기눈이 내려서	常恐霜霰至
잡초와 함께 시들어 버리는 거라네	零落同草莽

【3수】

남산 아래에다 콩을 심었더니	種豆南山下
풀만 무성하고 콩싹은 드물다	草盛豆苗稀
새벽에 일어나 거친 밭 김을 매고	晨興理荒穢
달과 함께 호미 메고 돌아오네	帶月荷鋤歸
길은 좁은데 초목이 길게 자라	道狹草木長
저녁 이슬이 내 옷을 적시네	夕露沾我衣
옷이 젖는 건 아까울 게 없다만	衣沾不足惜
다만 내 소원 어긋나지 않기를	但使願無違

【 4수 】

오랫동안 산택 유람차로 떠나 있던 터라　久去山澤遊
드넓은 숲과 들에 마음이 즐거워라　浪莽林野娛
시험 삼아 아이와 조카들 데리고　試携子姪輩
덤불 헤치며 황폐한 곳 거닐어 보네　披榛步荒墟
무덤[207] 사이 서성이다 보니　徘徊丘壟間
옛사람이 살던 거처 아련하다　依依昔人居
우물과 부엌 흔적이 남아 있고　井竈有遺處
뽕나무, 대나무 썩은 그루터기가 있네　桑竹殘朽株
나무꾼에게 물어보기를　借問采薪者
이 사람들 다 어디 갔소　此人皆焉如
나무꾼이 내게 하는 말이　薪者向我言
다 죽고 남은 사람 없다오　死沒無復餘
한 세대면 세상이 달라진다더니　一世異朝市
이 말이 진정 빈말이 아니로다　此語眞不虛
인생은 환상과도 같아서　人生似幻化
결국엔 허무로 돌아가리라　終當歸空無

207 무덤: 《한서(漢書)》 〈유향전(劉向前)〉에 "황제는 교산에 묻혔고, 요장은 제음에 묻혔는데 무덤이 모두 작다.[黃帝葬于橋山, 堯葬濟陰, 丘壟皆小.]"라고 하였다.

【5수】

슬픔에 쌓여 홀로 지팡이 짚고 돌아와　　悵恨獨策還
구불구불 가시덤불 우거진 곳을 지났더니　　崎嶇歷榛曲
산골짜기 물은 맑고도 얕아서　　山澗清且淺
그래서 발 씻기에 참 좋아라　　遇以濯我足
나의 새로 익은 술을 걸러서　　漉我新熟酒
닭 한 마리 잡아 이웃을 부르네　　隻雞招近局
해가 지고 방 안 어두워지니　　日入室中闇
싸리나무로 밝은 촛불을 대신했네　　荊薪代明燭
즐거우나 밤이 짧아 괴로운데　　歡來苦夕短
벌써 다시 날이 새고 말았네　　已復至天旭

○ 저광희(儲光羲)와 왕유(王維)는 의작(擬作)하는 데 힘을 쏟았다. 그러나 끝내 미미한 간격을 극복하지는 못하였고, 두텁고 질박한 곳에는 아예 도달하지도 못하였다.[儲·王極力擬之, 然終似微隔, 厚處朴處, 不能到也.]

344
은진안과 작별하다[與殷晉安別]

은진안이 먼저 진안군(晉安郡) 남부(南府) 장사연(長史掾)을 지냈기 때문에 심양(潯陽)에서 살았다. 뒤에 태위(太尉)의 참군(參軍)이 되어 온 집안이 동쪽으로 내려가게 되었으므로 이 시를 지어 그에게 주었다.[殷先作晉安南府長史掾, 因居潯陽. 後作太尉參軍, 移家東下, 作此以贈.]

친하게 지낸 지 오래진 않았어도	遊好非久長
한번 만나 은근한 정을 다하였네	一遇盡殷勤
이틀을 묵으며[208] 주고받은 대화로	信宿酬清話
더욱더 친해진 걸 알게 되었네	益復知爲親
지난해에 남촌에서 살면서는	去歲家南里
잠시동안 이웃이 되었었네	薄作少時鄰
지팡이 짚고 마음껏 함께 노닐다가	負杖肆遊從
머무르게 되면 밤낮을 잊었었네	淹留忘宵晨
말하고 말고[209]는 자연 형세가 다르니	語默自殊勢

---

208 이틀을 묵으며: 원문의 신숙(信宿)은 이틀 밤을 유숙하는 것이다. 《시경(詩經)》 〈주송(周頌) 유객(有客)〉에 "손님이 하룻밤을 유숙하며 손님이 이틀 밤을 유숙하니, 끈을 주어 그 말을 동여매리라.[有客宿宿, 有客信信, 言授之縶, 以縶其馬.]"라고 하였는데, 주자는 《시경집전(詩經集傳)》에서 "하룻밤을 유숙함을 숙이라 하고, 이틀 밤을 유숙함을 신이라 한다.[一宿曰宿, 再宿曰信.]"라고 하였다.

언제고 헤어질 줄 알았지만	亦知當乖分
뜻밖에 헤어질 날 닥쳐와서	未謂事已及
이 봄에 떠난다고 하는구려	興言在茲春
살랑살랑 서쪽에서 바람 불어오고	飄飄西來風
느릿느릿 동쪽으로 구름이 떠가니	悠悠東去雲
산천이 천리 밖을 가로막아서	山川千里外
웃으며 이야기 나누긴 어려우리라	言笑難爲因
훌륭한 인재는 세상에 숨지 않아야 하고	才華不隱世
강호엔 빈천한 사람이 많은 법이니	江湖多賤貧
어쩌다 이곳을 지나는 인편이 있거든	脫有經過便
옛 친구의 안부나 물어 주시게	念來存故人

○ 참군(參軍)은 이미 송(宋)의 신하가 되었는데, 제목에 전조(前朝)의 벼슬 이름을 그대로 썼으니, 제목이 구차하지 않다.[參軍已爲宋臣矣, 題仍以前朝官名之, 題目便不苟且.]

○ '훌륭한 인재는 세상에 숨지 않아야 하고[才華不隱世]'는 이 얼마나 주선을 잘한 말인가? 이른바 '고(故)'라고 한 것은 친구가 된 이유를 잃지 않았다는 말이니, 여기에서 고인의 충후함을 엿볼 수 있겠다.[才華不隱世, 何等周旋? 所云故者, 無失其爲故也, 卽此見古人忠厚.]

고시원(古詩源) 권8 끝

209 말하고 말고는: 원문의 어묵(語默)은 《주역(周易)》〈계사 상전(繫辭上傳)〉의 "군자의 도는 나가기도 하고 은퇴하기도 하며, 침묵하기도 하고 말하기도 한다.[君子之道, 或出或處, 或默或語.]"라고 한 데서 인용한 말이다.

고시원
古詩源

권9

진시 晉詩

讌飮詩

感舊詩

明月篇

答何劭

歌行

七哀詩

赴洛道中作

啄木詩

補亡詩

도잠(陶潛)[1]

345
걸식(乞食)

굶주림이 밀려 와서 나를 밖으로 내몰지만 饑來驅我去
도대체 어디로 가야 할지 모르겠네 不知竟何之
떠돌아다니다 이 마을에 이르러서 行行至斯里
문을 두드리고 서툴게 말문을 여네 叩門拙言辭
주인은 내가 온 뜻을 알아차리고 主人解余意
먹을 것을 주니 헛걸음은 아니네 遺贈豈虛來
이야기하다가 날이 저물자 談諧終日夕
술잔 권하니 문득 받아 마셨네 觴至輒傾杯
새 친구[2] 사귐에 마음 기뻐서 情欣新知歡

1 도잠(陶潛): 《고시원》 권8 도잠(陶潛) 주 106) 참조.

2 새 친구: 원문의 신지(新知)는 새로 사귄 지기(知己)라는 뜻으로, 《초사(楚辭)》 〈구가(九歌) 소사명(少司命)〉에 "슬픔은 살아서 이별하는 것보다 더 큰 슬픔이 없고, 즐거움은 새로 사귀는 것

읊조리다가 시를 지었네	言詠遂賦詩
표모[3]와 같은 그대의 은혜 감사하지만	感子漂母惠
나는 한신[4]과 같은 인재 아니어서 부끄럽네	愧我非韓才
가슴에 간직한 은혜[5] 어찌 사례해야 하나	銜戢知何謝
죽어서도 이 은혜를 보답하리라	冥報以相貽

○ 설정한 말이라고 반드시 볼 필요는 없다. 그래야만 더욱 절묘해진다.[不必看作設言, 愈妙.]

○ 후의(厚意)에 대한 것으로 끝말을 맺었으니, 마치 두소능(杜少陵)의 "남의 밥 한 그릇을 받아 먹었지만 평생을 잊지 않겠다.[受人一飯 終身不忘.]"와 같다. 이는 고인(古人)도 미칠 수 없는 경지를 갖춘 것이다.[結言厚道, 少陵受人一飯, 終身不忘, 俱古人不可及處.]

보다 더한 즐거움이 없다.[悲莫悲兮生別離, 樂莫樂兮新相知.]"라고 한 데서 인용하였다.

3 표모(漂母): 삯빨래를 하는 여인을 이름. 한신(韓信)이 젊어서 가난하여 굶고 있을 때 밥을 지어 주었다.

4 한신(韓信, ?~기원전 196): 한(漢)나라의 장수. 회음(淮陰) 출신이다. 항량(項梁)과 항우(項羽)를 섬기다 유방(劉邦)에게 가서 해하(垓下)의 싸움에 이르기까지 한군(漢軍)을 지휘하여 크게 공을 세움으로써 제왕(齊王)에 이어 초왕(楚王)이 되었다. 소하(蕭何), 장량(張良)과 함께 한(漢)나라의 삼걸(三傑)로 평가받는다.

5 가슴에 간직한 은혜[銜戢]: 가슴속 깊이 간직하고 있는 은혜를 일컫는다.

346

여러 사람과 주씨 집안 묘지[6]의 잣나무 아래에서 함께 노닐다

[諸人共遊周家墓柏下]

오늘은 날씨가 딱 좋기도 하니	今日天氣佳
피리소리 금(琴)소리도 들을 만하오	清吹與鳴彈
저 잣나무 아래 묻힌 사람 생각하면	感彼栢下人
어찌 즐기지 않을 수 있으리오	安得不爲歡
맑은 노래는 새로운 곡 펼쳐 내고	清歌散新聲
푸른 술은 좋은 얼굴 활짝 펴게 하니	綠酒開芳顔
내일 일은 알 수 없거니와	未知明日事
나의 가슴을 활짝 펼쳐 보네	余襟良已殫

6 주씨 집안 묘지[周家墓]: 《진서(晉書)》 권58 〈주방열전(周訪列傳)〉에 "이전에 도간(陶侃)이 초상을 당하여 장례를 치르려던 차에 집 안에 있던 소가 갑자기 없어져 어디로 갔는지를 찾지 못하였다. 어떤 노인이 나타나 말하기를, '앞산 골짜기에 소 한 마리가 자고 있는 것을 보았는데, 그곳에 장례를 치르면 지위가 신하로서는 최고의 자리까지 오르게 될 것이다.' 하고, 또 산 하나를 가리키면서 말하기를, '이곳이 또한 두 번째로 좋은 길지이다. 당세에 이천 석의 벼슬을 하는 자가 나오게 될 것이다.' 하고는 문득 사라졌다. 도간이 소를 찾아서 그곳에 장례를 치렀다. 그리고 그 두 번째라고 한 산을 주방(周訪)에게 주었다. 주방이 부친이 죽자 그곳에 장례를 치렀다. 그러자 과연 자사(刺史)가 되었고 주방 이하로 3세에 걸쳐 익주(益州)를 맡아 41년이나 다스렸다." 하였다.

347

이거(移居) 2수(首)

【1수】

예전부터 남촌[7]에 살고자 했지만 昔欲居南村
좋은 집을 고르려던 건 아니었네 非爲卜其宅
마을에 소박한 사람[8] 많다기에 聞多素心人
아침저녁으로 만나고 싶어 했네 樂與數晨夕
이런 생각 가진 지 꽤 오랜데 懷此頗有年
오늘에야 이렇게 옮기게 되었네 今日從茲役
낡은 집[9]이 어찌 꼭 넓어야 하겠는가 弊廬何必廣
침상과 앉을 자리만 있으면 족하지 取足蔽牀席
이웃 사람들 때때로 찾아와 鄰曲時時來
신이 나서 옛일을 이야기하네 抗言談在昔
기발한 글은 함께 감상하고 奇文共欣賞
의심나는 것은 서로 해석해 보네 疑義相與析

7 남촌(南村): 도연명이 살던 율리(栗里)를 가리킨다.

8 소박한 사람: 원문의 소심인(素心人)은 본래의 깨끗한 마음을 간직한 사람을 이른다.

9 낡은 집: 대본에는 창려(敞廬)로 되어 있으나 《도연명집(陶淵明集)》 권2에 의거하여 폐려(弊廬)로 수정하고, 주석(註釋)의 "破房舍 先人舊宅"을 참고하여 낡은 집으로 번역하였다.

【2수】

봄가을에 좋은 날이 많아서　春秋多佳日
높은 데 올라가 새로운 시를 짓네　登高賦新詩
문 앞을 지나가면 서로 부르고　過門更相呼
술이 있으면 함께 마시네　有酒斟酌之
농사일이 바쁘면 각자 돌아갔다가　農務各自歸
한가해지면 서로를 그리워하네　閑暇輒相思
서로 그리우면 옷 걸치고 찾아와　相思則披衣
웃고 이야기하며 싫증날 때가 없으니　言笑無厭時
이웃과 함께하는 이런 생활 어찌 즐겁지 않으랴　此理將不勝
이곳에서 홀연히 떠날 생각이 없네　無爲忽去茲
입고 먹고 스스로 해결해야 하니　衣食當須紀
애써 밭갈이하면 날 속이지 않으리　力耕不吾欺

348

계묘년[10] 초봄에 촌집에서 옛일을 생각하다

[癸卯歲始春懷古田舍] 2수(首)

【1수】

예전에 남쪽 밭이 좋다 듣긴 했어도 在昔聞南畝
그때는 끝내 실천하지 못하였으며 當年竟未踐
쌀독 자주 비었던 이[11]도 있었거니와 屢空旣有人
봄날 이는 홍을 어찌 면할 수 있으랴 春興豈自免
이른 새벽에 나의 수레를 단도리하여 夙晨裝吾駕
길 나서자 마음 벌써 저 멀리 향하네 啓塗情已緬
새들은 지저귀며 새봄을 기뻐하고 鳥弄歡新節
산들바람[12]은 상쾌한 기운 보내는데 冷風送餘善
차가운 대나무 황량한 길 뒤덮었고 寒竹被荒蹊

10 계묘년(癸卯): 진(晋) 안제(安帝) 원흥(元興) 2년(403)으로 도잠(陶潛)의 나이 39세 때이다.

11 쌀독 자주 비었던 이: 공자의 제자 안회(顔回)를 이름. 《논어집주(論語集註)》〈선진(先進)〉에 공자가 이르기를, "회는 거의 도에 가까웠지만 자주 쌀독이 비었다[子曰回也, 其庶乎, 屢空.]"라고 하였다. 340.처음으로 진군장군의 참군이 되어 곡아를 지나며 짓다[始作鎭軍參軍經曲阿作] 주186) 참조.

12 산들바람: 원문의 냉풍(冷風)은 산들바람으로 《장자(莊子)》〈제물론(齊物論)〉에 "산들바람은 작게 화답한다.[冷風則小和.]"라고 하였다.

대지는 인적 없어 멀리 펼쳐져 있네	地爲罕人遠
그래서 지팡이 꽂고 김매던 늙은이[13]도	是以植杖翁
유연히 속세로 돌아가지 않았나 보다	悠然不復返
사리 따짐은 박식한 이에게 부끄러워도	即理愧通識
몸 보존함에는 어찌 일천하다 하겠는가	所保詎乃淺

【 2수 】

선사께서 남겨주신 교훈이 있나니	先師有遺訓
도를 걱정하고 가난을 걱정 말라 하셨네[14]	憂道不憂貧
바라보면 아득히 미칠 수 없으나	瞻望邈難逮
오래도록 힘쓸 뜻 지니고자 하였네	轉欲志常勤
쟁기 잡고 때맞춰 즐겁게 일을 하며	秉耒歡時務
웃는 얼굴로 농부들 권면하였네	解顏勸農人
너른 밭엔 멀리서 바람이 불어오고	平疇交遠風
좋은 싹들도 생기를 품고 있네	良苗亦懷新
일년 수확은 아직 알 수 없으나	雖未量歲功

13 김매던 늙은이: 장저(長沮)와 걸닉(桀溺)을 이름. 327. 권농(勸農) 6수(首) 주 120) 참조.

14 도를 … 하셨네: 《논어집주(論語集註)》 〈위령공(衛靈公)〉에 "군자는 도를 도모하고 먹을 것을 도모하지 않는다. 농사를 지어도 굶주림이 그 가운데 있고, 학문을 하여도 봉록이 그 가운데 있는 것이니, 군자는 도를 걱정하지 가난을 걱정하지 않는다.[君子, 謀道不謀食, 耕也, 餒在其中矣. 學也, 祿在其中矣, 君子憂道不憂貧.]"라고 하였다.

농사일하는 것만으로도 즐겁네	卽事多所欣
밭 갈고 씨 뿌리며 때때로 쉬는데	耕種有時息
행인들 나루터를 묻는 이가 없네[15]	行者無問津
해가 지면 함께 돌아와서	日入相與歸
항아리 술로 가까운 이웃을 위로하네	壺漿勞近鄰
길게 읊조리며 사립문을 닫노니	長吟掩柴門
그럭저럭 농부가 된 듯도 싶네	聊爲隴畝民

○ 예전에 어떤 사람이 《시경(詩經)》의 내용 중에 어떤 구절이 가장 아름답냐고 묻자, 혹자가 대답하기를, "버들가지가 바람에 한들거린다[楊柳依依]이다."라고 하였는데, 이는 한때의 흥취에 도달한 말이다. 그러나 이것 역시 명구(名句)이다. 만약 어떤 사람이 "도공(陶公)의 시 중에 어떤 구절이 가장 아름다운가?" 하고 물으면, 나는 "너른 밭엔 멀리서 바람이 불어오고[平疇交遠風], 좋은 싹들도 생기를 품고 있네.[良苗亦懷新.]"라고 말할 것이다. 이것 역시 한때의 흥취를 묘사한 말이기 때문이다.[昔人問詩經何句最佳, 或答曰楊柳依依, 此一時興到之言. 然亦實是名句. 倘有人問陶公何句最佳, 愚答云, 平疇交遠風, 良苗亦懷新. 亦一時興到也.]

15 행인들 … 묻는 이: 공자(孔子)와 자로(子路)를 이른다. 327.권농(勸農) 6수(首) 주 120) 참조.

349

경술[16]년 구월에 서쪽 밭에서 올벼를 수확하다

[庚戌歲九月中於西田穫早稻]

인생살이 바른길로 귀결되기 마련이지만 人生歸有道
입고 먹는 것이야말로 생존의 근원이니 衣食固其端
누군들 이러한 것을 강구하지 않고서 孰是都不營
스스로 편안하길 바라겠는가 而以求自安
초봄 되어 농사일에 힘썼더니만 開春理常業
한 해의 수확이 그런대로 볼 만하다 歲功聊可觀
새벽에 나가 가볍게 일을 하고 晨出肆微勤
해가 지면[17] 쟁기 지고 돌아오네 日入負耒還
산중이라 서리 이슬 많이 내리고 山中饒霜露
날씨도 일찍 차가워진다네 風氣亦先寒
촌집이 어찌 고생스럽지 않을까마는 田家豈不苦
그나마 이를 사양하기도 어렵다네 弗獲辭此難
온몸[18]은 실로 이리 고달프지만 四體誠乃疲

16 경술(庚戌): 진(晋) 안제(安帝) 의희(義熙) 6년(410)으로 도잠(陶潛)의 나이 46세 때이다.

17 해가 지면: 《고시원》 1권 001. 격양가(擊壤歌) 참조.

18 온몸: 원문의 사체(四體)는 사람의 사지(四肢)를 이르는 말로 《논어집주(論語集註)》 〈미자(微子)〉

뜻밖의 걱정거리는 거의 없으니 庶無異患干
손발 씻고 처마 밑에서 쉬며 盥濯息簷下
말술 놓고 기분 풀고 얼굴 펴네 斗酒散襟顔
멀고 먼 장저와 걸닉[19]의 마음이 遙遙沮溺心
천년 뒤에 나와 서로 통하네 千載乃相關
다만 길이 이와 같기만을 원하노니 但願長如此
몸소 밭 가는 건 탄식할 바가 아니네 躬耕非所歎

○ 〈살 집을 옮기다[移居]〉라는 시에, "입고 먹고 스스로 해결해야 하니[衣食當須紀], 애써 밭갈이하면 날 속이지 않으리.[力耕不吾欺.]"라고 하고, 여기에서는 "인생살이 바른길로 귀결되기 마련이지만[人生歸有道], 입고 먹는 것이야말로 생존의 근원이라네.[衣食固其端.]"라고 하고 또 "가난한 살림 농사에 의존하여[貧居依稼穡]"라고 하여, 스스로 힘쓰고 남을 독려하는 것이 매번 경가(耕稼)하는 데 있으니, 도공(陶公)이 다른 진인(晉人)과 다른 점이 이와 같다.[移居詩曰, 衣食當[20]須紀, 力耕不吾欺, 此云人生歸有道, 衣食固其端, 又云貧居依稼穡, 自勉勉人, 每在耕稼, 陶公異於晉人如此.]

에 "사지를 부지런히 움직이지 않고 오곡을 분별하지 못한다.[四體不勤, 五穀不分.]"라고 한 데서 온 말이다.

19 장저(長沮)와 걸닉(桀溺): 327. 권농(勸農) 6수(首) 주 120) 참조.

20 347. 이거(移居) 2수(首)의 원문에 의거하여 종(終) 자로 되어 있던 것을 당(當) 자로 바로잡아 번역하였다.

350

병진[21]년 8월 중에 하손의 촌집에서 추수하다

[丙辰歲八月中於下潠田舍穫]

'손(潠)'의 음은 손(巽)이다.[潠音巽.]

가난한 살림 농사에 의존키로	貧居依稼穡
동쪽 숲 가에서 애써 일을 하네	戮力東林隈
봄 농사가 고생스럽다 말하진 않아도	不言春作苦
늘 뜻대로 되지 않을까 염려라오	常恐負所懷
농사 담당관은 추수에 관심 갖고[22]	司田眷有秋
말을 건네 나와 농담을 주고받네	寄聲與我諧
굶은 이 배불리 먹을 것이 기뻐서	饑者歡初飽
옷 입고 앉아 닭 울기만을 기다리네	束帶候鳴雞
노를 저어 넓은 호수를 건너고	揚楫越平湖
배 띄워 맑은 계곡 따라 돌아가네	泛隨淸壑迴

21 병진(丙辰): 진(晋) 안제(安帝) 의희(義熙) 12년(416)으로 도잠(陶潛)의 나이 52세 때이다.

22 농사 … 관심 갖고: 원문의 사전(司田)은 농사를 담당하는 관리를 이르고, 유추(有秋)는 추수를 이르는데 《서경(書經)》 〈반경(盤庚)〉에 "농부가 밭에 힘써 심어야 또한 가을에 수확이 있는 것과 같다.[若農, 服田力穡, 乃亦有秋.]"라고 하였다.

울창한 깊은 산속에는 鬱鬱荒山裏
원숭이 울음소리 한가롭고도 애처로운데 猿聲閑且哀
슬픈 바람은 고요한 밤을 좋아하고 悲風愛靜夜
숲속 새들은 새벽 오는 걸 기뻐하네 林鳥喜晨開
내가 이 농사일을 해 온 이래로 曰余作此來
열두 번의 가을을 맞이하였네[23] 三四星火頹
모습과 나이는 세월 따라 늙었어도 姿年逝已老
농사짓는 일 아직 버린 적 없네 其事未云乖
옛날 하조옹[24]에게 감사하노니 遙謝荷蓧翁
애오라지 그대를 따라 살 만하구려 聊得從君棲

23 가을을 맞이하였네: 원문의 성화(星火)는 28수(宿) 중의 심수(心宿)로, 중하(仲夏) 즉 음력 5월을 상징하는 별이다. 대화(大火)라고도 하는데, 하짓날 해가 질 무렵에 남중(南中)하는 별이다.

24 하조옹(荷蓧翁): 《논어집주(論語集註)》 〈미자(微子)〉에 나오는 하조장인(荷蓧丈人)을 이름. 춘추시대에 농사를 지으며 살았다는 은자(隱者)이다.

351

음주(飮酒) 10수(首)

나는 한가롭게 살다 보니 즐거운 일이 적다. 게다가 요즘은 밤마저 길어서, 우연히 좋은 술이 생기면 마시지 않는 저녁이 없다. 그림자를 돌아보며 홀로 다 마시고 문득 다시 취하곤 한다. 이미 취하고 나면 문득 시 몇 구절을 지어 스스로 즐겼는데, 시를 쓴 것이 제법 많아졌지만 말에는 차서[25]가 없다. 그래도 친구에게 이것을 쓰게 하여 즐거운 웃음거리를 삼기로 하였다.[余閑居寡歡. 兼比夜已長, 偶有名酒, 無夕不飮. 顧影獨盡, 忽焉復醉. 旣醉之後, 輒題數句自娛, 紙墨遂多, 辭無詮次. 聊命故人書之, 以爲歡笑爾.]

【1수】

쇠락과 번영은 정해진 것이 없어서　衰榮無定在
서로 간에 공유할 수 있나니　彼此更共之
오이밭에서 일하던 소평[26]일망정　邵生瓜田中
어찌 동릉후였을 때와 같겠는가　寗似東陵時
추위와 더위가 차례로 바뀌듯이　寒暑有代謝
인생길도 항상 그러하다네　人道每如茲

25 차서: 원문의 전차(詮次)는 글이나 말에 차례가 있는 것을 이른다.

26 소평(邵平): 진(秦)나라 광릉(廣陵) 사람으로, 동릉후(東陵侯)에 봉해졌다. 진나라가 망한 뒤 장안성 동쪽에 참외를 심어 생업으로 삼았는데, 그 맛이 좋았기 때문에 소평과(邵平瓜) 또는 동릉과(東陵瓜)라 불리었다 한다.

통달한 사람은 그 이치를 깨달아서	達人解其會
더 이상 의심하지 않나니	逝將不復疑
문득 누군가 술 한 잔을 건네주면	忽與一觴酒
해 저물도록 즐겁게 마실 뿐이네	日夕歡相持

【2수】

선을 쌓으면 보답이 있다 말들 하지만	積善云有報
백이와 숙제는 서산에서 굶어 죽었거늘	夷叔在西山
선과 악이 실로 호응하지 않는데	善惡苟不應
무슨 일로 이런 빈말 생겨났는가	何事空立言
영계기[27]는 아흔에도 새끼줄로 띠를 했으니	九十行帶索
굶주림과 추위는 한창때보다 더 심했으리	飢寒況當年
빈궁을 지키는 절의에 힘입지 못했다면[28]	不賴固窮節
백세 후에 의당 누가 그 이름 전하리오	百世當誰傳

27 영계기(榮啓期): 춘추시대의 은자(隱者). 언제나 헐벗은 옷에 거문고를 타며 즐겼는데, 공자(孔子)가 "선생의 즐거움이 무엇입니까?" 하는 질문에 "사람으로 태어난 것이 일락(一樂)이오, 그중에서 남자로 태어났음이 이락(二樂)이오, 90여 세로 장수함이 삼락(三樂)이다."고 대답했다는 일화가 전한다. 이것을 영계기삼락(榮啓期三樂)이라 한다.

28 빈궁을 … 못했다면: 원문의 고궁(固窮)은 곤궁한 것을 당연하게 받아들이는 것을 이르는 말로, 《논어집주(論語集註)》〈위령공(衛靈公)〉에 "군자는 진실로 곤궁한 것이니, 소인은 곤궁하면 넘친다.[君子, 固窮, 小人, 窮斯濫矣.]"라고 하였다.

○ 〈백이전(伯夷傳)〉의 대지(大旨)가 이미 여기에 다 담겨져 있다. 끝부분의 2구(二句)는 사마천(司馬遷)이 이른바 "역시 각각 그 뜻에 따른다.[亦各從其志也.]"와 같다.[伯夷傳大旨 已盡於此, 末二句, 馬遷所云亦各從其志也.]

【3수】

도(道)가 상실된 지 천년이 되어 가는데	道喪向千載
사람들은 자기의 진정(眞情)만을 아끼니	人人惜其情
술이 있어도 마시려 하지 않고	有酒不肯飮
다만 세간의 명성만 돌아볼 뿐이네	但顧世間名
이내 몸이 귀하다는 것도	所以貴我身
어찌 살아 있는 동안만이 아니겠으며	豈不在一生
일생이란 또 얼마나 되겠는가	一生復能幾
번뜩이는 번갯불 같아 놀라울 뿐인데	倏如流電驚
훌쩍 지나가는 백 년 안에서	鼎鼎百年內
이것을 가지고 무엇을 이루고자 하는가	持此欲何成

【4수】

마을 근처에 초가집 짓고 살아도	結廬在人境
수레나 말 따위가 시끄럽지 않네	而無車馬喧
그대에게 묻노니, 어찌 그럴 수 있는가	問君何能爾

마음이 멀면 사는 곳도 절로 외지다오	心遠地自偏
동쪽 울타리 밑에서 국화를 따다 말고	采菊東籬下
문득 저 멀리 남산을 바라보네	悠然見南山
산 기운은 저녁 되어 아름답고	山氣日夕佳
날던 새들도 무리 지어 돌아오네	飛鳥相與還
이 가운데 참뜻이 있거니와	此中有眞意
변론해 보고자 하였으나 말을 잊었다[29]	欲辯已忘言

○ 가슴속에 있는 원기(元氣)가 자연스럽게 유출되었다. 조금이라도 그 흔적이 드러나면 문득 그 원기를 잃어버리게 된다.[胸有元氣, 自然流出, 稍著痕迹, 便失之.]

【5수】

가을 국화가 아름답게 피었기에	秋菊有佳色
이슬 젖은 그 꽃잎을 따와서는	裛露掇其英
근심을 잊게 하는 이 술[30]에 띄우니	泛此忘憂物
세속을 떠난 나의 심정 아득해지네	遠我遺世情
한잔 술을 비록 홀로 권해보지만	一觴雖獨進

29 말을 잊었다: 원문의 망언(忘言)은 속으로 그 뜻을 깨달으면 말은 필요 없어진다는 것으로, 《장자(莊子)》〈외물(外物)〉에 "말이란 목적이 뜻에 있는 것이니, 뜻을 얻으면 말을 잊는다.[言者, 所以在意, 得意而忘言.]"라고 한 데서 인용하였다.

30 술: 원문의 망우물(忘憂物)은 근심을 잊게 하는 물건이란 뜻으로 술을 가리킨다.

술잔이 비면 술병도 절로 기우네　杯盡壺自傾
해가 지자 모든 움직임이 멈추고　日入羣動息
돌아가는 새들 숲으로 향하며 우네　歸鳥趨林鳴
동쪽 추녀 밑에서 길게 휘파람 부노니　嘯傲東軒下
애오라지 다시 이런 삶을 얻게 되었네　聊復得此生

○ '유아원세정(遺我遠世情)'이 도연명(陶淵明)의 문집에 '원아유세정(遠我遺世情)'으로 되어 있으니, 문집대로 따르는 것이 타당하다.[遺我遠世情, 陶集作遠我遺世情, 從陶集爲妥.]

【6수】

이른 새벽에 문 두드리는 소릴 듣고　清晨聞叩門
옷을 거꾸로 입고 나가 문을 열고서　倒裳往自開
그대는 뉘시오 하고 물었더니　問子爲誰與
농부가 호의 품고 찾아왔네　田父有好懷
술병 들고 멀리서 와 안부를 묻더니　壺漿遠見候
내가 세상과 등진 걸 의아해 하네　疑我與時乖
초가집 처마 아래 남루한 옷차림은　襤褸茅簷下
고상한 삶이 되기에 충분치 않으니　未足爲高棲
온 세상과 함께 어울림 중시하여　一世皆尚同
날더러 그 진흙탕에 빠져들라 하네　願君汩其泥
부로의 말에 깊이 감명받긴 했지만　深感父老言

타고난 기질이 남과 어울리질 못하니　稟氣寡所諧
벼슬살이는 실로 배울 수야 있다지만　紆轡誠可學
자기를 어긴다는 게 어찌 미혹됨이 아닐까　違己詎非迷
함께 만났으니 이 술이나 즐길 뿐이니　且共歡此飮
나의 수레를 되돌리는 건 불가하리라　吾駕不可回

○ '타고난 기질이 남과 어울리질 못하니[稟氣寡所諧]'와 '나의 수레를 되돌리는 건 불가하리라[吾駕不可廻]'는 단호하게 잘라 말한 것이다.[稟氣寡所諧, 吾駕不可回, 說得斬絶.]

【7수】

예전에 일찍이 먼길을 떠나　在昔曾遠遊
곧장 동해 가에 이르렀었네[31]　直至東海隅
길은 멀고도 길었으며　道路迥且長
바람과 파도가 길을 가로막았네　風波阻中塗
이번 걸음을 누가 시킨 것인가　此行誰使然
굶주림에 내몰려 그리 한 것이네　似爲飢所驅
몸을 숙여 한번 배부르고자 한다면　傾身營一飽
조금은 여유가 있었을 법도 하지만　少許便有餘

31 예전에 … 이르렀었네: 원문의 원유(遠遊)는 벼슬자리를 찾아 먼 곳으로 유람한 것을 지칭하는 말이며, 원문의 동해우(東海隅)는 동해 부근의 곡아(曲阿)로 지금의 강소성(江蘇省) 단양현(丹陽縣)을 말한다.

아마도 이는 현명한 계획이 아닌 듯하여	恐此非名計
수레를 멈추고 돌아와 한가로이 사노라	息駕歸閑居

【8수】

친구들이 나의 취향을 높이 사서	故人賞我趣
술병 들고 서로 더불어 찾아왔네	挈壺相與至
나뭇잎 깔고서[32] 소나무 아래 앉아	班荊坐松下
몇 잔 마시자 이내 다시 취해 버리네	數斟已復醉
사람들이 뒤섞여 어지러이 말하고	父老雜亂言
술잔 돌리는데 차례도 잊었네	觴酌失行次
내가 있다는 걸 깨닫지 못하는데	不覺知有我
외물이 귀한 줄을 어찌 알리오	安知物爲貴
아련하게 마음 끌려 빠져 있으니	悠悠迷所留
술 속에 깊은 맛이 담겨 있도다	酒中有深味

○ 명분(名分)과 도리(道理)를 초탈한 경지이다.[超超名理.]

---

32 나뭇잎 깔고서: 원문의 반형(班荊)은 풀을 깔고 앉는다는 말로 친구 간에 길에서 만나 함께 앉아서 이야기 나누는 것을 뜻한다. 《좌전(左傳)》 양공(襄公) 26년조에 "춘추시대 초(楚)나라 오거가 정나라로 달아났다가 다시 진나라로 도망가고 있는데, 친구인 채나라 성자 또한 진나라로 가던 길로 둘이 우연히 정(鄭)나라 교외에서 만나 형초(荊草)를 깔고 앉아서 밥을 먹으면서 오거의 초나라 복귀에 대한 이야기를 나누었다.[伍擧奔鄭, 將遂奔晉, 聲子將如晉, 遇之於鄭郊, 班荊相與食, 而言復故.]"라는 고사에서 유래하였다.

【 9수 】

젊어서부터 인간사엔 취미가 적어　少年罕人事
육경(六經)[33]을 좋아라고 읽어 왔고　遊好在六經
세월은 흘러 마흔의 나이 되었건만　行行向不惑
제자리에 머무른 채 이룬 것이 없네　淹留遂無成
곤궁함 속에서도 꿋꿋이 절개 지키며　竟抱固窮節
굶주림과 추위를 실컷 겪었더니　飢寒飽所更
낡은 초가집엔 슬픈 바람 불어오고　敝廬交悲風
무성한 잡초들만 앞뜰을 뒤덮었네　荒草沒前庭
베옷 걸치고 긴긴밤 지새우는데　披褐守長夜
새벽닭조차 울려고 하지 않네　晨雞不肯鳴
날 알아줄 맹공(孟公)[34]이 여기 없으니　孟公不在茲
끝내 이내 마음 덮어 두어야 하겠네　終以翳吾情

【 10수 】

복희(伏羲)와 신농(神農)[35]은 내게서 멀고　羲農去我久

33 육경(六經): 《시경(詩經)》, 《서경(書經)》, 《역경(易經)》, 《주례(周禮)》, 《예기(禮記)》, 《춘추(春秋)》 등 여섯 가지 서책을 아울러 일컫는 말이다.

34 맹공(孟公): 후한(後漢)시대 장안(長安) 사람 유공(劉龔)의 자(字)이다. 의론(議論)에 밝아 마원(馬援)과 반표(班彪) 등에게 인정을 받았으며, 당시의 고사(高士)였던 장중울(張仲蔚)의 사람됨을 알아주었다 한다.

온 세상에 진정을 되찾는 이가 적은데	擧世少復眞
노(魯)나라 노인[36]은 바쁘게 오가면서	汲汲魯中叟
미봉[37]하여 세상을 순박하게 만들려 했네	彌縫使其淳
봉황새는 비록 날아오지 않았지만[38]	鳳鳥雖不至
예악은 잠시 새로워졌는데	禮樂暫得新
수사(洙泗)[39]의 심오한 말씀 끊어져 버리고	洙泗輟微響
표류하다가 미친 진(秦)나라에 이르고 보니	漂流逮狂秦
시서(詩書)[40]가 무슨 죄가 있다고	詩書復何罪
하루아침에 잿더미가 되게 했던가	一朝成灰塵
부지런한 여러 노인들[41]이 나와서	區區諸老翁
참으로 정성스레 경전(經傳)을 전수했건만	爲事誠殷勤

35 복희와 신농: 원문의 희농(羲農)은 복희와 신농으로, 중국 고대 전설상의 제왕이다. 복희(伏羲)는 삼황오제(三皇五帝) 중 첫머리에 꼽히며, 팔괘(八卦)를 처음 만들고 어획(漁獲)과 수렵(狩獵)의 방법을 가르쳤다고 하며, 신농(神農)은 백성에게 농경을 가르쳤으며, 백초(百草)를 맛보고 약초를 찾아내어 병을 치료하였다고 한다.

36 노(魯)나라 노인: 공자(孔子)를 지칭하는 말이다.

37 미봉(彌縫): 떨어진 옷을 기워냄. 또는 일의 빈 구석이나 잘못된 것을 임시변통으로 이리저리 주선해서 탈이 없게 하는 것을 이르는 말이다.

38 봉황새는 … 않았지만: 《논어집주(論語集註)》 〈자한(子罕)〉에 공자가 이르기를 "봉황이 오지 않으며, 황하에서 하도가 나오지 않으니, 나는 그만두어야겠다.[鳳鳥不至, 河不出圖, 吾已矣夫.]"라고 하였다.

39 수사(洙泗): 사수(泗水)와 수수(洙水)를 이르는 말. 사수는 공자(孔子)의 고향인 곡부현(曲阜縣)에 있는 물이고, 수수는 그 지류(支流)이다. 공자가 제자들을 이곳에서 가르쳤기 때문에, 공자의 사상과 학통(學統)을 일컫는 말로 쓰인다.

40 시서(詩書): 《시경(詩經)》과 《서경(書經)》을 통틀어 이르는 말이나, 유학(儒學)의 경전(經傳)을 지칭하는 말로도 쓰인다.

41 여러 노인들: 한(漢)나라 복생(伏生) 신배(申培) 등의 무리를 이른다.

어찌하여 세상은 쇠락해지고 如何絕世下
육경(六經)과 친한 이가 하나도 없는가 六籍無一親
종일토록 수레들은 달려가 보았으나 終日馳車走
나루터를 묻는 이[42]는 보이질 않네 不見所問津
만약 다시 통쾌하게 마시지 않으면 若復不快飮
공연히 두건만 저버릴 뿐이네 空負頭上巾
다만 잘못한 말이 많을까 유감이니 但恨多謬誤
그대들은 의당 취한 이를 용서하시게 君當恕醉人

○ '미봉(彌縫)'이란 두 글자는 공자(孔子)의 일생(一生)을 깊이 있게 묘사한 것이며, '위사성은근(爲事誠殷勤)'이란 다섯 글자는 한유(漢儒)의 훈고(訓詁)를 제대로 표현한 것이다.[彌縫二字, 該盡孔子一生, 爲事誠殷勤五字, 道盡漢儒訓詁.]

○ 끝부분에서 홀연히 '음주(飮酒)'와 연관시켜 마무리하였으니 이는 바로 고인(古人)의 신화처(神化處)라고 하겠다.[末段忽然接入飮酒, 此正是古人神化處.]

○ 진인(晉人)의 시(詩) 중에 광달(曠達)한 자는 노자(老子)와 장자(莊子)를 주로 인용하고, 번루(繁縟)한 자는 반고(班固)와 양웅(揚雄)을 주로 인용하는데, 도공(陶公)은 전적으로 《논어(論語)》를 인용하였다. 한인(漢人) 이하로부터 송유(宋儒) 이전까지 성문(聖門)의 제자(弟子)로 추대할 만한 사람은 연명(淵明)이다. 강락(康樂)[43]도 경전(經傳)의 말을 잘 인용하기는 하였으나 흔적이 없게 하는 데에서는 연명에게 자리를 양보해야 한다.[晉人詩, 曠達者徵引老莊, 繁縟者徵引班揚, 而陶公專用論語. 漢人以下, 宋儒以前, 可推聖門弟子者, 淵明也. 康樂亦善用經語, 而遜其無痕.]

42 나루터를 묻는 이: 이 말은 원래 공자가 장저(長沮)와 걸닉(桀溺)에게 나루터를 물었다는 데서 인용해 온 말로, 학문에 들어가는 길을 묻는 것을 비유하는 말로 쓰였다. 327. 권농(勸農) 6수(首) 주 120) 참조.

43 강락(康樂): 사영운(謝靈運)을 지칭함. 동진(東晉) 때 강락공(康樂公) 봉작을 계승하였으므로 사강락(謝康樂)으로 불린다.

352

느낀 바가 있어 짓다[有會而作]

묵은 곡식은 이미 떨어졌는데 햇곡식이 아직 결실을 맺지 못하였다. 꽤 경험 있는 농부가 되었으나 흉년을 만난 것이다. 앞날은 여전히 아득하기만 하니 근심을 멈추지 못하겠다. 한 해의 수확을 이미 바랄 수 없게 되었고 조석을 근근이 이어 왔는데 열흘 전부터는 처음으로 굶주림을 염려하게 되었다. 한 해는 저물어 가고 슬픈 마음에 생각을 읊어 본다. 지금 내가 기록해 두지 않으면 후손들이 어찌 알겠는가.[舊穀旣沒, 新穀未登. 頗爲老農 而値年災, 日月尙悠, 爲患未已. 登歲之功, 旣不可希, 朝夕所資, 煙火裁通. 旬日已來, 始念飢乏. 歲云夕矣, 慨焉詠懷. 今我不述, 後生何聞哉.]

젊어서도 집은 늘 가난했거니	弱年逢家乏
늙어 가며 또 다시 굶주리게 되니	老至更長飢
콩과 보리만 있어도 실로 부러운데	菽麥實所羡
어찌 감히 맛있는 음식을 바라겠는가	孰敢慕甘肥
굶주림[44]은 삼순구식(三旬九食)[45]에 버금가고	惄如亞九飯

44 굶주림: 원문의 역여(惄如)는 배고픔을 이르는데, 《시경(詩經)》 〈주남(周南) 여분(汝墳)〉에 "군자를 보지 못한지라 배고픔이 무거운 듯하도다.[未見君子, 惄如調飢.]"라고 한 데서 인용한 말이다.

45 삼순구식(三旬九食): 끼니를 잇기 어려울 정도로 매우 가난함을 비유하는 말로 《설원(說苑)》 〈입절(立節)〉에 "자사(子思)가 위(衛)나라에 있을 때 솜 둔 낡은 옷은 겉데기가 없고 20일에 고작 아홉 끼만을 먹었다.[子思居於衛, 縕袍無表, 二旬而九食.]"라고 한 데서 인용한 말이다.

여름에도 겨울옷을 지겹게 입으니	當暑厭寒衣
한 해가 장차 저물어 가려 하는데	歲月將欲暮
어찌 이리도 고달프고 슬픈가	如何辛苦悲
죽을 주었던 이[46]의 마음 항상 기리며	常善粥者心
소매로 얼굴 가렸던 자[47]의 잘못 깊이 한하노니	深恨蒙袂非
탄식하며 오게 한 걸[48] 어찌 탓하랴	嗟來何足吝
굶어 죽는 건 헛되이 자신만 버리게 되나니	徒沒空自遺
궁핍해서 방종함[49]이 어찌 그의 뜻이었겠나	斯濫豈彼志
곤궁해도 절조 지킴이 평소 돌아갈 바이니	固窮夙所歸
굶주림이란 어찌할 수 없는 것이지만	餒也已矣夫
옛날 사람으로 나의 스승 삼을 자가 많도다	在昔余多師

46 죽을 주었던 이: 제(齊)나라 검오(黔敖)를 이름. 그가 제나라에 흉년이 들자 길거리를 오가는 사람들에게 밥을 해 먹였다. 그때 굶주려 다 죽어 가는 사람을 보고 밥을 먹으라고 하자, 그가 소매로 얼굴을 가리고 두 발을 모아 걸으면서 힘없이 다가와 "나는 무례하게 밥을 먹으라는 말을 거절해서 이렇게 되었다."면서 굶어 죽었다 한다.

47 소매로 얼굴을 가렸던 자: 위의 주석에서 말한 걸인을 일컫는다.

48 탄식하며 오게 한 걸[嗟來]: 차래지식(嗟來之食)의 준말. '자, 어서 와서 먹어라'라는 뜻으로 무례한 태도로 주는 음식을 가리키며, 모욕적인 대접을 일컫는 말로 쓰인다.

49 궁핍해서 방종함[斯濫]: 지조를 지키지 못함을 이르는 말. 《논어집주(論語集註)》〈위령공(衛靈公)〉에 "진나라에 있을 때 양식이 떨어지고 종자들은 병들어 일어날 수 없었다. 자로가 화난 얼굴로 뵙고 말하기를 '군자도 곤궁할 때가 있습니까?' 하자, 공자가 이르기를 '군자는 곤궁함을 잘 버텨 내지만 소인은 곤궁하면 넘쳐 버린다'.[在陳絶糧, 從者病, 莫能興. 子路慍見曰, 君子亦有窮乎? 子曰, 君子, 固窮. 小人, 窮斯濫矣.]" 하였다.

353
의고(擬古) 8수(首)

【1수】

창 아래 난초 활짝 피고　榮榮窗下蘭
집 앞에 버들 조밀했었지　密密堂前柳
처음 그대와 작별할 그때엔　初與君別時
가서 오래 걸린다 아니 했건만　不謂行當久
문을 나서 만 리 나그네 되자　出門萬里客
길에서 좋은 친구를 만났구려　中道逢嘉友
말하기 전에 마음이 먼저 취하는 건　未言心先醉
한잔 술을 나누었기 때문만은 아니네　不在接杯酒
난초 마르고 버들 역시 시들었으니　蘭枯柳亦衰
마침내 그 맹세를 어겨 버렸네　遂令此言負
여러 소년에게 거듭 말하노니　多謝諸少年
서로 사귐이 성실하지 못하면　相知不忠厚
의기로 목숨까지 바친다 해도　意氣傾人命
헤어지면 또 무엇이 남겠는가　離隔復何有

【 2수 】

집 떠나려 새벽부터 수레를 준비한 건 辭家夙嚴駕
무종(無終)[50] 찾아가기 위함이랬지 當往志無終
묻노니 그댄 지금 무얼 하러 가는가 問君今何行
장사도 아니고 종군(從軍)도 아니면서 非商復非戎
들으니 전자태[51]란 사람이 있는데 聞有田子泰
절의가 사람들 중에서 으뜸이라네 節義爲士雄
이 사람 이미 오래전에 죽었건만 斯人久已死
마을에선 그의 기풍을 익힌다 하네 鄕里習其風
살았을 때 명성 세상에 드높더니 生有高世名
죽어서도 그 이름 길이 전하네 旣沒傳無窮
명리 향해 치닫는 자를 배우지 않으리 不學狂馳子
그 영화 단지 살아 있는 동안뿐이니 直在百年中

○ 전자태(田子泰)의 이름은 주(疇)이며 유우(劉虞)의 신하이다. 유우가 한(漢)나라 왕실에 충성을 다하다가 공손찬(公孫瓚)에게 살해당하자, 전주(田疇)가 땅을 쓸고 맹세한 뒤 기어이 원수를 갚고자 하였다. 뒤에 공손찬이 이미 멸망하고 오환(烏桓)이 격파되자 조조(曹操)가 봉작(封爵)을 더해 주려 하였으나, 전주는 받지 않고 심지어 스스로 자결하여 그 뜻을 밝히고자 하였다.[田子泰名疇, 劉虞之臣. 虞盡忠漢室, 爲公孫瓚所害, 疇掃地而盟, 誓欲復仇. 後瓚已滅, 烏桓已破, 曹操欲加以封爵, 疇不受, 至欲自刎以明志.]

---

50 무종(無終): 하북성(河北省) 계현(薊縣)에 위치한 전자태(田子泰)의 고향이다.

51 전자태(田子泰, 169~214): 대본에 전자춘(田子春)으로 되어 있던 것을 《도연명집(陶淵明集)》에 의거하여 바로잡았다. 상주(詳註)도 같다.

【 3수 】

이월이라 때맞추어 봄비 내리고　　仲春遘時雨
첫 우레가 동쪽에서 울려 퍼지니　　始雷發東隅
동면하던 동물들은 놀라서 깨고[52]　　衆蟄各潛駭
풀과 나무 분방하게 싹을 틔우네　　草木從橫舒
훨훨 날아[53] 새로 찾아온 제비들이　　翩翩新來燕
쌍쌍이 나의 집으로 날아드는 건　　雙雙入我廬
먼젓번 둥지가 아직 그대로 있어서　　先巢故尙在
짝지어 옛 살던 집으로 돌아온 걸세　　相將還舊居
그리운 임과 이별한 뒤로　　自從分別來
문과 뜰은 날로 황폐해지는데　　門庭日荒蕪
내 마음은 구르는 돌과 같지 않건마는[54]　　我心固匪石
그대 마음은 정녕 어떠한가요　　君情定何如

52 이월이라 … 깨고: 《예기(禮記)》〈월령(月令)〉에 "중춘(仲春)의 달에 … 비로소 비가 내리고 … 천둥이 소리를 내고 비로소 번개가 치며, 동면하던 벌레들이 움직이고 땅 위로 구멍을 뚫고 나오려 한다.[仲春二月 … 始雨水 … 雷乃發聲, 始電, 蟄蟲咸動, 啓户始出.]"라고 하였다.

53 훨훨 날아: 원문의 편편(翩翩)은 가볍게 나부끼거나 훨훨 나는 모양을 이른다.

54 내 마음은 … 않건마는: 《시경(詩經)》〈패풍(邶風)〉 백주(柏舟)에 "내 마음은 돌이 아니라서 굴릴 수가 없다.[我心匪石, 不可轉也.]"라고 하였다.

【4수】

까마득한 백 척 높이 누각이라서　迢迢百尺樓
또렷이 사방[55] 끝까지 바라보이네　分明望四荒
저녁에는 돌아온 구름의 집이 되고　暮作歸雲宅
아침에는 날아드는 새들의 당이 되니　朝爲飛鳥堂
산과 바다가 한눈에 가득 차고　山河滿目中
평원은 유독 한없이 넓기만 하네　平原獨茫茫
옛날 공명을 추구하던 사람들은　古時功名士
격앙된 마음으로 이 땅을 다퉜을텐데　慷慨爭此場
하루아침에 죽고 난 뒤엔　一旦百歲後
다 같이 북망산(北邙山)[56]으로 돌아갔네　相與還北邙
무덤가의 소나무와 잣나무 베어지고　松柏爲人伐
높다랗던 무덤도 높낮이가 달라졌네　高墳互低昂
무너진 묘지 돌볼 후손 없으니　頹基無遺主
떠도는 혼백은 어디에 있는가　游魂在何方
부귀영화가 실로 귀하다 해도　榮華誠足貴
죽고 나면 역시 가련하고 슬플 뿐이네　亦復可憐傷

55 사방: 원문의 사황(四荒)은 사방 변두리 지방으로 《이아(爾雅)》〈석지(釋地)〉에 "고죽(觚竹)과 북호(北戶)와 서왕모(西王母)와 일하(日下)를 사황(四荒)이라고 부른다.[觚竹, 北戶, 西王母, 日下, 謂之四荒.]" 하였는데, 곽박(郭璞)의 주(注)에 "고죽은 북쪽에 있고, 북호는 남쪽에 있으며, 서왕모는 서쪽에 있고, 일하는 동쪽에 있으니, 모두 사방의 미개한 변방에 있는 나라들로 사극(四極)에 다음가는 지역이다.[觚竹在北, 北户在南, 西王母在西, 日下在東, 皆四方昏荒之國, 次四極者.]"라고 하였다.

56 북망산(北邙山): 망산(邙山)으로도 부른다. 낙양(洛陽)의 북쪽에 위치해 있다 하여 붙여진 이름이며, 한위(漢魏) 이래로 왕후공경(王侯公卿)을 장사 지내던 곳이다.

【5수】

동방에 한 선비가 있는데	東方有一士
입은 옷은 항상 너덜하며	被服常不完
한 달에 아홉 번 식사를 하고[57]	三旬九遇食
십 년 동안 갓이 하나라니	十年著一冠
고생은 견줄 데 없으나	辛苦無此比
항상 즐거운 얼굴이네	常有好容顏
나는 그이를 보고자 하여	我欲觀其人
새벽길 떠나 하천과 관문을 넘으니	晨去越河關
푸른 소나무는 길을 끼고 자라고	青松夾路生
흰 구름은 처마 끝에서 머무네	白雲宿簷端
은자(隱者)가 내가 온 뜻을 짐짓 알고	知我故來意
금(琴)을 가져와 나를 위해 타는데	取琴爲我彈
먼저는 별학조(別鶴操)[58]를 연주하더니	上絃驚別鶴
뒤에는 고란조(孤鸞操)[59]를 타누나	下絃操孤鸞
원컨대 그대 곁에 머물면서	願留就君住
다가오는 추운 겨울[60]을 나고 싶구려	從今至歲寒

57 한 달에 …하고: 352.느낀 바가 있어 짓다[有會而作] 주 45) 참조.

58 별학조(別鶴操): 금곡(琴曲)의 하나. 원래는 부부의 이별을 탄식하는 곡이었으나 속세를 떠나 은거함을 비유하는 뜻으로 인용하였다.

59 고란조(孤鸞操): 금곡(琴曲)의 하나. 쌍봉이란(雙鳳離鸞)을 이름. 원래는 봉황새가 짝을 잃음을 탄식하는 내용으로 되어 있으나 여기서는 고고한 지조를 비유하는 뜻으로 인용하였다.

60 추운 겨울: 원문의 세한(歲寒)은 《논어집주(論語集註)》 〈자한(子罕)〉에, 공자가 "날씨가 추워진 뒤에야 소나무와 잣나무가 뒤늦게 시드는 것을 안다.[歲寒然後, 知松柏之後凋也.]"라고 하였다.

○ 고생스러우나 즐거운 얼굴을 하고 있다는 것은, 이른바 몸은 곤궁해도 도는 형통하다는 것이다.[辛苦而有好容, 所謂身困道亨也.]

【6수】

해 저문 하늘엔 구름 한 점 없고 日暮天無雲
봄바람이 살랑살랑 불어오는데 春風扇微和
아름다운 사람 맑은 밤을 좋아하여 佳人美清夜
날이 새도록 술 마시고 노래 부르네 達曙酣且歌
노래 끝나자 길게 탄식하니 歌竟長歎息
좋은 경치 바라보며 감회도 많네 持此感人多
구름 사이론 달이 휘영청 밝고 皎皎雲間月
나뭇잎 사이엔 꽃이 활짝 피었네 灼灼葉中華
어찌 한때의 아름다움이 없겠는가마는 豈無一時好
오래가지 못하니 이를 어쩌나 不久當如何

【7수】

젊을 때는 건장하고 굳센 덕분에 少時壯且厲
검을 들고 홀로 나서 돌아다녔거니와 撫劍獨行遊
다닌 곳이 가깝다고 누가 말하랴 誰言行遊近
장액[61]에서 유주[62]까지 이르렀네 張掖至幽州

배고프면 수양산의 고사릴 먹고	飢食首陽薇
목마르면 역수 가의 물을 마셨지만	渴飮易水流
서로 아는 사람일랑 보지 못하고	不見相知人
그저 옛날 무덤들만 봤을 뿐이네	惟見古時丘
길가 높은 두 무덤이 있어 봤더니	路邊兩高墳
백아[63]와 장주[64] 무덤이라 깜짝 놀랐네	伯牙與莊周
이런 사람 다시 만남 어려울 텐데	此士難再得
내가 가서 이제 무얼 구할 것인가	吾行欲何求

○ 수양산과 역수는 가탁한 뜻이 현저하다.[首陽易水, 托意顯然.]

【8수】

장강 가에 뽕나무를 심어 두고서	種桑長江邊
삼년 만에 잎 따기를 바랐더니만	三年望當採
가지들이 막 무성해지려 하는데	枝條始欲茂

---

61 장액(張掖): 옛날 서쪽 변경 지역으로 오늘날 감숙성(甘肅省) 서부에 있다. 유주와의 거리가 수천 리나 된다고 한다.

62 유주(幽州): 지금의 하북성(河北省) 동부에 있다.

63 백아(伯牙): 춘추시대 금(琴)의 명인. 자신의 연주에 대하여 잘 알아주던 종자기(鍾子期)가 죽은 뒤에는 더 이상을 금(琴)을 타지 않았다고 한다.

64 장주(莊周): 전국시대의 사상가. 친구 혜시(惠施)가 죽고 난 뒤에는 자신의 생각을 더 이상 다른 사람과 말하지 않았다고 한다.

갑자기 산과 강이 바뀌어 버렸네 忽値山河改
가지와 잎들은 절로 꺾이고 柯葉自摧折
뿌리와 줄기는 바다로 떠내려갔네 根株浮滄海
봄누에는 이미 먹을 것이 없으니 春蠶既無食
겨울옷을 누구한테 기대할 건가 寒衣欲誰待
애초부터 높은 언덕에 심지 않았으니 本不植高原
이제 와서 다시 무얼 후회할 건가 今日復何悔

○ 말하고 싶어도 말하기 어려운 부분이니[欲言難言] 도공(陶公) 시의 근본과 절목이 대체로 이런 부분에 있다.[欲言難言, 陶公詩根本節目, 全在此種.]

354

잡시(雜詩) 3수(首)

【1수】

인생이란 뿌리도 꼭지도 없어서 人生無根蔕
언덕에 나부끼는 먼지와 같네 飄如陌上塵
흩어져 바람 따라 굴러다니니 分散逐風轉
이는 이미 떳떳한 몸이 아니네 此已非常身
세상에 태어나면 모두가 형제인걸 落地爲兄弟
어찌 꼭 골육이라야 친하겠는가 何必骨肉親
기쁜 일 생기면 즐겨야 하니 得歡當作樂
한 말 술로 이웃 사람 불러 모으네 斗酒聚比鄰
한창때는 거듭 오지 않고 盛年不重來
하루 중에 새벽을 두 번 맞기 어렵나니 一日難再晨
때맞춰 부지런히 힘쓸지어다 及時當勉勵
세월은 사람을 기다려 주지 않는 법이네 歲月不待人

【2수】

밝은 해는 서쪽 언덕으로 지고 白日淪西阿

하얀 달은 동쪽 재 넘어에서 떠오르네　素月出東嶺
까마득한 만 리까지 비추며　遙遙萬里輝
넓디넓은 하늘에서 빛나네　蕩蕩空中景
바람 일어 방문으로 들어오니　風來入房戶
한밤중에 잠자리가 차가웁다　夜中枕席冷
기후가 변하니 계절의 바뀜 느끼겠고　氣變悟時易
잠 못 이루니 밤이 길어진 줄 알겠네　不眠知夕永
말하고자 해도 화답해 줄 사람 없으니　欲言無予和
술잔 들어 외로운 그림자에게 권하네　揮杯勸孤影
세월이 사람을 버리고 떠나가니　日月擲人去
뜻이 있어도 펼쳐 보지 못하네　有志不獲騁
이것을 생각하니 마음이 처량해져　念此懷悲悽
새벽이 밝도록 진정시킬 수가 없네　終曉不能靜

【3수】

대경[65]은 본래 바라던 바가 아니요　代耕本非望
일삼는 일이 밭 갈고 누에 치는 것인데　所業在田桑

---

65 대경(代耕): 관리의 녹봉 또는 관인(官人)의 생활을 일컫는 말. 《맹자집주(孟子集註)》〈만장장구하(萬章章句下)〉에, "하사와 서인으로 관직에 있는 자는 녹봉이 같으니 녹봉이 충분히 그 경작하는 수입을 대신할 만하다.[下士與庶人在官者, 同祿, 祿足以代其耕也.]" 하였다.

몸소 농사지어서 그만둔 적 없거니와	躬親未曾替
춥고 굶주려 늘 조강[66]으로 대신하네	寒餒常糟糠
어찌 지나치게 배부르길 바라겠는가	豈期過滿腹
거친 밥이나마 실컷 먹을 수 있다면야	便願飽粳糧
겨울 추위 막는 데는 거친 베면 족하고	御冬足大布
거친 갈포(葛布)로 뙤약볕 가리면 그만인데	麤絺以應陽
이런 것조차 얻을 수 없으니	正爾不能得
애처롭고 또 가슴 아픈 일이네	哀哉亦可傷
남들은 모두 적당함을 얻었는데	人皆盡獲宜
못난 나는 방법을 모르겠네	拙生失其方
이치가 그러한데 어찌할 건가	理也可奈何
그저 술이나 한잔 마실 수밖에	且爲陶一觴

66 조강(糟糠): 술지게미와 쌀겨, 거칠고 좋지 않은 음식을 이른다.

355

가난한 선비를 노래하다[詠貧士] 5수(首)

【1수】

만물은 제각기 의탁하는 바가 있는데　萬族各有託
외로운 구름만 홀로 의지할 곳이 없네　孤雲獨無依
어렴풋이 공중으로 사라져 가니　曖曖空中滅
언제나 남은 빛을 보게 되려나　何時見餘暉
아침노을이 밤안개를 걷어내자[67]　朝霞開宿霧
뭇 새들이 서로 함께 날아가네　衆鳥相與飛
느릿느릿 숲속에서 나온 새들이　遲遲出林翮
날 저물기 전에 다시 돌아오네　未夕復來歸
능력 헤아려 예전 삶을 고수하니　量力守故轍
어찌 춥고 배고프지 않겠는가　豈不寒與飢
알아주는 사람[68]이 정녕 없으니　知音苟不存
말지어다 무얼 더 슬퍼하리오　已矣何所悲

67 아침노을이 … 걷어내자: 원문의 조하(朝霞)는 막 떠오르는 태양으로 하늘이 벌겋게 보이는 것을 이른다. 《초사(楚辭)》〈원유(遠遊)〉에 "육기를 먹고 항해를 마심이여, 정양으로 양치질하고 아침놀을 머금는도다.[餐六氣而飮沆瀣兮, 漱正陽而含朝霞.]"라고 하였다. 원문의 숙무(宿霧)는 전날 밤부터 낀 안개를 이른다.

68 알아주는 사람: 원문의 지음(知音)은 자기를 알아주는 친한 벗이란 뜻으로, 백아(伯牙)와 종

【2수】

매섭게 추운 날씨 한 해가 저무는데[69] 淒厲歲云暮
갈옷 걸치고 창 앞에서 햇볕을 쬐네 擁褐曝前軒
남쪽 채소밭엔 남아 있는 이삭 없고 南圃無遺秀
마른 가지만 북쪽 정원에 가득 찼네 枯條盈北園
단지를 기울여 보니 남은 술은 바닥났고 傾壺絕餘瀝
부엌에는 밥 짓는 연기 보이지 않네 窺竈不見煙
온갖 책들 자리 밖에 있건마는 詩書塞座外
해 기울면 쳐다볼 겨를이 없네 日昃不遑研
한가히 거처함이 진액[70]은 아니지만 閑居非陳厄
슬그머니 말에 노여움이 드러나네 竊有慍見言
무엇으로 내 마음을 위로할까 何以慰吾懷
옛날 어진이들에게 힘입을 따름이네 賴古多此賢

자기(鍾子期)의 고사에서 유래한 말이다. 《열자(列子)》 〈탕문(湯問)〉에 백아(伯牙)가 거문고를 타면서 고산(高山)에 뜻을 두고 연주하면 종자기(鍾子期)가 "높디높기가 마치 태산과 같도다[峨峨兮若泰山]" 하였고, 또 유수(流水)에 뜻을 두고 연주하면 "넓고 넓기가 마치 강하와 같도다.[洋洋兮若江河]" 하였다. 종자기가 죽고 나서는 백아가 더 이상 세상에 지음(知音)이 없다고 탄식하며 거문고 줄을 끊어 버렸다고 한다.

69 매섭게 … 저무는데: 184.〈고시 19수〉 제16수의 첫머리에 "날은 차고 한 해가 저물어 가는데 땅강아지 우는 소리 슬픔이어라.[凜凜歲云暮, 螻蛄夕鳴悲.]"라고 한 데서 인용한 말이다.

70 진액(陳厄): 공자(孔子)가 초빙을 받고 초(楚)나라로 가는 길에 진(陳)·채(蔡)의 대부들에게 포위당하여 식량이 떨어지는 등 곤궁한 처지에 놓인 것을 일컫는 말이다.

【3수】

영계기(榮啓期)[71]는 늙도록 새끼줄로 띠를 하고도 榮叟老帶索
흔연히 언제나 금(琴)을 탔으며 欣然方彈琴
원헌(原憲)[72]은 뒤축 없는 신을 신고도 原生納決履
맑게 노래 불러 상음[73]을 펼쳤다네 淸歌暢商音
중화[74]는 우리 곁에서 떠난 지 오래라서 重華去我久
가난한 선비들만 세상에서 서로 찾네 貧士世相尋
해진 옷으로 팔꿈치도 못 가리며 敝襟不掩肘
나물국[75]엔 항상 쌀알조차 없으니 藜羹常乏斟
어찌 가벼운 가죽옷을 잊었으랴만 豈忘襲輕裘
구차하게 얻는 것은 부럽지 않네 苟得非所欽
자공(子貢)[76]은 그저 말솜씨만 좋을 뿐 賜也徒能辯
내 마음 어떤지는 보지 못하였네 乃不見吾心

71 영계기(榮啓期): 351. 음주(飮酒) 10수(首) 주 27) 참조.

72 원헌(原憲): 이름은 원사(原思)이고, 자는 자사(子思)이다. 수치에 대해 묻자, 공자가 "나라에 도가 있는데도 하는 일 없이 녹봉이나 축내고, 나라에 도가 없는데도 벼슬자리에 연연하면서 녹봉이나 축내는 것이 수치다."라고 일러 준 바 있고, 공자가 세상을 떠나자 궁벽한 땅에 가서 숨어 살았다. 위나라의 재상으로 있던 자공이 방문했을 때 그는 해진 의관이지만 단정하게 차려 입고 그를 맞았다. 자공이 곤궁하게 사는 것을 걱정하자 "도를 배우고도 실천하지 못하는 것을 곤궁하다고 말하지, 나는 가난해도 곤궁하지 않다."고 대답하여 자공을 부끄럽게 만들었다 한다.

73 상음(商音): 오음(五音)인 궁(宮)·상(商)·각(角)·치(徵)·우(羽) 중의 하나. 소리가 슬프고 처량하다.

74 중화(重華): 순(舜)임금의 호(號)라고 한다.

75 나물국: 원문의 여갱(藜羹)은 명아주로 끓인 국으로 매우 조악한 음식을 뜻한다. 《장자(莊子)》〈양왕(讓王)〉에 "공자가 진(陳)·채(蔡) 지역에서 곤궁한 액운을 당했을 때, 7일 동안이나

【4수】

원안[77]은 눈이 쌓여 곤경에 처하여도　袁安困積雪
남 일인 양하여 도움을 구하지 않았고　邈然不可干
완공[78]은 뇌물 들어오는 것을 보고　阮公見錢入
그날로 벼슬을 그만두었다네　即日棄其官
건초 위에서 자도 온기는 있고　芻藁有常溫
토란 캐면 아침 식사로 족하긴 해도　采莒足朝餐
어찌 실로 고생스럽지 않겠는가마는　豈不實辛苦
두려운 건 배고프고 추운 것이 아니네　所懼非饑寒
가난과 부귀가 늘 서로 싸우나　貧富常交戰
도의 마음이 이기니 슬픈 얼굴은 없네　道勝無戚顏
고상한 덕행은 나라와 마을에서 으뜸이요　至德冠邦閭
청렴한 절개는 서관에서 빛이 나네　清節映西關

○ '두려운 건 배고프고 추운 것이 아니네[所懼非飢寒]'와 '즐거움은 궁핍이나 영달에 있지 않

밥을 지어 먹지 못하고 명아주 국에 쌀 한 톨도 넣지 못해 얼굴빛이 매우 초췌했는데도 방 안에 앉아서 거문고를 타며 노래를 불렀다.[孔子窮於陳蔡之間, 七日不火食, 藜羹不糝, 顏色甚憊, 而絃歌於室.]"라고 한 데서 인용한 말이다.

76 자공(子貢): 춘추시대 위(衛)나라 유학자로, 성은 단목(端木)이고, 이름은 사(賜)이다. 공문십철(孔門十哲)의 한 사람으로 재아(宰我)와 더불어 언어에 뛰어났다고 한다.

77 원안(袁安): 한(漢)나라 때의 선비. 큰 눈이 와서 한 길 이상이 쌓였는데, 낙양령(洛陽令)이 나가서 순찰하다가 원안의 문 앞에 이르렀다. 눈을 치우지 않아 길이 없으므로 죽었는가 하여 눈을 치우고 들어가 보니, 원안이 누워 있었다. "왜 나오지 않는가?" 하고 물으니, "큰 눈에 백성이 모두 배고프니 나를 간섭할 것이 없소." 하였다. 이에 낙양령이 그를 어진 사람으로 조정에 추천했다고 한다.

78 완공(阮公): 완적(阮籍)을 이른다.

네[所樂非窮通]'란 이 두 구절은 자리 오른쪽에 써서 둘 만하다.[所懼非飢寒, 所樂非窮通, 二語可書座右.]

【 5수 】

장중울(張仲蔚)[79]은 가난한 삶을 좋아해선지	仲蔚愛窮居
집 둘레엔 쑥대만 잔뜩 자랐네	繞宅生蒿蓬
은거하여 세상과 내왕 끊고서	翳然絶交遊
시 짓는 데에 꽤 재능을 보였네	賦詩頗能工
온 세상에 알아주는 이는 없어도	擧世無知者
다만 유공[80] 한 사람이 있었으니	止有一劉龔
이 사람 어찌 홀로 그러했는가	此士胡獨然
실은 동지(同志)가 없어서였네	實由罕所同
꿋꿋이 홀로 자기 일에 편안하니	介焉安其業
즐거움은 곤궁이나 영달에 있지 않네	所樂非窮通
인간사에 본래 서툰 터라서	人事固以拙
그저 길이 그를 따르고자 할 뿐이네	聊得長相從

○ 유공(劉龔)은 유향(劉向)의 손자이다.[劉龔 劉向之孫.]

---

79 장중울(張仲蔚): 황보밀(皇甫謐)의 《고사전(高士傳)》에, "그는 동한(東漢) 평릉(平陵) 사람으로, 위경경(魏景卿)과 함께 벼슬하지 않고 은거생활하며 시(詩)와 부(賦)를 좋아하였다"라고 하였다.

80 유공(劉龔): 유흠(劉歆)의 조카로 자는 맹공(孟公)이며 장안(長安) 사람이다. 《고사전(高士傳)》〈장중울전(張仲蔚傳)〉에 "늘 빈궁한 생활을 하였는데, 집 주위에는 사람 키를 넘을 정도로 쑥대가 우거졌으며, 문을 닫고 성품 공부만 할 뿐 명예를 탐하지 않았으므로, 당시에 아무도 알아주는 사람이 없었으나, 유공(劉龔)만은 그를 인정하였다."라는 고사가 전한다.

○ 기한(飢寒)을 두려워하지 않고, 천리(天理)에 달관하여 명(命)을 편안하게 여겼으니, 이는 도공(陶公)의 인품이 계차(季次)[81]나 원헌(原憲)[82]보다 아래에 있지 않다는 증거이다. 그런데 싸잡아서 진인(晉人)으로 보는 것은 어째서인가?[不懼飢寒, 達天安命, 陶公人品 不在季次原憲下, 而概以晉人視之, 何耶?]

○ '즐거움은 궁핍이나 영달에 있지 않네[所樂非窮通]'라는 글은 장자(莊子)에서 인용하였다.[所樂非窮通, 本莊子.]

81 계차(季次): 춘추시대 제(齊)나라 사람 공석애(公晳哀)의 자이다. 《공자가어(孔子家語)》에는 그의 이름이 공석극(公晳克)으로 되어 있다. 공자는 그에 대하여 "천하의 선비들은 도리를 실천하지도 않고 대부분 가신이 되어 도성에서 벼슬살이를 하고 있는데, 오직 계차만은 이런 일이 없구나." 하였다.

82 원헌(原憲): 355.가난한 선비를 노래하다[詠貧士] 5수(首) 주 72) 참조.

356

형가를 노래하다[詠荊軻]

연단[83]이 지사 양성 잘해 왔던건	燕丹善養士
강영[84]에게 원한을 갚고자 함이었는데	志在報強嬴
출중한 용사를 모집하더니	招集百夫良
느지막이 형경[85]을 얻을 수 있었네	歲暮得荊卿
군자는 지기[86]를 위하여 죽는 법이라	君子死知己
칼을 뽑아 들고 연나라 서울을 나서니	提劍出燕京
백마[87]가 큰길에서 소리 내어 우는데	素驥鳴廣陌
강개한 마음 실어 날 보내 주는 듯	慷慨送我行
곤두선 머리카락 높은 관에 치솟고	雄髮指危冠

83 연단(燕丹): 연(燕)나라 태자 단(丹)을 이르는 말이다.

84 강영(强嬴): 강성한 진(秦)나라를 지칭하는 말로, 진시황(秦始皇)이 영씨(嬴氏)였기 때문에 이른 말이다.

85 형경(荊卿, ?~기원전 227): 형가(荊軻)를 이름. 전국시대 제(齊)나라 사람으로, 위(衛)나라에서 출생하였으며, 독서와 칼 쓰기를 좋아하였다. 연(燕)나라의 태자 단(丹)의 식객이 되었고, 형경(荊卿) 또는 경경(慶卿)으로 불렸다. 연나라의 태자 단의 부탁을 받아 진(秦)나라 왕을 죽이려다 실패하고 피살되었다.

86 지기(知己): 지기지우(知己之友)의 준말로, 세상에서 자기를 인정하고 가장 잘 알아주는 친한 친구를 이르는 말이다.

87 백마: 원문의 소기(素驥)는 흰 말을 이르는데, 《전국책(戰國策)》〈연책(燕策)〉에 "태자와 빈객 중에 이 일을 아는 자들이 모두 백의관으로 그를 보내 주었다.[太子及賓客知其事者, 皆白衣冠以送之.]"라고 하였으니, 진나라 왕과 죽기를 각오하고 떠나는 형가의 행차를 뜻한다.

용맹한 기세는 긴 갓끈을 찌르네	猛氣衝長纓
역수 가에서 술 마시며 전송하니	飮餞易水上
사방자리에 영웅호걸이 늘어섰네	四座列群英
고점리(高漸離)[88]가 슬픈 가락의 축(筑)을 타자	漸離擊悲筑
송의(宋意)[89]는 높은 소리로 노래하니	宋意唱高聲
쏴아쏴아 슬픈 바람 지나가고	蕭蕭哀風逝
출렁출렁 차가운 물결 일어나네	淡淡寒波生
처량한 상음(商音)[90]은 더욱 눈물짓게 하고	商音更流涕
비장한 우조(羽調)[91]는 장사를 놀래키네	羽奏壯士驚
짐작컨대 이제 가면 돌아오진 못하여도	心知去不歸
또한 후세에 이름은 남게 되리라	且有後世名
수레에 올라 고개 한번 뒤돌아보지 않고	登車何時顧
나는 듯한 수레 진나라 조정으로 들어가네	飛蓋入秦庭
용감하게 나아가 만 리를 넘어서	凌厲越萬里
구불구불 천 개의 성을 지난 터라	逶迤過千城
말린 지도 끝에서 일이 벌어지니[92]	圖窮事自至

88 고점리(高漸離): 306. 영사(咏史) 8수(首) 주 114) 참조.

89 송의(宋意): 형가의 친구이자, 연태자 단의 문객(門客)으로 전한다.

90 상음(商音): 355. 가난한 선비를 노래하다[詠貧士] 5수(首) 주 73) 참조.

91 우조(羽調): 비장한 음조를 지녀 주로 격앙된 분위기를 연출한다.

92 말린 … 벌어지니: 《사기(史記)》 〈자객열전(刺客列傳) 형가(荊軻)〉에 "연왕(燕王) 희(喜) 28년에 형가(荊軻)가 연나라 태자 단(丹)을 위해 진시황을 죽이러 갈 때 연나라 독항 지역을 그린 지도인 독항도와 진나라에서 죄를 짓고 망명한 번오기(樊於期)의 목을 가지고 진나라로 들어가

호탕한 진왕 정녕 놀라 허둥댔네 豪主正怔營
애석하다 검술이 서투른 탓에 惜哉劍術疎
기발한 공을 결국 이루지 못하였으니 奇功遂不成
비록 이 사람 이미 죽고 없지만 其人雖已沒
천년이 지나도 감정은 외려 남아 있네 千載有餘情

○ 뛰어난 재기가 갑자기 솟구치고, 정(情)이 사(詞)에 드러나 있다.[英氣勃發, 情見乎詞.]

진시황에게 지도를 바칠 때 지도가 다 펼쳐지는 순간 비수가 보임으로써, 지도를 바치는 척하며 진시황의 심장에 비수를 꽂으려던 계책이 실패로 돌아갔음을 말한 것이다.

357

《산해경》[93]을 읽고[讀山海經]

초여름 되어 초목이 자라나자 孟夏草木長
집을 에워싼 나무들이 무성하다[94] 繞屋樹扶疎
뭇 새들은 깃들 곳 있어 기뻐하고 衆鳥欣有託
나도 나의 초가집을 사랑하노라 吾亦愛吾廬
밭 갈아서 씨도 벌써 뿌린 터라 旣耕亦已種
때로는 돌아와서 책을 읽는다만 時還讀我書
외진 골목이라 심철[95]과는 떨어져 있으니 窮巷隔深轍
번번이 친구들 수레조차 돌아가게 하였네 頗迴故人車
기쁘게 봄 술을 마시고자 歡言酌春酒
이내 정원의 채소를 뜯는데 摘我園中蔬

---

93 《산해경(山海經)》: 기원전 3~4세기경에 탄생한 동아시아 최고(最古)의 지리서(地理書)로 성립 연대는 미상이다. 우(禹)임금 때 백익(伯益)의 저술이라 하나 분명치 않으며, 대개 전국시대 때의 저술일 것으로 추측된다. 당초에는 13권이었으나, 한대(漢代)의 유흠(劉歆)이 고본(古本) 32권을 18권으로 정리한 것이 오늘날까지 전해지고 있으며 해내(海內)와 해외(海外)를 통틀어 각 지방의 진귀한 산천 풍물(山川風物)들을 기록해 놓은 책이다.

94 무성하다: 원문의 부소(扶疏)는 부어(扶於)·부소(扶蘇)와 같은 말로, 나무가 우거지다는 뜻이다. 《한비자(韓非子)》〈양권(揚權)〉에 "군자된 자는 자주 나뭇가지를 자르듯 대신이나 그 일당의 권세가 무성하지 못하게 해야 한다.[爲人君者, 數披其木, 毋使本枝扶疏.]"라고 하였다.

95 심철(深轍): 깊은 수레바퀴 자국이란 말로, 수레가 많이 다녀 바퀴자국이 깊이 파인 것을 의미한다. 곧 번화한 도로라는 뜻으로 쓰인다.

가랑비는 동쪽에서 내리고	微雨從東來
좋은 바람도 함께 불어오네	好風與之俱
주왕전[96]을 두루 열람하고는	泛覽周王傳
산해도[97]도 이리저리 보았네	流觀山海圖
두루 살펴 우주를 다 보았으니	俯仰終宇宙
이것을 즐기지 않고 또 무얼 하리오	不樂復何如

○ 사물을 관찰하고 자신을 관찰함에 원기가 순전하다.[觀物觀我, 純乎元氣.]

96 주왕전(周王傳): 《목천자전(穆天子傳)》을 이름. 전 6권으로, 작자는 미상이다. 서진(西晉) 함녕(咸寧) 5년(279) 하남(河南)의 급현(汲縣)에 있는 위 양왕(魏襄王) 묘에서 출토된 급총서(汲塚書) 중의 하나. 일종의 역사소설로 주 목왕(周穆王)이 서정(西征)에 나섰다가 서왕모(西王母)를 만나는 줄거리를 담고 있다.

97 산해도(山海圖): 《산해경(山海經)》의 이야기에 근거하여 그린 그림을 이른다.

358

만가를 본따서 짓다[擬輓歌詞]

거친 풀들 어찌 저리 까마득한가 荒草何茫茫
백양[98] 역시 바람결에 소리를 낸다 白楊亦蕭蕭
찬 서리 내리는 구월 어느 중간에 嚴霜九月中
나를 묻으러 멀리 교외로 나가는데 送我出遠郊
사방에는 인가도 없고 四面無人居
높은 무덤들만 우뚝우뚝 솟아[99] 있네 高墳正嶕嶢
말은 하늘을 쳐다보며 울고 馬爲仰天鳴
바람도 저 혼자 쓸쓸히[100] 부는데 風爲自蕭條
무덤이 한번 닫혀 버리고 나면 幽室一已閉
천년 동안 아침을 다시 보지 못하리라 千年不復朝

천년 동안 다시는 아침을 보지 못하는 건 千年不復朝
현명하고 뛰어난 사람도 어찌하지 못하네 賢達無奈何
앞서 서로 장송(葬送)하던 사람들도 向來相送人

98 백양(白楊): 백양나무는 버들과에 속하는 낙엽 활엽 교목으로 황철나무·사시나무라고도 하는데, 송추(松楸)와 함께 묘소의 나무를 지칭하는 말로 쓰인다.

99 우뚝우뚝 솟아: 원문의 초요(嶕嶢)는 높이 솟아 있는 모양을 이른다.

100 쓸쓸히: 원문의 소조(蕭條)는 호젓하고 쓸쓸한 모양을 이른다.

각자 자기 집으로 돌아가고 各自還其家
친척들은 혹여 남은 슬픔 있을지라도 親戚或餘悲
남들은 벌써 노래를 부르네 他人亦已歌
죽은 뒤에야 무얼 말하랴 死去何所道
몸을 맡겨 산언덕과 함께할 뿐이네 託體同山阿

○ 이는 곧 이른바 "만년 세월을 서로 지내 왔건만[萬歲更相送], 성인도 현인도 모두 어찌할 수 없었네.[聖賢莫能度.]"와 같다. 음조(音調)가 더욱 울림을 가질수록 애도의 뜻은 더욱 깊다.[卽所謂萬歲更相送, 聖賢莫能度也. 音調彌響, 哀思彌深.]

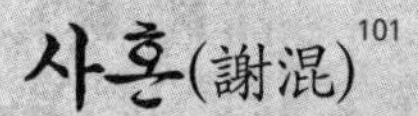

사혼(謝混)[101]

359

서지[102]를 유람하다[遊西池]

저 실솔의 시편[103]을 읊고 깨달은 것은	悟彼蟋蟀唱
이것이 일하는 자의 노래란 걸 알았네	信此勞者歌
어찌 빨리 와 보고 싶지 않았겠는가마는	有來豈不疾
좋은 놀이는 늘 차질을 빚기 마련이네	良遊常蹉跎
소요하며 성사[104]를 넘어와 보니	逍遙越城肆
자주 여길 지나가 보고 싶네	願言屢經過
언덕을 돌아 능궐[105]로 통하는 길을 걸어	迴阡被陵闕

101 사혼(謝混, ?~412): 자(字)는 숙원(叔源)이며 하남(河南) 태강현(太康縣) 사람이다. 사안(謝安)의 손자로, 벼슬은 중령군(中領軍) 상서좌복야(尚書左僕射)에 이르렀으며, 풍채가 강남의 제일이었다 한다.

102 서지(西池): 금릉(金陵)의 서쪽에 있는 유원지(遊園地)를 말한다.

103 실솔의 시편: 《시경(詩經)》 〈당풍(唐風) 실솔(蟋蟀)〉을 이른다.

104 성사(城肆): 성안에 마련된 저잣거리를 이르는 말이다.

105 능궐(陵闕): 《문선(文選)》 〈사혼(謝混)〉에서 장선(張銑)의 주(注)에 "능(陵)은 산능이고 궐(闕)은 성궐이다.[陵, 山陵. 闕, 城闕.]"라고 하였다.

높다란 대에서 떠가는 노을을 조망하니 高臺眺飛霞
은혜로운 봄바람 동산에 질펀하고 惠風蕩繁囿
흰 구름은 층층인 산[106]에 머무는 듯 白雲屯曾阿
해 기울자 새들이 모여들고 景昃鳴禽集
물에 비친 나무 맑고도 화려하다 水木湛清華
옷을 걷고[107] 난초 언덕을 따르고 褰裳順蘭沚
옮겨 가며 꽃가지에 기대어 보네 徙倚引芳柯
미인은 세월을 탓하지만 美人愆歲月
저무는 해[108]를 유독 어찌하겠는가 遲暮獨如何
사모하는 이에게 이끌리지 말라고 無爲牽所思
남영주에게 한 그 경계가 많도다 南榮戒其多

○ 한시(韓詩)에 이르기를, "〈벌목(伐木)〉의 시가 폐지되자 붕우(朋友)의 도(道)가 결여되었다." 하였고, "일하는 자는 생업을 노래한다." 하였는데, 시인(詩人)이 나무를 자르면서 스스로 그 일이 고달파서 이 글을 지은 것이다.[韓詩云, "伐木廢 朋友之道缺", "勞者歌其事" 詩人伐木, 自苦其事, 故以爲文.]

○ 《장자(莊子)》에 "경상초(庚桑楚)가 남영주(南榮趎)에게 이르기를, '너의 육체를 온전히 하고, 너의 삶을 잘 보존하여 너의 생각을 어지럽게 하지 말라.'고" 하였다.[莊子, 庚桑楚謂南榮趎曰, 全汝形, 抱汝生, 無使汝思慮營營.]

---

106 층층인 산: 원문의 증아(曾阿)는 중첩된 산능을 이르는데,《문선(文選)》〈사혼(謝混)〉에서 여향(呂向)의 주(注)에 "증은 거듭이고 아는 큰 구릉이다.[曾, 重也. 阿, 大陵也.]"라고 하였다.

107 옷을 걷고: 원문의 건상(褰裳)은《시경》〈정풍(鄭風)〉의 편명으로 가사에 "그대가 사랑하여 나를 그리워할진댄 치마를 걷고 진수를 건너가려니와, 그대가 나를 생각하지 않으니 어찌 다른 사람이 없으리오.[子惠思我, 褰裳涉溱, 子不我思, 豈無他人.]"라고 하였다.

108 저무는 해: 원문의 지모(遲暮)는 황혼을 가리키는데 만년을 비유한다. 굴원(屈原)의 〈이소(離騷)〉에 "초목이 시들어 떨어지니 임이 내게 늦게 오심이 두려워지네.[惟草木之零落兮, 恐美人之遲暮.]"라고 한 데서 온 말로, 왕일(王逸)의 주(註)에 "지는 늦는다는 것이다.[遲 晩也]."라고 하였다.

오은지(吳隱之)[109]

<360>

탐천의 물을 떠 마시며 지은 시[酌貪泉詩]

《진서(晉書)》에, "오은지가 광주자사(廣州刺史)가 되어 가는데 광주에 도착하기 전 10리쯤에 석문(石門)이란 지명이 있고, 그곳에 탐천(貪泉)이란 샘이 있었다. 이 물을 마신 자는 끝없는 욕심이 생겨난다고 하자, 오은지가 이 물을 떠서 마시고 이어서 이 시를 지었다. 광주에 재직하는 동안 그의 맑은 지조는 더욱 드러났다." 하였다.[晉書, 隱之爲廣州刺史, 未至州十里, 地名石門, 有水曰貪泉, 飮者懷無厭之欲, 隱之酌而飮之, 因賦此詩, 及在州, 淸操愈厲.]

옛사람이 이 물을 두고 이른 말이	古人云此水
한 모금만 마셔도 천금이 생각난다 했으니	一歃懷千金
시험 삼아 백이숙제에게 마시게 해보라	試使夷齊飮
끝내 그 마음을 바꾸지 않았을게다	終當不易心

109 오은지(吳隱之, ?~413): 자(字)는 처묵(處默)이며 복양(濮陽) 인성(陻城) 사람이다. 광주자사(廣州刺史)를 역임하고 뒤에 중령군(中領軍)이 되었다.

여산제도인(廬山諸道人)

361

석문을 유람하며 지은 시[遊石門詩] 병서(並序)

석문(石門)[110]은 정사(精舍) 남쪽 10여 리쯤 떨어진 곳에 있는데, 일명(一名) 장산(障山)이라고도 한다. 그 산의 토대는 여산(廬山)[111]의 준령과 이어져 있고 형세는 여러 산들 중에 최고이다. 세 개의 샘물이 한곳으로 모이도록 하여 나란히 서서 물의 흐름을 열어 주고, 기울어진 바위가 그 위에서 검게 비추어 기둥의 모습처럼 보이게 하여 자연의 도리로 들어가는 입구의 표지로 서 있는 듯하다. 그래서 석문이라는 이름을 붙인 것이다. 이 산이 비록 여산의 일부분이기는 하나 실로 대지의 가장 멋진 기관(奇觀)인 셈이다. 예전부터 많은 사람들이 이러하다고 전해 왔지만 아직 보지 못한 사람들이 많다. 높은 절벽에서 쏟아져 내리는 계곡이 험준하게 서 있는 탓에 사람도 짐승도 발길을 끊었고 오르는 사람도 없다. 작은 길이 곡부(曲阜)를 따라 나

---

110 석문(石門): 강서성(江西省)에 위치한 산 이름이다.

111 여산(廬山): 중국 강서성(江西省) 구강시(九江市) 남쪽에 있는 산으로, 광려산(匡廬山)이라고도 한다. 삼면이 강으로 둘러 있으며 풍광이 아름답기로 유명하다.

있기는 하나 험준하여 다니기가 어려워서 실제로 이곳을 통과하는 사람이 많지 않다.

석법사(釋法師)가 융안(隆安) 4년[112] 중춘(仲春)인 2월에 산수(山水)의 시(詩)를 읊은 김에 그대로 유람을 하기 위하여 지팡이에 의지해 이 산에 오르기로 하였다. 그러자 취향이 같은 친구들 30여 명이 함께 옷깃을 가다듬고 위세 좋게 새벽길을 나서는데, 감동하여 흥(興)이 일었다. 비록 숲과 골짜기는 깊었지만 길을 개척하면서 앞다투어 나아가고, 위태로움을 무릅쓰고 돌을 밟으면서도 모두가 기쁘다는 것으로 위안을 삼았다. 마침내 석문에 도착하자 나뭇가지를 잡고 칡덩굴을 찾아 잡고 험한 길을 통과하고 벼랑에 올라서는 원숭이 팔처럼 손을 내밀어 서로를 끌어당기며 겨우 정상에 도착하였다. 여기서 승경(勝景)을 가슴에 안고 바위에 기대어 자세히 아래를 내려다보니, 비로소 칠령(七嶺)의 아름다움과 기이함이 여기에 다 모여 있음을 알게 되었다.

석문은 쌍궐(雙闕)[113]처럼 앞쪽에 마주해 서 있고 겹겹인 바위가 그 뒤에서 서로 비추며 늘어서 있다. 산봉우리와 언덕이 빙 둘러서 병풍이 되고 높은 바위가 사방을 둘러 멋진 공간을 만들었다. 그 가운데 있는 석대(石臺)와 석지(石池)가 궁관(宮館)을 닮은 모습과 동물의 형상을 하고 있어서 마주 대하는 것마다 흥취를 자아내어 즐길 만하였다. 맑은 샘물이 나뉘어 흐르다가 다시 모여 쏟아져 맑은 못을 이루고 그 못물은 거울처럼 맑아서 천지(天池)[114]보다 빛났다. 문양(紋樣)이 있는 아름다운 암석은 색채를 발하여 밝게 빛나 표면을 환히 드러내 주었다. 능수버들과 소나무와 아름다운 화초가

112 융안(隆安) 4년: 진안제(晉安帝)의 즉위 4년(400)이다.

113 쌍궐(雙闕): 문 앞에 두 개의 탑 모양을 한 산. 곧 석문산을 이른다.

114 천지(天池): 별이름이라고 한다.

무성하게 자라나 눈을 부시게 하니, 그 신비하고도 고운 모습을 이미 모두 갖추었다 하겠다.

이날 여러 사람들이 마음껏 즐기며 오래도록 보고 있음에도 지루하지 않았는데 유관(游觀)한 지 오래되지 않았음에도 천기(天氣)가 누차 바뀌었다. 안개가 먼지처럼 자욱해진 순간에는 온갖 현상들이 모습을 감추더니만 마침내 흐르는 빛이 사방을 비추자 여러 산들은 그림자를 거꾸로 못에 드리웠다. 안개가 걷혀 시야가 활짝 열릴 즈음 석문의 산 모습에는 신령함이 있어 헤아릴 수가 없었다. 거기서 또 위로 오르려 하니 새들은 날갯짓하며 날아오르고 원숭이는 소리 높여 울어댔다. 돌아오는 구름이 마치 회가(迴駕)[115]하여 그것을 타고 신선이 찾아와 인사를 하는 듯 보였고, 원숭이의 애절한 울음소리와 조화를 이루니 마치 현음(玄音)[116]을 보내오는 듯하였다. 비록 어렴풋이 들리는 듯하나 정신은 그로 인해 위로를 받고 그 즐거움이 반드시 좋다고 할 수는 없겠지만 기분 좋게 긴 하루를 보냈다. 마음이 공허하고 느긋하여 스스로 만족할 시에는 참으로 흥미가 있어 즐겁지만 그것을 말로 다 표현하기란 쉽지 않은 일이다.

거기서 한 발짝 물러나 그 이유를 생각해 보니, 대체로 이 깊은 절벽과 계곡 사이에 모여 있는 사물에는 특별한 주인이 없기 때문에 응당 사람들의 사사로운 감정으로 감흥을 일으키지는 않았을 것이다. 그런데 사람을 이끌어 심오한 경지에 도달하기를 이와 같이 하였으니, 이것이 어찌 허명(虛明)[117]함으로 사람들의 시야를 밝혀 주고 한수(閒邃)[118]로 사람들의 순수한

---

115 회가(迴駕): 수레나 가마 따위를 타고 돌아온다는 뜻으로 지체 높은 분이 출타했다가 집으로 돌아오는 것을 일컫는 말이다.

116 현음(玄音): 불교(佛教) 경전(經典) 등을 달리 이르는 말이다.

117 허명(虛明): 맑고 밝은 기운을 뜻함.

감정을 북돋아 주었기 때문이 아니겠는가? 이 말을 여러 번 반복해서 되뇌어 보았지만 역시 어령칙하니 충분히 다 말로 표현할 수가 없다. 이윽고 태양이 산 아래로 떨어지자 지금까지 실재했던 산골의 자태가 서서히 소멸되어 갔다. 나는 거기에서 세상을 등지고 수도하는 사람이 만상(萬象)의 심오하고 어두운 곳에 있는 형이상(形而上)의 도리를 본다는 것을 알 수 있었고, 불멸의 진리인 커다란 진실의 모습을 잘 깨달을 수 있었다. 그 신비로운 정취가 어찌 산수의 경치만의 것이겠는가.

그리하여 이 높은 산령(山嶺)에서 배회하다가 눈을 들어 사방을 둘러보니, 구강(九江)[119]의 물은 허리에 두른 띠와 같고 산 언덕은 개미무덤을 이루었다. 이것으로 인하여 미루어 보면 형상에는 크고 작음이 있고 지혜도 역시 그러함이 있는 것이다. 이에 크게 한숨 쉬며 탄식하노니, 우주가 비록 멀다고는 하나 고금을 통해 도라는 부계(符契)[120]를 합친 듯이 일치하고, 그 도를 구하려 해도 영취산[121]은 아득히 먼 인도 땅에 있어 끝도 모를 거친 길이 날로 사이가 벌어져 간다. 철인(哲人)[122]이 있지 않으니 풍적(風迹)[123]이 비록 남아 있다고는 하나, 심오한 경지에 호응하기란 요원하기만 하니 길고

---

118 한수(閒邃): 한가롭고 편안하여 시원함.

119 구강(九江): 중국의 동정호(洞庭湖)를 달리 부르는 이름. 원수(沅水)와 점수(漸水), 원수(元水), 진수(辰水), 서수(敍水), 유수(酉水), 풍수(灃水), 자수(資水), 상수(湘水)가 모두 동정호로 합쳐지기 때문에 구강(九江)이라고도 한다.

120 부계(符契): 나뭇조각이나 두꺼운 종이조각에 글자를 새기거나 쓰고 증인(證印)을 찍은 뒤에 두 조각으로 쪼개어 한 조각은 상대에게 주고 다른 한 조각은 자기가 보관하였다가 후일 필요한 시기에 서로 맞추어 증거로 삼는 물건. 부신(符信)이라고도 한다.

121 영취산(靈鷲山): 인도(印度) 마갈타국(摩竭陀國) 왕사성(王舍城) 동쪽에 있는 산. 산 모양이 수리 같은 데서, 또는 수리가 많이 산다는 데서 붙여진 이름이다. 석가모니가 이곳에서 《법화경(法華經)》과 《무량수경(無量壽經)》을 강론했다고 한다.

122 철인(哲人): 지식이 밝은 사람. 곧 석가모니와 같은 대상을 지칭한다.

123 풍적(風迹): 그 사람의 영향력 또는 행적을 이른다.

긴 생각이 꼬리를 물고 일어난다. 각자 한번 만나서 함께 즐기는 것을 기쁘게 여기나 좋은 때를 두 번 다시 만나기 어렵다는 것을 느끼니, 감정이 가슴 속에서 촉발되어 드디어 함께 이것을 시로 읊기로 하였다.[石門在精舍南十餘里, 一名障山. 基連大嶺, 體絕衆阜. 闢三泉之會, 並立而開流, 傾巖玄映其上, 蒙形表於自然. 故因以爲名. 此雖廬山之一隅, 實斯地之奇觀. 皆傳之於舊俗, 而未覩者衆. 將由懸瀨險峻, 人獸迹絕. 逕迴曲阜, 路阻行難, 故罕經焉.

釋法師以隆安四年仲春之月, 因詠山水, 遂杖錫而遊. 於是交徒同趣, 三十餘人, 咸拂衣晨征, 悵然增興. 雖林壑幽邃, 而開塗競進, 雖乘危履石, 並以所悅爲安. 既至, 則援木尋葛, 歷險窮崖, 猿臂相引, 僅乃造極, 於是擁勝倚巖. 詳觀其下, 始知七嶺之美, 蘊奇於此.

雙闕對峙其前, 重巖映帶其後. 巒阜周迴以爲障, 崇嵓四營而開宇. 其中則有石臺石池, 宮館之象, 觸類之形, 致可樂也. 清泉分流而合注, 淥淵鏡淨於天池. 文石發彩, 煥若披面. 檉松芳草, 蔚然光目, 其爲神麗, 亦已備矣.

斯日也, 衆情奔悅, 矚覽無厭, 游觀未久, 而天氣屢變. 霄霧塵集, 則萬象隱形, 流光迴照, 則衆山倒影. 開闔之際, 狀有靈焉, 而不可測也. 乃其將登, 則翔禽拂翮, 鳴猿厲響. 歸雲迴駕, 想羽人之來儀, 哀聲相和, 若玄音之有寄. 雖髣髴猶聞, 而神以之暢, 雖樂不期歡, 而欣以永日. 當其沖豫自得, 信有味焉 而未易言也. 退而尋之, 夫崖谷之間, 會物無主, 應不以情而開興. 引人致深若此, 豈不以虛明朗其照, 閒邃篤其情耶? 並三復斯談, 猶昧然未盡. 俄而太陽告夕, 所存已往. 乃悟幽人之玄覽, 達恒物之大情. 其爲神趣, 豈山水而已哉.

於是徘徊崇嶺, 流目四矚, 九江如帶, 丘阜成垤. 因此而推, 形有巨細, 智亦宜然. 迺喟然歎, 宇宙雖遐, 古今一契, 靈鷲邈矣, 荒途日隔. 不有哲人, 風迹雖存, 應深悟遠, 慨然長懷. 各欣一遇之同歡, 感良辰之難再, 情發於中, 遂共咏之云耳.]

초탈한 홍취가 본래 있는 건 아니나	超興非有本
사리에 감동하면 홍취는 절로 생기는 법	理感興自生
문득 석문의 놀이를 듣고 나자	忽聞石門遊
기발한 노래에서 그윽한 정이 피어나네	奇唱發幽情
의상을 걷고 운가[124]를 그려 보고	褰裳思雲駕
언덕을 바라보며 증성[125]을 상상하다가	望崖想曾城
단걸음에 높은 바위에 올라 보니	馳步乘長巖
몸이 가벼운 줄 깨닫지 못하겠네	不覺質有輕
머리를 들고 운궐[126]에 오르자	矯首登雲闕
까마득한 태청[127]에 오른 듯하네	眇若凌太清
단정히 앉아 불법을 익힌다면	端居運虛輪
저 현중경[128]을 운용하려니와	轉彼玄中經
신선도 사물과 같이 변화하나니	神仙同物化
둘 다 모두 그만두는 것만 못하리라	未若兩俱冥

○ 일서(一序)는 기발한 정서와 깊은 이치가 발현하여 글이 되었으니, 선종의 습기가 없고 또한 문사(文士)의 속기도 없다. 시(詩) 역시 맑고 쇄락하여 군더더기가 없다.[一序奇情深理, 發而爲文, 無禪習氣, 亦無文士氣, 詩復淸灑不滓.]

---

124 운가(雲駕): 전설상의 선인(仙人)이 타는 수레라 한다.

125 증성(曾城): 전설 속에 나오는 곤륜산(崑崙山)에 있다고 하는 선향(仙鄕)을 일컫는다.

126 운궐(雲闕): 구름이 피어오르는 석문산(石門山)을 이름. 궐(闕)은 석문의 좌우에 있는 누각(樓閣)을 말한다.

127 태청(太淸): 도가(道家)에서 말하는 삼청(三淸)의 하나. 곧 선인(仙人)이 산다는 천상세계를 지칭하는 말로 쓰였다.

128 현중경(玄中經): 불립문자(不立文字)의 묘체(妙諦)를 담은 불교 경전 등을 지칭한다.

혜원(惠遠)[129]

362

여산 동림에서 지은 잡시[廬山東林雜詩]

높은 바위는 맑은 기운을 내뿜고 崇巖吐清氣
깊은 동굴[130]엔 신선 깃든 흔적이 있네 幽岫棲神跡
들릴 듯 말 듯[131] 온갖 소리 섞인 가운데 希聲奏羣籟
물방울 떨어져 흐르는 소리 들리네 響出山溜滴
객이 있어 홀로 명상에 들었다가 有客獨冥游
이르는 곳 상관 않고 어디든 가네 徑然忘所適

129 혜원(惠遠): 성(姓)은 가씨(賈氏)이다. 안문(雁門) 누번(樓煩) 사람으로 석도안(釋道安)을 따라 불경(佛經)을 공부하여 명승(名僧)이 되었다. 뒤에 여산(廬山)에 머물면서 도연명(陶淵明)과 교유하였다.

130 깊은 동굴: 그윽하고 깊은 큰 골짜기로 《설문(說文)》에 "수(岫)는 산혈이다.[岫, 山穴也.]"라고 하였다.

131 들릴 듯 말 듯[希聲]: 339. 계묘년 12월 중에 시를 지어 종제인 경원에게 주다[癸卯歲十二月中作與從弟敬遠] 주 180) 참조.

손을 저어 자욱한 구름을 헤치니 揮手撫雲門
신선 세계를 어찌 마다하리요 靈關安足闢
마음이 흐르는 대로 현경[132]을 두드리니 流心叩玄扃
이치란 막혀 있지 않음을 알겠네 感至理弗隔
하늘에 날아오르려 하는 자 누구인가 孰是騰九霄
하늘에 닿으려 날갯짓 않아도 되네 不奮沖天翮
신묘함이 같으면 취미는 자연 균등해지니 妙同趣自均
한번 깨달으면 삼익[133]을 뛰어넘는다네 一悟超三益

○ 고승(高僧)의 시(詩)이다 보니 자연히 일종(一種)의 맑고 오묘한 기상이 있다. 당(唐)나라 때 시승(詩僧)은 내전(內典)[134]을 인용하는 것을 장점으로 삼았다. 이것이 문득 잘못된 습성으로 굳어진 것이므로 가까이할 것이 못 된다.[高僧詩, 自有一種淸奧之氣. 唐時詩僧, 以引用內典爲長. 便染成習氣, 不可嚮邇矣.]

---

132 현경(玄扃): 현묘한 진리의 경지로 들어가는 문의 빗장이란 뜻으로, 신선세계를 일컫기도 한다.

133 삼익(三益): 삼익우(三益友)를 일컫는 말로, 《논어집주(論語集註)》〈계씨(季氏)〉에 "사귀어서 도움이 되는 세 벗이 있으니, 곧 정직한 사람, 성실한 사람, 견문이 넓은 사람을 말한다.[益者有三友, 友直 友諒 友多聞 益矣.]" 하였다.

134 내전(內典): 불경(佛經)을 달리 이르는 말로 쓰인다.

백도유(帛道猷)[135]

363

능봉에서 약초를 캐다가 흥이 발하여 지은 시[陵峰采藥觸興爲詩]

이어진 봉우리가 수천 리나 되고	連峰數千里
긴 숲은 평탄한 나루터를 빙 둘러 있어	脩林帶平津
구름은 먼 산기슭을 지나가고	雲過遠山翳
바람은 억세고 거친 나뭇가지에 부네	風至梗荒榛
초가집은 숨겨져 보이진 않아도	茅茨隱不見
닭 우는 소리에 사람 사는 줄 알겠네	雞鳴知有人
천천히 걸어서 그 길을 가며	閒步踐其徑
곳곳에 섶이 있는 것을 보니	處處見遺薪
비로소 알겠네 백 대가 지난 뒤에도	始知百代下
상황[136]의 백성은 그대로 있을 줄을	故有上皇民

135 백도유(帛道猷): 성(姓)은 풍씨(馮氏)이며 절강성(浙江省) 사람이다. 은자(隱者)이면서 고승(高僧)들과 교류하였고, 산수자연을 좋아하여 음영(吟詠)을 즐겼다.

136 상황(上皇): 중국 신화에 나오는 세 임금[三皇]의 시대를 이르는 말로, 태고의 순박함을 지니고 있다 하여 일컫는다.

사도온(謝道韞)[137]

364

등산(登山)

깎아지른 동쪽 산은 높기도 하여	峨峨東嶽高
우뚝 솟아 푸른 하늘에 맞닿겠네	秀極沖靑天
바위 중간에 텅 빈 집이 하나 있어	巖中間虛宇
적막한데다 깊숙하고 현묘하여라	寂寞幽以玄
공인도 아니요 장인도 아니련만	非工復非匠
구름을 뭉쳤다가 절로 흩어 보내네	雲構發自然
산천 기상아 너는 뭐하는 물건이기에	氣象爾何物
드디어 나로 하여금 누차 옮기게 하느냐	遂令我屢遷
떠나가서 장차 여기에다 집을 지으면	逝將宅斯宇
어쩌면 천수(天壽)를 다할 수 있겠구나	可以盡天年

137 사도온(謝道韞): 사안(謝安)의 조카딸로 글재주가 뛰어나서 문재가 있는 여인의 대명사로 일컫는다.

조정(趙整)[138]

365
간가(諫歌)

진왕 부견(苻堅)이 모용수(慕容垂)의 부인과 함께 연(輦)을 타고 뒤뜰[後庭]에 나가 놀자, 환관(宦官) 조정(趙整)이 다음과 같이 노래를 지어 부르니, 진왕 부견이 태도를 고치고 사과하면서 부인에게 명하여 연(輦)에서 내리게 하였다.[秦王堅, 與慕容垂夫人, 同輦遊後庭, 宦官趙整歌云云, 堅改容謝之, 命夫人下輦.]

참새는 제비집으로 들어가서 보이지 않고	不見雀來入燕室
뜬구름이 밝은 해를 가리는 것만 보이네	但見浮雲蔽白日

138 조정(趙整): 자(字)는 문업(文業)이며, 일명(一名)은 정(正)으로도 쓴다. 낙양(洛陽) 청수(淸水) 사람인데, 혹은 제음(濟陰) 사람이라고도 한다. 나이 18세에 진왕(秦王) 부견(苻堅)의 저작랑(著作郎)이 되었다가 뒤에 황문시랑(黃門侍郎)과 무위태수(武威太守)를 역임하였다.

무명씨(無名氏)

366

단병편(短兵篇)[139]

검이 짧은 병기이긴 하지만 劍爲短兵
그 형세는 매우 위험하도다 其勢險危
빠르게 도약하면 번개와도 같고 疾踰飛電
선회하면 법에 호응하며 回旋應規
절도 있는 걸음 구령에 맞고 武節齊聲
간혹 합했다가 분리되기도 하네 或合或離
번개가 발하듯 별빛이 흐르는 듯 電發星騖
햇볕인 듯 엉클어진 실타래[140]인 듯 若景若差
전술에서 이것을 장점으로 여겨 兵法攸衆
군대 의용이 이 형식을 갖추도다 軍容是儀

139 단병편(短兵篇): 악부(樂府)에 속하는 진대(晉代)의 선무무가(宣武舞歌) 4수(首) 중 제2수이다.
140 실타래: 원문의 '차(差)'는 '착(縒)'과 통용하므로, 엉클어진 실타래로 번역하였다.

367

독녹편(獨漉篇)[141]

독녹[142]이여 독녹이여	獨漉獨漉
물은 깊고 진흙은 탁하도다	水深泥濁
진흙이 탁한 것은 외려 가하나	泥濁尙可
물이 깊으면 나를 죽이나니	水深殺我
끼룩끼룩 한 쌍 기러기가	雍雍雙雁
밭두렁에서 놀고 있네	游戲田畔
나는 저 기러기를 쏘고 싶으나	我欲射雁
그대가 외롭게 흩어질까 염려되네	念子孤散
너울거리는 부평초는	翩翩浮萍
바람이 일면 가볍게 흔들거리네	得風搖輕
내 마음 어떻게 부합하여서	我心何合
함께 더불어 아우를 건가	與之同并
텅 빈 침대 휘장을 낮게 드리우면	空牀低帷
사람 없는 줄 누가 알겠으며	誰知無人
밤에 비단옷을 입으면	夜衣錦繡

141 독녹편(獨漉篇): 무곡가사(舞曲歌辭)의 불무가(拂舞歌) 5편(篇) 중 제3편이다.

142 독녹(獨漉): 중국 하북(河北)에 위치하고 있는 강 이름. 물살이 빠르고 깊은데다 탁류라서 달이 밝은 밤이면 물을 건너다 빠져 죽은 사람이 많았다고 한다.

진위 여부를 누가 구분하랴 誰別僞眞
칼집에서 칼이 울고 있으나 刀鳴箭中
침상에 걸어 둘 뿐 쓸 곳이 없네 倚牀無施
부모 원수를 갚지 못하면 父寃不報
살고자 한들 무엇할 것인가 欲活何爲
사나운 호랑이 무늬가 알록달록 猛虎斑斑
산속에서 노닐지라도 遊戲山間
호랑이가 사람을 해치고자 하면 虎欲殺人
호걸도 현인도 피할 수 없다네 不避豪賢

○ 호방하고 상쾌함이 곧바로 한인(漢人)을 추급하였다.[英爽直追漢人.]

368

진나라 백저무[143]를 노래한 시[晉白紵舞歌詩] 2수(首)

【1수】

가벼운 몸동작 느린 춤사위 어쩜 그리 충만한지 輕軀徐起何洋洋
높이 들어 올린 두 손은 하얀 고니가 나는 듯 高擧兩手白鵠翔
용이 구르는 듯 잠시 오르내릴 제는 宛若龍轉乍低昂
고운 눈 맵시[144] 머문 곳에 모습이 빛나고 凝停善睞容儀光
미는 듯 당기는 듯 머물렀다 다시 가고 如推若引留且行
세상 따라 변화할 뿐 일정한 방향이 없네 隨世而變誠無方
춤사위는 정신을 다할 뿐 어찌 잊으랴 舞以盡神安可忘
진의 세상 막 창대하여 그 즐거움 끝이 없고 晉世方昌樂未央
베의 바탕 구름 같고 하얗기는 은빛인데 質如輕雲色如銀
아끼는 그를 누구에게 줄까 고운 임이 있네 愛之遺誰贈佳人
겉옷을 만들고 나머지론 수건을 만드니 制以爲袍餘作巾
겉옷은 몸을 아름답게 수건은 먼질 터네 袍以光軀巾拂塵

143 백저무(白紵舞): 악부(樂府)의 가곡(歌曲)으로 백저무가(白紵舞歌)라고도 하는데 춤추는 사람의 아름다움을 찬미한 것이어서 좋은 계절에 즐기기에 알맞은 악곡이라 한다.

144 고운 눈 맵시: 원문의 선래(善睞)는 조식(曹植)의 〈낙신부(洛神賦)〉에 "눈웃음치는 눈동자 아름답고 보조개가 마음을 끈다.[明眸善睞, 靨輔承權.]"라고 한 데서 온 말이다.

고운 옷 입고 임금 계신 자리에서 귀빈을 맞으니 麗服在御會佳賓
가득 담긴 단지 술과 단술[145]이 좋고도 좋아 醪醴盈樽美且淳
맑은 노래 느린 춤사위 지신이 강림이요 清歌徐舞降祇神
사방 손님 기쁨인데 어찌 진부타 하리요 四座歡樂胡可陳

【2수】
따사로운 봄날 바람결에 꽃은 향기론데 陽春白日風花香
종종걸음 옥을 차고 춤사위가 아름다워 趨步明玉舞瑤璫
금석 악기 노랫소리 생황 연주 아름답고 聲發金石媚笙簧
비단 치마 춤을 추니 붉은 소매 일렁이네 羅袿徐轉紅袖揚
맑은 노랫가락 흘러 봉황 들보 감아 돌고[146] 清歌流響繞鳳梁
뽐내는 듯 그리운 듯 응시하다 날아갈 듯 如矜若思凝且翔
구르는 눈동자 시선이 머물면 그 빛 곱고 轉盼遺精豔輝光

---

145 단술: 원문의 요례(醪醴)는 탁주와 감주를 뜻하는데, 《장자(莊子)》 〈도척(盜跖)〉에 "이제 부유한 자들은 귀는 종소리, 북소리, 피리소리에 어지럽혀지고 입은 맛있는 쇠고기, 돼지고기와 탁주와 감주(甘酒)를 실컷 먹어서 마음이 흔들리고 자기가 해야 할 일을 잊어버리게 되니 어지러운 생활이라 할 만하다.[今富人, 耳營鍾鼓筦籥之聲, 口嗛於芻豢醪醴之味, 以感其意, 遺忘其業, 可謂亂矣.]"라고 하였다.

146 봉황 … 돌고: 노랫소리의 여운이 오랫동안 감도는 것을 비유하는 말로, 《열자(列子)》 〈탕문(湯問)〉에, "한아(韓娥)가 제(齊)나라의 옹문(雍門)을 지날 때에 양식이 떨어져 노래를 부르고 밥을 얻어먹었는데, 그 노랫소리가 매우 아름다워 떠난 지 사흘이 되도록 여운이 남아 대들보를 감돌았다."라고 하였다.

흐르는 듯 이끄는 듯 기러기 한 쌍 나는 듯	將流將引雙雁行
이 기쁨 어찌 늦었으며 뜻은 그리 유장한가	歡來何晩意何長
훌륭하신 임금 세상 길이 노래 부르리라	明君御世永歌昌

○ 춤추는 동작을 극도로 잘 묘사하였다. 중간에 갑자기 "진의 세상 막 창대하여 그 즐거움 끝이 없고[晉世方昌樂未央]"와 "훌륭하신 임금 세상 길이 노래 부르리라.[明君御世永歌昌.]" 등의 구절이 들어 있으니, 이것이 악부체(樂府體)이다.[極寫舞態, 中忽入晉世方昌樂未央, 明君御世永歌昌等句, 此樂府體.]

369

음예(淫豫)

《국사보(國史補)》에 이르기를, "촉(蜀) 땅의 삼협(三峽)은 물살이 가장 급하다. 4월과 5월이 되면 더욱 험난하기 때문에 이곳을 지나다니는 사람들이 노래를 지어 불렀다."고 하였다. 염예(灩豫)라고도 하는데, 협곡 속의 급한 물살을 말한다.[國史補云, "蜀之三峽, 最號峻急. 四月五月尤險, 故行者歌之." 一作灩豫, 峽中之灘也.]

음예석[147]의 크기가 말만큼 드러나면	淫豫大如馬
구당협[148]을 내려오지 못하고	瞿唐不可下
음예석의 크기가 코끼리만큼 드러나면	淫豫大如象
구당협을 올라가지 못하네	瞿唐不可上

147 음예석: 중국 사천성(四川省) 봉절현(奉節縣)의 서남쪽 양자강(揚子江)의 구당협(瞿唐峽) 어귀에 우뚝 서 있는 큰 암석으로, 겨울에는 물 위로 드러났다가 물이 불어난 여름에는 물 속에 잠기기 때문에 이로 인하여 수많은 배가 좌초되었다. 염예퇴(灩澦堆) 또는 유예퇴(猶預堆)라고도 한다.

148 구당협(瞿唐峽): 사천성(泗川省)에 있는 골짜기의 이름. 장강(長江) 삼협(三峽) 가운데 하나이다.

370

여아자(女兒子) 2수(首)

【1수】

파동 삼협에 원숭이 울음소리 슬퍼서　巴東三峽猿鳴悲
밤엔 세 번만 들어도 눈물이 옷을 적시네　夜鳴三聲淚沾衣

○ 《고금악록(古今樂錄)》에 이르기를, "여아자(女兒子)는 의가(倚歌)이다. 삼협(三峽)은 광계협(廣溪峽)[149]·무협(巫峽)·서릉협(西陵峽)인데, 숲에 나무가 무성하고 원숭이 울음소리가 매우 맑아서 지나다니는 사람들이 듣고 고향생각을 하지 않는 자가 없다." 하였다.[古今樂錄曰, "女兒子 倚歌也. 三峽謂廣溪峽·巫峽·西陵峽也, 林木高茂, 猿鳴至淸, 行者聞之, 莫不懷土."]

○ 원숭이 소리가 슬프다고 말한 것은 여기에서 비롯되었다.[說猿聲之悲始此.]

【2수】

촉 땅으로 가고 싶어도 촉수를 건너기 어려워　我欲上蜀蜀水難
비틀 걸음에 숙인 머리 허리는 굽어 고리 같네　蹋蹀珂頭腰環環

149 광계협(廣溪峽): 369. 음예(淫豫) 주 148) 참조.

371

삼협요(三峽謠)

《수경주(水經注)》에 이르기를, "협중(峽中)에 '황우(黃牛)'라는 이름을 지닌 여울목이 있는데, 높이 솟은 암석 때문에 강물이 돌아서 흐르고, 이틀을 꼬박 걸어도 외려 이곳이 바라다 보인다. 이 때문에 이곳을 지나다니는 자들이 이 노래를 지어 불렀다." 하였다.[水經注曰, "峽中有灘, 名曰黃牛, 巖石旣高, 江湍紆迴, 雖途經信宿, 猶望見之. 故行者謠云."]

아침에도 누렁소를 보고	朝見黃牛
저녁에도 누렁소를 보네	暮見黃牛
사흘 아침 사흘 밤을 봐도	三朝三暮
누렁소는 예전 그대롤세	黃牛如故

372
농상[150]가(隴上歌)

《진서(晉書)》에, "유요(劉曜)가 진안(陳安)을 농성(隴城)에서 포위하자, 진안이 패배하여 달아났다. 유요가 장군(將軍) 평(平)으로 하여금 먼저 추격하게 하니, 평이 진안을 간곡(澗曲)에서 죽였다. 진안은 백성들을 잘 안무하고 길흉(吉凶)과 이험(夷險)을 그들과 함께해 왔다. 그래서 그가 죽자, 농상(隴上)의 백성들이 그를 위하여 노래를 지어 불렀다." 하였다.[晉書, "劉曜圍陳安於隴城, 安敗走. 曜使將軍平先追之, 平斬安於澗曲. 安善於撫下, 吉凶夷險 與衆共之. 及死, 隴上爲之歌."]

농상의 장사로 진안이 있었으니　隴上壯士有陳安
체구는 작아도 마음이 너그러워　軀幹雖小腹中寬
장사를 양성함에 그 뜻을 함께하고　愛養將士同心肝
섭총의 문마[151] 철갑안장을 하였네　躡驄文馬鐵鍛鞍
일곱 자 큰 칼 뿜어내는 빛 분수 같고　七尺大刀奮如湍
장팔사모[152]를 좌우로 휘두르니　丈八蛇矛左右盤
열 번 돌진해서 죄다 무찔러 당할 자 없고　十盪十決無當前

150 농상(隴上): 섬서성(陝西省) 북쪽 감숙성(甘肅省) 천수현(天水縣) 부근의 지명이다.

151 문마(文馬): 일부 다른 판본에 수컷 말[父馬]로 되어 있으나, 문채 있는 말[文馬]로 보아도 대의에 방해되지 않아 반영하지 않았다.

152 장팔사모(丈八蛇矛): 뱀의 모양을 장식한 창[矛]의 이름으로 고대병기 중 하나이다.

일백 기가 함께 출격하니 마치 뜬구름 같았네 百騎俱出如雲浮
추격하는 자 천만 기가 줄줄이 늘어섰더니 追者千萬騎悠悠
세 차례의 교전 끝에 장팔사모를 놓쳤네 戰始三交失蛇矛
우리의 섭총마를 버리고 바위굴로 숨었건만 棄我驦驄竄巖幽
우리의 외원이 될 그의 머리 잘려 매달렸네 爲我外援而懸頭
서로 흐르는 물과 동으로 흐르는 황하는 西流之水東流河
한번 가면 돌아오지 않으니 이를 어쩌나 一去不還奈子何

○ 중간에 그의 용맹을 잘 형상화했다. 1결(一結)이 유연(悠然)하여 남은 슬픔이 다하지 않는다.[中極狀其勇. 一結悠然, 餘哀不盡.]

○ "일백 기가 함께 출격하다.[百騎俱出.]"라는 2구는 적병이 많은 데에서 죽었고 전투의 죄가 아니라는 것을 보여 준 것이다. 본래 가사가 없었는데, 《조서(趙書)》에 있는 것을 지금 추가해 넣었다.[百騎俱出二句, 見死於敵兵之多, 非戰罪也. 本詞無, 趙書有, 今從增入.]

373

내라(來羅)[153]

울금[154]이란 노란 꽃이 피어나자	鬱金黃花標
그 아래에 동심초가 돋아났네	下有同心草
풀은 돋아서 날마다 자라건만	草生已日長
사람은 나서 날마다 늙어 가네	人生日就老

153 내라(來羅): 악곡(樂曲)의 명칭이다. 《고금악록(古今樂錄)》에 수록되어 있다.

154 울금(鬱金): 백합과에 속하는 식물 이름. 향초(香草)로 널리 쓰인다.

374

누에 실을 잣다[作蠶絲]

봄철 누에는 응당 늙지 않으리　　春蠶不應老
밤낮으로 늘 실만을 생각하니　　晝夜常懷絲
어찌 하찮은 몸 다하는 게 아까우랴　　何惜微軀盡
실은 얽어야[155] 할 때가 있기 때문이네　　纏綿自有時

○ '실을 얽다[纏綿]'는 온후하여 〈자야독곡(子夜讀曲)〉의 노래와는 같지 않다.[纏綿溫厚, 不同子夜讀曲等歌.]

---

155 실을 얽어야: 원문의 전면(纏綿)은 서로 얽혀 있음을 이른다.

375

휴세홍(休洗紅)[156] 2장(章)

【1장】

붉은 옷을 빨지 마오 休洗紅
빨다 보면 붉은색이 엷어진다오 洗多紅色澹
해묵은 옷이라 아까울 건 없지만 不惜故縫衣
처음 물들였던 그 색깔[157]을 기억하려는 거요 記得初按茜
사람이 백세를 산다지만 얼마나 갈까 人壽百年能幾何
뒤에 온 신부가 지금은 노파가 되었네 後來新婦今爲婆

【2장】

붉은 옷을 빨지 마오 休洗紅
자꾸 빨면 붉은색이 물에 빠진다오 洗多紅在水
새 비단을 재단하여 옷을 만들면 新紅裁作衣
예전 비단은 뒤집혀서 안감이 되네 舊紅翻作裏

156 휴세홍(休洗紅): 《악부시집(樂府詩集)》의 잡곡(雜曲)에 속한다.

157 처음 … 색깔: 원문의 천(茜)은 꼭두서니를 원료로 하여 만든 진홍색 물감을 말한다.

황색이 뒤집혀 녹색 되기[158] 정해진 기약 없듯	迴黃轉綠無定期
세상일이 반복되는 걸 그대도 알겠지요	世事返復君所知

○ "황색이 뒤집혀 녹색 되기[迴黃轉綠]"는 글자가 매우 참신하다. 이는 경전(經傳)의 말을 잘 활용한 것임을 알아 둘 필요가 있다.[迴黃轉綠, 字極生新. 要知是善用經語.]

158 황색이 … 되기: 상황이나 처지가 뒤바뀐 것을 일컫는 말로, 《시경(詩經)》 〈국풍(國風) 녹의(綠衣)〉에 "녹색 옷이여 녹색이 웃옷이요 황색이 속옷이로다[綠兮衣兮, 綠衣黃裏.]를 인용하여 녹색은 간색(間色)이고, 황색은 정색(正色)인데 천한 색으로 웃옷을 만들고 귀한 색으로 속옷을 만들었다는 뜻으로 단장취의(斷章取義)한 것이다.

376

안동평(安東平)[159]

살을 에도록 차갑고 매서워서 凄凄烈烈
북풍이 눈이 되어 내리면 北風爲雪
뱃길도 통하지 아니하고 船道不通
인도도 끊기고 말겠지요 步道斷絕

159 안동평(安東平): 《청상곡사(淸商曲辭)》의 서곡(西曲)인 노래 이름이다.

377

혜제 원강[160] 중에 서울의 동요

[惠帝元康中京洛童謠]

《진서(晉書)》〈오행지(五行志)〉에 보인다.[見晉書五行志.]

남풍이 일어 하얀 모래 위에 부는데	南風起兮吹白沙
저 멀리 보이는 노나라는 어찌 그리 높은가	遙望魯國何嵯峨
천년 묵은 백골에 치아가 생기겠네	千歲髑髏生齒牙

○ 남풍(南風)은 가후(賈后)의 자(字)이다. 백(白)은 진(晉)의 오행(五行)이다. 사문(沙門)은 태자(太子)의 소자(小字)이다. 노국(魯國)은 가밀(賈謐)이다. 이는 가후가 가밀과 함께 난을 일으켜 태자를 위협하자, 조왕이 틈을 노려 찬탈을 시도한 것이다.[南風, 賈后字也. 白, 晉行也. 沙門太子小字也. 魯國, 賈謐也. 言后與謐爲亂, 以危太子, 而趙王因釁以簒奪也.]

160 원강(元康): 서진(西晉) 혜제(惠帝) 사마충(司馬衷)의 연호로 291~299년까지 9년동안 사용하였다.

378

혜제 때 낙양의 동요

[惠帝時洛陽童謠]

《진서》에 보인다. 이듬해에 석륵[161]이 반란을 일으켰다.[見晉書. 明年而石勒反.]

업중의 여자가 더할 데 없이 요망스러워 鄴中女子莫千妖
다가올 삼월엔 허리춤에 호족을 안으리라 前至三月抱胡腰

○ "풍속(風俗)이 지나치게 사치하고 음란하면 반드시 전쟁의 참상이 이어질 것이다."라는 말은 천추(千秋)에 남을 경계의 말이다.[風俗奢淫過甚, 必有兵戈之慘繼之, 千秋炯戒也.]

161 석륵(石勒): 5호16국(五胡十六國)시대 후조(後趙)의 고조(高祖)이다. 본래 갈(羯)족으로 상당(上黨) 무향(武鄕)에 살았다. 자는 세룡(世龍)이다. 14세에 낙양에 내왕하면서 장사를 하다가 뒤에 도적의 두목이 되어 유연(劉淵)의 부하로 들어갔다가 뒤에 반기를 들고 후조(後趙)를 세운 뒤, 유요(劉曜)를 살해하여 전조를 멸망시켰다. 오호십육국 중에서 가장 세력이 강하였다.

379

혜제 대안 중의 동요

[惠帝大安中童謠]

《진서(晉書)》〈오행지(五行志)〉에, "뒤에 중원(中原)이 큰 혼란에 빠져 종번(宗藩)이 대부분 단절되고, 낭야(琅邪), 여남(汝南), 서양(西陽), 남돈(南頓), 팽성(彭城)만이 함께 강동(江東)에 이르렀는데, 원제(元帝)가 대통을 계승하였다." 하였다.[見晉書五行志, 後中原大亂 宗藩多絶, 唯琅邪, 汝南, 西陽, 南頓, 彭城, 同至江東, 而元帝嗣統矣.]

말 다섯 마리가 양자강을 건너가거든	五馬浮渡江
한 마리가 변하여 용이 되리라	一馬化爲龍

380

면주파가(綿州巴歌)

두자산[162]에서	豆子山
질장구를 치자	打瓦鼓
양평산[163]에선	揚平山
백우[164]가 쏟아지네	撒白雨
백우를 내려놓고	下白雨
용녀를 취했더니	取龍女
짜서 얻은 비단이	織得絹
길이가 두발 다섯	二丈五
한 절반은 나강[165]에 부치고	一半屬羅江
한 절반은 현무[166]에 부쳤네	一半屬玄武

고시원(古詩源) 권9 끝

162 두자산(豆子山): 보도산(寶圖山)이라고도 하는데, 두자명(豆子明)이 이 산에서 수도하였다 하여 붙여진 이름이다.

163 양평산(揚平山): 사천성(四川省)에 있는 산 이름이다.

164 백우(白雨): 폭우를 이르는 말이다.

165 나강(羅江): 사천성(四川省) 나강현(羅江縣) 동쪽에 있는 물 이름이다.

166 현무(玄武): 사천성에 있는 호수(湖水)의 이름이다.

고시원
古詩源

권10

송시 宋詩

自君之出矣

白紵曲

五君詠

秋胡詩

祖德詩

七里瀨

遊南亭

登江中孤嶼

郊祀歌

효무제(孝武帝)[1]

송인(宋人)의 시(詩)는 날로 유약(柔弱)한 데로 흘렀으니, 이는 고시(古詩)의 종결이자 율시(律詩)의 시작이었다. 포조(鮑照)와 사영운(謝靈運) 두 사람이 없었다면 아마도 풍(風)과 아(雅)가 빛을 잃었을 것이다.[宋人詩, 日流於弱, 古之終而律之始也, 無鮑謝二公, 恐風雅無色.]

효무제(孝武帝)의 시에는 이따금씩 교묘한 시상이 있다.[孝武詩, 時有巧思.]

381

임께서 떠나가신 뒤로[自君之出矣]

임께서 떠나가신 뒤로	自君之出矣
아름다운 머리 장식[2] 광채를 잃었지마는	金翠闇無精
임 그리는 마음 해와 달 같아서	思君如日月
돌고 돌아 밤낮으로 떠오릅니다	回還晝夜生

1 효무제(孝武帝, 430~464): 문제(文帝)의 셋째 아들 유준(劉駿)이다. 자는 휴룡(休龍)이며 재위 기간은 11년이다.

2 아름다운 머리 장식: 원문의 금취(金翠)는 황금과 취옥으로 만든 장신구를 이른다.

남평왕(南平王) 삭(鑠)[3]

382
백저곡(白紵曲)[4]

너울너울 춤추는 모습 어찌 그리도 고운지	僊僊徐動何盈盈
옥을 장식한 팔뚝에 마치 구름이 지나간 듯	玉腕俱凝若雲行
고운 임 소매를 들자 푸른 눈썹[5] 번뜩이고	佳人擧袖輝青蛾
깨끗이 씻은 손[6] 고운 비단 위에 비추네	摻摻擢手映鮮羅
모습은 밝은 달과 같아 운하에 떠 있고	狀似明月泛雲河
몸은 가벼운 바람인 듯 물결 위에 일렁이네	體如輕風動流波

○ 진곡(晉曲)은 졸박한 듯하다. 그러나 기미(氣味)만은 매우 중후(重厚)하다. 이 작품은 단지 선명하고 빼어남을 느낄 뿐이니, 풍기(風氣)의 승강을 작자가 마음대로 주관할 수는 없는 것이다.[晉曲似拙, 然氣味極厚. 此但覺其鮮秀矣, 風氣升降, 作者不能自主.]

---

3 남평왕(南平王) 삭(鑠): 문제(文帝)의 넷째 아들 유삭(劉鑠)이다.

4 백저곡(白紵曲): 백저무가(白紵舞歌)라고도 하는데, 옛날 악부(樂府)의 이름으로 춤추는 사람의 아름다움을 노래한 내용이다.

5 푸른 눈썹: 원문의 청아(青蛾)는 푸르게 그린 눈썹으로 미인(美人)을 달리 이르는 말이다.

6 깨끗이 씻은 손: 《시경(詩經)》 〈위풍(魏風) 갈구(葛屨)〉에, "가냘픈 여자의 손이여, 치마를 꿰맬 수 있겠네.[摻摻女手, 可以縫裳.]"라고 하였다.

383

〈가고 가서 또다시 가고 가다〉를 본따서 짓다[擬行行重行行]

까마득히 먼 길에 올라 眇眇陵長道
흔들흔들 멀리 가셨네 遙遙行遠之
수레 돌려 서울을 등지고서 迴車背京里
손 흔들며 떠나간 뒤에 揮手從此辭
당 위엔 바람 따라 먼지만 생겨나고 堂上流塵生
뜨락엔 푸르른 풀만 자라났네 庭中綠草滋
쓰르라미[7]는 물굽이에서 날고 寒蟹翔水曲
가을 토끼는 산모퉁이에 숨었네 秋兔依山基
꽃다운 나이 때는 꽃피는 춘삼월이 있었지만 芳年有華月
고운 임은 돌아올 기약이 없네 佳人無還期
해가 지면 서늘한 바람이 일듯 日夕涼風起
술을 대하면 늘 그리워지네 對酒長相思
슬픔이 북받쳐 강남곡조[8] 부르고 悲發江南調

---

7 쓰르라미: 원문의 한장(寒蟹)은 매미의 일종으로 일반 매미보다 작고 청적색이다. 《회남자(淮南子)》 〈설림훈(說林訓)〉에 "새는 날아 고향으로 돌아가고 토끼는 달려 굴로 돌아가며 여우는 죽을 때 머리를 언덕으로 향하고 한장은 물 위를 날으니 각기 태어난 곳을 그리워하기 때문이다.[飛鳥反鄕, 兔走歸窟, 狐死首丘, 寒蟹洋木, 各依其所生也.]"라고 하였다.

시름하다 자금시[9]를 읊어 보네	憂委子衿詩
누우면 밝은 등불 어두운 걸 깨닫고	臥覺明燈晦
앉아서는 가벼운 비단도 검게 보이네	坐見輕紈緇
눈물에 젖은 얼굴 꾸밀 일도 없거니와	淚容不可飾
먼지 낀 거울 다시 잡기도 어려워라	幽鏡難復持
원컨대 지는 해그림자를 드리워	願垂薄暮景
신첩의 만년 모습이나 비춰 주소서	照妾桑榆時

○ 고시의 의경(意境)에 거의 도달하였다.[頗臻古意.]

---

8 강남곡조(江南曲調): 악부상화가사(樂府相和歌辭)이다.

9 자금시(子衿詩): 《시경(詩經)》〈정풍(鄭風) 자금(子衿)〉에, "하루동안 보지 못함이 석달 같아라.[一日不見, 如三月兮.]"라고 하였다.

하승천(何承天)[10]

384

꿩이 못가에서 노니는 것을 보고 읊은 시
[雉子遊原澤篇]

꿩이 들녘 못가에서 노니는데	雉子遊原澤
어려서부터 자신을 지키려는 마음[11] 지닌 터라	幼懷耿介心
물 마시고 모이 먹기 고달파도	飮啄雖勤苦
원림[12]에서 서식하는 건 원치 않았네	不願棲園林

10 하승천(何承天, 370~447): 남북조시대의 수학자. 천문학자. 송(宋)나라의 동해담(東海郯) 출신이다. 저작좌랑으로 국사를 편찬하는 일을 맡았다가 나중에 어사대부(御史大夫)의 지위에 올랐고, 특히 산학(算學)과 역학(易學)에 뛰어나 원가력(元嘉曆)을 만들었다. 《달성론(達性論)》을 지었고, 인간은 한번 죽으면 형신(形神)이 함께 멸하며 내세의 응보는 없다고 주장하여 종병(宗炳), 안연지(顏延之) 등과 논쟁을 벌인 바 있다.

11 자신을 … 마음: 원문의 경개(耿介)는 정도(正道)를 지키는 것으로, 굴원(屈原)의 〈이소경(離騷經)〉에 "저 요순의 밝고 훌륭하심이여! 이미 도를 따라 바른길을 얻었는데, 어찌하여 걸주는 허리띠도 매지 않고 황급히 좁은 길로 달려가나.[彼堯舜之耿介兮, 旣遵道而得路, 何桀紂之昌披兮, 夫唯捷徑以窘步.]"라고 하였다.

예전에 세상을 피해 사는 선비가 있어서　古有避世士
청운에 높이 오를 뜻을 지녔기에　抗志青霄岑
거대한 물결에 몸을 맡기고　浩然寄卜肆
노 저어 남쪽 언덕으로 건너갔네　揮棹通川陰
티끌 먼지 밖에서 소외하고　逍遙風塵外
산발한 채로 명금을 어루만지니　散髮撫鳴琴
경상도 고려대상 아니거늘　卿相非所盼
어찌 천금에 눈을 돌리랴　何況於千金
공명이 어찌 아름답지 않을까마는　功名豈不美
총애와 모욕이 서로 따르나니　寵辱亦相尋
빙탄[13]이 육부[14]를 묶고　冰炭結六府
걱정 근심이 가슴을 얽어매네　憂虞纏胸襟
세상과 맞서려면 큰 도량이 필요한데　當世須大度
내 깜냥으론 역부족인 듯하여라　量己不克任
물흐름이 저와 같단 경계[15]를 세 번 외우니　三復泉流誡
스스로의 경계가 진실로 깊어지네　自警良已深

12 원림(園林): 먹을 것이 풍부한 정원. 곧 벼슬길을 비유적으로 이른 말이다.

13 빙탄(氷炭): 얼음과 숯이라는 뜻으로, 둘이 서로 용납되지 않는 끊임없는 갈등 관계를 비유적으로 이르는 말이다.

14 육부(六府): 사람 몸속의 여섯 가지 기관을 아울러 이르는 말이다.

15 물흐름이 … 경계: 《시경(詩經)》 〈소아(小雅) 소민(小旻)〉에 "저 흐르는 샘물과 같아 빠져서 서로 패망해서야 되겠는가.[如彼泉流, 無淪胥以敗.]"라고 하였다.

안연지(顔延之)[16]

안연지의 시에 대하여 탕혜휴(湯惠休)가 품평하기를, "금을 새겨 넣고 아름답게 색칠을 한 듯하다." 하였다. 그러나 새기고 다듬은 것이 너무 심하여 채워 넣고 꿰매는 것으로 공교함을 찾고자 했으니, 도리어 진실한 기운을 손상시키고 말았다. 중간에 〈오군영(五君詠)〉, 〈추호행(秋胡行)〉은 모두 맑고 진실하며 높이 빼어난 작품들이다.[顔詩, 惠休品爲鏤金錯采. 然鏤刻太甚, 塡綴求工, 轉傷眞氣, 中間如五君詠, 秋胡行, 皆清眞高逸者也.]

육사형(陸士衡)은 늘어놓으며 서술하는 데[敷陳] 장점을 지녔고, 안연지(顔延之)는 새기고 다듬는 데[鏤刻] 장점을 지녔다. 그러나 이런 연유로 흠이 되었다. 《시경(詩經)》에 이르기를 "조화롭기가 맑은 바람과 같다.[穆如淸風]"[17] 하였는데, 이러한 시가 고상한 시인 것이다.[士衡長於敷陳, 延之長於鏤刻. 然亦緣此爲累. 詩云, 穆如淸風, 是爲雅音.]

---

16 안연지(顔延之, 384~456): 육조시대 송(宋)나라의 문인. 자는 연년(延年)이고, 시호는 헌자(憲子)이며, 산동성(山東省) 임기(臨沂) 사람이다. 성질이 과격하고 술을 즐겼으며, 언행에 조심성이 적어 혹평을 받기도 했지만, 생활은 매우 검소했고 재물을 가벼이 여겨 도연명(陶淵明)에게 술과 돈을 준 이야기는 유명하다. 자제를 훈계하기 위해 쓴 글 〈정고(庭誥)〉는 가정교육사의 좋은 자료다. 사영운(謝靈運)과 함께 안사(顔謝)라 불리고, 작품은 연어(練語)와 대구를 중시한 형식미가 돋보인다.

17 조화롭기가 … 같다: 《시경(詩經)》 〈대아(大雅) 증민(烝民)〉의 내용 일부이다.

385

조칙에 응하여 곡수[18]의 잔치에서 지은 시[應詔讌曲水作詩] 8장(章)

《송략(宋略)》에 이르기를, "문제(文帝) 원가(元嘉) 11년 3월 병진일(丙辰日)에 낙유원(樂遊苑)에서 계음(禊飮)[19]하였다. 또 강하왕(江夏王) 의공(義恭)과 형양왕(衡陽王) 의계(義季)를 위한 송별잔치에서 모인 사람들에게 시를 짓도록 조서를 내렸다." 하였다.[宋略曰, 文帝元嘉十一年三月丙辰, 禊飮於樂遊苑. 且祖江夏王義恭, 衡陽王義季, 有詔會者賦詩.]

【1장】

대도는 은미하여 형체를 볼 수 없거니와 道隱未形
정치의 성과는 혼란한 데서 드러나나니 治彰既亂
오제의 업적이 저울로 사물의 경중을 가늠하듯[20] 帝跡懸衡
삼황의 감화가 만국이 일관되게 관철하듯 皇流共貫

18 곡수(曲水): 옛적 3월 삼짇날 굽이도는 물에 술잔을 띄워 그 잔이 자기 앞을 지나기 전에 시를 지어 읊고 잔을 들어 마시던 풍류놀이를 말한다. 곡수유상(曲水流觴), 곡수연(曲水宴)이라고도 한다.

19 계음(禊飮): 청명절(淸明節) 또는 3월 3일에 액운을 쫓기 위하여 물가에서 연회를 열어 술을 마시며 노는 것을 이른다.

20 저울로 … 가늠하듯: 원문의 현형(懸衡)은 저울에 달아본다는 것으로, 무게를 알 수 있는 저울에 매달아 놓은 것처럼 법도(法度)의 본보기를 보여 줌을 뜻하는 말이다.

오직 왕께서는 사물을 창조하시어	惟王創物
하늘이 대단한 연수를 내리셨네[21]	永錫洪算
인애의 진실함은 문왕이 주나라를 여신 듯하고	仁固開周
의리가 높기로는 한나라 왕실 위에 오르리다	義高登漢

【 2장 】

폐하의 복록은 성철군왕께 빛이 나고	祚融世哲
공업 또한 열성조에 광영이시니	業光列聖
태상의 왕위가 바로 서게 되고	太上正位
하늘이 임하기를 바다의 거울을 펼치듯	天臨海鏡
임금의 덕화로 제어하시니[22]	制以化裁
만물의 형체와 성질이 틀을 잡아	樹之形性
은혜는 싹이 돋는 식물까지 입혀 주고	惠浸萌生
신뢰는 새와 물고기에게도 미치셨나이다	信及翔泳

○ 태상(太上)은 문제(文帝)를 이른다.[太上, 謂文帝也.]

21 하늘이 … 내리셨네: 원문의 영석(永錫)은 《시경(詩經)》 〈대아(大雅) 기취(旣醉)〉에 "효자가 효도를 다함이 없는지라, 길이 너에게 복을 주리로다.[孝子不匱, 永錫爾類.]"라고 말한 데서 인용하였다.

22 임금의 … 제어하시니: 원문의 화재(化裁)는 덕으로 감화시켜 알맞게 만든다는 뜻으로 《주역(周易)》 〈계사 상전(繫辭上傳)〉에 "변화하여 알맞게 만드는 것은 변에 있다.[化而裁之, 存乎變.]"라고 말한 데서 인용하였다.

【 3장 】

공허함을 숭상해도 징계하지 않으시고 崇虛非徵
진실함을 쌓아 더할 것이 없으시니 積實莫尙
어찌 이것이 인화에만 도움되리오 豈伊人和
실로 하늘이 복을 내려 주셨나이다 實靈所貺
태양은 초하루에도 그 모양 온전하고 日完其朔
달은 보름에도 가려지지 않으오며[23] 月不掩望
배에 보물 싣고 물 건너 멀리서 오고 航琛越水
수레엔 공물 싣고 산을 넘어왔더이다 輦賮踰嶂

○ '신(賮)'은 신(贐)과 같으며, 멀리 떨어진 오랑캐[夷]가 공물을 바쳐 온 것을 말한다.[賮, 同贐, 言遠夷納貢也.]

【 4장 】

태자께서 황제와 같은 덕을 겸비하시고 帝體麗明
북극성과 짝하여 이군(貳君)이 되시니 儀辰作貳
저 동궁[24]을 주재하심에 君彼東朝
금처럼 밝고 옥처럼 순수하시옵니다 金昭玉粹

23 태양은 … 않으오며: 《漢書》 〈천문지(天文志)〉에 "천하가 태평할 때는 … 태양은 초하루에도 온전하고 달은 보름에도 가려지지 않는다.[天下太平, … 日不食朔, 月不食望.]"라고 말한 데서 인용하였다.

24 동궁: 원문의 동조(東朝)는 태자가 거처하는 곳을 이른다.

덕으로는 몸을 윤택하게 하시고	德有潤身
예절은 형식을 탓하지 않으시니	禮不愆器
유순한 중심은 못에 담긴 물인 듯하고	柔中淵映
꽃다움이 난초의 향기 같으시옵니다	芳猷蘭秘

○ 제체(帝體)는 태자(太子)이다. 《예기(禮記)》에 이르기를, "장자(長子)는 조상에 대하여 정체(正體)가 된다." 하였다.[帝體, 太子也. 記曰, 長子正體於上.]

○ 《시전(詩傳)》에 이르기를, "의(儀)는 필적하다[匹]이며, 신(辰)은 북신(北辰)이다." 하였다.[詩傳曰, 儀, 匹也. 辰, 北辰也.]

【5장】

예전에 문소[25]가 계셨듯이	昔在文昭
지금은 무목[26]이 계시오니	今惟武穆
아 빛나도다 왕의 재상을 맡으심이여	於赫王宰
마치 주공 단[27]이 숙부의 관계이신 듯	方旦居叔
온화하고 덕이 밝은 번왕들도	有晬叡蕃

25 문소(文昭): 종묘(宗廟)의 배열상 왼쪽을 소(昭)라 하는데, 문소는 주 문왕(周文王)의 아들, 즉 무왕(武王)을 지칭하는데, 여기서는 송 무제(宋武帝)를 일컫는다.

26 무목(武穆): 종묘(宗廟)의 배열상 오른쪽을 목(穆)이라 하는데, 무목은 주 무왕(周武王)의 아들, 즉 성왕(成王)을 지칭하는데, 여기서는 송 문제(宋文帝)를 일컫는다.

27 주공 단(周公旦): 주 무왕의 아우이며, 성왕의 숙부로서 성왕이 어릴 때 섭정을 하여 주(周)나라를 단단한 초석 위에 올려놓는 성과를 이룩하였다.

이에 제후의 번국[28]을 잘 다스리오니	爰履奠牧
지극히 편안하고 평화로운 건	甯極和鈞
분봉 받은 번왕들 잘 따르기 때문이옵니다	屛京維服

○ 왕재(王宰)는 왕이 재보(宰輔)가 됨을 이르는 말이다. 주공 단(周公旦)이 숙부(叔父)의 위치에 있었던 데에 비유한 것으로, 강하왕(江夏王)과 형양왕(衡陽王) 두 왕을 지칭한다.[王宰, 謂王爲宰輔. 比之周旦, 而亦居叔也, 指江夏, 衡陽二王.]

【6장】

달빛이 쌍으로 교차하던 날 저녁은[29]	朏魄雙交
달이 세 번 바뀌던 삼월이온데[30]	月氣參變
초목의 꽃이 피고 봄비 내리니	開榮灑澤
무지개 펼쳐지며 번개가 번쩍입니다	舒虹爍電
감화받은 지역 빈 곳이 없는 것은	化際無間
황제의 뜻이 관민을 살피셨기 때문이니	皇情爰眷

28 제후의 번국: 원문의 전목(奠牧)은 제후가 명산대천에 제사 지내고 다스리는 번국을 가리킨다.

29 달빛이 … 저녁은: 원문의 비백(朏魄)은 초사흘을 가리킨다. 《율력지(律歷志)》에 "3일을 비(朏)라 이른다.[三日日朏.]"라고 하였다.

30 달이 … 삼월이온데: 《문선(文選)》 이선(李善)의 주(注)에, "달이 세 번 바뀐다는 것은 삼월을 이르는 것이다. 달의 기상은 매월 한 번 바뀌기 때문에 삼(參)이라고 한 것이다.[月氣參變, 謂三月也. 月氣每月一變, 故日參也.]"라고 하였다.

늘 호경의 술자리[31]를 생각하옵고 伊思鎬飮
낙읍에서의 잔치[32]를 생각하나이다 每惟洛宴

○ '달빛이 쌍으로 교차하던 날 저녁[朏魄雙交]'은 그달의 3일을 이르는 말이며, '달이 세 번 바뀌던 삼월이온데[月氣參變]'는 그해의 3월을 이르는 말이다. 이는 수계(修禊)에 들었음을 설명한 것이다.[朏魄雙交, 謂月之三日也. 月氣參變, 謂三月也. 此說入修禊.]

【7장】

교외의 전별에 높은 제단이 있고 郊餞有壇
군왕의 거동에 예의가 있음이여 君擧有禮
난초 핀 언덕에 장막과 휘장 쳐 놓고 幕帷蘭甸
높은 섬돌계단 옆에 물길을 내었으며 畫流高陛
좌우로 나누어 음악을 연주하고 分庭薦樂
흐르는 물 나누어 술잔을 띄우시니 析波浮醴
즐거움은 하나라 옛 속담[33]과 같고 豫同夏諺

---

31 호경(鎬京)의 술자리: 주 무왕이 호경에서 주연(酒宴)을 베푼 것을 이른다. 《시경(詩經)》〈소아(小雅) 어조(魚藻)〉에 "왕이 있어 호경에 계시니, 즐거워서 술을 마시도다.[王在在鎬, 豈樂飮酒.]" 하였다.

32 낙읍에서의 잔치: 《제해기(齊諧記)》에 "예전에 주공께서 낙읍을 정할 때 흐르는 물에 술잔을 띄워 마셨다.[昔周公卜洛邑, 因流水以汎酒.]" 하였다.

33 하나라 옛 속담: 《맹자집주(孟子集註)》〈양혜왕장구 하(梁惠王章句下)〉에 "하나라의 속담에 '우리 왕께서 편치 않으시면, 우리가 무엇으로 돕겠는가[吾王不豫, 吾何以助.]'라고 하였는데" 하였다.

일은 출제[34]를 겸하였나이다　　事兼出濟

【8장】

우러러보니 풍요한 은총으로　　仰閱豐施
하찮은 저에게도 내리셨습니다　　降惟微物
세 차례나 태자를 모셨고　　三妨儲隸
다섯 번 조복을 입었건만　　五塵朝黻
길은 순탄해도 명운이 험난하여　　途泰命屯
은혜에 보답하려 해도 부족하옵니다　　恩充報屈
후회는 바로잡을 수 있거니와　　有悔可悛
하자가 적체되면 털어내기 어려우리다　　滯瑕難拂

○ 원문의 미물(微物)은 자신을 이르는 것이며, 삼방(三妨)과 오진(五塵)은 자신이 역임한 관직을 이르는 말이다.[微物, 自謂也. 三妨, 五塵, 謂己所歷之官位.]

○ 8장(八章)의 순서에 법도가 있으니, 금을 만들고 옥을 다듬는 듯하여 깊은 고민에 잠긴다 해도 무방하다. 의산(義山)[35]이 이른바 "시구가 기발하고[句奇], 시어가 무겁다.[語重.]"는 것은 이것을 이르는 말인가?[八章次序有法, 追金琢玉, 不妨沈悶. 義山所謂句奇語重者耶?]

---

34 출제(出濟): 《시경(詩經)》〈패풍(邶風) 천수(泉水)〉에 "제(泲) 땅에 나아가 유숙하고 예(禰) 땅에서 전별주를 마시니[出宿于泲, 飮餞于禰.]"라고 한 데서 인용하여 전별의 뜻을 담고 있다. 원문의 제(濟)는 제(泲)와 통용하여 쓴다.

35 의산(義山): 만당(晩唐) 시인 이상은(李商隱)의 자이다. 호는 옥계생(玉谿生)이며, 하남성(河南省) 심양(沁陽) 출신이다.

386

교사가(郊祀歌)[36] 2수(首)

【1수】

하늘의 보명[37]을 삼가 경외하옵고 夤威寶命
상제와 조상을 삼가 공경하옵니다 嚴恭帝祖
황해[38]를 밝히시고 태산을 표지로 삼으시며 炳海表岱
당요의 혈통으로 초원왕[39]의 후손이시니 系唐胄楚
신령은 황제의 문덕을 밝게 살피시고 靈監睿文
백성들은 황제의 무공을 주목하나이다 民屬睿武
하늘의 보살핌[40]을 크게 받으셔서 奄受敷錫
중앙에 거하시며 영토를 넓히심에[41] 宅中拓宇

36 교사가(郊祀歌): 중국 주(周)나라 때부터 천자가 천지(天地)에 지내는 국가 제사를 교사(郊祀)라고 하는데, 동지(冬至)에 남쪽 교외(郊外)로 나가 하늘에 제사 지내고, 하지(夏至)에 북쪽 교외로 나가 땅에 제사 지냈다. 한 무제가 교사(郊祀)의 예를 정한 후에 악부를 세워서 교사가를 짓게 하였다.

37 보명(寶命): 하늘이 내린 보배로운 명령으로 천명(天命)을 이른다.

38 황해(黃海): 서주(徐州)의 팽성(彭城) 부근에 있는 바다. 고조(高祖)의 출신지이다.

39 초원왕(楚元王, ?~기원전 179): 유교(劉交). 전한(前漢) 때의 경학자. 자는 유(游)이고, 시호는 원(元)이며, 한 고조(漢高祖)의 동생이다.

40 하늘의 보살핌: 원문의 부석(敷錫)은 '널리 펴서 뭇사람에게 준다[敷錫]'는 것으로 《서경(書經)》 〈주서(周書) 홍범(洪範)〉에 "황극은 임금이 극을 세움이니, 이 오복을 거두어 여러 백성들에게 복을 펴서 주면 이 백성들이 너의 극에 대하여 너에게 극을 보존함을 줄 것이다.[皇極, 皇建其有極, 斂是五福, 用敷錫厥, 庶民, 惟是錫厥庶民, 于汝極, 錫汝保極.]"라고 말한 데서 인용하였다.

41 영토를 넓히심에: 원문의 척우(拓宇)는 영토를 확장함을 이른다.

땅 끝에서도 황제라 칭하옵고	亘地稱皇
온 천하의 주인이 되셨나이다	罄天作主
달이 지는 서쪽 끝[42]에서도 손님이 되어 오고	月竁來賓
해 뜨는 동쪽 끝에서도 조공을 바쳐 왔나이다	日際奉土
원년을 열어 정월을 정하고서	開元首正
예로써 교류하고 음악으로 거동하시니	禮交樂擧
육전[43]이 일과 이어지고	六典聯事
구관[44]은 그 순서가 정연하옵니다	九官列序
희생은 외양간에 있고	有牷在滌
정갈한 제물은 제기에 담겨져 있기에	有絜(1)在俎
제사를 올려 왕께서 충심을 바치오니	薦饗王衷
신령께서는 복을 내려 답해 주소서	以答神祜

(1) '혈(絜)'은 결(潔)과 같다.[同潔.]

○ 《상서(尙書)》에 이르기를, "황해와 대산(岱山) 및 회수(淮水)는 서주(徐州)에 있다." 하였고, 〈동경부(東京賦)〉에 이르기를, "당요(唐堯)의 대통(大統)을 계승하고, 한(漢)의 서업(緖業)을 이었다." 하였고, 심약(沈約)의 《송서(宋書)》에 이르기를, "고조(高祖)는 팽성(彭城) 사람으로, 초원왕(楚元王)의 후예이다. 팽성(彭城)은 서주(徐州)의 경계에 있다." 하였다.[尙書曰, 海岱及淮惟徐州. 東京賦曰, 系唐統, 接漢緖, 沈約宋書曰, 高祖, 彭城人, 楚元王之後也. 彭城, 徐州之境.]

○ '취(竁)'는 굴(窟)과 같다.[竁同窟.]

---

42 달이 … 끝: 원문의 월취(月竁)는 월굴(月窟)로 지구의 서쪽 끝을 이른다.

43 육전(六典): 《주례(周禮)》에 "나라를 다스리는 여섯 가지 법은, 치(治)·예(禮)·교(敎)·정(政)·형(刑)·사(事)이다." 하였다.

44 구관(九官): 순(舜)임금이 제정한 사공(司空)·후직(后稷)·사도(司徒)·사사(士師)·공공(共工)·짐우(朕虞)·질종(秩宗)·전악(典樂)·납언(納言)을 이른다.

【2수】

오직 성인이어야 상제께 제사를 올리고 維聖饗帝
오직 효자이어야 부모님께 제사를 올릴 수 있거늘 維孝饗親
황제께서는 이를 갖추셨기에 皇乎備矣
상춘인 정월에 제사를 올리나이다 有事上春
종묘사직에 예를 행하옵고 禮行宗祀
교외의 천제에도 공경을 다하시니 敬達郊禋
금으로 장식한 등촉대를 중앙에 꽂고 金枝中樹
광악[45]의 연주가 사방에 울려 퍼집니다 廣樂四陳
조상을 올려 상제랑 배향하심은[46] 경사에 있고 陟配在京
상제께서 내려와 들으심[47]은 백성에게 있으니 降聽在民
유성은 밤하늘을 환히 가로지르고 奔精昭夜
높이 피운 횃불은 새벽까지 빛나며 高燎煬晨
북쪽의 별이 환히 떠오르자 陰明浮爍
액운 막으려 깊은 물에 제사하고 沈禜深淪
하늘에 제를 올려 성공을 고하니[48] 告成大報

---

45 광악(廣樂): 균천광악(鈞天廣樂)의 줄임말로 천상(天上)의 음악을 가리키는데, 전하여 우아하고 아름다운 궁중 음악을 가리킨다.

46 조상을 … 배향하심은: 원문의 척배(陟配)는 제왕이 승하하여 하늘로 올라갔다는 뜻으로 《서경(書經)》〈주서(周書) 군석(君奭)〉에 "은나라가 예로 올려서 하늘에 짝하여 지내온 햇수가 많게 되었다.[殷禮陟配天, 多歷年所.]"라고 말한 데서 인용하였다.

47 내려와 들으심[降聽]: 《악부시집(樂府詩集)》 등 다른 판본에는 '덕을 내리다[降德]'로 되어 있다.

48 하늘에 … 고하니: 원문의 대보(大報)는 교천(郊天)의 의미와 보덕(報德)의 의미를 담고 있는 말로, 《예기(禮記)》〈교특생(郊特牲)〉에 "하늘에 제사를 지내는 것은 근본에 보답하고 처음을

하늘의 신이 내리는 복을 받으리다	受釐元神
달 수레 모는 신은 고삐를 늦춰 천천히 몰고	月御按節
별 마부는 옆에서 수레바퀴를 부축하며	星驅扶輪
일어나 멀리 수레 몰고 가시니	遙興遠駕
밝고도 성대하게 빛이 납니다	曜曜振振

○ '분정(奔精)'은 별이 흐르는 것이다.[奔精, 星流也.]

○ 송(宋)나라는 수덕(水德)에 속하며 북방의 진성(辰星)을 주관한다. 그러므로 음명(陰明)의 별이 환히 떠올라 밝게 비치는 것이다. 침영(沈禜)은 깊은 물에 지내는 제사가 매우 정갈하다는 것이다. 영(禜)은 제사 이름이다.[宋爲水德而主辰. 故陰明之宿, 浮爍而揚光. 沈禜, 所祭沈淪而沈靜也. 禜, 祭名.]

○ '월어(月御)' 두 구절은 하늘에서 신이 내려오자, 달 수레 모는 신이 그를 위해 고삐를 늦추고, 별 마부는 그를 위해 수레바퀴를 부축한다는 것을 말한 것이다.[月御二句, 言天神降而月御爲之按節, 星驅爲之扶輪也.]

돌이킴을 크게 여기는 것이다.[郊之祭也, 大報本反始也.]"라고 하였다.

387

왕태상[49]에게 주다[贈王太常]

옥 있는 물은 각이 져서 흐른다 하고 玉水記方流
구슬이 나는 물은 둥글게 흐른다 하며 琁源載圓折
보옥은 쌓여도 늘 소리가 희미하지만[50] 蓄寶每希聲
비록 감추려 하나 외려 밝게 빛이 나네 雖秘猶彰徹
용의 소리 들으려면 깊은 못[51]을 살펴야 하고 聆龍睬(1)九淵
봉황소리 들으려면 단혈산[52]을 엿봐야 하듯 聞鳳窺丹穴
두루 들으려면 어찌 많은 인재여야 하나 歷聽豈多士
외연한 당시의 현철을 만나면 되는걸 巋然覿時哲
문장을 지어 나라의 정화를 넓히고 舒文廣國華
언술을 펴서 조정의 위업을 널리 전파하며 敷言遠朝列

49 왕태상(王太常, 423~458): 왕승달(王僧達)을 이름. 효무제(孝武帝) 때 벼슬을 하였다. 태상은 종묘(宗廟)의 의식(儀式)을 맡은 관명(官名)이다.

50 소리가 희미하건만: 원문의 희성(希聲)은 심오하여 잘 들리지 않는 소리라는 뜻이다. 339.계묘년 12월 중에 시를 지어 종제인 경원에게 주다[癸卯歲十二月中作與從弟敬遠] 주 180) 참조.

51 깊은 못: 원문의 구연(九淵)은 용이 숨어 있는 깊은 연못으로 가의(賈誼)의 〈조굴원부(弔屈原賦)〉에 "봉황이 훨훨 높이 날아감에, 스스로 몸을 이끌어 멀리 떠나가네. 깊은 못에 숨은 신룡이여, 깊이 물에 숨어서 스스로 보배롭게 하네.[鳳縹縹其高逝兮. 夫固自引而遠去. 襲九淵之神龍兮. 沕淵潛以自珍.]"라고 하였다.

52 단혈산(丹穴山): 《산해경(山海經)》에 "단혈산에 새가 있는데 그 모양이 학과 같으며 다섯 가지 빛을 띠고 있어 이름을 봉황이라 한다."라고 하였다.

빛나는 덕이 국가의 홍성함을 밝히고　德輝灼邦懋
향기로운 인품은 시골 노인까지 미쳤네　芳風被鄉耋
나는 그저 은자처럼 지내나니　側同幽人居
교외의 사립문은 항상 낮에도 닫아 두네　郊扉常晝閉(2)
숲속의 마을문을 때때로 늦게 열어　林閭時晏開
귀인들의 수레를 자주 돌려 놓았네　亟迴長者轍
뜰이 어두워지면 그늘진 들녘을 보고　庭昏見野陰
산이 밝아지면 소나무 위의 눈을 바라보네　山明望松雪
두루 미치는 만물의 변화를 조용히 생각하니　靜惟浹羣化
지나가는 내 인생도 만년에 들어섰구려　徂生入窮節
즐거움이 가고 나면 기쁨은 진정 끝이 나도　豫往誠歡歇
슬픔이 온다 하여 즐거움이 다한 것은 아니네　悲來非樂闋
글 지어 찬미하되 번다함을 사절하고　屬美謝繁翰
멀리서 그리워하며 짧은 편지를 엮어보네　遙懷具短札

(1) '찰(瞭)'의 음은 체(砌)이다.[音砌.]

(2) '폐(閉)'의 음은 필(必)과 열(列)의 반절이다.[必列切.]

○ 《시자(尸子)》에 이르기를, "대체로 물이 직각으로 꺾이는 곳에는 옥(玉)이 있고, 둥글게 꺾이는 곳에는 구슬[珠]이 있다." 하였다.[尸子曰, 凡水, 其方折者有玉, 其圓折者有珠.]

○ '찰(瞭)'은 살핀다는 뜻이다.[瞭, 察也.]

○ 사용한 필치가 너무 무거우니 시인(詩人)의 본색(本色)이 아니다.[用筆太重, 非詩人本色.]

388

여름밤에 종형인 산기와 차장사에게 드리다[夏夜呈從兄散騎車長沙]

산기(散騎)의 자는 경종(敬宗)이며, 차장사(車長沙)의 자는 중원(仲遠)이다.[散騎, 字敬宗. 車長沙, 字仲遠.]

무더운 여름날에 먼지 한창 가득하더니	炎天方埃鬱
밤 들자 자욱하던 먼지 사라졌네	暑晏闋塵紛
홀로 고요히 아무도 없이 앉았다가	獨靜闃偶坐
당에 임하여 별들을 마주하네	臨堂對星分
나무 흔드는 바람 소리 귀 기울여 들어 보고	側聽風薄木
구름 걷힌 달빛을 멀리서 바라보네	遙睇月開雲
밤에 우는 매미는 여름을 맞아 다급한 듯	夜蟬當夏急
귀뚜라미[53] 소리가 가을 이전에 들려오네	陰蟲先秋聞
세월이 일 년의 반은 벌써 지났으니	歲候初過半
향기로운 풀들[54]이 어찌 오래 향기로울까	荃蕙豈久芬

53 귀뚜라미: 원문의 음충(陰蟲)은 귀뚜라미와 같은 가을벌레를 가리킨다.

54 향기로운 풀들: 원문의 전혜(荃蕙)는 향초의 이름으로 굴원(屈原)의 〈이소(離騷)〉에 "난초와 지초는 변하여서 향기를 잃었고, 전초와 혜초는 변하여 띠풀이 되었네.[蘭芷變而不芳兮, 荃蕙化而爲茅.]"라고 말한 데서 인용하였다.

은거[55]하며 사물의 변화를 슬퍼하고 　屛居惻物變

친구들을 그리워하니[56] 품은 정이 은근하네 　慕類抱情殷

아홉 번 가는 꿈은 공연한 그리움 아니건만 　九逝非空思

일곱 번 자릴 옮긴들 문장을 완성하지 못하겠네[57] 　七襄無成文

○ 《초사(楚詞)》에 이르기를, "영도로 가는 길이 멀기는 하여도 나의 영혼은 하룻밤에 아홉 번을 간다네." 하였다.[楚詞曰, 惟郢路之遼遼兮, 魂一夕而九逝.]

55 은거: 원문의 병거(屛居)는 물러나 은거하는 것으로 《사기(史記)》 〈위기무안후열전(魏其武安侯列傳)〉에 "위기후가 병을 핑계로 물러나 남전현 남산 아래에서 몇 달 동안 은거하며 보냈다.[魏其辭病, 屛居藍田南山之下數月.]"라는 글이 보인다.

56 친구들을 그리워하니: 원문의 모류(慕類)는 동류를 사모하는 것으로 《초사(楚辭)》 〈초은사(招隱士)〉에 "원숭이들과 곰들은 무리를 그리워하며 슬피우네.[獮猴兮熊羆, 慕類兮以悲.]"라고 말한 데서 인용하였다.

57 일곱 번 … 못하겠네: 《시경(詩經)》 〈소아(小雅) 대동(大東)〉에 "비록 일곱 번 자리를 옮겨보지만 보답해 줄 문장(文章)을 이루지 못한다.[雖則七襄, 不成報章.]" 하였다.

389

북쪽 낙양에 사신으로 떠나며[北使洛]

《송서(宋書)》에 이르기를, "안연지가 낙양으로 가는 길에 지은 것이다. 문장이 구성지고 미려하여 사회(謝晦)와 부량(傅亮)[58]의 칭찬을 받았다." 하였다.[宋書曰, 延之洛陽道中作. 文辭藻麗, 爲謝晦. 傅亮所賞.]

옷을 갈아입고 수행원을 독려한 뒤 改服飭徒旅
길에 올라 험난해서 허릴 굽혔네 首路跼險艱
노를 저어 오주[59]에서 출발하고 振楫發吳洲
말 먹여서 초산[60]을 넘고 보니 秣馬陵楚山
길이 양과 송의 교외로 나 있어서 塗出梁宋郊
주와 정의 사이를 지나왔네 道由周鄭間
앞서는 양성[61] 길에 올랐다가 前登陽城路
해질 무렵 삼천[62]을 바라보니 日夕望三川
예전의 나라들은 국가운명 다해선지 在昔輟期運
새로운 경영에는 성현마저 나지 않고 經始闊聖賢

---

58 사회(謝晦)와 부량(傅亮): 당시에 같이 교류했던 시인(詩人)이다.

59 오주(吳洲): 오(吳)나라의 연안(沿岸) 지역이다.

60 초산(楚山): 초(楚)나라의 산악(山嶽) 지역이다.

61 양성(陽城): 하남성(河南省) 양성현(陽城縣)이다.

62 삼천(三川): 하남성에 위치한 황하(黃河), 낙수(洛水), 이수(伊水)를 일컫는다. 지명이라고도 한다.

이수와 곡수[63]에는 나루터가 끊겼으며 伊瀫絶津濟
대관에는 한 자 되는 서까래[64]도 없네 臺館無尺椽
궁궐 섬돌에는 새둥지 짐승굴이 많고 宮陛多巢穴
성궐[65]에는 구름만이 피어오르네 城闕生雲煙
송나라의 왕업(王業)이 팔방까지 퍼진 덕에 王猷升八表
아, 세밑인데 사신길 떠나왔네 嗟行方暮年
음산한 바람은 서늘한 교외로부터 불어오고 陰風振涼野
흩날리는 눈발은 겨울 하늘에 자욱하네 飛雪瞀窮天
길에 임하여 아직 출발하기 전인데 臨塗未及引
술잔 놓고 참담하여 말이 없네 置酒慘無言
슬프게 근심하니 사졸들도 슬퍼하고 隱閔徒御悲
길이 험난하니 좋은 말도 힘들어하네 威遲良馬煩
사신 갈 적에는 꽃피는 시절이었는데 遊役去芳時
돌아올 때는 자주 제때를 놓치게 되네 歸來屢徂諐[(1)]
쑥대같이 어지러운 마음 이제 그만둘지어다 蓬心旣已矣
정처 없이 바람결에 흩날릴 뿐이네 飛薄殊亦然

63 이수와 곡수: 하남성에 위치한 두 강물 이름이다.

64 한 자 … 서까래: 원문의 척연(尺椽)은 한 자 길이의 서까래를 이르는데, 조식(曹植)의 〈훼고전령(毁故殿令)〉에 "진나라가 멸망하니 아방궁에는 한 자 되는 서까래도 없네.[秦之滅也, 則阿房無尺椽.]"라고 말한 데서 인용하였다.

65 성궐(城闕): 《시경(詩經)》 〈정풍(鄭風) 자금(子衿)〉에 "가볍고 방자하니 성궐 안에 있네.[挑兮達兮, 在城闕兮.]"라고 한 데서 온 말로, 공영달(孔穎達)의 소(疏)에 "성궐은 성 위의 다른 높은 건물로 궁궐은 아니다.[城闕, 謂城上之別有高闕, 非宮闕也.]"라고 하였다.

(1) '건(㦣)'은 옛날 건(愆) 자이다.[古愆字.]

○ 《포박자(抱朴子)》에 이르기를, "전지(前志)에서 들으니, 성인(聖人)의 탄생은 대체로 5백 년의 간격이 있다." 하였다.[抱朴子曰, 聞之前志, 聖人生率闊五百歲.]

○ 황폐해진 궁터에 기장만 자라서 느껴지는 망국의 감상과[黍離之感] 행역으로 인하여 생기는 비통함이[行役之悲] 정서에 잘 드러나 있다.[黍離之感, 行役之悲, 情旨暢越.]

390

다섯 사람[66]에 대하여 노래하다[五君詠] 5수(首)

죽림칠현 가운데 산도(山濤)와 왕융(王戎)은 높은 벼슬을 역임하였기 때문에 배제되었다.[竹林七賢, 山濤, 王戎, 以貴顯被斥.]

[1수] **완보병(阮步兵)**[67]

완공은 비록 행적을 감추었다 하나	阮公雖淪跡
식견은 치밀하고 관찰력도 뛰어났으며	識密鑒亦洞
술에 취해 자신의 광채 숨긴 듯해도	沈醉似埋照
문장에는 풍자의 뜻을 가탁하였네	寓辭類託諷
휘파람 길게 불 땐 지인을 그리는 듯	長嘯若懷人
예법을 초월하여 사람들을 놀라게 했네	越禮自驚衆
세상일을 논할 수 없다 하여도	物故不可論
막다른 길[68]에 서면 비통함이 없었으랴	途窮能無慟

○ 이름은 적이다.[籍.]

66 다섯 사람: 죽림칠현(竹林七賢) 중 산도(山濤)와 왕융(王戎)을 제외한 다섯 사람. 즉 완적(阮籍), 혜강(嵇康), 유령(劉伶), 완함(阮咸), 상수(向秀)를 이른다.

[2수] **혜중산(嵇中散)**[69]

중산은 불우한 세상 살았거니와	中散不偶世
본래는 노을 마시던[70] 선인이었네	本自餐霞人
육체 해탈[71]로 암묵적 신선임을 증명하고	形解驗默仙
양생론 지음에는 정신집중 알게 했네	吐論知凝神
속세에 우뚝 서서 저급한 여론과 맞서고	立俗迕流議
산을 찾아 은자들과 뜻을 맞췄으니	尋山洽隱淪
난새의 날개가 때로는 꺾일지라도	鸞翮有時鎩
용 같은 본성을 그 누가 길들이랴	龍性誰能馴

○ 이름은 강이다.[康.]

○ 《환자신론(桓子新論)》에 "성인(聖人)은 모두 형체가 해체되고 신선이 되어 간다." 하였다.[桓子新論曰, 聖人皆形解仙去.]

---

67 완보병(阮步兵): 완적(阮籍)이 일찍이 보병교위(步兵校尉)를 역임하였다 하여 흔히 그렇게 부르기도 한다.

68 막다른 길[途窮]: 《진서(晉書)》〈완적열전(阮籍列傳)〉에 위(魏)나라 완적(阮籍)이 울분을 달래려고 종종 혼자 수레를 타고 나갔다가 길이 막히면 문득 통곡하고 돌아왔다고 하는데, 보통 곤경에 떨어져서 희망이 전무한 상태를 비유하는 말로 쓰인다.

69 혜중산(嵇中散): 혜강(嵇康)이 일찍이 중산대부(中散大夫)를 역임하였다 하여 흔히 그렇게 부르기도 한다.

70 노을 마시던[餐霞]: 노을을 마신다는 것[餐霞]은 신선(神仙)이 되는 수련법의 하나로 《한서(漢書)》〈사마상여전(司馬相如傳)〉에 "밤이슬을 마시고 아침노을을 먹는다.[呼吸沆瀣兮餐朝霞.]"라는 말에서 인용하였다.

71 육체 해탈: 원문의 형해(形骸)는 신선이 되어 혼백이 육신을 이탈해 육체만 남은 것으로, 시해(屍解)라고도 한다.

[3수] **유참군(劉參軍)**[72]

유령은 오관을 잘 닫아서 劉伶善閉關
감정을 감추고 듣고 보는 걸 멈추었으니 懷情滅聞見
북과 종[73]도 기쁘지 않고 鼓鍾不足歡
예쁜 여인인들 어찌 그를 현혹시킬까 榮色豈能眩
정채를 감춘 채 날마다 취하도록 마셨으니 韜精日沈飮
방탕한 즐김이 아닌 줄 그 누가 알랴 誰知非荒宴
주덕을 칭송한 글[74]이 비록 짧지만 頌酒雖短章
깊은 충정을 이로써 알 수 있겠네 深衷自此見

○ 이름은 영이다.[伶]

○ 《노자(老子)》에 이르기를, "잘 닫아 놓은 문은 자물쇠를 채우지 않아도 열지 못한다." 하였는데, 이는 도덕이 내면에 충만되어 있으면 정욕을 모두 닫아 둘 수 있다는 것을 말한 것이다.[老子曰, 善閉者, 無關鍵而不可開, 言道德內充, 情欲俱閉也.]

72 유참군(劉參軍): 유령(劉伶)이 일찍이 건위참군(建威參軍)을 역임하였다 하여 흔히 그렇게 부르기도 한다.

73 북과 종: 악기를 총칭하는 말로, 아름다운 음악을 이른다.

74 주덕을 칭송한 글: 그가 지은 〈주덕송(酒德頌)〉을 말하며, 《문선(文選)》과 《고문진보(古文眞寶)》 등에 수록되어 있다.

[4수] **완시평(阮始平)[75]**

중용[76]의 하늘에 닿을 듯한 기량은 仲容青雲器
진실로 빼어난 성품을 받은 것인데 實稟生民秀
음률에 통달[77]했으니 무얼 깊이 따지랴 達音何用深
종 연주에도 금방 미묘한 차일 알았네[78] 識微在金奏
곽혁도 이미 그에게 심취하였으며 郭奕已心醉
산공[79]도 허투로 추천한 게 아니었는데 山公非虛覯
여러 번 천거에도 입관하지 못한 채로[80] 屢薦不入官
한 번 휘두름에 태수 좌천[81]되고 말았네 一麾乃出守

○ 이름은 함이다.[咸.]

---

75 완시평(阮始平): 완함(阮咸)이 일찍이 시평태수(始平太守)를 역임하였다 하여 흔히 그렇게 부르기도 한다.

76 중용(仲容): 완함의 자(字)이다.

77 음률에 통달: 〈진제공찬(晉諸公贊)〉에 "중호군장사(中護軍長史) 완함이 논하기를, '순욱(荀勖)이 만든 음악은 마치 망국의 음악이 슬프고도 시름겨운 것처럼 느껴지니, 아악(雅樂)에 부합하지 않는다. 이는 필시 동척(銅尺)의 길이가 달라서 생긴 문제일 것이다' 하였는데, 그 뒤에 땅을 파다가 옛날 동척이 발견되어 재어 보니 순욱이 이용한 것과 4푼의 차이가 있었다. 이에 사람들이 완함이 음률에 뛰어난 것을 알았다." 하였다.

78 미묘한 … 알았네: 원문의 식미(識微)는 사물의 단초를 보고 그것의 본질과 발전 추이를 알 수 있다는 뜻으로 《주역(周易)》〈계사 하전(繫辭下傳)〉에 "군자가 기미를 알며 드러남을 알며 유순함을 알며 강함을 아나니 만부의 소망이다.[君子, 知微知彰知柔知剛, 萬夫之望.]"라는 말에서 인용하였다.

79 산공(山公): 위진(魏晉) 시기의 죽림칠현(竹林七賢)의 한 사람으로 산도(山濤)를 일컫는다.

80 여러 번 … 채로: 조가지(曹嘉之)의 《진기(晉紀)》에 "산도가 완함을 추천하여 이부랑(吏部郎)으로 삼고자 해서 세 번이나 상소하였으나 무제(武帝)는 그를 등용하지 않았다."라고 하였다.

○ 완함(阮咸)은 슬픔과 즐거움에 대한 감정이 지극하여 그 정도가 보통 사람보다 월등하다. 태원(太原) 사람인 곽혁(郭奕)이 그를 보고 심취하였다.[阮咸哀樂至到, 過絶於人. 太原郭奕, 見之心醉.]

○ 산도(山濤)의 《계사(啓事)》에 "완함이 만약 영향력이 있는 관직에 있었다면 필시 당시에 훌륭한 역할을 하였을 것이다." 하였다.[山濤啓事曰, 咸若在官之職, 必妙絶於時.]

[5수]

상상시(向常侍)[82]

상수는 담박한 생활 달게 여기며 向秀甘澹薄
붓과 종이에 깊은 마음 의탁했네 深心託豪素
도를 탐구하여 현학을 좋아하였고 探道好淵玄
책 볼 때는 장구 천착을 천시하였네 觀書鄙章句
여안과 사귀며 큰기러기 날 듯하고 交呂旣鴻軒
혜강과 사귀며 봉황새가 날 듯하여 攀嵇亦鳳擧
하내에서 놀며 오랜 시간 즐거웠기에 流連河裏遊
서글픈 마음 산양에서 부(賦)[83]를 지었네 惻愴山陽賦

○ 이름은 수이다.[秀]

○ 상수는 일찍이 혜강과 함께 낙읍에서 쇠를 두드렸고, 여안과는 산양에서 함께 채마밭에 물을 주었다.[秀嘗與嵇康偶鍛於洛邑, 與呂安灌園於山陽.]

---

81 태수 좌천: 완함이 순욱(荀勖)에게 미움을 사서 시평태수(始平太守)로 좌천된 일을 말한다.

82 상상시(向常侍): 상수(向秀)가 일찍이 산기상시(散騎常侍)를 역임하였다 하여 흔히 그렇게 부르기도 한다.

83 부(賦): 《사구부(思舊賦)》를 이른다. 상수(向秀)가 낙양(洛陽)에서 벼슬살이하다가 산양(山陽)에 갔을 때 그의 친구 여안(呂安), 혜강(嵇康)과 놀던 옛일을 상기하며 눈물로 이 부(賦)를 지었다 한다.

391

추호시(秋胡詩) 9수(首)

【1수】

오동은 가지 기울여 봉황새 오기를 기다리고 椅梧傾高鳳
차가운 골짜기는 율관 불어 주길 기다리나니[84] 寒谷待鳴律
그림자와 메아리처럼 어찌 서로 생각지 않으랴 影響豈不懷
먼 곳에 있어도 매번 서로 감응하나니 自遠每相匹
어여쁘다 저 유순한 여인이여 婉彼幽閑女
군자의 아내로 가정을 이뤘거늘 作嬪君子室
높은 절개는 가을 서리와 같고 峻節貫秋霜
밝고 고운 자태는 아침 해와 같네 明豔侔朝日
아름다운 운명이 이미 나와 함께하니 嘉運既我從
기쁜 소원을 여기에서 이루게 되었네 欣願自此畢

○ 오동은 봉황새가 와서 짝이 되어 주기를 기다리고, 차가운 골짜기는 율관을 불어 땅이 따스하게 되는 것을 기다린다는 것은, 부부가 서로 짝을 이룬 것이 마치 그림자와 메아리가 서로를 그리워하는 것과 같다는 것을 말한 것이다.[椅梧佇鳳鳥之來儀, 寒谷待吹律而成煦, 言夫

84 차가운 … 기다리나니: 유향(劉向)의 《칠략별록(七略別錄)》〈제자략(諸子略)〉에 "추연(鄒衍)이 연(燕)나라에 있을 때 연(燕)나라 한곡(寒谷)의 토지가 비옥하면서도 기후가 한랭하여 곡식이 자라지 못했는데, 추연(鄒衍)이 율관(律管)을 불자 금세 온화한 기운이 감돌아 기장이 자랐으므로 그곳을 서곡이라 불렀다.[鄒衍, 在燕, 有谷地美而寒, 不生五谷, 鄒子居之, 吹律而溫至黍生, 至今名黍谷.]" 라는 기록이 있다.

婦之相匹, 如影響之相思也.]

【2수】

일상의 단란함도 누리지 못한 채로　燕居未及好
낭군님은 외려 작별할 일 생기자　良人顧有違
두건 벗어 두고 천 리 밖 길을 나서　脫巾千里外
관인을 허리에 차고 서울[85]로 가는데　結綬登王畿
이른 새벽부터 하인들을 단속하니　戒徒在昧旦
좌우로 사람들이 와서 의지하네　左右來相依
수레를 몰아 교외 성곽을 나서니　驅車出郊郭
갈 길이 정녕 멀기만 하네　行路正威遲
살아서는 오랜 이별 될 터이고　存爲久離別
죽고 나면 길이 돌아오지 못하리　沒爲長不歸

【3수】

아, 나는 이 행역을 원망하기에　嗟余怨行役
세 번 올라 하루해가 저물어 가네　三陟窮晨暮

85 서울: 원문의 왕기(王畿)는 천자의 도성 근처 땅을 이르는데, 《주례(周禮)》〈하관(夏官) 직방씨(職方氏)〉에 "구복의 나라를 구분하고 사방 천 리를 일러 왕기라 한다.[乃辨九服之邦國, 方千里曰王畿.]"라는 기록이 있다.

수레를 정비하여 바람과 추위를 넘고	嚴駕越風寒
말안장 풀고 쉴 땐 서리와 이슬을 밟네	解鞍犯霜露
들판 습지에는 슬픔과 처량함뿐이어서	原隰多悲涼
회오리바람 높은 나무를 휘감아 오르니	迴飆卷高樹
무리에서 떠난 짐승은 좁은 길로 나오고	離獸起荒蹊
놀란 새들은 이리저리 흩어져 가네	驚鳥縱橫去
슬프다 타향의 벼슬살이 하는 자에겐	悲哉遊宦子
이런 산길이 힘겨울 뿐이네	勞此山川路

○ 〈권이(卷耳)〉시에, "저 높은 흙산에 오르고 싶다.[陟彼崔嵬], 저 높은 언덕에 오르고 싶다.[陟彼高岡], 저 돌산에 오르고 싶다.[陟彼砠矣.]" 하였다. 그래서 '세 번 오른다[三陟]'고 한 것이다.[卷耳詩, 陟彼崔嵬, 陟彼高岡, 陟彼砠矣. 故曰三陟.]

【4수】

아득히 먼 길 떠나온 나그네 신세	超遙行人遠
세월은 어김없이 흘러만 가는데[86]	宛轉年運徂
좋은 시절에 이렇게 이별하고 보니	良時爲此別
해와 달만 그저 섣달이 되어 가네	日月方向除

86 세월은 … 가는데: 원문의 완전(宛轉)은 흘러가는 세월을 이르는 말로, 송(宋)나라 포조(鮑照)의 〈의행로난(擬行路難)〉에 "홍안은 시들어 또 한 해가 저물어 가고 차가운 달빛마저 밤이 깊어 가려 하네.[紅顔零落歲將暮, 寒光宛轉時欲沈.]"라고 하였다.

뉘 알았으랴 추위와 더위가 쌓이게 되면　孰知寒暑積
잠깐 사이[87]에 꽃피고 지는 걸 보게 될 줄을　僶俛見榮枯
세밑 되어 텅빈 방을 지키려 하니　歲暮臨空房
서늘한 바람만 자리 한켠에서 일어나네　涼風起坐隅
잠자리에서 일어나니 날은 벌써 추워지고　寢興日已寒
흰 이슬이 뜨락의 초목에 내려앉았네　白露生庭蕪

○ 1장부터 4장까지는, 남편이 밖에 나와서 벼슬하고 있을 때, 자신이 하루도 그리워하지 않은 적이 없었다는 것을 말하였다.[一章至四章, 言宦仕於外, 己之靡日不思也.]

【5수】

부지런히 일하여 고향 가는 꿈 이루니　勤役從歸願
돌아가는 길 산과 강을 따라 이어졌네　反路遵山河
그 옛날 떠날 땐 가을이 완연치 않았는데　昔辭秋未素
지금은 꽃피는 계절이 되었네　今也歲載華
누에 치는 달에 휴가를 받아 기쁜데　蠶月歡時暇
뽕밭 사이로 난 들녘 길을 많이 지나왔네　桑野多經過
고운 여인이 뽕 따는 일로 분주한데　佳人從所務
어여쁜 모습 높은 가지를 당기네　窈窕援高柯

---

87 잠깐 사이[僶俛]: 《문선(文選)》 여향(呂向)의 주(注)에, "민면은 잠깐 사이와 같다.[僶俛, 猶須臾也.]"라고 하였다.

너무나 예쁜데[88] 누군들 돌아보지 않으랴　　傾城誰不顧
수레를 멈추고 산길 중턱[89]에 서 있네　　弭節停中何

【6수】

해가 갈수록 참으로 괴롭도록 그리웠건만　　年往誠思勞
길이 멀어서 음성도 얼굴도 몰라보았네　　路遠闊音形
비록 다섯 해 동안의 이별이었으나　　雖爲五載別
서로 평소의 모습을 알아보지 못하였으니　　相與昧平生
수레를 놓아두고 왔던 길을 따라가서는　　捨車遵往路
물오리가 물풀에 이끌리듯[90] 눈길을 주었네　　鳧藻馳目成
남쪽에서 나는 금이 어찌 중하지 않을까만　　南金豈不重
그의 마음에는 가볍게 여길 뿐이었는데　　聊自意所輕
절의에 찬 마음으로 쓴소리를 많이 하니　　義心多苦調
빈틈없는 언행 금옥 소리에 비견되네　　密比金玉聲

---

88 너무나 예쁜데: 원문의 경성(傾城)은 한 성(城)을 기울게 할 만큼 뛰어난 자색을 지닌 미녀를 말한다. 《한서(漢書)》〈외척전(外戚傳)〉에, "북방에 가인이 있으니 절세(絶世)에 홀로 우뚝하여 한 번 돌아보면 남의 성을 기울게 하고, 두 번 돌아보면 남의 나라를 기울게 한다.[北方有佳人, 絶世而獨立, 一顧傾人城, 再顧傾人國.]"라고 한 데서 인용한 말이다.

89 산길 중턱[中何]: 대본의 '중하(中何)'를 《시경(詩經)》〈소아(小雅) 청청자아(菁菁者莪)〉에 "무성하게 자란 다북쑥이 저 산길 중턱에 있다.[菁菁者莪, 在彼中阿.]"에 의거하여 바로잡아 번역하였다.

90 물오리가 … 이끌리듯: 원문의 부조(鳧藻)는 물오리가 물풀(마름)을 만나면 반가워하며 좇아가듯이 추호가 여인을 보고 홀린 듯이 다가간 모습을 묘사한 말이다.

○ 5장부터 6장까지는, 뽕밭에서 만난 추호자가 수레에서 내려 황금을 준 것을 말하였다.[五章至六章, 言遇於桑下, 秋胡子下車, 與之以金也.]

○ 반표(班彪)의 〈기주부(冀州賦)〉에 이르기를, "오리가 수초를 만난 기쁨으로 음악을 올린다." 하였다.[班彪冀州賦曰, 感鳧藻以進樂.]

【7수】

드높은 절개에는 오래 머물기 어려워서 高節難久淹
왔다 갔다 부질없이 말만 많이 하였네 朅來空復辭
느릿느릿 여행길이 모두 끝나고 遲遲前途盡
아쉬운 듯 대문 앞에 이르렀네 依依造門基
당에 올라가 모친께 절을 올리고 上堂拜嘉慶
방에 들어가 아내는 어디 갔는지 물었네 入室問何之
날 저물어 뽕잎 따서 돌아오는데 日暮行采歸
사방 물색이 석양을 알리는 때였네 物色桑榆時
미인이 황혼을 바라보며 돌아와 보니 美人望昏至
어쩌나 앞서 서로 만난 그 사람이었네 慙歎前相持

○ 이 장은 그의 모친이 사람을 시켜 그의 부인을 불러오게 하였는데, 바로 전에 뽕 따던 여인이었음을 말하였다.[此章, 言其母使人呼其婦至, 乃向采桑者也.]

【8수】

그리운 마음을 어느 누가 멈추게 하랴	有懷誰能已
겪어 온 고난[91]의 세월 잠시 하소연하네	聊用申苦難
헤어진 지가 정녕 몇 해였나요	離居殊年載
한번 헤어진 뒤 산과 강이 가로막혀서	一別阻河關
봄이 와도 제철 기쁨 느낄 수 없었고	春來無時豫
가을 되면 언제나 일찍 추워졌다오	秋至恆早寒
새벽[92]이면 시름이 가득 밀려와	明發動愁心
규방에서는 길게 탄식할 뿐이며	閨中起長歎
처량하게 한해가 다 저물어 갈 때쯤엔	慘凄歲方晏
지는 해에 그대 모습 떠올려 보곤 했지요	日落遊子顏

○ 감정이 처참하고 서글픈 것은, 한 해가 바야흐로 저물려 하는 데에 있고, 해가 막 지려 하는 데서 객지에 간 임의 얼굴이 더욱 생각남을 말하였다. 이 장은 5년 동안 그리워했던 정회를 거듭 말하였다.[言情之慘悽, 在乎歲之方晏, 日之將落, 愈思遊子之顏. 此章申言五載中思慕情事.]

○ 앞 장에서 서로 만난 것을 말하였으니, 보통의 감정으로 말하면 마땅히 분한 마음을 토로하는 말이 나와야 할 것인데, 여기서는 오히려 이별의 고됨을 거듭 하소연하였다. 급한 곳에서 느긋하게 이어받는 것이 바로 이것이 절주의 오묘함인 것이다.[前章說相持矣, 以常情言, 宜即出憤語, 此却申言離居之苦. 急處用緩承, 正是節奏之妙.]

---

91 겪어 온 고난: 대본의 '약언(若言)'을 《문선(文選)》에 의거하여 고난(苦難)으로 바로잡아 번역하였다.

92 새벽: 원문의 명발(明發)은 새벽이 되어 밝은 빛이 나타나는 때이다. 《시경(詩經)》 〈소아(小雅) 소완(小宛)〉에, "날이 밝도록 잠을 이루지 못하고 두 분 부모님을 생각하노라.[明發不寐, 有懷二人.]"라고 하였다.

【9수】

거문고 현을 팽팽히 조이면 끊어지기 마련이며 高張生絶絃
소리가 촉급한 건 빠른 곡조 때문이지요 聲急由調起
예전에 빛나던 풍채 굽혀 결혼할 때엔 自昔枉光塵
맹세코 평생을 함께하자 하고서 結言固終始
어찌하여 오랜 이별 끝에 와서는 如何久爲別
자신의 온갖 품행 망치시나요 百行僁(1)諸己
군자가 밝은 의리 잃으셨으니 君子失明義
누구와 함께 백년해로하리오 誰與偕沒齒
저 행로시[93]에 부끄러워서 愧彼行露詩
기꺼이 긴 강물에 몸을 던져요 甘之長川汜

(1) '건(僁)'은 옛 건(愆) 자이다.[古愆字]

○ '거문고 현을 팽팽히 조이면 끊어지기 마련이요[高張生絶絃]'는 절의를 세워 목숨을 바치겠다는 것을 비유하였고, '소리가 촉급한 건 빠른 곡조 때문인데[聲急由調起]'는 말이 절박한 것은 슬픔이 심한 데서 일어나는 것임을 비유하였다.[高張生於絶絃, 喩立節期於效命, 聲急由乎調起, 喩詞切興於恨深.]

○ 《주역(周易)》에 이르기를, "누이동생을 시집보내는 것은 사람의 끝과 시작이다." 하였다.[易曰, 歸妹, 人之終始也.]

○ 《고악부(古樂府)》의 경계하는 뜻과 건장한 품격은 없다. 그러나 장법(章法)이 면밀하고 배치가 평온하며 순조로워서 안연지의 작품 중에서 최상이라 하겠다.[無古樂府之警健, 然章法綿密, 布置穩順, 在延之爲上乘矣.]

93 행로시(行露詩): 《시경(詩經)》〈국풍(國風) 소남(召南)〉에 수록된 시. 정숙한 여인이 포악한 남자의 청혼을 거절하고서 절개를 지키는 내용으로 되어 있다.

사영운(謝靈運)[94]

전인(前人)[95]이 강락(康樂)의 시에 대하여 품평하기를, "동해(東海)에 배를 출범시키자 바람도 햇살도 매우 순조로운 격이다." 하였는데, 이 말은 매우 적합하지 않다. 대체로 고심하여 경영해서 심오한 뜻을 캐고 은미한 뜻을 찾았다. 그리하여 한번 자연으로 귀의한 뒤에는 산수의 한적한 속에서 때때로 이취(理趣)를 만나게 되면 장인의 마음을 홀로 운영하다 보니 지나간 법칙을 규정으로 삼는 일이 적었다. 건안(建安)시대의 제공들을 모두 탐탁지 않게 여기는 바인데, 더구나 사형(士衡)[96] 이하의 시인들이겠는가.[前人評康樂詩, 謂東海揚帆, 風日流利, 此不甚允. 大約經營慘淡, 鈎深素隱. 而一歸自然, 山水閒適, 時遇理趣, 匠心獨運 少規往則, 建安諸公, 都非所屑, 况士衡以下.]

도연명의 시는 자연(自然)과 잘 부합하기 때문에 남들이 미칠 수 없는 곳은 진솔함[眞]에 있기도 하고 후덕함[厚]에 있기도 하며, 사영운의 시는 갈고 다듬어서 자연으로 돌아왔으니 남들이 미칠 수 없는 곳은 참신함[新]에 있기

---

94 사영운(謝靈運, 385~433): 남북조시대(南北朝時代)의 산수시인. 본래는 진군(陳郡) 하양(陽夏)에서 태어났는데 후에 회계(會稽)로 이주하여 살았다. 동진(東晉) 때 강락공(康樂公) 봉작을 계승하여 사강락(謝康樂)으로도 불린다. 어려서부터 학문을 좋아하여, 문장의 아름다움은 안연지(顔延之)와 더불어 제일이었다. 그의 시는 대부분 영가태수로 임명된 이후에 지어진 것들로서, 주로 강남(江南) 산수의 풍경을 묘사한 것인데 언어가 정교하고 화려하며 묘사가 섬세하다. 불경을 깊이 연구하여《대반열반경(大般涅槃經)》을 번역하기도 하였다.

95 전인(前人): 남송시대 시파(詩派)의 하나인 강호파(江湖派)의 한 사람이었던, 오도손(敖陶孫)을 이른다.

96 사형(士衡): 육기(陸機)의 자(字)이다.

도 하고 준수함[俊]에 있기도 하다. 그러므로 천고(千古)에 나란히 일컫는 것은 그럴 만한 이유가 있는 것이다.[陶詩合下自然, 不可及處, 在眞在厚, 謝詩追琢而返於自然, 不可及處, 在新在俊. 千古並稱, 厥有由夫.]

도연명 시의 우수한 면은 대우를 하지 않은[不排] 데에 있고, 사영운 시의 우수한 면은 대우를 하는 데에 있다. 그래서 결국은 한 차원을 양보할 수밖에 없다.[陶詩高處在不排, 謝詩勝處在排. 所以終遜一籌.]

유협(劉勰)의 〈명시편(明詩篇)〉에 이르기를, "노장(老莊)의 현언시(玄言詩)가 퇴조하자, 산수시(山水詩)가 일어났다."고 하였으니, 유산수시(遊山水詩)로는 강락(康樂)의 작품을 최고로 삼았다는 것을 알 수 있다.[劉勰明詩篇曰, 老莊告退, 而山水方滋, 見遊山水詩以康樂爲最.]

392

경구[97]의 북고산[98]을 종유하며 조칙에 응하여 지은 시[從遊京口北固應詔]

송 무제를 수행한 것이다.[從宋武帝.]

옥새로는 성신 갖게 훈계하시고	玉璽誡誠信
황옥[99]으론 숭고함을 보여 주시니	黃屋示崇高

일일마다 명교[100] 위한 쓰임이 되고	事爲名教用
도리로는 신리[101]로서 으뜸입니다	道以神理超
예전에는 분수[102] 유람 들었었는데	昔聞汾水遊
속세 밖의 말 달림을 지금 보네요	今見塵外鑣
젓대 불며 봄 물가를 출발했는데	鳴笳發春渚
수레 내려 산마루에 올라도 보고	稅鑾登山椒
장막 치고 물그림자 바라보다가	張組眺倒景(1)
자리 열고 흐르는 물 눈여겨보니	列筵矚歸潮
먼데 바위 난초떨기 비쳐서 곱고	遠巖映蘭薄
밝은 해가 강 언덕을 환히 비추며	白日麗江皐
습지 두른 푸른 버들 새싹이 돋고	原隰荑綠柳
동산 가득 붉은 복사 흩뿌리는데	墟囿散紅桃
황제 마음 아름답기 봄볕을 닮고	皇心美陽澤
온갖 사물 모두 밝게 빛이 나건만	萬象咸光昭
내 몸은 어쩌다가 속박이 되어	顧己枉維縶

97 경구(京口): 강소성(江蘇省)에 있는 단도현(丹徒縣)을 이른다.

98 북고산(北固山): 단도현 북쪽으로 1리쯤 떨어진 곳에 있으며, 양자강(揚子江) 물이 유입되어 3면이 물로 싸여 있다.

99 황옥(黃屋): 황색 비단으로 덮개를 장식한 천자(天子)의 수레를 이른다.

100 명교(名敎): 인륜의 명분을 밝히는 교훈을 일컫는다.

101 신리(神理): 신도(新道)와 같다. 《주역(周易)》〈관괘(觀卦) 단사(彖辭)〉에 "성인이 신묘한 하늘의 도리로 교화를 베풂에 천하가 모두 감복한다.[聖人以神道設敎, 而天下服焉者也.]"라고 하였다.

102 분수(汾水): 산서성(山西省)에 위치한 황하(黃河)의 지류(支流)를 일컫는다. 요(堯)임금이 이곳에서 선인(仙人)을 만났다 한다.

평소 마음 농장 풀에 부끄럽네요[103] 撫志慙場苗
공과 졸은 사람마다 어울림 있어 工拙各所宜
결국에는 숲속 둥지 돌아가리다 終以返林巢
일찍부터 오랜 생각 가졌던 터라 曾是縈舊想
풍물 보며 긴 노래를 상주합니다 覽物奏長謠

(1) '경(景)'은 영(影) 자와 같다.[同影.]

○ 《장자(莊子)》에 이르기를, "요(堯)임금이 막고야(藐姑射)의 산과 분수(汾水)의 북쪽에서 네 사람을 만나보았다." 하였다.[莊子曰, 堯見四子藐姑射之山, 汾水之陽.]

○ 이치의 말[理語]이 시(詩) 안에 들어 있는데도 진부함을 느끼지 못하는 것은 전적으로 골격이 높은 데에 있다.[理語入詩, 而不覺其腐, 全在骨高.]

103 내 몸은 … 부끄럽네요: 원문의 유집(維縶)과 장묘(場苗)는 《시경(詩經)》 〈소아(小雅) 백구(白駒)〉의 "희디흰 망아지가 우리 밭 새싹을 먹는다 하여, 발을 묶고 고삐줄 조여 아침내내 잡아두리라.[皎皎白駒, 食我場苗, 縶之維之, 以永今朝.]"에서 인용한 말이다.

393

할아버지의 공덕을 기술한 시[述祖德詩] 2수(首)

서(序)에 이르기를, "태원[104] 중에 왕부(王父)인 감(龕)이 회남을 평정하고 세업을 맡아서 군주를 높이고 백성을 영예롭게 하였는데, 어진 재상이 죽고 군자의 도가 소멸되자, 관복을 벗고 물러나 동쪽 산에 만년의 거처를 정하였다. 일은 악생[105]의 당시와 같고 뜻은 범여[106]의 거사를 기약할 만하다." 하였다.[序曰, 太元中, 王父龕定淮南, 負荷世業, 尊主隆人, 逮賢相徂謝, 君子道消, 拂衣蕃岳, 考卜東山. 事同樂生之時, 志期范蠡之擧.]

○ 왕부(王父)는 사현(玄)을 이른다. 감(龕)은 감(戡)과 같으니, 이겼다[勝]는 뜻이다. '회남을 정벌하고[龕定淮南]'는 부견(符堅)을 패퇴시킨 일을 이른다.[王父, 謂玄也. 龕, 同戡, 勝也. 龕定淮南, 謂敗符堅事.]

【1수】

사리를 통달한 이는 자신을 귀하게 여겨 達人貴自我

---

104 태원(太元) 중: 동진(東晉) 효무제(孝武帝) 8년(383)을 이른다.

105 악생(樂生): 악의(樂毅)를 이름. 연소왕(燕昭王)을 도와 조(趙), 초(楚), 한(韓), 위(魏), 연(燕) 다섯 나라의 군대를 거느리고 출정하여 제(齊)나라의 70여 성(城)을 항복받은 일이 있다.

106 범여(范蠡): 춘추시대 월(越)나라의 공신으로 자는 소백(少伯)이며, 월왕 구천(句踐)을 도와 오왕 부차(夫差)를 쳐서 높은 명성을 얻은 뒤에는 오래 살기 어렵다고 하며 벼슬을 버리고 오호(五湖)에 배를 띄우고 놀았다고 한다.

고상한 정서를 하늘 위 구름에 부쳐 두고 高情屬天雲
겸하여 만물을 구제할 마음을 간직한 채 兼抱濟物性
때 묻은 분위기에 얽이지 않았더이다 而不纓垢氛
단생[107]이 위나라의 울타리가 되었듯이 段生蕃魏國
전계[108]가 노나라 사람을 구했듯이 展季救魯人
현고[109]가 진에서 군대를 대접하였듯이 弦高犒晤師
중련[110]이 진나라 군대를 물리쳤듯이 仲連却秦軍
관인을 대하고서도 이끌지 않았는데 臨組乍不緤
옥규를 보고 어찌 나눠 가지려 하셨으리오 對珪甯肯分
은혜로운 물건을 상으로 주어도 사양하시고 惠物辭所賞
뜻을 가다듬어 사람들과 관계를 끊으셨으니 勵志故絶人
오래오래 천년 세월 지나도록 苕苕歷千載

---

107 단생(段生): 춘추시대 진(晉)의 단간목(段干木)을 말하는데, 그가 위(魏)나라에서 벼슬하는 동안은 진(秦)나라가 위나라를 침범하지 못하였다 한다.

108 전계(展季): 유하혜(柳下惠)를 이름. 춘추시대 제(齊)나라가 침공해 오자, 노 희공(魯僖公)이 유하혜를 보내서 제 효공(齊孝公)을 설복시키고 군대를 물러가게 하였다.

109 현고(弦高): 춘추시대 정(鄭)나라의 상인이다. 진(秦)나라가 정(鄭)나라를 공격해 오자, 국경에서 이를 본 현고가 본국에 사람을 보내 상황을 알리게 하고 자신은 본국의 명을 받은 것처럼 하여 진(晤) 땅에서 소를 잡아 진군(秦軍)을 대접하였다. 이에 진군은 정나라가 충분한 방비를 했을 것으로 여기고 군대를 물렸다.

110 중련(仲連): 전국시대 제(齊)나라의 노중련(魯仲連)을 이른다. 진(秦)나라가 장군 백기(白起)를 시켜 조나라 수도 한단(邯鄲)을 포위하자, 위(魏)나라 안리왕(安釐王)은 진비(晉鄙)에게 군사를 주어 구원하게 했다. 진비는 진군을 두려워하여 신원연(辛垣衍)을 파견하여 진을 제(帝)로 칭해 주고 화친할 것을 주장하였는데, 노중련은 그 주장을 부당하게 여겼다. 뒤에 신릉군(信陵君)의 군대가 와서 진군을 물리쳤다.

멀리멀리 맑은 행적을 전파하신 겁니다	遙遙播清塵
맑은 행적을 마침내 누가 이으셨나요	清塵竟誰嗣
명철하신 조부께서 지혜롭게 다스리셨습니다	明哲垂經綸
학문 강구 접어 두고 도론을 보강하셔서	委講輟道論
옷을 갈아입고 어지러운 세상을 진정시키셨죠	改服康世屯
어려움을 이미 진정시키고 나자	屯難旣云康
군주를 높이고 백성을 융성하게 하셨습니다	尊主隆斯民

○ '현고가 진에서 군대를 접대하다[弦高犒秦師]'는 진(晋)으로 가는 길에 있었던 일이다. 진(晋)의 음은 진(晉)이며 《여씨춘추(呂氏春秋)》에 보인다. 다른 본에 진(晉)으로 되어 있는 것은 글자의 착오이다. 그래서 바로잡아 고쳤다.[弦高犒秦師, 在晋之道. 晋, 音晉. 見呂氏春秋, 諸本爲晉, 字之誤也. 因改正.]

【2수】

중원이 예전에는 어지러웠거니와[111]	中原昔喪亂
어지러움이 어찌 해이해서 그랬으리오	喪亂豈解已
영가[112] 말년에 일어난 분란은	崩騰永嘉末
태원[113]의 시작 때까지 핍박했으니	逼迫太元始

111 중원이 … 어지러웠거니와: 서진(西晉) 말기의 회제(懷帝)와 민제(愍帝) 때 석륵(石勒)과 유총(劉聰) 등이 난을 일으켜 낙양(洛陽)을 함락시키고 회제가 평양(平陽)에서 죽은 일을 일컫는다.

112 영가(永嘉): 진(晉)나라 회제懷帝) 때의 연호(307~312)이다.

하수는 반정이란 없는 것이어서	河水無反正
강 사이에 끼어 어려움을 겪었지요	江介有蹙圮
만방이 모두 두려움에 떨었으나	萬邦咸震懾
횡류 맞아 군자의 도움을 받았습니다	橫流賴君子
도정으로 말미암아 도탄에서 구하고	拯溺由道情
신리에 힘입어 혼란을 평정하니	龕暴資神理
진나라 조나라[114]도 와서 구해 준 걸 기뻐하고	秦趙欣來蘇
연나라 위나라[115]도 문왕의 궤적 더디다 했소	燕魏遲文軌
어진 재상이 세상을 등지자	賢相謝世運
원대한 계획 이로 인해 그치게 되었지요	遠圖因事止
공손히 읍하고 칠주[116] 밖으로 나가	高揖七州外
옷을 털고 오호[117] 속으로 들어가서	拂衣五湖裏
산세를 따라 깊은 못을 파고	隨山疏濬潭
바위 곁에 느릅나무 가래나무를 심으며	傍巖藝枌梓
초연한 마음으로 세속의 명리를 버리고	遺情捨塵物
언덕과 골짜기의 아름다움을 바라보셨지요	貞觀丘壑美

113 태원(太元): 동진(東晉) 효무제(孝武帝) 때의 연호(376~396)이다.

114 진나라 조나라: 이들 나라는 당시에 부견(苻堅)의 통치하에 있던 섬서(陜西)와 하남(河南)의 지역이었다.

115 연나라 위나라: 이들 나라는 당시에 선비족(鮮卑族) 모용씨(慕容氏)의 통치하에 있던 지금의 하북(河北)과 산동(山東) 일대의 지역이었다.

116 칠주(七州): 서주(徐州), 연주(兗州), 청주(青州), 사주(司州), 기주(冀州), 유주(幽州), 병주(幷州)를 이른다. 사현(謝玄)이 태원 9년에 도독(都督)의 신분으로 이 일곱 주의 군사를 통솔하였다.

117 오호(五湖): 태호(太湖)를 말하며, 춘추 때 범여가 이곳에서 은거하였던 사실을 사현이 일찍

○ 축비(蹙圮)에 대하여, 《시경(詩經)》에 이르기를, "날마다 나라가 백 리씩 쭈그러든다.[日蹙國百里.]" 하였고, 《이아(爾雅)》에 이르기를, "비(圮)는 패하여 전복됨이다.[圮, 敗覆也.]" 하였다. 《장자(莊子)》에 이르기를, "대저 도(道)에는 정(情)도 있고 성(性)도 있다." 하였다.[蹙圮, 詩曰, 日蹙國百里 爾雅曰, 圮, 敗覆也. 莊子曰, 夫道, 有情有性.]

동산(東山)에 은거하겠다고 말한 것과 연관하여 읊은 것이다.

394

구일[118]에 송공을 따라 희마대[119] 모임에 갔다가 공령[120]을 전송하다[九日從宋公戲馬臺集送孔令]

늦가을에는 북쪽 변방이 고달파지니	季秋邊朔苦
눈서리 피하려 기러기 남으로 가네	旅雁違霜雪
햇볕받은 풀들은 쓸쓸히 시들어가는데	淒淒陽卉腓
차가운 못물은 거울처럼 맑고 깨끗하네	皎皎寒潭潔
좋은 계절이 성심을 감동케 하여	良辰感聖心
구름 모양 깃발을 늦은 계절에 높이 세우고	雲旗興暮節
갈대피리 울리며 붉게 꾸민 행궁에 이르더니	鳴笳戾朱宮
난향의 좋은 술을 당대의 현인에게 올리네	蘭巵獻時哲
송별 잔치는 믿음 있는 신하를 빛내고	餞晏光有孚
군신 간의 화락함은 결렬된 전례를 일으키네	和樂隆所缺
무위의 다스림[121]은 천하의 지극한 이치이니	在宥天下理

---

118 구일(九日): 구월구일(九月九日) 중양절(重陽節)을 가리킨다.

119 희마대(戲馬臺): 강소성(江蘇省) 동산현(銅山縣) 남쪽에 있으며, 송 무제(宋武帝)가 이곳에 모여 잔치를 열었다.

120 공령(孔令): 이름은 정(靖), 자는 계공(季恭)이며, 상서령(尙書令)을 지냈다.

121 무위의 다스림: 원문의 재유(在宥)는 자연에 맡기고 간섭하지 않는 무위(無爲)로 천하를 다스리는 것을 말하는데, 흔히 제왕(帝王)의 인정(仁政)이나 덕화(德化)를 일컫는 말로 쓰인다. 《장

모든 것이 자유로워야 만방이 기뻐하는 법이라[122]	吹萬羣方悅
돌아가는 객은 바닷가 한구석을 택하여	歸客遂海隅
관을 벗고 조정 반열에서 작별을 고하네	脫冠謝朝列
배를 멈추어 물가 작은 섬에 가까이 대고	弭棹薄枉渚
해그림자 가리키며 악곡 끝나기를[123] 기다리네	指景待樂闋
하류는 물살은 급하기도 하거니와	河流有急瀾
가볍게 달리는 마차라 느리질 않네	浮驂無緩轍
어찌 수륙으로 나뉜 길을 염려해서랴	豈伊川途念
평소 먹은 마음에 이별이 부끄러울 뿐이네	宿心愧將別
저 아름다운 고향으로 가는 길이건만	彼美丘園道
아, 나의 재덕이 부족하여 상심이구려	喟焉傷薄劣

○ 《시경(詩經)》 〈모서(毛序)〉에 이르기를, "〈녹명(鹿鳴)〉의 시(詩)[124]가 피폐해지면 화락함이 결

자(莊子)》 〈재유(在宥)〉에, "천하를 재유한다는 것은 들었어도 천하를 다스린다는 것은 듣지 못하였다.[聞在宥天下 不聞治天下也.]"라고 하였다.

122 모든 … 법이라: 원문의 취만(吹萬)은 《장자(莊子)》 〈제물론(齊物論)〉에 "대저 천뢰라는 것은 바람이 불어올 때 만 가지로 서로 다르게 반응하여 소리를 낸다. 그러나 이것은 자기의 틀이 원인이 되어서 모두 자초하는 것들이다.[夫天籟者, 吹萬不同, 而使其自己也, 咸其自取.]"라는 데서 인용한 말이다.

123 악곡 끝나기를: 원문의 악결(樂闋)은 음악을 끝내는 것으로, 《예기(禮記)》 〈문왕세자(文王世子)〉에, "유사(有司)가 음악이 끝났다고 아뢰면 왕이 이에 공후백자남과 여러 관원들에게 명하여 돌아가서 동서에서 노인과 어린이를 봉양하라고 하니, 이것은 인으로써 일을 끝맺는 것이다.[有司告以樂闋, 王乃命公侯伯子男, 及群吏曰, 反, 養老幼于東序, 終之以仁也.]"라는 데서 인용한 말이다.

124 〈녹명(鹿鳴)〉의 시(詩): 《시경(詩經)》 〈소아(小雅)〉의 편명. 원래 이 시는 임금이 여러 신하와 귀한 손님에게 잔치를 베풀고 사신(使臣)을 송영(送迎)하는 데 쓰이던 악가였는데, 후대에는 연례(燕禮)와 향음주례(鄉飮酒禮)에도 널리 쓰였다.

여된다." 하였다.[詩序曰, 鹿鳴廢, 則和樂缺矣.]

○ 《장자(莊子)》에 이르기를, "천하를 있는 그대로 놓아둔다는 말은 들었어도 천하를 다스려서 둔다는 말을 듣지 못했다."라고 하였는데, 곽상(郭象)은 이르기를, "있는 그대로 놔두면 다스려진다."라고 하였다.[莊子曰, 聞在宥天下, 不聞在治天下也. 郭象曰, 宥使自在, 則治也.]

○ 《장자(莊子)》에 "남곽자기(南郭子綦)가 이르기를, '무릇 불어대는 소리가 일만 가지로 다르지만 그 소리는 결국 자기 자신으로부터 나온다.'라고" 하였는데, 사마표(司馬彪)는 이르기를, "천기를 따뜻하게 불어 만물을 성장시키지만, 형태와 기질은 같지 않다. 이(已)는 그친다[止]는 뜻이니, 각자 그 본성을 얻게 하고 나면 그치는 것이다." 하였다.[莊子, 南郭子綦曰, 夫吹萬不同, 而使其自已也. 司馬彪曰, 言天氣吹煦, 長養萬物, 形氣不同. 已, 止也, 使各得其性而止.]

395

이웃 사람들이 서로 전송해 주어 방산[125]에 이르다[鄰里相送至方山]

삼가 직무를 받들고[126] 황읍[127]을 떠나	祇役出皇邑
구월[128]에서 휴식하기를 기대해 보네	相期憩甌越
닻줄 풀어 출항하려 강물에 들어섰다가	解纜及流潮
옛 친구들 생각에 차마 떠나지 못하고	懷舊不能發
바람소리 들으며 시든 숲길로 나아가니	析析就衰林
희고도 흰 가을 달이 밝기만 하네	皎皎明秋月
정을 품으면 벅차오르기 쉽고	含情易爲盈
경물을 만나면 감정을 억제하기 어려운데	遇物難可歇
누적된 병 끝이라 살아갈 생각 접었으며	積痾謝生慮
욕심이 적다 보니 버릴 것도 많지 않네	寡欲罕所闕
이번 걸음이 긴긴 은거 분명타 해도	資此永幽棲
어찌 천세[129]의 오랜 이별이야 되겠는가	豈伊千歲別

125 방산(方山): 강소성(江蘇省) 강녕현(康寧縣) 동쪽으로 50리쯤 떨어진 곳에 있다.

126 삼가 … 받들고: 원문의 기역(祇役)은 조정의 명을 받들어 외지로 부임하는 것을 이른다.

127 황읍(皇邑): 유송(劉宋)의 수도인 건강(建康)을 이르는 말로, 오늘날의 남경시(南京市)이다.

128 구월(甌越): 영가군(永嘉郡)을 이른다. 한대(漢代)에 동구(東甌)였으며, 월족(越族)인 동해왕(東海王) 요(搖)의 수도였으므로 구월(甌越)이라 칭하였다.

129 천세(千歲): 《문선(文選)》에는 '연세(年歲)'로 되어 있다.

각자 서로 새로워지려는[130] 마음 다잡아서	各勉日新志
이따금 소식 전해 나의 고적함 위로해 주게	音塵慰寂蔑

○ '닻줄 풀어[解纜]' 아래 2구(句)는 석별의 정[別緒] 때문에 배회하는 것이요, '정을 품다[含情]' 아래 2구(句)는 사물을 접촉[觸境]하여 스스로 터득함이다.[解纜二句, 別緒低徊, 含情二句, 觸境自得.]

130 새로워지려는: 원문의 일신(日新)은 하루하루 발전하는 것으로 《대학장구(大學章句)》 전2장에 "진실로 날로 새롭게 하려면 나날이 새롭게 하고, 또 날로 새롭게 해야 한다.[苟日新, 日日新, 又日新.]"라는 데서 인용한 말이다.

396

시녕의 별서[131]에 들르다[過始寧墅]

어린 시절[132]에는 곧은 마음 지녔건만	束髮懷耿介
세상일 따르다 보니 마침내 변하였고	逐物遂推遷
뜻을 어긴 지가 어제 일 같은데	違志似如昨
올해 들어 스물네 해[133]가 되었네	二紀及茲年
세속에 물들어서[134] 맑은 기상 사라지고	緇磷謝清曠
피로에 지친 터라[135] 곧은 의지에 부끄럽네	疲薾慙貞堅
부족한 능력과 질병이 서로 맞물린 덕에	拙疾相倚薄
다시 근본으로 돌아온 편안함을 얻었네	還得靜者便
부신을 쪼개 받고[136] 영가군수로 가다가	剖竹守滄海

---

131 별서(別墅): 절강성(浙江省) 상우현(上虞縣)에 있으며, 이곳에 사영운 부조(父祖)의 묘소와 고택(古宅)이 있다.

132 어린 시절: 원문의 속발(束髮)은 어린 시절을 말하는데 《예기(禮記)》〈옥조(玉藻)〉에 "동자의 의절(儀節)은 검은 포로 된 옷에 비단 가선을 달고, 비단 띠와 비단 끈을 매며, 비단으로 머리를 묶는데, 모두 붉은 비단이다.[童子之節也, 緇布衣錦緣, 錦紳並紐, 錦束髮, 皆朱錦也.]"라고 하였다.

133 스물네 해: 12년을 1기(紀)로 삼기 때문에 원문의 이기(二紀)는 24년을 지칭하는 말이다.

134 세속에 물들어서: 원문의 치린(緇磷)은 《논어집주(論語集註)》〈양화(陽貨)〉에 "견고하다고 말하지 않겠는가, 갈아도 닳지 않으니. 희다고 말하지 않겠는가, 검은 물을 들여도 검어지지 않으니.[不曰堅乎, 磨而不磷. 不曰白乎, 涅而不緇.]"라는 데서 인용한 말이다.

135 피로에 지친 터라: 원문의 피이(疲薾)는 '피날(疲苶)'과 같은 말로, 매우 피곤하고 지친 모습으로 《장자(莊子)》〈제물론(齊物論)〉에 "날연히 일에 시달려 피곤하면서도 그 돌아갈 곳을 모르니, 어찌 애처롭지 아니한가.[苶然疲役, 而不知其所歸, 可不哀邪.]"라고 하였다.

136 부신을 쪼개 받고: 원문의 '부죽(剖竹)'은 '부부(剖符)'와 같은 말로, 지방관으로 나가는 것을

배를 돌려 옛 고향집을 지나게 되었네　枉帆過舊山
산에 올라서는 정상까지 가 보고　山行窮登頓
물 건널 땐 연안까지 다 보았네　水涉盡洄沿
바위는 가파르고 산봉우리 첩첩인데　巖峭嶺稠疊
모래섬 감도는 물가가 연이어져 있네　洲縈渚連綿
흰 구름은 조용한 바위를 안은 듯하고　白雲抱幽石
푸른 조릿대는 맑은 물 위에 떠 아름답네　綠篠媚淸漣
지은 집이 굽이치는 강가에 임하여 있고　葺宇臨迴江
쌓은 누관은 높은 산봉우리에 터를 잡았네　築觀基層巓
손을 흔들며 고향 사람과 작별하고　揮手告鄕曲
이년[137]의 임기가 끝나면 돌아올 기약하노니　二載期歸旋
흰 느릅나무와 개오동나무를 심어 두어　且爲樹枌檟
나로 하여금 소망을 저버리지 말게 하오　無令孤願言

○ '정상까지 오른다[登頓]'와 '연안까지 죄다 본다[沿洄]'는 산수 유람에 노련한 자가 아니면 그 정취를 알지 못한다.[登頓沿洄, 非老於遊山水者不知.]

○ 《좌전(左傳)》에 "처음에 계손(季孫)이 자신을 위하여 육가(六檟)를 포포(蒲圃)의 천문(泉門) 밖에다 심었다." 하였는데, 두예의 주[杜註]에 이르기를, "가(檟)는 자신의 널[櫬]을 만들기 위한 것이다." 하였다.[左傳, 初季孫爲己樹六檟於蒲圃泉門之外, 杜註曰, 檟, 自爲櫬也.]

○ 시령현(始寧縣)에 사공(謝公)의 옛집과 농막이 있다. 그래서 부임지로 가면서 이곳에 들른 것이며, 끝에 4구를 언급한 것이다.[始寧縣, 謝公故宅及墅在焉. 玆因之官過此, 故有末四句.]

이른다. 고대에 제왕이 제후나 공신에게 봉지(封地)를 나누어 줄 때 죽부(竹符)로 징표를 삼았는데, 두 개로 갈라서 임금과 신하가 각각 하나씩 간직한 데서 유래한다.

137 이년(二年): 《문선(文選)》에는 삼년(三年)으로 되어 있다.

397
칠리뢰(七里瀨)[138]

나그네 심사가 가을 새벽이면 울적하여　　羇心積秋晨
그 울적함을 유람과 조망으로 푼다지만　　晨積展遊眺
고적한 나그네는 흐르는 여울에 마음 상하고　　孤客傷逝湍
여행객은 무너질 듯한 언덕에서 고달파하네　　徒旅苦奔峭
돌이 얕은 내에는 물이 졸졸 흘러도　　石淺水潺湲
해질 무렵이면 산이 비쳐 다채롭네　　日落山照曜
황량한 숲은 어지러이 무성한데[139]　　荒林紛沃若
슬피 우는 새들이 서로를 부르네　　哀禽相叫嘯
이런 경물을 만나 좌천된 내 신세가 슬프지만　　遭物悼遷斥
기약이 있어 요체를 얻게 되었네　　存期得要妙
이미 상고 제왕의 순후한 마음을 지녔으니　　旣秉上皇心
어찌 말세의 비난을 아랑곳하겠는가　　豈屑末代誚
엄광[140]이 낚시하던 여울 집을 직접 보고　　目睹嚴子瀨

---

138 칠리뢰(七里瀨): 일명(一名) 칠리탄(七里灘)이라고도 한다. 절강성(浙江省) 동려현(桐廬縣) 엄릉산(嚴陵山) 서쪽에 있다.

139 무성한데: 원문의 옥약(沃若)은 《시경(詩經)》〈위풍(衛風) 맹(氓)〉에 "뽕잎이 떨어지기 전에는 그 잎이 무성했었네.[桑之未落, 其葉沃若.]"라는 데서 인용한 말이다.

140 엄광(嚴光, 기원전 37~43): 후한(後漢)의 여요(餘姚) 사람으로, 자는 자릉(子陵)이다. 후한의 광무

임공자[141]의 낚시질을 상상해 보네 想屬任公釣
누가 옛날과 지금이 다르다 말하는가 誰謂今古殊
시대는 달라도 곡조는 같을 수 있네 異代可同調

제(光武帝)와 함께 동학하였고, 광무제가 즉위하자 성명을 바꾸고 은거하였다. 광무제가 찾아가 간의대부(諫議大夫)를 제수하였으나 사양하고 부춘산(富春山)에 은거하였다. 후세 사람들은 그가 낚시하던 곳을 엄릉뢰(嚴陵瀨)라 부른다.

141 임공자(任公子): 전설상에 고기를 잘 잡았던 사람으로 알려져 있으며, 《장자(莊子)》 〈외물(外物)〉에는 "그가 고기를 잡을 때 불알을 깐 소 50마리를 미끼로 하여 회계(會稽) 땅에 걸터앉아 동해 바닷가로 낚시를 드리웠다."고 전한다. 속세를 초탈한 사람을 뜻하는 말로도 쓰인다.

398

연못가 누대에 오르다[登池上樓]

영가군에 있다.[在永嘉郡.]

깊이 잠긴 용은 그윽한 자태 뽐내고 潛虯媚幽姿
높이 나는 기러기는 소리 멀리 들리는데 飛鴻響遠音
하늘 높이 날자 하니 떠가는 구름에게 부끄럽고 薄霄愧雲浮
시내에 머물려 해도 깊은 못에 부끄럽네 棲川怍淵沈
덕업에 나아가려니[142] 지혜가 부족하고 進德智所拙
물러나 밭을 갈자니 감당할 힘이 부족하네 退耕力不任
복록을 좇다가 외려 궁벽한 바닷가로 와서 狥祿反窮海
병상에 누워 빈 숲만 바라볼 뿐 臥痾對空林
이부자리 속에 묻혀 계절 변화 모르다가 衾枕昧節候
털고 일어나 잠시 바깥세상 엿보았네 褰開暫窺臨
귀 기울여 물소리를 들어도 보고 傾耳聆波瀾
눈을 들어 험준한 산줄기를 바라보니 擧目眺嶇嶔
초봄의 햇살이 남아 있는 찬바람을 물리치고 初景革緒風

---

142 덕업에 나아가려니: 원문의 진덕(進德)은 《주역(周易)》 〈건괘(乾卦) 문언(文言)〉에 군자가 덕을 발전시키고 학업을 닦는 것은 장차 제때에 쓰이기 위해서이다.[君子進德修業, 欲及時也.]"라는 데서 인용한 말이다.

새로운 햇볕이 오랜 음지를 바꿔주니 新陽改故陰
못가에는 봄풀이 뾰족뾰족 돋아나고 池塘生春草
정원 버드나무에는 새소리가 달라졌네 園柳變鳴禽
빈풍[143]을 노래 부르며 상심하다가 祁祁傷豳歌
초은사[144]를 읊으며 감상에 젖어 보네 萋萋感楚吟
홀로 있으니 세월이 긴 걸 쉽게 느끼고 索居易永久
무리를 떠나 보니 마음을 안정하기 어렵네[145] 離羣難處心
지조 지키는 일을 어찌 옛사람만 그랬으랴 持操豈獨古
번민 없는 삶의 증거가 지금 내게도 있도다 無悶徵在今

○ 규룡은 물속 깊이 잠김으로써 참모습을 보호하고, 기러기는 높이 날기 때문에 해침을 피하는데, 지금 자신은 세상 그물에 걸려 있으므로 규룡과 기러기한테 부끄럽다고 한 것이다. 박소(薄霄)는 높이 나는 기러기와 이어지고, 서천(棲川)은 깊이 잠긴 규룡과 이어진다.[虬以深潛而保眞, 鴻以高飛而遠害, 今以嬰世網, 故有愧虬與鴻也. 薄霄, 頂飛鴻, 棲川, 頂潛虬.]

○ 《초사(楚詞)》에 "아, 가을 겨울에 불던 찬바람이 아직 남아 있네." 하였다.[楚詞曰, 欵秋冬之緖風.]

○ '못가에 봄풀이 돋았네[池塘生春草]'는 우연히 얻어진 아름다운 구절이니, 굳이 깊이 탐구할 것이 있겠는가. 권덕여(權德輿)[146]는, "제왕의 은택이 고갈되고[王澤竭], 기후가 장차 변

143 빈풍(豳風): 《시경(詩經)》 국풍(國風)에 있는 편명(篇名). 주(周)나라 주공(周公)이 섭정을 그만두고 나이가 어리고 경험이 부족한 성왕(成王)을 등극시킨 뒤, 백성들의 농사짓는 어려움을 인식시키기 위해 지은 작품이다.

144 초은사(招隱士): 《초사(楚辭)》의 편명. 그 글에, "왕손은 떠나가서 돌아오지 않는데, 봄풀만 돋아 무성하게 자랐네.[王孫遊兮不歸, 春草生兮萋萋.]" 하였다.

145 홀로 … 어렵네: 원문의 삭거(索居)와 이군(離群)은 친지나 벗들과 헤어져서 혼자 외로이 지내는 것을 말하는데, 《예기(禮記)》 〈단궁(檀弓)〉에 "자하(子夏)가 … 내가 벗을 떠나 쓸쓸히 홀로 지낸 지가 오래되었다.[子夏 … 吾離群而索居, 亦已久矣.]"라는 데서 인용한 말이다.

화하려 한다.[候將變.]"라고 풀이하였는데, 이와 같이 풀이한다면 어느 글귀인들 천착이 불가하겠는가.[池塘生春草, 偶然佳句, 何必深求. 權德輿解爲王澤竭, 候將變, 何句不可穿鑿耶.]

146 권덕여(權德輿, 759~818): 당나라 천수(天水) 약양(略陽) 사람. 자는 재지(載之)이고, 권고(權皐)의 아들이다. 윤주(潤州) 단도(丹徒)로 옮겨가 살았으며, 어려서부터 문사로 이름이 알려져 4살 때 시를 지을 줄 알았고, 15살 때 산문 수백 편을 지어 《동몽집(童蒙集)》을 엮어 명성이 더욱 높았다. 처음에 하남(河南) 막부(幕府)를 보좌했다가 감찰어사(監察御史)로 옮겼고, 여러 관직을 거쳐 헌종(憲宗) 원화(元和) 초에 병부(兵部)와 이부(吏部)의 시랑을 역임하였다. 그 뒤 산남서도(山南西道)의 절도사(節度使)로 나아갔다가 2년 뒤 병으로 귀향하는 도중에 죽었다.

399

남쪽 정자에서 노닐다[遊南亭]

역시 영가군이다.[亦永嘉郡.]

늦은 봄날 저녁 비가 맑게 개이자 時竟夕澄霽
구름은 돌아가고 해는 서쪽으로 기우는데 雲歸日西馳
우거진 숲은 비온 뒤 맑은 기운을 품었고 密林含餘清
먼 봉우리는 반쯤 남은 해를 가리었네 遠峯隱半規
홍수의 고통으로 오래 힘겨워 했기에[147] 久痗昏墊苦
여관에서 교외의 길을 바라보니 旅館眺郊岐
택지 주변 난초는 점차 길을 덮어 가고 澤蘭漸被徑
연꽃은 이제 막 못에서 피어나네 芙蓉始發池
푸른 봄의 좋은 풍광 아직 싫지 않은데 未厭青春好
여름[148]으로 옮겨 가는 것을 보게 되었네 已覩朱明移

147 홍수의 … 했기에: 원문의 혼점(昏墊)은 《서경(書經)》 〈우서(虞書) 익직(益稷)〉에 우(禹)가 이르기를 "홍수가 하늘에 넘쳐 끝도 없이 넓고 넓어서 산을 감싸고 언덕을 덮치니 백성들이 혼란에 빠지게 되었습니다.[洪水滔天, 浩浩懷山襄陵, 下民昏墊.]"라고 한 데서 인용한 말이다.

148 여름: 원문의 주명(朱明)은 여름철을 말한다. 《예기(禮記)》 〈월령(月令)〉에 "입하일(立夏日)에 남교(南郊)에서 여름 기운을 맞이하며 주명가(朱明歌)를 불렀다." 하고, 《이아(爾雅)》 〈석천(釋天)〉에 "봄은 청양, 여름은 주명, 가을은 백장, 겨울은 현영이니, 네 가지 기운이 조화로운 것을 옥촉이라고 한다.[春爲青陽, 夏爲朱明, 秋爲白藏, 冬爲玄英, 四氣和, 謂之玉燭.]"라고 하였다.

서글피 계절의 변화를 탄식하노니	慼慼感物歎
희끗희끗 흰머리를 드리우게 되었네	星星白髮垂
약물에 마음이 머물게 되는 것은	藥餌情所止
노쇠한 병이 어느새 이 몸에 있기 때문이니	衰疾忽在斯
가을 물이 맑아지기를 기다렸다가	逝將候秋水
옛 언덕으로 물러나 쉬리라	息景偃舊崖
내 뜻을 누구에게 말해볼까	我志誰與亮
마음 알아줄 이는 좋은 친구뿐이네	賞心惟良知

○ 첫머리에 먼저 사경(寫景)의 기법을 쓰고 제6구에 '교외길 바라보니[眺郊岐]'를 점출(點出)시켰으니, 이것이 도삽(倒揷)의 기법이다. 두소능(少陵)이 이따금씩 이런 기법을 썼다.[起先用寫景, 第六句點出眺郊岐, 此倒揷法也. 少陵往往用之.]

○ 양지(良知)는 좋은 친구를 이른다.[良知, 謂良友.]

400

적석을 유람하고 나아가 바다에 배를 띄우다[遊赤石進泛海]

초여름인데 오히려 맑고 화창하여 首夏猶清和
향기로운 풀들도 시들지 않으니 芳草亦未歇
배에서 잠자며 밤낮을 보내는데 水宿淹晨暮
물안개가 자주 일어났다 사라지네 陰霞屢興沒
물가를 둘러보는 일도 지쳤거늘 周覽倦瀛壖
하물며 불모지에 도착해선 어떠할까 況乃凌窮髮
천후[149]는 수시로 물을 편히 흐르게 하고 川后時安流
천오[150]는 조용히 파도가 일지 않게 하네 天吳靜不發
돛을 펼치고서 석화를 캐다가 揚帆采石華
돛을 걸고 나가 해월을 줍네 挂席拾海月
바다가 넓어 끝이 없다기에 溟漲無端倪
빈 배를 몰고 멀리 나가 보네 虛舟有超越
중련[151]은 제의 벼슬 가볍게 여겼는데 仲連輕齊組
자모[152]는 위궐에 미련을 두었다네 子牟眷魏闕

149 천후(川后): 파도를 관장하는 신(神)이라 한다.
150 천오(天吳): 수신(水神)이라 한다.
151 중련(仲連): 393. 할아버지의 공덕을 기술한 시[述祖德詩] 2수(首) 주 110) 참조.
152 자모(子牟): 《장자(莊子)》 〈양왕(讓王)〉에 "중산공자 모가 첨자에게 '몸은 강가나 바닷가에 있

명성을 자랑함은 도가 부족해서이니	矜名道不足
자신을 따르면 외물을 잊을 수 있네	適己物可忽
임공의 말에 붙이기를 청하는 것은	請附任公言
마침내 먼저 베임을 면하고자 해서일세	終然謝先伐

○ 장형(張衡)의 〈귀전부(歸田賦)〉[153]에 "중춘의 좋은 계절에 기후는 온화하고 대기는 맑다." 하였으니, 이는 2월을 지칭하여 말한 것이다. 여기에서 초여름[首夏]에 오히려 기후는 온화하고 대기가 맑으며, 향기로운 풀도 아직 시들지 않았다고 말하였으니, 후인들은 4월에 '청화(淸和)'하다고 말한 것은 잘못이라고 하였다.[張衡歸田賦, 仲春令月, 時和氣淸, 指二月言. 此言首夏, 猶之淸和, 芳草亦未歇也, 後人以四月爲淸和, 謬矣.]

○ 《임해지(臨海志)》에 이르기를, "석화(石華)는 돌에 붙어서 살고, 해월은(海月)은 크기가 거울 같고 흰색이다." 하였다.[臨海志曰, 石華, 附石而生, 海月, 大如鏡, 白色.]

○ 《장자(莊子)》에 이르기를, "공자(孔子)가 진(陳)나라에서 포위되었을 때 태공임(太公任)이 가서 위문하기를, '곧은 나무는 먼저 잘리고 맛있는 샘물은 먼저 마르는 법인데, 당신은 아마도 지식을 포장하여 어리석은 사람을 놀라게 하고 자신을 수양하여 다른 사람의 오점을 드러내되, 분명하기가 마치 해와 달이 떠 있는 것처럼 하고 다니기 때문에 면하지 못한 것입니다." 하였다.[莊子曰, 孔子圍於陳, 太公任往弔之曰, 直木先伐, 甘泉先竭, 子其意者飾智以驚愚, 修身以明汚, 昭昭若揭日月而行, 故不免也.]

으면서 마음은 위나라 대궐[魏闕] 밑에 있다'고 하는데 무슨 말입니까?[中山公子牟 謂瞻子曰 身在江海之上 心居乎魏闕之下 奈何]"라고 하였다.

153 장형(張衡, 78~139)의 〈귀전부(歸田賦)〉: 장형은 후한(後漢) 때의 학자. 자는 평자(平子)이고, 하남성(河南省) 남양(南陽) 사람이다. 영원(永元) 연간에 효렴(孝廉)으로 천거되어 하간상(河間相), 상서(尙書)를 역임하였다. 태학(太學)에 들어가 오경과 육예(六藝)를 배웠으며, 천문(天文)과 음양(陰陽), 역산(曆算)을 정밀히 연구하여 수력으로 움직이는 혼천의(渾天儀)와 지진을 측정하는 후풍지동의(候風地動儀)를 최초로 발명하였다. 만년에는 하간왕(河間王)의 재상으로 호족들의 발호를 견제하는 데 공을 세운 바 있다. 〈귀전부〉는 그의 대표작으로, 당시 환관들이 권력을 휘둘러 부패한 현실을 비판하고 은거에 대한 의지를 표출한 것으로 되어 있다. 장형은 관리로 생을 마쳤기 때문에 실제로 귀전의 뜻을 펴지는 못하였으나, 그의 작품에는 현실에 대한 불만과 이상에 대한 추구가 표현되어 있다.

401

강 한가운데 있는 외딴 섬에 오르다

[登江中孤嶼]

영가강 안에 있다.[在永嘉江心.]

강남을 여기저기 물리도록 유람하고	江南倦歷覽
강북까지 두루두루 빠짐없이 보았건만	江北曠周旋
새론 것을 생각하니 길이 멀다는 걸 잊겠고	懷新道轉迥
기이한 걸 찾다 보니 발걸음 느긋하질 않네	尋異景不延
어지러운 물결 쉬지 않고 내달리니	亂流趨正絶
외론 섬이 강 가운데서 아름답구나	孤嶼媚中川
구름과 해 서로 밝게 비치고	雲日相輝映
하늘과 물 함께 밝고 깨끗한데	空水共澄鮮
신령함이 드러나도 사람들이 감상할 줄 모르면	表靈物莫賞
참된 이치 감춰 놓은 것을 뉘 전달할 수 있으랴	蘊眞誰爲傳
곤륜산[154]의 자태를 연상케 하니	想像崑山姿
속세의 인연과는 아득히 멀구나	緬邈區中緣
비로소 믿겠네 안기생[155]의 신선술이	始信安期術
몸을 보양하여 수명 늘릴 수 있음을	得盡養生年

○ '새로운 것을 생각하니 길이 멀다는 걸 잊고[懷新道轉迥]'는 새로운 지경을 찾다 보니, 그 길이 먼 것을 잊었다는 것을 이르는 말이며, '기이한 걸 찾다 보니 발걸음 느긋하질 않네[尋異景不延]'는 앞으로 가서 기이한 것을 탐색하다 보니, 발걸음이 느긋하지 않다는 것을 이른 말로, 그윽한 경치를 찾아다니는 사람보다 더 심오하다는 것을 알 수 있다. 이 10글자는 글자마다 의미심장하여 자세히 음미해 볼 만하다.[懷新道轉迥, 謂貪尋新境, 忘其道之遠也. 尋異景不延, 謂往前探奇, 當前妙景, 不能少遷延也. 深於尋幽者知之, 十字字字耐人咀味.]

○ '어지러운 물결[亂流]' 이하 2구는 강물을 가로질러 건너다가 문득 외론 섬을 발견했다는 뜻인데, 내가 일찍이 금산과 초산[金焦][156]을 유람하면서 이 두 구절을 외워 보고 더욱 그 절묘함을 느꼈다.[亂流二句, 謂截流而渡, 忽得孤嶼, 余嘗遊金焦, 誦此二句, 愈覺其妙.]

154 곤륜산(崑崙山): 전설상에 서왕모(西王母)가 살았다는 선경(仙境)을 이른다.

155 안기생(安期生): 전설속의 신선으로 천년을 살았다고 한다.

156 금초(金焦): 금산(金山)과 초산(焦山)을 이르는 말로, 금산은 오늘날 강소성(江蘇省) 진강시(鎭江市) 서북쪽에 있고, 초산은 진강시 동북쪽 장강(長江)에 있다.

402

영가 녹장산에 올라 지은 시

[登永嘉綠嶂山詩]

건량을 메고 가벼운 지팡일 짚고서 裹糧杖輕策
느리다고 생각하며 유실로 오르는데 懷遲上幽室
물길로 가려 하니 길은 다시 멀고 行源徑轉遠
육지는 막혔어도 정은 다하지 않네 距陸情未畢
일렁이던 차가운 물 응결되었고 澹瀲結寒姿
단란하게 서릿발이 윤택하여라 團欒潤霜質
시내는 굽어서 물길이 희미하고 澗委水屢迷
숲은 멀어도 바위들은 조밀하다 林迥巖逾密
서쪽 보고 초승달이라 여겼더니 眷西謂初月
동쪽 보자 지는 햇가 의심 되네 顧東疑落日
저녁 걸음이 문득 새벽이 되고 踐夕奄昏曙
햇볕을 가리자 모두가 같아졌네 蔽翳皆周悉
고괘 상효[157]는 섬기지 않음을 귀히 여기고 蠱上貴不事
이괘 이효[158]는 정길을 아름답다 했네 履二美貞吉

157 고괘(蠱卦) 상효(上爻): "왕후를 섬기지 않고[不事王侯], 일신을 고결하게 보존해야[高尙其事] 그 뜻을 가히 모범으로 삼기에 족하다." 하였다.

158 이괘(頤卦) 이효(二爻): "밟고 나아가는 길이 탄탄하니[履道坦坦] 유인이라야 곧고 길하다.[幽人貞

유인들이야 늘 탄보[159]를 한다지만	幽人常坦步
고상한 정취는 멀어서 맞서기 어렵네	高尚邈難匹
이아[160]는 마침내 무슨 단서를 얻었는가	頤阿竟何端
적적하게 포일[161]에 부치노라	寂寂寄抱一
염여함이야 이미 사귄 터이니	恬如旣已交
선성[162]이 이로부터 나오도다	繕性自此出

○ '서쪽을 보다[眷西]' 이하 4구는 푸른 산속에 깊이 들어가 있어서 거의 아침인지 저녁인지 알 수 없고, 왼쪽을 보고 오른쪽을 봐도 해인지 달인지 분간하기 어렵다는 것을 이른 말이다. 그러나 이 시는 지나치게 조각하고 꾸미다 보니, 점점 자연스런 맛을 잃었다. 다만 그 용의(用意)가 아름다운 것만을 취할 뿐이다.[眷西四句, 言深入蒼翠中, 幾不知旦暮, 左眺右瞻, 疑誤日月也. 然此詩過於雕鏤, 漸失天趣, 取其用意之佳耳.]

吉.]" 하였다.

159 탄보(坦步): 평지를 걷는 것처럼 태연히 걷는 걸음을 이르는 말이다.

160 이아(頤阿): 유아(唯阿)와 같다. 《노자(老子)》 제20장에, "공손하게 대답하는 '유(唯)'와 길게 대답하는 '아(阿)'는 어떤 차이가 있는가?[唯之與阿, 相去幾何?]" 하였다.

161 포일(抱一): 하나를 안아 지킴. 또는 도를 지녀 지킨다는 뜻으로, 《노자(老子)》 제22장에, "성인은 도 하나를 지니고서 천하에 모범이 된다.[聖人, 抱一 爲天下式.]" 하였다.

162 선성(繕性): 사람이 태어날 때부터 지니고 있는 본원적인 성품을 이른다. 《장자(莊子)》 〈선성(繕性)〉에, "지혜와 편안한 마음이 서로 길러 주면 화(和)와 이(理)는 본성 속에서 저절로 생겨난다.[知與恬, 交相養而和理出其性.]"라고 하였다.

403

서재에서 글을 읽다[齋中讀書]

예전에 나는 서울에서 노닐 적에도	昔余遊京華
시골 은거 잊어 본 적이 없었는데	未嘗廢丘壑
더구나 지금 고향 산천 돌아와서	矧乃歸山川
마음과 발길 둘 다 적막한 때이겠는가	心跡雙寂漠
텅 빈 공관에는 송사가 끊어지고	虛館絶諍訟
사람 없는 뜰에는 새들만 날아오니	空庭來鳥雀
병으로 누우면 여가를 즐길 만하고	臥疾豐暇豫
시문도 짬을 내어 지어 볼 만하네	翰墨時間作
가슴에 품고서 고금을 관찰하고	懷抱觀古今
침식을 잊고 즐거움[163]을 펼치면서	寢食展戲謔
장저 걸닉[164]의 고달픔을 비웃고	旣笑沮溺苦
또 양자운의 천록각[165]을 비웃네	又哂子雲閣
집극[166]이란 역시 피곤한 일인데	執戟亦以疲

---

163 즐거움: 원문의 희학(戲謔)은 담소하고 농담하는 것으로, 《시경(詩經)》〈위풍(衛風) 기욱(淇奧)〉에 "농담을 잘하여도 지나치지 않도다.[善戲謔兮, 不爲虐兮.]"라고 하였다.

164 장저(長沮) 걸닉(桀溺): 327. 권농(勸農) 6수(首) 주 120) 참조.

165 천록각(天祿閣): 왕망(王莽)이 찬탈(簒奪)하였을 때에 양웅(揚雄)이 이곳에서 교서(校書)를 맡고 있었는데, 옥리가 잡으러 오자 자신도 죄에 연루된 줄 알고 이곳에서 뛰어내려 자살을 기도하였다 한다.

농사일을 어찌 즐겁다고 하랴	耕稼豈云樂
세상만사 모두 기쁘기는 어려우나	萬事難並歡
삶의 진리를 터득하면 다행이리라[167]	達生幸可託

○ 《초사(楚詞)》에 이르기를, "들판은 적막하여 사람이 없다." 하였는데, 막(漠)은 막(寞)과 같다.[楚詞曰, 野寂漠其無人, 漠, 同寞.]

○ 자운각의 각(閣)은 억지로 압운을 맞춘 것이다.[子雲閣 強押]

166 집극(執戟): 양웅의 별칭. 그가 한(漢)나라 성제(成帝) 때에 낭관(郎官)에 제수되어 창을 잡고[集戟] 어가(御街)의 호위를 맡았다 한다.

167 삶의 … 다행이리라: 원문의 달생(達生)은 생명(生命)의 본뜻을 깨닫는 것으로, 《장자(莊子)》 〈달생(達生)〉에 "삶의 실정을 통한 자는 삶과 관계가 없는 것을 힘쓰지 않는다.[達生之情者, 不務生之所無以為.]"라고 하였다.

404

밭 남쪽에 정원을 만들어 물을 막고 울타리를 치다

[田南樹園激流植援]

명제가 간결하고 예스럽다.[命題簡古.]

초자 은자 그 모두가 산에 있지만	樵隱俱在山
원래부터 그 일은 같지 않으며	由來事不同
같지 않은 일이 하나뿐이 아니니	不同非一事
질병 요양[168] 그 일 역시 전원에 있네	養痾亦園中
전원 속엔 잡된 속기 물리칠 수 있고	中園屛氛雜
청광함이 먼데 바람을 불러오네	淸曠招遠風
북쪽 언덕 의지하여 집을 지었고	卜室倚北阜
남강을 마주하여 사립문 열었으며	啓扉面南江
계곡물 끌어와 긷는 우물 대신하고	激澗代汲井
무궁화 심어 두른 담을 대신하고 보니	插槿當列墉

168 질병 요양: 원문의 양아(養痾)는 병을 치료하는 것으로, 《후한서(後漢書)》〈문원열전(文苑列傳) 고표(高彪)〉에 후한(後漢) 고표(高彪)가 마융(馬融)을 방문하여 대의(大義)를 물으려고 하였으나, 마융이 병들어 만날 수 없다고 거절하자, 고표가 옛날 선비를 만나려고 급급했던 주공(周公)과는 전혀 다르게 "공은 지금 병을 치료한다면서 선비를 오만하게 대한다.[公今養痾傲士.]"라고 하였다.

나무숲이 집 둘레에 펼쳐져 있고	羣木旣羅戶
여러 산들 역시 창 너머에 있네	衆山亦當窗
꼬불꼬불 길 따라 밭에 내려가기도 하고	靡迤趨下田
아득히 먼 곳에서 높은 산봉 굽어도 보네	迢遞瞰高峯
욕심 적어 수고로움 기약 않고	寡欲不期勞
일을 하여 사람의 공력 적게 드나	卽事罕人功
오직 장생[169]의 길을 열어 놓고서	惟開蔣生徑
길이 구양[170]의 발자취를 생각하면서도	永懷求羊蹤
산수의 완상하는 마음을 잊지 못하여	賞心不可忘
묘선을 능히 같이하길 바라노라	妙善冀能同

○ 곽상(郭象)이 《장자(莊子)》에 주(注)를 달기를, "묘(妙)는 선(善)과 같다. 그러므로 어디를 가도 드러나지 않게 서로 뜻이 맞지 않은 적이 없다." 하였다. '동(同)' 자의 운(韻)이 중복되었다.[郭象注莊曰, 妙善同. 故無往而不冥也. 同字重韻.]

169 장생(蔣生): 한(漢)나라 때 두릉(杜陵) 사람인 장후(蔣詡)를 이름. 자는 원경(元卿)이다. 연주자사(兗州刺使)를 역임하였고, 염직(廉職)으로 세상에 널리 알려졌다. 왕망(王莽)이 부르자, 병을 핑계하고 고향으로 돌아와 뜰에 세 갈래 좁은 길을 내고 구중(求中)과 양중(羊中) 두 벗과 은거 생활을 하였다. 그리하여 장후삼경(蔣詡三逕)이란 고사를 남겼다.

170 구양(求羊): 장후의 친구인 구중(求中)과 양중(羊中)을 이른다.

405

석벽정사에서 호중으로 돌아와 짓다

[石壁精舍還湖中作]

아침저녁으로 기후는 바뀌어도	昏旦變氣候
산수가 맑은 빛을 머금고 있으니	山水含清暉
맑은 빛이 사람을 즐겁게 하므로	清暉能娛人
유람객은 마음 편해 돌아갈 줄 모르네	遊子憺忘歸
골짜기 나설 적엔 해가 아직 이르더니	出谷日尙早
배를 타자 햇볕 벌써 희미해져서	入舟陽已微
수풀과 골짜기는 어둠 속에 사라지고	林壑斂暝色
구름과 노을은 저녁 안개에 스며드네	雲霞收夕霏
마름과 연은 번갈아 싱싱함을 비추고	芰荷迭映蔚
창포와 피는 얼키설키 서로 엉켜 있네	蒲稗相因依
그것을 헤치고 남쪽 길로 달려 나가	披拂趨南徑
기뻐하며 동쪽 초가집에서 쉬노라니	愉悅偃東扉
생각이 담담하여 사물은 자연 가볍고	慮澹物自輕
마음이 흡족하니 섭리에 어긋나지 않네	意愜理無違
섭생하는 사람에게 말 전하노니	寄言攝生客
이 이치로 세상을 한번 살아 보게나	試用此道推

406

석문산 최고의 정상에 오르다

[登石門最高頂]

새벽에 지팡이 짚고 절벽 찾아 나섰다가	晨策尋絶壁
저녁에 산속에서 머물러 쉬었네	夕息在山棲
듬성한 봉우리에 높은 집이 서 있는데	疏峰抗高館
산마루 마주한 채 시냇물에 임하였네	對嶺臨迴溪
긴 숲은 문 앞에 펼쳐져 있고	長林羅戶穴
쌓인 돌은 계단을 감싸고 있네	積石擁階基
이어진 바윗돌에 길이 막힌 줄 알겠고	連巖覺路塞
우거진 대나무가 길을 잃게 하였으니	密竹使徑迷
오는 사람들은 새 길을 잊겠고	來人忘新術
떠나는 자는 옛길을 혼동하겠네	去子惑故蹊
저녁 냇물은 콸콸[171] 흐르고	活活夕流駛
밤 원숭이 끽끽 울어대는데	噭噭夜猿啼
깊은 어둠속 별다른 이치가 있으랴만	沈冥豈別理
도를 지키며 스스로 떠나지 않을 뿐이네[172]	守道自不攜

171 콸콸: 원문의 활활(活活)은 물이 흐르는 소리로, 《시경(詩經)》 〈위풍(衛風) 석인(碩人)〉에 "하수가 넓고 넓어 북으로 콸콸 흐르네.[河水洋洋, 北流活活.]"라고 하였다.

마음은 구추[173]를 견뎌낸 가지 같은데	心契九秋榦
눈은 삼춘[174]의 여린 싹을 완상하듯	目翫三春荑
항심을 갖고 임종을 기다리며	居常以待終
순리에 처하여 자연의 변화에 따르려는데	處順故安排
애석하게도 생각이 같은 손이 없네	惜無同懷客
청운의 사다리[175] 함께 오르고자 했는데	共登青雲梯

172 떠나지 않을 뿐이네: 원문의 불휴(不攜)는 떠날 마음이 없는 것으로, 《국어(國語)》 〈주어(周語)〉에 "치우치지 않고 균등(均等)하면 백성의 원망이 없고, 은혜를 행하여 보답하면 재물의 씀씀이가 부족함이 없고, 굳게 지키면 구차해지지 않고, 절도 있게 일을 처리하면 백성의 마음이 떠나거나 배반하지 않습니다.[分均無怨, 行報無匱, 守固不偷 節度不攜.]"라고 하였다.

173 구추: 원문의 구추(九秋)는 9월의 깊은 가을을 이르기도 하고, 또 가을철 7월 8월 9월의 약 90일 동안을 이르기도 한다.

174 삼춘: 원문의 삼춘(三春)은 맹춘(孟春) 중춘(仲春) 계춘(季春)의 봄 석달 동안을 이른다.

175 청운의 사다리: 원문의 청운제(青雲梯)는 구름에 오르는 사다리로, 높고 험한 산을 올라가는 것이 구름 속으로 들어가는 산길 같다는 뜻으로 쓰인다.

407

석문 산에다 머물 곳을 새로 지으니, 사면이 높은 산이고, 굽이쳐 흐르는 시냇물과 석뢰와 우거진 숲과 길게 자란 대나무가 있다

[石門新營所住四面高山迴溪石瀨茂林修竹]

험한 곳에 올라가서 아늑한 집을 짓고	躋險築幽居
구름 헤치고 석문에 누워도 본다	披雲臥石門
미끄러운 이끼 길을 누가 걸으며	苔滑誰能步
약한 칡덩굴을 어찌 잡고 오르랴	葛弱豈可捫
한들한들[176] 가을바람 지나고 나면	嫋嫋秋風過
무성하게[177] 봄풀 자라 우거지건만	萋萋春草繁
고운 이는 유람 가서 오지 않으니	美人遊不還
만날 약속 무엇 하러 도탑게 했나	佳期何由敦
고운 자취 임의 자리 어리어 있고	芳塵凝瑤席
맑은 술은 금동이에 가득하여도	清醑滿金樽

176 한들한들: 원문의 요뇨(嫋嫋)는 바람이 불어 사물이 움직이는 모양으로, 《초사(楚辭)》 〈구가(九歌) 상부인(湘夫人)〉에 "솔솔 부는 저 가을바람이여.[嫋嫋兮秋風.]"라고 하였다.

177 무성하게: 원문의 처처(萋萋)는 초목이 무성한 모양으로, 《초사(楚辭)》 〈초은사(招隱士)〉에 "왕손은 유람길 떠나셔서 아직도 아니 오시는데, 봄풀은 싹이 돋아 어느새 무성해졌구나.[王孫遊兮不歸, 春草生兮萋萋.]"라고 하였다.

동정호엔 하릴없이 물결만 일렁[178] 洞庭空波瀾
계수나무 가지 잡고 당길 뿐이니[179] 桂枝徒攀翻
맺힌 그리움은 은하수[180]에 부친다 해도 結念屬霄漢
외로운 그림자 함께할 이가 없네 孤景莫與諼
바위 아래 못물에다 발을 씻고서 俯濯石下潭
가지 위의 원숭이를 쳐다보노라 仰看條上猿
아침인데 저녁 바람 듣는 듯하고 早聞夕飈急
저녁인데 아침햇살 보는 듯하며 晩見朝日暾
비탈져서 햇볕 잠시 머물 수 없고 崖傾光難留
숲이 깊어 메아리가 쉽게 울리네 林深響易奔
감정은 흘러가도 생각은 반복되고 感往慮有復
이치는 다가와도 정은 남지 않네 理來情無存
해 수레를 탈 수만 있다면야 庶持乘日車
영혼을 위로할 수 있으련만 得以慰營魂
뭇사람을 위해 말하려는 것이 아니라 匪爲衆人說
지혜로운 자와 논하기를 바랄 뿐이네 冀與智者論

○ '아침인데 … 듣는 듯하고[早聞]' 아래 2구는 광경(光景)이 같지 않음을 모두 보여 준 것이며, '감정은 흘러가도[感往]' 아래 2구는, 슬픈 감정은 이미 지나갔어도 요절하거나 장수하

178 동정호엔 … 일렁: 《초사(楚辭)》 〈구가(九歌) 상부인(湘夫人)〉에 "동정호에 물결이 이니, 나뭇잎이 떨어지네.[洞庭波兮, 木葉下.]"라고 하였다.

179 계수나무 … 뿐이니: 《초사(楚辭)》 〈초은사(招隱士)〉에 "계수나무 가지 휘어잡고 편안하게 오래 머무네.[攀桂枝兮, 聊淹留.]"라고 한 데서 인용한 말이다.

180 은하수: 원문의 소한(霄漢)은 높은 하늘의 은하수를 가리킨다.

는 것이 뒤섞여 있기 때문에 생각에 반복이 있다는 것과 이치는 온 것 같아도 사물과 내가 모두 서로를 잃었기 때문에 실정은 존재한 바가 없다는 것을 말하였다.[早聞二句, 總見光景之不同. 感往二句, 言悲感已往, 而夭壽紛錯, 故慮有迴復, 妙理若來, 而物我俱喪, 故情無所存.]

○ 《장자(莊子)》〈목마편(牧馬篇)〉에 "동자(童子)가 황제(黃帝)에게 이르기를, '어떤 어른이 나에게 일러 주기를, 「너는 해 수레를 타고 양성(襄城)의 들녘에서 노닐도록 하라.」고' 하였습니다." 하였다.[莊子牧馬篇, 童子謂黃帝曰, 有長者敎子曰, 若乘日之車, 而遊襄城之野.]

○ 《초사(楚辭)》에 이르기를, "영혼을 싣고서 노을에 올랐다."라고 하였다.[楚辭曰, 載營魂而升霞.]

408

남산에서 북산으로 가다가 호중을 지나며 이리저리 보다

[於南山往北山 經湖中瞻眺]

아침에 남쪽 언덕에서 출발하여	朝旦發陽崖
해 질 무렵 북쪽 봉우리서 쉬노라	景落憩陰峯
배에서 내려 굽이도는 물가를 바라보고	舍舟眺迴渚
지팡이 세워 두고 울창한 소나무에 기대 보니	停策倚茂松
구부러진 사잇길 구불구불 이어졌고	側徑旣窈窕
둥근 모래섬이 영롱하구나	環洲亦玲瓏
몸을 숙여 교목의 끝을 바라보고	俯視喬木杪
고개를 들어 큰 골짜기의 물소릴 들어 보네	仰聆大壑淙
돌이 가로누워 물살은 나뉘어 흐르고	石橫水分流
숲이 빽빽하여 산길에는 종적이 끊겼네	林密蹊絶蹤
천둥 치며 비 내려서[181] 무엇을 감응시켰나	解作竟何感
초목이 자라나서 모두 풍성해졌네[182]	升長皆丰容
갓 자란 대나무는 푸른 껍질에 싸여있고	初篁苞綠籜

181 천둥 … 내려서: 원문의 해작(解作)은 《주역》의 〈해괘(解卦)〉의 작용을 지칭하는 말이므로 이렇게 번역한 것이다.

182 초목이 … 풍성해졌네: 원문의 봉용(丰容)은 초목이 무성한 모습을 이른다.

새로 자란 부들은 자줏빛 꽃을 머금었네 新蒲含紫茸
바다 갈매기는 봄 언덕에서 노닐고 海鷗戲春岸
천계[183]는 온화한 바람을 희롱하네 天鷄弄和風
변화에 순응하여 마음에 싫어함이 없으니 撫化心無厭
사물을 바라보매 애정이 더욱 깊어지네 覽物眷彌重
사람이 멀리 떠났다고 애석할 건 없으나 不惜去人遠
다만 함께할 사람 없어 한스럽네 但恨莫與同
혼자 노니는 것 마음속 탄식은 아니지만 孤游非情歎
완상을 폐지하면 이치를 누가 통달할까 賞廢理誰通

○ '해(解)'의 음(音)은 해(蟹)이다.[音蟹.]

○ 《주역(周易)》에 이르기를, "천지가 이완되면 천둥 치고 비가 내린다. 천둥 치고 온갖 과일과 초목이 모두 싹이 튼다." 하였고, 또 이르기를, "땅속에서 나무가 돋아나 자라는 것을 승(昇)이라 한다." 하였다. 시작품 속에 경문(經文)을 활용하기로는 사공(謝公)만한 사람이 없다.[易曰, 天地解而雷雨作. 雷雨作而百果草木皆甲坼, 又曰, 地中生木升, 詩中用經, 無如謝公者.]

183 천계(天鷄): 하늘에 있다는 새의 이름. 닭의 한 가지. 《술이기(述異記)》에 "하늘 동남쪽 도도산(桃都山) 위 에 도도(桃都)라는 큰 나무가 있고 그 위에 이 닭이 있다. 나뭇가지가 서로 3천 리나 떨어져 있으며 해가 떠서 나무에 비치면 천계가 크게 우는데, 이 소리를 듣고 천하의 모든 닭들이 운다."고 하였다.

409

근죽 시내에서 고개를 넘어 계곡을 따라 걷다[從斤竹澗越嶺溪行]

원숭이 울음소리에 새벽인 줄 알아도　猿鳴誠知曙
골이 깊어 날이 아직 밝지가 않네　谷幽光未顯
바위 아랜 구름 한창 덮여 있고　巖下雲方合
꽃 위에는 이슬 가득 내렸는데　花上露猶泫
구불구불 벼랑 모퉁이를 따라서[184]　逶迤傍隈隩
아득히 먼 잿마루를 넘어서 가네　迢遞步陘峴
시냇물 건너며 급류에선 옷을 벗고　過澗旣厲急
잔교에 오를 때는 높은 곳까지　登棧亦陵緬
시냇물은 오다 가다를 반복하며　川渚屢經復
물살을 타고 굽이돌며 흐르네　乘流翫迴轉
부평초는 깊은 곳에서 떠다니고　蘋萍泛沈深
부들은 맑고 얕은 곳을 덮었네　菰蒲冒清淺
바위에 치켜 서서 흐르는 샘물을 뜨고　企石挹飛泉
숲속 가지를 잡고 새순을 따네　攀林摘葉卷

184 벼랑 … 따라서: 원문의 외오(隈隩)는 《문선(文選)》 이선(李善)의 주(注)에 "《설문(說文)》에 외(隈)는 산굽이라 하였고, 《이아(爾雅)》에 오(隩)는 외(隈)이다.[說文曰, 隈, 山曲也. 爾雅曰, 隩, 隈也.]"라고 하였다.

산에 사는 이를 보고파하니	想見山阿人
벽라가 눈앞에 있는 듯하네	薜蘿若在眼
난초를 움켜쥐고 삼가 언약할 뿐	握蘭勤徒結
삼 자르듯 한마음 펼쳐 보이지 못하네	折麻心莫展
정을 쏟아 완상하는 것 아름다워 보이나	情用賞爲美
일에 어두운 걸 누가 분별할건가	事昧竟誰辨
이를 보며 외물과 내심의 우려를 잊고	觀此遺物慮
한번 깨달음에 버릴 줄 알게 되었네	一悟得所遣

○ '시냇물 건너며 급류에선 옷을 벗고[過澗旣厲急]'는 '물이 깊으면 옷을 벗고 건넌다[以衣涉水]'라는 말을 인용한 것이다.[過澗旣厲急, 用以衣涉水事.]

○ 조거(棗據)의 《일민부(逸民賦)》에 이르기를, "춘란 한줌을 꺾어 그 향기를 남기네.[握春蘭兮遺芳.]" 하였고, 《초사(楚辭)》에 이르기를, "성긴 삼대의 하얀 꽃을 꺾어서 멀리 떠나가는 이에게 주려 하네.[折疎麻兮瑤華, 將以遺兮離居.]" 하였는데, 여기에서 '삼가 언약할 뿐[勤徒結]'과 '마음 펼쳐 보이지 못한다[心莫展]'는 벗에게 주고 싶은데 어떻게 할 수가 없다는 것을 말한 것이니, 위의 2구와 이어서 보면 분명해진다.[棗據逸民賦曰, 握春蘭兮遺芳, 楚辭曰, 折疎麻兮瑤華, 將以遺兮離居. 此云勤徒結, 心莫展, 言欲贈友而末由也, 承上二句看便明.]

410

백안정에 들러서 지은 시[過白岸亭詩]

옷을 떨쳐 입고 모래 언덕을 따라와서	拂衣遵沙垣
느린 걸음으로 초가집에 들어서니	緩步入蓬屋
가까운 시냇물은 빼곡한 돌틈 사이로 흐르고	近澗涓密石
먼데 산이 성긴 나뭇가지에 비춰 온다	遠山映疎木
공취[185]는 억지로 이름 짓기 어려워도	空翠難強名
고기잡이엔 노래 곡조 되기 쉬워라	漁釣易爲曲
등나무 당겨 푸른 동산의 소리를 들으니	援蘿聆青崖
봄을 그리는 마음 절로 이끌려 간다만	春心自相屬
가지에 앉아 우는 꾀꼴새가 있는 듯[186]	交交止栩黃
마름 뜯으며 벗을 부르는 사슴이 있는 듯[187]	呦呦食苹鹿
저 사람의 숱한 슬픔에 상심하고	傷彼人百哀
그의 승광[188]하는 음악을 가상히 여기네	嘉爾承筐樂

185 공취(空翠): 공중에 떠 있는 푸른 기운을 이른다.

186 가지에 … 있는 듯: 원문의 교교(交交)는 날아다니는 모양으로, 《시경(詩經)》〈진풍(秦風) 황조(黃鳥)〉에 "날아다니는 꾀꼬리여 가시나무에 앉았네.[交交黃鳥, 止于棘.]"라고 하였다.

187 마름 … 있는 듯: 원문의 유유(呦呦)는 사슴이 우는 소리로 《시경(詩經)》〈소아(小雅) 녹명(鹿鳴)〉에 "온화한 사슴의 울음소리여, 들의 쑥을 뜯고 있네.[呦呦鹿鳴, 食野之苹.]"에서 인용한 말이다.

188 승광(承筐): 《시경(詩經)》〈소아(小雅) 녹명(鹿鳴)〉에 "피리를 불며 생황을 울려 광주리를 받들

번영과 쇠퇴는 서로 오락가락하고	榮悴迭去來
곤궁과 출세는 기쁨과 슬픔이 되니	窮通成休慼
차라리 얽매이지 않는 몸이 되어서	未若常疎散
일마다 항상 소박하게 하는 것만 못하리[189]	萬事恆抱朴

○ 모든 사물에 이름을 붙일 수 있는 것이면 깊이가 얕다. '억지로 이름 짓기 어렵다[難強名]'는 '공취(空翠)'를 잘 묘사하였다.[凡物可以名, 則淺矣, 難強名, 神於寫空翠者.]

○ '나뭇가지에 앉은 꾀꼴새[止栩黃]'는 꾀꼴새가 상수리 나무에 앉아 있는 것을 말한 것이다. 그러나 종래에 편치 못하다는 뜻을 담고 있다.[止栩黃, 言黃鳥止於栩也, 然終未妥.]

어 폐백을 올리니[吹笙鼓簧, 承筐是將.]"라고 하였는데, 주희(朱熹)의 《집전(集傳)》에 "승(承)은 받든다는 뜻이고, 광(筐)은 폐백을 담는 그릇이다." 하였다. 뒤에 빈객을 환영하는 뜻으로 쓰였다.

189 소박하게 … 못하리: 원문의 포박(抱朴)은 자연의 본성을 잘 지키는 것으로, 《노자(老子)》의 "소박함을 지니고 사욕을 줄인다.[見素抱朴, 少私寡欲.]"에서 인용한 말이다.

411
처음으로 군을 떠나다[初去郡]

영가군수(永嘉郡守)가 된 지 2년 만에 신병을 이유로 관직에서 물러나 시녕으로 돌아왔다.[爲永嘉守二年, 稱疾去職, 還始寧.]

팽선[190]과 설광덕[191]은 부끄러움을 겨우 알았고	彭薛裁知恥
공공[192]은 영예를 버리지 않았다 하니	貢公未遺榮
벼슬을 탐하고 다투는 건 우수하다 하겠으나	或可優貪競
어찌 달관한 사람이라 일컫겠는가	豈足稱達生
나는 은거하려는 뜻을 가지고 있었지만	伊予秉微尙
옹졸하고 어눌하여 헛된 명성 사양하고	拙訥謝浮名

190 팽선(彭宣, ?~3): 후한(後漢) 때의 경학자. 자는 자패(子佩)이고, 시호는 경(頃)이며, 회양(淮陽) 양하(陽夏) 사람이다. 장우(張禹)의 천거로 경학박사(經學博士), 광록대부(光祿大夫) 등을 지냈다. 왕망(王莽)이 집권하자 사직하고 귀향하였다.

191 설광덕(薛廣德): 전한(前漢) 때의 경학자. 자는 장경(長卿)이며, 패군(沛郡) 상(相) 땅 사람이다. 대승(戴勝), 대사(戴舍) 등에게 노시(魯詩)를 가르쳤다. 한 선제(漢宣帝) 때 경학박사(經學博士)가 되어 어사대부(御史大夫)를 역임하였고 직언으로 간쟁하다가 사직하고 귀향하였다.

192 공공(貢公): 공우(貢禹, 기원전 124~기원전 44), 전한(前漢) 때 금문경학자(金文經學者). 자는 소옹(少翁), 낭야(琅邪) 사람이다. 선제(宣帝) 때 명경(明經), 혈행(絜行)으로 명성을 얻어 박사(博士)가 되었으며, 원제(元帝) 때 벼슬이 어사대부(御史大夫)에 이르렀다. 동중서(董仲舒)의 제자 영공(嬴公)에게 《춘추공양전(春秋公羊傳)》을 배웠으며, 나중에는 영공의 제자인 휴맹(眭孟)을 사사하였다. 저술로 청대 왕인준(王仁俊)이 편집한 《춘추공양공씨의(春秋公羊貢氏義)》가 《옥함산방집일서(玉函山房輯佚書)》 속편(續篇)에 수록되어 있다.

오두막집으로 암혈의 서식을 대신하고	廬園當棲巖
낮은 지위로 밭갈이를 대신했건만	卑位代躬耕
나를 돌아보며 스스로를 허여해도	顧己雖自許
몸과 마음은 외려 일치하지 않았네	心跡猶未并
공이 없으니 주임[193]의 말을 해친 꼴이요	無庸妨周任
병이 있으니 사마장경[194]과 닮았도다	有疾象長卿
자식 장가 다 보낸 상장[195]과 유사하고	畢娶類尙子
낮은 벼슬은 병만용[196]과 같다 하겠네	薄遊似邴生
삼가 고인의 뜻을 계승하여	恭承古人意
행장을 서둘러 꾸려서 고향집으로 돌아왔네	促裝返柴荊
원흥[197] 연간에 처음 벼슬길에 나가	牽絲及元興
경평[198] 연간에 관직에서 떠나오니[199]	解龜在景平

193 주임(周任): 고대의 현자. 《논어집주(論語集註)》 〈계씨(季氏)〉에 "주임이 이르기를 '능력을 펴서 벼슬아치의 대열에 나아가 일을 하되 능력이 닿지 않으면 그만둔다[周任有言曰, 陳力就列, 不能者止.]'라고" 하였다.

194 사마장경(司馬長卿): 장경(長卿)은 사마상여(司馬相如)의 자(字)이다. 전한(前漢) 때의 문인으로, 어렸을 때에 독서와 검술을 좋아하였으며, 전국시대의 인상여(藺相如)를 사모하여 이름을 상여로 바꾸었고, 임공(臨邛) 땅에서 탁왕손(卓王孫)의 딸 탁문군(卓文君)과 만나 혼인한 이야기가 유명하다. 무제(武帝)에게 〈상림부(上林賦)〉를 지어 바쳤다. 그의 작품은 풍격이 다양하고 사조(詞藻)가 아름다웠으며, 한부(漢賦)의 제재와 묘사 방법을 보다 풍부하게 하여 부체(賦體)를 한(漢)나라의 대표적인 문학형태로 자리매김할 수 있도록 하는 데에 큰 공헌을 하였다. 그는 평소에 소갈병 때문에 늘 고생을 하였다 한다.

195 상장(尙長): 자는 자평(子平)이고, 하내(河內) 사람이다. 벼슬하지 않고 은둔하여 살았다.

196 병만용(邴曼容): 이름은 단(丹). 만용은 그의 자(字)이다. 그는 높은 벼슬을 피하고 일부러 낮은 벼슬을 하였으며, 한평생 자신의 수양을 우선으로 하며 살았다 한다.

197 원흥(元興): 진(晉)나라 안제(安帝) 때의 연호이다.

처음 마음 저버린 지 스무 해 만에	負心二十載
이제야 보내고 맞는 일[200] 접게 되었네	於今廢將迎
배를 준비하고 날짜를 앞당겨서	理棹遄還期
물길 따라가다 긴 들판을 치달아 보네	遵渚騖修坰
계곡을 거슬러 올라가 건너기를 마치고	溯溪終水涉
재에 올라 산행을 시작하였네	登嶺始山行
들이 넓어 모래 언덕은 깨끗하고	野曠沙岸淨
하늘이 높아 가을 달도 밝구나	天高秋月明
바위에 쉬며 흐르는 샘물을 마시고	憩石挹飛泉
숲가지 더위잡아 떨어진 꽃잎을 줍네	攀林搴落英
자아와 싸워 이기니 몸이 살지고	戰勝臞者肥
멈춘 물 거울삼으니 흐르는 물도 멈추었네	鑒止流歸停
이는 곧 복희씨와 요임금 교화된 세상이니	即是羲唐化
격양가[201] 부르던 이의 심정을 이해하겠네	獲我擊壤情

○ 《한서(漢書)》에 "광덕(廣德)과 당선(當宣)은 수치를 아는 사람에 가깝다." 하였는데, 이는 팽선(彭宣)과 설광덕(薛廣德)을 이르는 말이다. 공공(貢公)은 공우(貢禹)를 지칭한다.[漢書曰, 廣德當宣, 近於知恥, 謂彭宣, 薛廣德也. 貢公, 指貢禹.]

---

198 경평(景平): 송(宋)나라 소제(少帝) 때의 연호이다.

199 관직에서 떠나오니: 원문의 해귀(解龜)는 허리에 찬 귀뉴(龜紐)를 풀고 관직에서 떠나는 것을 이른다.

200 보내고 맞는 일[將迎]: 관리의 사무를 뜻하는 말로, 장(將)은 전송(傳送)한다는 뜻이다.

201 격양가(擊壤歌): 요임금 당시에 어떤 노인이 불렀다는 노래. 《고시원》 1권 001. 격양가(擊壤歌) 참조.

○ 병생(邴生)은 만용(曼容)을 이른다. 그는 부모의 뜻을 봉양하고 스스로 몸을 닦아 벼슬길에 나아갔으나 벼슬이 6백 석이 넘는 것을 달가워하지 않고 문득 스스로 면직되어 떠났다.[邴生, 謂曼容. 養志自修, 爲官不肯過六百石, 輒自免去.]

○ 자하(子夏)가 이르기를, "내가 들어와서 선왕(先王)의 대의를 보고서 이를 영예롭게 여겼고 나가서 부귀(富貴)하는 것을 또한 영예롭게 여겼다. 이 두 가지가 가슴속에서 교전을 벌이기 때문에 야위었는데[臞] 지금은 선왕의 대의가 교전하여 이겼으므로 살이 쪘다.[肥.]" 하였다.[子夏曰, 吾入見先王之義則榮之. 出見富貴又榮之. 二者戰於胸臆. 故臞, 今見先王之義戰勝, 故肥也.]

○ 문자(文子)가 이르기를, "흐르는 물에는 비춰 볼 수 없지만 정지된 물에는 비춰 볼 수 있다." 하였다.[文子曰, 莫監於流潦, 而監於止水.]

412

밤에 석문에서 숙박하며 지은 시[夜宿石門詩]

아침나절 정원의 목란을 캐올 때면[202] 朝搴苑中蘭
저 서릿발 아래 시들까 겁이 났는데 畏彼霜下歇
날 저물자 돌아와 구름 속에 자며 暝還雲際宿
여기 바위 위에 비친 달을 즐기네 弄此石上月
새소리 들어 보면 밤에 깃든 줄 알겠고 鳥鳴識夜棲
나뭇잎 지면 바람이 이는 줄 알듯이 木落知風發
색다른 소리는 듣는 경지가 같고 異音同至聽
특수한 음향은 맑은 음정[203]을 갖추었네 殊響俱清越
신묘한 음식은 맛보기가 쉽지 않다지만 妙物莫爲賞
향기로운 술을 누구에게 자랑할까 芳醑誰與伐
고운 임이 끝내 오지 않으시니 美人竟不來
밝은 해만 떠서 그저 센 머리털 비추네[204] 陽阿徒晞髮

---

202 아침나절 … 거둘 때면: 굴원(屈原)의 〈이소(離騷)〉에 "아침에는 비산(阰山)의 목란(木蘭)을 캐오고.[朝搴阰之木蘭兮.]"라는 데서 인용하였다.

203 맑은 음정: 원문의 청월(淸越)은 맑은소리가 드날리는 것으로, 《예기(禮記)》 〈빙의(聘義)〉에 "두드림에 그 소리가 맑게 드날리면서 길며, 마침이 뚝 끊어지는 것은 악(樂)이다.[叩之, 其聲清越以長, 其終詘然, 樂也.]"라고 한 데서 인용하였다.

204 밝은 … 비추네: 굴원(屈原)의 〈구가(九歌) 소사명(少司命)〉에 "너와 함께 함지에서 머리 감고,

○ '색다른 소리는 듣는 경지가 같고[異音同至聽]'와 '공취는 억지로 이름 짓기 어렵다[空翠難强名]'는 모두 사영운이 독창적으로 지어낸 시어이다.[異音同至聽, 空翠難强名, 皆謝公獨造語.]

양지바른 언덕에서 네 머리를 말리리라.[與汝沐兮咸池, 晞汝髮兮陽之阿.]"라고 한 데서 인용하였다. 원문의 양아(陽阿)는 고대 신화 속의 산 이름이고, 희발(晞髮)은 머리를 말리는 것이다.

413

팽려호[205]의 입구로 들어가다

[入彭蠡湖口]

떠돌이로 배 위에서 자는 것도 지겹고	客遊倦水宿
풍우와 조수는 다 말하기도 어려웁다	風潮難具論
강물은 사주와 섬을 갑자기 돌아 합쳐지고	洲島驟迴合
굽은 언덕은 자주 파도에 무너질 듯한데	圻岸屢崩奔
달빛 아래 슬픈 원숭이 울음소리 들려오고	乘月聽哀狖
이슬에 젖은 향초는 향기를 풍겨 오네	浥露馥芳蓀
봄은 늦어도 푸른 들이 아름답고	春晚綠野秀
바위가 높으니 흰 구름이 머무네	巖高白雲屯
온갖 상념이 날밤으로 모여들고	千念集日夜
만 가지 감회가 아침저녁으로 가득하네	萬感盈朝昏
벼랑에 올라 석경[206]에 모습 비춰 보고	攀崖照石鏡
잎을 당겨 송문[207]으로 들어가네	牽葉入松門

205 팽려호(彭蠡湖): 지금 강서성(江西省)의 파양호(鄱陽湖)를 이른다.

206 석경(石鏡): 장승감(張僧鑒)의 《심양기(潯陽記)》에, "석경산 동쪽에 둥근 바위가 하나 있는데, 벼랑에 매달린 채로 맑고 깨끗하여 사람을 비추면 얼굴이 보인다.[石鏡山東, 有一圓石, 懸崖明淨, 照人見形.]" 하였다.

207 송문(松門): 고야왕(顧野王)의 《여지지(輿地志)》에, "호수에 들어가 330리쯤에서 송문이 끝나는

삼강[208]의 일은 죄다 지나간 일	三江事多往
구파[209]의 이치만 공연히 남아 있네	九派理空存
영물은 진괴함을 아끼고	靈物吝珍怪
이인은 정신과 혼백을 감추나니	異人祕精魂
금고[210]는 밝은 빛이 사라지고	金膏滅明光
수벽[211]은 흐르는 윤기가 그친 듯	水碧綴流溫
부질없이 천리곡[212]을 지어보지만	徒作千里曲
거문고 줄이 끊겨 그리움만 더해지네	絃絶念彌敦

데 동서의 길이가 40리이며 푸른 소나무가 양쪽 언덕에 두루 자라고 있다.[自入湖三百三十里, 窮於松門, 東西四十里, 靑松遍於兩岸.]" 하였다.

208 삼강(三江): 팽려호에서 나뉘어져 나온 세 개의 강을 이른다.

209 구파(九派): 팽려호 입구에 있는 구강시(九江市) 북쪽 일대의 장강(長江)으로, 여기의 강물은 아홉 개의 지류로 이루어져 있다.

210 금고(金膏): 황금을 섞어 만든 선약(仙藥)의 이름이다.

211 수벽(水碧): 푸른빛이 도는 옥의 이름이다.

212 천리곡(千里曲): 악곡 이름. 〈천리별학(千里別鶴)〉을 이른다.

414

화자강[213]으로 들어가며 짓다. 여기가 마원의 제3곡이다

[入華子岡 是麻源第三谷]

남쪽 고을은 실로 불기운이 성하여	南州實炎德
계수나무가 겨울 산에 우뚝 서 있네[214]	桂樹凌寒山
동능[215]이 푸른 계곡물에 비치고	銅陵映碧澗
돌층계에선 붉은 샘물[216]이 쏟아지네	石磴瀉紅泉
은거하려는 나그네 잠시 들르기도 하고	旣枉隱淪客
세상을 피한 현인[217]도 와서 거처하는데	亦棲肥遯賢
험난한 길이라 측량할 수 없으니	險徑無測度
천상에 오르는 길인 듯 예사롭지 않네	天路非術阡

213 화자강(華子岡): 강서성(江西省) 남성현(南城縣) 서쪽 15리쯤에 있다. 《문선(文選)》 이선(李善)의 주(注)에는 화자강(華子崗)으로 되어 있다.

214 남쪽 … 있네: 남쪽 지방은 따뜻한 곳이라는 뜻으로, 원문의 남주(南州)는 남방의 광대한 지역을 이르고, 염덕(炎德)은 오행설에 남방이 화(火)에 속한다고 해서 붙여진 이름이다. 《초사(楚辭)》 〈원유(遠游)〉에 "고마워라 남주의 따스한 날씨여, 아름답구나 계수나무 겨울에도 꽃을 피우니.[嘉南州之炎德兮, 麗桂樹之冬榮.]"라고 하였다.

215 동능(銅陵): 능(陵)은 산(山)을 말한다. 따라서 동능은 곧 동산(銅山)이다.

216 붉은 샘물[紅泉]: 이곳 지질(地質)이 단사(丹沙)가 섞여 있어서 물이 붉은색을 띤다고 한다.

217 세상을 피한 현인: 원문의 비둔(肥遯)은 은둔하며 여유롭게 사는 생활을 말한다. 《주역》 〈둔괘(遯卦) 상구(上九)〉에 "비(肥)한 둔(遯)이니 이롭지 않음이 없다.[肥遯, 無不利.]"라고 하였다.

마침내 최고봉에 올라 보니	遂登羣峯首
아득하여 구름 위에 오른 것 같네	邈若升雲煙
신선과 흡사한 모습 끊어지고	羽人絶髣髴
단구[218]에는 빈 통발만 남았으며	丹丘徒空筌
도첩[219]은 다시 마멸되고 없으니	圖牒復摩滅
비판[220]의 기록을 누가 듣고 전할까	碑版誰聞傳
백 대 뒤를 판단할 수 없는데	莫辨百代後
어찌 천년 전의 일을 안다고 하랴	安知千載前
게다가 홀로 가는 뜻을 펴면서	且申獨往意
달빛을 타고 흐르는 물을 희롱하네	乘月弄潺湲
항시 잠깐 동안 필요를 충족할 뿐이니	恆充俄頃用
어찌 고금을 위하여 그런 것이겠는가	豈爲古今然

218 단구(丹丘): 신선이 산다는 곳을 이른다.

219 도첩(圖牒): 도서(圖書)와 보첩(譜牒) 등을 일컫는 말로, 옛날 역사나 기이한 일을 기록해 둔 책을 말한다.

220 비판(碑版): 비석(碑石)이나 죽간(竹簡) 따위에 새겨진 기록 등을 일컫는다.

415

세모(歲暮)

시름이 깊어 잠을 이루지 못하니[221]	殷憂不能寐
괴로운 이 밤을 지새기가 어렵네	苦此夜難頹
밝은 달은 쌓인 눈 위를 비추고	明月照積雪
삭풍은 매섭고도 구슬프게 부네	朔風勁且哀
세월 앞에 변하지 않는 것이 있으랴만	運往無淹物
한 해가 가는 것이 이다지도 빠르구나	年逝覺已催

○ 빠진 글이 있다.[闕文.]

고시원(古詩源) 권10 끝

221 시름이 … 못하니: 원문의 은우(殷憂)는 깊은 시름을 이르는데, 《시경(詩經)》 〈패풍(邶風) 백주(柏舟)〉에 "경경히 잠을 이루지 못하여 깊은 시름이 있는 듯하다.[耿耿不寐, 如有隱憂.]"라고 한 데서 인용한 말이다.

고시원 古詩源

권11

송시 宋詩

代白紵舞歌辭

梅花落

紹古辭

北宅秘園

放歌行

答靈運

代東門行

學劉公幹體

發後渚

사첨(謝瞻)[1]

416
사영운[2]에게 답하다[答靈運]

저녁에 날이 개고 바람이 서늘하니　夕霽風氣涼
한적한 방안에는 청량함이 감도네　閑房有餘清
헌함[3] 열고 환한 촛불 잠시 끄고 나자　開軒滅華燭
달이 떠서 밝은 빛만 한가득일세　月露皓已盈
홀로인 밤 외물 구속 전혀 없으니　獨夜無物役
잠자는 것도 편안하다할 터이지만　寢者亦云寧

1　사첨(謝瞻, 387~421): 자(字)는 선원(宣遠)인데, 일명(一名)은 첨(檐)으로도 쓰며, 자를 통원(通遠)으로도 썼다. 진군(陳郡) 양하(陽夏) 사람으로, 숙부(叔父)인 혼(混)과 종제(從弟)인 영운(靈運)과 시로 명성을 떨쳤으며, 중서시랑(中書侍郎)을 역임하고 뒤에 예장태수(豫章太守)가 되었다.

2　사영운(謝靈運, 385~433): 중국 남북조시대 송나라의 시인으로 본명은 사공의(謝公義)이다. 종래 서정을 주로 하는 중국 문학 사상에 산수시(山水詩)의 길을 열어 놓았다. 저서에 《사강락집(謝康樂集)》이 있다.

3　헌함(軒檻): 건넌방·누각 등의 대청 기둥 밖으로 돌아가며 깐 좁은 마루를 말한다.

문득 〈시름겹소 장마가[4]〉란 글을 받으니	忽獲愁霖唱
노고 생각하여 정성껏 알려주네	懷勞奏所誠
저 여행길의 어려움을 탄식하노니	歎彼行旅艱
권고에 찬 정이 이렇듯이 깊어라	深茲眷言情
내가 비록 위로함이 적긴 하여도	伊余雖寡慰
깊은 시름[5] 잠시나마 가벼이 하소	殷憂暫爲輕
아름다운 시에 굳이 화답하려니	牽率酬嘉藻
아우에게 부끄러워 길게 읍하네	長揖愧吾生

4 시름겹소 장마가: 원문의 수림(愁霖)은 시름겹게 하는 장마를 이른다.

5 깊은 시름: 원문의 은우(殷憂)는 시름이 깊다는 말로, 415. 세모(歲暮) 주 221) 참조.

417

구일[6]에 송공을 따라 희마대[7]의 모임에 가서 공령[8]을 전송하는 시

[九日從宋公戲馬臺集送孔令詩]

송 고조(宋高祖)가 희마대(戲馬臺) 놀이에서 공정(孔靖)을 전송하며 보좌하는 신하들에게 시를 짓게 하였는데, 사첨의 시(詩)가 당시에 으뜸이었다.[宋高祖, 遊戲馬臺, 送孔靖, 命僚佐賦詩, 瞻作冠於一時.]

바람 불까 방한복을 내려 주시고[9]	風至授寒服
서리 내려 백공들을 쉬게 하시네[10]	霜降休百工
우거진 숲엔 다채로운 빛을 거두고	繁林收陽彩
조밀한 후원엔 꽃들도 다 져 가네	密苑解華叢

---

6 구일(九日): 음력 9월 9일 중양절(重陽)을 말한다.

7 희마대(戲馬臺): 강소성(江蘇省) 동산현(銅山縣)의 남쪽에 있는 누대(樓臺)로, 초한(楚漢) 시절에 항우(項羽)가 세운 누대인 양마대(凉馬臺)를 말한다. 남조(南朝) 송 무제(宋武帝) 유유(劉裕, 363~422)가 일찍이 연음하며 시를 지었던 누대이다.

8 공령(孔令): 공정(孔靖, 347~422)을 말한다. 자는 계공(季恭)이며 회계군(會稽郡) 산음현(山陰縣) 사람이다.

9 방한복을 … 주시고: 《시경(詩經)》 〈빈풍(豳風) 칠월(七月)〉에 "7월에 대화심성(大火心星)이 흘러 가거든, 9월에는 옷을 만들어 주노라.[七月流火, 九月授衣.]"라는 구절에서 인용하였다.

10 서리 … 하시네: 《예기(禮記)》 〈월령(月令)〉에 "늦가을의 달 … 이달에 서리가 비로소 내리니, 모든 일을 쉰다.[季秋之月……是月也, 霜始降, 則百工休.]"라는 구절에서 인용하였다.

둥지 위에 머문 제비 아예 떠나고	巢幕[11]無留燕
물가에는 찾아드는 기러기뿐인데[12]	遵渚有來鴻
가벼운 노을 가을 햇볕을 가리고	輕霞冠秋日
서풍[13]이 불어와 맑던 하늘[14] 뿌옇네	迅商薄淸穹
성심으로 아름다운 계절 살피시어	聖心眷嘉節
방울수레 타고 행궁으로 납시시니	揚鑾戾行宮
펼쳐놓은 잔치에는 술이 향기롭고	四筵霑芳醴
중앙에선 거문고[15] 연주소리 들리네	中堂起絲桐
아침 햇볕이 서쪽으로 기울고 나자	扶光迫西汜
즐거움은 남았어도 연회는 다함이 있네	歡餘宴有窮
갈지어다 돌아가야 할 손님이라면	逝矣將歸客
본성을 길러서 끝마무릴 잘해야지	養素克有終
강가에 임하여 따를 수 없음을 원망하고	臨流怨莫從
그리는 맘 날리는 쑥대[16] 같음을 탄식하네	歡心歎飛蓬

11 소막(巢幕): 연소막상(燕巢幕上)의 줄임말로 장막 위에 둥지를 튼다는 말이다.

12 물가에는 … 기러기뿐인데: 《시경(詩經)》〈빈풍(豳風) 구역(九罭)〉에 "기러기가 날아가면 물가를 따르나니, 공이 돌아가심에 갈 곳이 없으랴.[鴻飛遵渚, 公歸無所.]"라는 구절에서 인용하였다.

13 서풍: 원문의 신상(迅商)은 빠른 서풍을 이른다.

14 맑던 하늘: 원문의 청궁(淸穹)은 해맑은 하늘을 이른다.

15 거문고: 원문의 사동(絲桐)은 거문고의 별칭(別稱)이다.

16 날리는 쑥대: 원문의 비봉(飛蓬)은 《시경(詩經)》〈위풍(衛風) 백혜(伯兮)〉에 "그이가 동으로 가면서부터, 머리는 바람에 날리는 쑥대와 같아라. 어찌 머리에 바르는 기름이 없으리오마는, 누구를 위하여 꾸미랴.[自伯之東, 首如飛蓬, 豈無膏沐, 誰適爲容.]"라는 구절에서 인용하였다.

○ 《회남자(淮南子)》에, "해가 양곡(暘谷)에서 나와 부상(扶桑)으로 솟아오른다." 하였고, 《초사(楚辭)》에, "양곡(暘谷)으로부터 나와 몽사(蒙汜)에서 쉰다." 하였다.[淮南子曰, 日出暘谷拂扶桑. 楚辭曰, 出自暘谷, 次於蒙汜.]

○ 당시에 진(晉)나라 황제가 아직 생존해 있었는데, 송공(宋公)을 숭미(崇媚)함이 여기에 이르렀으니, 연명(淵明)의 시에 견주어 보면 적잖은 부끄러움이 있다. 강락(康樂)의 시편도 역시 그러하다.[時晉帝尙存, 而崇媚宋公至此, 視淵明有餘慚矣. 康樂篇亦然.]

사혜련(謝惠連)[17]

사선원(謝宣遠)의 시는 한결같이 고치고 다듬어서 자연스런 운치를 잃어버렸다. 〈장자방을 읊다[詠張子房]〉라는 작품은, 더욱더 생경한 것이어서 비록 당시에는 존중받았지만 산삭하였다.[謝宣遠詩, 一味鏤刻, 失自然之致. 詠張子房作, 爲生硬之尤者. 雖當時推重, 刪之.]

418

도의(擣衣)

형기[18]가 쉬지 않고 옮겨 가니	衡紀無淹度
해그림자는 재촉하듯 빠르네	晷運倏如催

---

17 사혜련(謝惠連, 397~433): 남조(南朝) 송(宋)나라 사람으로, 자는 선원(宣遠)이며, 그의 종형(從兄)인 사영운(謝靈運)과 사조(謝朓)와 함께 삼사(三謝)로 불릴 만큼 명성을 떨쳤다.

18 형기(衡紀): 형성은 북두칠성의 제5성인 옥형성(玉衡星)을 이르며, 기는 견우성(牽牛星) 또는 해[日], 달[月], 성신(星辰) 등을 이른다.

묽은 이슬은 동산의 국화를 적셔 주는데	白露滋園菊
가을바람은 뜨락의 회나무 잎을 지게 하네	秋風落庭槐
쓰륵쓰륵 베짱이가 날개 떠는 소리	肅肅莎雞羽
맴맴맴 가을 매미 우는 소리	烈烈寒螿啼
저녁 어둠은 텅 빈 장막에 엉기고	夕陰結空幕
달빛이 내려와 규방 안을 환히 비추네	宵月皓中閨
미인은 옷차림에 주의를 하여	美人戒裳服
곱게 치장하고 서로 불러 손에 손잡고	端飾相招攜
옥비녀를 꽂고 북쪽 방에서 나와	簪玉出北房
노리개 울리며 남쪽 계단을 건네	鳴金步南階
처마가 높아 다듬이소리 잘 들리고	櫩高砧響發
회랑이 길어선지 절구 소리 애절한데	楹長杵聲哀
은은한 향기는 양 소매에서 일고	微芳起兩袖
가벼운 땀방울은 두 이마를 적시네	輕汗染雙題
고운 비단옷 벌써 다 지었건만	紈素既已成
임께서는 길 떠나서 아직 돌아오질 않네	君子行未歸
상자 속의 칼로 마름질하여	裁用笥中刀
만 리 길 떠난 임의 옷을 기웠네	縫爲萬里衣
상자를 채운 이 옷 내 손으로 지었나니	盈篋自余手
꼭꼭 봉함하여 임이 직접 열게 하리라	幽緘俟君開
허리띠 치수를 옛날 대중 삼은 터라	腰帶準疇昔
지금은 얼추 맞을지 그를 모르겠네	不知今是非

○ 《한서(漢書)》에 이르기를, "저물 녘에 뜨는 별이 표성(杓星)이고, 한밤중에 뜨는 별이 형성(衡星)인데, 형성은 북두성(北斗星)의 중앙에 있다." 하였다.[漢書曰, 用昏建者杓, 夜半建者衡, 衡斗之中央也.]

○ 일결(一結)에 정어(情語)를 지은 것이긴 하나 간드러진 시풍에 빠져들지는 않았다.[一結能作情語, 不入纖靡.]

419

서릉에서 바람을 만나 지은 시를 강락[19]에게 드리다[西陵遇風獻康樂] 5수(首)

【1수】

나의 행차 초봄으로 지정했건만 我行指孟春
중춘인데 아직 출발 못 하였다오 春仲尙未發
갈 길 재촉 먼 훗날을 기약했어도 趣途遠有期
이별 생각 아쉬운 정 멈추질 않네 念離情無歇
채비하여 좋은 때를 기다리노니 成裝候良辰
배를 띄울 봄철이 기쁘긴 하여도 漾舟陶嘉月
가야 할 길 바라보니 기쁨이 줄고 瞻塗意少悰
걸어온 길 돌아보니 허전하구려 還顧情多闕

○ 《초사(楚辭)》에 이르기를, "봄철을 기뻐하며 말을 달린다.[陶嘉月兮總駕.]" 하였는데, 도(陶)는 기쁘다는 뜻이다.[楚辭曰, 陶嘉月兮總駕. 陶, 喜也.]

19 강락(康樂): 남조 송나라 시인 사영운(謝靈運, 385~433)으로, 동진 때 조부 사현(謝玄)을 이어 강락공(康樂公)에 습봉되었다 하여 이와같이 칭한다.

【2수】

명철하신 형님께서 이별이 슬퍼　哲兄感仳別
전송하러 먼데 숲을 넘어오셔서　相送越坰林
야외 주막 송별연을 열고 난 후에　飮餞野亭館
맑은 호수 남쪽에서 작별을 하니　分袂澄湖陰
남은 이의 말엔 슬픔이 묻어나고　悽悽留子言
떠난 이 마음에는 미련이 남건만　眷眷浮客心
굽이진 호수가 배를 감춰 버리자　迴塘隱艫栧
모습과 음성 시야에서 멀어집니다　遠望絕形音

【3수】

느린 걸음으로 먼 길 나서고 보니　靡靡即長路
슬픔에 젖은 모습 안타까울 뿐이오　戚戚抱遙悲
슬픔은 길어도 혼자 풀 수 있거니와　悲遙但自弭
멀고 먼 여행길 누구에게 말하리오　路長當語誰
걷고 걸어도 길은 외려 멀기만 하고　行行道轉遠
떠나면 떠날수록 마음은 더욱 느려지네　去去情彌遲
어제 포양[20] 어귀를 출발하여서　昨發浦陽汭
오늘은 절강가에 투숙합니다　今宿浙江湄

20 포양(浦陽): 절강성에 있는 강 이름이다.

【4수】

모인 구름 층층 고개 뒤덮고 있고　屯雲蔽曾嶺
세찬 바람 강 물결 솟구쳐 오르며　驚風涌飛流
가랑비는 습지대를 적셔 주는데　零雨潤墳澤
눈발이 수풀 언덕에 흩날립니다　落雪灑林丘
안개 덮여 험한 벼랑 어두워지고　浮氛晦崖巘
눈 쌓인 밭두둑은 희미하건만　積素或原疇
굽이진 강가에 정박하고 보니　曲汜薄停旅
거침없는 강물 위에 배가 끊겼구려　通川絕行舟

【5수】

나루터에 갔었지만 건널 수 없어　臨津不得濟
풍파에 가로막혀 노만 잡고 서 있네요　佇楫阻風波
쓸쓸한 모래섬 그 주변에는　蕭條洲渚際
날씨가 화창하게 개이질 않으니　氣色少諧和
서쪽 보면 나그네의 탄식만 일고　西瞻興遊歎
동쪽 보면 슬픈 노래 북받칩니다　東睇起悽歌
울분이 쌓여서 마음속 병이 되었건만　積憤成疢痗
훤초[21]마저도 없으니 어찌합니까　無萱將如何

○ 운치 있는 음률로 배회하니, 맑고 듣기가 좋아 외울 만하다.[雅音徘徊, 淸婉可誦.]

---

21 훤초(萱草): 원추리 또는 망우초(忘憂草)라고도 한다. 《시경(詩經)》〈위풍(衛風) 백혜(伯兮)〉에 "어찌하면 훤초를 얻어다 뒷곁에 심어 볼까. 떠난 사람 생각에 내 마음만 병들게 하네.[焉得萱草, 言樹之背, 願言思伯, 使我心痗.]"라는 구절에서 인용하였다.

420

추회(秋懷)

한평생을 이렇다 할 뜻이 없는 채로	平生無志意
어려서부터 걱정 속에 살아왔으니	少小嬰憂患
어찌하면 고달픈 맘 견디어낼까	如何乘苦心
게다가 늦가을을 맞이하게 됐네	矧復値秋晏
하늘 달은 휘영청 밝기만 하고	皎皎天月明
은하수는 선명하게 반짝이는데	奕奕河宿爛
바람 머금은 매미는 맴맴 울고	蕭瑟含風蟬
구름 속 지나가는 기러기 끼룩끼룩	寥唳度雲雁
찬바람[22]이 고요한 규방에 불어오니	寒商動清閨
외론 등불 그윽한 휘장 따뜻하여라	孤燈曖幽幔
곧은 마음에 번다한 걱정이 쌓여	耿介繁慮積
뒤척이다 한밤중이 되고 말았네	展轉長宵半
이험[23] 도모 미리하기 어려운데다	夷險難預謀
의복[24] 계산 앞서기는 깜깜한 터라	倚伏昧前算

22 찬바람: 원문의 한상(寒商)에서 상(商)은 궁(宮)·상(商)·각(角)·치(徵)·우(羽) 오음(五音) 중 제2음에 해당하며, 음색이 처량하고 가을에 해당한다 하여 찬바람으로 풀었다.

23 이험(夷險): 평탄함과 험준함을 나타내는 말로, 편안함과 위태로움을 뜻한다.

24 의복(依伏): 화복(禍福)을 나타내는 말로 쓰인다. 《노자(老子)》에 "화는 복이 의지하는 바이고,

사마상여[25]의 달관을 좋아는 해도	雖好相如達
그의 오만함과는 같을 순 없고	不同長卿慢
관직 관둔 정균[26]을 기뻐는 해도	頗悅鄭生偃
백의상서 된 일은 취하지 않으리	無取白衣宦
고인 마음 깊이 있게 알진 못하나	未知古人心
또한 본성이 즐기는 바를 따르리니	且從性所翫
손이 오면 술잔 준비하라 명하고	賓至可命觴
벗이 오면 붓을 적셔 글 쓰게 하며	朋來當染翰
높은 누대 갑작스레 올라도 보고	高臺驟登踐
맑은 물에 때 따라서 물결 일으키네	清淺時陵亂
달이 기울면 두 번 다시 둥글지 않고[27]	頹魄不再圓
해 진 뒤엔 두 번 아침이 오지 않으며[28]	傾羲無兩旦

복은 화가 숨는 바이다.[禍兮福所倚, 福兮禍所伏.]"라고 하였다.

25 사마상여(司馬相如, 기원전 179~기원전 117): 자(字)는 장경(長卿)이다. 혜강(嵆康)이 쓴 〈고사전찬(高士傳贊)〉에 "장경은 세상을 오만하게 보았다.[長卿世慢.]" 하였다. 411.처음으로 군을 떠나다[初去郡] 주 194) 참조.

26 정균(鄭均): 자(字)는 중우(仲虞), 동평(東平) 임성(任城) 사람. 그가 일찍이 상서(尙書) 벼슬을 사직하고 고향으로 돌아가 있었는데, 황제가 동평 지방을 지나다가 그의 집에 들러 그가 죽을 때까지 상서의 봉록을 받게 해 주었다. 그리하여 사람들은 그를 백의상서(白衣尙書)라 불렀다 한다. 백의는 평범한 사람이 입는 옷으로, 관직이 없는 사람을 말하며, 그가 관직이 없는 채로 상서의 녹봉을 받은 것을 지적한 말이다.

27 달이 … 않고: 원문의 퇴백(頹魄)은 새벽의 희미한 달(殘月)을 이른다. 《문선(文選)》 〈사혜련(謝惠連)〉에서 이선(李善)의 주에 "백은 달의 넋이다.[魄, 月魄.]"라고 하였는데, 즉 달은 음(陰)이기 때문에 월백(月魄)이라 한 것이다.

28 해 진 … 않으며: 원문의 경희(傾羲)는 지는 해를 이른다. 《문선(文選)》 〈사혜련(謝惠連)〉에서 이선(李善)의 주에 "희는 희화(羲和)로 해를 이른다.[羲, 羲和, 謂日也.]" 하였다.

금석도 결국은 닳아서 없어지고 金石終銷毀
단청도 잠시 아름다울 뿐이니 丹青暫雕煥
각자 머리 검을 때 즐기길 힘써서 各勉玄髮歡
머리 하얘진 뒤 탄식 남기지 말아야겠네 無貽白首歎
노래 부르다 마침내 부를 지어서 因歌遂成賦
애오라지 친한 이에게 주려 하노라 聊用布親串

○ 비록 사마상여의 달관을 좋아는 해도 그의 오만함과 같을 순 없고, 자못 정균의 자유로운 생활을 추구했지만 그의 백의상서를 취하지는 않았다. 그러므로 아래에서 또 본성의 즐기는 바를 따르겠다고 말한 것이다.[雖好相如之達, 而不同其慢, 頗悅鄭均之偃抑, 而無取其爲白衣尚書. 故下云且從性所翫也.]

○ 《급총기년(汲冢紀年)》에, "주 의왕(周懿王) 원년(元年)에 정(鄭)나라에는 하루에 두 번 해가 떴다." 하였다.[汲冢紀年, 懿王元年, 天再旦於鄭.]

○ '관(串)'의 음은 관(慣)이니, 상성(上聲)인 천(穿)으로 읽는 것은 잘못이다.[串音慣, 讀作穿上聲者非.]

421

무호(巫湖)에서 배를 타다가 돌아와 누중으로 나가 달을 바라보다[泛湖歸出樓中望月]

해가 지자 맑은 호수에 배를 띄우고 日落泛澄瀛
별들이 총총한데 가벼운 노를 젔다가 星羅游輕橈
정자[29]에 쉬며 굽은 물살을 마주하고 憩榭面曲汜
물가에 임하여 감도는 조수를 대하였네 臨流對迴潮
노를 거둔 채 술자리를 열어 놓고 輟策共駢筵
나란히 앉아 서로 주거니 받거니 並坐相招要
애달픈 기러기는 모래톱에서 울고 哀鴻鳴沙渚
서글픈 원숭이는 산꼭대기에서 우는데 悲猿響山椒
휘영청 밝은 달이 강에 드리우고 亭亭映江月
세찬 바람은 골짜기에서 불어오네 飀飀出谷飈
가벼운 안개는 산을 감싸 두르고 斐斐氣幂岫
영롱한 이슬은 가지에 가득한데 泫泫露盈條
가까이 보니 깊이 쌓인 번민 사라지고 近矚祛幽蘊
멀리 보니 시끄러운 소리 씻겨 나가네 遠視蕩諠囂
주고받은 대화는 그칠 줄 모르고 晤言不知罷
저녁부터 아침까지 이어졌노라 從夕至清朝

29 정자: 원문의 '수(樹)' 자는 '사(榭)' 자의 오자이므로, 문선(文選) 등을 참고하여 바로잡아 번역하였다.

사장(謝莊)[30]

422

북쪽 집의 비원에서[北宅秘園]

석양 하늘에 운애가 걷히고 나니 夕天霽晩氣
가벼운 노을 날 저문 그늘이 멀겋네 輕霞澄暮陰
미풍은 드리워진 장막에 시원스럽고 微風淸幽幌
남은 햇볕은 푸른 숲에 비치더니 餘日照靑林
빛이 사라지자 창문도 어둑하고 收光漸窗歇
궁벽한 정원이라 절로 황량한데 窮園自荒深
푸른 연못에 흰 달빛이 번뜩이고 綠池翻素景
가을 생각을 찬 소리가 빚어내네 秋懷響寒音
취미가 같은 벗들 함께 사랑하여 伊人儻同愛
금(琴)과 술을 들고 모두 찾아왔네 絃酒共棲尋

30 사장(謝莊, 421~466): 남조(南朝) 송(宋)나라의 문인. 자는 희일(希逸)이고, 진군(陳郡) 양하(陽夏)

○ 원문의 '서심(棲尋)'은 함께 서식(棲息)하고 함께 유심(遊尋)함을 이르는 말이다.[棲尋, 謂同棲息, 同遊尋也.]

○ 여러 사씨(謝氏)의 시 중에 유독 강락(康樂)의 시만을 상세히 하고, 나머지 수용한 것은 간략한 쪽을 따랐다.[諸謝詩, 獨詳康樂, 餘所收從略.]

출신이다. 부(賦)의 대가(大家)로 "비록 천 리를 떨어져 있어도 밝은 달과 함께하리니"라는 〈월부(月賦)〉가 대표작이며, 시(詩)로는 초사조(楚辭調)인 〈회원인(懷園引)〉이 유명하다. 사영운(謝靈運)의 족질(族姪)이기도 하다.

포조(鮑照)[31]

명원(明遠)의 악부시(樂府詩)는 마치 오정(五丁)이 산을 뚫어 놓은 것처럼[32] 사람들이 사는 세상에 없는 것을 개척해 놓았다.[33] 후대의 이태백(李太白)도 이따금씩 이를 본따서 짓곤 하였다. 오언고시(五言古詩)도 역시 안연지(顏延之)와 사영운(謝靈運)의 중간에 있다.[明遠樂府, 如五丁鑿山. 開人世所未有, 後太白往往效之. 五言古亦在顏謝之間.]

---

31 포조(鮑照, 414?~466): 육조(六朝)시대 송(宋)나라의 시인. 자(字)는 명원(明遠)이고, 동해(東海) 강소성(江蘇省) 관운현(灌雲縣) 사람이다. 어려서 집이 가난하였고 성장해서도 관직에서 뜻을 이루지 못하였다. 한때 임해왕(臨海王) 유자욱(劉子頊) 밑에서 형옥참군사(刑獄參軍事)를 지냈다 하여 포참군(鮑參軍)으로 부르기도 한다. 사영운(謝靈運), 안연지(顏延之)와 더불어 원가 시기(元嘉時期)의 3대시인으로 꼽힌다. 그의 시에는 자신의 불우함과 비분, 부패한 사회에 대한 풍자가 표출되어 있다. 그는 불만과 풍자를 악부체(樂府體)의 형태로 썼다. 이 점은 한(漢)·위(魏) 악부의 현실주의적 경향을 계승한 것으로, 수사주의가 성행하고 산수의 미를 추구하던 당시의 시풍과는 다른 이색적인 풍격이다. 특히 칠언악부(七言樂府)의 형식은 포조에 와서 비로소 정착단계에 접어들게 되었다.

32 오정(五丁)이 … 것처럼: 원문의 오정착산(五丁鑿山)은 다섯 장정이 산을 뚫어 길을 냈다는 뜻으로, 양웅(揚雄)의 《촉왕본기(蜀王本紀)》에 "진 혜왕(秦惠王)이 촉(蜀) 땅을 치고자 하였으나 산이 험하여 길이 통하지 않았다. 이에 소 다섯 마리의 석상(石像)을 조각하게 하고, 꼬리 밑에다 금덩이를 두어 금똥을 누는 소라고 거짓 소문을 내자, 촉나라 왕이 속아서 다섯 장정으로 하여금 소의 석상을 운반해 가기 위하여 산을 뚫어 길을 닦았다. 후에 진나라가 이 길을 이용하여 촉 땅을 정벌하였다."라고 하였다.

33 명원(明遠)의 … 놓았다: 명(明)나라 육시옹(陸時雍)의 《시경총론(詩鏡總論)》에 "포조의 재력(材力)이 특출하여 당시를 풍미하였으니 마치 오정(五丁)이 산을 파 놓은 듯하여 사람들이 간직하지 못한 바를 개척하였고, 그가 득의(得意)한 때를 당하여서는 거침없이 앞으로 나아가니 눈앞에 장애가 될 만한 것이 없었다.[鮑照材力標舉, 凌厲當年, 如五丁鑿山, 開人之所未有, 當其得意時, 直前揮霍, 目無堅壁矣.]" 하였다.

소리를 드높여[抗音] 생각을 토로[吐懷]할 때마다 매번 고상한 절조(節操)를 이룬다. 그 높은 경지는 멀리 육기(陸機)와 육운(陸雲)에 이르고, 위로는 조조(曹操)와 조식(曹植)의 경지를 추급하였다.[抗音吐懷, 每成亮節. 其高處遠軼機雲, 上追操植.] 오언고시(五言古詩)의 경우 조탁(雕琢)은 사공(謝公)과 서로 유사하나, 자연스러운 면은 미치지 못하였다.[五言古雕琢, 與謝公相似, 自然處不及.]

423

〈동문행〉을 본따서 짓다[代東門行]

원문의 '대(代)'는 '본따다[擬]'와 같다.[代, 猶擬也.]

상처 입은 새가 활시위 소리에도 놀라듯이[34]	傷禽惡弦驚
지친 나그네는 이별가를 싫어하노라	倦客惡離聲
이별가는 나그네의 애를 끊나니	離聲斷客情
보내는 이도 마부도 눈물을 흘리네	賓御皆涕零
눈물이 줄줄 애간장을 끊어지게 하니	涕零心斷絕

34 다친 … 놀라듯이: 《전국책(戰國策)》 〈초사(楚策)〉에 전국시대 경영(更嬴)이 위왕(魏王) 앞에서 "화살을 메기지 않은 빈 활시위를 당겨서 새를 떨어뜨릴 수 있습니다.[引弓虛發而下鳥.]"라고 하였는데, 마침 동쪽에서 날아오는 상처 입은 기러기를 활시위만 당겨 떨어뜨렸다는 고사에서 나온 말이다.

떠나려다 다시 돌아와 작별을 하네	將去復還訣
한순간 이후도 서로 알지 못하는데	一息不相知
더구나 타향으로 가는 이별이라니	何況異鄕別
가물가물 떠나는 수레 멀어져 가고	遙遙征駕遠
어둑어둑 해는 져서 저물어 가네	杳杳白日晩
식구들이 모두 잠든 한밤이 되면	居人掩閨臥
길 떠난 이 그제서야 밥을 먹네	行子夜中飯
들녘 바람 가을 나무에 불어와	野風吹秋木
나그네의 애간장을 끊어지게 하니	行子心腸斷
매실을 맛본 듯 늘 신 것이 고달프며	食梅常苦酸
갈옷을 입은 듯 늘 추워서 괴로워라	衣葛常苦寒
악기들만 그저 자리에 가득할 뿐	絲竹徒滿座
시름하는 이의 얼굴을 펴지 못하네	憂人不解顔
긴 노래 불러 스스로 위로코자 했건만	長歌欲自慰
길고 긴 한의 실마리만 일으키고 말았네	彌起長恨端

○ '매실을 맛본 듯 늘 신 것이 고달프며[食梅常苦酸]'의 1연(一聯)은 '청청하변초편(青青河邊草篇)'[35]의 '마른 뽕잎에서 바람 부는 줄 알고, 바닷물에서 날이 찬 줄 안다'라는 시구와 같은 일종의 정신과 이치에 진입하였다.[食梅常苦酸一聯, 與青青河畔草篇, 忽入枯桑知天風, 海水知天寒, 一種神理.]

---

35 청청하변초(青青河邊草): 원문의 '청청하반초(青青河畔草)'는 184.고시(古詩) 19수(首)의 2번째 작품이며, 아래 '마른 뽕잎에서 바람 부는 줄 알고[枯桑知天風]'와 관련이 없으므로 바로잡아 번역하였다.

424

〈방가[36]행〉을 본따서 짓다[代放歌行]

여뀌 벌레가 아욱과 근채를 피하는 건	蓼蟲避葵菫
매운맛에 길이 들어 그런 줄 몰라선데	習苦不言非
소인은 저 혼자 속이 좁으니	小人自齷齪[37]
광사[38]의 속마음을 어찌 알랴	安知曠士懷
새벽닭 울음 우는 서울 장안에	雞鳴洛城裏
궁궐 문[39] 새벽같이 열리자마자	禁門平旦開
벼슬아치 이리저리 떼 지어 오고	冠蓋縱橫至
수레들이 사방에서 몰려오면	車騎四方來
비단 띠에 일어나는 회오리바람	素帶曳長飇
화려한 갓끈에는 먼지만 가득	華纓結遠埃
한낮인들 그 행렬 어찌 멈추랴	日中安能止
자정 종이 울려도[40] 여전히 돌아가지 못하네	鐘鳴猶未歸

36 방가(放歌): 거침없이 부르는 노래를 이른다.

37 악착(齷齪) : 도량이 몹시 좁아서 작은 것에 연연하는 모습을 나타내는 의태어. 일을 해 나가는 태도가 매우 모질고 끈덕지거나 또는 그런 사람을 지칭하는 말로 쓰이기도 한다.

38 광사(曠士) : 사물에 얽매이지 않고 마음이 태연한 사람으로 활달한 선비를 지칭한다.

39 궁궐 문 : 원문의 금문(禁門)은 대궐문을 지칭한다.

40 자정 종이 울려도[鐘鳴]: 《삼국지(三國志)》〈위지(魏志) 전예전(田豫傳)〉에 전예가 노년에 위위(衛尉)에 임명되자 늙고 병들었다는 핑계로 사양하며 "70살이 넘도록 벼슬자리에 있는 것은 자정 종이 울리고 물시계의 물이 다 떨어진 깜깜한 밤중에 길을 가는 것과 같다. 그런 자는 죄인이다.[年過七十而以居位, 譬猶鍾鳴漏盡而夜行不休, 是罪人也.]"라고 한 데서 인용하였다.

태평성대를 만날 수는 없어도	夷世不可逢
성군만은 인재를 아끼신다니	賢君信愛才
밝으신 사려로 하늘같이 판단하셔서	明慮自天斷
외부의 시기와 혐의 받지 않으리	不受外嫌猜
한마디 좋은 말로도 출셋길 열고	一言分珪爵
작은 선행으로도 초야를 떠나니	片善辭草萊[41]
어찌 백벽[42]만을 하사하실 턱 있나	豈伊白璧賜
높다란 황금대[43]도 세우실 터인데	將起黃金臺
그대는 지금 뭐가 문제이길래	今君有何疾
길에 임하여 홀로 머뭇거리는가	臨路獨遲迴

○ 《초사(楚辭)》에, "여뀌 잎을 먹는 벌레는 아욱이나 콩잎으로 옮겨가지 않는다." 하였으니, 이는 여뀌 벌레는 신랄(辛辣)한 환경에 처하여 맛이 쓴 잎을 먹으면서도 아욱이나 콩잎으로 옮겨 가서 달고 맛있는 잎을 먹지 않는다는 것을 말한 것이다.[楚辭曰, 蓼蟲不徙乎葵藿, 言蓼蟲處辛辣, 食苦惡, 不徙葵藿, 食甘美也.]

○ '비단 띠[素帶]'의 두 말[二語]은 부귀한 사람의 저급한 모습을 모두 묘사한 것인데, 한시(漢詩) 중에 이른바 '관디차림한 사람들이 날마다 서로 찾는다[冠帶日相索]'와 같다.[素帶二語, 寫盡富貴人塵俗之狀, 漢詩中所謂冠帶日相索也.]

41 초래(草萊): 황폐한 땅, 또는 전야(田野)를 가리키는 말이다. 《맹자집주(孟子集註)》 〈이루장구상(離婁章句上)〉에 "황무지를 개간하여 백성에게 토지를 떠맡기고 세금을 무겁게 거두는 자는 그 다음 형을 받아야 할 것이다.[辟草萊, 任土地者, 次之.]"라고 하였다.

42 백벽(白璧): 《사기(史記)》 〈평원군 우경열전(平原君虞卿列傳)〉에 "우경이 조(趙)나라 효성왕(孝成王)을 찾아가 유세하자, 효성왕은 그에게 황금 1백일(鎰)과 백옥 한 쌍을 하사하고, 두 번째 만났을 때는 조나라 상경(上卿)으로 삼고 우경이라 불렀다."라고 하였다.

43 황금대(黃金臺): 전국시대 연(燕)나라 소왕(昭王)이 곽외(郭隗)를 위해 쌓았다는 누대. 지금의 유주(幽州) 연왕고성(燕王故城)에 있는데, 그 지방 사람들은 현사대(賢士臺) 또는 초현대(招賢臺)라고 부른다. 소왕이 천금(千金)으로 천하의 현사(賢士)들을 이곳으로 불러들였다 한다.

425

〈백두음[44]〉을 본따서 짓다[代白頭吟]

곧기는 붉은 명주 거문고 현과 같고 直如朱絲繩
맑기는 옥병 속의 얼음 같으면서도 清如玉壺冰
평소의 마음에 부끄러운 것이 뭐길래 何慙宿昔意
시기와 질투 계속해서 일어나는가 猜恨坐相仍
인정은 은혜 의리 천히 여기고 人情賤恩舊
세상은 흥망성쇠를 좇기만 하니 世議逐衰興
털끝만 한 흠이라도 생기는 날엔 毫髮一爲瑕
태산도 견뎌 내지 못한다 했네 丘山不可勝
곡식 싹 먹는 건 실로 큰 쥐요[45] 食苗實碩鼠
백옥을 흠집 내는 건 쉬파리인데 點白信蒼蠅
고니는 멀리서 와 귀여움 받고 鳧鵠遠成美
땔나무는 앞선 게 밑에 깔리듯 薪芻前見陵
신후[46]의 축출은 포사[47]의 진출 때문이요 申黜褒女進

44 백두음(白頭吟): 전한(前漢)의 사마상여(司馬相如)의 부인 탁문군(卓文君)이 지은 시. 사마상여가 무릉(茂陵)의 여자를 첩으로 들이려 하자, 탁문군이 이 시를 지어 결별을 선언하였다. 《고시원》 1권 120. 백두음(白頭吟) 주 57) 참조.

45 곡식 … 쥐요: 《시경(詩經)》 〈위풍(魏風) 석서(碩鼠)〉에 "큰 쥐야 큰 쥐야, 내 기장을 먹지 말아라.[碩鼠碩鼠, 無食我黍.]"라고 하였다.

46 신후(申后): 서주(西周)의 마지막 유왕(幽王)의 왕후(王后)이다.

반첩여[48]의 떠남은 조비연[49]의 등장 때문이니	班去趙姬升
주 유왕[50]은 나날이 탐닉하였고	周王日淪惑
한 성제[51]는 더더욱 감탄했다네	漢帝益嗟稱
마음속 참사랑도 믿기 힘든데	心賞猶難恃
겉모습만 공손함을 어찌 기대하랴	貌恭豈易憑
예로부터 모두가 이와 같았으니	古來共如此
그대만 유독 가슴 칠 일이 아닐거요	非君獨撫膺

○ '고니는 멀리서 와 귀여움 받고[鳧鵠遠成美]'는, 닭은 가까운 데 있어서 그 아름다움을 잊게

---

47 포사(褒姒): 유왕(幽王)의 총희. 유왕이 포국(褒國)을 토벌했을 때 포인(褒人)이 바쳐 포사라 했다. 왕의 총애를 받아 아들 백복(伯服)을 낳았는데, 그녀는 한 번도 웃는 일이 없었다고 한다.

48 반첩여(班婕妤): 한 성제(漢成帝)의 후궁으로, 첩여는 상경(上卿)에 해당하는 궁중 여관(女官)의 이름이다. 어질고 우아하여 처음에는 성제의 총애를 독차지했으나, 노래와 춤에 능한 조비연(趙飛燕) 자매가 궁에 들어오고 나서는 총애가 식었다. 자신이 조비연 자매에게 미치지 못함을 알고, 또 모함에 빠져 해를 입을까 걱정하여 스스로 물러나 장신궁(長信宮)에서 지냈다 한다.

49 조비연(趙飛燕): 후한(後漢) 성양후(成陽侯) 조임(趙臨)의 딸. 어릴 때부터 춤과 노래를 배워 비연(飛燕)이라 불려졌다. 성제(成帝)의 총애를 받아 황후가 되었다가 성제가 죽은 뒤 서인(庶人)으로 강등되자 자살하였다.

50 주 유왕(周幽王): 주(周)나라 제12대 왕으로, 선왕(宣王)의 아들이며 평왕(平王)의 아버지이다. 총희 포사(褒姒)를 웃기려고 위급하지도 않은데 봉화(烽燧)를 올려 제후들을 오게 했고, 허둥대는 제후들의 꼴을 본 포사는 비로소 웃었다고 한다. 뒤에 유왕은 왕비 신후(申后)와 태자 의구(宜臼)를 폐하고, 포사를 왕비로, 백복을 태자로 삼았다. 신후(申后)의 아버지 신후(申侯)는 격분하여 기원전 771년 견융(犬戎) 등을 이끌고 쳐들어와 유왕을 공격하였다. 이때 다시 봉화를 올렸지만, 제후들은 또 거짓이라 여겨 응하지 않아 패망하고 본인은 여산(驪山) 기슭에서 살해되었다. 그가 살해되고 아들 평왕(平王)이 수도를 낙양으로 옮기게 됨으로써 결국 서주(西周)시대를 마감하게 된 결과를 초래하였다.

51 한 성제(漢成帝): 서한(西漢)의 제12대 황제로, 기원전 33년부터 기원전 7년까지 재위하였다.

되고, 고니는 먼 데서 왔다는 것 때문에 아름답게 여기게 되었다는 것을 말한 것이다. 이는 전요(田饒)[52]가 노 애공(魯哀公)에게 대답한 말 뜻을 인용한 것이다.[鳧鵠遠成美, 言雞以近而忘其美, 鵠以所從來遠而覺其美也. 用田饒答魯哀公語意.]

○ '땔나무는 앞선 게 밑에 깔리듯[薪芻前見陵]'에서 능(陵)은 침해를 입는다는 뜻이다. 이는 곧 섶을 쌓을 때 뒤에 오는 것이 맨 위에 놓인다는 것을 비유한 것이다.[薪芻前見陵, 陵侵也. 即譬如積薪, 後來者處上意.]

52 전요(田饒): 《한시외전(韓詩外傳)》에 "노 애공(魯哀公)을 섬겼지만 중용되지 않자, 전요가 '닭은 머리에 관(冠) 모양의 볏이 있고[文], 다리에는 창과 같은 며느리발톱이 있으며[武], 적을 만나면 용감하게 싸우고[勇], 먹이를 보면 동료를 부르고[仁], 매일 같이 새벽을 알려주는[信] 오덕(五德)을 겸비하였는데도 늘 가까이에 있어서 천시당하고, 고니는 그렇지도 않은데다 전답의 곡식이나 연못의 고기를 잡아먹기만 하는데도 먼 데서 날아왔다는 이유로 귀하게 여기시니, 저도 고니처럼 멀리 떠나겠소.' 하였다."라는 말에 배경을 두고 있다.

426

〈동무음〉을 본따서 짓다[代東武吟]

주인이시여 잠시 조용히 하오 主人且勿諠
천한 이 몸 노래 한 곡 부르리다 賤子歌一言
나는 본디 가난한 시골 선비인데 僕本寒鄉士
출세하여 한나라 은혜를 입었나니 出身蒙漢恩
처음엔 장교위를 수행하여 始隨張校尉
황하의 상류까지 종군하였고 占募到河源
뒤에는 이경거의 부하가 되어 後逐李輕車
오랑캐를 추격하여 변방까지 갔었다오 追虜窮塞垣
가깝게는 일만여 리 원정길이요 密塗亘萬里
평화로운 해에도 일곱 차례 출정했으니 寧歲猶七奔
근력은 전투로 인해 소진되었고 肌力盡鞍甲
마음은 추위와 더위 다 겪었거늘 心思歷涼溫
장군은 이미 세상을 뜨셨고 將軍既下世
병졸도 생존자가 거의 없구려 部曲亦罕存
세상이 하루아침에 바뀌고 나니 時事一朝異
홀로 세운 공적 누가 다시 거론하리요 孤績誰復論
젊은 시절 건장할 때 집을 떠났다가 少壯辭家去
늙고 지친 몸으로 집에 돌아와서는 窮老還入門

허리에 낫을 차고 규곽을 베고	腰鐮刈葵藿
지팡이 의지하여 가축을 기르니	倚杖牧雞豚
예전엔 팔 깍지 위 날쌘 보라매 같았는데	昔如韝上鷹
이제는 우리 안에 있는 원숭이 신세라오	今似檻中猿
하릴없이 천년 한을 가슴에 매어 두고	徒結千載恨
부질없이 백년의 원망 품게 되었네	空負百年怨(1)
버려진 자리는 임금의 휘장을 그리워하고	棄席思君幄
지친 말이 임금 수레를 연모하였으니	疲馬戀君軒
원컨대 진 문공 은혜를 베풀어주시면	願垂晉主惠
전자방의 넋에 부끄럽지 않게 하리다	不愧田子魂

(1) '원(怨)'은 평성(平聲)이다.

○ 장교위(張校尉)는 장건(張騫)[53]을 이르고, 이경거(李輕車)는 이채(李蔡)[54]를 이른다.[張校尉謂張騫, 李輕車謂李蔡.]

○ '일곱 차례 출정[七奔]'이란, 《좌전(左傳)》에 "오(吳)나라가 주래(州來) 고을을 침입하자, 자중(子重)과 자반(子反)이 한 해 동안에 일곱 차례나 명을 받들고 출정하였다."에 보인다.[七奔, 左傳, 吳入州來, 子重子反, 於是乎一歲七奔命.]

○ '버려진 자리[棄席]'란, 진 문공(晉文公)의 고사[55]를 인용한 것이며, '지친 말[疲馬]'이란 전자

---

53 장건(張騫): 서한(西漢)시대 성고(成固) 사람으로, 한 무제(漢武帝)의 명을 받아 뗏목을 타고 가서 황하(黃河)의 근원을 탐사한 일이 있고, 대월지국(大月氏國)에 파견되어 실크로드를 열었으며, 흉노 등 이민족을 공격하여 중앙아시아와의 교통로를 확보하였다.

54 이채(李蔡): 이광(李廣)의 종제(從弟)로 무제(武帝) 때에 경거장군(輕車將軍)이 되어 흉노(匈奴) 우현왕(右賢王)을 쳐서 공을 세웠으며, 사후에 낙안후(樂安侯)로 봉해졌다.

55 진 문공(晉文公)의 고사: 문공은 춘추(春秋)시대 오패(五覇)의 한 사람으로 이름은 중이(重耳)이다. 아버지 헌공(獻公)이 여희(驪姬)의 참소를 믿고 태자 신생(申生)을 죽이자, 망명했다가 19년 만에 진 목공(秦穆公)의 도움으로 귀국하여 즉위하였다. 그는 군주가 된 뒤에 유랑생활

방(田子方)의 고사[56]를 인용한 것인데, 모두 《한시외전(韓詩外傳)》에 보인다.[棄席用晉文公事, 疲馬用田子方事, 俱見韓詩外傳.]

을 하는 동안에 사용했던 그릇과 침구를 버리게 하고 손발에 못이 박이고 얼굴이 까맣게 탄 사람들을 내보내도록 하였다. 이 말을 들은 공신(功臣) 구범(咎犯)이 밤에 슬피 울자, 문공은 그 까닭을 물었는데, 구범이 그릇과 침구는 먹고 자고 하는 것들이며 손발에 못이 박이고 얼굴이 까맣게 탄 사람들은 공로가 있는 자들인데 이들을 내보낸다면 자신도 뒷자리에 있을 수밖에 없어 슬퍼한다고 하여 문공이 그 명을 거둬들였던 일을 말한다.

56 전자방(田子方)의 고사: 전자방은 전국시대 위(魏)나라의 현인(賢人)으로, 이름은 무택(無擇)이고, 위 문후(魏文侯)의 스승이다. 그가 길에서 한 필의 늙은 말을 보고 마부에게 어떤 말이냐고 묻자, 마부는 예전에 공가(公家)에서 기르던 말이었으나 이제는 쓸모가 없어 버려진 말이라고 대답하였다. 이에 전자방은 "젊어서 힘을 다했는데 늙었다고 버리는 일은 어진 사람은 하지 않는다."고 하고, 자신이 가진 비단으로 그 말과 바꾸었던 일을 말한다.

427

〈출자계북문행〉을 본따서 짓다

[代出自薊[57]北門行]

다급한 우격[58]은 변방에서 일어나고	羽檄起邊亭
봉화는 끊임없이 함양으로 모여드니	烽火入咸陽
기병을 광무현[59]에 주둔시키고	徵師屯廣武
보병을 나누어 삭방[60]을 구원차로 보내노라	分兵救朔方
가을이면 더욱 강해진 적군의 무기	嚴秋筋竿勁
오랑캐 진영이 정예롭고도 용맹스럽다	虜陣精且彊
천자가 칼을 움켜쥐고 노여워하니	天子按劍怒
사신들 멀리 서로 마주 보며 길을 잇네	使者遙相望
기러기 항렬로 돌길을 나아가고	雁行緣石徑
물고기 대오[61]로 구름다리 건너네	魚貫度飛梁

57 계(薊): 춘추전국시대 연(燕)나라의 도읍지 계주(薊州)로 중국 하북성(河北省) 천진(天津)에 있던 고을 이름이다.

58 우격(羽檄): 유사시나 급히 군사를 동원해야 할 때 쓰는 격문(檄文). 목간(木簡)에 글을 적고 깃털을 끼워 화급(火急)의 뜻을 나타냈다. 우서(羽書)라고도 한다.

59 광무현(廣武縣): 산서성(山西省) 대현(代縣) 서쪽에 위치해 있으며, 옛날에 북방을 지키는 중심지였다.

60 삭방(朔方): 한 무제 때 설치한 군(郡) 이름으로, 오늘날의 내몽고자치구(內蒙古自治區) 경내인 황하(黃河) 이남지역을 일컫는다.

61 물고기 대오[魚貫]: 물고기를 한 줄로 꿴 것처럼 줄을 지어 나아가는 것을 이른다. 《삼국지(三

군악대 행군 소리에 고향생각 묻어나고　簫鼓流漢思
깃발과 갑옷에는 북녘 서리 뒤덮였네　旌甲被胡霜
세찬 바람이 변방 땅을 휘몰아치니　疾風衝塞起
모래 자갈이 뒤섞여서 날아다니고　沙礫自飄揚
말갈기는 웅크린 고슴도치와 같으며　馬毛縮如蝟
뿔로 장식한 활은 얼어서 당길 수가 없네　角弓不可張
시절이 위태로워야 신하의 절개를 보고　時危見臣節
세상이 어지러워야 충신을 안다 했으니　世亂識忠良
목숨 바쳐 현명하신 군주께 보답하고　投軀報明主
이 몸은 죽어 가서 순국자가 되련다　身死爲國殤

○ 포명원(鮑明遠)은 거침없고 활달한 음을 잘 구사하니, 자못 조맹덕(曹孟德)과 흡사하다.[明遠能爲抗壯之音, 頗似孟德.]

國志)》〈위서(魏書) 등애전(鄧艾傳)〉에 삼국시대 위(魏)나라 등애(鄧艾)가 대군을 일으켜 촉(蜀)을 정벌할 적에, 인적이 끊어진 음평(陰平)의 험한 산길을 한겨울에 넘어가서 촉장(蜀將) 제갈첨(諸葛瞻)의 목을 베고 성도(成都)로 들어갔는데, 이때 군사들이 나뭇가지를 부여잡고 벼랑길을 따라가며 마치 "물고기를 한 줄로 꿰듯 한 사람씩 지나갔다.[將士皆攀木緣崖, 魚貫而進.]"라는 기록이 있다.

428

〈명안행〉을 본따서 짓다[代鳴雁行]

끼룩끼룩 기러기 떼 아침부터 소릴 내며	邕邕鳴雁鳴始旦
가지런히 열을 지어 구름 속을 가더니만	齊行命侶入雲漢
한밤 되어 서로 잃고 무리에서 떠났어도	中夜相失羣離亂
머뭇머뭇 배회하며 차마 가지 못하는데	留連徘徊不忍散
초췌한 속 내 모습을 그댄 알지 못하고서	憔悴儀容君不知
무엇하러 풍상 속에 그리 시달리나 하네	辛苦風霜亦何爲

429

〈회남왕〉[62]을 본따서 짓다[代淮南王]

회남왕은 淮南王
장생술을 좋아하여 好長生
선약 먹고 기운 연마 선경까지 읽었으며 服食錬氣讀仙經
유리그릇 만들고서 상아쟁반 만들더니 琉璃作盌牙作盤
금솥에다 옥수저로 신단 혼합하였다네 金鼎玉匕合神丹
신단을 혼합하여 合神丹
자방[63]에서 유희하니 戲紫房
자방의 채녀[64]가 명당[65]을 희롱할제 紫房綵女弄明璫
난가 봉무에 군왕의 간장 끊어지고 鸞歌鳳舞斷君腸
주성[66]의 아홉 문에 문마다 구규련만 朱城九門門九閨
원컨대 밝은 달빛 좇아 그대 품에 들이고저 願逐明月入君懷
그대의 품에 들어가서 入君懷
그대의 패옥 맺으리라 結君佩

62 〈회남왕(淮南王)〉: 《고시원》 1권 175. 회남왕편(淮南王篇) 참조.
63 자방(紫房): 붉은색으로 꾸민 방. 선녀가 머무는 곳을 이른다.
64 채녀(彩女): 채녀(采女)와 같으며, 선녀(仙女)를 이른다.
65 명당(明璫): 반짝이는 귀고리 장식을 일컫는다.
66 주성(朱城): 붉은색으로 꾸민 성(城)을 이른다.

그댈 원망하고 그댈 한해도 그대 사랑 믿으오니 怨君恨君恃君愛
성 쌓을 땐 견고하게 칼을 갈 땐 예리하게 築城思堅劍思利
성할 때나 쇠할 때나 날 버리지 마옵소서 同盛同衰莫相棄

○ 원(怨), 한(恨), 애(愛)가 한 구절 속에 나란히 들어 있으니, 이것이 악부(樂府)의 구법(句法)인 것이며, 아래 축성구(築城句)는 바로 악부시의 정신과 이치이다.[怨恨愛 并在一句中, 是樂府句法, 下築城句, 是樂府神理.]

430

〈춘일행〉을 본따서 짓다[代春日行]

새해가 시작되었으니	獻歲發
봄놀이를 떠나 보련다	吾將行
봄산이 우거지고	春山茂
봄날이 밝아 오니	春日明
동산 속의 새들이	園中鳥
고운 노래 들려주네	多嘉聲
매화꽃은 막 피어나고	梅始發
버들잎[67]도 파릇파릇	柳始青
놀잇배 띄우고서	泛舟艫
일제히 노 저으며	齊櫂驚
마름노래[68] 연주하고	奏采菱
녹명시[69]도 불러 보네	歌鹿鳴
산들바람 불어오니	微風起

67 버들잎: 원문에 '도(桃)'로 되어 있는 것을 《악부시집(樂府詩集)》과 《고시상석(古詩賞析)》에 유(柳)로 되어 있어 바로잡아 번역하였다.

68 마름노래(采菱): 악부(樂府) 청상곡(清商曲)의 이름으로, 연밥을 따며 부르는 노래를 이른다. 청상곡(清商曲)은 가을에 속하는 상성(商聲)의 맑고도 슬픈 노래를 말한다.

69 녹명시(鹿鳴詩): 《시경(詩經)》 〈소아(小雅)〉의 편명. 394.구일에 송공을 따라 희마대 모임에 갔다가 공영을 전송하다[九日從宋公戲馬臺集送孔令] 주 124) 참조.

잔물결이 일어난다	波微生
악기도 연주하고	絃亦發
술잔도 기울이네	酒亦傾
연못에 들어가서	入蓮池
계수나물 꺾어 볼까	折桂枝
옷소매 움직이고	芳袖動
나뭇잎 헤치건만	芬葉披
서로가 그리워하면서도	兩相思
서로를 알지 못하네	兩不知

○ 소리와 감정이 거리낌 없이 넘쳐흐른다. 끝에 여섯 글자는 '그대를 좋아하는 내 마음을 그대는 알지 못하네[心悅君兮君不知]'에 비하여 더욱 의미가 깊다.[聲情駘宕. 末六字比心悅君兮君不知更深.]

431

〈백저무가사[70]〉를 본따서 짓다[代白紵舞歌辭] 4수(首)

조칙을 받들어 지은 데에 이어서 짓다.[係奉詔作.]

【1수】

오나라 칼[71] 초나라 제도로 향주머닐 만들어서 吳刀楚製爲佩禕
가는 실 얇은 비단을 우의에다 드리운 채 纖羅霧縠垂羽衣
상음[72] 머금고 치음[73] 외쳐 노희시[74] 부르니 含商咀徵歌露晞
구슬신 사뿐사뿐 비단 소매 나는 듯이 珠履颯沓紈袖飛
서늘한 바람 여름에 일어 흰 구름 떠가는 듯 淒風夏起素雲迴
수레는 느긋 말은 나른 손님 돌아갈 걸 잊었는지 車怠馬煩客忘歸
난초 기름 밝힌 촛불 등불을 대신했네 蘭膏明燭承夜輝

70 백저무가사(白紵舞歌辭): 368. 진나라 백저무를 노래한 시[晉白紵舞歌詩] 2수(首) 주 143) 참조. 382. 백저곡(白紵曲) 주 4) 참조.

71 오나라 칼[吳刀]: 오나라 땅에서 만들어 낸 칼. 일반적으로 보도(寶刀)를 일컫기도 한다.

72 상음(商音): 355. 가난한 선비를 노래하다[詠貧士] 5수(首) 주 73) 참조.

73 치음(徵音): 오음(五音) 궁(宮)·상(商)·각(角)·치(徵)·우(羽) 중의 하나. 맑은 소리가 난다.

74 노희시(露晞詩): 《시경(詩經)》〈소아(小雅) 담로(湛露)〉에 "흠뻑 맺힌 이슬이여 햇볕이 아니면 마르지 않도다.[湛湛露斯, 匪陽不晞.]"에서 노(露)와 희(晞)를 따서 붙인 이름이다.

【2수】

계궁[75]에 백침[76]은 하늘 궁전 흡사한데 桂宮柏寢擬天居
주작[77]무늬 창문에다 비단을 입혔구요 朱爵文窗韜綺疏
상아 침상 구슬 방석에 서거[78]를 장식하고 象牀瑤席鎭犀渠
새긴 병풍 둘러치고 휘장 두른 뒤에다가 雕屛匼匝組帷舒
진의 쟁과 조의 슬[79]을 생과 우로 협주할 제 秦箏趙瑟挾笙竽
번뜩이는 귀걸이 목걸이 옥계단에 가득한데 垂璫散珮盈玉除
잔을 놓고 말이 없네 누굴 기다리시나 停觴不語欲誰須

【3수】

삼성[80]은 들쑥날쑥 이슬 내려 축축한데 三星參差露霑濕

---

75 계궁(桂宮): 한(漢)나라 무제(武帝)가 만들었다는 궁전(宮殿) 이름. 장안(長安)의 동북쪽에 위치해 있으며, 안에는 광명전(光明殿)과 백량대(柏粱臺)가 있다.

76 백침(柏寢): 백침대(柏寢臺)라고도 하는데 제(齊)나라 군주가 이용했다는 설이 있으며, 호화로운 침대의 대명사로 쓰이기도 한다.

77 주작(朱爵): 주작(朱雀)과 같다. 남쪽의 신조(神鳥)라 하여 궁궐의 남쪽 창문을 이 새의 문양으로 장식한다고 한다.

78 서거(犀渠): 《국어(國語)》〈오어(吳語)〉에 "무소의 가죽으로 만든 방패이다."라고 하였다.

79 진의 … 슬[秦箏趙瑟]: 《사기(史記)》〈염파·인상여열전(廉頗·藺相如列傳)〉에 조왕(趙王)이 진왕(秦王)과 회담할 때에 진왕이 조왕으로 하여금 직접 거문고를 타게 하자, 인상여가 진왕에게 진나라 악기인 장군[缶]을 치게 하였다는 데서 유래한 말이다.

80 삼성(三星): 《시경(詩經)》〈당풍(唐風) 주무(綢繆)〉에 "칭칭 감아 섶을 묶을 적에 삼성(三星)이 하늘에 떠 있도다.[綢繆束薪, 三星在天.]" 하였는데, 정현(鄭玄)의 전(箋)에 "삼성(三星)은 심성(心星)이

거문고가락 피리소리에 달마저 지려 하네　絃悲管清月將入
차건 빛이 쓸쓸하고 풀벌레도 급해지니　寒光蕭條候蟲急
형왕[81]의 탄식이요 초비의 눈물이어라　荊王流歎楚妃泣
홍안은 길지 않고 좋은 때는 쉬이 가니　紅顏難長時易戢
얼굴 곱게 단장하고 오래 서서 기다리네　凝華結藻久延立
임이 아니시면 어찌 안집할 수 있겠어요　非君之故豈安集

【4수】

못 속의 붉은 잉어를 주방에서 버린건데　池中赤鯉庖所捐
금고[82]가 그를 타고 천상으로 올라갔네　琴高乘去騰上天
운명이 복된 세상 만나 넘치는 은혜 입고　命逢福世丁溢恩
금비녀 비단 자리 신하 위한 연회에 오르니　簪金藉綺升曲絃
임금의 은덕 두텁고 깊어서 산같이 쌓이네　恩厚德深委如山
정성 다하고 마음 다하여 모년[83]을 기약할 뿐　潔誠洗志期暮年
오백(烏白)과 마각(馬角)[84]을 말할 것이 있으랴　烏白馬角寧足言

다. 심(心)에는 존비(尊卑)와 부부(夫婦)와 부자(父子)의 상(象)이 있고, 또 2월(二月)에 합수(合宿)가 되기 때문에 결혼을 앞둔 사람들이 이때를 기다린다." 하였다.

81 형왕(荊王): 초(楚)나라의 왕을 이른다.

82 금고(琴高): 신선(神仙) 이름. 《열선전(列仙傳)》에 "금고("琴高)는 조(趙)나라 사람인데, 장생술(長生術)을 배워 잉어를 타고 다녔다." 하였다.

83 모년(暮年): 《고시원》 1권 218. 귀수수(龜雖壽)에 "늙은 천리마는 마구간에 엎드려 있어도 뜻만은 늘 천리를 가는 데에 있듯이 열사는 늙어서도[暮年] 장렬한 마음을 놓지 않노라.[老驥伏櫪, 志在千里, 烈士暮年, 壯心不已.]"라고 하였다.

84 오백(烏白)과 마각(馬角): 오두백(烏頭白)과 마생각(馬生角)의 준말. 진왕(秦王)이 연(燕)나라 태자 단(丹)을 생포했을 때, "까마귀 머리가 하얘지고, 말머리에 뿔이 나면 돌려보내 주겠다."라는 고사를 인용한 말로, 전혀 실현 가능성이 없는 일을 비유하는 말로 쓰인다.

432
〈행로난〉을 본따서 짓다[擬行路難] 8수(首)

【1수】

황금잔의 좋은 술을 당신에게 드리오니 奉君金卮之美酒
대모[85]장식 옥상자 속 아로새긴 거문고와 瑇瑁玉匣之雕琴
일곱 채색 부용꽃을 수 놓은 휘장이며 七綵芙蓉之羽帳
아홉 꽃과 포도 문양 새긴 비단 이불인데 九華葡萄之錦衾
홍안은 시들어 또 한 해가 저물어 가고 紅顏零落歲將暮
차가운 달빛마저 밤이 깊어 가려 하네 寒光宛轉時欲沉
그대여 슬픔과 그리움을 떨쳐 버리고 願君裁悲且減思
장단 맞춰 부르는 나의 행로난[86] 들어 주오 聽我抵節行路吟
백량대와 동작대[87] 위 연회도 볼 수 없거늘 不見柏梁銅雀上
그 옛날의 청아한 노래인들 어찌 듣겠소 寧聞古時清吹音

---

85 대모(瑇瑁): 거북의 등껍질로 관자(貫子), 비녀 등의 장식품을 만드는 재료로 쓰인다.

86 행로난(行路難): 악부(樂府) 잡곡가사(雜曲歌辭)의 이름. 주로 세상살이의 어려움과 이별의 슬픔을 노래한 내용으로 이루어져 있다.

87 백량대와 동작대[柏梁銅雀]: 백량대는 한 무제(漢武帝)가 장안(長安)에 건립하였으며 들보의 재목으로 향나무를 쓴 데서 붙여진 이름으로, 그 위에서 신하들과 연음(宴飮)을 하며 구(句)마다 압운(押韻)을 하는 칠언시(七言詩)를 읊었던 고사가 전한다. 동작대(銅雀臺)는 한(漢)나라 말기인 건안(建安) 15년에 위(魏)나라 조조(曹操)가 옛 업성(鄴城)의 서북쪽에 있는 하북성(河北省)

【 2수 】

낙양 명공이 금으로 주조한 박산[88]향로는 洛陽名工鑄爲金博山
천 번을 깎고 만 번을 새겨서 만든 건데 千斲復萬鏤
맨 위엔 진녀[89]가 손잡은 신선을 그렸으며 上刻秦女攜手僊
맑은 밤 당신의 사랑을 받을 적에는 承君清夜之歡娛
휘장 안 밝은 촛불 앞에 놓아두었지요 列置幃裏明燭前
밖으로는 용 비늘의 붉은 광채 발하고 外發龍鱗之丹綵
안으로는 사향의 붉은 연기 머금었더니 內含麝芬之紫煙
이제는 그대 마음이 하루아침에 달라졌으니 如今君心一朝異
이를 마주한 채 한평생 길이 탄식할 뿐이라오 對此長歎終百年

【 3수 】

선규[90]와 옥지[91]를 지나 초각[92]에 오르니 璇閨玉墀上椒閣

임장현(臨漳縣)의 서북쪽에 세웠는데, 구리로 큰 공작을 주조하여 누대 위에 두었으므로 이름을 '동작대'라고 하였다.

88 박산(博山): 중국 전설(傳說) 상의 산으로, 바다 가운데에 있으며 신선이 산다고 한다. 이 산의 모양을 본따서 만든 향로를 박산로(博山爐)라고 하는데, 받침은 거북 형상이고 그 등 위에 봉황을 세움으로써 물을 끓이면 향기로운 증기가 올라가게 만들어졌다고 한다.

89 진녀(秦女): 진 목공(秦穆公)의 딸 농옥(弄玉)을 이른다. 그는 퉁소를 잘 분다는 소사(蕭史)를 남편으로 맞아 목공이 지어 준 봉대(鳳臺)에서 살다가 남편과 함께 봉황을 타고 하늘로 올라가 신선이 되었다고 한다.

90 선규(璇閨): 아름다운 옥으로 꾸민 규방을 이른다.

고운 창 고운 문에 비단장막 드리웠네　文窗繡戶垂羅幕
그 속에 사는 사람 자가 금란인데　中有一人字金蘭
고운 비단 옷을 입어 곽향[93] 향기 그윽하네　被服纖羅采芳藿
봄 제비 오락가락 바람결에 매화는 지고　春燕參差風散梅
휘장 열고 경치 보며 봄 술잔만 만지작거리네　開幃對景弄春爵[94]
노랫소리 우물우물 눈물 닦고 늘 시름하니　含歌攬涕恆抱愁
인생살이 한평생 즐거움이 얼마나 될까　人生幾時得爲樂
차라리 들녘에 노니는 한 쌍 오리 될지언정　寧作野中之雙鳧
구름 속의 이별한 학은 되지 않고 싶어라　不願雲間之別鶴

【4수】

물을 쏟아 평지에 놓아두면　瀉水置平地
동서남북 사방으로 제각기 흐르듯　各自東西南北流
사람도 타고난 운명이 있기 마련이니　人生亦有命
어찌 걸으며 탄식하다 또 앉아서 시름만 하랴　安能行歎復坐愁
술을 따라 스스로 달래 보려했더니　酌酒以自寬

---

91 옥지(玉墀): 옥돌을 깎아 만든 계단을 이른다.
92 초각(椒閣): 후비(后妃)나 귀부인(貴婦人)이 거처하는 집을 이른다.
93 곽향(藿香): 향초의 일종으로, 습기 있는 곳에 자라는 여러해살이풀이다.
94 농춘작(弄春爵): 육조시(六朝詩)의 〈상춘(傷春)〉에는 농춘작(弄春雀)으로 표기되어 있다.

잔 들자 행로난 노래가 끊어지네	擧杯斷絶歌路難
내 마음 목석이 아닌데 어찌 느낌 없을까	心非木石豈無感
소리 죽여 머뭇머뭇 말을 잇지 못하네	呑聲躑躅不敢言

○ 일찍이 설파하지 않은 데에 그 절묘함이 있어서 읽다 보면 저절로 시름이 생겨난다.[妙在不曾說破, 讀之自然生愁.]

○ 처음 시작에서 까닭 없이 내려오는 것이 마치 황하수가 하늘에서 쏟아져 동해로 치닫는 듯하다. 처음의 그 기세를 만약 중간으로 옮겨 놓았다면 이 작품은 오히려 예사로운 시작품[恒調]이 되고 말았을 것이다.[起手無端而下, 如黃河落天走東海也. 若移在中間, 猶是恒調.]

【5수】

밥상을 마주하고도 먹을 수가 없어서	對案不能食
칼을 뽑아 기둥 치며 길이 탄식하노라	拔劍擊柱長歎息
대장부가 이 세상에 사는 날이 얼마라고	丈夫生世會幾時
어찌 종종걸음치며 어깨를 늘어뜨릴까	安能蹀躞垂羽翼
아서라 벼슬을 버려두고 떠나와서	棄置罷官去
집으로 돌아와 내 절로 휴식하면서	還家自休息
아침에 집 나서며 부모님께 인사드리고	朝出與親辭
저녁에 돌아와 부모님 곁에 있으며	暮還在親側
침상 머리 장난치는 아이 어르고	弄兒牀前戲
베틀에서 베를 짜는 아내를 보리라	看婦機中織
예로부터 성인들 모두 가난했거늘	自古聖賢盡貧賤

하물며 고단하고 우직한 우리들이야　　何況我輩孤且直

○ "가정의 즐거움을 어찌 벼슬길에다 견줄 수 있겠는가." 하였으니, 명원마저도 세속적인 견해를 면하지 못하였단 말인가? 강엄(江淹)의 〈한부(恨賦)〉에서도 또한 "왼편으로 부인을 대하고 뒤돌아보며 어린아이를 어른다."는 것을 한으로 삼았으니, 공명(功名)에 뜻을 둔 사람들은 품은 생각이 이러하다.[家庭之樂, 豈宦遊可比, 明遠乃亦不免俗見耶? 江淹恨賦, 亦以左對孺人, 顧弄稚子爲恨, 功名中人, 懷抱爾爾.]

【6수】

시름과 그리움이 홀연히 밀려와서　　愁思忽而至
말을 타고 북문을 나섰건만　　跨馬出北門
고개 들어 사방을 둘러봐도　　擧頭四顧望
송백이 우거진 무덤들만 보일 뿐　　但見松柏園
가시나무 빽빽하게 우거져 있네　　荊棘鬱蹲蹲
그 속에 두견[95]이란 새 한 마리가　　中有一鳥名杜鵑
말로는 그 옛날 촉제[96]의 넋이라는데　　言是古時蜀帝魂
울음소리 구슬프게 쉬지 않고 울어대니　　聲音哀苦鳴不息
깃털은 초췌하여 빡빡 깎은 죄인머리　　羽毛憔悴似人髡

95 두견(杜鵑): 전국(戰國)시대 촉(蜀)나라의 망제(望帝). 두우(杜宇)가 죽어 그 넋이 변하여 되었다는 새로, 촉조(蜀鳥), 촉혼(蜀魂), 촉백(蜀魄), 귀촉도(歸蜀道), 두우(杜宇), 두백(杜魄), 망제혼(望帝魂), 자규(子規), 제결(鶗鴂) 등의 여러 이름을 가진 소쩍새를 일컫는다.

96 촉제(蜀帝): 촉의 망제(望帝)를 이른다.

나무 사이 오가며 벌레와 개미를 쪼니 飛走樹間啄蟲蟻
어찌 지난날 천자의 존귀했던 모습을 기억할까 豈憶往日天子尊
이 사생 변화가 정해진 이치 아님을 생각하니 念此死生變化非常理
마음속이 비통해져 말을 할 수가 없네 中心惻愴不能言

【7수】

뜰 안의 다섯 그루 복숭아나무에서 中庭五株桃
그중 한 그루가 먼저 꽃을 피웠네 一株先作花
화창한 봄날 아리따운 이삼월에 陽春妖冶二三月
바람 따라 하늘하늘 서쪽 집으로 떨어지니 從風簸蕩落西家
서쪽 집 임 그리는 여인 이를 보고 슬픔에 싸여 西家思婦見悲惋
눈물로 옷 적시며 가슴 쓸어안고 탄식하네 零淚沾衣撫心歎
맨 처음 내가 집 떠나는 임을 전송할 때에 初我送君出戶時
계절이 바뀌도록 머문다고 말했었나요 何言淹留節迴換
침대에는 먼지 일고 거울에는 때가 끼고 牀席生塵明鏡垢
가는 허리 앙상하고 머리는 봉두난발[97] 纖腰瘦削髮蓬亂
인생살이가 항상 마음에 들 수는 없는 터라 人生不得恆稱意
슬픔 안고 밤늦도록 배회할 뿐이라오 惆悵倚徙至夜半

97 봉두난발(蓬頭亂髮): 쑥대강이와 같이 마구 흐트러진 머리털을 형용한 말이다.

【8수】

황벽[98]을 꺾어다가 황색 실에 물들이니　　剉蘗染黃絲
황색 실이 뒤엉켜서 정리할 수가 없네　　黃絲歷亂不可治
내 예전에 당신과 맨 처음 만났을 적엔　　我昔與君始相值
내 생각에 당신 뜻이 그렇다고 여겼기에　　爾時自謂可君意
띠를 묶고 당신과 맹세하는 말이　　結帶與君言
사생호오[99]에 서로를 버리지 말자 하였는데　　死生好惡不相置
오늘 아침 나의 얼굴이 시들한 걸 보고선　　今朝見我顏色衰
마음속이 삭막해져 예전과 다르구려　　意中索寞與先異
당신에게 금비녀와 대모잠을 돌려보내는 건　　還君金釵玳瑁簪
늘어나는 시름을 차마 볼 수 없어서라오　　不忍見之益愁思

○ 슬프고 처량함이 넘쳐흐르며 긴 가락이 빠른 가락으로 변화해 가는 이런 시체(詩體)는 포명원이 홀로 창안해 낸 것이다.[悲涼跌宕, 曼聲促節, 體自明遠獨剏.]

---

98 황벽(黃蘗): 황경나무. 황백(黃柏)으로도 불리는 낙엽교목인데, 나무껍질은 연회색을 띠며 녹황색의 작은 꽃이 핀다. 줄기로는 황색 염료(染料)를 만들어 쓰기도 한다.

99 사생호오(死生好惡): 살고 죽는 문제와 좋아하고 싫어함을 아울러 이르는 말이다.

433

매화꽃이 지다[梅花落]

정원에 온갖 나무들 많기도 하다마는　中庭雜樹多
유난히 매화를 위하여 탄식하노라　偏爲梅咨嗟
그대에게 묻노니 어찌 유독 그러한가　問君何獨然
생각건대 서리 속에 꽃을 피웠거든　念其霜中能作花
서리 속에서 열매도 맺어야 하거늘　霜中能作實
질탕한 봄바람에 봄날 자태 뽐내다가　搖蕩春風媚春日
너는 그저 찬바람 좇아 시들어 떨어지니　念爾零落逐寒風
서리꽃만 있을 뿐 서리 자질은 없더구나　徒有霜華無霜質

○ 화(花) 자로 위의 차(嗟) 자와 이어 운(韻)을 이루고 실(實) 자를 아래 일(日) 자와 이어 운(韻)을 이루었으니, 격법(格法)이 매우 기발하다.[以花字聯上嗟字成韻, 以實字聯下日字成韻, 格法甚奇.]

434

황학기[100]에 오르다[登黃鶴磯]

추위가 강을 건너오자 나뭇잎이 지고 木落江渡寒
가을이 바람에 실려 오니 기러기 돌아왔네 雁還風送秋
물가에 가면 가을 노래에 애가 끊기고 臨流斷商絃
시냇물 굽어보면 뱃노래에 슬퍼지는데 瞰川悲棹謳
영[101]으로 가야 해서 동으로 갈 수레 없고 適郢無東轅
하구로 돌아가니 서쪽엔 뜬 배만 있네[102] 還夏有西浮
세 산은 붉은 돌길을 감추어 버렸으나 三崖隱丹磴
아홉 갈래 지류[103]는 푸른 물결 인도하네 九派引滄流
눈물로 얼룩진 대나무[104]에 상수 이별 느끼고 涙竹感湘別
진주 두 알 만지며 한수 여인[105] 생각하네 弄珠懷漢游

100 황학기(黃鶴磯): 중국 호북성(湖北省) 무창(武昌)에 있다.

101 영(郢): 초(楚)나라 수도이다.

102 하구로 … 있네: 《초사(楚辭)》 〈구장(九章) 애영(哀郢)〉의 "하수 어귀를 지나 서쪽으로 떠가니[過夏首而西浮兮]"를 인용하였다.

103 아홉 갈래 지류[九派]: 강물이 심양(潯陽)에 이르면 아홉 갈래로 나뉘어 흐른다 하여 구강(九江)으로 부르기도 한다.

104 대나무: 소상반죽(瀟湘斑竹)의 고사를 이른다. 《박물지(博物志)》에, "순임금이 남쪽으로 순수(巡狩)하다가 창오산(蒼梧山)에서 죽자, 그의 두 왕비인 아황(娥皇)과 여영(女英)이 소상강에서 슬피 울어 흘린 피눈물이 대나무에 얼룩져서 무늬가 생겼다고 하는데, 그 피로 물든 대나무를 반죽(斑竹)이라고 한다." 하였다.

어찌 음악과 음식[106]만으로 태평하다 하여	豈伊藥餌泰
나그네의 시름을 다 털어 낼 수 있으랴	得奪旅人憂

○ 시어 구사가 노련하고 처음 시작에 힘이 있다.[出語蒼堅, 發端有力.]

105 한수 여인: 《한시외전(漢詩外傳)》에, "정교보(鄭交甫)가 일찍이 초(楚)나라에서 살다가 한고(漢皐)에 이르러 강비(江妃) 두 여인이 패주(佩珠)를 풀어 주자 받아서 가슴에 품고 수십 보를 갔는데 두 여인은 보이지 않고 구슬 역시 없어져 버렸다." 하였다.

106 음악과 음식: 원문의 약이(藥餌)는 노자(老子) 《도덕경(道德經)》 35장에 의거하여 악이(樂餌) 즉 음악과 음식으로 번역하였다.

435

해가 질 때 강을 바라보다가 순승[107]에게 시를 지어 주다

[日落望江贈荀丞]

나그네에겐 딱히 즐길 일이 없어서 旅人乏愉樂
석양이 다가오면 그리움만 쌓이는데 薄暮增思深
해가 지고 잿마루의 구름도 흘러가면 日落嶺雲歸
목을 길게 빼고 강 남쪽을 바라보네 延頸望江陰
세찬 물결 큰 골짝에서 쏟아지고 亂流灇大壑
짙은 안개 높은 숲을 둘렀는데 長霧匝高林
숲이 넓어서 끝간 데가 없고 林際無窮極
구름의 끝도 찾을 수가 없네 雲邊不可尋
홀로 나는 새 한 마리 보이더니만 惟見獨飛鳥
천 리를 가고도 소리는 한 번뿐이네 千里一揚音
그의 사물을 느끼는 정 유추해 보니 推其感物情
나그네 마음을 아마도 이해하는 듯 則知遊子心
그대는 서울 장안에 머물면서 君居帝京內

107 순승(荀丞): 상서좌승(尙書左丞) 순만추(荀萬秋)를 이른다. 《남사(南史)》 〈순만추전(荀萬秋傳)〉에, "만추는 효무제(孝武帝) 초기에 진능태수(晉陵太守)를 역임하였다." 하였다.

성대한 연회에서 날마다 천금을 뿌린다지만[108]	高會日揮金
어찌 뭇 손님들을 생각하고 사모해서 그러리오	豈念慕羣客
아, 지는 해그림자를 그리워할 뿐이네	咨嗟戀景沉

108 성대한 … 뿌린다지만: 원문의 휘금(揮金)은 재물을 나누어 주는 일을 이르는데, 《한서(漢書)》 〈소광전(疏廣傳)〉에 "한(漢)나라 소광(疏廣)이 태자(太子)의 태부(太傅)가 되었다가 사직하고 떠날 때, 천자와 태자가 황금 70근을 하사하였는데, 고향으로 돌아온 그는 그 황금을 모두 팔아서 날마다 술과 음식을 장만하여 족인(族人)과 친구와 빈객(賓客)들을 대접하였다."라고 하였다.

436

오흥의 황포정[109]에서 유중랑[110]과 작별하다

[吳興黃浦亭庾中郎別]

바람이 일자 물가는 차갑고	風起洲渚寒
구름 위엔 햇볕도 희미한데	雲上日無輝
이어진 산은 연무로 까마득하니	連山眇煙霧
넘실대는 파도엔 의지하기 어려웁네	長波迥難依
정처 없는 기러기 남쪽으로 날아오건만	旅雁方南過
떠도는 나그네 아직 돌아가지 못하네	浮客未西歸
이미 강해에서의 이별을 경험하고	已經江海別
또다시 친척들과 헤어졌으니	復與親眷違
치닫는 세월은 쉽사리 다함이 있거늘	奔景易有窮
작별하는 옷소매를 어찌 흔들 수 있나	離袖安可揮
즐겁게 들었던 술잔이 슬픈 잔이 되었고	懽觴爲悲酌
노래할 때 입은 옷이 눈물 옷이 되었네	歌服成泣衣
따사로운 그대 마음 끝내 변치 않으리니	溫念終不渝
그대 위해 읊은 시를 멀리서 생각하네	藻志遠存追

109 황포정(黃浦亭): 중국 절강성(浙江省) 오흥현(吳興縣)에 있는 정자 이름이다.

110 유중랑(庾中郎): 유(庾)는 성(姓)이며, 중랑(中郎)은 관직 이름이다. 동진(東晉)과 남북조(南北朝)시기 여러 공부(公府) 및 장군(將軍) 밑에 모두 종사중랑(從事中郎)을 두었다.

행역하는 사람은 매이는 일이 많은 터라	役人多牽滯
갈 길을 돌아보며 떨쳐 일어나는 게 부끄럽네	顧路慙奮飛
어두운 내 마음은 멀리 가는 그대에게 부치고	昧心附遠翰
사리에 밝은 그대 말은 내 주머니에 간직하네	炯言藏佩韋

437

부도조[111]와 작별하며 지어 주다

[贈傅都曹別]

가볍게 나는 기러기는 강가에서 노닐고 輕鴻戲江潭
외로운 기러기는 모래톱에 모이듯이 孤雁集洲沚
우연히 만나 둘이 서로 친해지자 邂逅兩相親
그리워하는 마음 모두 다함이 없었거늘 緣念共無已
비바람은 동서로 나누길 좋아하여 風雨好東西
한번 헤어지면 만 리를 가고 마네 一隔頓萬里
함께 지내 온 지난날 추억해 보니 追憶棲宿時
소리와 모습이 가슴과 귓가에 가득한데 聲容滿心耳
해가 져서 모래톱은 차가웁고 落日川渚寒
시름 섞인 구름이 하늘 높이 피어나도 愁雲繞天起
짧은 날개로는 비상할 수 없는 터라 短翮不能翔
안개 속에 이리저리 배회할 뿐이네 徘徊煙霧裏

111 부도조(傅都曹): 부량(傅亮)을 이름. 자(字)는 계우(季友)이고, 도조(都曹)는 관직 이름이다.

438

경구[112]로 가다가 죽리[113]에 이르러 짓다

[行京口至竹里]

높은 가지는 똑바르게 우뚝 솟았고 高柯危且竦
칼날 같은 바위들은 비스듬한데 鋒石橫復仄
시냇물 소리[114] 솔바람에 숨어 버린 듯 複澗隱松聲
겹겹 쌓인 산언덕은 구름 빛이 어둑하다 重崖伏雲色
얼음 얼자 추위 한창 심해지고 冰閉寒方壯
바람이 요동치니 새날개도 기우는데 風動鳥傾翼
나의 뜻[115]이 만물이 시든 때를 만나고 보니 斯志逢彫嚴
외로운 나그네길 해가 저무네 孤遊值曛逼
게다가 말안장 내려놓고 쉴 곳이 없으니 兼塗無憩鞍
조악한 음식[116]조차 먹을 겨를이 없네 半菽不遑食

112 경구(京口): 강소성(江蘇省) 단도현(丹徒縣)에 경산(京山)과 현산(峴山)이 서울로 들어가는 입구에 위치해 있어서 붙여진 이름이다. 경강(京江)의 입구라는 의미도 있다.

113 죽리(竹里): 산 이름이다. 강소성 구용현에 있다.

114 시냇물 소리: 원문의 복간(複澗)은 두 산의 사이에 낀 산골짜기에서 흐르는 물을 이른다.

115 나의 뜻: 작자가 경구(京口)로 가고자 하는 뜻을 말한다.

116 조악한 음식: 원문의 반숙(半菽)은 곡식과 채소를 반씩 섞어서 먹는 조악한 음식을 말하는데, 《한서(漢書)》〈항적전(項籍傳)〉에 "금년에 흉년이 들고 백성들은 가난하여 병사들이 조악한 음식을 먹고 있다.[今歲飢民貧, 卒食半菽.]"라고 하였다.

군자는 아름다운 명성을 세우고	君子樹令名
소인은 목숨과 능력을 바치나니	細人效命力
긴긴 장강 물을 보지 못하였는가	不見長河水
맑은 물 탁한 물 모두 쉬지 않고 흐르는걸	清濁俱不息

439

심양에 갔다가 서울로 돌아오는 길에 짓다

[上潯陽還都道中作]

어젯밤엔 남릉[117]에서 숙박을 하고	昨夜宿南陵
오늘은 아침 일찍 노주[118]로 들어왔네	今旦入蘆洲
여행길엔 세월을 아껴야 하니	客行惜日月
쏟아지는 물결은 멈출 수 없듯이	崩波不可留
새벽별 보며 일찍 길을 나섰건만	侵星赴早路
해질 무렵엔 앞서간 친구를 쫓네	畢景逐前儔
뭉게뭉게 저녁 구름이 일어나고	鱗鱗夕雲起
휙휙 늦바람이 강하게 불어대니	獵獵晚風遒
모래 먼지에 뿌연 안개 자욱한데	騰沙鬱黃霧
일렁이는 물결 위에 백구가 날아드네	翻浪揚白鷗
배에 올라 회수 연안을 바라보다	登艫眺淮甸
눈물을 훔치며 형주의 상류를 보고	掩泣望荊流

117 남릉(南陵): 안휘성(安徽省) 번창현(繁昌縣) 서북쪽에 있다.

118 노주(蘆洲): 갈대숲이 우거진 물가를 이른다. 지명인 노주(蘆洲)는 무창(武昌) 근처에 있으므로 남릉의 상류에 해당하며, 상구(上句)의 남릉과 대구를 이루고 있으나 지명으로 보이지는 않는다.

눈을 들어 평원의 끝을 바라보다가 絕目盡平原
이따금씩 멀리 떠오르는 연기를 보네 時見遠煙浮
갑자기 밀려드는 설움은 운명과 부합한 듯 倏悲坐還合
잠깐 이별의 그리움도 삼추[119]보다 길다마는 俄思甚兼秋
일찍이 문밖도 벗어나 본 적이 없는데 未嘗違戶庭
어찌 천리 먼 길을 떠날 수 있으리오 安能千里遊
누가 고인의 절행이 부족하다 하였던가 誰令乏古節
이는 고향을 떠나[120] 시름만 끼칠 뿐이네 貽此越鄉憂

119 삼추(三秋): 일일삼추(一日三秋)의 줄임말로, 짧은 시간이 긴세월 같이 느껴질 정도로 그 기다리는 마음이 간절함을 나타낸 말로 쓰인다. 《시경(詩經)》 〈왕풍(王風) 채갈(采葛)〉에, "저 쑥을 캠이여 하루 동안 보지 못함이 삼추(三秋)와 같도다.[彼采蕭兮, 一日不見, 如三秋兮.]"에서 인용하였다.

120 고향을 떠나: 원문의 월향(越鄕)은 멀리 고향을 떠남을 이르는 것으로, 《좌전(左傳)》 양공 15년조에 "소인은 구슬을 품고 고향으로 갈 수 없으니, 이것을 드림으로 죽기를 청합니다.[小人懷璧, 不可以越鄕, 納此以請死也.]"라고 하였다.

440

후저[121]에서 출발하다[發後渚]

강가라서 공기가 일찍 차가워지고 江上氣早寒
중추 되자 눈 서리가 처음 내리니 仲秋始霜雪
종군하는 옷과 식량 부족한 채로 從軍乏衣糧
겨울 맞아 곧바로 가족들과 이별하네 方冬與家別
쓸쓸히 고향 등진 마음을 안고서 蕭條背鄉心
처량한 모습으로 후저를 출발하니 悽愴淸渚發
흙먼지는 강 언덕에 자욱하고 涼埃暉平皐
치솟는 물결 나무 그늘 뒤덮었네 飛潮隱修樾
외로운 햇볕 아래 홀로 배회하며 孤光獨徘徊
쓸쓸히 안개 피어올랐다 스러지는 걸 보니 空煙視昇滅
길은 앞선 산봉우리 따라서 멀어지고 塗隨前峯遠
생각은 지나가는 구름을 좇아 맺히네 意逐後雲結
가졌던 포부는 흐르는 세월 앞에 분산되고 華志分馳年
곱던 얼굴도 바뀌는 계절 따라 놀라울 뿐이니 韶顏慘驚節
거문고 밀치며 여러 번 탄식이 일어 推琴三起歎
그댈 위해 노래를 더 부르지 않으리 聲爲君斷絕

○ 문장을 다듬는 것이 차라리 세련되지 않을지언정, 예사롭거나 비근하게 짓지는 않았다.[琢句甯生澀, 不肯凡近.]

121 후저(後渚): 건강(建康)의 성 밖에 있는 강반(江畔)을 이른다.

441

영사(詠史)

오도[122]에선 부호를 자랑하였고	五都矜財雄
삼천[123]에선 명리를 추구하였으며	三川養聲利
천금 돈으로 사형도 면하고	千金不市死
경학에 밝아 높은 지위 누렸거늘	明經有高位
서울의 열두 거리 번화가에는	京城十二衢
고래등 기와지붕 비늘처럼 즐비하고	飛甍各鱗次
벼슬아치 고운 갓끈 펄럭거리며	仕子彯華纓
나그네는 경쾌하게 말을 달리네	游客竦輕轡
샛별도 아직 밝은 이른 새벽에	明星晨未晞
고급 수레 벌써부터 운집하더니	軒蓋已雲至
손님 마부 모여들어 어수선하고	賓御紛颯沓
말안장의 밝은 광채 땅을 비추네	鞍馬光照地
추위와 더위가 동시에 있어	寒暑在一時
화려한 꽃 봄날에 곱게 피었건만	繁華及春媚

122 오도(五都): 한대(漢代)의 다섯 수도로, 《한서(漢書)》에, "낙양(雒陽)·한단(邯鄲)·임치(臨淄)·완(宛)·성도(成都)를 이른다." 하였다.

123 삼천(三川): 진대(秦代)에 군(郡)으로 삼았던 곳으로, 그 지역에 하수(河水), 낙수(洛水), 이수(伊水)가 있어 그리 불렀다 한다.

엄군평[124]은 홀로 적막하기만 하니	君平獨寂寞
그의 신세는 서로를 버린 것이네	身世兩相棄

○ 도주공(陶朱公)[125]이 이르기를, "나는 들으니 천금(千金)을 지닌 사람은 저잣거리에서 죽지 않는다고 하더라." 하였다.[陶朱公曰, 吾聞千金之子, 不死於市.]

○ 머물러서 두절(斗絶)됨을 얻었으니, 옛사람이 이른바 "날뛰는 말에게 굴레를 씌우는 형세"라 하겠다.[住得斗絶, 昔人所謂勒舞馬勢也.]

124 엄군평(嚴君平): 한(漢)나라 촉군(蜀郡) 사람으로, 이름은 준(遵)이고 군평은 그의 자이며 성도(成都) 출신이다. 성도시(成都市)에서 점서(占筮)를 잘하였는데, 예언을 하면 세상 사람들이 믿지 않아 그 역시 세상을 버리고 점을 치면서 90이 넘도록 살았다고 한다. 점을 쳐서 1백 냥을 벌면 족하다 하며 가게 문을 닫고, 그 돈이 다 떨어지면 다시 문을 열어 점을 쳤다고 한다. 저서에 《노자지귀(老子指歸)》가 있다.

125 도주공(陶朱公): 춘추시대 월왕(越王) 구천(句踐)을 도와 오왕(吳王) 부차(夫差)를 정벌한 범려(范蠡)를 지칭한다. 그는 높은 명성을 얻은 뒤에는 오래 살기 어렵다고 하며 벼슬을 내어놓고 미인 서시(西施)와 더불어 오호(五湖)에 배를 띄우고 놀았다고 하며, 또 도(陶) 땅에 가서 호를 도주공(陶朱公)이라 일컫고, 다시 수만 금을 모아 대부호가 되었다고 한다.

442

고시[126]를 본따서 짓다[擬古] 6수(首)

【1수】

노나라 문객이 초왕을 섬기더니	魯客事楚王
관인을 품고 붉은 옷에 흰옷을 겹쳐 입고	懷金襲丹素
이미 군주의 은혜를 입었거늘	旣荷主人恩
또다시 영윤의 보살핌을 받았네	又蒙令尹顧
늦은 시간에 조회 마치고 귀가하는데	日晏罷朝歸
마차와 수레가 길을 꽉 메웠네	輿馬塞衢路
친족의 문전에는 찬란한 빛이 나고	宗黨生光華
손님과 시종들도 멀리서 경모하네	賓僕遠傾慕
부귀는 사람마다의 욕구이지만	富貴人所欲
도덕[127]에 의한 거면 또한 무엇을 두려워하랴	道德亦何懼
남쪽 나라에 유생이 한 사람 있는데	南國有儒生
처세하는 법을 몰라 혼자 미궁에 빠져서	迷方獨淪誤
맑은 강가에서는 나무를 베어 내고	伐木清江湄
간교한 토끼를 덫을 놓아 기다리네	設罝守毚兔

126 고시(古詩): 한대(漢代)의 시를 말하며, 원래는 8수였는데 여기에는 6수만 수록하였다.

127 도덕(道德): 《문선(文選)》 규장각본(奎章閣本)에는 도득(道得)으로 되어 있다.

【2수】

나이 열다섯에 시서를 외우고　十五諷詩書
서적과 문장을 통달하지 않은 게 없었으며　篇翰靡不通
약관의 나이에 조정의 인물들과 교류하려고　弱冠參多士
서도 장안으로 발길 돌려 찾아갔네　飛步遊秦宮
군자의 논설을 곁에서 보기도 하고　側覩君子論
고인의 풍모를 미리 보았으며　預見古人風
양단설로 변사들 혀끝을 궁색게 하고　兩說窮舌端
오거서[128]를 읽어 문사들의 필봉을 꺾기도 했네　五車摧筆鋒
백벽을 준대도 부끄러운 일이요　羞當白璧貺
요성[129]을 함락시킨 공을 받는 것도 수치라네　恥受聊城功
만년에는 세상일에 추종하다가　晩節從世務
장을 타고 멀리 가서 서융[130]과 화친하고　乘障遠和戎
허리에 찬 걸 풀어놓고 서거[131]를 껴입고　解佩襲犀渠
책은 접어 두고 검은 활을 잡았다만　卷袠奉盧弓
맨 처음 소원을 이루기도 역부족인데　始願力不足

---

128 오거서(五車書): 다섯 수레에 실을 만큼 많은 서책을 이른다. 《장자(莊子)》 〈천하편(天下篇)〉에 "혜시(惠施)는 지식이 많아서 그가 소유한 책이 다섯 수레나 되었다." 하였다.

129 요성(聊城): 노중련(魯仲連)이 함락시켰던 성 이름. 전단(田單)이 그에게 상을 줄 것을 청하여 조정에서 관직을 제수하려 하였으나 그는 멀리 바다를 향해 떠나갔다.

130 서융(西戎): 서쪽 지역인 지금의 섬서성(陝西省) 봉상현(鳳翔縣) 일대에 살았던 융족(戎族)을 이른다.

131 서거(犀渠): 서(犀)는 무소가죽으로 만든 갑옷을 뜻하며, 거(渠)는 방패를 뜻하는 말로 무관을 상징하는 말로 쓰인다.

지금 일의 결말을 어찌 알겠는가 安知今所終

○ 《한시외전(韓詩外傳)》에 "초 양왕(楚襄王)이 사자(使者)에게 황금 1천 근(斤)과 백벽(白璧) 1백 쌍(雙)을 주어 보내 장자(莊子)를 초빙하여 재상으로 삼으려 하였으나, 장자가 들어주지 않았다." 하였다.[韓詩外傳, 楚襄王遣使者持金千斤, 白璧百雙, 聘莊子爲相, 莊子不許.]

【3수】

유주 병주[132]에선 말 타고 활 쏘는 걸 중히 여겨 幽并重騎射
소년들도 말 달리기 퍽 좋아하네 少年好馳逐
가죽 띠에 두 개의 동개를 차고 氈帶佩雙鞬
상아 활은 화살통에 꽂아 두었네 象弧插雕服
짐승들 살지고 봄풀은 짧아 獸肥春草短
말을 달려 평원을 넘어가네 飛鞚越平陸
아침엔 안문산[133] 정상을 달려 보고 朝游雁門上
저녁이면 누번[134]에 돌아와 자네 暮還樓煩宿
돌다리엔 화살의 힘[135] 아직 남았고 石梁有餘勁

132 유주(幽州) 병주(幷州): 고대(古代)의 12주(州)에서 하북(河北) 지역인 유주와 산서(山西) 지역인 병주를 이른다.

133 안문산(雁門山): 중국 북방에 있는 산 이름. 흉노족이 출입하는 관문이 있으며 전쟁이 격심했던 곳이다.

134 누번(樓煩): 안문군(雁門郡)에 있는 지명이다.

135 화살의 힘: 사석음우(射石飮羽)의 고사를 인용한 것으로, 호랑이인 줄 알고 쏘았더니 바위에

깜짝 놀란 참새는 성한 눈이 없거늘　驚雀無全目
한족과 오랑캐는 화친을 맺지 못하니　漢虜方未和
변방 성을 여러 차례 뺏고 빼앗겼네　邊城屢翻覆
내게 백우[136] 하나만 남아 있어도　留我一白羽
부절을 나누어 변경을 지켜보련만　將以分符竹

○ 감자(闞子)가 이르기를, "송 경공(宋景公)이 궁인(弓人)을 시켜 활을 만들게 하였는데 9년 만에 완성하였다. 공이 활을 당겨 동쪽을 바라보고 쏘았더니, 화살이 서상(西霜)의 산을 넘어가서 팽성(彭城)의 동쪽에 모였다. 그 여력이 더욱 강력하여 외려 돌다리에 화살깃까지 박혔다." 하였다.[闞子曰, 宋景公使弓人爲弓, 九年乃成. 公援弓東面而射之, 矢踰於西霜之山, 集於彭城之東. 其餘力益勁, 猶飮羽於石梁.]

○ 《제왕세기(帝王世紀)》에 이르기를, "예(羿)가 오하(吳賀)와 북유(北遊)할 때에 오하가 예에게 참새를 쏘게 하였다. 예가 '살릴까요, 죽일까요?' 하니, 오하가 '왼쪽 눈을 맞춰 봐라.' 하였는데, 예는 오른쪽 눈을 맞추고 말았다. 그리하여 고개를 숙이고 부끄러워하며 죽을 때까지 이 일을 잊지 않았다." 하였다.[帝王世紀曰, "羿與吳賀北遊, 賀使羿射雀. 羿曰, '生之乎, 殺之乎?', 賀曰, '射其左目', 羿中其右目. 抑首而媿, 終身不忘."]

【4수】
북릉[137] 땅 외진 곳에서 우물을 파면　鑿井北陵隈
백 길 깊이를 파도 샘물이 나오질 않네　百丈不及泉

화살의 깃까지 들어가 박혔다는 뜻이다. 여기서는 화살이 바위에 박힌 것만 취하였다.

136 백우(白羽): 화살의 이름이다.

137 북릉(北陵): 《이아(爾雅)》에 "안문산(雁門山)을 북릉이라 한다." 하였다.

인생사가 본디 어지러운 것이거늘　生事本瀾漫
어찌 유독 정밀하고 견실함만 고집하랴　何用獨精堅
젊은 날엔 촌음을 소중히 여겨 왔지만　幼壯重寸陰
늘그막엔 외려 세월을 가벼이 여기게 됐네　衰暮及輕年
수레를 몰아 조가[138]에서 쉬어도 보고　放駕息朝歌
잔을 잡아 중산[139]에서 멈추어도 보네　提爵止中山
날 저물자 성 모퉁이에 올라가서　日夕登城隅
낙수 흐름을 휘휘 둘러보니　周迴視洛川
큰길에는 얼어붙은 풀이 쌓였고　街衢積凍草
성곽에는 차가운 안개가 끼었네　城郭宿寒煙
번화했던 흔적이 모두 어디에 있는가　繁華悉何在
궁궐조차 무너진 지 이미 오랜데　宮闕久崩塡
제 경공[140]을 그르다고 공연히 비방만 하고　空謗齊景非
백이숙제[141] 어질다고 그저 칭찬만 했네　徒稱夷叔賢

○ 끝부분은 어진이나 어리석은 이가 다 같이 죽는다는 뜻이다.[末即賢愚同盡意.]

---

138 조가(朝歌): 하남성(河南省) 기현(淇縣)에 있는 지명이다. 《한서(漢書)》 〈추양열전(鄒陽列傳)〉에 "읍호(邑號)를 조가라고 하는 곳에서 묵자(墨子)는 지나가지 않고 수레를 돌렸다." 하였다.

139 중산(中山): 명주(名酒)의 이름. 《수신기(搜神記)》에 "적희(狄希)는 중산(中山) 사람이다. 그가 빚은 술을 마시면 천일(千日) 동안 취하였다." 하였다.

140 제 경공(齊景公): 사치를 즐기고 노는 것을 좋아하는 암군이었으나, 재상 안영의 간언에는 귀를 기울이고 대개 그의 의견을 잘 받아들이는 군주로 사서(史書)에 묘사되는 경우가 많다.

141 백이숙제(伯夷叔齊): 주(周)나라의 전설적인 형제 성인(兄弟聖人). 백(伯)과 숙(叔)은 장유(長幼)를 나타낸다. 본래는 은(殷)나라 고죽국[孤竹國: 하북성 창려현(昌黎縣) 부근]의 왕자였는데, 아버지가 죽은 뒤 서로 후계자가 되기를 사양하다가 끝내 두 사람 모두 나라를 떠났다. 그 무렵 주

【5수】

강 언덕의 풀들이 시들기도 전에　河畔草未黃
북녘땅 기러기는 날개를 치고　胡雁已矯翼
귀뚜라미 문에 기대어 울어대는데　秋螢扶戶吟
가난한 아낙네는 밤새 베만 짜네　寒婦成夜織
지난해에 종군했던 이가 돌아와서는　去歲征人還
예전부터 알던 사이라 말 전하는데　流傳舊相識
군께서 농산[142]으로 올라갈 적에　聞君上隴時
동쪽을 바라보며 기나긴 탄식　東望久歎息
밤사이에 옷과 띠가 느슨해지고　宿昔改衣帶
아침에는 얼굴이 야위었다 하더이다　朝旦異容色
이 생각에 이는 걱정 어이하리요　念此憂如何
밤이 길수록 시름만 많아지는데　夜長愁更多
경대 속 거울에는 먼지 덮이고　明鏡塵匣中
거문고엔 거미줄만 가득합니다　瑤琴生網羅

○ 부호음(扶戶吟)에서 부(扶)는 의지하다[依]와 같다.[扶戶吟, 扶猶依也.]

나라 무왕(武王)이 은나라의 주왕(紂王)을 멸하고 주왕조를 세우자, 무왕의 행위가 인의(仁義)에 위배되는 것이라 하여 주나라의 곡식을 먹기를 거부하고, 수양산(首陽山)에 몸을 숨기고 고사리를 캐어 먹으며 지내다가 굶어 죽었다. 유가(儒家)에서는 이들을 청절지사(淸節之士)로 크게 높였다. 《맹자집주(孟子集註)》〈만장장구 하(萬章章句下)〉에, "백이는 성인의 청백한 자이다.[伯夷聖之淸者.]"라고 하였다.

142 농산(隴山): 감숙성(甘肅省)에 위치한 산 이름이다.

【6수】

촉군과 한중[143]에는 기이한 산이 많아서	蜀漢多奇山
고개 들고 바라보면 구름과 평평한데	仰望與雲平
북쪽 절벽에는 여름철 눈이 쌓였고	陰崖積夏雪
남쪽 골짜기에는 가을꽃이 흩어지네	陽谷散秋榮
아침마다 돌아가는 구름을 보고	朝朝見雲歸
저녁이면 원숭이 울음소릴 듣네	夜夜聞猿鳴
걱정 많은 사람 본래 절로 슬퍼하고	憂人本自悲
외로운 나그네는 상심하기 쉬운데	孤客易傷情
대청에다 술동이를 차려놓고서	臨堂設樽酒
술잔 놓고 한평생을 생각해보네	留酌思平生
돌은 견고함으로 본성을 삼나니	石以堅爲性
군께서는 타고난 본성에 부끄럽게 하지 마오	君勿慙素誠

○ 《의고시(擬古詩)》의 여러 작품들은 진사(陳思)[144]와 태충(太冲)[145]이 남긴 뜻을 터득하였다.[擬古諸作, 得陳思太冲遺意.]

143 촉군(蜀郡)과 한중(漢中): 촉군은 사천(四川)이며, 한중은 섬서(陝西)이다.

144 진사(陳思): 진사왕인 조식(曹植)을 이른다.

145 태충(太冲): 좌사(左思)의 호(號)이다.

443

고사를 이어 짓다[紹古辭] 3수(首)

【1수】

상수[146] 근처에서 나는 귤이거니 橘生湘水側
비루한 사람에겐 전하지 말지어다 菲陋人莫傳
금화전[147] 잔치에서 당신을 만나 逢君金華宴
옥궤 앞에 있게 되었구려 得在玉几前
삼천 지방에선 명리를 추구하고 三川窮名利
서울 낙양에는 아름다운 미인 많건만 京洛富妖姸
임금 은혜는 오래 믿기 어렵고 恩榮難久恃
융성한 총애 시들고 치우치기 쉽나니 隆寵易衰偏
자리에선 심란해하는 궁녀 모습 보겠고 觀席妾悽愴
편지에선 눈물 흘리는 임의 모습 보겠네 覩翰君泫然
그저 충성과 효도할 생각만 안고서 徒抱忠孝志
외려 봉비[148]를 위해 옮겨 갈 뿐이네 猶爲葑菲遷

146 상수(湘水): 동정호(洞庭湖) 남쪽에 위치한 물 이름이다.

147 금화전(金華殿): 한(漢)나라 때 미앙궁(未央宮)에 있던 전각 이름으로, 궁전의 통칭이다.

148 봉비(葑菲): 순무. 무청(蕪菁)의 종류이며 그 뿌리나 줄기는 모두 식용한다. 불초(不肖)하거나 비루한 사람에게도 취할 만한 덕이 있음을 비유하는 말로 쓰인다. 《시경(詩經)》〈패풍(邶風) 곡풍(谷風)〉에 "봉을 캐고 비를 캐면서 밑동만을 취하지 말라.[采葑采菲, 無以下體.]"고 했는데, 주

【 2수 】

예전에 당신과 작별할 때엔 昔與君別時
누에치는 여인[149]으로 처음 생사를 드렸었는데 蠶妾初獻絲
어찌 세월이 이리도 빠를 줄 알았겠어요 何言年月駛
겨울옷 다듬이질을 벌써 마쳤답니다 寒衣已擣治
입은 옷 옷솔기가 다 해졌겠고 縰纚多廢亂
이어 댄 명주도 오랜 먼지로 새까맣겠죠 篇帛久塵緇
떠날 때 마음이야 설레셨겠지만 離心壯爲劇
치닫는 나의 그리움은 펄럭이는 깃발 같아요 飛念如懸旗
돌이나 자리[150]처럼 나는 변함없을 테지만 石席我不爽
덕음을 지니신 임께선 날 속이지 말아 주오 德音君勿欺

○ 정(旌)을 기(旗)로 바꾸어 말했으니, 고인(古人)의 시에도 이런 종류의 억지로 압운(押韻)한 것이 있다. [易旌爲旗, 古人亦有此種强押.]

(註)에 "이 두 가지 채소는 잎사귀와 뿌리를 다 먹을 수 있지만 뿌리 맛이 좋을 때도 있고 나쁠 때도 있는데, 뿌리 맛이 나쁘다 하여 잎사귀마저 버리지 말라는 뜻이다." 하였다.

149 누에치는 여인: 원문의 잠첩(蠶妾)은 춘추시대(春秋時代) 누에를 기르는 여자 종을 이른다. 《좌전(左傳)》 희공 24년조에 "공자(公子) 중이(重耳)가 제나라를 떠나기에 앞서 뽕나무 아래에서 계획을 꾸몄는데, 나무 위에 있던 누에치는 여인이 강씨(姜氏)에게 이 사실을 고하였다. 강씨는 그녀를 죽인 후 공자에게 말하기를, '당신이 천하[四方]를 경영하려는 뜻을 지닌 사실에 대하여 들은 사람을 제가 죽였습니다.'[將行, 謀於桑下, 蠶妾在其上, 以告姜氏, 姜氏殺之, 而謂公子曰, 子有四方之志, 其聞之者, 吾殺之矣.]"라고 하였다.

150 돌이나 자리: 《시경(詩經)》 〈패풍(邶風) 백주(柏舟)〉에 "내 마음은 돌이 아니어서 굴릴 수도 없고, 내 마음은 돗자리가 아니어서 걷어치울 수도 없다.[我心匪石, 不可轉也, 我心匪席, 不可卷也.]"에서 단장취의(斷章取義)한 것으로, 작자의 변함없는 마음을 나타내었다.

【3수】

솔솔 부는 바닷바람 시원도 하고 瑟瑟涼海風
높이 솟은 산나무가 차가웁건만 竦竦寒山木
머릿속 복잡하여 나그네 시름만 가득하고 紛紛羈思盈
마음속 허전한데 거문고 소리가 재촉하네 慊慊夜絃促
산과 바다의 길을 찾아 나섰다가 訪言山海路
천 리 먼 길에 별학의 노래[151] 부르려 했더니 千里歌別鶴
거문고 현이 끊어져 공연히 탄식할 뿐 絃絶空咨嗟
모습과 음성을 누가 감상하여 기록해 줄까 形音誰賞錄
고생을 하다보면 사람 모습도 달라지고 辛苦異人狀
옥 같이 아름답던 얼굴 변해가는데 美貌改如玉
말 잘하는 앵무새를 괜히 길렀나 보다 徒畜巧言鳥
내 마음 풀어 줄 곡조는 알지도 못하니 不解心款曲

151 별학의 노래: 옛 금곡(琴曲)의 이름이다. 《악부(樂府)》의 금곡가사(琴曲歌辭) 가운데 〈별학조(別鶴操)〉가 있다.

444

유공간[152]의 시체를 본따서 짓다

[學劉公幹體]

북쪽 바람이 눈보라를 몰고 와	胡風吹朔雪
천 리 길 용산[153]을 넘어와서는	千里度龍山
그대의 요대[154]위에 모이기도 하고	集君瑤臺上
두 기둥 사이에서 나는 듯 춤을 추네	飛舞兩楹前
이 시기[155]가 자연히 아름다우니	茲晨自爲美
화창한 봄날[156]을 피해야 하네	當避艶陽天
화창한 봄날은 도리의 계절	艶陽桃李節
교결함도 고운 자태를 이룰 수 없네	皎潔不成妍

152 유공간(劉公幹, 186~217): 후한 말기의 문학가인 유정(劉楨)을 이름. 공간(公幹)은 그의 자(字)이며 동평(東平) 출신이다. 건안칠자(建安七子)의 한 사람으로, 조조(曹操)의 막하에 들어갔지만, 성격이 강직한 탓에 불경죄로 폄적되었다. 오언시(五言詩)에 능하였다.

153 용산(龍山): 탁용산(逴龍山)을 이른다. 《초사(楚辭)》〈대초(大招)〉에 "북쪽에 항상 차가운 산이 있는데 탁용이 붉은 모습이다.[北有寒山, 逴龍赩只.]" 하였는데, 왕일(王逸)의 주(注)에 "탁용(逴龍)은 산 이름이며, 혁(赩)은 붉은 색으로 초목이 없는 모양이다. 이는 북쪽 지방에 항상 차가운 산이 있는데 그늘이 져서 해를 볼 수가 없으므로 이름을 탁용이라 하였다.[逴龍山名也. 赩赤色, 無草木貌也. 言北方有常寒之山, 陰不見日, 名曰逴龍.]" 하였다.

154 요대(瑤臺): 아름다운 옥으로 장식한 누대(樓臺)를 이른다.

155 이 시기: 원문의 신(晨) 자가 이선본(李善本)에는 신(辰) 자로 되어 있다.

156 화창한 봄날: 원문의 염양(艶陽)은 화창한 봄날의 기후를 이른다.

445

동산[157]을 만나 황정[158]을 캐다

[遇銅山掘黃精]

토방[159]은 중경[160]에 감춰져 있고	土肪閟中經
수지[161]는 내책[162]에 숨겨져 있어	水芝韜內策
황금을 먹으면 동년을 늦추고	寶餌緩童年
명약[163]을 먹으면 노쇠함을 멈춘다네	命藥駐衰曆
게다가 인간의 영원한 감정을 가슴속에 품고	矧蓄終古情
거듭 연무 속의 신선 종적을 찾는다네	重拾煙霧迹
양뿔같이 높은 봉우리에 구름만 깃들이고	羊角棲斷雲
깊은 계곡물이 좁은 석간[164] 사이로 흐르는데	榼口流隘日
동산 시냇물은 한낮에도 어둑하고	銅溪晝森沉
유두[165]에는 밤에도 물방울 돋네	乳竇夜涓滴

157 동산(銅山): 강소성(江蘇省) 양주부(揚州府) 양자현(揚子縣)에 있다.

158 황정(黃精): 선약(仙藥)의 일종으로 버섯과 유사한 식물이다.

159 토방(土肪): 토는 지(脂)와 같고, 방은 비(肥)와 같은데, 선약(仙藥)의 이름이다.

160 중경(中經): 도가(道家) 중심의 경전(經傳)을 이른다.

161 수지(水芝): 지초(芝草)의 일종으로 선약(仙藥)을 이른다.

162 내책(內策): 도가(道家)의 내밀(內密)을 수록하고 있는 서책을 이른다.

163 명약(命藥): 수명을 연장시켜 주는 약을 이른다.

164 좁은 석간: 원문의 애일(隘日)이 《포참군집(鮑參軍集)》에는 애석(隘石)으로 표기되어 있어 바로잡아 번역하였다.

165 유두(乳竇): 종유석(鐘乳石)이 있는 동굴을 이른다.

흡사 풍문등[166]과 비슷하고　既類風門磴
다시 천정벽[167]을 닮았구나　復像天井壁
우수수 마른 잎은 떨어져 흩날리고　蹀蹀寒葉離
출렁출렁 가을 물이 모이는데　灇灇秋水積
소나무 빛은 들녘 따라 짙어 가고　松色隨野深
달빛 아래 이슬은 풀잎 위에 하얗네　月露依草白
공연히 강과 바다를 향하는 생각 지키면서　空守江海思
어찌 양정의 손님[168]을 그리워할까　豈懷梁鄭客
인을 얻으면 옛날에도 원망이 없었거늘　得仁古無怨
자연 도리 순응하면 지금 무엇이 애석할까　順道今何惜

○ 맑으면서도 그윽하다. 사공(謝公)의 시 중에 이런 종류의 시는 없다. 이는 당인(唐人)의 선성(先聲)이라 하겠다.[淸而幽. 謝公詩中無此一種, 此唐人先聲也.]

---

166 풍문등(風門磴): 광동성(廣東省) 소주부(韶州府) 유원현(乳源縣) 북쪽에 풍문산(風門山)에 있는 바윗길을 이른다.

167 천정벽(天井壁): 천정은 상당(上黨) 고도(高都)의 골짜기에 위치한 관소(關所)의 이름이다.

168 양정(梁鄭)의 손님: 장자(莊子)와 열자(列子)를 지칭하는 말로, 장자는 몽(蒙) 땅 사람인데, 몽은 양(梁)나라 지역이며, 열자는 정(鄭) 땅 사람인데, 정은 전국시대(戰國時代)에 양(梁)나라 지역이다.

446
추야(秋夜)

자취를 감춰 세상의 시끄러움 피하고	遯跡避紛喧
농사를 밑천 삼아 적막에 깃들였더니	貨農棲寂寞
풀 덮인 지름길에 들쥐들이 내달리고	荒徑馳野鼠
텅 빈 뜰에는 산새들만 모여드네	空庭聚山雀
이미 인간 세상의 기쁨을 멀리하고	旣遠人世歡
되려 자연 속의 즐거움에 힘 받은 터라	還賴泉卉樂
버들을 꺾어다가 텃밭의 울타리를 매고	折柳樊場圃
두레박을 지고 가서 골짜기의 물을 긷네	負綆汲潭壑
개인 아침엔 구름 덮인 산봉우리를 보고	霽旦見雲峯
바람 부는 밤엔 바다 위의 학 울음소릴 듣는데	風夜聞海鶴
강가라서 이른 추위가 닥치더니	江介早寒來
하얀 이슬이 가을 되기 전에 내리네	白露先秋落
삼밭에서는 한창 잎을 따고	麻壟方結葉
외밭에는 이미 수확을 하였거니와	瓜田已掃籜
기운 해가 문득 서쪽으로 지려 할 때면	傾暉忽西下
반사되는 빛이 화려한 장막을 연상케 하네	迴景思華幕
다래덩굴 잡고서 중랑 마루에 자리했으나	攀蘿席中軒
술잔을 대하고서도 마시지 못하는 것은	臨觴不能酌
예로부터 제 스스로 한이 많아서	終古自多恨
함께 소멸함을 남 몰래 슬퍼해서라오	幽悲共淪鑠

447

성 서문쪽 관아에서 달구경을 하다

[翫月城西門廨中]

서남쪽 다락 위서 처음 볼 때엔	始見西南樓
가냘프게 옥 갈고리 같더니만	纖纖如玉鈎
서북쪽 돌계단을 비춰 올 때에는	末映西北墀
아리땁기가 아미[169]와 같더라	娟娟似蛾眉
아미가 구슬창에 가려 버리고	蛾眉蔽珠櫳
옥 갈고리가 조각 창에 막히긴 해도	玉鈎隔瑣窗
십오야 보름달과 열엿새 달이 뜨면[170]	三五二八時
천 리 밖서 그대 함께 볼 수도 있네	千里與君同
밤 깊어 북두칠성 은하수 지자	夜移衡漢落
방 안으로 들어와 배회를 하네	裵徊帷戶中
지는 꽃은 이슬에 먼저 시들고	歸華先委露
떠나는 잎 바람 따라 일찍 떠나니	別葉早辭風
물리도록 고생 겪은 나그네 신세	客遊厭苦辛
먼지바람에 지쳐 버린 타향의 관리	仕子倦飄塵

169 아미(蛾眉): 나방의 가늘고 긴 촉수(觸鬚)를 뜻하는 말인데, 여자의 아름다운 눈썹을 비유하는 말로 쓰인다. 《시경(詩經)》 〈위풍(衛風) 석인(碩人)〉에 "매미 머리에 나비 눈썹과 같다.[螓首蛾眉.]" 하였다.

170 십오야 … 뜨면: 원문의 삼오(三五)는 15일을, 이팔(二八)은 16일을 이른다.

퇴청하여 돌아와 휴식을 하며[171] 休澣自公日
편안히 사적인 일 돌보는 이때 宴慰及私辰
촉금[172]으로 백설곡[173] 연주도 하고 蜀琴抽白雪
영곡[174]으로 양춘가[175] 불러도 보네 郢曲發陽春
안주는 다 되어도 술이 남았으니 肴乾酒未闋
금으로 만든 물시계[176]가 석륜[177]을 일으키네 金壺起夕淪
떠나려던 수레를 다시 돌려와 迴軒駐輕蓋
술잔 놓고 그리운 이 기다려 보네 留酌待情人

○ 두소능(杜少陵)이 이른바 '준일(俊逸)'이라고 말한 것은, 응당 이런 종류의 시를 지칭한 것으로 봐야 한다.[少陵所云俊逸, 應指此種.]

171 퇴청하여 … 하며: 원문의 휴한(休澣)은 휴가를 말한다. 한(漢)나라 제도에, 중조(中朝)의 관리는 5일에 한 번 자신의 집에서 쉬며 목욕을 한다는 기록이 있다. 자공(自公)은 《시경(詩經)》 〈소남(召南) 고양(羔羊)〉에 "조정에서 물러와서 먹기를 공소(公所)로부터 하니, 의젓하고 의젓하도다.[退食自公, 委蛇委蛇.]"라고 하였다.

172 촉금(蜀琴): 사마상여(司馬相如)가 금(琴) 연주를 잘한다 하여 그가 살았던 지역 이름을 붙여 금(琴)을 일컫는 말로 쓰였다.

173 백설곡(白雪曲): 사광(師曠)이 지었다는 금곡(琴曲)의 이름이다.

174 영곡(郢曲): 영은 초(楚)나라 수도이며, 영곡은 초나라 수도에서 불리던 노래를 말한다.

175 양춘가(陽春歌): 전국시대 때 초(楚)나라에서 불리던 노래의 이름으로, 위의 백설곡(白雪曲)과 함께 고아(高雅)한 노래의 범칭으로 쓰인다.

176 금으로 만든 물시계: 원문의 금호(金壺)는 동호(銅壺)의 미칭으로 옛날의 물시계를 이른다. 《초학기(初學記)》 〈누각(漏刻)〉에 구리로 병을 만들어 물을 채운 다음 아래 구멍을 열어 놓으면 양쪽 병으로 물이 떨어지는데, 오른쪽 병은 밤에 해당하고 왼쪽 병은 낮에 해당한다고 한다.

177 석륜(夕淪): 저녁시간을 알리는 물시계의 물방울이 다 떨어졌다는 뜻으로, 밤이 이미 깊었음을 의미한다.

포령휘(鮑令暉)[178]

448

갈사문의 아내 곽소옥을 대신하여 짓다

[代葛沙門妻郭小玉作]

밝은 달이 어찌 저리도 해맑은지 明月何皎皎
드리운 휘장 너머 비단요를 비추네 垂幌照羅茵
만약에 그리워하는 밤을 함께해 준다면 若共相思夜
근심과 원망의 새벽도 함께할 줄 알련마는 知同憂怨晨
향기로운 꽃인냥 어찌 내 모습을 자랑할까 芳華豈矜貌
서리와 이슬마저 사람을 불쌍히 여기지 않네 霜露不憐人
임께서는 청운을 따라가신 것이 아니라 君非青雲逝

178 포령휘(鮑令暉): 남조시대 송(宋)나라의 여류 시인. 포조(鮑照)의 누이동생이다. 오언시(五言詩)에 능하였는데, 내용은 대부분 연가(戀歌)이다. 포조가 일찍이 효무제(孝武帝)의 질문에 답하기를, "제 누이동생의 재능은 좌분(左芬)에 버금가는데 신의 재주는 태충(太沖)에 미치지 못합니다."라고 하여 자신들을 좌사(左思)의 남매에 비유한 적이 있다.

벼슬길에 올라 함진[179]으로 가셨을테니	飄迹事咸秦
이 몸은 한평생의 눈물을 간직한 채로	妾持一生淚
가을도 지나고 또다시 봄을 보낸답니다	經秋復度春

179 함진(咸秦): 진(秦)나라 수도 함양(咸陽)을 이르는 말이다.

449

편지 뒤에 써서 길 떠나는 이에게 주다

[題書後寄行人]

임께서 집 떠나시던 날부터	自君之出矣
창문을 마주하고 얼굴 펴지 못하오	臨軒不解顔
다듬이 소리는 밤에 낼 수도 없거니와	砧杵夜不發
높은 대문은 낮에도 늘 닫아 두었으니	高門晝恆關
장막 안에는 반딧불이[180]가 떠다니고	帳中流熠耀
뜰 앞엔 자색 난초꽃이 피었다오	庭前華紫蘭
버들잎 마르자 계절 바뀐 줄 알겠고	楊枯識節異
기러기 날아오니 나그네 추월 알 만한데	鴻歸知客寒
겨울이 다 가도록 객지에 계시오니	遊用暮冬盡
새봄에는 임이 오시길 기다려 봅니다	除春待君還

○ '버들잎 마르다[楊枯]' 이하 10자에 작자의 뜻이 담겨 있다.[楊枯十字作意.]

180 반딧불이: 원문의 습요(熠耀)는 《시경(詩經)》 〈빈풍(豳風) 동산(東山)〉에 "집 곁 빈 땅은 사슴 마당이 되었으며 반짝거리는 반딧불이로소니.[町畽鹿場, 熠耀宵行.]"라고 하였다.

오매원(吳邁遠)[181]

450

호가곡(胡笳曲)

목숨을 가볍게 여기고 의기를 중히 여기는 건	輕命重意氣
예전부터였으니 어찌 지금만 그러하랴	古來豈但今
턱을 늘어뜨린 채 한마디 올리고	緩頰獻一說
미간을 펴고서 천금을 받았네	揚眉受千金
변방의 바람이 불어와 겨울풀이 떨어지고	邊風落寒草
호가를 불자 나는 새도 떨어지네	鳴笳墮飛禽
월인의 심정으로 초인의 그리움을 맺고	越情結楚思
한인의 귀로 오랑캐 땅의 피리소릴 듣네	漢耳聽胡音

181 오매원(吳邁遠): 남조 송나라 때 사람으로, 강주종사(江州從事)와 봉조청(奉朝請)을 역임하였다. 원휘(元徽) 2년에 강주자사(江州刺史) 계양왕(桂陽王) 유휴범(劉休範)이 병사를 동원하여 반란을 일으켰을 때 격문(檄文)을 썼다가 실패하자, 가족과 함께 몰살당하였다. 문장에 뛰어난 재주를 보여 자기를 자랑하고 다른 사람을 업신여기기를 좋아하였다 한다.

이미 고국 풍습에서 떠난 상심으로 회상하다가 既懷離俗傷
또다시 아침 햇살이 침해를 받아 슬퍼하네 復悲朝光侵
해가 고향쪽을 향해 지고 나자 日當故鄉沒
뜬구름 어둑하게 흘러가는 걸 멀리서 바라보네 遙見浮雲陰

451

옛정을 실어 금인에게 주다

[古意贈今人]

추운 고장이라 별다른 옷이 없어	寒鄕無異服
털 담요로 고운 비단을 대신하네	氈褐代文練
날이면 날마다 임이 돌아오길 바라면서	日日望君歸
거년에도 금년에도 머리장식 풀지 않네	年年不解綖
형주 양주[182]에는 봄이 일찍 오는데	荊揚春蚤和
유주 계주[183]는 외려 서리와 누리가 내리네	幽薊猶霜霰
북쪽 그 추위를 나는 이미 알건마는	北寒妾已知
남쪽 이 마음을 임은 보지 못하시네	南心君不見
누구에게 나의 고달픔을 말하리오	誰爲道辛苦
쌍쌍이 나는 제비에게 이 마음을 부탁해 볼까	寄情雙飛燕
형체는 베틀의 북 속 실마냥 조여들고	形迫杼煎絲
얼굴은 바람에 재촉하는 번개처럼 시드는데	顔落風催電
아름답던 모습이야 하루아침에 바뀐다 해도	容華一朝改
오직 변치 않는 이 마음만은 남아 있을 테요	惟餘心不變

○ '북쪽 추위[北寒]'와 '남쪽 마음[南心]'이라는 말은 시어의 구사가 정교하다.[北寒南心, 巧於著詞.]

---

182 형주(荊州) 양주(揚州): 형주는 호북(湖北) 지역을 뜻하며 양주는 강소(江蘇) 지역을 뜻하는데, 장강(長江)의 중하류 지역에 대한 범칭으로 쓰인다.

183 유주(幽州) 계주(薊州): 유주는 하북(河北) 또는 봉천(奉天)을 지칭하며, 계주는 북경(北京)을 지칭하는데, 황하(黃河)의 이북 북방 지역에 대한 범칭으로 쓰인다.

452

오랜 그리움[長相思]

새벽녘에 길을 나선 나그네가 있어	晨有行路客
터벅터벅 대문가에 다가오길래	依依造門端
사람과 말 풍진 속의 행색을 보고	人馬風塵色
황하 지역 변경에서 돌아온 줄 알았네	知從河塞還
당시엔 내게도 함께 살던 사람 있었으나	時我有同棲
벼슬하려고 한단[184]에서 떠돌고 있다오	結宦遊邯鄲
아마도 손님과 다를 바 없어서	將不異客子
굶주림도 추위도 함께 겪으리다	分饑復共寒
그대에게 편지 한 장 부탁하노니	煩君尺帛書
제 마음은 이것이 전부랍니다	寸心從此殫
버림받은 나는 오래도록 초췌할 뿐	遺妾長憔悴
어찌 다시 노래하며 웃음 짓겠어요	豈復歌笑顏
처마 끝엔 천년 세월 지난 나무가 숨었고	簷隱千霜樹
뜰에는 십년 된 난초가 말라 버렸네요	庭枯十載蘭
봄 지난 꽃도 소매 들어 꺾지 않는데	經春不擧袖
가을 지나면 어찌 다시 보려 하겠어요	秋落寧復看

184 한단(邯鄲): 하북성(河北省) 남부(南部)에 위치해 있는 조(趙)나라의 수도(首都)이다.

한번 보고 제 뜻을 전하고 싶었지만	一見願道意
당신의 문은 이미 아홉 겹으로 잠겼네요[185]	君門已九關
우경[186]은 재상의 인장마저 버려 두고	虞卿棄相印
삿갓 메고 함께 즐겁게 지냈다 하더이다	擔簦爲同歡
규방의 그늘진 곳에는 이른 서리 내리려 하는데	閨陰欲蚤霜
어쩐 일로 부질없이 서성이시나요	何事空盤桓

185 당신의 … 잠겼네요: 문이 아홉 겹으로 잠겼다는 것은 찾아갈 수가 없다는 뜻으로 쓴 말이다.

186 우경(虞卿): 본래는 유세객(遊說客)으로, 짚신을 신고 자루가 긴 관을 쓴 채 조나라 효성왕(孝成王)을 설득하였으며, 1차 알현으로 황금과 백벽(白璧)을 얻었으며 2차 알현으로 상경(上卿)에 올랐다. 진 소왕(秦昭王)이 범수(范睢)의 원수를 갚아 주려고 조(趙)나라 위제(魏齊)를 죽이려 하자, 위제가 우경에게 구원을 요청하였는데, 우경이 조나라 정승의 지위도 그만두고서 그와 행동을 함께하며 위(魏)나라 신릉군(信陵君)을 통해 초(楚)나라로 망명하려 하였다. 이때 신릉군이 우경의 사람됨을 물어보니, 후영(侯嬴)이 "정승의 인끈도 풀어 버린 채 남의 어려운 사정을 급히 구해 주려고 공자를 찾아온 그런 사람이다.[解相印, 急士之窮而歸公子.]"라고 하였다.《史記 卷79 范雎列傳》

왕휘(王徽)[187]

453

잡시(雜詩)

그리움에 쌓인 부인이 높은 누각에 임하여 思婦臨高臺
화려한 난간에 기댄 채 시름에 빠져 있네 長想憑華軒
금(琴)을 연주해 봐도 곡조가 되질 않고 弄絃不成曲
슬픈 노래는 괴로움만 전할 뿐이네 哀歌送苦言
아내[188]는 장강 동쪽에 남아 있고 箕帚留江介
임께서는 북방 안문 땅에 있는데 良人處雁門
어찌 생각이나 할까 옷 없는 괴로움을 詎憶無衣苦

187 왕휘(王徽, 415~453): 《송서(宋書)》에, "왕휘의 자는 경현(景玄)이며, 낭야(琅琊) 사람으로, 남평왕 삭(南平王鑠)의 우군자의참군(右軍諮議參軍)과 중서시랑(中書侍郎)을 역임하고, 뒤에 상서(尙書) 강담미(江湛微)의 천거로 이부시랑(吏部侍郎)이 되었는데 부임하는 길에 죽었다." 하였다.

188 아내: 원문의 기추(箕帚)는 쓰레받기와 비를 이르는데, 아내를 지칭하는 말로 쓰인다. 《한서(漢書)》에 여공(呂公)이 고조(高祖)에게 말하기를, "신에게 여식이 있는데 아내로 삼으시기를 원합니다[臣, 有息女, 願爲箕箒妾.]." 하였다.

단지 호백구[189]가 따스한 줄만 알리라	但知狐白溫
날이 어두워지자 소와 양들 산을 내려오고	日暗牛羊下
들판의 새들도 텅 비었던 동산을 채우는데	野雀滿空園
초겨울이라 찬바람이 일고	孟冬寒風起
동벽[190]은 막 황혼 무렵 남쪽 하늘에 떠 있네	東壁正中昏
붉은 촛불만 홀로 사람을 비추니	朱火獨照人
그림자 끌어안고 혼자 근심하고 원망하네	抱景自愁怨
누가 알랴 마음속 깊이 심란한 줄을	誰知心曲亂
그리움을 다 논할 수가 없구려	所思不可論

189 호백구(狐白裘): 여우의 겨드랑이 흰털이 있는 부분으로 만든 가죽옷으로, 천금의 값이 나간다. 맹상군(孟嘗君)이 이것을 보배로 여겼다 한다.

190 동벽(東壁): 별의 이름이다. 10월의 황혼 무렵에 정남향에 나타나는 별이다.

왕승달(王僧達)[191]

454

안연년[192]에게 답하다[答顔延年]

사마장경[193]인 양 화양[194]에서 으뜸이시고	長卿冠華陽
노중련[195]처럼 해음[196]에서 명성 날리셨네	仲連擅海陰
아름다운 문장은 이미 문부[197]에서 빛나고	珪璋旣文府
정묘한 이치는 또한 도의 핵심에 이르렀네	精理亦道心

191 왕승달(王僧達, 423~458): 남조 송나라 낭야(琅琊) 임기(臨沂) 사람으로, 시흥왕(始興王) 유준(劉濬)의 후군참군(後軍參軍)을 역임하였고 뒤에 중서령(中書令)이 되었는데, 고도(高闍)의 모반사건과 연루되어 투옥되었다가 사형당하였다.

192 안연년(顔延年): 연년은 안연지(顔延之, 384~456)의 자이다. 그가 지은 〈송문원황후애책문(宋文元皇后哀冊文)〉이 유명하다. 《고시원》 권10 안연지(顔延之) 주 16) 참조.

193 사마장경(司馬長卿): 411. 처음으로 군을 떠나다[初去郡] 주 194) 참조.

194 화양(華陽): 사천성(四川省) 익주(益州)에 있는 현(縣)의 이름이다.

195 노중련(魯仲連): 전국시대 제(齊)나라 사람으로, 조(趙)나라를 구제하는 데 큰 공을 세웠으나, 관직을 사임하고 해중(海中)으로 들어가 은거하였다.

196 해음(海陰): 발해(渤海)의 서쪽 해안을 뜻하는 말이다.

197 문부(文府): 문장(文章)의 보고(寶庫)를 뜻한다.

군자가 높은 수레를 타고 달리니	君子聳高駕
먼지 속 수레바퀴 자국 따르는 군사 숲을 이루네	塵軌實爲林
숭고한 정회는 옛 현인의 자취에 부합하고	崇情符遠跡
맑은 기운은 본래의 흉금에 흘러 넘치네	清氣溢素襟
나이와 의례를 생략하고 교유를 맺고	結遊略年義
부침을 버린 채 두텁게 사귀시니	篤顧棄浮沈
추운 집 남쪽 처마에서 함께 누워 햇볕을 쬐고	寒榮共偃曝
봄에 빚은 술로 이따금씩 술잔을 기울였네	春醞時獻斟
세월이 흘러 날씨가 따뜻해지니	聿來歲序暄
가벼운 구름이 동쪽 산봉우리에서 피어나네	輕雲出東岑
보리밭에는 푸른빛이 넘실대고	麥壟多秀色
버드나무 정원에는 꾀꼬리 소리가 흐르네	楊園流好音
한가로운 날을 틈타 이를 기뻐하며	歡此乘日暇
가는 세월이 침노함을 홀연히 잊어 보네	忽忘逝景侵
깊은 속마음을 무엇으로 위로할까	幽衷何用慰
그대의 시문을 오래 읊조릴 밖에	翰墨久謠吟
봉황새 깃들 나무가 되기도 어렵거니와	棲鳳難爲條
주신 아름다운 글은 내가 도달할 경지가 아니니	淑貺非所臨
시를 외워 길이 경의를 표하고	誦以永周旋
상자에 담아 귀한 금을 대신하리다	匣以代兼金

○ 왕승달도 갈고 다듬는 데[追琢]에 마음을 썼으므로, 안연년에게 답한 시가 안연년의 시체와 서로 비슷하다.[亦著意追琢, 答顏詩與顏體相似.]

○ 《장자(莊子)》에 이르기를, "나이를 잊고 마음속의 편견을 잊어야 경계가 없는 곳에서 자유롭게 떨칠 수 있다." 하였다.[198] [莊子曰, 忘年忘(志)義, 振於無境.]

198 상주(詳註)에서 지의(志義)의 지(志) 자는 전사(轉寫)하는 과정에서 발생한 오자(誤字)로, 《장자(莊子)》 원문에 의거하여 망(忘) 자로 바로잡아 번역하였다. 상주(詳註)에서 무경(無境)의 경(境) 자도 《장자(莊子)》 원문에는 경(竟)으로 되어 있으며, 《사고전서(四庫全書)》에도 경(竟)으로 되어 있다. 단 최선(崔譔)의 《석문(釋文)》에만 경(境)으로 되어 있는 것으로 보아 심덕잠(沈德潛)은 석문본을 인용한 듯하다.

455

낭야왕[199]의 〈의고시〉에 화답하다

[和琅琊王依古]

소년시기에 말달리고 놀기를 좋아하여	少年好馳俠
유학길에 관중과 황하를 유람하고	旅宦游關源
이미 고대의 사적을 죄다 답파한 뒤에	旣踐終古跡
왕조의 흥망에 대한 말을 물어보노라	聊訊興亡言
융성했던 주 왕조는 늪이 되었고	隆周爲藪澤
한나라의 도성은 산림을 이루었으며	皇漢成山樊
이궁[200]이 있던 곳이 오래 매몰되었으니	久沒離宮地
수릉이 있던 동산을 어찌 알겠는가	安識壽陵園
중추의 계절에 변방에서 바람이 일어	仲秋邊風起
고적한 쑥대의 시든 뿌리를 말아 가네	孤蓬卷霜根
밝은 해는 빛을 잃었고	白日無精景
황사가 일어 천 리가 어둑하다	黃沙千里昏
현세에 제도를 달리하지 않으면	顯軌莫殊轍
저승에선들 어찌 영혼이 다르겠는가	幽途豈異魂
성현의 기대는 진실로 그만둘지라도	聖賢良已矣
천명을 안고 있는데 무엇을 원망하리요	抱命復何怨

○ 수능(壽陵)은 경제(景帝)의 능(陵)이다.[壽陵, 景帝陵也.]

199 낭야왕(琅琊王): 동진(東晉)의 원제(元帝)인 사마예(司馬睿)를 이른다.

200 이궁(離宮): 한(漢)나라 때 있었던 궁(宮)의 이름이다.

심경지(沈慶之)[201]

456
시연시(侍宴詩)

《남사(南史)》에 이르기를 "효무(孝武)가 군신(羣臣)들로 하여금 시를 짓게 하였는데, 심경지는 구변(口辯)은 있으나 손으로 글을 쓸 줄을 몰랐다. 상이 부(賦)을 짓게 하자, 심경지가 아뢰기를, '신은 청컨대 사백(師伯)에게 직접 말로 일러 주고자 합니다' 하니, 상이 안사백(顔師伯)에게 붓을 들고 받아 적게 하였다. 심경지가 다음과 같이 이르자, 상이 매우 기뻐하였고, 둘러앉은 여러 사람들이 모두 그 사의(詞意)가 아름답다고 칭찬하였다." 하였다.[南史云, 孝武令羣臣賦詩, 慶之有口辯, 手不能書. 上令作賦, 慶之曰, '臣請口授師伯' 上令顔師伯執筆. 慶之云云, 上甚悅, 衆坐並稱其詞意之美.]

201 심경지(沈慶之): 자(字)는 홍선(弘先)이며, 오흥(吳興) 무강(武康) 사람이다. 문제(文帝) 때 건위장군(建威將軍)을, 효무제(孝武帝) 때 영군장군(領軍將軍)을 역임하고, 연주자사(兗州刺史)가 되었으며 남창현공(南昌縣公)에 봉해졌는데, 뒤에 폐제(廢帝)의 시중태위(侍中太尉)가 되어 극언(極言)을 간언(諫言)하다가 독약(毒藥)을 하사받고 죽었다.

보잘것없는 내가 큰 행운을 만나서	微生遇多幸
시운이 창성할 때에 살게 되었으니	得逢時運昌
몸이 늙고 근력이 다하거든	朽老筋力盡
걸어서 남강으로 돌아가겠지만	徒步還南岡
이 성스런 세상에 영화를 사양한다면	辭榮此聖世
어찌 장자방[202]에게 부끄러우랴	何媿張子房

○ 무신(武臣)의 시(詩)는 직설적인 것을 부끄럽게 여기지 않는다. 그래서 조경종(曹景宗)[203]의 시와 함께 나란히 전한다.[武臣詩不嫌其直, 與曹景宗詩並傳.]

202 장자방(張子房, ?~기원전 186): 자방(子房)은 장량의 자(字). 한(漢)나라를 세운 유방(劉邦)의 책사로 뒷날 유후(留候)에 봉해졌다.

203 조경종(曹景宗): 자는 자진(子震)이다. 신야(新野) 사람으로 양(梁)나라 무제 때 종군(從軍)하여 전공을 세우고 영주자사(郢州刺史)를 역임하였다. 화광전(華光殿) 연회에서 경(競)과 병(病)의 운을 써서 연구를 지음으로써 경병운(競病韻)이라는 고사를 탄생시킨 사람으로 전한다.

육개(陸凱)[204]

457
범엽[205]에게 준 시[贈范曄詩]

《형주기(荊州記)》에 이르기를, "육개는 범엽과 절친한 사이여서 강남에서 매화꽃 한 가지를 범엽에게 보내면서 이 시를 지어 주었다." 하였다.[荊州記曰, 凱與范曄交善, 自江南寄梅花一枝與曄, 贈詩云云.]

---

204 육개(陸凱, ?~504 추정): 남조 북위(北魏) 대현(代縣) 사람. 선비족(鮮卑族)이고, 자(字)는 지군(智君)이며 육수(陸秀)의 아우이다. 15세에 중서학생(中書學生)을 시작으로 요직을 두루 거치는 10년 동안 충후(忠厚)하다는 평을 들었으며, 효문제(孝文帝) 때 정평태수(正平太守)에 임명되어 재직하는 7년 동안 양리(良吏)로 평가 받았다. 범엽(范曄)과 교유하였으며, 그가 강남에서 장안에 있는 범엽에게 지어 보낸 매화시는 '일지춘(一枝春)'의 고사를 남겼다.

205 범엽(范曄, 398~445): 남조 송(宋)나라의 사학자. 자는 울종(蔚宗)이고, 순양(順陽) 출신이다. 예서(隸書)에 능하였고 음률(音律)에 정통하였다. 432년 선성태수(宣城太守)로 좌천되면서 역사 연구에 몰두하여 10여 년의 각고 끝에 《후한서(後漢書)》를 편찬하였는데, 이 책은 후한시대 최고의 역사서로 평가 받는다. 팽성왕(彭城王) 유의강(劉義康)을 옹립하기 위해 일을 꾸미다가 발각되어 처형당하였다.

매화를 꺾어서 역사[206]를 만난 김에	折梅逢驛使
농두[207]에 계신 이에게 부칩니다	寄與隴頭人
강남에선 가진 것이 딱히 없어서	江南無所有
한 가지의 봄소식을 보내 드리오	聊贈一枝春

206 역사(驛使): 역참(驛站)을 오가며 공문서를 배달하던 사람을 일컫는다.

207 농두(隴頭:) 감숙성(甘肅省) 천수현(天水縣)에 있는 농산(隴山)을 일컫는다.

탕혜휴(湯惠休)[208]

458

원시행(怨詩行)

밝은 달이 높은 누각을 비쳐 주니[209] 明月照高樓
천 리 바깥 임의 광채를 머금은 듯 含君千里光
거리에는 그리움만 가득할 뿐 巷中情思滿
고단한 나의 애간장이 끊어집니다 斷絕孤妾腸
슬픈 바람은 휘장을 뒤흔들고 悲風盪帷帳
옥비녀 머리 장식도 절로 상심이오 瑤翠坐自傷
나의 마음은 하늘 끝에 의지하건만 妾心依天末
그리움은 뜬구름과 함께 피어납니다 思與浮雲長

---

208 탕혜휴(湯惠休): 남조 송(宋)나라 때 사람으로, 자(字)는 무원(茂遠)이다. 원래는 승려였으나 효무제의 명으로 환속(還俗)하여 벼슬이 양주종사사(揚州從事史)에 이르렀다. 시문(詩文)에 능하여 포조(鮑照)와 함께 휴포(休鮑)로 병칭되며, 애정이 넘치는 작품을 많이 지었고, 섬세하고 화려한 문사(文辭)를 주로 구사하였다.

209 밝은 달빛 … 비쳐 주니[明月照高樓]: 《고시원》 1권 252. 칠애시(七哀詩) 참조.

휘파람 불며 가을 풀을 쳐다보니　　嘯歌視秋草
시든 잎이 어찌 다시 피어나리요　　幽葉豈再揚
저문 계절의 난초는 세월을 기다려 주지 않고　　暮蘭不待歲
가지를 떠난 꽃이 얼마 동안 아름다울까　　離華能幾芳
원컨대 장여인[210] 같은 곡을 지어서　　願作張女引
시름 실어 임의 당에 두르리다　　流悲繞君堂
임의 당은 엄하고도 비밀스러우니　　君堂嚴且秘
절조만이 헛되이 울려 퍼지겠지요　　絕調徒飛揚

○ 단지 일기(一起)일 뿐인데 문득 절창(絶唱)이다. 강문통의 벽운(碧雲)에 관한 글귀와 거의 서로 비길 만하다.[只一起便是絶唱. 文通碧雲之句, 庶足相擬.]

○ 참선 수행하는 이가 서정시를 지은 것인데 도리어 은미함으로 들어가는 것을 느끼게 한다. 그 은미한 곳에서도 역시 선(禪)의 경지를 증명해 준다.[禪寂人作情語, 轉覺入微, 微處亦可證禪也.]

○ 안연지가 "탕혜휴의 작품은 위항간(委巷間) 가요(歌謠)일 뿐이니, 아마도 후생(後生)을 그르칠 것이다."고 하였는데, 어찌 그것이 염정시에 가깝다는 것 때문에 이른 말이겠는가.[顔延之謂惠休制作, 委巷間歌謠耳, 方當誤後生, 豈因其近於豔耶.]

210 장여인(張女引): 악부(樂府)의 곡명(曲名)이며, 장여탄(張女彈)이라고도 한다.

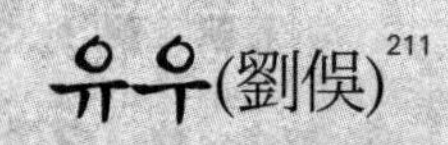

유우(劉俁)[211]

459

시 1수(詩一首)

성 위에 돋는 풀은 城上草
뿌리 내림이 높지 않은건 아니나 植根非不高
풍상을 일찍 겪는 것이 한이로다 所恨風霜蚤

○ 가요와 같다.[似謠.]

211 유우(劉俁): 《남사(南史)》에 유언절(劉彥節)의 아들이라 하였다.

어보(漁父)[212]

460
손면에게 답한 노래[答孫緬歌]

《남사(南史)》에 이르기를, "심양태수(潯陽太守) 손면(孫緬)이 어보(漁父)를 만나 세상에 쓰이는 방도를 논하자, 어보가 이르기를, '나는 산해(山海)를 떠도는 광인(狂人)이어서 세상일을 통달하지 못하였고, 빈천(貧賤)을 분간하지 못하며, 영귀(榮貴)에 대하여서도 논할 줄 모른다' 하고, 이에 다음과 같이 노래를 부르며, 유유히 배를 저어 떠나갔다." 하였다.[南史, 潯陽太守孫緬遇漁父, 與論用世之道, 漁父曰, '僕山海狂人, 不達世務, 未辨貧賤, 無論榮貴,' 乃歌云云, 於是悠然鼓枻而去.]

낚싯대는 길다랗고	竹竿籊籊
하수물은 넘실대네	河水漇漇
서로 잊고 즐길 뿐	相忘爲樂

212 어보(漁父): 편집의 오류가 있는 듯하다. 아래 4수의 시의 문맥상 이 어보(漁父)는 '무명씨(無名氏)'로 보아야 할 듯하며, 대신 460 시 제목의 주어로 보는 것이 타당할 듯하다.

먹이를 탐내어 낚시 바늘을 삼키랴[213]	貪餌吞鉤
백이숙제도 유하혜도 아니니	非夷非惠
그저 시름을 잊고 싶을 뿐이네	聊以忘憂

○ 동방선생(東方先生)이 이르기를, “수양산(首陽山) 백이(伯夷)는 졸박하고[拙], 유하혜(柳下惠)는 공교하다[工].” 하였는데, 이 시는 그들의 중간을 어림잡아 헤아리고 있다.[東方先生曰, 首陽爲拙, 柳下爲工, 此斟酌於工拙之間.]

213 먹이를 … 삼키랴: 원문의 탐이탄구(貪餌吞鉤)는 후한(後漢)시대 장형(張衡)의 〈귀전부(歸田賦)〉에서 인용해 온 문구이다.

461
송인가(宋人歌)

《남사(南史)》에 "단도제(檀道濟)는 송(宋)나라의 어진 장수로 적(敵)들이 두려워하고 있었는데, 송나라 군주가 그를 의심하여 죽이자, 송나라 사람들이 이 노래를 지었다." 하였다.[南史, 檀道濟宋之良將, 爲敵所畏, 宋主疑而殺之, 宋人作歌.]

가련하다 백부[214]라는 비둘기는	可憐白符鳩
강주의 단태수를 잘못 죽였네	枉殺檀江州

214 백부(白符): 새 이름이다. 원문의 백부구(白附鳩)는 무곡(舞曲)의 명칭이기도 하다.

462

석성요(石城謠)

《남사(南史)》에, "원찬(袁粲)[215]이 군대를 일으켜 제(齊)나라 고제(高帝)를 제거하려고 하였는데, 저연(褚淵)[216]이 그 계획을 발설하는 바람에 원찬은 해를 입고 저연만 홀로 보정(輔政)이 되니, 백성들이 다음과 같이 말하였다." 하였다.[南史, 袁粲謀擧兵誅齊高帝, 褚淵發其謀, 粲遇害, 而淵獨輔政, 百姓語曰:]

가련하다 석두성[217]이여	可憐石頭城
차라리 원찬의 죽음을 택할지언정	寧爲袁粲死
저연의 삶을 살지는 않으리라	不作褚淵生

215 원찬(袁粲): 남조(南朝) 송(宋)나라 순제(順帝) 때, 상서령(尙書令)을 역임하였다. 소도성(蕭道成)이 정권을 장악하여 전횡을 일삼자, 대신인 제동(齊東)과 함께 그를 처단할 계획을 세웠으나 저연(褚淵)의 밀고로 사전에 발각되어 소도성의 공격을 받았다. 이때 그가 아들 원최(袁最)에게 "큰 집이 장차 무너지려 하는데 나무 하나로는 지탱하지 못한다.[大廈將顚, 非一木所支也.] 그러나 나는 명예와 절의를 위하여 죽음으로써 지킬 수밖에 없겠다."라고 하였는데, 결국 원찬 부자는 모두 소도성에게 죽임을 당하였다. 《文中子 事君篇》

216 저연(褚淵): 남조 제(齊)나라 사람으로, 송나라 명제(明帝)의 두터운 신임을 받았다. 명제가 임종할 때, 그를 중서령(中書令)과 호군장군(護軍將軍)으로 삼고, 상서령 원찬(袁粲)과 고명(顧命)을 받들어 어린 임금을 보좌하도록 유조(遺詔)를 내렸다. 뒤에 소도성이 송나라를 멸망시키고 제나라를 세우려 하자, 원찬과 유병(劉秉) 등을 등지고 소도성을 적극적으로 도왔다. 그로 인하여 제나라에서 영화를 누렸던 인물이다. 《南史 卷28, 褚淵傳》

217 석두성(石頭城): 강소성(江蘇省) 강녕현(江寧縣)에 있다.

463

청계소고가(青溪小姑歌)

장후의 누이이다.[蔣侯妹.]

날이 저물고 바람이 불면　日暮風吹
지는 잎도 가지에 의지하건마는　葉落依枝
변치 않는 내 마음과 깊은 뜻을　丹心寸意
안타깝게도 그대만 모르는구려　愁君未知

고시원(古詩源) 권11 끝

편저자 소개

심덕잠 沈德潛

자는 確士이고 호는 歸愚이며, 江蘇省 蘇州 사람이다. 淸代의 詩人으로, 일찍이 詩名이 높았으나 67세가 되어서야 進士에 합격하였다. 그후 乾隆帝의 총애를 받아 관직이 禮部侍郞까지 올랐다. 그는 도덕적인 문학관에 기반을 두고 바른 골격 위에 음률의 조화를 찾는 詩說인 '格調說'을 주창하였다.

그의 詩論은 漢·魏, 盛唐의 詩를 모범으로 하여 格式과 音律의 조화를 중시하고, 宋代 이후의 詩風과는 반대되는 것으로서 같은 시대의 詩人인 袁枚의 '性靈說'과는 대립된다. 이것은 기본적으로 明代 前後七子의 주장인 '揚唐抑宋'의 정신을 계승한 것이다.

그의 작품은 대개 功德을 칭송한 詩나 과거시험을 위한 문장이 많다고 하여 그다지 높은 평가를 받지 못했던 경향이 있다. 그러나 그의 시론집인 《說詩晬語》와 唐詩, 明詩, 淸詩를 수록한 《別裁集》은 지금도 많은 이들에게 널리 읽히고 있다. 주요 편저서에는 이 《古詩源》과 《歸愚詩文鈔》와 《竹嘯軒詩鈔》 등이 있다.

역주자 소개

조동영 趙東永

성균관대학교 일반대학원 한문학 석·박사를 졸업하였고, 고전번역원 교육원 전문과정을 졸업하였으며, 慶南陜川 泰東書院 權秋淵 先生 門下에서 다년간 수학하였다.

고전번역원 번역실 전문위원, 교육원 강사, 동국대학교 교육대학원 강사 등을 역임하였고, 단국대학교 동양학연구원에서 재직하였으며, 현재는 성균관한림원 한문학 교수로 있다.

편저·역서에는 《朝鮮王朝實錄》, 《日省錄》, 《承政院日記》 등 史書類의 공역서와 《國朝寶鑑》, 《鵝溪遺稿》, 《林下筆記》, 《六先生遺稿》, 《桐溪集》 등 文集類의 번역서가 있으며, 단국대학교 《漢韓大辭典》 편찬사업에 공동으로 참여하였다. 이 외에 박사학위 논문인 "正祖 詩文學의 一考察"과 다수의 논문이 있고, 편저·역서가 있다.